LES HÉRITIERS DE RAVENSCAR

Barbara Taylor Bradford est née en Angleterre. A seize ans, elle entame dans sa ville natale une carrière de journaliste qu'elle poursuit à Londres quatre ans plus tard. Spécialiste de la mode et de la décoration, elle publie en 1968 *The Complete Encyclopedia of Homemaking Ideas* (somme de conseils pour décorer un intérieur). Son premier roman, *L'Espace d'une vie*, paraît en 1979 et connaît aussitôt un immense succès. Barbara Taylor Bradford a écrit sous deux autres pseudonymes : Sally Bradford et Barbara Siddon. Ses romans sont publiés dans quatre-vingt-dix pays. Elle vit désormais aux États-Unis, entre New York et le Connecticut.

Paru dans Le Livre de Poche :

A FORCE D'AIMER
ACCROCHE-TOI À TON RÊVE
L'AMOUR EST AILLEURS
ANGEL, MON AMOUR
LA DYNASTIE RAVENSCAR
L'ESPACE D'UNE VIE
L'HÉRITAGE D'EMMA HARTE
LES HÉRITIÈRES D'EMMA HARTE
JAMAIS JE N'OUBLIERAI
LÀ OÙ LA VIE T'APPELLE
PASSIONS DANGEREUSES
POUR QUE TRIOMPHE LA VIE
POUVOIR D'UNE FEMME
QUAND LE DESTIN BASCULE
LE SECRET DE KATIE BYRNE
LE SECRET D'EMMA HARTE
LA SUCCESSION D'EMMA HARTE
TROIS SEMAINES À PARIS
UN AMOUR SECRET
UN SOUDAIN MOUVEMENT DU CŒUR
LES VOIX DU CŒUR

BARBARA TAYLOR BRADFORD

Les Héritiers de Ravenscar

ROMAN TRADUIT DE L'ANGLAIS (ÉTATS-UNIS) PAR COLETTE VLÉRICK

PRESSES DE LA CITÉ

Titre original :

HEIRS OF RAVENSCAR

Publié pour la première fois en anglais par HarperCollins Publishers Ltd sous le titre *Children of Fortune*.

ISBN : 978-2-253-12910-3 – 1re publication LGF

A Bob, pour son soutien plein d'amour,
sa générosité et ses encouragements

PREMIÈRE PARTIE

Les Deravenel

Un dangereux triangle

« Edouard était d'un caractère aimable et de comportement amical ; toutefois, s'il se mettait en colère, il pouvait paraître effrayant. Mais c'était un homme d'accès facile pour ses amis comme pour les plus humbles. »

Dominic MANCINI

« Quand les Plantagenêt commencèrent à s'entre-tuer, ce fut le début du déclin de leur dynastie. »

London Citizen, XVe siècle

Hélas ! je prévois la ruine de ma maison. Le tigre a saisi la brebis sans défense. L'insolente tyrannie commence à s'élever sur le trône qu'un innocent enfant ne peut faire respecter. Arrivez donc, destruction, carnage, massacre. Je vois tracée, comme sur une carte, la fin de tout ceci.

William SHAKESPEARE
Richard III, acte II, scène IV.
Traduction M. Guizot

1

Yorkshire, 1918

C'était plus fort que lui. Chaque fois qu'il revenait à Ravenscar, il ne pouvait s'empêcher de descendre sur la grève, au pied de la falaise.

Il obéissait ainsi à une pulsion incontrôlable, certes, mais aussi au besoin de raviver le souvenir de leurs visages… leurs visages encore tièdes, avant qu'ils se figent pour toujours dans le froid de la mort. Il les avait aimés, les deux frères Watkins, ses cousins et alliés ; Neville, son mentor et son partenaire dans tant de projets et d'entreprises, et Johnny, son ami d'enfance…

Mais il avait fallu qu'un mélange de sentiments blessés, d'ambition démesurée, d'émotions brutales et d'interventions risquées les sépare. Au grand chagrin d'Edward, d'amis intimes ils étaient devenus ennemis jurés. Il ne s'en était jamais consolé. Et, depuis, Johnny et Neville étaient morts.

Edward leva la tête vers le ciel bleu, sans le moindre nuage, si pur qu'on se serait cru en été et non pas par un glacial samedi matin de décembre. Il dut cligner des yeux pour refouler ses larmes, encore incapable de croire à la fin tragique de ses cousins, à leur mort sur les galets, au bas de cette falaise battue par la mer du Nord.

Cela avait été si soudain, si brutal ! Leur voiture avait quitté la route dans un virage dangereux et avait dévalé la falaise avant de s'écraser deux cents mètres plus bas. Neville et Johnny avaient été éjectés du véhicule et tués sur le coup.

Cet accident aurait pu être évité. Edward savait qu'il avait été provoqué par le caractère impétueux de Neville. Son cousin était furieux contre lui et, sous l'empire de la colère, il avait roulé trop vite.

Si seulement Neville avait conduit la Daimler de façon plus raisonnable, ils auraient été encore en vie, Johnny et lui. Peut-être même auraient-ils réussi à surmonter leurs différends, mettre un terme à leur querelle et se réconcilier.

Edward eut soudain l'impression que Johnny était revenu, qu'il se tenait, là, devant lui… Il le revoyait, raisonnable, franc, réfléchi, tout en possédant l'esprit brillant des Watkins. Puis une autre image se superposa à la première, celle du Johnny à l'heureux caractère qui aimait rire, le cœur léger et insouciant, son beau visage rayonnant de joie de vivre. Edward ferma les paupières, comme pour chasser un passé trop présent.

Au bout de quelques minutes, il rouvrit les yeux et porta la main à son cou. Il ne pouvait sentir le médaillon, enfoui sous ses épais vêtements d'hiver, mais il le savait là, contre sa peau. Le médaillon de Johnny…

Quatorze ans auparavant, en 1904, Edward avait offert un médaillon dessiné par lui-même aux hommes qui l'avaient aidé à reprendre le contrôle de l'empire industriel familial. Il avait conçu ce bijou comme une décoration destinée à commémorer leur réussite. En or, l'objet portait les armes de la famille Deravenel, une rose blanche en émail d'un côté et un soleil resplendissant de l'autre, avec la devise des Deravenel, *Fidélité pour l'éternité*, gravée au bord du médaillon sous la rose blanche.

A la mort de Johnny, Edward avait découvert qu'en dépit du fossé qui s'était creusé entre eux, son cousin portait toujours son médaillon. Il avait alors compris que Johnny Watkins était resté son ami jusqu'au dernier souffle. Johnny avait dû se sentir déchiré par des loyautés familiales opposées, entre son puissant frère aîné, Neville, et son cousin préféré, Edward.

C'était Richard, le plus jeune frère d'Edward, qui avait découvert le médaillon au cou de Johnny après l'accident. Pour évaluer ses blessures, Richard avait desserré la cravate de son cousin et ouvert sa chemise mais il n'y avait plus rien à faire. Et il avait aussitôt remarqué l'éclat de l'or.

Le soir même, Richard avait apporté le médaillon à Edward, qui, une fois seul, l'avait mis autour de son cou pour ne plus jamais l'enlever. Il s'était promis de le porter jusqu'à son dernier souffle. Le lendemain matin, il avait donné son propre médaillon à Richard, en témoignage d'affection et d'estime. Richard l'avait accepté avec émotion, sensible à la signification de ce geste.

Le Samedi saint de 1914… Tant d'événements s'étaient produits depuis ce jour, celui de leur mort. La guerre avait éclaté quelques mois plus tard, en août. Des amis et des collaborateurs avaient été tués dans les tranchées des Flandres et de France. Edward et Elizabeth avaient eu d'autres enfants et l'entreprise avait continué à se développer. Les décès s'étaient succédé, comme les mariages et les naissances. Richard lui-même avait épousé Anne au cours d'une cérémonie toute simple. Le cycle de la vie se répétait indéfiniment.

Si quatre années s'étaient écoulées depuis la mort de ses cousins, sur cette même grève où il se trouvait en cet instant, Edward avait néanmoins la sensation que cela venait de se produire. Il ne pouvait oublier cette journée fatale, ni même la refouler dans un coin de son esprit, là où elle cesserait de l'obséder.

Le tonnerre d'un cheval au galop l'arracha à ses douloureux souvenirs. Richard arrivait, lancé à fond de train, comme si sa vie en dépendait. Edward lui fit signe de sa main gantée et rejoignit son propre cheval, un étalon blanc du nom d'Hercules. Avec souplesse, il sauta en selle et mit sa monture au galop pour aller à la rencontre de son frère.

Quand il fut assez près de Richard pour distinguer son expression, Edward comprit qu'il se passait quelque chose de terrible. Richard n'avait pas eu besoin de dire un mot.

— Qu'y a-t-il ? Qu'est-il arrivé ?

Il dévisageait son frère de ses yeux couleur de bleuet.

— C'est le petit Edward, répondit Richard d'une voix étranglée. Quelque chose ne va pas, Ned…

Saisi d'une violente inquiétude, Edward interrompit brutalement son frère.

— Quoi ? Il est malade ?

— Elizabeth craint que ce ne soit la grippe. Elle m'a envoyé à ta recherche. Mère a déjà téléphoné au Dr Leighton. C'est la femme de charge qui a répondu. Le docteur et son épouse passent le week-end chez les Dunbar. Il est déjà en route et ne devrait pas tarder.

Edward était devenu livide.

— La grippe espagnole ! gémit-il. Tu sais qu'on n'en réchappe pas. Quelques membres de mon équipe, au bureau, en sont déjà morts. C'est une chance que Leighton soit tout près d'ici.

Une expression de terrible angoisse sur le visage, Edward cria : « Allons, vite ! » et partit dans un galop d'enfer en direction de Ravenscar.

Richard s'élança derrière lui et se porta à sa hauteur. Il ne pouvait jamais rester très loin quand son grand frère avait besoin de lui.

2

Ravenscar se dressait au sommet de la falaise, dominant la mer qui brillait dans la lumière du matin comme de l'argent poli.

La maison, bâtie dans une pierre aux reflets dorés, datait du seizième siècle, quand régnaient les Tudor. De pur style élisabéthain, elle possédait des proportions parfaites et offrait une symétrie harmonieuse. C'était la demeure des Deravenel depuis plusieurs siècles.

Un ancêtre d'Edward l'avait fait construire en 1578 pour remplacer l'antique place forte dont on voyait toujours les ruines sur le promontoire en contrebas. Edward l'avait toujours aimée pour sa beauté mais aussi pour ce qu'elle avait représenté aux yeux des Deravenel qui l'avaient précédé, et ce qu'elle représenterait encore pour les Deravenel qui viendraient après lui.

Toutefois, tandis que son cheval contournait le parterre devant la maison pour se diriger vers les écuries, la grandeur et l'élégance de Ravenscar étaient le dernier souci d'Edward. Il ne jeta pas même un regard aux innombrables fenêtres dont les vitres étincelaient sous le soleil hivernal, ni à la façade dont les pierres d'un beige doré s'illuminaient dans la lumière particulière du Nord.

Edward n'avait plus de pensée que pour son fils. Son héritier, l'enfant qui s'appelait Edward comme lui et qu'il aimait par-dessus tout.

Il voulait le voir. La seule idée que son fils ait pu contracter la grippe espagnole le remplissait de terreur. La maladie avait déjà prélevé son lot de vies depuis l'été, quand l'épidémie s'était déclarée. En Europe, en Angleterre, en Amérique, dans de nombreux pays du monde, des gens étaient atteints et des milliers étaient déjà morts.

Les sabots de son cheval qu'il avait mis au trot retentirent enfin sur les pavés de la cour arrière. Edward sauta à terre, cherchant du regard les garçons d'écurie, mais il ne vit personne.

— Ernie ? cria-t-il. Jim ? Je suis là !

Richard, qui l'avait suivi, descendit à son tour de cheval.

— Ned, dit-il, je m'occupe des chevaux. Rentre vite, je sais que tu t'inquiètes.

Edward le remercia d'un hochement de tête et se hâta vers la maison.

Richard le regarda s'éloigner à grands pas vers la porte de derrière, le visage marqué par l'angoisse. Les gens voyaient Edward comme un homme puissant devant qui le monde s'incline, et, dans un sens, c'était vrai. Edward avait tout ce qu'un homme de trente-trois ans pouvait désirer. Or, en cet instant, il n'était plus qu'un père qui tremblait pour son fils et Richard le savait. Ni la réussite d'Edward ni ses immenses richesses ni son pouvoir ne pourraient acheter la guérison de l'enfant. Seul Dieu le pourrait, et un bon médecin. Richard adressa au ciel une prière silencieuse pour que son jeune neveu n'ait rien de grave. Il l'aimait comme son propre fils. Il portait la même affection à tous les enfants de son frère avec, toutefois, une préférence pour Bess.

Richard prit les rênes des deux chevaux et leur faisait traverser la cour vers les écuries quand apparut Ernie, l'air soucieux.

— J'vais m'en occuper, m'sieur Richard, dit-il. Excusez-moi, j'étais pas là quand vous êtes rentré. C'était Minnie, m'sieur Richard, la jeune pouliche, v'savez ? Un vrai paquet de nerfs, celle-là !

Richard indiqua d'un signe de tête qu'il comprenait et lui donna les rênes.

— Elle s'est calmée, maintenant ?

— Ouais, mais si vous pouvez jeter un coup d'œil, m'sieur Richard ? Au cas où y aurait quelque chose qu'irait vraiment pas. V'savez quoi ? J'pense que c'est son antérieur. Le fer tient pas bien, peut-être. Si c'est ça, elle risque de nous refaire du boucan.

— Bien, Ernie, je vais regarder son pied mais je n'ai pas beaucoup de temps.

— Y en a juste pour une minute, m'sieur Richard, juste une minute.

Quand il entra dans la maison, Edward fut frappé par le silence qui y régnait. Traversant l'armurerie, il jeta son manteau sur un banc puis se rua dans le corridor. Normalement, cette partie de sa maison résonnait en permanence de bruits familiers, les casseroles qui s'entrechoquaient dans la cuisine, le rire et la voix chaleureuse de la cuisinière, que l'on n'appelait jamais autrement que Cook, en train de donner ses ordres aux servantes. Or on n'entendait rien, pas le moindre bruit. Ce silence était anormal.

Il s'arrêta en arrivant dans le grand salon, étonné de l'absence de Jessup, son majordome. D'habitude, Jessup se tenait dans cette partie de la maison, prêt à répondre à la moindre sollicitation.

Edward haussa les épaules mais, comme il se dirigeait vers l'escalier, le majordome jaillit de l'office et le rejoignit en toute hâte.

— Désirez-vous quelque chose, monsieur ?

— Non, merci, Jessup. Je monte prendre des nouvelles de mon petit Edward. L'avez-vous vu, ce matin ?

— Oui, monsieur. Il n'avait pas l'air très en forme, le pauvre chou. Mais c'est un garçon solide pour ses cinq ans.

— Oui, c'est vrai. Jessup, faites monter le médecin dès qu'il arrivera, s'il vous plaît.

— Bien, monsieur.

Edward le remercia de la tête et s'élança dans l'escalier, escaladant les marches deux à deux vers l'étage des enfants. Arrivé dans le corridor, il poursuivit son chemin à grandes enjambées. Bien avant d'atteindre la chambre de son fils, il l'entendit tousser et cela lui serra le cœur. Il attendit quelques instants avant d'entrer, envahi d'une brutale appréhension, et prit quelques inspirations pour se calmer.

Elizabeth était penchée sur son fils. Elle détourna la tête en entendant Edward traverser la chambre. Elle repoussait en arrière les mèches blond vénitien de l'enfant, qui se collaient à son front humide.

— Il a de la fièvre, murmura-t-elle, et cette horrible toux l'épuise.

Edward lui pressa l'épaule dans un geste qui se voulait rassurant, puis se pencha vers le lit. Ce qu'il découvrit lui causa un choc. L'enfant avait le regard vitreux et brûlait de fièvre, le visage luisant de transpiration. Edward commença à avoir peur quand il réalisa que son fils ne le reconnaissait même pas.

Il se retourna vers sa femme.

— N'avons-nous aucun remède contre la toux dans la maison ? demanda-t-il à mi-voix. Nous avons certainement quelque chose.

— Nous lui en avons déjà donné, Ned, mais je crains de dépasser la dose. C'est un sirop très fort. Ta mère s'est souvenue d'un remède au vinaigre de framboise qu'elle faisait pour toi et tes frères. Elle est descendue expliquer à Cook comment le préparer. Elle m'a dit qu'elle t'en donnait quand tu étais petit.

— C'est vrai. Il faut faire bouillir ensemble du vinaigre de framboise, du beurre et du sucre. Comme nombre de ces remèdes du passé, il donnait de très bons résultats.

— Je l'espère…

Edward reporta son attention sur son fils.

— Je me demande, dit-il de la même voix chuchotante, s'il ne serait pas mieux redressé sur ses oreillers, au lieu d'être couché à plat. Cela lui soulagerait peut-être les bronches.

Sans attendre la réponse de sa femme, Edward souleva délicatement l'enfant, l'enveloppant de ses bras.

— Elizabeth, redresse ses oreillers, s'il te plaît.

Elle obéit sans un mot. Edward adossa son fils aux oreillers avec mille précautions, l'embrassa sur le front et le borda soigneusement.

Entendant la porte s'ouvrir, Edward leva les yeux. Sa mère entrait, chargée d'un plateau. Cecily Deravenel poussa une exclamation.

— Je suis soulagée de te voir ici, Ned !

Sans s'arrêter, elle alla poser le plateau sur une commode.

— Je vais essayer de lui faire avaler mon sirop, reprit-elle. J'ai aussi trouvé dans la pharmacie du rez-de-chaussée un médicament qui l'aidera peut-être. C'est la préparation Creopin pour inhalation. Je l'ai récemment achetée à Londres.

— Pensez-vous que c'est plus efficace que le remède balsamique des moines ?

— Je l'ignore, répondit Cecily. Nous poserons la question au docteur quand il sera là.

Sans plus traîner, elle entreprit de faire glisser sa potion à petites cuillerées entre les lèvres de l'enfant.

Au bout de quelques instants, Edward fit signe à sa femme.

— Sortons un moment, ma chérie.

La prenant par le bras, il l'emmena dans le couloir, où ils se retrouvèrent seuls. La serrant contre lui, il lui caressa les cheveux.

— Essaye de ne pas t'inquiéter, murmura-t-il à son oreille. On le guérira, Elizabeth, je te le promets.

— Tu me le promets, Ned ?

— Oui, ma chérie. Je te promets qu'il sera bientôt en pleine forme.

Elizabeth se détendit dans les bras de son mari, rassurée par sa présence, sa tendresse et son amour. Lorsqu'il était question de la santé des enfants, elle s'en remettait à lui sans discuter. La confiance d'Edward en lui-même, son assurance et sa certitude de pouvoir imposer sa volonté à tout et à tout le monde lui procuraient une grande sensation de sécurité. Pour certains, ces traits de caractère n'étaient que de l'arrogance. Elle, elle savait ce qu'il en était en réalité, et personne ne le savait mieux qu'elle.

3

Jessup débarrassa le Dr Peter Leighton de son manteau et de son chapeau puis les rangea dans la grande armoire du hall d'entrée.

— M. Deravenel m'a demandé de vous accompagner à l'étage dès votre arrivée, monsieur, dit-il. Si vous voulez bien me suivre…

— Merci, Jessup !

Le médecin se hâta, traversant le vaste hall sur les talons du majordome pour gagner le majestueux escalier. Edward les entendit monter avant même qu'ils eussent atteint l'étage des enfants, et il sortit les attendre sur le palier.

— Bonjour, docteur Leighton, s'exclama-t-il dès qu'il aperçut le médecin.

Il remercia Jessup et lui adressa un signe de tête pour lui signifier qu'il n'avait plus besoin de lui. Le majordome s'empressa de redescendre.

Le médecin tendit la main à Edward.

— Bonjour, monsieur Deravenel. Donc, il semblerait que votre petit Edward n'aille pas très bien ?

— Ma femme craint que ce soit la grippe espagnole. Il a beaucoup de fièvre et il tousse affreusement. Ma femme m'a dit que, tout à l'heure, il y avait des gouttes de sang sur son mouchoir. Comme vous pouvez l'imaginer, nous sommes très inquiets. Sincèrement, nous nous sommes sentis soulagés en apprenant que vous passiez le week-end tout près d'ici, chez les Dunbar.

— C'est un heureux hasard. Comment vont vos autres enfants ? Présentent-ils les mêmes symptômes ?

— Non, rien du tout, mais j'aimerais que vous les examiniez après avoir vu Edward.

— Bien sûr, cela ne pose aucun problème.

Le Dr Leighton eut un sourire d'encouragement.

— Comme vous le savez sans doute grâce à la presse et à la radio, reprit-il, cette grippe espagnole est très virulente. Toutefois, elle ne frappe ni les enfants ni les personnes âgées. La souche à laquelle nous sommes confrontés semble affecter essentiellement les jeunes adultes, en particulier les hommes entre vingt et trente ans. En garant ma voiture à côté de vos écuries, j'ai aperçu votre frère. Permettez-moi de vous faire remarquer que, si l'un de vous court un risque, c'est lui. J'aimerais l'examiner avant de repartir. Malheureusement, termina-t-il en baissant la voix, on ne connaît aucun remède à cette grippe.

Une expression d'angoisse apparut sur les traits d'Edward et, voyant l'effet de ses paroles, le Dr Leighton lui prit le bras et poursuivit :

— Ecoutez, je ne veux pas vous cacher la vérité mais ne perdez pas espoir. Il est possible que votre fils ait seulement un mauvais rhume ou une bronchite. C'est pénible mais cela se soigne !

— Je comprends et vous avez raison de me parler franchement. Aussi difficile à entendre que ce soit, même s'il s'agit du pire, je préfère connaître la vérité.

J'ai horreur de ne pas savoir ce que je dois affronter. Et maintenant, si nous allions voir mon fils ?

Quand ils entrèrent dans la chambre, Elizabeth et Cecily saluèrent le médecin puis lui laissèrent leur place au chevet du malade.

— Je vais voir ce que font les enfants, dit Cecily. Vous serez plus tranquille, docteur Leighton.

Le médecin la remercia d'un sourire. Elizabeth, de son côté, rejoignit Edward, qui se tenait debout à côté de la porte, et, lui prenant le bras, elle s'appuya sur son épaule.

— Docteur, dit-elle, j'ai l'impression qu'il tousse un peu moins depuis que ma belle-mère lui a fait avaler un peu d'une potion à base de vinaigre de framboise.

— Ces vieux remèdes sont souvent ceux qui donnent les meilleurs résultats, répondit-il.

Tout en parlant, il avait sorti son stéthoscope de sa sacoche. Quand il se pencha sur l'enfant, il remarqua tout de suite qu'il brûlait de fièvre et avait le regard vitreux. Il l'examina soigneusement, écouta le bruit de ses bronches et lui mit un thermomètre dans la bouche pendant quelques instants.

— Il a en effet de la température, dit-il enfin, mais cela n'a rien d'étonnant. Je vais le retourner, madame Deravenel. Je veux ausculter ses poumons.

— Voulez-vous que je vous aide, docteur ? demanda-t-elle.

Dans son angoisse, elle n'avait cessé de le fixer des yeux.

— Non, merci, il n'y a pas de problème.

D'un geste expérimenté, le médecin avait fait basculer Edward sur le côté. Il releva sa veste de pyjama et entreprit de l'ausculter. L'air concentré, il faisait glisser le stéthoscope sur le dos de l'enfant, écoutant avec attention. Quand il eut fini, il le remit sur le dos et remonta les couvertures sur lui. Il restait une dernière vérification à effectuer. Le médecin ouvrit délicatement la bouche d'Edward à l'aide d'une spatule en bois pour examiner sa gorge.

Quand il se redressa enfin, il se tourna vers Edward et Elizabeth, plus détendu.

— Il a une bronchite. Cela n'a rien à voir avec la grippe espagnole.

Elizabeth porta la main à sa bouche pour étouffer un sanglot. Levant la tête vers son mari, elle tenta sans grand succès de lui sourire tandis que des larmes de soulagement brillaient entre ses cils pâles.

— Vous en êtes sûr ? demanda Edward à mi-voix.

— Oui, monsieur Deravenel. Votre fils en a tous les symptômes. Permettez-moi de vous expliquer ce qui se passe. La bronchite gêne le passage de l'air dans les poumons, ce qui réduit les échanges d'oxygène entre les poumons et le sang et provoque la toux. Les bronches sont donc irritées, douloureuses et remplies de mucosités. C'est ainsi que les quintes de toux peuvent déclencher de petits saignements. Je vais lui prescrire un sirop anti-tussif, un expectorant et un fébrifuge pour aider à faire baisser la fièvre. J'appellerai moi-même le pharmacien de Scarborough pour que son fils vous apporte les médicaments le plus vite possible. En attendant, vous pouvez continuer à lui donner votre potion au vinaigre.

— Merci, docteur Leighton, dit Elizabeth. Y a-t-il autre chose que nous puissions faire ?

— Il faut qu'il ait bien chaud, mais pas trop. L'idéal est de maintenir une température constante dans la chambre et de le laisser se reposer tranquillement. Faites-le boire beaucoup, également. Donnez-lui de préférence des liquides chauds, du bouillon de bœuf ou de volaille, par exemple.

Edward, plus ému qu'il ne voulait le laisser paraître, s'éclaircit la gorge.

— Pas de nourriture solide ? demanda-t-il. Que conseillez-vous ?

— Je ne pense pas qu'il ait faim, mais si c'était le cas, donnez-lui des nourritures légères, des gelées de fruits, du gâteau de riz, du blanc-manger, de la crème aux œufs, de la gelée de pied de veau, des œufs mollets ou brouillés, tout ce qui est facile à digérer et aussi facile à avaler. Il a la gorge très enflammée.

Le médecin eut un dernier regard pour l'enfant puis referma sa sacoche avant de quitter la chambre, Edward et Elizabeth sur les talons.

— Je préférerais qu'il y ait toujours quelqu'un à son chevet pour s'assurer qu'il a tout ce qu'il faut, leur dit-il. Je sais que vous voudriez vous en charger vous-même, madame Deravenel, mais je vous trouve très pâle et très fatiguée. Je veux que vous vous reposiez. Nous ne pouvons nous permettre de vous voir tomber malade à votre tour ! Pourquoi ne pas demander de veiller sur votre fils à Ada, la jeune femme qui aide la gouvernante des enfants ? Elle m'a toujours paru très efficace.

Elizabeth eut son premier sourire de la journée.

— Ada est efficace, en effet, mais je suis certaine que Nanny peut se débrouiller toute seule. De plus, malgré ses neuf ans, ma petite Bess est devenue une vraie mère poule depuis quelque temps. Elle peut très bien surveiller ses petites sœurs. Il y a aussi la nurse du bébé. Comme vous voyez, docteur, nous avons tout le monde nécessaire !

— Parfait ! Et maintenant, si nous allions à la nursery, madame Deravenel ? Je veux m'assurer que les autres vont bien.

4

Cecily Watkins Deravenel était seule dans la bibliothèque. Bien installée dans l'un des canapés à côté du feu, elle dégustait une tasse de café en pensant à son petit-fils. Tout le monde l'appelait le petit Edward, pour le distinguer de son père, mais Cecily pensait et penserait toujours à lui comme à Neddie. Dès sa naissance, il avait été « Neddie » pour elle. Neddie était tout le portrait de son père au même âge.

Son petit-fils était un très bel enfant, se dit-elle, un ange de Botticelli, avec ses boucles rousses, ses yeux bleu vif et son regard rieur. Le futur héritier de l'empire Deravenel possédait aussi un heureux caractère. Mais il s'était fait attendre ! Trois filles étaient nées avant lui, Bess, Mary et Cecily, ainsi nommée en l'honneur de sa grand-mère.

Edward, qui avait eu cinq ans au début du mois de novembre, s'exprimait par moments avec une telle précision qu'il donnait l'impression d'être un enfant beaucoup plus âgé.

Cecily s'était sentie libérée d'un grand poids en apprenant qu'il souffrait d'une bronchite et non pas de cette terrifiante grippe espagnole. Bien sûr, la bronchite n'avait rien d'anodin mais elle n'avait jamais entendu parler d'un cas mortel. Or, avec cette nouvelle souche grippale, dans le monde entier, les gens tombaient comme des mouches. D'après les journaux, plus de gens mouraient de la grippe espagnole qu'il n'y en avait eu de tués durant la guerre.

Le Dr Leighton était en train d'examiner les autres enfants. Cecily n'avait aucune inquiétude à ce sujet : ils étaient tous en bonne santé. Elle venait de passer presque une demi-heure avec eux dans la nursery. Ils riaient et jouaient gaiement. Oui, ils allaient tous bien, y compris Richard, qui avait deux ans, et Anne, la dernière-née, seulement quelques mois.

Son fils n'avait peut-être pas trouvé en Elizabeth une véritable âme sœur ni même une compagne agréable – il passait aussi peu de temps que possible avec elle ! –, mais, physiquement, elle lui plaisait toujours. De toute évidence, Elizabeth possédait un attrait irrésistible dès qu'il s'agissait de la chambre conjugale. Ils avaient déjà six enfants et Cecily était certaine que d'autres naîtraient sans tarder.

Cecily n'avait jamais aimé sa belle-fille mais avait toujours reconnu sa grande beauté : une chevelure abondante qui tombait en vagues d'or jusqu'au milieu du dos, des yeux bleu ciel d'une limpidité parfaite, et un teint de porcelaine sans le moindre défaut. On parlait parfois d'elle comme de la plus belle femme de toute l'Angleterre.

Elizabeth avait trente-huit ans mais cela ne se voyait pas. L'ovale de son visage avait conservé toute sa fermeté et aucune ride n'était venue marquer sa peau, pas même un début de patte-d'oie. De même, onze ans de mariage avaient à peine altéré sa silhouette. Tout le monde se demandait comment elle réussissait à garder sa jeunesse, y compris Cecily.

Le problème avec Elizabeth Deravenel née Wyland, c'était son caractère. Dès le début, Cecily avait compris que sa belle-fille était très ambitieuse, pour elle et pour sa nombreuse, sa très nombreuse famille. De plus, elle était arrogante et snob. Cecily n'avait jamais trouvé Elizabeth digne de son fils, et il le savait. Richard avait un jour exprimé la même pensée avec une profonde amertume. « Elle n'est pas digne de lécher la semelle des bottes d'Edward, mère ! » Richard était trop intelligent pour se laisser prendre aux manières d'une femme comme celle-là. Il avait toujours vu clair en elle et avait senti dès le premier instant la jalousie qu'elle éprouvait à son égard. Profondément envieuse de la complicité des deux frères, elle ne supportait pas de les voir aussi unis. Il n'y avait personne en qui Edward eût plus confiance que son jeune frère.

Cecily soupira. La jalousie d'Elizabeth la poussait constamment à chercher querelle à son mari. Elle lui lançait à la figure les ragots les plus vils en criant qu'elle savait tout au sujet de ses maîtresses.

Cecily n'était pas naïve et avait depuis longtemps compris que son fils aimait les femmes. Cependant, contrairement à ce que croyait Elizabeth, ce n'était pas un séducteur enragé. Du moins, il ne l'était plus. En réalité, pour ce que Cecily en savait – et elle était très bien renseignée sur tous les membres de sa famille –, depuis longtemps il n'y avait qu'une seule autre femme dans la vie d'Edward, une divorcée du nom de Jane Shaw. Cecily connaissait son fils : il appartenait à cette catégorie d'hommes qui a besoin d'amitiés féminines, et Jane lui apportait cette amitié.

Will Hasling, le meilleur ami d'Edward et un homme très apprécié de Cecily, connaissait bien Jane Shaw. Il avait toujours parlé d'elle à Cecily avec affection. Il l'avait convaincue de l'absence d'ambition de Jane, du fait qu'elle ne cherchait pas à se faire épouser par Edward et se satisfaisait pleinement d'être son amie. En effet, si l'on se fiait aux apparences, ils étaient amis, partageant le même amour de la musique, du théâtre et de la peinture.

Si Elizabeth avait été plus intelligente, elle se serait tue au lieu de harceler Edward au sujet de liaisons inexistantes. Connaissant les hommes comme elle les connaissait, Cecily savait qu'accuser d'infidélité un homme innocent était le meilleur moyen de le jeter dans les bras de la première femme venue. Comment sa belle-fille pouvait-elle être aussi stupide ?

Un bruit de pas l'arracha à ses pensées. Le Dr Peter Leighton franchissait le seuil de la bibliothèque, suivi d'Edward et de Richard. Cecily se leva et sourit au jeune médecin.

— Je crois comprendre que mes autres petits-enfants sont en bonne santé, n'est-ce pas ? dit-elle.

— Oui, madame Deravenel. Ils se portent très bien. Je dois aussi ajouter que ce sont les plus beaux enfants que j'aie jamais vus.

— Je vous remercie, docteur.

Richard s'avança vers sa mère avec vivacité.

— Le Dr Leighton m'a trouvé en parfaite santé, moi aussi !

— J'en suis très heureuse, répondit Cecily.

Ce fut au tour d'Edward de prendre la parole, mais à mi-voix.

— Mère, Elizabeth ne descendra pas déjeuner. Elle est épuisée, en grande partie par la peur qu'elle a eue, je pense. Le Dr Leighton a insisté pour qu'elle aille se coucher.

— Je comprends très bien, Ned.

Cecily vérifia l'heure à la pendule posée sur la cheminée.

— Docteur, dit-elle, je n'espère pas vous convaincre de rester déjeuner ; vous devez être attendu chez les Dunbar. Mais vous prendrez peut-être un café ou un thé avec nous ? Ou un sherry ?

— Je vous remercie, madame Deravenel, mais je dois vous quitter. Il y avait du verglas sur les routes, ce matin, et un trajet que j'aurais fait normalement en un quart d'heure avec ma voiture m'a pris quarante minutes. Vous comprendrez certainement que je dois partir maintenant si je veux arriver à The Lodge à temps pour le déjeuner.

— Bien sûr, je comprends très bien. Je vous remercie d'avoir répondu si promptement à notre appel.

— Je reviendrai demain matin pour voir notre petit malade. D'ici là, Thomas Sloane, le pharmacien de Scarborough, aura préparé les médicaments que j'ai prescrits et, comme je l'ai dit à M. Deravenel, il ne devrait pas tarder à vous les apporter. Il envoie son fils Albert avec la camionnette de livraison. Toutefois, si le petit Edward tousse trop, donnez-lui de votre potion au vinaigre de framboise.

— Je n'y manquerai pas. Je vous remercie encore, docteur…

Après un échange de poignées de main, Edward raccompagna le médecin jusque sur le perron. Richard, resté avec sa mère, prit un fauteuil en face d'elle.

— Le Dr Leighton a voulu m'examiner uniquement par sécurité…

Cecily l'interrompit en fronçant les sourcils.

— Tu me sembles en parfaite santé, Richard.

— Oui, mère, je vais très bien mais, apparemment, ce sont les hommes entre vingt et trente ans les plus touchés par cette horrible grippe. Je fais donc partie des sujets à risque et le docteur voulait s'assurer que je n'avais aucun symptôme, c'est tout.

Cecily lança un regard perçant à son fils.

— Tu me promets que tu vas bien ?

— Très bien, mère. Le docteur s'est seulement montré aussi scrupuleux et efficace que d'habitude !

— Je comprends. J'apprécie beaucoup notre nouveau médecin et j'ai été ravie quand il a repris la clientèle du Dr Rayne. Il est jeune, intelligent, et il se soucie de ses patients. Ses méthodes sont très modernes et il suit de près l'évolution de la médecine. Cette façon de concevoir son art me plaît beaucoup.

Edward revint à cet instant. Il souriait.

— J'ai été très heureux d'entendre les bruits de casseroles dans la cuisine. Ce matin, quand je suis rentré de ma promenade à cheval, la maison était sinistre, affreusement silencieuse. Jessup vient de me dire que Cook était très inquiète pour Edward, ce qui explique l'ambiance lugubre de la cuisine. D'après Jessup, plus personne n'avait le droit de parler !

— Je sais qu'elle peut être assez tyrannique, dit Cecily.

Edward traversa la pièce en direction du plateau des boissons, posé sur une commode, et se servit un sherry Amontillado à la belle teinte claire. Il se dirigea ensuite vers les portes-fenêtres devant lesquelles il se tint pensivement, regardant sans les voir le jardin et, au-delà, les eaux grises de la Manche.

— Ned ? dit Cecily.

— Oui, mère ?

Il pivota sur ses talons pour lui faire face.

— Nous sommes le 14 décembre. Il ne reste que dix jours avant Noël. Nous devrions envisager d'annuler tout ce que nous avions prévu. Une bronchite peut durer des semaines et même plus…

— Mère, il n'y a aucune hésitation à avoir ! J'ai immédiatement décidé de tout annuler et nous devons le faire tout de suite. Cela laissera à nos invités un peu de temps pour former d'autres projets… Du moins, je l'espère. Je téléphonerai à Will après le déjeuner, ainsi qu'à Vicky et Stephen. Ils font quasiment partie de la famille et ils comprendront. Il vaut mieux, aussi, que je prévienne George.

— George ! s'exclama Richard.

Il dévisagea Edward, sous le coup d'une émotion violente.

— Tu ne m'avais pas dit que tu l'avais invité ! Comment as-tu pu faire cela ?

— Je ne l'ai pas fait. George s'est invité de lui-même, et tu connais notre frère ! Il m'a tranquillement annoncé qu'il viendrait avec Isabel et les enfants.

— Mais pourquoi ne lui as-tu pas dit qu'il ne pouvait pas venir pour Noël ?

Richard avait presque crié, son visage d'habitude si pâle soudain rouge de fureur. Edward ne dit rien.

— Tu sais pourquoi nous sommes tellement en colère contre lui, Anne et moi, reprit Richard. La façon dont il l'a traitée et dont il nous a empêchés de nous fiancer est ignoble ! Je ne veux pas les voir, ni lui ni Isabel ! Elle le soutient toujours.

— C'est une nature faible, murmura Edward. Elle n'ose jamais lui tenir tête.

Cecily intervint prudemment.

— Richard, c'était mon idée.

— Pourquoi ? s'emporta Richard. George a été absolument odieux avec moi depuis plusieurs années.

— J'espérais que vous pourriez vous réconcilier pour Noël, redevenir amis, vous conduire de nouveau en frères aimants, comme avant…

Richard eut un rire sans joie et répondit :

— Je n'ai pas la moindre confiance en lui !

— C'est quand même ton frère.

— C'est à lui que vous devriez le dire !

Comme Cecily ne répondait rien, Richard poursuivit du même ton furieux :

— Vous l'avez toujours défendu, même quand il était petit ! Il a toujours été votre chouchou. Il a toujours su s'accrocher à vos jupes en prenant l'air triste ; il se jetait dans vos bras avec des mines et, chaque fois qu'il avait mal agi, il se cachait derrière vous. Vous l'avez toujours protégé et je ne comprendrai jamais pourquoi !

Cecily hocha la tête d'un air peiné. Quand elle reprit la parole pour tenter de s'expliquer, sa voix tremblait légèrement :

— Quelque chose en lui me faisait sentir qu'il avait besoin de protection. D'une certaine façon, j'ai toujours eu peur pour lui. Il m'a toujours paru très vulnérable…

Elle se tut, incapable d'aller plus loin.

— Vulnérable ! s'exclama Richard. C'est une plaisanterie !

Il se tourna vers son frère, cherchant son regard.

— George t'a trahi, Ned ! Et plus d'une fois ! Il s'est rangé au côté de Neville après que vous vous êtes brouillés, Neville et toi. Il est entré dans les plans de Neville et de Charpentier pour mettre la main sur nos entreprises. Il a été enthousiasmé par l'idée de prendre ta place grâce à Neville ! George pensait qu'il allait te déloger, toi, son propre frère. Ensuite, quand il a su que tu n'approuverais pas un mariage avec Isabel, il s'est dépêché de l'épouser. Si tout cela ne s'appelle pas trahir de la pire façon, je ne sais pas ce que signifie trahir !

Cecily reprit la parole, désireuse d'apaiser son fils cadet.

— En réalité, tout est ma faute, Richard. Ne te fâche pas contre Ned. C'est moi qui lui ai demandé de pardonner à George parce que je voulais réunir ma famille, réparer ce qui avait été brisé. Je voulais que nous puissions montrer un front uni face au monde. Richard, nous sommes une famille en vue. Nous sommes les Deravenel ! J'aurais aimé éviter que nous nous exposions à de vilains ragots.

Richard fixait sa mère d'un air stupéfait.

— Et moi ? Je ne compte pour rien ? Il est inutile de se soucier de mes sentiments ?

Il se retourna vers Edward.

— Tu sais à quel point il t'a trahi et que, moi, j'ai toujours été à tes côtés, quoi qu'il arrive. C'est une question de loyauté ! Et pourtant, tu as permis à George de nous empêcher de nous marier, ce qui nous a beaucoup fait souffrir, Anne et moi.

La réponse d'Edward ne se fit pas attendre.

— Richard, dit-il du ton qu'il prenait toujours pour l'amadouer, vous étiez tous les deux très jeunes, à l'époque. J'ai cru que cela me donnerait le temps d'arranger la situation avec George. Il nous créait de graves problèmes, au même moment, des difficultés beaucoup plus graves que tu ne peux l'imaginer. Pour résumer, il exigeait la totalité de la fortune de Neville sous prétexte qu'Isabel était l'aînée. Il refusait qu'Anne en ait la moindre part et c'est la raison pour laquelle il voulait vous empêcher de vous marier.

Il savait que tu te battrais pour faire respecter les droits de ta femme.

— Avec George, tout revient toujours à des questions d'argent et de pouvoir, n'est-ce pas ?

— Ce n'est que trop vrai. Cependant, comme tu avais consenti à retarder ton mariage, j'ai réussi à faire accepter un accord à George, un accord qui était également acceptable pour toi. Richard, n'oublie pas que j'ai obtenu qu'Anne reçoive sa part de l'héritage de son père.

— Si ma mémoire est bonne, rétorqua Richard, le testament de son père était inattaquable. Neville ne laissait jamais rien au hasard. De plus, je sais qu'il a tout légué à Nan Watkins. Il voulait que sa femme hérite de tout. Les filles ne devaient recevoir leur part qu'au décès de leur mère.

— Je sais tout cela, Richard, répondit Edward du même ton conciliant. Tu l'ignores certainement, mais j'ai dû demander l'aide de Nan. J'ai aussi dû verser un joli dédommagement à George, de ma propre poche, pour régler le problème.

— Je vois.

Richard s'enfonça dans son fauteuil, amer et furieux.

— Et tu as fini par épouser Anne, souligna affectueusement Cecily.

— Oui, mais ici, à Ravenscar, avec une discrétion proche du secret ! Un mariage de rien du tout, sans invités à part la famille proche ! Je ne comprends pas pourquoi on doit toujours tout accepter de George. Sincèrement, je ne comprends pas. A mon avis, il est fou ! N'oublions pas que notre cousin Henry Grant a passé une partie de sa vie dans un asile…

Edward éclata de rire.

— Richard, c'est la meilleure ! Suggérerais-tu que le mauvais héritage génétique d'Henry Deravenel

Grant de Lancaster aurait pu être transmis à la branche des Deravenel du Yorkshire, les authentiques héritiers de Guy de Ravenel ? Les « vrais Deravenel », comme nous appelons notre lignée !

Si Edward avait espéré que son cadet rirait de la plaisanterie, il en fut pour ses frais.

— Je pense que George est un malade, insista sombrement Richard. Réfléchissez à la façon insensée dont il lui arrive d'agir et vous serez d'accord avec moi.

— Richard, intervint Cecily, je ne crois pas que ce soit très aimable de parler ainsi de ton frère. George peut se montrer très gentil et il veut bien faire.

Non, certainement pas, pensa Richard sans le formuler à haute voix.

— Si vous le dites, mère… Oublions cette conversation, voulez-vous ?

Edward saisit l'occasion de passer à un autre sujet.

— Richard, dit-il, je vais annuler les festivités prévues pour Noël mais si tu veux venir avec Anne, tu sais que nous en serions très heureux, n'est-ce pas, mère ?

— Oui, répondit Cecily. Je n'ai pas vu mon petit-fils depuis trop longtemps. Peut-être que Nan Watkins aimerait se joindre à nous, elle aussi, plutôt que de rester seule à Ripon. Qu'en penses-tu, Richard ?

Il répondit à sa mère avec affection.

— J'en doute, dit-il. J'ai cru comprendre qu'elle n'a plus aucun plaisir à venir ici. Cela lui rappelle trop son deuil. Après tout, c'est ici que son mari et son gendre préféré ont trouvé la mort.

5

Londres

— Pourquoi ne lui expliques-tu pas ce qui s'est passé pour la maison ? demanda Will Hasling. Il a le droit de savoir la vérité.

Edward se renfonça dans son fauteuil avec un regard pensif pour Will, son meilleur ami. Ils formaient une équipe d'inséparables depuis de longues années et travaillaient ensemble depuis quatorze ans, quand Edward avait été élu à la direction des entreprises Deravenel. Edward avait plus confiance en Will qu'en quiconque, à l'exception de son frère Richard.

« Loyaulté me lie », telle était la devise de Richard, et il n'y avait jamais failli.

C'était de lui que parlaient Edward et Will en cette matinée, assis de part et d'autre du bureau d'Edward au siège des entreprises Deravenel.

— Je n'ai jamais eu l'intention d'entrer dans les détails au sujet de sa maison, expliqua Edward. Ne crois-tu pas que cela pourrait sembler bizarre ? J'aurais l'impression de me vanter de tout ce que j'ai fait pour lui au fil des ans. Il pourrait prendre cela comme une façon de lui signaler qu'il est mon obligé.

— Cela m'étonnerait. Je suis même certain du contraire ! Ned, il doit savoir la vérité. Quand il saura comment les choses se sont passées, il cessera de croire que tu fais passer George avant lui, du moins si c'est ce qu'il pense.

— Tu as raison, Will, il vaut mieux tout lui dire.

— Veux-tu que je m'en charge ?

Edward ne put s'empêcher de rire.

— En toute franchise, l'idée de te le demander m'a effleuré. Mais ce serait stupide car je n'ai rien fait de mal et, même, tout au contraire.

Toujours riant, Edward se leva et alla se planter devant l'une des hautes fenêtres de son bureau. Il y avait beaucoup de circulation en ce mercredi d'avant Noël. Tout Londres bruissait des derniers préparatifs. Ce serait le premier vrai Noël depuis quatre ans ; la guerre était enfin finie. Les gens étaient décidés à le fêter dignement, à passer de bons moments et à se réjouir du retour de la paix.

A Ravenscar, le Noël de la famille Deravenel serait exceptionnellement calme mais, pour Edward, cela n'avait aucune importance. A vrai dire, cela lui faisait même plaisir. Il avait annulé toutes les invitations et tout le monde avait compris qu'il s'agissait de protéger son fils malade, ainsi que les invités. Seul George s'était montré agressif, comme d'habitude. En réalité, il avait même tenu des propos très désagréables.

Se détournant du spectacle de la rue, Edward revint au centre de la pièce et s'y tint quelques instants, pensif. Il reporta enfin son attention sur Will.

— En un sens, c'est la faute de mère si Richard s'est montré aussi ému, le week-end dernier. Son désir de réunir la famille semble troubler son bon sens habituel. Mère n'accepte pas que Richard ne supporte plus George ou qu'Elizabeth le déteste. Ma femme ne pardonne pas à George d'avoir ruiné son père et son frère avec l'aide de Neville. Elle préférerait le savoir en enfer plutôt que de le recevoir à Ravenscar. Malheureusement, mère s'obstine à vouloir tout oublier et répéte sans cesse qu'il faut pardonner et se réconcilier, parce que nous sommes une seule famille.

— Depuis votre mariage, George a toujours traité Elizabeth en ennemie. Il la déteste autant qu'elle le déteste…

Inutile de rappeler à Edward que personne n'aimait sa femme. Aussi belle qu'elle fût, ce n'était pas une femme admirable. Elle nourrissait des ambitions sans limites pour sa propre famille. Elle avait convaincu Edward de donner des emplois à plusieurs de ses frères et Anthony Wyland, son préféré, jouait à présent un rôle important dans la société. Toutefois, Will appréciait Anthony, il le savait respectable et compétent.

Edward laissa passer un moment de silence avant de changer de sujet.

— Jarvis Merson m'a appelé hier, dit-il d'un ton plus gai. Il voudrait que nous relancions une campagne de forages pétroliers en Perse, dans le sud du pays plus précisément, et que nous achetions une nouvelle concession au shah. Comme nous réussissons très bien en Louisiane, il estime que nous devrions nous développer, maintenant que la guerre est finie.

Tout en parlant, il était allé se rasseoir à son bureau. Il continua :

— Je sais que ce n'est pas le bon moment pour le faire, mais j'ai décidé de créer une société pour cela dès maintenant. Ainsi, nous serons prêts à nous lancer dans la course dès que le monde ira mieux, quand nous serons débarrassés de la grippe espagnole et que nous aurons réparé les dégâts de la guerre…

Will s'était penché pour écouter Edward et, à cet instant, l'interrompit d'un ton approbateur.

— Je suis d'accord avec toi, il est trop tôt pour recommencer à prospecter en Perse. Il y a encore beaucoup trop de troubles dans le monde. Je suis convaincu que nous avons intérêt à attendre un an avant d'agir. Laissons passer 1919 et nous pourrons envisager de forer à partir du milieu de l'année 1920. A mon avis, nous pourrons démarrer en toute sécurité à ce moment-là, mais pas avant. Je sais que tu as toujours fait totalement confiance à Jarvis, et moi aussi. Il a amplement prouvé qu'il le méritait avec la création de nos champs pétroliers de Louisiane, ce qui me fait penser qu'il doit avoir raison en ce qui concerne la Perse. Toutefois, j'ai récemment entendu dire que certains dirigeants de Standard Oil, comme Henri Deterding de Shell, ne croient pas en l'avenir du sud de la Perse. Ils estiment qu'il n'y a rien à trouver là-bas. Or j'ai tendance à me fier au jugement de Deterding. Il possède un flair infaillible pour le pétrole.

— J'ai entendu les mêmes bruits mais je fais aussi confiance au flair de Jarvis. Avec Herb Lipson, son nouvel associé, il forme une équipe imbattable. Bref, comme je viens de te le dire, je veux être prêt et je crée une nouvelle société que j'appelle Deravco. Qu'en penses-tu ?

— A mes oreilles, cela sonne comme le nom d'une compagnie pétrolière, répondit Will avec un clin d'œil. Cela a aussi le mérite d'être court et agréable, du moins espérons-le.

On frappa soudain à la porte d'une main forte.

— Entrez ! dit Edward.

Richard apparut sur le seuil et Edward sauta sur ses pieds en souriant.

— Ah, te voilà ! s'exclama-t-il en embrassant son frère. As-tu eu mon message au sujet du déjeuner ?

— Oui, c'est pour cela que je suis descendu, répondit Richard. A quelle heure veux-tu y aller ?

— Viens me prendre à une heure moins le quart. Nous irons en face, à l'hôtel Savoy.

Après le départ de Will et de Richard, Edward s'attaqua à la pile de documents accumulés sur son bureau. Il les étudia soigneusement, prit quelques notes sur un bloc et se recula enfin dans son fauteuil, laissant vagabonder ses pensées.

L'idée de relancer la prospection pétrolière en Perse l'enthousiasmait. Il pensait depuis toujours que le pétrole représentait l'avenir. Il voulait que la compagnie Deravenel s'y taille un domaine beaucoup plus vaste que ce qu'elle possédait déjà en Louisiane. Jarvis Merson était l'homme qui saurait réaliser ce rêve. Edward avait confiance en lui depuis le jour où il avait rencontré ce jeune homme assez bavard mais vraiment brillant. Les faits lui avaient donné raison.

La veille, alors qu'il discutait avec Alfredo des carrières de marbre de la Deravenel en Italie, ce dernier lui avait suggéré de développer cette activité, éventuellement du côté de la Turquie.

Edward fit pivoter son fauteuil face à la grande carte du monde fixée au mur derrière lui. C'était la carte de son père, avec tous les chiffres qu'il y avait écrits d'une petite écriture très nette. Juste à droite de la Turquie, se trouvait la Perse. Peut-être pourrait-il faire d'une pierre deux coups. Il pourrait se rendre en Turquie avec Oliveri pour étudier la possibilité d'y acquérir des carrières de marbre puis, de là, aller en Perse se renseigner sur l'intérêt d'y investir.

Bien sûr, ce n'était pas pour tout de suite. Alfredo avait insisté sur ce point avec la plus grande énergie. L'Europe était encore très désorganisée. Rien ne marchait. L'achat de carrières en Turquie resterait impossible tant qu'il serait aussi difficile de voyager. Le même raisonnement s'appliquait au pétrole, ainsi qu'ils venaient de le reconnaître, Will et lui.

Ces projets de déplacements lui donnaient toutefois beaucoup de plaisir et l'aidaient à oublier un peu l'exaspération que lui causait George.

Ouvrant son agenda, Edward vérifia ses rendez-vous puis, toujours aussi méthodique, nota son déjeuner avec Richard et fronça les sourcils. Il avait prévu de dîner avec Jane et ne lui avait toujours pas acheté de cadeau.

On était le 18, exactement une semaine avant Noël. Le vendredi après-midi, il partait à Ravenscar, d'abord en train jusqu'à York puis en voiture. Avant cela, il déjeunait avec ceux de ses collaborateurs qui étaient aussi ses amis. Ces déjeuners privés avaient toujours lieu chez Rules, en face de ses bureaux. Ensuite, il dînait chez Vicky et Stephen Firth. Il avait déjà trouvé leurs cadeaux de Noël, ainsi que celui de Grace Rose.

Son adorable Grace Rose, qui lui ressemblait de plus en plus, allait avoir dix-huit ans. Dix-huit ans ! murmura-t-il, incrédule. Où étaient passées toutes ces années ?

Son emploi du temps pour le reste de la semaine ne lui laissait pas d'autre possibilité que de s'occuper du cadeau de Jane le jour même. Après son déjeuner avec Richard, il se rendrait chez l'un des meilleurs bijoutiers de

Londres. Comme Jane aimait les émeraudes, il lui choisirait des boucles d'oreilles ou une broche en émeraude.

Tandis qu'il tournait les pages de son agenda, Edward réalisa soudain, et non sans quelque consternation, qu'il passerait normalement dix jours dans le Yorkshire. Dix jours ! Tout ce temps à rester enfermé avec Elizabeth… Il y avait peut-être moyen d'arranger cela, tout comme il avait arrangé le problème de George et du déjeuner amical prévu pour le lendemain. Il ne voulait pas que son frère y assiste. Quand il l'avait appelé pour annuler l'invitation de Noël, George s'était conduit en enfant gâté, comme d'habitude, et avait fait une horrible scène. Pour l'apaiser, Edward lui avait proposé de le représenter à un rendez-vous d'affaires en Ecosse.

Edward eut un sourire non dépourvu d'une certaine autosatisfaction. Son petit stratagème avait marché. George avait sauté sur l'occasion de traiter avec le puissant magnat écossais, Ian MacDonald. Bon débarras, pensa-t-il en se levant. Il traversa son bureau et ouvrit la porte à double battant d'un immense placard. Il forma le chiffre de son coffre-fort, y prit un mince dossier et le referma.

Il voulait que tout soit remis à plat pour l'année qui venait. Que tout soit clair. Mais pour cela, se dit-il, il fallait opérer quelques changements.

Richard et Edward s'assirent de part et d'autre de leur table de l'élégant Grill Room du Savoy. Ils levèrent à leur santé réciproque leurs flûtes de champagne, prirent les menus et passèrent commande.

Ils choisirent tous les deux des huîtres de Colchester et une tourte aux rognons. A table comme dans bien d'autres domaines, ils partageaient les mêmes goûts. Ils appréciaient tous deux les vêtements de qualité, même si Richard se montrait beaucoup plus classique que son frère.

Ils aimaient parler de leurs lectures, de la politique et de la façon dont la presse rendait compte des événements du monde. Ils avaient les mêmes vues sur la plupart des sujets, ce qui était compréhensible dans la mesure où Edward avait fait l'éducation de son frère après l'assassinat de leur père en Italie. Il lui avait surtout inculqué l'amour de la justice et le sens de l'honneur.

Comme son aîné, Richard était compatissant, comprenant la peine et les souffrances des autres. Edward avait préféré Richard dès leurs premières années. Il l'avait toujours gâté, aimé et protégé de toutes les façons possibles. Tout naturellement Richard était devenu l'allié de son frère et il le défendait chaque fois qu'il le fallait. Richard admirait et aimait Edward par-dessus tout.

Bien installés sur les sièges du restaurant, ils prirent le temps de déguster leur champagne. Après un moment de silence, Edward se pencha vers Richard.

— Il y a une chose dont je veux te parler, commença-t-il.

— Ned, avant que tu ailles plus loin, laisse-moi te présenter mes excuses. J'ai eu tort de me disputer avec toi au sujet de George samedi dernier. En réalité, je n'ai pas d'excuse, sauf si c'en est une de m'être laissé dépasser par mes émotions. Je suis désolé.

— Il n'y a rien dont tu devrais t'excuser, Petit Ecureuil, répondit Edward d'un ton affectueux.

Entendre le surnom que lui avait donné son frère alors qu'il était encore tout petit fit d'abord sourire Richard, puis il éclata de rire.

— Tu ne crois pas que j'ai passé l'âge d'être appelé Petit Ecureuil, Ned ?

— Non, répondit Edward. Non, parce que tu n'as que vingt-deux ans ! Quoi qu'il en soit, c'était ma faute. J'aurais dû refuser quand mère m'a demandé d'autoriser George à venir, alors qu'il venait de s'inviter lui-même. J'ai cédé au désir de notre mère de ramener la bonne entente dans la famille.

— Oui, je sais. A propos, je te promets d'être très sage au déjeuner de demain ! Je ne dirai pas un mot.

— George ne viendra pas.

Richard parut étonné.

— Pourquoi ?

— Il part cet après-midi. En ce moment même, il prend le train pour l'Ecosse.

— Mais pourquoi ?

— Je lui ai demandé de me représenter à la réunion d'Edimbourg que j'avais organisée pour ce vendredi avec Ian MacDonald au sujet de ses distilleries. Comme tu le sais, Ian n'a pas d'héritiers et, il y a quelque temps, il m'a laissé entendre qu'il ne serait pas hostile à une offre d'achat. J'avais pris rendez-vous avec lui mais j'ai annulé avant-hier. J'ai prétexté la maladie d'Edward en expliquant que je ne voulais pas m'éloigner, et j'ai proposé d'envoyer George à ma place. Ian s'est d'abord montré un peu déçu puis il a accepté. Après tout, George est un Deravenel.

Richard se dit que, malheureusement, sa conduite en faisait parfois douter, mais il garda son commentaire pour lui. Il se contenta d'écouter attentivement les explications d'Edward.

— J'en ai donc parlé à George… reprit Edward.

Cette fois, Richard ne put s'empêcher de l'interrompre, l'air dubitatif.

— Et il a accepté ?

— Oui, parce que je lui ai donné un bon motif de le faire, quelque chose qu'il trouve toujours irrésistible. Il ne pouvait pas refuser.

— Que lui as-tu proposé ?

— De l'argent ! La matière première qu'il préfère à toutes les autres ! Je lui ai promis qu'il aurait un gros bonus s'il réussissait à trouver un accord avec MacDonald, un accord qui nous favorise, bien sûr.

— Et tu veux vraiment racheter la société MacDonald de spiritueux ?

Edward laissa passer quelques instants de silence.

— Eh bien, je suppose, oui…

— George pourrait facilement faire rater l'affaire, tu le sais. Il peut se montrer extrêmement versatile et maladroit dans des négociations.

— Je sais, mais, si cela arrive, tant pis ! En ce qui me concerne, quelle que soit l'issue, cela ne m'empêchera pas de dormir. L'essentiel est que je n'aurai pas George dans les jambes pour le reste de la semaine et pour Noël.

— Pour Noël ? Je ne comprends pas.

— Ian m'avait invité à passer Noël en Ecosse dans sa propriété à la campagne avec toute la famille. J'ai refusé puisque j'avais déjà des invités à Ravenscar. Mais lundi, quand je lui ai téléphoné, je lui ai demandé s'il n'aimerait pas inviter George et sa famille puisque j'avais dû annuler de mon côté.

— Il a accepté ?

— Oui ! Il est veuf et sa fille unique a trois filles… Je pense qu'en m'invitant il espérait créer une ambiance festive dans sa maison des Lammermuir Hills. Il a donc sauté sur l'idée d'inviter George et sa famille. Je peux être très persuasif, tu sais !

— Nous le savons tous !

Richard faillit poursuivre, hésita. Edward le regarda d'un air perplexe.

— Qu'y a-t-il ? demanda-t-il.

— J'allais répéter que tu as pris le risque de tout faire capoter.

— J'en suis conscient, dit Edward, dont le sourire s'élargit. Cet accord n'est pas vital pour nous, Dick. Cela ne me déplairait pas d'ajouter les entreprises de Ian aux nôtres car cela compléterait très bien nos activités dans la viticulture et le commerce des vins. Cependant, ma principale motivation était d'éloigner George pour un moment.

Richard hocha la tête pour marquer qu'il comprenait mais son expression resta soucieuse.

— Si George est parti aussi volontiers pour l'Ecosse, reprit-il en baissant la voix, ce n'est pas seulement parce que tu lui as fait miroiter la possibilité d'un gain supplémentaire important. Il est affamé de pouvoir et tu viens de lui en servir un beau morceau en te faisant représenter par lui.

— Tu as raison, je te l'accorde, mais parlons d'autre chose, tu veux bien ? Comme j'avais commencé à te le dire, j'ai une question à aborder avec toi et j'aimerais bien en avoir terminé avant qu'on nous serve.

Richard attendit la suite avec curiosité.

— Il y a deux ans, après ton mariage avec Anne, Nan Watkins vous a fait un cadeau. Je ne me trompe pas ?

— Tu veux parler des titres de propriété de la maison de Neville à Chelsea ?

— Cette maison n'a jamais appartenu à Neville, Richard, mais à Nan. Bien sûr, c'est lui qui l'a achetée et payée de sa poche, mais il l'avait achetée pour sa femme. Les titres de propriété sont au nom de Nan.

Comme Richard ne disait rien, Edward poursuivit son explication.

— Je le sais parce que je les ai vus. Nan me les a montrés.

— Nan a donné ces titres à Anne, dit Richard, mais elle les a à peine regardés. Elle m'a montré la lettre de sa mère et elle a rangé les papiers.

— Donc, tu ne les as jamais vus toi-même ?

— Non, pourquoi ? Cela a-t-il de l'importance ? Après tout, Nan nous a donné cette maison.

— Non, Richard, c'est moi qui vous l'ai donnée.

— Que veux-tu dire ?

— Peu avant ton mariage, en fait quelques mois avant, je suis allé voir Nan Watkins. Je lui ai parlé de mon intention de lui racheter sa maison parce que je voulais vous l'offrir, à Anne et toi. Au début, elle a refusé. Elle avait eu la même idée que moi et s'apprêtait à vous la donner en cadeau de noces. Mais je lui ai rappelé la rapacité de George. On pouvait craindre qu'il s'oppose à ce don et tente de vous reprendre la maison en se servant du fait qu'Anne et Isabel deviendront les cohéritières de leur père après la mort de leur mère. Isabel aurait donc été copropriétaire de cette maison.

— Tu as raison, Ned ! Il ne se serait pas gêné. En tout cas, je l'en crois tout à fait capable. Il est tellement retors ! Comment as-tu convaincu Nan de vendre ?

— J'ai insisté en disant que je connais George mieux que quiconque et que je voulais acheter la maison pour Anne et toi, de façon que George ne puisse jamais mettre la main dessus. Je lui ai aussi promis qu'elle pourrait quand même vous la donner, comme si c'était son cadeau de mariage.

— C'était un beau geste, Ned, mais je ne comprends pas pourquoi elle ne nous a pas dit la vérité à ce moment-là. Cela aurait été plus franc, non ?

— Je crains que ce ne soit encore ma faute. Je préférais que les choses se passent ainsi et elle a accepté, y compris de vous donner les titres que Neville lui avait remis. Je voulais que tout vous paraisse aussi normal que possible, à Anne et à toi, mais aussi à George. Pour l'empêcher de vous nuire plus tard, au cas où cela le tenterait, j'ai demandé aux avocats de Nan et aux miens de rédiger des actes complémentaires, un contrat de vente, de nouveaux titres de propriété à mon nom et un troisième document par lequel je te donne la maison en toute propriété.

— Veux-tu dire que tu nous l'as donnée à Anne et à moi ou seulement à moi ?

— Seulement à toi, Richard. Je ne voulais prendre aucun risque. Je ne voulais pas que le nom d'Anne figure sur le moindre document légal. En résumé, j'ai acheté la maison à Nan Watkins puis, en tant que nouveau propriétaire, je l'ai donnée à une tierce partie. Le tout est parfaitement légal. L'essentiel est que cela aboutit à écarter Anne et Isabel puisque leur mère avait le droit de vendre ce qui lui appartenait en propre et n'entrait pas dans la succession de Neville.

Richard réfléchit, déconcerté par ce qu'il venait d'apprendre. De son côté, Edward montra le dossier qu'il avait pris dans son coffre-fort et le tendit à son frère.

— Tiens, ce sont tes titres de propriété. Ils étaient en sécurité avec moi mais j'ai estimé que tu devais les avoir. Après tout, cette maison t'appartient.

— Tu ne me les avais pas donnés par égard pour Nan, n'est-ce pas ?

— Je suppose… Je ne voulais pas lui ôter le crédit de son geste. Elle voulait que cette maison soit la vôtre.

Richard prit le dossier et le fixa longuement. Sans l'ouvrir, il le posa enfin sur la chaise voisine et regarda son frère droit dans les yeux, incapable de parler.

— Merci, Ned, dit-il enfin. Je n'aurais pas pu avoir un meilleur frère que toi.

— Moi non plus, répondit Edward. Tu es mon frère que j'aime et en qui j'ai toute confiance.

6

Jane Shaw était assise devant la coiffeuse de sa chambre, dans sa maison de Hyde Park Gardens.

Elle s'observait dans l'ancien miroir victorien. D'un doigt fin, elle effleura quelques rides autour de ses yeux. Des pattes-d'oie ! pensa-t-elle. Quel vilain nom ! Il y avait aussi tout un réseau de marques à peine visibles au-dessus de sa lèvre supérieure. Aussi discrètes fussent-elles, elles étaient là et elle le savait. Il arrivait même que son rouge s'y infiltre. L'ovale de son visage avait un peu perdu de sa fermeté et la peau de son cou commençait à se relâcher. Malheureusement, cela se voyait.

S'écartant de son miroir, Jane s'enfonça dans son fauteuil en essayant de se détendre et de considérer son image avec plus d'objectivité. Elle se sentit aussitôt rassurée : elle restait une très belle femme, même si cette femme était en train de prendre de l'âge.

Dix ans…

En 1907, dix années ne représentaient pas grand-chose pour elle. En 1910, elle ne les trouvait guère plus gênantes. Mais à présent, en décembre 1918, ces dix petites années prenaient des proportions incroyables.

J'ai quarante-trois ans, pensa-t-elle.

Edward Deravenel en avait trente-trois.

Elle avait dix ans de plus que lui ; brusquement, cet écart qui lui avait toujours paru dérisoire lui semblait énorme. Et cela pour une seule raison : parce que cela commençait à se voir.

L'idée de leur différence d'âge l'obsédait à présent, et elle avait l'impression qu'Edward, de son côté, n'avait pas changé. Il était toujours aussi beau et sa chevelure avait gardé la même nuance de roux cuivré, magnifique avec ses reflets si lumineux même par le jour le plus gris. Ses yeux, d'une rare couleur de bleuet, restaient toujours aussi vifs. Son mètre quatre-vingt-dix faisait de lui un jeune homme imposant et paraissant beaucoup plus jeune qu'il ne l'était. Enfin, toujours aussi svelte, il n'avait pas pris un gramme depuis qu'elle le connaissait. Il avait gardé un corps magnifique, tout en muscles.

Jane alla se poster devant la psyché, ôta son déshabillé et s'examina d'un regard critique. Elle avait conservé une belle poitrine haute et ferme, une poitrine de jeune femme, ainsi que des hanches fines et un ventre plat. Elle était contente de constater que sa silhouette ne s'était pas abîmée avec les années. Comme elle n'était pas très grande, elle avait toujours fait attention à son régime, ce qui lui avait permis de rester mince et très jeune d'allure. Malgré tous ces motifs de satisfaction et à son grand étonnement, la différence d'âge entre Edward et elle la troublait, ce jour-là.

Elle haussa enfin les épaules et se détourna de sa psyché, se retenant pour ne pas rire de sa propre sottise. En remettant son déshabillé de mousseline blanche, elle se dit qu'aucun homme n'aurait pu se montrer plus attentionné, généreux et tendre qu'Edward.

Les quelques ragots qu'elle entendait de temps en temps à son sujet lui faisaient plaisir, en réalité, car ils les concernaient, eux et leur longue amitié, et non pas ses éventuelles relations avec d'autres femmes. Si on jasait, c'était à cause de l'incroyable fidélité d'Edward envers elle.

Elle se rassit à sa coiffeuse et entreprit de se maquiller comme elle le faisait toujours le soir – un léger voile de poudre claire, un soupçon de fard rose sur ses hautes pommettes et un rouge à lèvres carmin sur sa bouche si sensuelle. Elle n'avait plus qu'à passer un peu de mascara sur ses cils blonds et à souligner ses sourcils tout aussi blonds d'un trait presque imperceptible de crayon brun. Elle prit ensuite son peigne. Elle avait toujours de beaux cheveux bouclés mais elle les avait fait couper plus court que d'habitude. Sa nouvelle coiffure formait comme des vagues sur le dessus et les côtés de la tête. C'était la dernière mode et cela lui allait bien. Cette coupe la faisait paraître encore plus jeune.

Jane mit ses bas et ses sous-vêtements puis alla prendre dans sa penderie une robe de soie bleu nuit avec un col en V et de larges manches flottantes. Il n'y avait plus qu'à ajouter la touche finale, un long sautoir de perles à plusieurs rangs, des perles d'oreilles, une bague ornée d'un saphir et le bracelet assorti. Enfin, elle enfila ses escarpins de daim bleu foncé et quitta sa chambre pour descendre au rez-de-chaussée d'une démarche alerte.

Perfectionniste dans l'âme, Jane voulait s'assurer une dernière fois avant l'arrivée d'Edward que tout était prêt. Elle s'inquiétait pour lui à cause de la bronchite de son fils. Edward se souciait toujours beaucoup de son fils unique et héritier. Il avait même tendance à en faire trop, chose que Jane comprenait. Elle savait qu'il était un excellent père et s'occupait très bien de ses enfants, dont le nombre s'accroissait régulièrement.

Souriant en elle-même, Jane poussa la porte en acajou qui menait au salon. Nombre de ses amies se montraient très curieuses au sujet de ses relations avec Edward. Elles n'hésitaient pas à lui poser des questions indiscrètes, en particulier au sujet de la femme d'Edward. Elles décrivaient Elizabeth comme une femme mesquine et égoïste mais Jane ne les écoutait pas.

Dans ces cas-là, elle se contentait de leur rire au nez sans répondre. Il arrivait encore à Edward de passer la nuit avec sa femme ? Et alors ? Elle savait que la plupart des hommes mariés qui avaient des maîtresses continuaient d'avoir des relations avec leur épouse. En général, ils n'avaient pas le choix.

De tempérament réaliste, Jane essayait de ne pas trop se soucier des situations qu'elle ne pouvait changer. Son temps était trop précieux pour qu'elle le gaspille. De plus, elle n'avait aucun contrôle sur Edward ni sur ce qu'il faisait quand il n'était pas avec elle. Elle savait qu'il l'aimait et ils se voyaient plusieurs fois par semaine, souvent beaucoup plus quand il était à Londres. Elle savait aussi qu'il aimait sa compagnie, sa vivacité d'esprit, son humour et, bien sûr, sa culture artistique.

Edward devait à Jane sa remarquable collection de tableaux impressionnistes et post-impressionnistes. Depuis des années, elle cherchait pour lui les œuvres des plus grands peintres, Renoir, Manet, Monet, Gauguin ou encore Van Gogh.

Tout en réfléchissant, elle avait examiné d'un œil expert son salon où le bleu dominait. Tout était en ordre, chaque chose à sa place. Le feu brûlait dans la cheminée, les lampes aux abat-jour de couleurs douces étaient allumées et les coussins tapotés d'une main experte. Les fleurs de serre qu'Edward lui avait fait livrer plus tôt dans la journée répandaient un parfum d'été entêtant. Sur la petite table dressée à l'autre bout de la pièce, le champagne rafraîchissait dans un seau d'argent, et deux flûtes en cristal attendaient sur le plateau posé à côté.

Parfait, Vane ! pensa-t-elle. Vane était son ancienne femme de chambre, promue sous-gouvernante. A la grande satisfaction de Jane, elle se débrouillait très bien.

Edward Deravenel éprouvait toujours une sensation de soulagement quand il arrivait chez Jane. Il savait qu'au moment où il franchirait son seuil, les tensions de la journée disparaîtraient et il se détendrait. C'était ainsi depuis le jour de leur rencontre.

Ils avaient tout pour s'entendre. Elle lui donnait du plaisir aussi bien au lit que le reste du temps. Intelligente et très cultivée, elle possédait une qualité qui la distinguait de toutes les autres femmes : il émanait d'elle une merveilleuse tranquillité. Edward appréciait infiniment l'atmosphère paisible et l'ordre qui régnaient dans sa maison. Il avait horreur du chaos et exigeait que ses demeures de Londres, du Kent et du Yorkshire soient impeccablement tenues.

Edward avait une clef de la maison mais sonnait toujours avant d'entrer. Normalement, c'était la gouvernante, Mme Longden, qui l'accueillait mais, cette fois, ce fut Jane qui vint vers lui en courant, heureuse de le voir. Elle se dressa sur la pointe des pieds pour l'embrasser.

— Ned, mon chéri ! Oh ! Tu as froid. La température a dû chuter.

Il posa sa serviette sur la banquette de l'entrée, étreignit Jane et la garda longuement serrée contre lui. Quand il la relâcha, il prit enfin le temps d'ôter son manteau et son écharpe.

— Le vent est glacial, ce soir, dit-il en guise d'explication.

— Tu n'as pas demandé à Broadbent de te conduire ?

— Si, mais il y a d'abominables embouteillages et j'ai préféré descendre de la voiture au coin de ta rue. Il était plus simple de finir à pied. J'ai dit à Broadbent d'aller dîner et de revenir dans quelques heures. Il y aura moins de circulation, d'ici là.

Tout en parlant, Edward avait rangé ses affaires dans la penderie de l'entrée et ils se dirigèrent vers le salon.

— Mme Longden est de sortie, ce soir, dit Jane. C'est l'anniversaire de sa sœur, qui a cinquante ans. Je l'avais complètement oublié.

— Pourquoi ne me l'as-tu pas dit plus tôt ? Je t'aurais emmenée dîner.

— Tu es un amour, mais je sais que tu aimes dîner ici et, en toute franchise, moi aussi ! Vane fera le service. Ma cuisinière a préparé ton menu préféré, du poulet rôti et un parmentier aux légumes. Elle a aussi trouvé un excellent saumon fumé chez Fortnum and Mason. Qu'en penses-tu ?

Il éclata de rire.

— Tu me fais saliver, dit-il en entrant dans le salon à sa suite.

C'était la pièce préférée d'Edward. Intime et accueillante, elle était décorée dans différentes nuances de bleu avec des touches de jaune vif. Au fil des ans, Jane avait collectionné des objets qu'elle savait disposer avec un goût exquis, mais c'étaient ses tableaux qui retenaient l'attention. Elle possédait des toiles de très grande qualité, qu'il s'agît de celles qu'elle avait achetées elle-même ou de celles qu'Edward lui avait offertes.

Jane traversa la pièce d'un pas vif, prit la bouteille de champagne et se tourna vers Edward avec un sourire.

— Veux-tu de ton Krug favori ? Personnellement, je vais en prendre.

— Excellente idée, répondit-il en allant se placer devant le feu pour se réchauffer.

Pendant qu'elle remplissait les flûtes, il ne la quitta pas des yeux. Quand elle eut fini et qu'elle s'approcha pour lui donner sa flûte, l'image de Lily surgit soudain dans sa mémoire. Quand il avait rencontré Jane, elle lui avait presque aussitôt rappelé Lily Overton, qu'il avait tant aimée et qui était morte tragiquement. Une tristesse passagère obscurcit son regard bleu, une tristesse que Jane remarqua tout de suite. Rien de ce qui concernait Edward ne lui échappait.

— Ton fils va bien, n'est-ce pas ? demanda-t-elle à mi-voix.

— Oui, il va mieux. J'ai appelé le médecin avant de quitter le bureau parce qu'il tousse toujours beaucoup mais, d'après Leighton, c'est normal pour une bronchite. Apparemment, la toux peut mettre longtemps avant de disparaître. Edward recommence aussi à s'alimenter. Surtout, ma mère m'a dit qu'il n'a plus ce regard vide qui nous faisait si peur.

— Je suis soulagée pour toi, mon chéri. Il va donc mieux et la guérison est en bonne voie.

Jane prit sa propre flûte et revint devant le feu. Ils choquèrent leurs verres et savourèrent une gorgée de champagne puis elle alla s'asseoir sur le canapé de la cheminée. Edward prit un fauteuil en face d'elle.

— J'ai téléphoné à Vicky avant de quitter mon bureau. J'ai été heureux d'apprendre que tu as finalement accepté son invitation pour demain soir.

— J'ai hésité parce que je ne voulais pas vous déranger…

— Nous déranger ? Quelle idée !

Edward l'avait interrompue, sous le coup de la surprise.

— Tu es une de mes plus anciennes amies, reprit-il. Nous nous connaissons depuis dix ans ! A moins que tu aies oublié que cela remonte à si longtemps ?

— Bien sûr que non ! répondit Jane. C'est que… Will et toi… Vous vous connaissez depuis toujours…

Sa voix se brisa et elle baissa la tête.

— Tu sais que, pour rien au monde, je ne voudrais t'embarrasser ou te gêner, et tu sais pourquoi.

— Oui, je suis un homme marié et tu es ma maîtresse. Tu oublies seulement, ma chérie, que Will et sa sœur sont deux de mes meilleurs amis et pas ceux de ma femme ! Ils n'ont jamais été ses amis. Si tu préfères, ils font partie de mon clan et pas du sien. C'est toi qu'ils aiment, Jane, pas Elizabeth. Mais ne parlons pas de ces rivalités, maintenant. Revenons à l'essentiel : je suis heureux de savoir que nous passerons la soirée de demain ensemble.

Jane avait toujours son expression embarrassée.

— Moi aussi, mais…

— Qu'y a-t-il ? Que voulais-tu dire ?

— Vicky m'a dit que Grace Rose serait là.

— Bien sûr qu'elle sera là !

Soudain, voyant le trouble de Jane, il éclata de rire.

— Ma chérie ! Crois-tu vraiment qu'elle ignore nos relations ? Elle est au courant, voyons ! Tu oublies que ma fille a dix-huit ans, qu'elle est brillante et me ressemble beaucoup. C'est une jeune fille informée des réalités, pas une gamine naïve. Vicky et Stephen ont été de merveilleux parents pour elle. Ils en ont fait une lady et elle a reçu une excellente instruction. Elle a toujours manifesté une extraordinaire soif de savoir et elle se passionne pour l'histoire. Je suis très fier d'elle. Ne t'inquiète pas pour Grace, ma chérie. Elle est de mon côté et l'a toujours été.

— Tu dois me trouver un peu bête, n'est-ce pas ?

Jane prit sa flûte et se mit à rire.

— C'est un jour à ça, poursuivit-elle. Un jour à penser des bêtises !

— Que veux-tu dire ?

— Tout à l'heure, je me suis regardée dans le miroir et je me suis trouvée vieille. Cela m'a rappelé notre différence d'âge. J'ai dix ans de plus que toi, Ned.

— Mais cela ne se voit pas ! De toute façon, comme tu le sais, je préfère les femmes plus âgées. Et tout le monde sait que j'aime les blondes par-dessus tout, en particulier si elles sont veuves…

Il lui jeta un regard malicieux.

— … ou divorcées. Dix ans, ce n'est rien !

Jane sentit qu'il valait mieux laisser tomber ce sujet et lui sourit.

— J'ai une surprise pour toi, dit-elle.

Elle posa sa flûte, alla prendre une enveloppe dans son secrétaire et la donna à Edward.

— Qu'est-ce que c'est ? demanda-t-il sans cacher sa curiosité.

— Une petite chose que j'ai dénichée pour toi, si tu veux l'acheter.

— Ah ! Ma Jane m'a trouvé un tableau ! C'est cela, n'est-ce pas ?

Elle acquiesça de la tête et se rassit, attendant sa réaction.

Edward sortit de l'enveloppe la photographie de l'œuvre. Il en eut le souffle coupé. Jane avait trouvé un Renoir, le portrait de deux jeunes filles d'une quinzaine d'années. Elles portaient des robes identiques, orange avec un plastron et des volants noirs, et avaient des cheveux roux doré, relevés au sommet de la tête. Assises sur le rebord d'une fenêtre avec un ciel bleu derrière elles, elles lisaient, les paupières baissées sur leur livre.

— Quelle merveille ! dit-il enfin. Superbe ! Elles me rappellent Grace Rose et Bess, même si les jeunes filles de Renoir paraissent avoir toutes deux le même âge.

— Le tableau s'appelle *Les Deux Sœurs*. Renoir l'a peint en 1889. Tu as raison, elles doivent avoir le même âge. Regarde les nuances de leur teint ! Les visages sont admirables. C'est une œuvre de très grande qualité. J'ai eu un coup de foudre en la voyant.

— Dans quelle galerie l'as-tu trouvée ?

— Elle appartient à des particuliers qui l'ont apportée à Londres au début de la guerre, sans doute pour la mettre à l'abri.

— Et maintenant, le propriétaire veut la vendre ?

— Il semblerait. Si cela t'intéresse, je peux t'emmener la voir vendredi.

Edward réfléchit, sourcils froncés.

— Je pensais rentrer à Ravenscar vendredi matin… Sais-tu ce que je vais faire ? Je prendrai un train en fin d'après-midi. Nous pourrions voir le tableau dans la matinée et déjeuner ensemble. Cela te plairait ?

— Ce serait parfait. Donc, tu le veux ?

— Bien sûr ! C'est une merveille. Combien en demandent-ils ?

— Je l'ignore. J'étais certaine que tu ne pourrais pas résister à un tableau qui te rappelle tes petites rouquines.

— Comme d'habitude, ton intuition ne t'a pas trompée. Tu me connais très bien. Merci, ma chérie. Maintenant, c'est à mon tour d'avoir une surprise pour toi.

Il se leva et, d'un pas rapide, alla chercher un petit paquet dans sa serviette. Il revint au salon en le tenant derrière son dos et, s'arrêtant devant Jane, il ramena sa main pour le lui présenter d'un geste théâtral.

— Qu'est-ce que c'est ? demanda-t-elle.

Son regard allait des yeux d'Edward au petit paquet emballé dans du papier bleu.

— Ouvre-le !

Jane déchira le papier et découvrit une boîte bleu foncé dont elle souleva le couvercle. La boîte contenait elle-même un écrin de velours bleu nuit. Elle leva de nouveau les yeux vers Edward, hochant la tête comme si elle avait eu affaire à un enfant désobéissant.

— D'après ce que je vois, tu as encore fait des folies, Ned ! Tu me gâtes trop.

— Pas du tout, ma chérie. Ouvre l'écrin !

Les yeux clairs de Jane s'écarquillèrent quand elle découvrit le collier-plastron choisi par Edward. D'une finesse de dentelle, il se composait d'un entrelacs de diamants et d'aigues-marines. Jane se tourna vers Edward sans pouvoir prononcer un mot.

— Chéri, dit-elle enfin dans un murmure. C'est magnifique !

— Il ne fallait pas moins pour une femme magnifique, Jane. Je voulais t'offrir une broche ou des boucles d'oreilles en émeraude, mais, quand j'ai vu ce collier, j'ai pensé à la couleur de tes yeux.

Il prit le bijou et le tint devant Jane en le faisant jouer dans la lumière.

— Regarde, Jane, tes yeux et les aigues-marines sont exactement de la même teinte !

Edward glissa le collier dans sa poche et, prenant Jane par la main, l'aida à se lever.

— Je veux que tu l'essaies tout de suite mais il ne va pas avec cette robe. Viens, chérie, montons dans ta chambre, je veux le voir sur toi.

Sans protester, elle le suivit dans l'escalier, qu'il lui fit grimper rapidement avant de l'entraîner dans sa chambre.

— Enlève ta robe, Jane, et mets-le !

Tout en parlant, il avait sorti le bijou de sa poche.

— Dépêche-toi ! insista-t-il. J'ai hâte de le voir sur toi.

Elle se déshabilla en riant et se retrouva bientôt en sous-vêtements. Edward passa derrière elle, lui mit le collier autour du cou, le ferma et l'amena devant sa coiffeuse, où il la fit asseoir.

— Regarde, dit-il. Regarde comme les pierres reflètent la couleur de tes yeux !

Elle se pencha vers le miroir pour mieux voir les jeux de la lumière dans les pierres, et Edward se pencha à son tour sur son épaule pour regarder avec elle.

— C'est parfait, comme toi ! souffla-t-il.

Elle se tourna, très émue, et plongea son regard dans le sien.

— Merci, mon chéri, merci, c'est un cadeau magnifique ! Je l'aimerai toute ma vie.

— Comme moi je t'aimerai, Jane. Ne l'oublie jamais, mon cœur, surtout quand tu commences à avoir des idées bizarres, quand tu te trouves trop vieille pour moi, par exemple.

En quelques enjambées, Edward alla fermer la porte de la chambre, puis il ôta sa veste, la jeta sur le divan Récamier, et revint vers Jane en commençant à déboutonner sa chemise.

— Je vais te prouver que tu n'es pas trop vieille et que je te désire toujours, dit-il.

Jane alla à sa rencontre, les yeux fixés sur lui.

— Peux-tu m'enlever le collier, s'il te plaît ?

— Non, murmura-t-il en la prenant dans ses bras.

Il la serra contre lui, jusqu'à ce que Jane pose la joue contre son torse nu.

— Je veux, reprit-il, que tu le gardes ce soir, et toute la nuit. Mais…

Il cherchait l'agrafe de son soutien-gorge.

— Je veux défaire cette chose-là ! Je ne peux plus attendre, ma chérie !

Ils se débarrassèrent en hâte de leurs vêtements, puis Edward entraîna Jane vers le lit. Il la reprit dans ses bras et, cherchant sa bouche, l'embrassa avec passion tout en lui caressant les seins. Ils s'interrompirent pour reprendre leur souffle, allongés l'un à côté de l'autre, puis Edward se redressa sur un coude pour la regarder.

— Jane, comme tu es belle ! Comment peux-tu avoir ces sottes idées ? Tu ne seras jamais trop vieille pour moi…

Se penchant sur elle, il n'acheva pas sa phrase et l'embrassa de nouveau puis, glissant ses mains sous ses reins, il la fit sienne. C'était ainsi depuis le premier jour, entre eux. Ils éprouvaient toujours le même désir l'un de l'autre, la même passion, le même besoin irrésistible de s'appartenir. Cette fois encore, ils s'accordèrent aussitôt, retrouvant le rythme familier, enlacés de toutes leurs forces tandis que le plaisir les submergeait.

A un moment, Edward s'immobilisa et se redressa pour regarder Jane. Elle lui rendit son regard, étonnée. Il eut un petit sourire taquin.

— Les aigues-marines sont de la couleur de tes yeux, surtout en ce moment !

Il s'allongea de nouveau sur elle, le visage enfoui dans son cou.

— Je t'aime, Jane, je t'aime tellement ! Je suis à toi comme tu es à moi. Viens, maintenant, viens, ma chérie !

Elle s'abandonna, criant son nom, et à son tour il oublia tout.

Ils restèrent enlacés de longues minutes puis Edward desserra son étreinte.

— J'ai peur que ton collier te fasse mal, ma chérie. Tu as la peau un peu marquée.

— Non, mais je peux l'enlever, si tu préfères.

— Si tu veux bien, j'ai envie que tu le gardes, ce soir. Je suis sûr que tu as une robe dont le décolleté conviendra.

— Oui.

Ils laissèrent passer un long moment de silence, apaisés. Ce fut Jane qui, la première, revint à la réalité.

— Qu'as-tu décidé, pour le chien ?

Edward parut très étonné.

— Quel chien ?

— Je t'ai suggéré d'en offrir un à ton fils. Il en rêve depuis toujours, d'après ce que tu m'as dit. Je t'avais répondu que ce serait un beau cadeau de Noël.

— Zut ! J'ai complètement oublié ! J'avais prévu d'en acheter un en Ecosse, un West Highland terrier. C'est sa race préférée.

— Tu as encore le temps d'en trouver un, Ned. On en vend chez Harrods.

— Mais je n'ai pas envie de devoir le transporter dans le Yorkshire. Il m'encombrerait.

— Je suis sûre que Harrods se chargerait de l'envoyer dans un van si tu le demandais.

— Excellente idée ! Que ferais-je sans toi, ma chérie ? J'irai en choisir un demain matin et je le ferai livrer à Ravenscar. Bravo, Jane, tu m'as sauvé la mise une fois de plus !

Comme il se penchait pour l'embrasser sur le bout du nez, sa main effleura le collier.

— Ce bijou est dangereux ! dit-il en riant. J'ai vraiment peur de t'avoir fait mal, tout à l'heure.

— Je n'ai rien senti, mon chéri. Mais toi ? Il ne t'a pas égratigné ? Tu aurais dû me laisser l'enlever.

— Non, tu sais que j'aime faire l'amour aux femmes qui ne portent que leurs bijoux.

— Les femmes ? s'exclama-t-elle. A quelles autres femmes vêtues de leurs seuls bijoux faites-vous l'amour, Edward Deravenel ? Je vous écoute !

— A aucune, répondit-il. Il n'y a que toi, ma chérie, seulement toi.

Et il disait la vérité.

Avec la finesse qui la caractérisait, Jane préféra abandonner le sujet. Elle savait qu'il lui était fidèle. Tout le monde le savait, y compris sa femme. Jane se demandait si Elizabeth était gênée par son existence. Une épouse ne se sentait-elle pas plus menacée par la présence d'une unique autre femme que par celle de plusieurs maîtresses ? Jane écarta ces pensées et revint à un sujet qui la préoccupait.

— A propos, pourquoi as-tu envoyé George en Ecosse à ta place ? Tu ne m'en avais pas parlé.

— Je voulais le tenir à l'écart. Il s'était invité à Ravenscar pour Noël et, pour faire plaisir à ma mère, j'avais cédé. Quand j'ai tout annulé pour les raisons que tu connais, il est devenu odieux. Comme j'avais également annulé mon déplacement à Edimbourg à cause de la maladie d'Edward, j'ai eu l'idée de régler le problème en envoyant George à ma place. Je fais d'une pierre deux coups, en quelque sorte !

Jane prit le temps d'arranger ses oreillers pour s'y adosser.

— N'est-ce pas un peu risqué ? demanda-t-elle. Cela en fait le porte-parole des entreprises Deravenel, non ?

— Je reconnais qu'il peut se montrer imprévisible, même dans les discussions d'affaires, mais je lui ai promis une très belle prime s'il arrive à un accord avantageux pour nous.

— J'espère qu'il ne va pas tout gâcher, murmura Jane.

— C'est curieux que tu dises cela. Richard m'a fait la même réflexion tout à l'heure. Tu sais, si cela ne marche pas, je n'en ferai pas une histoire ! Il est vrai que George est parfois bizarre mais c'est plus une gêne qu'autre chose.

— Non, Ned. George représente beaucoup plus qu'une simple gêne : une menace.

— Qu'est-ce qui te fait penser cela ?

Edward fronça les sourcils : Will Hasling lui avait plusieurs fois lancé le même avertissement au cours des dernières semaines.

— Je pense, répondit Jane, qu'il est en compétition avec toi. J'ai toujours eu la sensation que George… comment dire ? Que George se raconte des histoires sur lui-même. Il croit qu'il est comme toi, qu'il est aussi brillant que toi, aussi intelligent. Or ce n'est pas le cas !

— C'est Neville qui lui avait mis ces idées dans la tête il y a des années de cela. Le terrain était favorable. Maintenant que la guerre est finie, je pourrais peut-être expédier George dans un autre pays. En Amérique, par exemple…

Jane éclata de rire.

— Oui, et de façon permanente, s'il te plaît ! Ne penses-tu pas que ce serait une bonne idée ?

— Si, mais…

Edward se pencha sur elle et l'embrassa sur les lèvres.

— Mais, dit-il d'une voix rauque, j'ai une idée encore meilleure. Avant de descendre dîner, ma chérie, je vais encore te faire l'amour !

— Et pour le collier…

— Aucun problème ! Je me moque de me faire égratigner tant que je peux te tenir dans mes bras. Jane, ma chérie, mon seul amour !

— Oh ! Ned…

D'un baiser, il l'empêcha de terminer sa phrase.

7

Amos Finnister, assis derrière son bureau au siège de la compagnie Deravenel, écoutait Will Hasling avec attention. Dès le début de leur conversation, il avait pris un air soucieux.

— C'est pourquoi, conclut Will, j'aimerais que vous fassiez quelques recherches, Amos. Avec votre discrétion habituelle, cela va sans dire…

Amos hocha la tête.

— Pensez-vous réellement que M. George soit tombé en mauvaise compagnie ? demanda-t-il. C'est bien ce que vous voulez dire, monsieur Hasling ?

— Oui, et je parlerais même de compagnie dangereuse. La boisson, le libertinage, ce n'est déjà pas très recommandable mais c'est dans la nature de George. Il s'est toujours conduit en débauché. Ce qui m'inquiète beaucoup plus, c'est la drogue et le jeu. Il perd régulièrement de grosses sommes d'argent. De très grosses sommes, en réalité. Il y a là une source d'ennuis potentiels qui me préoccupe beaucoup.

— Puis-je vous demander comment vous l'avez découvert ? dit Amos, qui ne quittait pas Will des yeux.

— Quelqu'un est venu m'avertir.

Will ajouta entre ses dents : « Heureusement ! »

— Je suppose qu'il s'agit d'une personne en qui vous avez toute confiance ?

— Oui, Amos, et il n'y a aucune raison pour que vous ne connaissiez pas son identité. Il s'agit d'un de mes frères, Howard. Quand il était à Eton, il s'est lié avec un autre étudiant, Kim Rowe-Leggett. En vrais anciens d'Eton, ils sont restés très amis. Rowe-Leggett est un courtier en bourse réputé de la City. Il a très bien réussi. En dehors de cela, il lui arrive de parier aux courses ou de jouer, mais à petite échelle, dans un des cercles à la mode. Il est membre d'un club fondé par Julian Stark, un autre ancien d'Eton. Pour en revenir à ce qui me préoccupe, d'après ce que lui a confié Kim Rowe-Leggett, la situation de George suscite beaucoup de commentaires. Il est donc normal que je m'inquiète, non seulement pour ses lourdes pertes au jeu mais aussi pour sa dépendance à la drogue.

— Je ne peux vous le reprocher, approuva Amos. Comme vous le savez, M. George cause beaucoup de souci à M. Deravenel. Au cours des dernières semaines, il m'a demandé plus d'une fois de le garder à l'œil. Vous voyez ce que je veux dire : savoir comment son frère occupe ses loisirs, quelles sont ses fréquentations… Mais avec la plus grande discrétion, bien entendu !

Will eut une mimique encore plus inquiète.

— Savez-vous si les ragots au sujet de M. George sont venus aux oreilles de M. Edward ? Vous en a-t-il parlé ?

— Pas vraiment. Quand il est soucieux, c'est d'une façon très retenue. Avec lui, jamais de grandes démonstrations ou de cris ! Quoi qu'il en soit, il n'a pas mentionné le jeu ou la drogue.

— Il en entendra parler, tôt ou tard, dit Will en soupirant, surtout si quelqu'un réclame le paiement d'une dette ! Si Julian Stark n'obtient pas satisfaction auprès de George, il est envisageable qu'il s'adresse à M. Deravenel. Je dois le prévenir, Amos, je ne peux pas faire autrement. Nous n'avons jamais eu de secret l'un pour l'autre depuis que nous travaillons ensemble et, même avant, quand nous faisions nos études à Oxford.

Amos s'appuya au dossier de son fauteuil de bureau, le regard dans le vague. Il avait pris une curieuse expression que Will Hasling remarqua immédiatement.

— Qu'y a-t-il, Amos ? Vous avez l'air bizarre.

— Cela peut-il attendre jusqu'après Noël ? Vous savez que M. Edward s'inquiète un peu pour son fils, en ce moment. De plus, c'est la période des fêtes. Demain, nous avons notre déjeuner annuel puis le dîner chez votre sœur.

— Oui, je comprends.

Will pesa le pour et le contre.

— Je comprends très bien, répéta-t-il, mais il déteste les mauvaises surprises. Si ces rumeurs lui viennent aux oreilles par quelqu'un d'autre, il me reprochera de ne pas l'avoir prévenu, de ne pas lui avoir permis de se préparer au coup.

Amos se redressa brusquement.

— Vous avez raison ! s'exclama-t-il. Vous devez lui en parler. Comme disait mon défunt père, un homme averti en vaut deux ! La semaine dernière encore, M. Richard m'a confié qu'il ne pensait pas son frère susceptible de faire honneur à la compagnie Deravenel. Il estime qu'il ne devrait avoir aucun pouvoir dans la société car il manque de jugement.

Will ne fut pas étonné de cet aveu. Il savait de longue date que les deux frères étaient brouillés. Richard était d'un attachement et d'une loyauté à toute épreuve envers Edward mais il détestait George. Will, qui connaissait Richard depuis son enfance, l'aimait et l'admirait. De caractère aimable, Richard se montrait très à cheval sur la discipline et même un peu collet monté. De plus, c'était un grand travailleur doué pour les affaires. Edward était très heureux que son frère se soit si bien intégré dans la compagnie.

Depuis quelque temps, Richard ne ménageait pas ses critiques à l'égard de George. Il était exact que Richard avait beaucoup souffert de la mesquinerie avec laquelle George avait tenté de l'empêcher d'épouser Anne Watkins. Will étouffa un soupir. Il n'avait jamais très bien compris pourquoi Edward n'était pas intervenu plus tôt pour redresser la situation et éviter que cela dure trop longtemps.

Réalisant qu'Amos attendait, Will s'arracha à ses pensées.

— A votre avis, reprit-il, Richard est-il au courant des bruits qui courent sur George ? Vous a-t-il dit quelque chose à ce propos ?

— Non, répondit Amos. Toutefois, je crois qu'il a entendu quelque chose. La semaine dernière, il a fait une remarque… Il a dit que son frère était vénal.

— Ce qui est parfaitement exact !

— A mon avis, George Deravenel est un fauteur de troubles dans l'âme.

Will lança un long regard à Amos avant de livrer le fond de sa pensée.

— Il est aussi dangereux, dit-il d'une voix sourde.

— Oh ! Je le sais bien, s'exclama Amos. Depuis le jour où il s'était acoquiné avec Neville Watkins pour monter un coup tordu, j'ai eu des soupçons à son égard.

En toute franchise, je vous avoue que je ne lui ai plus jamais fait confiance.

— Moi non plus !

Will Hasling se leva pour prendre congé et se dirigea vers la porte.

— Je dois vous quitter, Amos. Ma femme m'attend à l'hôtel Savoy. Nous allons au Savoy Theatre, ce soir.

— Bien sûr ! Passez une bonne soirée, monsieur H.

Will se retourna avant d'ouvrir la porte et fixa Amos d'un regard lourd de sous-entendus.

— Je parlerai à M. Edward dès que possible. Je dois l'informer de tout cela, l'avertir. Pourriez-vous essayer d'en savoir plus de votre côté, Amos ? Qui sait ce que vous allez découvrir !

— Vous pouvez vous reposer sur moi. S'il y a quelque chose à trouver, je le trouverai !

Les ennuis n'allaient pas tarder. Amos en avait la conviction. C'était dans l'air. Il le sentait jusque dans ses os. Aussi loin qu'il pût s'en souvenir, Amos s'était fié à son intuition et à sa connaissance de l'âme humaine. Il avait un sixième sens pour comprendre les raisons d'un acte et les motivations des gens. Ces dons, car c'était ainsi qu'il les considérait, lui avaient été très utiles quand il était encore policier, occupé à maintenir l'ordre dans les quartiers malfamés de Londres.

Cela lui avait aussi servi pendant toutes les années passées au service de Neville Watkins puis comme chef de la sécurité à la Deravenel. En y repensant, Amos eut un petit sourire en coin. En réalité, il n'y avait rien qui ressemblât de loin ou de près à un service de la sécurité dans la maison avant qu'Edward

Deravenel l'embauche pour « surveiller ses arrières », comme il l'avait dit à l'époque.

Actuellement, ce n'était plus nécessaire. La plupart des ennemis d'Edward étaient morts. Certains vivaient à l'étranger, rendus impuissants par la réussite d'Edward à la tête de la Deravenel. La compagnie avait toujours englobé un ensemble impressionnant d'activités mais il l'avait hissée au premier rang et elle amassait plus d'argent qu'elle n'en avait rapporté depuis sa création.

Le nom d'Edward était connu dans le monde entier, et on le considérait comme l'un des hommes d'affaires les plus puissants de la City. Parfois, on le disait même plus influent que son défunt cousin, Neville Watkins, qui avait été l'homme d'affaires le plus important de son époque.

Amos se souvenait très bien de la réaction d'Edward le jour où il lui avait parlé de son désir de prendre sa retraite. Edward avait piqué une crise de colère ou, du moins, quelque chose qui y ressemblait beaucoup. Il avait perdu la tête, c'était le terme.

« Je veux que vous restiez à côté de moi pour le reste de votre vie, et de la mienne ! avait crié Edward. Je refuse de vous entendre parler de retraite, c'est tout ! Ne m'en redites jamais un mot, Amos ! Et n'oubliez pas que les hommes qui partent à la retraite finissent toujours par s'effondrer et mourir ! »

Amos avait été quelque peu choqué par la sortie d'Edward mais aussi extrêmement flatté. Cela lui avait fait comprendre la place unique qu'il occupait dans la vie et les affections d'Edward Deravenel. Son patron avait pour lui le même attachement qu'il ressentait à son égard.

Loyal, dévoué, discret et protecteur, Amos Finnister possédait également un caractère très calme. Il ne perdait jamais son sang-froid, quelles que fussent les circonstances. Il était tellement fiable qu'Edward Deravenel n'avait jamais cherché à lui cacher le moindre aspect de sa vie, pourtant passablement compliquée. L'ancien policier et enquêteur privé se trouvait en général à ses côtés.

Les gens qui travaillaient chez Deravenel savaient qu'Amos Finnister faisait partie des proches de leur patron, mais personne ne se doutait à quel point, à l'exception de Will Hasling, le plus ancien et le meilleur ami d'Edward.

Les trois hommes travaillaient dans une parfaite entente, et cela durait depuis de longues années. Ils se faisaient confiance sans avoir besoin de se le dire et respectaient la plus grande discrétion à l'égard des affaires des uns et des autres. De ce qu'ils se disaient ou décidaient, rien ne transpirait jamais à l'extérieur. Un jour, Edward avait ri en comparant leur petit groupe aux Trois Mousquetaires mais ce n'était pas faux.

La solidité de leurs liens tenait à diverses raisons. Edward et Will, bien qu'appartenant à l'aristocratie, n'étaient pas snobs. Ils se conduisaient en hommes affables, accessibles, sans affectation et d'esprit démocratique. Quant à Amos Finnister, il savait qu'il ne devait pas franchir une certaine limite et avait une conscience très nette de sa place dans l'ordre social. Il ne se montrait jamais trop familier, sachant que cela aurait été une erreur.

Depuis qu'ils se connaissaient, ils étaient comme les doigts de la main. Ils pensaient de la même façon après toutes ces années, réagissaient avec ensemble quand surgissait une difficulté et anticipaient souvent leurs réactions respectives.

Amos se leva et commença à faire les cent pas de sa démarche allongée, plongé dans une profonde réflexion.

Il était convaincu que Will Hasling était encore plus contrarié qu'il ne l'avait laissé voir. Il était tout aussi certain que Will dirait tout à Edward dès le lendemain matin. Et Edward voudrait que lui, Amos, se mette tout de suite en chasse.

Il s'arrêta devant la fenêtre. La nuit était belle, avec un ciel clair sans le moindre nuage, et des myriades d'étoiles.

Amos finit par fermer ses tiroirs à clef et prit son pardessus dans son vestiaire. Puis il sortit de son bureau, descendit le grand escalier, traversa le hall imposant, tout en marbre, de l'immeuble Deravenel et se trouva sur le trottoir du Strand.

La rue était plus animée qu'Amos ne l'avait vue depuis longtemps. Les taxis, les automobiles et les omnibus encombraient la voie tandis que les trottoirs étaient envahis de piétons, la plupart marchant d'un pas pressé. Il comprit qu'il serait impossible de trouver un taxi dans cette cohue et qu'il devrait aller à pied. Par chance, il aimait marcher. Sans doute cela lui rappelait-il l'époque où il arpentait les rues de Londres dans son uniforme de policier. Toujours était-il que la marche l'aidait à réfléchir. Amos Finnister boutonna son pardessus et partit d'un pas vif.

Il avait rendez-vous au Ritz, où séjournait son vieil ami Charlie Morran. Ils étaient convenus de dîner au restaurant de l'hôtel, une des meilleures tables de Londres. Amos le connaissait bien, pour y être allé plusieurs fois avec Edward Deravenel.

Le décor de l'hôtel était digne d'un palais avec des sols de marbre, de riches tapis d'Orient, des lustres en cristal, un élégant mobilier de bois foncé, des palmiers en pot et d'immenses arrangements floraux. Le Ritz faisait partie des endroits où les gens riches et célèbres aimaient se retrouver, un des lieux de rendez-vous favoris du Tout-Londres. L'aristocratie, les personnalités en vue, les acteurs et les actrices connus, les écrivains à succès, les membres du Parlement, les hommes politiques et les chefs d'Etat, l'élite du monde entier allait au Ritz.

Tout en se dirigeant à grandes enjambées vers Trafalgar Square, Amos pensait à son ami Charlie. Il n'avait pas vu le jeune homme depuis plus de deux ans, depuis son départ au front, en France, où il avait combattu pour son roi et son pays.

Quand la guerre avait éclaté, en août 1914, Charlie avait réservé son passage sur le premier bateau qui reliait New York à Southampton. En arrivant à Londres, il avait déclaré à Amos qu'il voulait faire sa part, tout simplement. « Je veux être là où je dois être, répondre à l'appel de mon nom et me battre pour la bonne cause. Donc je suis là et je m'enrôle dans l'armée britannique dès la semaine prochaine. » Charlie avait fait comme il l'avait promis.

Il était rentré à Londres seul car sa sœur Maisie avait déjà quitté les Etats-Unis un an plus tôt. Elle était allée vivre en Irlande avec l'homme qu'elle venait d'épouser.

Au fil des ans, comme ils remportaient succès sur succès, Amos s'était senti de plus en plus fier de Charlie et de Maisie. Dans les mois qui avaient suivi leur installation à New York, dont Charlie répétait sans cesse que les trottoirs étaient pavés d'or, ils avaient trouvé un emploi dans un théâtre. A force de travail, les deux gamins des rues de Londres étaient devenus des vedettes de Broadway, réalisant ainsi leur vœu de toujours. Et pourquoi pas ?

Ils savaient danser, chanter, jouer, et s'étaient tous les deux révélés de grands imitateurs. De plus, chez eux, le talent s'alliait à une beauté rare. On ne pouvait rêver meilleure combinaison. Amos n'avait donc pas été étonné par les lettres de Charlie, qui avait rapidement annoncé un succès qui ne se démentait pas.

Charlie et Maisie s'étaient embarqués à Liverpool en 1904 mais ils aimaient trop Londres et ils étaient fréquemment revenus y séjourner. Amos les avait toujours revus avec le même plaisir.

Il s'était réjoui le jour où il avait reçu la lettre annonçant le mariage de Maisie avec un jeune Irlandais qui se révéla n'être autre que le fils aîné de lord Dunleith, un propriétaire terrien anglo-irlandais. Celui-ci possédait de nombreux hectares au milieu desquels trônait le château de Dunleith, un magnifique bâtiment géorgien.

Amos repensait ainsi à tout ce qu'il avait partagé avec Charlie et Maisie pendant toutes ces années, tout en se frayant un chemin vers Trafalgar Square. Il y avait vraiment beaucoup de monde, en particulier autour de la statue du héros de l'Angleterre, Horatio Nelson. Des bandes de fêtards chantaient et dansaient en agitant le drapeau britannique. Quelques-uns criaient : « Nous avons vaincu les Huns ! » Ce n'était pas Noël qu'ils fêtaient ainsi avec une semaine d'avance mais la fin de la guerre.

De l'autre côté de Trafalgar Square, quelqu'un mit le feu à une roue de sainte Catherine ; des éclats de lumière rouge s'élancèrent dans la nuit. D'autres feux d'artifice furent tirés, puis d'autres encore, dans un spectacle de couleurs et d'illuminations. La foule riait et applaudissait au milieu des chansons.

Soudain, une voix de femme s'éleva. Dominant le vacarme de son soprano, elle entonna *Land of Hope and Glory*, terre d'espoir et de gloire. Dès le second vers, d'autres voix se joignirent à la sienne et, bientôt, tout le monde chantait cet air devenu si vite un hymne patriotique. Amos lui-même chantait, étonné de se sentir aussi ému. Il se sentait soulevé par un extraordinaire sentiment de fierté et réalisa qu'il n'était pas moins sentimental et patriote que la foule autour de lui.

Il s'éloigna enfin, traversa la place et, toujours plongé dans ses pensées, reprit sa route en direction de l'est, vers Piccadilly et le Ritz.

La guerre était enfin finie ! Pour la première fois dans l'histoire du monde, la planète tout entière avait été entraînée dans l'horreur. Partout, l'ancien ordre des choses avait été détruit. Plus rien ne serait jamais pareil. Mais la paix était revenue, après quatre années d'enfer et la mort de millions de jeunes hommes, fauchés avant d'avoir commencé à vivre.

8

Amos arriva à Piccadilly et traversa la chaussée en direction du Ritz. Il salua de la tête le portier en uniforme bleu foncé et chapeau haut de forme et franchit la porte tournante de l'hôtel pour se retrouver dans le hall.

Un coup d'œil à la grande horloge murale le rassura ; il arrivait à l'heure. Il était exactement dix-neuf heures. Après avoir laissé son pardessus au vestiaire des messieurs, Amos se rendit dans la grande salle où l'on servait le thé, comme chaque jour de la semaine, sans exception. Il jeta un coup d'œil circulaire et repéra aussitôt Charlie qui se dirigeait vers lui à pas lents. Il boitait de façon prononcée et s'appuyait lourdement sur sa canne. Promu capitaine de l'armée britannique, il portait avec élégance son uniforme d'officier et le ceinturon Sam Brown en cuir qui lui barrait la poitrine.

Amos leva la main pour le saluer et Charlie lui répondit de la même façon. Alors qu'il s'était précipité à la rencontre de Charlie, Amos se rendit compte qu'il avait instinctivement ralenti en s'approchant de lui. Il fit un effort pour se ressaisir et, prenant son courage à deux mains, il franchit rapidement les quelques mètres de tapis qui les séparaient encore. Pourvu que Charlie n'ait pas remarqué son hésitation !

Quand ils s'arrêtèrent enfin en face l'un de l'autre, Amos se força à sourire et tendit sa main grande ouverte à Charlie. Charlie la prit fermement et la garda dans la sienne pendant quelques instants.

Amos crut qu'il ne pourrait pas supporter ce qu'il voyait et déglutit péniblement. Le beau et jeune acteur ne jouerait plus jamais, certainement pas avec ce visage détruit… Tout un côté avait été brûlé, réduit à un réseau de cicatrices boursouflées, des cheveux jusqu'à la mâchoire. La peau, d'un terrible rouge vif, était tendue à l'extrême sur les os.

Quand Charlie prit enfin la parole, ce fut comme s'il avait lu les pensées d'Amos.

— Amos, je crois que je vais devoir changer de métier, dit-il paisiblement. Mais moi, au moins, j'en suis revenu vivant ! Et tu sais quoi ? Les médecins pensaient devoir m'amputer mais ils ont réussi à sauver ma jambe. Je fais partie de ceux qui ont eu de la chance.

La voix de Charlie avait légèrement tremblé tandis qu'il prononçait ces derniers mots. Amos avait la gorge serrée mais réussit à se contrôler, impressionné par l'attitude courageuse de son ami.

— Je sais que tu reviens de l'enfer, mais à présent tu es là. Et tu ne risques plus rien.

Charlie eut un pauvre sourire.

— C'est vraiment bon de te revoir, Amos. Et maintenant, si nous allions dîner ? Nous pourrons prendre un verre, boire à nos santés et parler du bon vieux temps.

— Excellente idée ! As-tu des nouvelles de ta sœur ?

— Oui, Maisie est en pleine forme et très heureuse. Elle se sent beaucoup mieux depuis que l'état de Liam s'améliore. Il était revenu dans un état de choc épouvantable. On aurait dit un zombie. Cela a duré longtemps. Ensuite, il a commencé à beaucoup pleurer. La nuit, il n'arrêtait pas de se réveiller en hurlant. Je sais pourquoi… Ce sont les souvenirs… On ne peut pas oublier.

Charlie s'assombrit et laissa passer quelques instants avant de poursuivre :

— Tous ces blessés ambulants dont l'état ne s'améliorera sans doute jamais… Je les appelle les morts vivants. Pour le genre de vie qui les attend, ils feraient mieux d'être morts. D'accord, je ne devrais pas parler de cette façon…

Il fit un effort pour se reprendre et adopter un ton moins tragique.

— Pour revenir à Maisie, elle est merveilleuse ; elle ne doute pas que Liam guérira complètement. Oh, que je n'oublie pas : elle t'envoie ses amitiés.

— J'ai reçu sa carte de Noël, répondit Amos. D'après ce qu'elle m'écrit, elle aimerait que je leur rende visite à Dunleith. En fait, elle suggère que nous nous y rendions ensemble.

— Très bonne idée ! s'exclama Charlie.

Il fit un signe de la tête au maître d'hôtel, qui s'était avancé pour les accueillir et attendait pour les accompagner à leur table.

— Bonsoir, capitaine Morran, c'est un plaisir de vous voir.

Le maître d'hôtel se tourna ensuite vers Amos et lui sourit.

— Bonsoir, monsieur Finnister, dit-il.

— Bonsoir, répondit Amos avec un salut de la tête.

Le maître d'hôtel devait se souvenir de l'avoir vu avec Edward Deravenel et Will Hasling. Ils traversèrent le restaurant à sa suite. Il leur avait choisi une table d'où l'on avait une vue plongeante sur Green Park.

Ils s'installèrent en face l'un de l'autre et Charlie relança spontanément la conversation.

— J'ai eu de la chance de trouver une chambre ici, dit-il. J'ai l'impression que l'hôtel est plein, sans doute à cause de l'armistice et de Noël. Heureusement, je suis un vieux client et ils ont été très obligeants. Tu te rappelles certainement qu'à partir du moment où nos moyens nous l'ont permis, nous sommes descendus ici chaque fois que nous venions à Londres. Et tu sais que c'était surtout pour te voir, Amos.

Sans attendre une éventuelle réponse d'Amos, Charlie enchaîna d'un ton vif :

— On est mille fois mieux ici que dans les tranchées, tu peux me croire sur parole !

— Je te crois, Charlie. Je ne peux pas imaginer ce que vous avez enduré là-bas. Personne ne peut l'imaginer. Cela a dû être l'enfer sur terre, un horrible…

Voyant le serveur qui s'approchait de leur table, Amos s'interrompit brusquement.

— Veux-tu du champagne ? demanda Charlie. A moins que tu ne préfères une boisson plus forte ?

— Je prendrai la même chose que toi, je te laisse choisir.

— Je voudrais du champagne rosé, dit Charlie au serveur. Donnez-nous ce que vous avez de mieux.

— Je vous proposerai donc du Krug, monsieur. Je vous l'apporte tout de suite.

Quand ils furent de nouveau seuls, Charlie se pencha par-dessus la table et poursuivit à mi-voix :

— Les bombardements permanents, le gaz moutarde, les corps-à-corps, c'était infernal. Mais c'est la boue, cette boue sanglante qui a été le pire. Par moments, on y enfonçait jusqu'aux genoux et je peux te garantir que ça te ralentit ! Un jour, un de mes gars a eu l'idée d'utiliser nos rations pour rendre le sol des tranchées plus stable.

— Les rations ? répéta Amos.

— Oui, des boîtes de corned-beef qui faisaient nos rations quotidiennes. Nous nous sommes retrouvés en train de marcher sur des centaines de boîtes de conserve. Grâce à elles, nous avions les pieds un peu plus au sec et le regard qui arrivait au niveau du bord des tranchées. On a pu voir les Allemands quand ils se dirigeaient vers nous. C'était une horreur, cette boue qui nous engluait. Et la pluie ! La pluie qui tombait sans discontinuer, les bombes qui n'arrêtaient pas d'exploser, et les hommes qui mouraient tout autour de nous…

La voix de Charlie devint inaudible et il se tut. Les lèvres serrées, il s'efforçait de contenir les émotions qui le submergeaient. Amos le regardait d'un air soucieux. Il y avait des larmes dans les yeux sombres de son ami. Il lui posa affectueusement la main sur le bras.

— Il vaudrait peut-être mieux ne pas en parler…

— Ça va, je t'assure, rétorqua Charlie. Il vaut mieux en parler, tu sais, surtout avec un vieil ami comme toi. Je sais que tu me comprends, comme toujours.

Amos ne répondit rien. Il se disait que Charlie n'avait rien vécu de semblable à ce qu'il avait connu au cours des dernières années. Mais n'était-ce pas le cas de bien des gens ? Une guerre d'une telle ampleur, d'une telle horreur et d'une telle brutalité défiait toute description.

Charlie toussa à l'abri de sa main et inspira profondément. Mais ce fut plus fort que lui, il devait encore en parler.

— J'ai vu mes hommes tomber à mes côtés, l'un après l'autre. Tous ! J'ai perdu mon bataillon tout entier. Je suis le seul survivant.

Sa voix se brisa et il dut se moucher. Puis il reprit une attitude plus calme, refoulant le souvenir de ses hommes.

Conscient des efforts de Charlie pour se contrôler, Amos fit signe à un serveur.

— Pourrions-nous avoir de l'eau, je vous prie ? Nous attendons la carte, aussi. Nous aimerions pouvoir commander.

Le serveur inclina la tête et s'empressa d'aller chercher l'eau et les menus.

Charlie tourna les yeux vers Amos et lui fit une petite grimace.

— Désolé, dit-il. En général, je vais bien et même très bien, puis d'un seul coup mes émotions l'emportent et cela devient insupportable. Toutes mes excuses, Amos, je ne voulais pas t'ennuyer.

— Tu ne m'ennuies pas du tout, Charlie ! Comment peux-tu dire une chose pareille !

Tout en disant cela, Amos repéra une escouade de serveurs qui se dirigeaient vers leur table.

— Tout arrive en même temps ! ajouta-t-il.

Quelques instants plus tard, ils levaient leurs flûtes pour trinquer.

— A l'avenir ! dit Charlie.

— A l'avenir ! répondit Amos.

Savourant leur champagne en silence, ils se plongèrent dans la lecture de la carte. Charlie finit par lever les yeux en souriant.

— Il y a trop de bonnes choses ! Je t'avoue que j'ai envie de tout. On est loin de la tambouille de l'hôpital militaire ! C'était ignoble.

Amos se mit à rire, heureux de constater que Charlie n'avait pas perdu sa gouaille de cockney.

— Il faut reconnaître que c'est royal, dit-il. Je prendrais bien des huîtres ou une terrine de crevettes au beurre puis une selle d'agneau à la gelée de groseilles ou du roastbeef avec du Yorkshire pudding.

— Dis donc, camarade, tu crois qu'i savent faire le Yorkshire pudding dans c'te turne ? Ma mater disait toujours qu'y a que les types des Dales qui savent faire ça et elle avait fichtrement raison ! J'te dis, prends pas c'truc-là ici !

Amos éclata de rire.

— Je me demandais si tu avais oublié ton accent cockney, à t'entendre parler en officier et gentleman, ce soir !

Charlie éclata de rire à son tour puis savoura une longue gorgée de son champagne rosé.

— En fait, Amos, ce n'est pas spécialement ce soir, c'est en permanence. N'as-tu pas remarqué, quand nous revenions ici, Maisie et moi, avant la guerre, que nous n'utilisions plus du tout l'argot ?

— Maintenant que j'y pense, c'est vrai. Mais de temps en temps, il y avait une ou deux expressions qui vous échappaient, si je puis dire, n'est-ce pas ?

— Cela n'arrivait pas souvent. Il y avait une excellente raison pour que nous décidions de parler correctement après notre arrivée à New York. C'est très simple… Là-bas, personne ne comprend le cockney, ni l'accent ni le vocabulaire.

— C'est compréhensible, répondit Amos. Mais il ne faut pas se faire d'illusions : la plupart des Anglais ne le comprendraient pas non plus.

— C'est parce qu'il faut être né au son des Bow Bells pour comprendre le cockney et le parler correctement. Je parle des cloches de St-Mary-le-Bow, bien sûr, mais tu le sais. Un jour m'a mère m'a dit qu'on a inventé le parler cockney pour que personne ne puisse comprendre ce qui se disait, sauf les cockneys eux-mêmes. C'était une façon de semer les poulets, les flics comme toi, ou les gens qui essayaient d'écouter une conversation privée.

— Un langage secret ! dit Amos en souriant. Ça alors !

Charlie lui rendit son sourire.

— Tu as réussi à me remonter le moral, Amos. Je n'avais pas ri depuis des mois.

Avant qu'Amos ait pu répondre, le maître d'hôtel vint prendre la commande. Ensuite seulement, Amos se pencha vers son ami.

— Je veux que tu saches une chose, Charlie. Je suis à ta disposition. S'il y a quoi que ce soit que je puisse faire pour t'aider, dis-le-moi ! Je suppose que tu n'as pas besoin d'argent. Tu es un acteur célèbre, une star, mais…

— Non, je n'ai pas besoin d'argent ! J'ai un excellent agent d'affaires à New York. Avec lui, mon capital a été multiplié par quatre en quelques années. Il a fait la même chose pour Maisie. Bien sûr, cet argent ne lui est d'aucune utilité. L'année dernière, son beau-père est mort. Liam, qui est fils unique, a donc hérité du titre et d'une belle fortune. Amos, je suis très fier de Maisie et de la façon dont elle dirige le domaine depuis son mariage. Son beau-père, lord Dunleith, était déjà malade et Liam a dû partir au front. Lady Dunleith étant décédée, Maisie a dû tout prendre en mains. Ma sœur est une femme remarquable.

— Je suis d'accord avec toi, murmura Amos.

Il préférait ne pas repenser à certains événements du passé et repoussa les souvenirs qui l'assaillaient. Mieux valait changer de sujet.

— As-tu une idée de ce que tu vas faire, maintenant ? demanda-t-il. Ou bien vas-tu jouer les oisifs ?

— Ah, non ! Rester inactif, ce n'est pas pour moi ! Avec ma gueule cassée, je peux dire adieu à ma carrière d'acteur mais je peux faire de la mise en scène ou de la production. A moins que j'essaye d'écrire pour le théâtre. Quelque chose va se présenter tôt ou tard.

— J'en suis certain, tu as toujours été très entreprenant. Mais n'y a-t-il rien à faire pour tes cicatrices ? Je veux dire… quand ton visage sera vraiment guéri ?

— Peut-être… D'après l'un des médecins de l'hôpital de Hull, on peut tenter des greffes de peau. On est en train de mettre au point de nouvelles méthodes et de nouveaux traitements. Mais je dois en effet attendre d'avoir guéri. Peut-être qu'après je pourrai consulter.

On leur apporta les entrées, des huîtres pour Amos et du foie gras pour Charlie, ainsi que des toasts et du pain complet.

— Je suis heureux de pouvoir dîner avec toi ici, ce soir, dit Charlie tout en commençant à manger. J'avais vraiment hâte de te voir. Depuis que je te connais, tu m'as toujours remonté le moral. C'est réconfortant d'avoir un ami aussi proche que toi, un ami en qui je peux avoir une totale confiance.

— Je peux en dire autant de toi, Charlie.

Ils avaient terminé le roastbeef accompagné de Yorkshire pudding et se détendaient en dégustant leur saint-émilion. Soudain, Charlie sursauta.

— Qu'y a-t-il ? demanda Amos en suivant la direction de son regard.

— Un ami qui vient d'arriver. L'officier qui se tient là-bas, à l'entrée de la salle, avec ses béquilles. Tu le vois ? Il est accompagné de deux femmes et d'un autre homme.

— Oui, dit Amos.

— Il a été grièvement blessé dans la troisième bataille d'Ypres et il a perdu une jambe.

— Etais-tu dans les tranchées avec lui ?

— Non, je ne le connaissais pas encore. Nous nous sommes rencontrés à l'hôpital militaire de Hull puis à l'hôpital de Leeds où j'étais allé pour ma jambe. Comme tu peux voir, on a dû l'amputer au-dessus du genou. J'ai eu plus de chance puisque les médecins ont réussi à sauver la mienne. Cela ne t'ennuie pas si je te laisse un instant pour le saluer ?

— Bien sûr que non, Charlie ! Je vais t'attendre tranquillement en savourant l'excellent bordeaux que tu nous as choisi.

— Cedric est un chic type et il m'a rendu plus d'un service.

Amos fronça les sourcils.

— Quel nom dis-tu ?

— Cedric.

— Et son nom de famille ?

— Il s'appelle Crawford, major Cedric Crawford. Pourquoi ?

— Je me demandais, c'est tout.

Charlie s'excusa et se leva, très désireux de parler à Crawford. Amos le regarda s'éloigner d'un air soucieux. Il avait l'impression d'avoir reçu un coup de poing dans l'estomac.

Le major unijambiste pouvait-il être le même Cedric Crawford qui avait vécu avec Tabitha James, la mère de Grace Rose ? L'homme qui avait ensuite abandonné Grace Rose, la laissant se débrouiller toute seule dans la rue ?

Il l'ignorait en cet instant mais il avait la ferme intention de le découvrir.

9

Tout en attendant le retour de Charlie, Amos observait ce qui se passait autour de lui. Les tables avaient été occupées les unes après les autres et le restaurant était devenu assez bruyant. Les voix, les rires, la vaisselle que l'on heurtait, les bouteilles que l'on reposait, le tintement de la glace dans les verres… Le bruit d'un endroit très animé.

Tous avaient l'air heureux, l'air de gens qui fêtaient un joyeux événement. Amos enregistra la présence de nombreux officiers avec leur épouse, leurs parents, leur famille. Certains étaient blessés et il se sentit plein de compassion à leur endroit. Du regard, il fit à nouveau le tour de la salle et, cette fois, se dit qu'ils avaient eu de la chance. Ils étaient en vie, ils étaient rentrés chez eux et ils passeraient un bon Noël. Le monde était en paix. Mais au prix de combien de morts ! Des millions de jeunes gens ! La fleur de la jeunesse anglaise avait été fauchée, une génération entière détruite.

A plusieurs reprises, il observa discrètement le major Cedric Crawford qui parlait à Charlie avec animation. Ils semblaient très contents de se voir.

Amos réalisa qu'il devrait gérer la situation avec beaucoup de délicatesse et de prudence. Il savait très bien que des hommes devenus amis après avoir traversé les mêmes expériences sur le front se soutenaient. Ils étaient frères de sang. Or c'était le cas de Charlie et de Cedric Crawford. Amos s'attendait à découvrir une grande intimité entre eux. Il suffisait d'ailleurs de les regarder, en cet instant même, et de voir leur joie de se retrouver.

Amos détourna le visage et, du coin de l'œil, aperçut Charlie qui revenait vers leur table en boitant.

— Ton ami avait l'air ravi de te rencontrer, dit Amos tandis que Charlie se rasseyait.

— Oui, et j'étais content de le voir, moi aussi. Cedric est vraiment un chic type. Il a toujours été très bien avec moi, toujours prêt à me donner un coup de main quand c'était nécessaire.

— J'en suis heureux. Dis-moi, est-il marié avec une de ces charmantes jeunes femmes ?

— Non, ce sont ses sœurs. La brune, Rowena, est sa jumelle. Elle n'est pas mariée. La blonde est l'aînée et s'appelle Daphne. L'homme qui les accompagne est son mari, sir Malcolm Holmes, un industriel.

— J'ai entendu parler de lui. Donc Cedric vient d'une famille distinguée ?

— Tout à fait ! Et tu sais quoi ? Il va être décoré de la Victoria Cross. Tu te rends compte ? Quel honneur ! Rowena vient de me l'apprendre. Elle en est très fière.

— Il faut reconnaître que c'est très impressionnant. La Victoria Cross est la plus haute distinction qu'on puisse se voir décerner pour fait de bravoure face à l'ennemi. Tu le savais ?

— Non, mais il la mérite bien, d'après ce que j'ai entendu dire sur son courage pendant la bataille de la

Somme, juste après Verdun. Il a pris beaucoup de risques pour sauver un grand nombre de ses hommes.

Le regard d'Amos chercha celui de Charlie.

— Il t'a parlé de ce qu'il a fait ?

Amos se demandait s'il pouvait exister deux hommes portant le nom de Cedric Crawford. Des choses étonnantes se produisaient parfois. Mais non, se dit Amos. Cet homme était le même Cedric Crawford, joueur et officier dans la garde avant la guerre. Il n'y avait pas d'autre possibilité.

— Non, certainement pas ! s'exclama Charlie. Cedric ne se vanterait jamais de son courage, ce n'est pas du tout son style. C'est un chirurgien de l'hôpital de Hull qui m'en a parlé. Apparemment, Cedric est arrivé à l'hôpital précédé d'une réputation de héros. Il a réussi à sortir sept de ses hommes de la tranchée où ils étaient bombardés par les Allemands. Il les a mis en sûreté avant de retourner chercher un blessé et encore un autre après. C'était en 1916, l'été où le général Haig a envoyé les troupes britanniques au secours des Français. Le premier jour, nos troupes ont été fauchées, il n'y a pas d'autre mot. Vingt mille morts ce jour-là, Amos ! Vingt mille ! Plus quarante mille hommes blessés ou disparus. C'est le lendemain que Cedric est allé à la rescousse de ses hommes.

Amos hocha la tête sans un mot, horrifié par l'ampleur des pertes. C'était presque impossible à concevoir. Soixante mille hommes morts ou blessés. Il se redressa sur sa chaise et reporta son attention sur Charlie qui parlait toujours de Cedric.

— A la fin de cet été de cauchemar, il a été envoyé sur le front d'Ypres. Ce qui est drôle, c'est que nous étions tous les deux à Passchendaele mais sans nous connaître. C'était en 1917. Un carnage épouvantable !

Pour ceux d'entre nous qui s'en sont sortis, on peut dire que nous avons eu un bon ange gardien.

Encore une fois, Amos ne put que hocher la tête en se demandant comment amener la conversation sur ses doutes au sujet de Cedric Crawford et de ses liens avec Tabitha James. Bien sûr, on avait l'impression de se trouver face à deux hommes différents mais, après tout, que savait-il réellement sur Cedric Crawford ? Pas grand-chose, en réalité. Il possédait seulement quelques informations partielles. Certaines venaient de Grace Rose, une petite fille de quatre ans à l'époque, et d'autres d'une femme qui aurait été l'amie de Tabitha mais ne savait presque rien. De plus, elle ne s'était pas assez inquiétée d'elle pour lui venir en aide.

— Je te vois perdu dans tes pensées, Amos. Tu as l'air soucieux.

Amos regarda droit dans les yeux ce jeune homme pour lequel il avait toujours eu beaucoup d'affection. Il s'éclaircit la gorge. Par où commencer ?

— Ton ami est-il soldat de métier ? demanda-t-il de son ton le plus neutre.

— Je ne crois pas mais je sais qu'il était dans la garde, à une époque. Il ne m'a pas dit pourquoi il en est parti. Ensuite, il a vécu à Paris pendant quelque temps puis il est allé en Amérique. Imagine-toi qu'il nous a vus jouer à Broadway, Maisie et moi ! Il se souvenait très bien de nous.

— Lui arrive-t-il de jouer, de temps en temps ?

— Tu veux parler des chevaux ou des cercles de jeu ?

— Le jeu.

— Oui, je crois bien. Mais je ne comprends pas. Pourquoi me poses-tu toutes ces questions au sujet de Cedric ?

Amos savait qu'il pouvait faire confiance à Charlie.

— Je voudrais te parler sous le sceau du secret.

— Tu sais que tu peux le faire. Je t'écoute. Qu'est-ce qui te tracasse ?

— Je pense que ton ami Cedric pourrait avoir connu et même avoir été un ami de Tabitha James, la vraie mère de Grace Rose.

— Tu plaisantes, Amos ! Ce n'est pas sérieux.

— Je suis on ne peut plus sérieux. Je sais que cela semble absurde mais on a la certitude que Tabitha connaissait un homme de ce nom. Crois-tu qu'il puisse y avoir deux Cedric Crawford à Londres ?

— Je l'ignore mais j'en doute fort. Ce n'est pas un nom très courant.

Charlie se pencha vers Amos, l'air perplexe.

— Rafraîchis-moi un peu la mémoire. Je sais que tu as trouvé Grace Rose à Whitechapel dans un état lamentable.

— Elle vivait dans une vieille charrette à moitié démolie, mise au rebut dans cette impasse par un marchand des quatre-saisons, je pense. Et elle était habillée en garçon.

— C'est ça ! A présent, je m'en souviens. Tu m'avais tout raconté la première fois que j'étais revenu à Londres avec Maisie. Tu as amené le gamin à lady Fenella, au centre d'accueil de Haddon House. Le gosse était dans un état de saleté repoussant, et quand on l'a lavé, on s'est rendu compte que c'était une petite fille. Comment va-t-elle ?

— Tu as une bonne mémoire, Charlie ! Grace Rose va très bien. Pour revenir à son enfance, quand je l'ai trouvée, elle m'a dit que sa mère était morte. Par la suite, Sophie Fox-Lannigan, une ancienne amie de sa mère, a expliqué à lady Fenella que Tabitha James avait vécu avec un certain Cedric Crawford, officier de la garde et joueur invétéré. Elle a ajouté qu'un jour où elle était venue voir Tabitha, elle avait seulement pu constater qu'ils avaient tous les trois disparu. Elle n'avait rien compris à ce qui avait pu se passer.

Charlie parut soudain très inquiet.

— Tu voudrais lui demander s'il est ce Cedric Crawford ?

— En quelque sorte… Oui. Tu sais, nous ignorons où est enterrée Tabitha et cela nous a toujours gênés, lady Fenella et moi. A quatre ans, Grace Rose nous avait dit que sa mère était enterrée à Potters Field mais personne ne l'a crue. Cela ne semblait pas vraisemblable. Nous avons quand même vérifié et elle n'y est pas, en effet. Nous aimerions savoir la vérité, surtout pour Grace Rose. C'est la seule raison de mes questions, Charlie, je te le promets.

— Penses-tu qu'il saura où elle est ?

— Je l'ignore. Peut-être a-t-il simplement quitté Tabitha avant sa mort.

Charlie soupira.

— Je ne voudrais pas que tu le perturbes, Amos. Il a vécu l'enfer.

— Je le comprends, Charlie, et je prendrai garde à ne rien faire de nature à le heurter. J'aimerais juste lui parler. Penses-tu pouvoir arranger cela ?

Charlie répondit d'un ton hésitant. Il n'avait visiblement guère envie d'entrer dans les plans d'Amos.

— Cela devrait pouvoir se faire…

— Mais le feras-tu ?

— D'accord, tant que tu fais tout pour le ménager.

— Tu as ma parole d'honneur. Surtout, ne lui dis pas pourquoi je désire le voir. Il ne faut pas l'effrayer, lui faire croire que je veux le blâmer de sa conduite envers Tabitha. De plus, je te jure que je n'en ai pas l'intention.

— Je peux lui demander, en partant d'ici, s'il peut dîner avec nous demain…

— Non, dit vivement Amos. Demain, c'est impossible. Je suis invité chez les Forth, le couple qui a élevé Grace Rose. Mais je suis libre les autres soirs.

— Vendredi te conviendrait-il ?

— Ce serait parfait.

— Où irions-nous ? Veux-tu que nous revenions ici ou bien as-tu une préférence ?

— Nous irons où tu voudras, Charlie. Je tiens seulement à ce qu'une chose soit bien claire : c'est moi qui invite et c'est moi qui règle l'addition. Choisis un endroit qui te plaît.

Charlie eut un petit sourire amusé.

— Dans ce cas, je te propose de dîner ici. C'est agréable et très pratique pour moi comme pour Cedric. Il habite dans Queen Street avec sa sœur Rowena.

— Je réserverai la table en partant. Surtout, Charlie, n'oublie pas : pas un mot de tout ceci ! Il ne doit rien savoir.

— C'est promis.

10

— Je sais toujours quand il va pleuvoir, dit Will Hasling à Alfredo Oliveri. Mon épaule me fait mal.

— Moi c'est mon bras. J'ai l'impression qu'il est pris dans un étau. Mais ce n'est pas grave ; je préfère souffrir de mes blessures que d'être en train de manger les pissenlits par la racine dans un cimetière étranger !

— Tout à fait d'accord, répondit Will.

Ils avaient tous les deux été blessés pendant la guerre, mais sans gravité. On les avait néanmoins rapatriés sur un navire hôpital puis soignés dans un hôpital militaire de Londres. Ils avaient ensuite repris leur travail à la Deravenel, très soulagés d'être revenus sains et saufs. Travaillant avec Edward depuis qu'il avait pris la tête de l'entreprise en 1904, ils étaient ses principaux conseillers.

Alfredo s'arrêta juste avant d'atteindre le bureau d'Edward et, posant sa main sur le bras de Will, il le fixa avec sérieux.

— Il ne va pas aimer ce que vous vous apprêtez à lui révéler.

— Vous n'avez pas besoin de me le rappeler ! Je veux lui proposer de régler la question après Noël, quand George sera rentré d'Ecosse. Il ne servirait à rien de lui passer un savon au téléphone. A mon avis, il vaut mieux qu'Edward affronte George face à face. Qu'en pensez-vous ?

— Je suis d'accord, répondit Alfredo en soupirant. Edward m'a parlé du dossier MacDonald mais j'ai la nette impression que cette affaire ne l'intéresse pas beaucoup.

— Comme d'habitude, vous avez raison. Pour lui, c'est à prendre ou à laisser. Il aimerait ajouter les entreprises MacDonald aux nôtres mais, s'il ne peut pas les avoir, il n'en fera pas une maladie.

— Je me suis demandé si Edward n'aurait pas tendu un piège à son turbulent petit frère. Si George fait rater l'affaire, il va se retrouver dans une situation difficile et Edward aura une bonne raison de le rétrograder à un poste subalterne.

Will éclata de rire.

— Ce sont vos origines italiennes qui vous rendent aussi machiavélique, Alfredo ? Je m'en souviendrai !

Alfredo eut un petit sourire. Ils étaient arrivés à la porte du bureau d'Edward. Alfredo frappa, puis entra, suivi de Will Hasling.

Edward, qui était en train de raccrocher le téléphone, les accueillit gaiement.

— Bonjour, mes amis ! dit-il.

Il s'était beaucoup inquiété pour eux pendant la guerre et s'était juré de rester leur ami jusqu'à la fin de sa vie s'ils en réchappaient.

— Je sais que tu dois aller voir un chien, commença Will, mais il y a quelque chose dont je dois te parler.

— En effet, répondit Edward en riant, mais comme j'avais trop de travail j'ai demandé à Mme Shaw si elle voulait bien s'en occuper pour moi. Elle va choisir un Westie pour mon petit Edward, chez Harrods.

— Vous l'emmenez avec vous demain dans le Yorkshire, demanda Oliveri, ou bien le faites-vous livrer ?

— Oui, Harrods le livrera dans un van spécial au nom de M. Edward Deravenel junior. Mon garçon va adorer ça. Il se sentira très important !

Le sourire d'Edward s'effaça et, les coudes sur son bureau, il fixa Will et Alfredo.

— Bien ! Will, pourquoi es-tu là ? Et vous, Oliveri ? A voir vos mines sombres, je parie que vous m'apportez de mauvaises nouvelles.

Edward, très élégant dans son costume bleu foncé de Savile Row qu'il portait avec une cravate d'un bleu plus clair, se renfonça dans son fauteuil.

— Et, pour l'amour du ciel, asseyez-vous, tous les deux ! Autant être bien installés pour m'annoncer les choses désagréables !

— Tu as bien deviné, répondit Will. C'est au sujet de George.

— Comme c'est curieux ! dit Edward d'un ton ironique. Qu'a-t-il encore fait ? Je sais qu'il ne peut pas avoir gâché les négociations avec MacDonald puisque la réunion n'a pas encore eu lieu.

— C'est exact ! En revanche, tu vas être gêné par ses dettes de jeu. Amos t'exposera le problème mieux que moi. D'après Howard, on ne parle que de ça dans tout Londres.

— Des dettes de jeu ? Mais pourquoi devrais-je en être gêné ? Il peut très bien les payer lui-même !

Sous l'effet de la colère, le ton d'Edward était monté.

— Laisse-moi tout t'expliquer en commençant par le début, dit Will. Il y a quelques jours, mon frère m'a dit qu'on parlait partout de la façon dont George joue et perd beaucoup, fréquente les prostituées et se drogue…

— De la drogue ?

Cette fois, Edward avait hurlé, rouge de fureur. En dépit d'une nature aimable et plutôt calme en général, Edward était capable de colères qui terrifiaient son entourage.

— Je vais lui arracher les tripes ! cria-t-il en sautant sur ses pieds. Et d'abord, pourquoi a-t-il des dettes ? Je vais l'écorcher vif, ce petit crétin ! Il déshonore notre nom. Un gentleman respecte ses engagements et paye ses dettes, il le sait très bien !

— Vous connaissez George, murmura Oliveri. J'aimerais vous faire une suggestion…

Il s'interrompit, regardant Edward droit dans les yeux.

— Allez-y, je vous écoute, dit Edward d'un ton brusque.

A peine avait-il dit ces mots qu'il se les reprocha.

— Excusez-moi, Oliveri, je suis désolé. Ne m'en veuillez pas, je ne suis pas en colère contre vous. Je vous prie très sincèrement de m'excuser.

— Ne vous excusez pas, je vous comprends. Pour revenir à notre garnement, je pense que nous devrions l'envoyer en voyage, l'éloigner de Londres, en tout cas l'expédier le plus loin possible des tentations.

Alfredo n'avait pas lâché Edward des yeux. L'air soucieux, Will lui lança un regard en coin.

— Où pourrions-nous l'envoyer ?

— Avant tout, poursuivit Alfredo, s'il trouve un accord avec Ian MacDonald, on pourrait lui donner la responsabilité de suivre l'affaire. Cela l'obligerait à de fréquents allers et retours entre Londres et Edimbourg. Sinon, nous pouvons l'envoyer en Espagne. Le pays est resté neutre pendant la guerre et les déplacements y sont relativement faciles. Il pourrait étudier le dossier Jimenez. Ils veulent vendre leur commerce de sherry, vous vous en souvenez ? Je vous rappelle qu'ils font le meilleur sherry au monde, ne l'oublions pas.

— George ne l'oublierait pas, lui, fit remarquer Edward. Je pense qu'il accepterait ce genre de travail avec enthousiasme ! Mais l'idée de lui faire faire des déplacements fréquents me semble intéressante. Will, je voudrais en savoir plus sur cette histoire de drogue. Sais-tu ce qu'il prend ?

— Howard n'a rien pu me dire mais il m'a promis de s'informer. Je le soupçonne de s'adonner à la cocaïne mais il pourrait tout aussi bien fréquenter les fumeries d'opium de Chinatown.

— Quel idiot ! s'exclama Edward.

Enervé, il se leva et se mit à faire les cent pas dans son bureau. Il finit par s'arrêter devant Will Hasling.

— Tu as bien dit qu'Amos a mené son enquête et qu'il a des informations ?

— C'est ce qu'il m'a annoncé tout à l'heure. Hier, je lui ai demandé de faire quelques recherches et, hier soir, il a trouvé deux ou trois choses. Je lui ai dit de venir vers dix heures trente et…

Il s'interrompit car on frappait avec énergie à la porte du bureau.

— Ce doit être lui, dit-il.

— Sans aucun doute, répondit Edward avant de crier : Entrez !

Amos les salua à la ronde d'un chaleureux : « « Bonjour ! » auquel ils répondirent de même. Il s'avança d'un pas rapide mais attendit qu'Edward fût rassis avant de prendre une chaise lui-même.

— Qu'avez-vous déniché ? demanda Edward.

— Il a signé des reconnaissances de dette dans trois cercles de jeu différents, Starks, The Rosemont et The Gentleman's Club. Ses plus grosses pertes ont eu lieu au Starks et c'est Julian Stark, le propriétaire, qui détient personnellement ses billets. D'après un de mes contacts, que j'ai vu hier, ce Stark a l'intention de venir vous demander de les honorer.

— Quoi ? Aujourd'hui ? Il faut absolument le prendre de court. Stark est une commère. Savez-vous combien mon frère lui doit ?

— Oui, répondit Amos. Trente mille livres.

Edward en resta sans voix puis, blêmissant, il laissa éclater sa rage.

— Quel fichu crétin ! s'écria-t-il.

— Ne te remets pas en colère, conseilla Will d'un ton apaisant. Cela n'en vaut pas la peine, Ned, c'est seulement de l'argent.

Faisant effort pour se contrôler, Edward marmonna que c'était « pour le principe » puis se tourna vers Alfredo Oliveri.

— Je vais faire un chèque personnel pour le montant de ces reconnaissances de dette et je vous demanderai, à vous et à Finnister, de l'apporter à Julian Stark après notre déjeuner. Je sais que cela ne vous posera pas de problème, n'est-ce pas ? Et surtout, récupérez ces papiers !

— Ce n'est pas un problème. Nous pouvons régler cette histoire en quelques minutes, répondit Oliveri. N'est-ce pas ? ajouta-t-il avec un coup d'œil à Amos Finnister.

Amos acquiesça de la tête puis se tourna vers Edward.

— Les deux autres cercles détiennent des billets pour cinq cents livres chacun.

— Je vois.

Edward était livide de colère.

— Je vais vous donner les chèques correspondants. Vous voulez bien vous en charger aussi, tous les deux ?

— Bien sûr, répondit Amos tandis qu'Oliveri acquiesçait. Et je récupérerai ses reconnaissances de dette comme chez Stark.

Le silence se fit soudain dans le bureau. Will se dit que le bruit d'une épingle tombant au sol ferait l'effet d'une bombe. Il s'abstint de tout mouvement, de tout commentaire, dans l'attente d'une nouvelle explosion d'Edward. Mais Edward ne dit rien et ses deux visiteurs non plus.

Will se répétait que quarante mille livres représentaient une fortune. Comment George avait-il pu perdre autant d'argent ? La boisson ? La drogue ? Une sottise sans borne ? George manquait de bon sens et Will le savait. Un beau garçon, certes, mais pourri par sa mère et sa sœur Margaret, du moins pour celle-ci jusqu'à son mariage et son départ pour la France. George ! Des cheveux blonds et soyeux, des yeux d'une rare teinte turquoise, oui il avait tout cela, mais il était aussi doté d'une profonde stupidité. Aussi bête que beau. D'ailleurs, il était très myope, au sens propre du terme, et avait échoué aux tests de vue pour s'engager dans l'armée. Cela ne l'empêchait pas de se prendre pour Edward ou, plus exactement, de croire qu'il était capable d'être comme son frère. C'était impossible ! Edward possédait un esprit brillant et George ne lui arrivait même pas à la cheville. Surtout, George était à lui-même son pire ennemi et se mettait toujours dans les pires situations. Pour Will, c'était l'évidence.

Edward reprit la parole à cet instant et Will se tourna vers Amos.

— Maintenant, Amos, disait Edward, racontez-moi ce que vous avez découvert au sujet de la drogue.

— J'ai enquêté dans un grand nombre de clubs et cercles divers, et je pense qu'on a beaucoup exagéré cette histoire de drogue. Il a dû essayer deux ou trois fois la marijuana ou la cocaïne, mais il ne me semble pas qu'il soit dépendant. Mais il y a un problème avec l'alcool. Il boit beaucoup et, s'il continue, il deviendra bientôt un alcoolique.

— C'est bien ce que je craignais, dit pensivement Edward. Je vous remercie d'avoir fait ces recherches, Amos. Maintenant, je dois décider de ce que je ferai de George à son retour d'Ecosse.

Changeant d'expression, il sourit amicalement aux trois hommes assis devant lui.

— Je n'ai pas pour autant l'intention de le laisser nous gâcher Noël ! Nous déjeunons au Rules à une heure, messieurs. Une dernière chose : je vous remercie de ne pas faire la moindre allusion à tout cela devant Richard.

11

Grace Rose finissait d'emballer son dernier cadeau de Noël dans du papier doré. Elle réalisa ensuite avec soin un magnifique nœud de tulle doré, ajoutant au décor une petite branche de houx passée à la peinture dorée ainsi qu'un bouquet de minuscules clochettes également dorées. Cela terminé, elle mit le paquet en attente sur le côté de la table. Il lui restait à rédiger la petite étiquette cadeau, ce qu'elle fit d'une écriture très nette : « Pour ma très chère Bess, avec toute mon affection, Grace Rose ». Elle attacha l'étiquette au ruban et se recula enfin sur sa chaise pour admirer son œuvre.

Il y avait en tout neuf cadeaux, tous richement emballés, prêts à être expédiés à Ravenscar. Six étaient destinés à ses demi-frères et sœurs, et les trois autres aux adultes, tante Cecily, tante Elizabeth et oncle Ned.

Oncle Ned… Son père ! Elle l'aimait plus que tout, à l'exception de ses parents, Vicky et Stephen Forth. Ils l'avaient adoptée à l'âge de quatre ans et l'avaient élevée, lui accordant tout au long de ces quatorze années tout leur amour, toute leur attention. Ils lui avaient offert une nouvelle vie, une vie absolument merveilleuse qu'elle n'aurait jamais connue sans eux.

Pour Grace Rose, les noms de Vicky et Stephen étaient synonymes d'amour car c'était ce qu'ils lui avaient donné dès le premier jour et continuaient à lui donner sans compter. Ils ne lui avaient jamais rien demandé en retour mais elle leur rendait leur affection au centuple, les aimait de tout son cœur et leur obéissait sans hésiter.

Dès les premières semaines de son arrivée sous leur toit, ils étaient tous les trois devenus aussi proches que des parents et un enfant peuvent l'être. Grace Rose s'était adaptée spontanément au mode de vie, aux habitudes des Forth. Elle s'était sentie à l'aise dans leur univers de gens courtois, bien élevés, vivant dans un confort sans limites, un univers de richesse et de privilèges.

Par moments, comme en cet instant paisible, elle admirait l'audace dont ils avaient fait preuve. Ils avaient été très courageux de la prendre chez eux, d'en faire leur fille.

Elle, une gamine des rues qui vivait seule, cachée dans une vieille carriole à l'abandon, terrifiée et affamée en permanence. Une petite vagabonde d'une saleté repoussante, habillée avec des vêtements de garçon en haillons, beaucoup trop grands pour elle. Une petite fille qui avait été abandonnée sans hésitation, jusqu'au jour où Amos Finnister l'avait découverte et amenée à Haddon House, le centre dont s'occupaient lady Fenella et Vicky Forth. A eux trois, et Stephen bien sûr, ils lui avaient sauvé la vie. Grace Rose frissonna à l'idée de ce qu'elle serait devenue si Amos Finnister ne s'était pas arrêté dans cette impasse cette nuit-là pour manger ses petits pâtés à la viande, et s'il ne l'avait pas trouvée. Elle n'aurait sans doute pas survécu plus de quelques mois.

Grace Rose se leva et alla se regarder dans le miroir suspendu au-dessus de la cheminée du salon. Ce qu'elle y vit lui plut, même si elle ne se considérait pas comme une beauté. Elle se trouvait pourtant attirante. Elle aimait particulièrement ses cheveux d'or roux dont les boucles abondantes cascadaient jusqu'à ses épaules. Pour elle, ils représentaient son meilleur atout et on lui en faisait des compliments constants. Elle avait aussi des yeux d'un bleu très soutenu et très rare. Elle savait, tout le monde savait, qu'elle ressemblait trait pour trait à Edward Deravenel. Elle tenait également de lui son nez fin, son menton volontaire et son large front.

Sa première rencontre avec Edward Deravenel s'était produite quatorze ans plus tôt, dans cette même maison où elle se trouvait. Il cherchait Amos et Neville Watkins et était entré dans la bibliothèque en coup de vent. A l'instant où ses yeux s'étaient posés sur lui, Grace Rose avait senti son cœur faire un bond. Un délicieux sentiment de bonheur l'avait envahie. C'était « lui ». C'était son père, tel que sa mère le lui avait décrit. Tabitha le lui avait dit : il était grand et fort comme un arbre de la forêt, avec des yeux bleus comme le ciel et des cheveux de la couleur des feuilles en automne. Elle l'avait aussitôt reconnu.

Elle lui avait souri et il lui avait souri en retour. Elle avait compris, tout au fond d'elle, qu'ils étaient du même sang et qu'il y aurait toujours un lien unique entre eux. Les années l'avaient prouvé.

Ses pensées bifurquèrent vers Tabitha, sa première mère, et elle laissa échapper un léger soupir. Grace Rose continuait de s'interroger sur le sort de sa mère. Un jour, elle était sortie et n'était jamais revenue. Grace Rose était sortie à son tour, courant dans les rues aussi vite que ses petites jambes le lui permettaient.

Dans sa hâte à s'éloigner de ce taudis où elles vivaient, elle était allée aussi loin que possible.

Elle ne savait rien de plus au sujet de Tabitha James que ce qu'en savaient Vicky et les autres. Sa première mère, née lady Tabitha Brockhaven et fille de comte, était tombée amoureuse de son professeur de musique, Toby James. Ils s'étaient enfuis ensemble mais ils n'avaient pas eu d'enfants. Elle, Grace Rose, était venue plus tard, engendrée par oncle Ned quand il n'était encore qu'un jeune garçon. Après sa naissance, sa mère avait déménagé et n'avait plus donné de nouvelles à Edward Deravenel.

Vicky, sa mère adoptive, lui avait parlé de ses origines quand elle avait eu quatorze ans, estimant qu'elle avait l'âge de savoir la vérité. Elle lui avait donné toutes les informations dont elle disposait, tout en reconnaissant que c'était peu.

« C'est déjà très bien, mère, avait répondu Grace Rose. Je suis heureuse de savoir qui était réellement Tabitha James, mais vous et Stephen, vous êtes mes parents et cela me suffit. De plus, oncle Ned n'a jamais caché qu'il est mon père naturel. »

Grace Rose se tourna pour présenter le dos au feu et, pendant quelques minutes, s'y réchauffa en pensant à Edward Deravenel. Il avait toujours été franc et direct avec elle. Il lui avait beaucoup appris au fil des ans, lui avait inculqué un profond sens de l'honneur et de la droiture, lui avait parlé de la justice et lui avait appris à se comporter avec intégrité en tout. Récemment, il avait insisté sur un autre point. « Suis tes propres rêves, lui avait-il dit. N'y renonce jamais, pour rien ni pour personne, car il arrivera que les gens ou les événements te trahissent. N'obéis qu'à toi-même, Grace Rose, suis ton propre chemin et reste toujours fidèle à toi-même. » C'était l'été dernier et, ce jour-là, elle lui avait promis de ne jamais déroger à ces principes.

Il venait, ce soir, et elle était très heureuse de savoir qu'il ferait partie des invités. Jane Shaw, que Grace Rose appréciait beaucoup, l'accompagnerait. Elle la trouvait très belle, très gracieuse et d'une grande gentillesse. Grace Rose comprenait très bien pourquoi oncle Ned en avait fait sa maîtresse. Il avait besoin d'une femme qui le traite avec douceur. Quand elle allait à Ravenscar pour les vacances d'été, elle avait souvent remarqué que sa tante Elizabeth se conduisait mal avec lui, de façon mesquine et très discourtoise. Elle n'hésitait pas à crier contre lui, ce qui effrayait les enfants. Grace Rose avait également noté que la femme d'Edward accordait beaucoup plus d'attention à ses fils qu'à ses filles. Bess, qui était sa meilleure amie, lui avait confié comment sa mère ne s'intéressait qu'aux deux garçons car ils étaient respectivement « l'héritier et la pièce de rechange en cas de malheur ». Par moments, Grace Rose pensait que Bess n'était pas très attachée à sa mère et cela l'attristait. Il n'y avait rien de plus merveilleux qu'une mère aimante.

Grace Rose prit soudain conscience qu'Elizabeth ne semblait pas très aimée dans la famille. Elle s'était déjà rendu compte, depuis très longtemps, que sa tante Cecily ne la supportait pas. Or Grace Rose adorait Cecily Deravenel, sa grand-mère, même si ce n'était pas officiel.

— Ah ! Tu es là, Grace Rose !

Vicky venait d'entrer dans le salon. Elle se dirigea aussitôt vers la table où Grace Rose avait posé les cadeaux emballés et sembla satisfaite.

— Je vois que tu as bien travaillé, ma chérie. C'est vraiment gentil.

Grace Rose eut un grand sourire heureux.

— Tous les paquets pour Ravenscar sont prêts, mère. C'est Fuller qui se chargera de les poster demain matin ?

— En définitive, non, ma chérie. Oncle Ned vient de me téléphoner et je lui ai demandé si cela l'ennuierait de les emporter. Je lui ai proposé de les mettre dans une petite valise et il a accepté. Nous nous en occuperons après le déjeuner. Mais en attendant, j'ai de bonnes nouvelles pour toi.

Vicky agita en éventail la lettre qu'elle tenait à la main.

— Mon amie Millicent Hanson m'a répondu ! Elle me dit qu'elle sera ravie de t'avoir chez elle pour le printemps et l'été prochain. Donc tu pourras suivre les cours qui t'intéressent à Oxford.

— C'est vrai ? J'en suis tellement heureuse ! Merci de lui avoir écrit, mère. C'est merveilleux.

Edward se sentait de très mauvaise humeur et il savait pourquoi. George le mettait hors de lui et, pour quelque raison qui lui échappait, il n'arrivait pas à faire taire sa colère. En général, il réussissait toujours à mettre ses problèmes de côté, surtout ceux qui découlaient de la mauvaise conduite de George. Malheureusement, cela prenait une tournure beaucoup plus grave avec l'histoire de ses dettes de jeu.

Pour commencer, il y avait la question de l'honneur. George avait reçu une bonne éducation, il avait été élevé en gentleman et savait qu'on ne fait pas de dettes de ce genre, de nature à salir sa réputation et le nom de la famille tout entière.

Fermant les yeux, Edward se laissa aller contre le dossier de son fauteuil et se demanda pourquoi son frère n'avait pas payé immédiatement ce qu'il devait.

Etait-il à court d'argent ? Cela semblait peu probable. La Deravenel lui versait un salaire très confortable, sans compter l'intéressement trimestriel des membres de la direction. De plus, sa femme Isabel recevait une énorme rente de sa mère. Nan Watkins était multimillionnaire et s'était montrée très généreuse envers Isabel et George. En réalité, pensa Edward, le couple avait de l'argent à ne savoir qu'en faire. Toutefois, une perte au jeu de quarante mille livres représentait une somme considérable.

Edward était également choqué par le fait que son frère pût être considéré comme un alcoolique. Il ne s'était pas rendu compte que les choses étaient allées aussi loin. Quant à la drogue, il subsistait un doute même si, à présent, il n'était plus sûr de rien. Peut-être son frère était-il devenu dépendant d'une substance autre que l'alcool.

Edward se résigna à l'idée qu'il devrait traiter sérieusement le problème de son frère dès que celui-ci serait rentré d'Ecosse. George devrait aussi lui rembourser les quarante mille livres qu'il venait de sortir de sa propre poche. Il n'avait aucunement l'intention de financer les vices de son frère. Ne pourrait-il faire rayer George de la liste des membres des cercles qu'il fréquentait ? A moins d'obtenir que l'entrée lui en soit tout simplement interdite ? Il ne savait pas comment ce serait possible mais cela valait la peine d'essayer. Dès que Noël serait passé, il allait faire une peur de tous les diables à ce vaurien ! Ce ne serait qu'une question parmi celles qu'il s'était déjà promis de régler au cours de l'année à venir.

Dans l'immédiat, il devait oublier sa mauvaise humeur. Il devait sourire et traverser la rue pour se rendre chez Rules. Pas question de gâcher le déjeuner qu'il donnait pour ses plus proches collaborateurs. C'était Noël, le premier Noël après la fin de la guerre. Malheureusement, deux visages manqueraient autour de la table, ceux de Rob Aspen et Christopher Green, morts en France en combattant pour leur pays. Tout le monde se souvenait d'eux avec amitié, et lui en particulier.

Edward se leva enfin et alla se poster devant l'armoire qui abritait son coffre-fort. Après quelques instants de réflexion, il se décida, ouvrit le coffre et en sortit deux grandes enveloppes. Ensuite, ayant refermé le coffre avec soin, il rangea les deux enveloppes dans un tiroir de son bureau qu'il ferma également. La clef à l'abri dans sa poche, il prit son pardessus et son écharpe.

12

Vicky Forth était une optimiste. Tout enfant, elle se montrait déjà positive. Elle voyait toujours le verre à moitié plein, jamais à moitié vide. Pour elle, le lendemain était par principe plein de promesses et de réussites. Elle faisait partie de ces natures qui foncent avec audace pour réaliser leurs projets, sans se laisser ralentir par la crainte. Si quelque adversaire ou quelque obstacle se présentait, elle le regardait en face et poursuivait sa course comme s'il n'existait pas.

Stephen, son mari, qui l'adorait et l'encourageait dans toutes ses entreprises, la décrivait comme une guerrière décidée à conquérir le monde par ses bonnes actions, ce qui était vrai. Vicky avait changé le cours de plus d'une existence. Elle aimait aider les autres, en particulier les femmes en perdition, celles qui avaient besoin d'un peu de chance, d'attention, de soins, de conseils et de soutien. Elle voulait les aider à améliorer leur vie.

Son optimisme lui avait été très utile au fil des ans, se dit-elle soudain, tandis que, plantée devant sa penderie, elle se demandait quelle robe choisir pour la soirée.

Elle se félicitait d'avoir encouragé Grace Rose à se battre pour aller à Oxford. Les femmes n'avaient pas encore le droit de s'inscrire à l'université mais on les autorisait à assister à certains cours.

Grace Rose pourrait profiter de ces ouvertures et serait en sécurité chez Millicent Hanson. La vieille amie de Vicky, veuve à présent, possédait une charmante vieille maison à Oxford même. Vicky avait été bien inspirée de lui écrire.

Dans la lettre qui était arrivée ce matin, Millicent se réjouissait d'accueillir Grace Rose pendant qu'elle ferait ses études. Vicky se sentait soulagée et heureuse pour sa fille qui avait toujours aimé apprendre. Elle espérait devenir historienne.

Vicky finit par choisir une robe en soie élégante, d'un rose profond, avec des manches trois quarts et une jupe étroite qui lui descendait à la cheville. Le corsage était orné d'une incrustation en V de dentelle écrue, ce qui lui donnait une allure unique. Elle ne l'avait portée qu'une seule fois et elle serait parfaite pour sa réception. Cette robe avait du chic mais pas trop pour un dîner chez elle, d'autant que les hommes ne porteraient pas le smoking.

Vicky mit sa robe et ses escarpins en soie assortis, puis s'assit à sa coiffeuse où elle choisit des boucles d'oreilles en perles et diamants avec une broche coordonnée en forme de fleur.

Vicky Forth, qui avait franchi le cap de la quarantaine depuis quelques années, paraissait beaucoup plus jeune. Elle avait toujours ses beaux cheveux châtain foncé, épais et brillants, où n'apparaissait qu'un rare fil d'argent de-ci de-là. Ses quelques rides autour des yeux et de la bouche se remarquaient à peine. Sans doute était-ce sa joie de vivre qui lui conférait cette allure incroyablement juvénile. Son énergie, son enthousiasme ne faisaient qu'ajouter à son pouvoir de séduction. Les femmes comme les hommes se sentaient attirés vers elle, la trouvant chaleureuse, accueillante et très humaine. Edward Deravenel l'avait toujours définie comme la meilleure épaule sur laquelle on puisse pleurer.

Vicky pivota sur ses talons et se dirigea vers la porte de sa chambre quand Stephen apparut sur le seuil. Il s'illumina en la voyant.

— Tu es superbe, Vicky !

Il referma la porte derrière lui, embrassa sa femme puis la tint à bout de bras pour mieux l'admirer.

— Bonsoir, mon chéri, dit-elle en lui rendant son sourire.

— Tu t'es habillée un peu tôt, non ?

— Oui, mais j'ai deux ou trois points de détail à régler avec la cuisinière et Fuller. De plus, Ned a appelé tout à l'heure en me demandant s'il pouvait venir un peu avant tout le monde. Il veut nous parler. Je lui ai dit que nous l'attendions, bien sûr !

— De quoi veut-il nous parler ? demanda Stephen, étonné.

— C'est au sujet de Grace Rose.

— Que se passe-t-il ?

— Si j'ai bien compris, il y a quelques années, après avoir pris la tête de la société et commencé à gagner beaucoup d'argent, il a établi un fidéicommis à son nom. Elle ne pourra pas en disposer avant ses vingt et un ans mais Edward désire nous confier les documents ce soir. Il pense qu'il vaut mieux que ce soit nous qui les gardions jusqu'à la majorité de Grace Rose.

— C'est curieux. A-t-il dit pourquoi ?

— Non, mon chéri, il ne m'a pas tout expliqué. Il m'a seulement dit qu'il voulait mettre de l'ordre dans plusieurs de ses affaires d'ici la fin de l'année.

— Je vois. Bien ! Dans ce cas, il vaut mieux que je m'active, ma chérie. Je dois encore m'habiller pour tes invités.

— Pas pour « mes » invités, mais pour « nos » invités, Stephen ! D'après Ned, nous ne devrions pas en avoir pour plus d'une quinzaine de minutes. Il a suggéré que Grace Rose s'occupe de Jane pendant que nous réglerons tout cela dans la bibliothèque.

— Je suis certain que cela amusera beaucoup Grace Rose de jouer les hôtesses, mais Jane… ?

— Je ne comprends pas ?

— Grace Rose est devenue étonnamment directe, ces derniers temps. Non qu'elle soit incorrecte en quoi que ce soit, au contraire ! Je la trouve très courtoise et raffinée dans ses manières, mais elle dit ce qu'elle pense sans y aller par quatre chemins ! Tu ne l'avais pas remarqué ?

— Bien sûr que si ! Toutefois, même si elle a des réflexions parfois étonnantes, elle y met tant de simplicité et de panache en même temps que personne ne peut s'en offenser. J'en suis certaine !

Elle jeta un regard à sa montre puis se précipita vers la porte.

— Je dois descendre, jeta-t-elle par-dessus son épaule. Je dois m'assurer que tout est prêt. S'il te plaît, ne sois pas trop long ! Il est déjà six heures dix. Ned et Jane doivent arriver à la demie et nos autres invités à sept heures.

— A propos, qui vient ? Tu ne m'as pas donné de liste comme d'habitude.

— Excuse-moi, je suis désolée ! Mais, tu sais, il n'y aura que la famille : Ned et Jane, nous trois, ce qui fait déjà cinq, plus Fenella, Amos et mon frère.

— Kathleen ne vient pas avec Will ?

— Je crains que non. Il m'a téléphoné ce matin pour me prévenir qu'elle a pris froid. Ils estiment tous les deux qu'elle ferait mieux de rester chez elle pour éviter de nous contaminer. Que voulais-tu que je dise ? Elle m'a fait envoyer une ravissante corbeille de fleurs cet après-midi avec un mot d'excuse. Kathleen est une femme charmante, très attentionnée.

— Oui, tu as raison. Elle a dû s'enrhumer à cause de toute cette pluie que nous avons en ce moment. Pas étonnant que les gens soient malades !

Vicky éclata de rire.

— Ne nous plaignons pas du climat anglais, mon cœur ! La guerre est finie, finie ! Il y a de quoi être heureux, non ? A côté de cela, le temps n'a aucune importance !

Stephen rit avec elle et se dirigea vers son dressing-room.

— Donne-moi dix minutes et je suis à toi, dit-il en ouvrant la porte.

Vicky descendit au rez-de-chaussée. Elle voulait vérifier avec Fuller qu'il avait bien apporté du champagne dans la bibliothèque. Elle avait choisi du Krug, sachant que c'était le préféré d'Edward depuis quelque temps.

Son cher Edward ! Il avait toujours fait partie de ses meilleurs amis. Ils se connaissaient depuis une éternité et étaient devenus très intimes au fil des années. Edward était aussi le meilleur ami de son frère Will et elle comprenait très bien pourquoi les deux hommes s'entendaient parfaitement.

Vicky avait aidé Edward à surmonter son chagrin quand Lily Overton, sa maîtresse de l'époque, avait été tuée dans un accident, des années plus tôt. En réalité, ce n'était pas un accident mais un meurtre exécuté de sang-froid, commandité par Margot Grant, l'ennemie d'Edward dans la lutte pour le contrôle de la compagnie Deravenel. Margot Grant n'avait même pas été inquiétée, elle n'avait jamais payé pour son crime. Non, à dire vrai, on le lui avait fait payer quand même et de la pire façon. La Française avait tout perdu, tout et tout le monde. Certainement la volonté de Dieu qui s'était manifestée, pensa Vicky.

A l'évocation de ces souvenirs, Vicky avait encore la chair de poule. Elle se trouvait à Hyde Park dans le landau avec Lily, en ce jour fatal. Elle avait été éjectée de la voiture en même temps que son amie et elle aurait pu être tuée comme elle.

Lily, sa meilleure amie, qui était si belle, et bien trop jeune pour mourir. L'enfant qu'elle portait avait été tué, lui aussi, l'enfant d'Edward… Vicky n'oublierait jamais l'image de Lily étendue sur l'herbe, et le rouge du sang sur sa robe en soie bleu clair. Cette image était inscrite dans sa mémoire pour toujours. Rien ne pourrait l'effacer.

Vicky s'arrêta un instant sur la marche où elle se trouvait quand ces souvenirs l'avaient assaillie. Elle fit un effort pour écarter ces images horribles. Au bout de quelques instants, elle reprit sa descente, s'obligeant à se calmer avant l'arrivée de ses invités.

Elle se heurta presque à Fuller au pied de l'escalier.

— Bonsoir, madame, dit-il en inclinant la tête. Je m'apprêtais à apporter les boissons dans la bibliothèque.

Il avait à la main un seau à glace en argent.

— Merci, Fuller. Tout est prêt ? Le feu est allumé dans toutes les pièces ?

— Oui, madame, tout le monde est sur le pont. Nous pouvons lever l'ancre.

Vicky le remercia et prit le long couloir qui menait aux cuisines, retenant une envie de rire. Fuller était entré chez elle depuis un an et, avant cela, avait servi comme majordome chez un ancien amiral de la Royal Navy, à présent décédé. Il lui en était resté une tendance à s'exprimer dans un langage de marin. Grace Rose et elle trouvaient cela plutôt amusant mais, par moments, Stephen s'en irritait. Quelques jours plus tôt, il s'était plaint d'avoir l'impression de vivre sur un cuirassé… Vicky avait rétorqué que Fuller était un parfait majordome, le meilleur qu'ils aient eu depuis longtemps.

Ouvrant la porte de la cuisine, elle passa la tête à l'intérieur.

— Avez-vous besoin de quelque chose, madame Johnson ? demanda-t-elle.

La cuisinière pivota sur elle-même et prit le temps de poser sa louche.

— 'Soir, m'dame, dit-elle. Non, y a pas de problème. Tout va bien, tout le monde est sur le pont et on n'est pas en retard. Le dîner sera prêt à huit heures pétantes, comme vous l'avez d'mandé.

La cuisinière pinça fortement les lèvres, réprimant une soudaine envie de rire.

— On dirait que j'attrape le jargon à Fuller ! Désolée, m'dame, faites excuse !

Vicky fit également un gros effort pour ne pas éclater de rire.

— Assurez-vous simplement que le potage au curry soit servi très chaud. Vous savez que M. Forth aime son potage brûlant.

— Sûr, m'dame ! Et pareil pour le reste ! Je sais qu'il préfère que le chaud soit très chaud et il a bien raison, m'dame.

Vicky regagna le salon en riant. C'était sa pièce préférée et elle s'arrêta un instant sur le seuil pour l'admirer. Les murs étaient tendus de soie jaune pâle avec des rideaux de taffetas drapé à rayures jaunes et ivoire. Ils étaient gonflés comme des robes de bal, ainsi qu'elle aimait les voir.

Sur ce fond jaune clair étaient posées des taches de couleur, surtout le bleu pâle et le rouge vif du tissu dont étaient recouvertes des chaises françaises d'époques variées et de grands canapés d'allure confortable. Le feu brûlait haut et clair dans la cheminée, les lampes de porcelaine dispensaient une lumière douce sous leurs abat-jour de soie crème, et des vases de fleurs fraîches étaient disposés un peu partout. Parfait ! pensa Vicky. Le salon était tout simplement parfait.

La sonnette de la porte la fit sursauter. Elle se hâta, l'antique tapis d'Aubusson étouffant ses pas, et entendit Fuller qui traversait l'entrée dallée de marbre. Pourvu qu'il n'accueille pas les arrivants d'un « Bienvenue à bord ! » comme cela lui était déjà arrivé ! Mais s'il le faisait, elle savait qu'Edward en rirait.

13

Grace Rose s'était vu confier la tâche de tenir compagnie à Jane Shaw pendant que ses parents et son « oncle Ned » discutaient dans la bibliothèque. Elle en était heureuse car elle aimait être avec Jane, qu'elle trouvait fascinante. Jane l'appréciait aussi et elles se sentaient à l'aise ensemble.

Que l'on puisse trouver beaucoup de plaisir à regarder Jane paraissait évident à Grace Rose. Elle était non seulement ravissante et séduisante, mais aussi amicale et extrêmement intelligente. Grace Rose était très impressionnée par les connaissances de Jane en peinture et en sculpture et par la bonne volonté avec laquelle elle répondait toujours à ses questions. Jane connaissait très bien l'œuvre et la vie de certains artistes, en particulier les impressionnistes et les post-impressionnistes français. De plus, elle aimait partager son savoir.

Alors qu'elles bavardaient de tout et de rien, confortablement installées dans le salon jaune, Grace Rose ne put s'empêcher de trouver Jane parfaitement à sa place, en cet instant, dans ce salon à la décoration sans faute. Jane portait une robe très élégante et à la dernière mode, en velours bleu saphir, et des boucles d'oreilles en saphir dont le bleu faisait écho au bleu particulier de certaines des étoffes choisies par Vicky pour le salon. La scène aurait mérité d'être peinte, pensa Grace Rose. Le tableau se serait appelé *Portrait en bleu*.

Après un dernier échange au sujet d'une exposition dans une galerie de Chelsea, où ce fut surtout Jane qui parla, un silence s'installa entre elles, un silence confortable et reposant, sans aucune gêne. Elles se sentaient bien, ensemble, et cela depuis leur rencontre, des années plus tôt.

Jane reprit finalement leur conversation.

— J'ai appris que vous aimez étudier, dit-elle d'une voix douce. Votre oncle m'a dit que vous êtes passionnée par vos cours et que vous travaillez beaucoup. Il vous admire beaucoup, et moi aussi.

Jane sourit à Grace Rose et prit une gorgée de champagne puis se renfonça dans les coussins de la bergère Louis XV où elle avait pris place. Grace Rose la remercia d'une inclinaison de la tête.

— J'ai toujours aimé apprendre, madame Shaw, répondit-elle d'un air très sérieux. Aujourd'hui, j'ai reçu une très bonne nouvelle. Je vais bientôt pouvoir étudier à Oxford car une amie de ma mère accepte de me recevoir chez elle.

— Toutes mes félicitations, Grace Rose ! Je crois que vous aimez spécialement l'histoire, n'est-ce pas ?

— Oui, en ce moment je m'intéresse en particulier à la France et à ses rois.

— Quelle coïncidence étonnante ! J'ai toujours eu un faible pour l'histoire de France et, quoique nous ne soyons pas censés l'aimer, j'avoue avoir une certaine admiration pour Napoléon. C'était un génie dans plus d'un domaine.

— Et probablement le plus grand chef de guerre que le monde ait jamais connu, ajouta Grace Rose.

— Sauf quand il a envahi la Russie, fit remarquer Jane en scrutant l'expression de sa jeune interlocutrice.

— C'est vrai, répondit Grace Rose, mais c'est surtout l'hiver qui l'a vaincu. Je pensais à son art de la stratégie en disant qu'il avait été le plus grand.

— Ah, je comprends ! Plus d'un spécialiste serait d'accord avec vous. Mais dites-moi : y a-t-il un roi qui vous intéresse en particulier ?

— En toute sincérité, ce sont surtout leurs maîtresses qui retiennent mon attention. C'est mon sujet de prédilection, en ce moment, les favorites. Je les trouve fascinantes…

Grace Rose s'interrompit, se reprochant d'avoir abordé un sujet aussi délicat avec Jane. Elle rougit violemment, très gênée.

— Excusez-moi, bafouilla-t-elle, je suis désolée…

En voyant son expression défaite, Jane éclata de rire et lui tapota le bras.

— Vous n'avez pas besoin de vous excuser, je sais que vous êtes au courant de la situation entre votre oncle Ned et moi.

— Oui, répondit Grace Rose, tout le monde est au courant…

Elle stoppa net et rougit encore plus puis s'éclaircit la voix.

— Je suis navrée, madame Shaw, je n'arrête pas de gaffer… Je ne voulais pas vous offenser.

— Je ne me sens pas offensée, je vous le promets. Expliquez-moi plutôt ce qui vous intéresse assez dans l'histoire des favorites royales pour vous inciter à approfondir le sujet.

Soudain rassurée par la certitude que Jane avait envie d'entendre son opinion, Grace Rose se lança avec enthousiasme.

— Toutes celles dont j'ai déjà lu la biographie ont été des femmes remarquables et ont joué un rôle considérable. La plupart avaient beaucoup d'influence sur la politique et le gouvernement tout en étant aux petits soins pour leur roi. Leur vie en dit long sur l'époque où elles vivaient. Nous avons beaucoup à apprendre d'elles. Leurs relations avaient tout à voir avec le pouvoir, du moins dans la plupart des cas, me semble-t-il.

— Absolument ! s'exclama Jane. Et avec l'argent, la position sociale, l'ascension sociale ! Mais aussi avec la reconnaissance sociale et la supériorité.

— J'aime les favorites, je veux dire en tant que sujet d'étude. Elles sont beaucoup plus intéressantes que la plupart des reines. Les rois se sont souvent plus souciés de leurs maîtresses que de leurs femmes.

Etonnée par l'ouverture d'esprit de la jeune fille et sa stupéfiante franchise, Jane commença à rire. Elle s'amusait beaucoup.

— Y a-t-il une de ces maîtresses royales qui vous attire spécialement, en ce moment, Grace Rose ?

— Oui ! Diane de Poitiers, la maîtresse d'Henri II de France. Ils se sont rencontrés quand il était encore un petit garçon. Il avait onze ans. Cela s'est passé à son retour d'Espagne, où il avait été gardé en otage avec son frère pendant que leur père était libéré. Il était rentré en France déprimé et timoré, et Diane l'a réconforté. Elle s'en est fait un ami et l'a protégé. Elle a été très douce avec lui et a exercé sur son caractère une influence calmante. Elle l'a beaucoup materné, en fait. Je crois qu'elle lui a permis de se sentir en sécurité à un moment où c'était très important pour lui.

— Vous avez certainement raison.

— Il avait quatorze ans quand Diane l'a séduit. Elle avait vingt ans de plus mais il ne l'a jamais abandonnée. Elle est restée sa maîtresse jusqu'à la fin de sa vie. Il est mort avant elle mais a pris la précaution de la doter de son vivant. Il a été beaucoup plus généreux avec elle qu'avec la reine.

— Ah oui ! La célèbre Catherine de Médicis, une femme qui s'est sentie méprisée dès les premiers jours de son mariage. Henri II était trop occupé avec Diane pour se soucier de sa femme.

— Vous semblez bien connaître la vie de Diane de Poitiers, madame Shaw.

— En effet, répondit Jane tandis qu'un sourire malicieux étirait ses lèvres.

Grace Rose se mit à rire, aussitôt imitée de Jane. Ce fut à cet instant que se noua l'amitié qui devait les unir toute leur vie, elles, la maîtresse et la fille illégitime du même homme. Deux femmes qui, d'une certaine façon, resteraient toujours en marge pour celui qui jouait un rôle central dans leurs existences. Et pourtant, elles étaient plus proches de lui que la plupart des autres personnes qu'il connaissait et aimait.

— Vous devez donc savoir qu'Henri II avait offert à Diane les bijoux de la couronne. Vous imaginez ! Sans oublier Chenonceau, le plus beau des châteaux !

— Oui, répondit Jane, et elle a conservé son pouvoir pendant près de trente ans. Mais elle s'est aussi montrée très généreuse avec toute la famille du roi, y compris avec la reine quand celle-ci est tombée gravement malade. Diane a pratiquement élevé les enfants du roi.

— Des enfants qui sont nés seulement parce que Diane a convaincu le roi d'accomplir son devoir conjugal car il lui fallait un héritier !

— Eh bien, Grace Rose ! Vous connaissez votre sujet à fond. Diane est votre préférée, n'est-ce pas ?

— Oui, mais il y a une autre de ces favorites que j'admire beaucoup et que j'aurais aimé rencontrer.

— Puis-je savoir laquelle ?

— Agnès Sorel, répondit Grace Rose. Elle est devenue la maîtresse de Charles VII en 1444. Il en était tellement entiché qu'il a créé pour elle le titre de « favorite officielle ».

— Qui est la favorite officielle ?

Edward venait d'entrer dans le salon et semblait très amusé par ce qu'il avait entendu sans que les deux femmes s'en soient rendu compte. Il avait attendu sur le seuil pendant quelques minutes, les écoutant.

Grace Rose le salua de la main.

— Oncle Ned ! s'exclama-t-elle. J'étais en train d'expliquer à Mme Shaw que je fais des recherches sur les maîtresses…

Elle rougit de nouveau et tenta de se tirer de ce mauvais pas.

— Je veux dire… euh… Les favorites françaises, les favorites des rois…

— Mais seulement celles des rois de France, semble-t-il, dit Edward en riant. Tu ne t'intéresses pas aux rois anglais et à leurs maîtresses ? Les Anglais sont trop ennuyeux, n'est-ce pas ?

— Non, pas du tout ! Je connais bien leur histoire. Par exemple, je peux vous parler de Charles II et Nell Gwynne, et…

— Je sais, ma chérie ! Je te taquinais, c'est tout.

Edward vint se placer derrière le canapé et posa affectueusement ses mains sur les épaules de Grace Rose tout en jetant un regard interrogateur à Jane. Elle lui sourit.

— Nous avions une discussion passionnante, dit-elle. Grace Rose va devenir une grande historienne, Ned. Elle a ça dans le sang. De plus, elle n'a pas peur de faire des recherches et je pense qu'elle a du flair pour trouver la vérité. Nous n'étions pas là pour assister aux événements qui se sont déroulés il y a des centaines d'années. Cela oblige les historiens à évaluer la fiabilité des documents et à faire jouer leur intuition.

— Je reste très impressionné, répondit-il.

Il était clair que les appréciations de Jane lui faisaient plaisir. Pendant quelques instants, il resta immobile, perdu dans ses pensées.

Jane les regardait avec étonnement. Les voir ainsi côte à côte était très révélateur. Cela ne laissait aucun doute sur leur lien de parenté. On voyait de qui Grace Rose tenait sa chevelure flamboyante, ses yeux si bleus et son teint pâle délicatement relevé de rose. Leur ressemblance était criante.

« Je veux qu'elle devienne mon amie, pensa soudain Jane, et je veux être aussi son amie. » Elle voulait pouvoir la protéger si nécessaire. De cette façon, quoi qu'il arrive, elle aurait toujours un peu de la présence d'Edward dans sa vie.

La voix de Vicky retentit depuis le seuil de la pièce.

— On dirait que tout le monde arrive en même temps. Viens, Grace Rose, j'entends Fenella et Amos dans l'entrée.

— Va ! lui dit aussi Edward. Va accueillir tes vieux amis.

En même temps, il avait ôté ses mains de ses épaules et s'était écarté du canapé. Grace Rose se leva d'un bond.

— Oh, oui ! s'exclama-t-elle.

Edward la regarda s'éloigner puis se tourna vers Jane. Il la rejoignit, lui prit les mains pour l'aider à se lever, l'embrassa sur la joue et l'entraîna devant le feu.

— Je crains qu'elle n'effraye tout le monde avec sa franchise, dit-il. J'espère qu'elle n'a rien dit de nature à te blesser ?

— Absolument pas ! Au contraire, je la trouve rafraîchissante.

Jane hésita un instant puis lui confia :

— J'aimerais mieux la connaître.

— Alors, tu la connaîtras mieux, je te le promets.

— Tout va bien ?

Autour de la table ronde, Vicky était assise à la gauche d'Edward et avait posé sa question à voix basse.

— Tu n'es pas malade, Ned ?

— Bien sûr que non ! Pourquoi me demandes-tu cela ?

— Parce que tu nous as confié des documents importants, ce soir. Nous ne nous y attendions pas du tout, Ned. Je ne peux pas m'empêcher de… de m'inquiéter, de me demander si tout va bien pour toi.

Il se pencha à son oreille et lui répondit d'un ton très calme :

— Je suppose que la guerre et la crainte de la grippe espagnole m'ont un peu affecté. Cela m'a fait prendre conscience de ce que je suis mortel comme tout le monde. Quand on est très jeune, on se croit éternel. Malheureusement, ce n'est pas vrai, nous sommes tous très vulnérables.

Ned lui adressa un sourire éclatant.

— Ma chère Vicky, je ne suis pas malade, c'est la vérité. Je n'ai pas l'intention de tirer ma révérence avant longtemps. Il y a une seule raison pour laquelle je vous ai apporté ces papiers, à Stephen et à toi. C'est parce que vous êtes ses parents et qu'il est donc normal que vous les ayez. Je te promets qu'il n'y a rien d'autre. J'ai été assez efficace, ces dernières semaines, et j'ai mis en ordre presque tous mes dossiers personnels.

Vicky se laissa aller contre le dossier de sa chaise, soulagée, et sourit à Edward de son beau sourire affectueux.

— Tu as été si gentil avec elle au cours de toutes ces années, dit-elle. D'ailleurs, tu es généreux avec tous les gens que tu aimes.

— J'essaye seulement de faire ce que je peux, répondit-il avec un léger haussement d'épaules.

Tout ayant été dit, il se tourna vers Fenella, son autre voisine, qui lui avait posé une question sur la santé de son fils.

Vicky, qui se sentait à présent rassurée au sujet d'Edward, se détendit et fit du regard le tour de ses invités. Tout le monde semblait passer un bon moment. Fuller venait de servir la sole Colbert et quelques commentaires flatteurs fusèrent. Elle était contente de voir que la cuisine de Mme Johnson était appréciée.

Elle réalisa soudain que Jane Shaw essayait d'attirer son attention.

— Tout va bien, Jane ? Aimez-vous le poisson ?

— C'est délicieux, répondit Jane en souriant. Je voulais juste vous dire à quel point votre table est jolie, Vicky. Vous avez de l'argenterie et des cristaux superbes. Vous savez que j'aime beaucoup votre « bonbonnière rouge », comme vous l'appelez.

— Je vous remercie, Jane. Tout le monde aime cette pièce. Elle doit donner une sensation de confort et d'intimité, quelque chose d'agréable pour une soirée d'hiver !

Jane acquiesça de la tête et, souriante, reprit sa fourchette.

Vicky avait refait la décoration de sa salle à manger cinq ans plus tôt, juste avant la guerre, et était flattée par les commentaires de Jane. C'était en effet une bonbonnière rouge avec ses murs tendus de brocart de soie rouge et ses rideaux confectionnés dans la même étoffe, ses chaises victoriennes tapissées de velours rouge foncé, et son tapis d'Orient aux teintes rouge, rose et bleu marine. Le feu qui brûlait gaiement dans la cheminée et les nombreuses bougies dans leurs grands chandeliers d'argent ajoutaient encore à l'impression chaleureuse qui se dégageait de l'ensemble. La pièce était intime et élégante, parfaite pour une froide soirée de décembre.

Vicky avait l'habitude d'organiser ce dîner chaque année juste avant Noël. Même pendant la guerre, elle avait maintenu la tradition. C'était toujours les mêmes invités qui venaient, de vieux amis et des parents. Elle fut soudain frappée par l'idée qu'ils formaient un clan. Il est vrai que les Deravenel, en particulier, avaient toujours montré un attachement très marqué à la famille et aux amis de longue date. Ils avaient toujours eu des relations étroites avec d'autres branches de la famille, surtout avec le clan Watkins, celui des cousins germains. Sans doute fallait-il l'imputer à l'intimité que créent les valeurs et les idéaux partagés, une philosophie de l'existence et un mode de vie communs. Leurs relations reposaient aussi sur un sens aigu de la loyauté, de l'amitié et de l'entraide.

Vicky pensa à sa belle-sœur, Kathleen, retenue chez elle par un rhume. C'était une cousine d'Edward, la sœur des défunts Neville et Johnny Watkins. Les deux frères s'étaient tués quatre ans plus tôt à Ravenscar dans un accident de voiture. Ils lui manquaient. Tout à l'heure, en arrivant, Will lui avait expliqué que Kathleen n'allait pas bien du tout. Elle avait pâli et il avait aussitôt ajouté que ce n'était pas la grippe espagnole, seulement un gros refroidissement. Will adorait sa femme et leur couple avait toujours été très solide, à la grande satisfaction de Vicky.

La voix de Fenella la tira de sa rêverie. Elle leva les yeux vers son amie, assise de l'autre côté de la table.

— Comment se sent Charlie, Amos ?

— Il est heureux d'être rentré chez lui et soulagé que la guerre soit finie, lady Fenella. Il vous envoie ses meilleures salutations, ainsi qu'à vous tous. Mais il a été très vilainement blessé à une jambe et il boite. Il marche avec une canne, maintenant. Au moins, il a évité l'amputation. Il a aussi tout un côté du visage très abîmé par de profondes brûlures.

Amos s'interrompit un instant, l'air soucieux.

— Toutefois, reprit-il, je dois reconnaître qu'il est en forme et qu'il cherche à faire autre chose qu'avant, mais toujours dans le monde du spectacle. Peut-être va-t-il devenir producteur ou écrire.

Fenella le fixait des yeux, sourcils froncés.

— A-t-il le visage vraiment très abîmé ? demanda-t-elle.

— Il n'a été brûlé que d'un côté mais il n'a pas fini de cicatriser. D'après lui, les chirurgiens pourront peut-être faire quelque chose, mais plus tard, quand il ira vraiment mieux. Il semblerait qu'on ait mis au point de nouveaux traitements pour les grands brûlés.

— C'est exact, intervint Grace Rose. En réalité, les greffes de peau et ce type d'interventions chirurgicales remontent à l'Antiquité.

— Je l'ignorais, dit Vicky. Tu es un puits de science, ma chérie.

Fenella semblait pensive quand elle reprit la parole, s'adressant plus spécialement à Vicky.

— L'autre jour, quand elle est venue nous aider à Haddon House, Jeanette Ridgely m'a fait une remarque intéressante. Son fils était officier au front et maintenant il est chez elle, également blessé. D'après elle, il regrette qu'il n'existe pas un endroit où les soldats blessés pourraient se retrouver, se détendre et se distraire, parler à d'autres camarades revenus du front. A ses yeux, c'est de cela que ces hommes ont besoin, d'un endroit qui ressemble plus à Haddon House qu'à un pub où, inévitablement, la plupart des hommes se saouleront.

— C'est une idée intéressante, dit Vicky avec un regard à la ronde. Vous ne pensez pas ?

— Si, tu as raison, dit Stephen.

Il était toujours prêt à soutenir sa femme dans ses projets.

— Si tu veux, Vicky, reprit Fenella, nous pourrions en parler à Jeanette la semaine prochaine. Elle s'est proposée pour venir deux jours à Haddon House. Je suis persuadée qu'un lieu d'accueil de ce genre serait une très bonne chose pour les blessés qui rentrent chez eux maintenant.

Stephen semblait enthousiasmé par l'idée.

— Ce serait comme un club, mais pas comme ceux où se retrouvent les ouvriers et qui se créent un peu partout en ce moment. J'imagine plutôt une salle de détente, qu'en penses-tu ?

— Oui, dit Will, un endroit où les soldats blessés pourraient se rencontrer, boire un verre, jouer aux cartes ou lire… Un endroit où aller quand ils veulent sortir de chez eux, ne pas rester dans les jambes de leur mère ou de leur femme.

A son tour, Edward se tourna vers Fenella.

— D'après moi, c'est une excellente idée. Si tu décides de le faire, Fenella, tu peux compter sur une donation de ma part.

— Merci beaucoup, Ned, mais je n'y avais pas plus pensé que cela, du moins pas avant ce soir. Toutefois, pourquoi pas ?

— Je donnerai autant que Ned, promit Will.

— Tu peux aussi me compter, renchérit Stephen. Nous devons montrer à nos blessés que nous leur sommes reconnaissants d'avoir risqué leur vie pour nous. Or, vous savez bien que le gouvernement ne fera pas grand-chose pour les aider.

— Vous êtes vraiment très chic, dit Fenella.

Elle eut une pensée pour la façon dont sa tante et elle avaient créé Haddon House des années auparavant. Elles avaient voulu fonder un abri pour les femmes maltraitées. A leur grande satisfaction, des miracles avaient ainsi été accomplis dans les quartiers misérables de l'East End. Beaucoup de femmes sans ressources avaient échappé à un sort terrible.

Vicky se détourna en entendant un bruit à l'entrée de la salle à manger.

— Ah ! dit-elle. Voici Fuller et le plat de résistance.

Fuller entrait dans la pièce, accompagné de deux femmes de chambre, portant de grands plats de ragoût d'agneau. Les trois domestiques disparurent dès que tout le monde fut servi mais Fuller revint au bout de quelques secondes pour servir le vin rouge dans les élégants verres en cristal.

— Ta table est vraiment excellente, dit Edward en regardant Vicky. J'ai toujours aimé ton ragoût d'agneau.

— Merci, répondit Vicky qui ajouta après un bref silence : Si nous ouvrions cet endroit pour les soldats blessés, ne devrions-nous pas prévoir une cantine ? Cela nous permettrait de leur assurer un repas correct au moins une fois par jour.

Will jeta un long regard pensif à sa sœur.

— Je constate que ce projet qui n'existait même pas il y a une minute est en train de s'étoffer ! dit-il. La première chose que vous devez faire, Fenella et toi, Vicky, est de vous asseoir pour chiffrer le coût d'un pareil endroit.

— Bien sûr, Will, répondit Fenella. En fait, je dois bien y réfléchir avant même de commencer à chiffrer. De plus, nous sommes très occupées, à Haddon House. Nous aurons besoin de bras supplémentaires pour ce nouveau projet…

— Je suis certaine que les bonnes volontés ne nous manqueront pas, affirma Vicky.

Edward éclata de rire.

— Je reconnais bien là ton optimisme !

Après le dîner, tandis qu'ils prenaient le café et les digestifs dans le salon, Amos s'arrangea pour accrocher le regard d'Edward. Ce dernier qui, après tant d'années, comprenait aussitôt le moindre signe d'Amos, lui répondit d'une imperceptible inclinaison de la tête. Puis il s'excusa auprès de Stephen, avec qui il était en grande discussion, et rejoignit Amos.

— Que se passe-t-il, Amos ? On dirait que vous voulez me parler de toute urgence.

— Je dois vous parler, en effet, monsieur, mais il n'y a pas d'urgence. Si vous préférez, cela peut attendre demain matin.

Le lendemain matin, Edward avait prévu de voir le Renoir découvert par Jane. Elle avait pris rendez-vous pour lui avec les propriétaires du tableau.

— Non, je ne peux pas, répondit-il. Pourquoi pas maintenant ? Voulez-vous que nous sortions dans le couloir pour quelques instants ?

— Oui, si cela vous convient.

— C'est parfait.

Edward retourna auprès de Stephen, qui se tenait devant la fenêtre.

— Finnister a deux mots à me dire. Voulez-vous m'excuser un instant ?

— Bien sûr !

Edward suivit Amos dans le corridor.

— Nous serons dans le passage du personnel, ici, remarqua-t-il. Allons plutôt dans la bibliothèque.

— Bonne idée, monsieur.

La bibliothèque, qui donnait sur le jardin, leur offrait un abri discret.

— Quelque chose vous tracasse, Amos ? Vous semblez soucieux.

— Non, je ne suis pas soucieux, monsieur. Voilà ce qui se passe. Hier soir, j'ai dîné au Ritz avec Charlie. A un moment, il est allé saluer un officier de sa connaissance. Ils se sont trouvés ensemble à l'hôpital. J'ai demandé à Charlie qui était cet homme. Il m'a répondu que c'était un de ses amis, qui s'appelle Cedric Crawford.

Edward fut tellement stupéfait d'entendre ce nom surgi du passé qu'il en resta bouche bée, incapable d'articuler un mot.

— Le Cedric Crawford qui vivait avec Tabitha James ? dit-il enfin. C'est bien ce que vous voulez dire ? Oui, bien sûr, ce n'est pas un nom courant.

— Exactement, monsieur, et je ne pense pas qu'il en existe deux.

— Donc, vous connaissant comme je vous connais, je suppose que vous avez l'intention d'agir, n'est-ce pas, Amos ?

— Je les invite tous les deux à dîner demain. J'espère pouvoir au moins m'assurer de son identité.

— Et ensuite ?

— Je pensais l'interroger au sujet de Tabitha James.

— Vous dira-t-il la vérité ? Nous sommes tous deux d'accord sur le fait qu'elle n'a pas été assassinée. Si tel avait été le cas, la police s'en serait mêlée, quoi que Grace Rose ait pu dire quand vous l'avez trouvée. N'oublions pas qu'elle avait seulement quatre ans !

— Avec un peu de chance, il pourra me dire ce qui est arrivé à Tabitha James et où elle est enterrée. Je crois que ce serait bien si Grace Rose le savait enfin, monsieur. Elle cesserait de se tourmenter pour cela.

— Elle vous en a souvent parlé, n'est-ce pas ? glissa Edward.

Il n'avait pas besoin de poser la question, en réalité. Son intuition et sa compréhension de la personnalité de Grace Rose lui avaient déjà soufflé la réponse.

— Oui et je l'ai même emmenée plusieurs fois à Whitechapel, avec la permission de Mme Vicky, bien sûr. Elle s'est également rendue à Haddon House. On ne lui a jamais rien caché. Mme Vicky a toujours été convaincue qu'il valait mieux lui dire la vérité.

— Je suis d'accord. Il aurait été stupide de vouloir garder le secret.

Edward se tut, plongé dans ses pensées, contemplant son verre de brandy aux reflets ambrés.

— Trouvez tout ce que vous pourrez trouver, Amos, dit-il enfin. Ce sera intéressant d'entendre ce qu'il a à dire, mais n'en attendez pas trop. Il ne sait peut-être pas grand-chose. Nous ignorons s'il ne l'avait pas quittée, ou si elle ne l'avait pas quitté. Tout cela est très mystérieux et nous ne saurons peut-être jamais la vérité.

14

Tout au long de sa carrière de policier, Amos Finnister avait beaucoup appris sur le genre humain et avait développé un sens de la psychologie qui lui permettait, dans la plupart des cas, de savoir immédiatement à qui il avait affaire. Et si, par hasard, son flair était mis en échec, il savait au moins déchiffrer les motivations des gens. De même, il avait acquis une certaine élégance. Il se sentait à l'aise avec des gens de tous horizons sociaux et la réciproque était vraie. Amos Finnister savait s'y prendre avec ses semblables, savait les aborder avec finesse et adresse.

Pour le dîner du vendredi soir avec le major Cedric Crawford et Charlie, il déploya tout son talent. Crawford se révéla le parfait gentleman anglais, de bonnes manières, de joyeuse compagnie, et né dans une excellente famille. Quant à Charlie, il était au mieux de son art, jouant avec perfection un personnage de gentleman anglais irréprochable comme il l'avait fait si souvent sur scène, à Londres comme à New York.

Amos savait comment amener les gens à se détendre et ils en étaient à peine à la moitié de leur dîner que le major riait sans retenue, racontant des histoires dont certaines étaient, en effet, très drôles. Amos riait aussi, racontait des histoires à son tour et bavardait de choses sans importance. Pendant tout ce temps, il écoutait avec attention et observait discrètement le major pour mieux l'évaluer.

Après le plat de résistance, Amos se sentit assez à l'aise pour amener la conversation sur Tabitha James. Il lança un regard interrogateur à Charlie, qui lui répondit d'un bref signe de tête.

Amos prit encore une gorgée du châteauneuf-du-pape qu'il avait commandé puis reposa son verre et s'adossa à sa chaise. Il ne voulait surtout pas que son attitude puisse sembler indiscrète ou menaçante.

— Major, dit-il de son ton égal, puis-je vous poser une question ?

— Je vous en prie. Que voulez-vous savoir, monsieur Finnister ?

Amos avait réfléchi avant le dîner à une histoire plausible et il était prêt.

— Avant tout, je dois vous expliquer une chose… Je me demande si vous ne connaissez pas une de mes amies.

— De qui s'agit-il ? demanda le major qui ne quittait pas Amos des yeux.

— Lady Fenella Fayne. L'avez-vous jamais rencontrée ?

— Je crains que non mais je connais son nom, comme tout le monde, me semble-t-il. C'est une grande philanthrope, d'après ce que j'ai lu, qui consacre beaucoup de temps, d'énergie et d'argent aux femmes… aux femmes en péril, dirons-nous ? Je crois que c'est la veuve de lord Jeremy Fayne.

— C'est exact, et son père est le comte de Tanfield. Il y a quelques années, lady Fenella a tenté de retrouver une de ses amies du Yorkshire, sa région d'origine. Cette dame avait disparu à Londres. Lady Fenella a fini par découvrir, grâce à une autre de ses relations, que son amie avait habité Whitechapel ou un quartier proche et avait été liée avec un gentleman du nom de Cedric Crawford. Y aurait-il la moindre chance que ce soit vous, major ?

Cedric Crawford répondit sans la moindre trace d'embarras ou d'hésitation à admettre qu'il avait connu la femme en question.

— En effet, j'ai connu une dame qui vivait à Whitechapel et portait le nom de Tabitha James. Je la connaissais très bien car c'était une proche amie d'un de mes camarades, Sebastian Lawford, officier de la garde comme moi. Je crois qu'ils devaient se marier, à un moment. Ils étaient très amoureux. Malheureusement, cela ne s'est pas produit.

— Savez-vous pourquoi, major ?

— Oui, et c'est une triste histoire. Tabitha James est tombée gravement malade. En fait, elle a contracté la tuberculose et a été emportée par une double pneumonie. En un rien de temps, elle était morte et enterrée.

— Je vois. Je suppose que vous connaissiez leur demeure de Whitechapel ?

— En réalité, c'était celle de Tabitha. Pour une raison que j'ignore, elle refusait d'emménager ailleurs. Pourtant, avec tout le respect voulu, Seb avait essayé de l'installer dans un cottage plus confortable. Je ne sais vraiment pas pourquoi elle s'est montrée aussi entêtée. C'était très triste parce qu'on voyait bien qu'elle était une authentique lady, je veux dire une femme bien élevée.

— Vous ne vous étiez pas trompé, répondit Amos. C'était en réalité lady Tabitha Brockhaven et son défunt père portait le titre de comte de Brockhaven.

La stupéfaction du major fut totale. Il parut foudroyé, presque incrédule. Il lui fallut un peu de temps pour assimiler l'information. Quand il put enfin parler, ce fut en fronçant les sourcils, et d'un ton où perçait le doute.

— En êtes-vous certain, monsieur Finnister ? Quand même… Une aristocrate ? Je n'arrive pas à le croire !

— Oui, j'en suis certain. Mais revenons à son domicile. Vous y êtes donc allé ?

— Oui, plusieurs fois. C'était en 1904, au printemps me semble-t-il. Oui, c'est cela ! Juste avant mon départ pour l'Europe avec mon père et mes sœurs. Nous avions prévu de séjourner dans notre villa familiale dans le sud de la France et, ensuite, je repartais pour Paris en vue d'y vivre définitivement. Je voulais devenir peintre et mon père avait accepté que je m'inscrive à l'école des Beaux-Arts. En fait, c'était lui qui me finançait.

— Mais vous étiez officier de la garde ? s'étonna Amos.

— Oui, mais mon père… C'était un chic type. Il me laissait plus ou moins faire ce que je voulais. Il n'a pas discuté quand j'ai démissionné de la garde. Si j'ai bien compris, son propre père était un tyran et père…

Le major, hésita puis haussa les épaules.

— Père était plutôt du genre opposé. Il me passait presque tout. Je crains d'avoir été plus que gâté. Quoi qu'il en soit, il pensait comme moi que je n'étais pas fait pour le métier des armes.

— Mais vous avez rejoint l'armée quand la guerre a éclaté et vous avez prouvé le contraire, n'est-ce pas, major ? D'après ce que Charlie m'a dit, vous vous êtes très bien battu. Il faut avoir accompli des actes de bravoure pour recevoir la Victoria Cross !

Le major parut soudain très intimidé et rougit.

Ce fut le moment qu'Amos choisit pour poser la question qu'il avait tenue en réserve.

— Au printemps de 1904, avez-vous vu une petite fille qui vivait avec Tabitha ?

— Mais oui ! Je l'avais oubliée. Tabitha avait une fille, une enfant de quelques années à peine. Oui, bien sûr ! Voyons… Comment s'appelait-elle ? Ah ! Je sais, elle s'appelait Grace.

— Vous ne sauriez pas ce qui lui est arrivé, par hasard ?

— Non, pas vraiment.

Le major se passa la main sur le front, l'air perplexe.

— Vous savez, maintenant que j'y pense, la dernière fois que j'ai vu cette enfant, c'est aussi la dernière fois que j'ai vu Tabitha.

— Vous souvenez-vous de ce qui est arrivé ce jour-là ?

Amos prit une gorgée d'eau. Le regard rivé sur Cedric Crawford, il attendait sa réponse avec un sentiment d'excitation croissant.

— D'après mes souvenirs, il faisait assez beau, commença le major. Plutôt froid, mais avec du soleil. Je suis allé à Whitechapel avec Seb Lawford. Il voulait encore essayer de la convaincre de déménager pour habiter dans un endroit plus convenable. Il avait trouvé un cottage très confortable à Hampstead. Il m'avait demandé de l'aider à déménager les affaires de Tabitha. Nous avions pris un cab. Tabitha était là mais elle a refusé de quitter ce taudis où elle vivait. Elle pouvait se montrer très têtue. Nous avons tous les deux remarqué à quel point elle était malade. Elle toussait affreusement. Sebastian m'a demandé d'aller voir une femme qui habitait quelques maisons plus loin. Elle avait une adolescente qui s'occupait parfois de Grace. Il voulait qu'elle vienne la garder pendant que nous emmènerions sa mère à l'hôpital. J'ai oublié le nom de cette jeune fille. Toujours est-il qu'elle a accepté et qu'elle est revenue chez Tabitha avec moi. Je me souviens de lui avoir donné une guinée pour rester avec l'enfant jusqu'à notre retour. Elle a aussi aidé Seb à habiller Tabitha. Ensuite, nous l'avons portée, lui et moi, jusqu'au cab et conduite à l'hôpital.

— Quel hôpital était-ce, major ?

— Le Royal London Hospital, dans Whitechapel Road. Tabitha se trouvait dans un tel état que les médecins ont refusé de la laisser repartir.

— Et ensuite ? demanda Amos.

— Seb est retourné à Whitechapel et moi chez mon père. Nous partions pour la France cinq jours plus tard.

— Mais vous m'avez dit que Tabitha était décédée. Vous avez dû revoir votre ami Sebastian avant votre départ pour l'étranger ?

— Il est passé à la maison deux jours après l'hospitalisation de Tabitha. Il m'a appris qu'elle était morte d'une pneumonie, sans même parler de sa tuberculose.

— A l'époque, a-t-il mentionné la petite fille, Grace ?

— Non, il ne m'a rien dit et je n'ai pas pensé à lui en parler. Nous partions, ma famille et moi-même, pour trois mois et je devais préparer mes bagages pour un temps encore plus long puisque je voulais ensuite séjourner à Paris. Je crains que la maison n'ait été très en désordre…

Il s'interrompit, comme frappé par une idée.

— Qu'est-il advenu de l'enfant, monsieur Finnister ? J'espère qu'il ne lui est rien arrivé de mal ?

— Non.

Amos s'éclaircit la voix avant de reprendre ses questions.

— Quand lady Fenella cherchait Tabitha, elle a fait le tour des hôpitaux. Je le sais parce que je l'ai aidée. Nous n'avons pas trouvé trace de Tabitha. Cela ne vous paraît-il pas un peu curieux ?

— Oui et non. Tabitha se faisait appeler Mme Sebastian Lawford. Seb pensait que le fait d'utiliser son nom offrirait une certaine sécurité à Tabitha dans ce quartier malfamé. Par ailleurs, il l'appelait toujours Lucy. J'ignore pourquoi mais, pour lui, c'était un surnom affectueux. Toujours est-il qu'il l'a inscrite à l'hôpital sous le nom de Lucy, épouse de Sebastian Lawford. Je le sais parce que je me trouvais juste à côté d'elle pendant qu'il parlait à l'infirmière.

— Je comprends, et lady Fenella comprendra aussi. Tout est clair à présent. Dites-moi, major, Sebastian Lawford vous a-t-il prévenu de la date de l'enterrement ? Vous a-t-il au moins dit où elle était inhumée ?

— Non, il ne m'a rien dit mais, de toute façon, je n'aurais pas pu aller à l'enterrement à cause de mon départ.

— J'aimerais rencontrer Sebastian Lawford, si vous voulez bien m'y aider. Savez-vous où il se trouve, à présent ?

— Oui.

— Et puis-je vous demander où ?

— Dans une tombe, en France. Il a été tué à Ypres. Il est mort dans mes bras, monsieur Finnister. Donc je ne peux pas vous aider. Je le regrette vraiment.

— Vous m'avez beaucoup aidé, major, en me donnant le nom de cet hôpital. Si nous avons de la chance, on pourra m'y dire où Tabitha James est enterrée. Je suis certain que ce sera dans leurs dossiers.

Le major regarda Amos d'un air curieux.

— Est-il si important de le savoir ? demanda-t-il.

— Oui, très important ! Je vous remercie sincèrement de votre aide, major.

Il arrivait souvent à Amos de se rendre au siège de la Deravenel le samedi, bien que les bureaux fussent fermés pendant le week-end. Il aimait profiter de ce moment-là pour trier ses papiers et régler toutes les petites tâches dont il n'avait pas le temps de s'occuper pendant la semaine.

Ce samedi-là, il poursuivait toutefois un autre but quand il entra dans l'imposant édifice sur le Strand. Le portier en livrée le salua d'un doigt porté à sa casquette.

— Bonjour, monsieur Finnister ! Beau temps pour les canards, n'est-ce pas ?

Amos sourit aimablement à cet homme qui était plus âgé que lui.

— Bonjour, Albert ! Oui, c'est un temps idéal pour nos amis à plumes !

Tout en parlant, il avait replié son parapluie et commencé à traverser l'impressionnant hall dallé de marbre en direction de l'escalier. Il était venu pour dresser la liste des cimetières proches de Whitechapel et passer quelques coups de téléphone.

Amos commença par appeler le Royal London Hospital à Whitechapel. On lui répondit aussitôt que le service des registres était fermé pendant le week-end, ce à quoi il s'attendait. Il fit ensuite le numéro de Ravenscar, où Jessup décrocha. Il se présenta et, après un bref échange, fut mis en relation avec Edward Deravenel.

— Bonjour, Amos ! Je suppose que vous avez du nouveau ?

— Bonjour, monsieur ! Oui, c'était bien Cedric Crawford, comme nous le pensions. Par contre, ce n'est pas lui, le compagnon de Tabitha James, mais un certain Sebastian Lawford.

— Très curieux ! L'amie de Tabitha, Sophie je ne sais plus quoi, s'était pourtant montrée formelle.

— Oui, elle avait affirmé à lady Fenella qu'il s'agissait de Crawford mais, d'après le major, c'était son camarade Lawford, officier de la garde comme lui. Personnellement, je crois le major Crawford.

— Je suppose qu'on doit facilement confondre les noms de Crawford et Lawford, dit Edward.

— En effet ! De plus, hier soir, le major n'a cessé de parler de son camarade en l'appelant « Seb ». Quelqu'un qui ne se soucie pas vraiment des faits ne fera pas de différence entre Seb Lawford et Ced Crawford.

— Vous voulez dire que cette Sophie n'a pas fait la différence, Amos ?

— Oui, monsieur. Mais ce n'est pas tout ce que j'ai appris.

Amos rapporta sa conversation de la veille en détail à Edward qui l'écouta sans l'interrompre.

— Bravo, Amos ! s'exclama Edward quand il eut fini. Maintenant, vous avez un début de piste.

— Malheureusement, je devrai attendre lundi pour accéder aux registres de l'hôpital. Je sais également que Somerset House est fermé pendant le week-end. On y tient le registre des naissances, des mariages et des décès pour toute la Grande-Bretagne. Je devrais donc pouvoir trouver le certificat de décès de Tabitha, puisque nous savons à présent sous quel nom elle a été enterrée.

— Je vous remercie de tout ce que vous faites, Amos. Vous avez obtenu un résultat formidable.

— Il y a autre chose dont je veux vous parler, monsieur.

— Oui, Amos, de quoi s'agit-il ?

— Quand j'aurai tous les renseignements, serai-je autorisé à les transmettre à Mme Forth ?

— Bien sûr ! Elle sera aussi heureuse de savoir la vérité que je le suis. Je suis certain qu'elle sera d'accord pour que Grace Rose soit informée de tout cela… Cela lui permettra de tourner la page, Amos, de ne plus se tourmenter au sujet de sa mère.

— Je suis d'accord avec vous, monsieur. Je vous téléphonerai lundi, dès que j'aurai pu contacter les diverses administrations concernées. Ensuite, je parlerai à Mme Vicky.

— C'est un bon plan, Amos. Merci encore…

Edward s'interrompit un instant avant de conclure :

— La vie est étonnante. Nous en sommes là aujourd'hui parce que Charlie s'est lié d'amitié avec un autre soldat, rencontré par hasard dans un hôpital. Vraiment incroyable, Amos !

15

Ravenscar

C'était elle qui était responsable. Sa grand-mère le lui avait dit et Bess Deravenel en était très satisfaite. Mais c'était normal, non ? Après tout, elle avait neuf ans et elle était l'aînée, la première-née. Tout le monde savait que l'héritier comptait plus qu'elle parce que c'était un garçon mais elle s'en moquait. Bess savait depuis toujours qu'elle était la préférée de son père et que cela faisait d'elle une personne à part. Il le lui avait dit alors qu'elle était encore toute petite.

Son père lui avait récemment offert une psyché et l'avait fait installer dans sa chambre pour qu'elle puisse se voir en entier. Bess alla se planter devant le miroir et, la tête inclinée sur l'épaule, s'examina de la tête aux pieds.

Elle se trouva très jolie, et sa tenue parfaitement appropriée à un déjeuner de Noël. Elle avait choisi sa robe elle-même car Nanny était très occupée avec les autres et lui avait dit de se servir de son bon sens. Bess aimait devoir se débrouiller toute seule, cela lui donnait l'impression d'être adulte. Elle avait donc choisi une robe en velours bleu roi avec une jupe à godets qui lui arrivait presque à la cheville, des manches longues et une ravissante garniture de dentelle blanche au col et aux poignets. Quant à ses chaussures noires et ses chaussettes blanches, Nanny venait de lui confirmer qu'elle n'aurait pu trouver mieux.

Revenant à sa coiffeuse installée devant la grande baie vitrée de sa chambre, Bess prit sa broche dans son écrin noir. Tôt ce matin, toute la famille avait ouvert ses cadeaux dans la bibliothèque autour du grand sapin de Noël. Son père lui avait offert ce bijou, un petit arc en diamants. Sa mère avait paru fâchée et Bess l'avait entendue reprocher à son père de faire un cadeau aussi coûteux à une enfant. Il avait répliqué : « Non, rien n'est trop cher quand il s'agit de ma fille, Elizabeth ! » Et il s'était éloigné, contrarié. Bess avait l'habitude de leurs querelles. Elle avait grandi dans cette ambiance et se demandait souvent pourquoi sa mère persistait à prononcer certains mots, sachant que cela mettrait son père en colère.

D'un geste soigneux, elle piqua la broche dans le velours de sa robe de façon qu'elle se place exactement entre les deux parties de son col en dentelle. Ensuite, elle vérifia sa coiffure, repoussa ses boucles pour mieux dégager son visage et fut enfin satisfaite. Ses cheveux étaient du même roux flamboyant que ceux de son père et ses yeux du même bleu vif que le regard paternel. Elle lui ressemblait trait pour trait, comme Grace Rose. Bess regrettait beaucoup que Grace Rose ne passe pas Noël à Ravenscar à cause de la bronchite de son frère. Il n'y avait pas d'invités, cette année ; son père avait tout annulé. Quelques jours auparavant, Bess avait surpris une conversation entre Nanny, la gouvernante des enfants, et Madge, son aide. « Dieu nous aide, disait Nanny. Je ne sais pas comment nous allons faire sans la famille et les invités pour servir de tampon entre eux ! » Bess s'était retirée sur la pointe des pieds, espérant que Nanny ne l'ait pas vue. Elle savait à quoi la gouvernante faisait allusion et elle était d'accord avec elle mais elle ne pouvait pas le dire. On penserait qu'elle avait écouté aux portes.

Sautant à bas du pouf de sa coiffeuse, Bess traversa sa chambre en courant et ouvrit la porte qui donnait sur le couloir. La voix de Nanny lui parvint depuis la chambre que Mary partageait avec la petite Cecily qui avait peur du noir. Y avait-il un problème ? Bess longea le couloir en courant et poussa la porte de Mary. Nanny se retourna en l'entendant entrer.

— Eh bien, Bess ! Ne courez pas ainsi dans les couloirs, s'il vous plaît ! Ce n'est pas très élégant. Combien de fois vous l'ai-je déjà dit ?

— Tous les jours, Nanny ! Excusez-moi mais j'ai pensé que vous pourriez avoir besoin d'aide.

Nanny, qui était tout en rondeurs avec des joues comme des pommes rouges et des yeux bruns pétillants, pinça les lèvres pour ne pas rire.

— Je crois que j'y arriverai toute seule, répondit-elle.

Elle reporta son attention sur Cecily qui paraissait au bord des larmes. Bess s'approcha de sa cadette, qui n'avait que six ans.

— Pourquoi pleures-tu, Cecily ? demanda-t-elle. C'est Noël et on va manger plein de bonnes choses.

— J'ai pas faim ! répondit Cecily d'une voix tremblante. Et z'aime pas ma robe.

— Ne faites pas le bébé, mademoiselle ! gronda Nanny. Ce n'est pas convenable.

Elle finit enfin de nouer le ruban de taffetas bleu pâle au sommet de la tête blonde de Cecily.

— Ta robe est très belle, reprit Bess, et de la même couleur que la mienne. Regarde !

Cecily leva les yeux vers Bess et secoua la tête.

— C'est la même couleur mais z'aime pas ma robe.

— Bien sûr que si ! Et tu dois dire « je n'aime pas » ! Regarde Mary : elle porte aussi du bleu et elle ne se plaint pas. Nous sommes assorties, tu ne trouves pas cela joli ? N'oublie pas que nous sommes sœurs ! Je pense que Nanny a été très bien inspirée de choisir des robes bleues pour vous deux.

— Mais tu as choisi la tienne toute seule, dit Mary. Je le sais passque Nanny l'a dit.

— Mary, voyons ! dit Nanny en fronçant les sourcils. Exprimez-vous correctement et dites « parce que » ! Cette façon de parler est très vulgaire.

— Ce n'est pas du tout convenable, renchérit Bess, usant d'une des expressions favorites de la gouvernante.

Celle-ci se tourna vers Bess et la regarda par-dessus ses lunettes.

— J'espère que l'on ne joue pas les effrontées, Bess ?

— Oh, non, Nanny, je n'oserais jamais l'être avec vous !

— Tout va bien, dans ce cas. Je constate avec plaisir que je vous ai au moins appris quelque chose.

— C'est convenable ! Ce n'est pas convenable ! cria Mary en riant.

A huit ans, elle témoignait d'une heureuse nature et commença à sautiller à travers la chambre en chantant :

— Les sœurs toutes bleues ! Les sœurs toutes bleues ! Regardez-nous ! On est bleues, bleues, bleues !

— Arrête tout de suite, Mary, dit Bess. Nous devons nous dépêcher et nous devons d'abord aider Nanny.

— Tout va bien, petite mademoiselle ! répondit la gouvernante.

Jetant un regard circulaire, elle réalisa soudain que Richard n'était plus dans la pièce.

— Mon Dieu ! Où est le petit Richard ? Où est passé cet enfant ?

— Je suis là ! dit une petite voix flûtée.

A la grande horreur de la gouvernante, une petite tête blonde surgit de dessous le lit.

— Ritchie ! Je vous prie de sortir de là immédiatement.

Le bambin obéit aussitôt et se remit sur ses pieds en se dandinant. Nanny inspecta sa tenue de pied en cap, traquant la moindre trace de poussière, mais il était impeccable. Elle tira sur les pans de sa petite veste de velours noir.

— Bien ! marmonna-t-elle. Au moins, cela nous permet de savoir que les bonnes ont bien fait leur travail.

— Veux ma robe rouze ! dit à cet instant Cecily.

— Arrête de dire rouze ! s'exclama Mary, imitant Bess.

— Nanny ? demanda Bess. Et le petit Edward ? Il descend déjeuner avec nous ou bien est-il encore trop malade ?

Le visage de la gouvernante s'illumina. On comprenait tout de suite que l'enfant avait une importance particulière à ses yeux.

— Oui ! s'exclama-t-elle. Votre papa l'a aidé à s'habiller et l'a emmené en bas tout à l'heure.

— Alors, nous ferions mieux de descendre tout de suite, répondit Bess. Père doit m'attendre.

— Il vous attend tous, répondit Nanny avec un regard appuyé à l'intention de Bess.

— Je veux le bébé, marmonna Cecily. Où est Anne ?

— Votre bonne s'occupe d'elle. Elle descendra avec elle dans un moment.

Mary se planta devant la gouvernante d'un air très solennel.

— Est-ce qu'elle porte aussi du bleu ? demanda-t-elle.

— Ne dites pas de sottises, ma petite ! Bien sûr que le bébé ne porte pas de velours bleu ! Elle est emmaillotée dans de la dentelle blanche toute mousseuse.

— Où est grand-mère ? voulut savoir Bess.

— Mme Deravenel est aussi en bas.

— Vous l'aimez bien, Nanny, n'est-ce pas ?

— Oh ! Oui.

— Mais pas mère. Elle, vous ne l'aimez pas.

La gouvernante la regarda avec reproche.

— Quelle chose horrible à dire, Bess ! Bien sûr que j'aime votre mère ! Elle est très belle, très aimable et attentionnée envers moi.

— Mais pas envers mon père, maugréa Bess.

Cette fois, le reproche se transforma en avertissement dans le regard que la gouvernante lui lança.

— Cette conversation n'est pas convenable, pas du tout convenable, et je refuse de poursuivre !

Bess comprit tout de suite qu'elle était allée trop loin.

— Excusez-moi, Nanny, dit-elle d'une voix contrite. Je ne recommencerai pas.

Puis, elle se pencha à l'oreille de la gouvernante pour murmurer :

— Les petits n'ont pas compris de quoi je parlais.

— Vous seriez étonnée de tout ce qu'ils comprennent, rétorqua la gouvernante. Bien ! Maintenant, nous descendons tous ensemble rejoindre vos parents et votre grand-mère. Tenez-vous droit, Ritchie, vous ressemblez à une poupée de chiffon !

Richard leva les yeux vers elle et bâilla.

— J'ai faim, Nanny, dit-il.

— Moi aussi, renchérit Mary. J'ai une faim de loup.

— C'est une expression vulgaire, Mary. Evitez de l'utiliser, je vous prie !

— De louveteau, alors ! J'ai une faim de louveteau.

Richard se mit à rire avec Mary et Cecily et ils ne cessèrent de glousser en passant dans le couloir. Bess regarda Nanny d'un air compatissant tandis qu'elles suivaient les trois petits.

— Il n'y a rien à faire ! dit-elle d'un ton navré. Mais il est vrai qu'ils sont encore très jeunes.

La gouvernante détourna le visage pour cacher à Bess ses efforts pour ne pas rire. Ces enfants étaient très drôles, mais beaucoup trop adultes pour leur propre bien. Ils avaient déjà vu trop de choses, assisté à trop de disputes très violentes qui avaient failli mal tourner. Mais aussi, leur mère était à blâmer ! Pauvre M. Deravenel… Elle ne pouvait s'empêcher d'éprouver de la compassion à son égard. Un homme si bon, si aimable et si beau, être marié à cette femme froide et déplaisante. Pauvre homme… Oui, pauvre homme !

Bess fit arrêter ses frère et sœurs en haut de l'escalier. Elle regarda d'abord la gouvernante puis les petits.

— Grand-mère m'a dit que j'étais responsable de vous, dit-elle. Donc vous devez faire ce que je vous dis ! Maintenant, nous allons descendre tranquillement. Ensuite, quand nous serons dans la bibliothèque, vous vous mettrez en rang comme nous avons fait hier. Et nous chanterons notre chant de Noël.

— J'ai faim, gémit Richard.

— Richard ! Tu n'auras rien à manger, le menaça Bess, tant que tu n'auras pas chanté !

Nanny regarda à son tour Richard d'un air sévère.

— Attention, Ritchie ! Maintenant, donnez-moi la main, nous allons descendre ensemble.

Richard, qui avait deux ans et était aussi blond que son frère, s'accrocha de toutes ses forces à la main de la gouvernante, les trois filles descendant derrière eux. Quand ils arrivèrent dans le grand hall, Bess vit Jessup qui attendait.

— Nous allons d'abord chanter notre cantique de Noël, lui dit Bess.

— Bien, mademoiselle Bess. Mme Deravenel, votre grand-mère, m'a averti de ne pas servir le déjeuner avant que vous ayez chanté. Elle a ajouté qu'elle vous accompagnerait elle-même au piano.

Bess le remercia, le gratifiant d'un de ces éblouissants sourires dont elle était aussi généreuse que son père. Puis, comme ils arrivaient sur le seuil de la bibliothèque, elle souffla encore à ses frère et sœurs de se tenir bien droits sur un seul rang comme elle le leur avait appris, et les poussa devant elle pour les faire entrer.

— Nous sommes là, père ! dit-elle. Nous allons chanter un cantique pour vous, et pour mère aussi.

Elle se tourna ensuite vers Cecily Deravenel avec un grand sourire.

— Et grand-mère nous fait la faveur de nous accompagner au piano.

— Comme c'est gentil, Bess ! répondit Edward avec un sourire affectueux. Je n'avais pas compris que tu nous offrais un concert de Noël avant le déjeuner.

Bess parut soudain inquiète.

— Nous avons préparé un seul cantique, père ! dit-elle précipitamment. En fait… je… j'ai dû apprendre les paroles aux autres, vous voyez ? Il fallait qu'ils les connaissent par cœur.

— Bravo, Bess ! Bravo à tous !

Edward contempla ses quatre enfants, en rang dans l'entrée de la bibliothèque, à côté du piano droit que Jessup avait fait transporter la veille depuis la salle de musique, comme toujours à Noël. Il trouvait ses enfants très beaux avec leurs chevelures blond clair ou roux flamboyant. Quatre paires d'yeux dans différentes nuances de bleu étaient fixées sur lui.

Il tourna la tête vers Elizabeth et lui sourit avec chaleur, ce qui la désarçonna. En effet, elle l'avait fortement irrité un peu plus tôt avec ses critiques sur la broche de Bess. Désireuse de passer en paix cette journée spéciale entre toutes, elle lui rendit son sourire puis se pencha vers lui pour lui effleurer la main en signe d'affection. Elle perçut à cet instant un mouvement à côté d'elle. Le petit Edward, installé sur le canapé, s'était rapproché d'elle.

— Tu te sens bien ? demanda-t-elle. As-tu assez chaud ?

— Oui, maman. J'aimerais bien pouvoir chanter aussi.

— Je sais, mon chéri, tu n'aimes pas rester à l'écart. Mais l'année prochaine, tu pourras chanter avec les autres.

Cecily se leva pour aller se mettre au piano et, au passage, caressa la tête de Richard. Le petit garçon, qui adorait sa grand-mère, lui fit un grand sourire.

— J'ai faim, mamy !

— Moi aussi, mon chéri, répondit-elle en se penchant vers lui. Mais dans quelques minutes, on va nous servir de la dinde farcie avec de la purée de pommes de terre. Juste après la musique, je te le promets !

Bess vérifia une dernière fois la tenue de ses frère et sœurs.

— Cecily, chuchota-t-elle, tu dois être à côté de moi parce que tu es plus grande que Mary. Allons, faites une belle rangée comme hier !

— Et moi, je suis ici ? demanda Richard.

— Oui, tu es le dernier parce que tu es le plus petit.

Bess prit sa place à son tour et annonça à sa grand-mère qu'ils étaient prêts.

— Je joue quelques mesures pour commencer, et ensuite nous y allons, dit Cecily.

Quatre jeunes voix s'élevèrent bientôt, fraîches et légères.

Oyez ! Les anges messagers chantent
Gloire au Roi nouveau-né
Paix sur la terre et pardon divin
Dieu et les pécheurs réconciliés
Réjouissez-vous, nations ! Venez !
Joignez-vous au triomphe dans les cieux
Avec les cohortes des anges, proclamez :
« Christ est né à Bethléem. »
Oyez ! Les anges messagers chantent
Gloire au Roi nouveau-né.

— Merci, les enfants, c'était très beau !

Edward applaudit, suivi du reste de la famille, ainsi que de Nanny et Madge, la bonne d'enfants qui se tenait près d'une fenêtre avec Anne dans un landau en osier.

— Bravo ! Bravo ! disait le petit Edward en riant aux anges.

Bess, Mary, Cecily et Richard lui rendirent son sourire puis saluèrent jusqu'à terre avant de se précipiter vers leurs parents, riant de plaisir.

Mary et Cecily coururent vers leur père, toujours désireuses d'attirer son attention. Bess, pendant ce temps, conduisit Richard auprès de leur mère qui se pencha pour embrasser son fils sur le front.

— Merci, Bess, murmura-t-elle. Ton père a raison, vous vous êtes très bien débrouillés.

Bess adressa un sourire timide à sa mère, qui se leva et se dirigea de son pas aérien vers les hautes fenêtres de la bibliothèque, où se tenaient Nanny et Madge.

— Vous pouvez disposer, leur dit-elle. Cook a tout préparé pour que vous puissiez profiter de votre déjeuner de Noël dans la salle à manger des domestiques. J'ai aussi demandé à Jessup d'installer un berceau à côté du feu, au cas où vous voudriez sortir Anne de son landau.

— Merci, madame, répondit Madge avec une petite révérence.

— C'est très aimable, madame Deravenel, dit Nanny. Merci beaucoup.

La gouvernante toucha le bras de Madge pour lui indiquer qu'elles devaient s'en aller. Elle aurait voulu dire une dernière fois aux enfants de bien se conduire mais les deux cadettes étaient avec leur père et Bess s'apprêtait à les rejoindre.

Bess était la préférée de la gouvernante mais, comme celle-ci abhorrait le favoritisme, elle ne le montrait pas et traitait tous les enfants de la même façon. Cela ne l'empêchait pas de s'inquiéter pour cette fillette de neuf ans trop mûre pour son âge, pas assez proche de sa mère et trop possessive envers son père.

C'était une étrange famille, mais elle s'y était habituée. Elle avait été embauchée à Ravenscar huit ans plus tôt et, après avoir élevé Bess, s'occupait de ses frères et sœurs. C'étaient de gentils enfants, tous très beaux, et elle les aimait beaucoup. Elle s'inquiétait davantage pour les adultes, dans cette maison. A certains moments, ils semblaient prêts à se massacrer les uns les autres.

Nanny écarta cette pensée dérangeante. C'était Noël, la guerre était finie et la paix était revenue dans le monde entier. Tout le monde disait que cette guerre mondiale qui venait de se terminer était la dernière de toutes. Nanny l'espérait de toutes ses forces.

16

Elizabeth savait qu'elle n'aurait pas dû dire ce qu'elle avait dit, quelques heures plus tôt, au sujet de la broche offerte par Edward à Bess. Il était instantanément monté sur ses grands chevaux, lui avait jeté une remarque acerbe et était sorti de la pièce. Elle aurait pourtant dû savoir qu'il valait mieux se taire ! Elle en avait pris conscience au fur et à mesure que la journée passait. Edward avait toujours préféré Bess et la gâtait outrageusement en répétant que rien n'était trop beau pour elle.

Edward ne supportait pas qu'on semble critiquer cet attachement pour sa fille aînée. Pourquoi n'avait-elle pas gardé ses commentaires pour elle-même ? se demandait Elizabeth. Elle ne le savait pas… C'était juste ainsi : elle faisait sans cesse des remarques qu'il prenait mal. Ce n'était pourtant pas dans ses habitudes de se tromper ainsi avec les gens. Il n'y avait qu'avec Edward que cela lui arrivait. Souffrait-elle de troubles nerveux ?

Il y avait peu, son frère Anthony l'avait traitée de sotte, lui reprochant de faire des histoires pour des détails sans importance. « Arrête de vouloir remporter une petite bataille, lui avait-il dit d'un ton froid et désapprobateur. Concentre-toi sur les moyens de gagner la guerre ! C'est la seule chose qui compte. Un jour, Lizzie, tu te réveilleras pour découvrir que tu as tué la poule aux œufs d'or. »

Il était visiblement si fâché contre elle qu'elle n'avait pas osé le réprimander pour l'avoir appelée Lizzie. Au lieu de cela, elle avait vaguement bafouillé qu'elle ne comprenait pas de quoi il parlait. Anthony lui avait répondu de ce ton froid et dédaigneux qui dénotait la gravité de sa colère.

« Comment une femme intelligente comme toi peut-elle se montrer aussi stupide, par moments ? Pour commencer, tu es querelleuse et tu te plains de ses autres femmes alors qu'il n'y en a pas… »

Elle l'avait interrompu, furieuse.

« Qui est Jane Shaw, alors ?

— C'est sa maîtresse, tu le sais et je le sais ! Il n'y a pas d'autres femmes, comme tu le prétends.

— Qu'es-tu en train de me dire ? Que je devrais l'accepter ?

— Oui, bien sûr ! Ferme les yeux, comme font toutes les femmes de notre milieu, et toutes celles dont le mari a une maîtresse ! Ce qui représente la moitié de la population de tout le pays, je pense, sinon plus ! Et souviens-toi d'un fait important : si une femme est depuis longtemps la maîtresse d'un homme marié, c'est qu'elle ne lui a pas fait de demandes excessives, qu'elle ne cherche pas à se faire épouser, et qu'elle ne veut pas plus que ce qu'elle a. Jane Shaw n'a pas cherché à tout casser, alors ne t'en charge pas toi-même ! »

Elizabeth avait murmuré à quel point elle se sentait blessée dans ses sentiments.

« Je veux qu'il me soit fidèle, avait-elle dit.

— Pour l'amour du ciel, Elizabeth, essaye de grandir ! Te néglige-t-il physiquement ? Question idiote ! Bien sûr qu'il s'occupe de toi puisque vous n'arrêtez pas d'avoir des enfants ! Est-ce qu'il te bat, alors ? Allons, dis-moi ? Me caches-tu quelque chose ? Ned te frappe-t-il ?

— Non, il ne me bat pas. Personne ne me bat ! Edward est un homme très gentil.

— Tu ne m'apprends rien ! Je sais aussi qu'il te fait vivre dans le luxe, te laisse dépenser tout ce que tu veux pour tes toilettes et qu'il te couvre de bijoux. Je ne vois vraiment pas de quoi tu te plains.

— C'est juste que…

— C'est juste rien du tout ! Sauf à ajouter que tu te conduis comme une sotte, à mon avis. »

Son frère s'était penché vers elle pour lui parler à l'oreille.

« Plus sa relation avec Jane Shaw durera, mieux cela vaudra pour toi. Pourquoi ne le comprends-tu pas ?

— Je préférerais qu'il n'ait pas de maîtresse du tout.

— Sois adulte ! Cela n'arrivera pas avec un homme comme Ned. S'il n'avait pas de maîtresse – plus exactement s'il n'avait pas une maîtresse comme Jane Shaw –, tu serais en concurrence avec beaucoup d'autres femmes. Des femmes qui ne seraient peut-être pas aussi… disons… complaisantes que Jane Shaw. Des femmes ambitieuses, qui voudraient peut-être devenir la seconde Mme Edward Deravenel. »

Elizabeth ne pouvait repenser à cette conversation sans se souvenir de la façon dont cette remarque de son frère l'avait blessée et troublée. S'ils n'avaient pas été en train de déjeuner au Ritz, elle n'aurait peut-être pas pu se retenir de pleurer. Mais elle avait réussi à se contrôler et s'était contentée de garder la tête baissée sans rien dire en cherchant un mouchoir dans son sac.

Anthony avait repris la parole sur un ton plus gentil.

« Ne pleure pas, s'il te plaît ! Je ne supporte pas de voir une femme pleurer.

— Tu n'as pas été très compréhensif.

— Je t'ai dit la vérité, Elizabeth. Il ne faut pas se voiler la face. Crois-moi, je ne me soucie que de toi et de ton bien-être. »

Il s'était interrompu un instant et lui avait pris la main.

« Tu as une vie merveilleuse, Elizabeth, avec un mari jeune, beau, riche, et qui réussit tout ce qu'il fait ! Un mari qui te traite en reine et te permet de dépenser sans compter. Ned est d'une générosité incroyable, voyons ! C'est aussi un père formidable qui adore ses enfants. Et je sais avec certitude qu'il n'a aucune intention de te quitter. Alors, laisse-le un peu tranquille, tu veux bien ?

— Tu as raison, Anthony. Tout ce que tu dis est vrai. Je te promets que je me tairai, maintenant. Je ne l'importunerai plus. »

Anthony avait paru soulagé.

« Elizabeth, je suis convaincu qu'il n'a jamais envisagé de divorcer. N'oublie pas qu'il t'aime ! »

« Tu ne peux pas dire autre chose, avait-elle pensé. Tu travailles pour lui… » Mais elle avait réussi à garder pour elle cette remarque mesquine, sachant que son frère la prendrait mal.

En cette soirée de Noël, seule dans sa chambre de Ravenscar, elle se disait qu'elle avait eu tort de penser ainsi. C'était ridicule et très injuste envers son frère, un homme honorable et respecté. Il lui aurait parlé de la même façon s'il n'avait pas travaillé pour Edward. Elle se reprocha sa propre mesquinerie et soupira, très soulagée d'avoir su se taire. La dernière chose dont elle avait besoin était de se fâcher avec son frère préféré qui voulait seulement son bien, son bonheur et sa sécurité.

Elizabeth se détendit contre les coussins de sa méridienne, se demandant comment faire amende honorable pour ses propos du matin au sujet de la broche de Bess. Elle devait absolument le faire. Ce soir même ! Elle ne devait pas laisser ses commentaires irréfléchis infester leur relation. Il avait été très courtois avec elle ce matin, et pendant le déjeuner également, mais les enfants étaient là. Même au cours du dîner, il était resté agréable, bien que peu expansif par rapport à ce qu'il était d'habitude. Il lui avait plutôt semblé pensif. Après le dîner, il leur avait souhaité une bonne nuit, à Cecily et elle, puis s'était retiré dans la bibliothèque en fermant la porte derrière lui d'un geste sans équivoque. Cecily était montée dans sa chambre et Elizabeth n'avait pas eu d'autre choix que de suivre sa belle-mère et d'aller se coucher, elle aussi.

La petite horloge française sur sa coiffeuse indiquait presque onze heures. Edward n'était toujours pas monté se coucher. A moins qu'il ne soit allé dormir dans sa propre chambre, à côté de celle d'Elizabeth. Pourtant, même quand il voulait dormir seul, il ne manquait pas d'entrer lui dire bonsoir et de bavarder quelques instants avec elle avant de se retirer.

Elle se leva et, son long déshabillé froufroutant sur le tapis, alla écouter derrière la porte de communication. Il n'y avait pas le moindre bruit. Elle tourna doucement la poignée et entrebâilla la porte. Les lampes étaient allumées, le lit n'était pas défait, et il n'y avait aucune trace de son mari.

Etait-il resté dans la bibliothèque, à boire un verre en remâchant ses griefs ? Comment aurait-elle pu le savoir ? Elle n'avait plus qu'à l'attendre. Elle devait absolument lui parler et effacer la mauvaise impression laissée par ses paroles si maladroites.

Jessup avait ajouté plusieurs bûches dans le feu et lui avait servi un cognac. Edward était ensuite resté un long moment devant le feu, comme il aimait le faire, à déguster son alcool et réfléchir. Il avait tant de sujets de réflexion depuis quelque temps qu'il ne savait par lequel commencer. Il passa d'abord en revue les questions qu'il avait réglées. Richard avait à présent les titres de propriété de sa maison de Chelsea et George avait été mis dans l'incapacité de nuire sur ce point précis. Les documents concernant le fidéicommis créé pour Grace Rose étaient entre les mains de Vicky et Stephen Forth. Edward était heureux d'avoir créé ce fidéicommis pour sa fille. Grâce à cet argent, elle ne dépendrait jamais de personne, et ne serait jamais obligée de demander quoi que ce soit à qui que ce soit.

Il avait fait la même chose au nom de Jane Shaw, six ans auparavant. Comme Grace Rose, elle serait en sécurité financièrement, qu'il soit là ou pas.

Il sourit en repensant à l'étonnement de Jane, ce jeudi, quand il lui avait donné les documents qui la concernaient. Il était allé la chercher chez elle pour l'emmener à la soirée des Forth. En arrivant, il lui avait tendu un paquet noué d'un ruban rouge. « Un autre petit cadeau de Noël », avait-il dit.

Bien sûr, elle avait été aussi heureuse qu'étonnée. Puis, quand elle avait pris connaissance du contenu du paquet, elle s'était mise à pleurer.

« Ne pleure pas, Jane, avait-il dit d'une voix rassurante. Je n'ai pas l'intention de mourir ni de te quitter, ou de partir à l'autre bout du monde. Je veux seulement que tu aies ces papiers puisqu'ils te concernent, toi, ton existence et ton avenir si tu me survis. »

En femme intelligente et sensée, Jane avait tout de suite compris l'importance de ces documents et les avait rangés dans son coffre, non sans avoir abondamment remercié Edward de se soucier de sa sécurité matérielle. Le dossier avait ainsi rejoint celui des titres de propriété de sa maison, qu'Edward avait achetée pour elle de longues années auparavant et lui avait aussitôt donnée.

Jane avait séché ses larmes et refait son maquillage, puis ils étaient partis pour la soirée des Forth, où Jane s'était prise d'amitié pour Grace Rose. Edward avait été très heureux de son désir de mieux connaître Grace Rose. Il se réjouissait à l'idée que ces deux femmes si importantes pour lui deviennent amies.

Au début de décembre, Edward s'était assis à son bureau pour refaire son testament. C'était à cela qu'il pensait en cette soirée de Noël, installé avec un verre de cognac, au coin du feu, dans la bibliothèque de Ravenscar.

Dès son retour à Londres, les fêtes terminées, il prendrait rendez-vous avec ses conseils juridiques pour étudier son testament avec eux et rédiger le nouveau sans attendre.

Il n'avait pas changé grand-chose à ses volontés. Il s'était surtout attaché à préciser les legs, à clarifier certains points pour éviter les mauvaises interprétations dues à quelque ambiguïté de langage.

Un de ses principaux soucis était le sort d'Elizabeth. Elle était tellement extravagante ! Il voulait que sa femme puisse avoir toute sa vie tout ce qu'elle désirerait car il tenait à elle, quoi qu'elle puisse en penser. Il s'était aussi attaché à richement doter chacune de ses filles, Bess, Mary, Cecily et Anne, le dernier bébé. Un fidéicommis avait été institué pour chacune d'entre elles, leur assurant une totale indépendance. C'était ce qu'il voulait pour ses filles.

Edward avait toujours eu tendance à s'inquiéter pour les femmes de sa vie, qu'elles appartiennent ou non à sa famille. Il se souciait beaucoup de ce qu'elles deviendraient après son décès.

En homme pragmatique et prévoyant qu'il était, il était convaincu qu'il fallait s'occuper des choses au moment où on y pensait. Il voulait que tout soit en ordre et légalement inattaquable.

Quant à ses deux fils, Edward et Richard, en tant qu'héritiers mâles, ils ne manqueraient de rien. L'aîné hériterait de tout, des maisons de Londres et du Kent, de l'argent et de Ravenscar, sans compter qu'il prendrait aussi la tête des entreprises Deravenel.

Mais qu'arriverait-il s'il mourait avant que son fils ait l'âge de prendre sa place ? Il y avait longtemps que cette pensée le troublait. Si Edward était encore trop jeune, s'il n'avait pas terminé sa scolarité par exemple, le suivant sur la liste des héritiers mâles serait George, du moins pour la direction de la Deravenel. Malheureusement, c'était impensable car George s'était montré un homme sans discernement, sans parole, incompétent et, semblait-il, en bon chemin pour devenir alcoolique, si ce n'était déjà fait.

De plus, George avait toujours été avide, jaloux, hostile et prêt à tout pour semer la discorde. D'une ambition dévorante, il piquait des crises affreuses quand il n'obtenait pas ce qu'il voulait. Mais ce qui laissait Edward vraiment perplexe était encore autre chose. Aussi loin qu'il se souvienne, George avait toujours voulu être lui, Edward. Toutefois, il y avait ses traîtrises, ses actes de déloyauté, en bien trop grand nombre pour être excusés ou pardonnés. Edward lui avait pourtant toujours pardonné parce que c'était son frère et qu'il voulait oublier ses trahisons.

C'était fini, pensa Edward. George ne méritait rien. Donc, cela devait être Richard. Il ajouterait cette clause importante à son testament. En cas de décès prématuré de sa part, Richard le remplacerait, son frère préféré qui s'était toujours conduit en vrai frère, loyal et affectueux. Il serait capable de gérer la Deravenel si c'était nécessaire, jusqu'à ce que le petit Edward ait grandi et soit capable d'assumer son héritage. Oui, c'était la bonne solution et son fils aîné aurait auprès de lui quelques hommes honorables et compétents pour l'aider et le conseiller, en plus de Richard : Will Hasling, Alfredo Oliveri, son oncle Anthony Wyland et, bien entendu, Amos Finnister pour surveiller ses arrières.

Edward se mit à rire, se moquant de lui-même. Il n'avait encore que trente-trois ans ! Il fêterait son trente-quatrième anniversaire le 28 avril, dans quelques mois. Il n'avait pas l'âge de mourir. Au contraire, il était certain d'avoir de longues années devant lui. Il se leva et alla se servir un autre cognac, qu'il allongea d'un peu d'eau pétillante.

De retour dans son fauteuil au coin du feu, Edward repensa à ses amis et regretta leur absence. Ils étaient presque toujours à ses côtés, ces hommes qui lui étaient aussi dévoués qu'il l'était envers eux. Il se sentait seul et cette compagnie masculine dont il avait l'habitude lui manquait.

Edward Deravenel, comme la plupart des jeunes aristocrates de l'ère victorienne, était un traditionaliste et avait grandi dans un univers dominé par les hommes. C'était un monde fermé, qui reposait sur la distinction des classes sociales, sur la richesse, les écoles et les universités prestigieuses, les clubs privés et, pour certains, l'armée britannique, la Royal Navy, l'Eglise d'Angleterre ou la politique. Ce monde avait ses propres lois, son propre code de conduite, son code de l'honneur, son code vestimentaire. Les jeunes gens qui en faisaient partie étaient éduqués pour devenir des gentlemen sachant comment se conduire avec leurs aînés, leurs supérieurs, leurs parents et les femmes. De mauvaises manières, une conduite déplacée envers les femmes, des dettes inavouables, des dettes de jeu, la tricherie aux cartes, l'ivrognerie et, de façon générale, un comportement méprisable entraînaient le plus souvent la mise au ban du coupable. Il y gagnait une réputation peu enviable, ainsi que des qualificatifs déshonorants comme celui de canaille, goujat, malotru, ou pire encore.

Tous les amis d'Edward étaient des gentlemen comme lui. Ils parlaient le même langage, menaient des vies très semblables, partageaient les mêmes valeurs et les mêmes croyances, et appartiendraient un jour à l'establishment, la classe dirigeante, comme leurs pères avant eux. Ils lui manquaient beaucoup en cet instant. Il se sentait perdu sans eux et avait hâte de rentrer à Londres pour retrouver leur compagnie. Edward se leva en soupirant, éteignit les lampes et revint s'asseoir, buvant son alcool à petites gorgées, laissant ses pensées dériver, à moitié endormi, perdu dans un monde qui n'appartenait qu'à lui.

17

Il y eut un léger bruit, à peine audible, comme un long soupir très retenu. Edward, assoupi dans son fauteuil devant le feu, le perçut vaguement. Il se sentait très détendu et très à l'aise, s'étant débarrassé de sa cravate et de sa veste une heure plus tôt pour rester en bras de chemise.

Cela recommençait… De nouveau ce long soupir, cette fois suivi d'un autre curieux bruit de chuchotement. Pour Edward, cela évoquait le bruissement de la soie, de façon très faible mais aussi très intrigante.

Il sentit soudain un parfum de gardénia qui flottait autour de lui dans la chaleur de la pièce et il fit un effort pour s'arracher à sa rêverie et se redresser.

La bibliothèque était baignée par la lumière de la lune. Edward cligna des yeux et, dans la pénombre, découvrit la silhouette d'Elizabeth, immobile dans l'ouverture de la porte. Une lampe était restée allumée dans le grand hall et l'éclairait par-derrière. Sa silhouette voluptueuse apparaissait par transparence, à peine voilée par son déshabillé de mousseline gris perle. Sa chevelure d'or pâle flottait librement autour de son visage et jusqu'au bas de son dos.

Pour Edward, le visage d'Elizabeth restait le plus beau qu'il ait jamais vu, la perfection même, comme sculpté par un grand artiste dans un marbre irréprochable. Ce soir, elle était pâle comme un fantôme et paraissait s'approcher de lui en flottant dans l'air comme un être immatériel. Soudain, elle se retourna et ferma à clef la porte de la bibliothèque, puis se tint devant lui, toute droite, les bras le long du corps, le dévisageant en silence.

Il comprit aussitôt qu'elle était descendue de sa chambre pour le séduire et une vague de chaleur le submergea. Même son visage devint brûlant. Fasciné, il ne pouvait détacher les yeux du spectacle qu'elle lui offrait.

Il se leva enfin et s'avança à sa rencontre. Elle leva les yeux vers lui, il baissa les yeux vers elle. Leurs regards se croisèrent.

— Pourquoi es-tu descendue ? demanda-t-il.

Le son de sa propre voix le surprit, une voix rauque de désir.

— Je cherche mon mari.

— Il est là.

— Est-il prêt à recevoir sa femme ?

— Oui.

— La désire-t-il ?

— Oui.

— Elle t'appartient. A toi et à personne d'autre.

Edward saisit les longs doigts fins d'Elizabeth, l'attira contre lui, la prit dans ses bras et posa ses lèvres sur les siennes pour un long baiser. Elizabeth se blottit contre lui, son mari bien-aimé, l'homme qu'elle aimait, le seul homme qui existât pour elle. Elle fit courir ses doigts dans son épaisse chevelure rousse, le pressa contre elle, l'embrassa avec toute la sensualité dont elle était capable et de la façon dont il aimait être embrassé. Elle le sentit aussitôt excité, et en conçut une joie sans pareille. C'était ainsi qu'elle devait s'y prendre, comme sa mère le lui répétait sans cesse. C'était le meilleur moyen de regagner son cœur, de le posséder à nouveau, sans partage.

« Fais-en ton esclave, lui avait encore dit sa mère récemment. C'est un homme sensuel, pour qui le sexe a beaucoup d'importance. Il a de grands appétits. Donne-lui tout ce dont il a besoin ! Tu es sa femme, la mère de ses enfants, alors sois aussi son amante ! »

Elizabeth se souvenait très bien des paroles de sa mère. Elle laissa ses mains glisser sur les épaules de son mari, descendre le long de son dos et jusque sur ses reins. Là, elle le serra contre elle, dans un simulacre d'acte. Très excité, il lui demanda à l'oreille de monter dans leur chambre.

— Non, dit-elle, restons ici.

Sans un mot, il la relâcha et se débarrassa de ses vêtements à toute vitesse. Sans le quitter des yeux, Elizabeth, à son tour, laissa glisser son déshabillé à ses pieds. Debout l'un en face de l'autre, ils se dévoraient du regard comme s'ils ne s'étaient jamais vus.

Il était émerveillé de la voir. Jamais elle ne lui avait paru aussi belle ni aussi jeune. On aurait dit une jeune fille encore innocente. Ce soir, alors qu'elle avait cinq ans de plus que lui, elle ressemblait à une très jeune fille.

Consciente du regard d'Edward posé sur elle, Elizabeth pouvait à peine se contenir. Il était si viril, si grand, si impressionnant avec ses larges épaules et ses longues jambes musclées.

Edward lui reprit la main pour l'entraîner devant le feu où il l'allongea sur l'épais tapis. Prenant à pleines mains ses boucles blondes, il les embrassa tendrement puis embrassa sa gorge, ses yeux et enfin ses lèvres. Ses baisers, d'abord très doux, se firent de plus en plus passionnés au fur et à mesure qu'Elizabeth s'embrasait.

Elle tremblait à présent et répétait son nom. « Ned, disait-elle, Ned, j'ai envie de toi… » Il se souleva de façon à pouvoir la regarder dans les yeux.

— Je t'aime, tu sais, dit-il d'une voix à peine audible.

— Prouve-le, Ned, prouve-le !

Et il le lui prouva, comme il ne l'avait pas fait depuis longtemps. Elizabeth, de son côté, se donna totalement, consciente qu'il se passait soudain quelque chose de différent. Tendre et amoureux, il témoignait en même temps d'un désir presque sauvage. Tandis qu'ils s'abandonnaient l'un à l'autre, elle comprit qu'elle l'avait regagné. Toute la nuit, Elizabeth déploya son talent d'amoureuse, tout ce qu'elle avait appris de lui, et l'ensorcela, le rendit fou de désir. Ils connurent un plaisir d'une intensité qu'ils avaient oubliée. Toutes querelles disparues, au moins pour cette nuit, ils redevinrent mari et femme et s'aimèrent sans retenue.

Edward sentit soudain un courant d'air froid sur tout son corps et se réveilla en sursaut. Il reconnut sa chambre. Le loquet de la fenêtre avait glissé et le panneau battait contre le mur, laissant entrer l'air glacé de la mer du Nord.

Sautant à bas du lit, il courut fermer la fenêtre puis alla jeter un coup d'œil dans la chambre d'Elizabeth par la porte de communication. Il y régnait une profonde obscurité, ainsi qu'elle l'aimait pour dormir. Il put néanmoins se rendre compte qu'elle dormait encore à poings fermés. Il referma la porte sans faire de bruit et retourna s'asseoir sur son lit. Il avait une horrible migraine et se sentait la bouche sèche. Il avait bu trop de cognac, la veille, avant qu'Elizabeth descende le retrouver. Heureusement, elle avait eu assez de présence d'esprit pour fermer la porte de la bibliothèque à clef ! Lui-même n'y avait pas pensé un seul instant, tout à son désir.

Edward se mit à rire et passa dans la salle de bains. Il fit couler l'eau froide, remplit un grand verre qu'il but à longs traits puis se mit en devoir de se raser.

Elizabeth était descendue à la bibliothèque dans le but délibéré de le séduire et elle avait parfaitement réussi, non que ce fût très difficile ! Il l'avait trouvée magnifique. Surtout, elle n'avait rien dit de nature à le fâcher. Leur nuit d'amour avait été parfaite.

Si seulement elle avait pu se taire ! Les choses auraient été beaucoup plus faciles entre eux. Mais Elizabeth avait le talent de faire sans cesse des remarques mesquines qui le mettaient hors de lui.

Edward s'arrêta quelques instants, le rasoir à la main, pour réfléchir à une évidence qui venait de le frapper. Elizabeth, une femme intelligente et habile dans bien des domaines, avait l'esprit obtus. « C'est cela », marmonna-t-il. Il voyait soudain sa femme avec objectivité et lucidité. Certaines choses n'atteignaient tout simplement pas son esprit. Elizabeth était insensible aux sentiments des autres.

Il continua de se raser en soupirant, et poursuivit l'analyse du caractère de sa femme. C'était une des personnes les plus irritantes qu'il connaisse. Parfois, elle l'énervait tellement qu'il entrait dans des rages terribles contre elle. Malgré tout, il ne la quitterait jamais car il voulait une vie de famille normale. Il y avait aussi la question de leurs six enfants. Edward adorait ses enfants et ils avaient besoin de lui. Ils avaient, en réalité, besoin de leurs deux parents.

Pour être parfaitement honnête, il devait reconnaître que sa femme possédait à côté de ses défauts quelques qualités très importantes pour lui. D'abord, après onze ans de mariage, elle l'excitait toujours autant. Ensuite, elle n'était pas ennuyée d'avoir des enfants, même si elle ne leur accordait pas beaucoup d'attention après la naissance.

Edward fit une nouvelle pause, s'observant dans le miroir. Avaient-ils conçu un autre bébé, la nuit passée ? Elizabeth ne le lui reprocherait certainement pas, et lui-même ne le regretterait pas du tout. Les familles nombreuses étaient appréciées sous le règne de Victoria puis d'Edward VII. On continuait de les considérer avec plaisir et fierté.

En dehors de cela, sa femme était louée comme une beauté de classe internationale, ce qu'elle était. Elle s'habillait avec une élégance raffinée, avait beaucoup d'allure et se conduisait avec assurance et panache. Il aimait l'avoir à son bras. Il fallait également mettre à son crédit d'avoir appris à diriger la maison de Berkeley Square. Edward ne s'inquiétait pas pour sa maison sur la côte du Kent car Mme Nettleton, la gouvernante, s'en occupait avec efficacité. Quant à Ravenscar, sa mère présidait à ses destinées avec son habileté coutumière. Elle aimait cela. En fait, le domaine rapportait même de l'argent, à présent. Cecily tenait les rênes d'une main ferme, s'assurant que l'intendant, Alan Pettigrew, suivait ses instructions à la lettre. Sous la houlette de son mari, Elizabeth était devenue une hôtesse parfaite si l'on exceptait un certain défaut. Edward décida qu'il devait tout faire pour l'oublier. Elizabeth était querelleuse, aimait contredire les gens et réussissait souvent à les indisposer ou les vexer. Elle disait souvent ce qu'il ne fallait pas à des gens qui se sentaient offensés. Edward avait tenté de lui faire perdre cette habitude regrettable mais en vain. Will lui répétait souvent qu'Elizabeth avait un don pour ouvrir la bouche quand il ne fallait pas et proférer une bourde au pire moment. Malheureusement, c'était la vérité.

Aussi désirable que pût être Elizabeth dans un lit, cela ne l'empêchait d'être désespérément ennuyeuse le reste du temps. Elle ne faisait pas le moindre effort pour s'intéresser à l'une ou l'autre des choses qui plaisaient à son mari.

Bien sûr, il avait Jane Shaw qui partageait sa passion pour l'art, la musique et la littérature. Jane était une femme de cœur et se montrait tout à fait heureuse de leur relation telle qu'elle était. Le mariage ne l'intéressait pas, pas plus avec Edward qu'avec un autre homme. Elle avait déjà été mariée et cela semblait lui avoir suffi. Elle le lui avait dit clairement à plus d'une reprise.

Will, son meilleur ami, son grand confident, lui répétait toujours d'accepter sa vie telle qu'elle était. Quelques jours plus tôt, il lui avait encore dit : « Arrête de te tourmenter au sujet de ces deux femmes. Tu les traites très bien, de la même façon que tu traites chaque personne de ta famille et de ton entourage en général. Tu n'as rien à te reprocher. »

Edward espérait sincèrement que ce fût vrai.

18

— Ah ! Ned, dit Cecily Deravenel en reposant sa tasse de thé. Bonjour, mon chéri.

— Bonjour, mère !

Edward, qui venait d'entrer dans la salle à manger du matin, lui sourit et alla l'embrasser avant d'aller faire son choix parmi les plats sur la desserte. Plusieurs plats de service en argent s'alignaient, posés sur des réchauds. Edward souleva les couvercles. Il y avait des saucisses grillées, des rognons, du lard frit, des harengs, des champignons, des tomates et des œufs brouillés.

— Cook s'est surpassée ! s'exclama-t-il.

Il choisit des saucisses grillées et des tomates et, son assiette à la main, alla prendre place à côté de sa mère au moment où Jessup entrait d'un pas pressé. Il portait un plateau d'argent chargé de toasts fraîchement grillés et d'une théière fumante.

— Bonjour, monsieur, dit-il.

En un tournemain, il avait déposé toasts et théière à côté d'Edward.

— Bonjour, Jessup ! On dirait que nous allons avoir une belle journée.

— Oui, monsieur, le temps est clair et le soleil brille. La mer est parfaitement calme mais il fait froid, monsieur, comme d'habitude.

Le majordome apporta ensuite un beurrier et un confiturier en cristal empli de confiture de fraises qu'il posa à côté du porte-toasts. Edward entreprit de se beurrer un toast et prononça la phrase rituelle.

— Tout est-il prêt pour notre Boxing Day, Jessup ?

Il n'était pas question de manquer à une tradition vieille de plusieurs siècles. Tout le monde avait droit à son colis de Noël.

— Oui, monsieur. Cook a préparé des colis gourmands pour le personnel du domaine, avec de la dinde, du jambon et du bœuf, des pâtés de porc, et des gâteaux de Noël. Quant à M. Pettigrew, il s'est occupé des cadeaux en espèces.

— Très bien ! Je n'aimerais pas que les gens qui travaillent sur le domaine se sentent négligés. Ils méritent qu'on s'occupe d'eux, Jessup. A propos, on pourrait ajouter une bouteille de bon vin aux colis des métayers. Ce sont de braves gens.

— Je n'y manquerai pas, monsieur.

Le majordome se tourna vers Cecily.

— Avez-vous besoin d'autre chose, madame Deravenel ?

— Non, merci, Jessup, répondit-elle tout en prenant une petite carte dans sa poche. Voici les menus du déjeuner et du dîner d'aujourd'hui. Pouvez-vous les donner à Cook ? Dites-lui aussi, je vous prie, que lady Fenella vient prendre le thé cet après-midi. Inutile de préparer quelque chose de spécial. Veuillez aussi rappeler à Cook que lady Fenella a toujours apprécié ses mince pies.

— Bien, madame, répondit Jessup.

Il sortit et Edward se tourna vers sa mère.

— J'avais oublié que Fenella venait, dit-il. Elle est accompagnée de Mark Ledbetter, je crois ?

— Oui. Je sais que tu as annulé toutes les invitations, Ned, mais elle avait tellement envie de venir cet après-midi que je n'ai pas eu le cœur de refuser.

— Cela ne me pose aucun problème, mère. De plus, j'avais annulé les festivités à cause de la maladie du petit Edward et il va beaucoup mieux. La présence de Fenella ne présente aucun risque.

Il but son thé d'un air pensif avant de reprendre :

— Mère, il y a un sujet que je dois aborder avec vous mais nous pouvons le faire plus tard, si vous préférez.

— C'est toujours ce que tu dis, Ned ! Tu veux parler de quelque chose et aussitôt tu repousses la discussion à plus tard. Ton père faisait exactement la même chose. Dis-moi donc maintenant ce que tu veux me dire, Ned ! Inutile de tourner en rond !

— Je voudrais que vous sortiez de votre coffre de Charles Street les actes de fondation de notre compagnie. J'ai besoin de les étudier.

Cecily se redressa sur sa chaise, fronça les sourcils et le regarda droit dans les yeux.

— Y aurait-il un problème ou des ennuis ?

— Non, pas du tout, mère. J'ai seulement besoin de vérifier les statuts de la compagnie.

— Je vois…

Elle réfléchit quelques instants avant de reprendre la parole d'un ton pensif :

— Y aurait-il une difficulté avec ce parent de Henry Grant, Henry Turner, celui qui vit en France ? Les Grant ne repartent pas en guerre contre nous ?

— Non, bien sûr que non ! Quant à Henry Turner, c'est un gamin de dix-sept ou dix-huit ans. Il ne peut rien contre nous. Cela fait des années qu'il vit en France, et j'ignore ce qu'il fait mais il n'a aucun droit sur la Deravenel, si c'est que vous suggérez, mère.

— Je ne suggère rien. Je sais seulement que, voici quelques années, on l'a entendu affirmer qu'il était le véritable héritier de Henry Grant.

Amusé, Edward se mit à rire et attaqua ses saucisses.

— Héritier de quoi, voyons ? Comme je viens de le dire, il n'a aucun droit sur la compagnie. De plus, c'est un héritier plutôt douteux, si vous voulez mon avis. Son père était le demi-frère de Henry Grant, ce qui fait de Henry son demi-oncle, je suppose !

Edward se remit à rire et Cecily hocha la tête avec indulgence.

— Oui, tu as raison sur tous les points, mon chéri, mais comme tu le sais, rira bien qui rira le dernier ! Tu es absolument certain que ce Turner ne prépare aucun mauvais coup ?

— C'est absurde ! Laissez-moi plutôt vous expliquer pourquoi je veux relire les statuts de la compagnie. Je veux savoir si je peux en changer un point particulier.

— Cela m'étonnerait beaucoup ! dit Cecily en se penchant vers lui, l'air interrogatif. Quelle est cette règle que tu voudrais changer ?

— Celle qui définit les héritiers possibles de la compagnie.

— Comment cela ? L'héritier est le premier-né du président du conseil d'administration en exercice ou, comme dans ton cas, du président-directeur général. Le petit Edward est donc ton héritier et, s'il venait à décéder en premier, ce serait Ritchie.

— Oui, mère, de la même façon que j'ai hérité de mon père. Mais tant de choses peuvent se produire, la vie est tellement imprévisible… Je veux faire le nécessaire pour que, dans le cas où il n'y aurait pas d'héritier mâle après moi pour reprendre la compagnie, une de mes filles puisse le faire.

— Une femme à la tête de la Deravenel ! Edward, à quoi penses-tu ? Je n'imagine pas un instant que le conseil d'administration accepterait cela. Certainement pas ! Tu oublies que tu n'as pas les mains entièrement libres.

— Je le sais mais les temps changent et, je le répète, la vie est terriblement imprévisible. J'aimerais donc savoir si Bess pourrait hériter, dans l'hypothèse où il n'y aurait pas d'héritier mâle et où elle serait assez âgée pour s'asseoir dans mon fauteuil.

— Pourquoi n'y aurait-il pas d'héritier mâle ?

— Je suis certain qu'il y en aura un mais imaginons qu'il arrive quelque chose aux garçons ?

Edward la regarda longuement d'un air songeur.

— Mère, je me souviens très bien d'une phrase que vous m'avez dite, ici, à Ravenscar, il y a bien longtemps. « Personne ne t'a jamais dit que la vie est tragique, Edward ? » Ce sont les mots exacts que vous avez prononcés le jour où, il y a quatorze ans, vous m'avez appris que mon père, mon frère, mon oncle et mon cousin avaient été tués en Italie.

— C'est vrai, c'est ce que je t'ai dit.

Sourcils froncés, elle se redressa contre le dossier de sa chaise.

— Il y a peut-être un moyen de changer l'article qui exclut les femmes, dit-elle enfin. C'est une très ancienne règle, bien sûr, mais il y a des gens aujourd'hui qui seraient d'accord pour la considérer comme une antiquité, un témoignage de temps révolus.

Elle ferma les yeux, réfléchissant. Quand elle les ouvrit, elle souriait.

— Edward, j'ai la sensation que toi, tu pourrais y arriver, à changer la situation. Du moins, à condition que le conseil te suive.

Il se sentit soudain très soulagé, plus léger.

— Je peux être convaincant, mère, dit-il lentement. Très convaincant, même.

— Je le sais très bien, tu n'as pas besoin de me le dire ! rétorqua-t-elle en lui jetant un regard perçant.

Un brusque tintamarre éclata à l'extérieur. On entendait des aboiements, des pleurs d'enfant et des cris. Ce devait être Bess, pensa Edward avant de reconnaître la voix de Mary qui hurlait : « Non, non ! Arrête ! » Il se leva d'un bond.

— Que se passe-t-il, là-bas ? s'écria-t-il.

Il ouvrit brusquement la porte-fenêtre de la salle à manger du matin, sortit sur la terrasse et descendit en courant les marches qui menaient au jardin. Dans son inquiétude pour ses enfants et sa hâte à les rejoindre, il ne remarqua pas la glace dont les marches étaient couvertes. Il glissa et tomba violemment, roulant jusqu'au bas des marches de pierre sans pouvoir se retenir. Et il resta là, immobile, étendu au bord de la pelouse qui descendait jusqu'à la falaise.

— Père ! Père ! hurla Bess en courant vers la silhouette inerte.

Sans cesser de courir, elle cria à Mary d'aller chercher Jessup.

— Va aussi chercher Nanny, vite ! Dépêche-toi et fais ce que je te dis !

— Et le chien ? demanda Mary en pleurant.

— Donne la laisse à Cecily et cours !

Bess était arrivée auprès de son père et s'agenouilla à côté de lui.

— Père ! dit-elle en lui caressant la joue. Père, ouvrez les yeux !

Edward grogna mais aucun mot ne franchit ses lèvres. Sentant la panique la gagner, Bess continua de l'appeler.

— Parlez-moi, je vous en prie ! gémit-elle.

Il ne répondait toujours pas. Bess lui prit la main et, attendant Jessup, se mit à prier pour que son père ne soit pas mort.

19

Debout au milieu du salon lambrissé de la nursery, Nanny comptait les chaises autour de la table ronde où les enfants prenaient leurs repas. A sept, elle s'arrêta.

— Il manque une chaise ! dit-elle en surveillant sa nichée. Où est-elle ? L'un d'entre vous le sait-il ?

— Elle est partie, répondit Cecily d'un ton indifférent en détournant vite les yeux vers la cheminée.

— Et où est-elle allée ? insista la gouvernante, les yeux comme deux fentes.

— Sais pas, murmura Cecily.

— Je vois ! Je me demande si les chaises ne seraient pas capables de se promener toutes seules. Non, je ne crois pas. Donc, quelqu'un l'a prise. Qui ?

— Bess, répondit une voix flûtée.

Nanny baissa les yeux vers le petit Ritchie.

— Merci ! Et Bess, où est-elle, Mary ? Vous qui savez toujours tout, vous pouvez certainement me dire où est Bess ?

Mary se redressa sur sa chaise, se sentant soudain pleine d'importance.

— Quand elle m'a dit de surveiller les petits à sa place, elle m'a dit qu'elle allait voir père. Il est mort ?

Cecily regarda son aînée bouche grande ouverte et éclata en sanglots.

La gouvernante se précipita pour la consoler.

— Non, lui dit-elle doucement, penchée sur elle. Il n'est pas mort, Cecily. Il s'est seulement un peu fait mal.

Quand la petite se calma, Nanny se redressa et jeta un regard furieux à Mary.

— On ne dit pas ce genre de chose. Evitez de faire pleurer les petits, Mary ! Vous savez qu'ils prennent très au sérieux tout ce que vous dites.

— Oui, Nanny, excusez-moi ! Pas convenable.

La gouvernante s'abstint de tout commentaire supplémentaire et se hâta d'aller prévenir la bonne qui se trouvait dans la nursery adjacente. La jeune fille était en train d'arranger la robe de dentelle du bébé qu'elle installait dans son berceau.

— Madge, voulez-vous les garder à l'œil ? Je reviens dans un instant.

— Je m'en occupe, Nanny. Ne vous inquiétez pas !

La gouvernante courut presque dans les couloirs mais ralentit prudemment pour descendre l'escalier menant à l'étage des chambres. Elle s'appelait Joan Madley et possédait le solide bon sens d'une femme née à la campagne et qui avait passé sa vie à élever les enfants des autres. Tout le monde savait qu'elle était la meilleure gouvernante d'enfants à la ronde et elle jouissait d'une excellente réputation.

Quand elle arriva sur le vaste palier, elle repéra Bess immédiatement. La fillette se tenait devant la porte de son père et, à côté d'elle, le petit Edward était assis sur la chaise manquante.

— Les enfants, vous devez revenir tout de suite à la nursery avec moi ! Les autres vous attendent. C'est l'heure du petit déjeuner.

— On attend que le docteur sorte, répondit Bess d'un air buté. Il va nous dire si père s'est fait très mal en tombant.

— Je comprends mais nous ne pouvons pas rester ici. Je vous promets que vous le saurez très vite, s'il y a du nouveau. Votre mère ou votre grand-mère viendra nous le dire tout de suite.

Le petit Edward se tourna vers Nanny d'un air très fier.

— Grand-mère a dit que je suis une bénédiction ! déclara-t-il.

— Et que… commença Nanny.

Bess l'interrompit précipitamment.

— Non, non ! Elle n'a pas dit que tu es une bénédiction mais que ta bronchite en est une ! Parce que si tu n'avais pas été malade, le Dr Leighton ne serait pas venu te voir ce matin au moment où papa est tombé. Grand-maman a dit qu'il arrivait à pic !

Le petit garçon parut très déçu.

— Mais c'est pareil, non ?

Il se tourna vers Nanny, quêtant son soutien.

— J'aime bien être une bénédiction !

— Vous en êtes une, mon chou ! Tout le monde le sait. Mais il ne faut pas camper devant la porte de votre père. C'est très… très mal élevé et cela ne se fait pas. Ce n'est pas convenable.

Elle le prit par la main et il se leva avec obéissance, non sans chercher le regard de la gouvernante.

— Il ne va pas mourir ?

— Non, bien sûr que non ! Ne dites pas de sottises ! Il va avoir des bleus, c'est tout.

— Nanny, on va vivre avec les anges quand on meurt ?

— Ne parlons plus de la mort, Edward, répondit-elle d'un ton sans appel. Personne ne va mourir ici, et certainement pas votre père. Il est encore jeune et très fort.

Bess intervint, soudain rayonnante.

— Il ne va pas mourir parce que… c'est… ce n'est pas convenable.

Et, parce qu'elle venait d'utiliser l'expression favorite de la gouvernante, elle éclata de rire en petite fille de neuf ans qu'elle était. Nanny et le petit Edward se mirent à rire avec elle. Nanny prit la chaise et ils remontèrent ensemble à la nursery prendre leur collation du matin.

Le Dr Leighton remit son stéthoscope dans sa sacoche de cuir noir.

— Vous avez eu encore plus de chance que vous ne l'imaginez, monsieur Deravenel, dit-il. Avec une chute pareille, pour un homme de votre taille et de votre poids, vous auriez pu vous tuer. Je suis étonné que vous ne vous soyez rien cassé.

— J'en suis tout aussi étonné que vous, docteur ! Quand je me suis senti glisser, j'ai essayé de me rattraper. Je pense que c'est à ce moment que je me suis démis l'épaule. Je vais avoir d'énormes bleus dès demain ?

— Et même dès aujourd'hui ! Votre dos, en particulier, devrait vous faire assez mal, sans parler de votre épaule, bien que ce ne soit pas cassé. Dans l'ensemble, je trouve que vous vous en tirez plutôt bien.

Alors qu'il allait prendre congé, le médecin remarqua les vêtements d'Edward jetés sur le sofa.

— Une chance que vous ayez porté votre tenue de cheval. Je suis certain que vos bottes vous ont protégé les jambes en amortissant le choc.

— J'ai aussi eu de la chance que vous veniez voir mon fils au même moment. Je vous remercie de vous être occupé de moi tout de suite.

— Je vous en prie ! Comme votre fils allait beaucoup mieux déjà la veille de Noël, je ne m'inquiétais pas trop pour lui mais, à partir du moment où nous sommes encore chez les Dunbar, ma femme et moi, je préférais passer. Vous savez, j'ai fait mes études de médecine en même temps qu'Eric Dunbar et ses parents apprécient que nous venions passer le week-end à The Lodge quand nous le pouvons. Ils pensent que c'est bon pour le moral d'Eric.

Edward se redressa sur son lit et bascula les jambes avec précaution pour se lever.

— Comment va Eric ? demanda-t-il. J'ai entendu dire qu'il était revenu du front avec de mauvaises blessures.

— En fait, il a perdu une jambe mais, comme il le dit lui-même, puisqu'il a toujours ses deux mains, il pourra continuer à exercer la médecine. Il rouvrira son cabinet dès qu'il se sentira suffisamment rétabli. Je suis en admiration devant son courage et sa force de caractère.

— Tous ces blessés sont admirables... murmura Edward.

La conversation le ramena aussitôt à Fenella et à son idée d'un centre de détente pour les blessés et invalides de guerre. Puisqu'elle venait prendre le thé, il en profiterait pour lui en reparler.

Le Dr Leighton s'arrêta encore un instant sur le seuil de la chambre pour donner ses dernières recommandations.

— Je veux que vous vous ménagiez, monsieur Deravenel ! Vous allez vous sentir endolori pendant quelques jours, et dans tout le corps, je pense. Comme votre mal de tête risque de durer un peu, n'oubliez pas de prendre vos aspirines. Surtout, reposez-vous et évitez de vous agiter. Une dernière chose importante : si jamais vous éprouvez le moindre malaise – une douleur dans les extrémités, la tête ou le dos, des nausées ou quoi que ce soit – faites-moi immédiatement appeler chez les Dunbar. N'oubliez pas que je suis seulement à vingt minutes de chez vous. De toute façon, je passerai demain matin pour voir comment vous allez.

Le médecin sortit de la chambre en ajoutant :

— Et maintenant, je vais m'occuper de mon petit malade. Je trouverai Jessup au rez-de-chaussée ?

— Oui, et ma femme sera dans la bibliothèque. Elle vous attend. Elle vous conduira auprès du petit Edward. Il devrait être à la nursery.

Cecily Deravenel avait été très choquée par les événements et, alors que l'après-midi touchait à sa fin, elle éprouvait encore un malaise qu'elle attribuait au contrecoup.

Edward aurait pu se rompre les os ou même se tuer. Tout était possible quand on faisait une chute aussi violente. L'accident s'était produit avec une impensable brutalité, de façon absolument imprévisible. C'était ce qui l'épouvantait : la rapidité de l'accident.

Agenouillée dans l'ancienne chapelle privée des Deravenel qui s'élevait à l'arrière de la demeure,

Cecily revivait en pensée ces instants qui auraient pu devenir tragiques. Elle avait ressenti le besoin de venir se recueillir et rendre grâces à Dieu d'avoir protégé son fils. Elle murmura quelques prières encore pour Le remercier de toutes les bénédictions qu'Il avait répandues sur elle, à commencer par le fait que tous ses enfants et petits-enfants se portaient bien.

Ses pensées la ramenaient pourtant toujours à son fils aîné et, deux ou trois fois, leur conversation du petit déjeuner revint la troubler. Edward voulait changer les règles de succession à la tête de l'entreprise pour s'assurer que l'héritier porterait toujours le nom de Deravenel, même si c'était une femme. Pourrait-il amener le conseil d'administration à évoluer sur ce point et ajouter aux statuts de la société un article en faveur des femmes ? Elle l'ignorait mais espérait avec force qu'il réussirait.

Cecily soupira et, levant les yeux, s'attarda à contempler l'autel sculpté de la chapelle, avec un Christ en croix en son milieu. Quelle étrange coïncidence que se produisent presque en même temps cette conversation sur la succession d'Edward et l'accident qui aurait pu lui coûter la vie ! C'était incroyable…

S'il arrivait quelque chose à Edward alors qu'il était encore si jeune, cela laisserait un vide à la tête de la Deravenel. Le petit Edward ne pourrait pas reprendre les rênes. Quant à George, Cecily savait d'instinct qu'Edward l'empêcherait à tout prix de prendre le pouvoir. Ce serait Richard qui occuperait le fauteuil de direction, qui devrait veiller sur la maison en attendant que le petit Edward ait l'âge d'assumer son rôle.

Pauvre George ! Quelque chose en lui l'avait toujours émue et poussée à le défendre. Il avait toujours eu une façon curieuse de se réfugier auprès d'elle quand il était petit, comme s'il avait besoin d'être protégé contre l'univers entier. Il avait conservé cette habitude de s'accrocher à elle physiquement jusqu'à l'âge de douze ou treize ans. Elle avait répondu à ce besoin comme toute mère le ferait, avec amour et en lui répétant qu'elle le protégeait, qu'il était en sécurité.

Elle savait pourtant que ce n'était pas vrai, que George n'était pas en sécurité pour toute sa vie. Depuis longtemps, elle avait la prémonition que son destin serait tragique. Il lui semblait qu'il se mettait sans cesse dans des situations plus catastrophiques les unes que les autres, qu'il s'attirait les ennuis comme par magie. Il avait un don pour faire les mauvais choix et mettre Edward hors de lui. Cecily comprenait très bien pourquoi Edward se fâchait si souvent et si fort contre son frère. En même temps, elle ne pouvait se défendre d'éprouver de la compassion pour George. En fait, on pouvait le définir aussi comme un maladroit, quelqu'un qui provoquait des catastrophes sans le vouloir, énervait tout le monde, et parfois blessait les gens très profondément. Au fil des ans, à l'observer, elle s'était parfois demandé si George n'était pas avant tout autodestructeur.

Cette année encore, George s'était fait une ennemie de sa belle-mère, Nan Watkins. C'était Nan qui lui avait tout raconté, sans omettre un seul détail de l'affaire. Il y avait plusieurs mois de cela, Nan était venue voir Cecily chez elle à Londres, dans sa maison de Charles Street, et lui avait fait part de tous ses griefs. Elle avait expliqué, en termes qui ne laissaient aucun doute sur leur signification, que George était un propre à rien et qu'il gaspillait son argent à elle. En effet, c'était lui qui dépensait la rente d'Isabel. La rente qu'elle lui versait !

Cecily se souvenait très nettement de son émotion et de sa colère contre George. Nan avait été très généreuse avec sa fille et son beau-fils et, apparemment, il abusait de sa bonté.

Ce jour-là, Cecily avait essayé de consoler Nan, bouleversée, et lui avait suggéré de parler à George sans détour. « Vous devez lui faire entendre raison, avait conclu Cecily, ou supprimer la rente d'Isabel, obliger George à pourvoir aux besoins de sa famille et vivre dans la limite de ses moyens. » Nan avait acquiescé et l'affaire en était restée là.

Cecily se demanda quelles suites avait eues cette conversation. Nan n'en avait jamais reparlé. Il restait que George, son charmeur de fils, cet homme si beau et élégant, était un incapable, qui manquait par moments du bon sens le plus élémentaire, et que rien ne pourrait sans doute corriger de ses mauvaises habitudes. Cela n'empêchait pas qu'il était son fils et qu'elle l'aimait, comme elle aimait Edward et Richard. Mais ces derniers semblaient plus aptes à s'occuper d'eux-mêmes.

Cecily se releva enfin, se signa et remonta lentement l'allée. Que deviendraient ses fils et leurs familles ? En ce Boxing Day de 1918, elle ne pouvait pas savoir que le malheur allait s'abattre sur les Deravenel et que de terribles événements allaient changer leurs existences pour toujours. Plus rien ne serait jamais comme avant.

20

Mark Ledbetter n'était pas venu à Ravenscar depuis longtemps mais il se souvenait très bien de la vue spectaculaire que l'on avait depuis la bibliothèque.

Comme Cecily les faisait entrer, Fenella et lui, il dut refréner son envie de se précipiter à la fenêtre pour admirer le paysage.

— Je suis heureuse de vous voir tous les deux, disait Cecily.

Un grand sourire illumina soudain son visage ; Bess venait d'entrer.

— Ah ! dit-elle. Voici votre plus grande admiratrice, Fenella. Et Nanny nous amène les autres enfants.

Cecily et Fenella furent bientôt entourées des plus jeunes, tous réclamant leur attention à qui micux mieux. Mark en profita pour aller jusqu'aux portes-fenêtres. Sous ses yeux, la mer du Nord s'étendait, bordée de hautes falaises blanches dont le dessin se déroulait à l'infini. L'eau avait des reflets métalliques dans le soleil de l'après-midi. Le ciel, si souvent gris et bas sur cette partie de la côte nord, était d'un bleu idéal, souligné par quelques légers nuages blancs.

La demeure ancestrale des Deravenel, bâtie sur les falaises, offrait un point de vue unique. D'où il se tenait, Mark pouvait voir deux grands bateaux qui, loin sur l'horizon, taillaient leur route au sein des flots agités. Le vent soufflait fort et les vagues déferlaient, crêtées d'écume blanche.

S'arrachant enfin au spectacle, Mark s'intéressa au décor de la pièce. Des bibliothèques qui montaient jusqu'au plafond, des peintures remarquables sur l'un des murs, et de beaux meubles très anciens de bois sombre et patiné, tout cela était superbe. Il y avait aussi de confortables canapés et des fauteuils disposés près de la monumentale cheminée de pierre où brûlait un grand feu. C'était un bonheur que de se trouver dans une aussi belle pièce.

Son regard s'arrêta ensuite sur Fenella, accaparée par les petits. Mark se dit qu'il n'avait jamais vu de plus beaux enfants. Ils auraient pu sortir directement d'un tableau des plus grands portraitistes du XVIIIe siècle.

A la vue de cette image, Mark regretta soudain que Fenella n'ait pas eu d'enfants. Ils auraient été aussi beaux que ceux d'Edward Deravenel. Malheureusement, le mari de Fenella avait été tué dans les débuts de leur mariage. Fenella était une beauté avec de grands yeux gris clair, des cheveux blonds et soyeux qui faisaient un halo autour d'un visage très doux. Très grande, elle avait une silhouette souple d'une élégance rare. Oui, ses enfants auraient été aussi beaux qu'elle.

Mark reporta son attention sur les enfants Deravenel. Il éprouvait une grande tendresse à leur égard, en cet instant. Des années auparavant, quand leur père était encore célibataire, un grand nombre de ses contemporains l'appelaient le Golden Boy. Et ses enfants étaient aussi « en or » avec leur beauté soignée, les teintes vives de leur visage – le roux lumineux et les yeux bleu vif des Deravenel. Ils avaient tous des visages ravissants, parfaitement dessinés, avec des traits fins, délicats et aristocratiques. Ils étaient à l'âge de l'innocence, ces enfants d'une beauté à couper le souffle. Il faudrait toujours les protéger… Le monde était dangereux.

Cecily l'arracha à ses réflexions.

— Je suis navrée, dit-elle. Je n'avais pas l'intention de vous abandonner aussi brusquement, Mark. Je pensais plutôt à empêcher les enfants d'accaparer Fenella.

— Il me semble qu'ils y sont pourtant bien arrivés, répondit Mark en riant.

— Oui, et sans grande difficulté ! Comment va votre mère ?

— Elle se porte très bien. Elle vous envoie ses meilleures pensées et m'a demandé de vous rappeler à quel point vous vous amusiez, vous deux et la tante de Fenella, Philomena, quand vous passiez Noël ensemble… A l'époque où vous étiez de jeunes célibataires, des débutantes !

Cecily se mit à rire.

— En effet ! Nous nous sommes bien amusées et, pour vous dire toute la vérité, je crois que nous formions un trio d'incorrigibles. Parlons plutôt d'autre chose ! Elizabeth ne va pas tarder à nous rejoindre. Elle a dû prendre un appel téléphonique au moment où vous arriviez. Ah ! Et voici enfin Ned. On voit qu'il a du mal à marcher après sa chute.

Mark lui jeta un regard étonné et fronça les sourcils, l'air soudain très inquiet.

— Il est tombé ?

— Oui, ce matin.

Cecily expliqua en quelques mots ce qui s'était passé tandis qu'Edward se dirigeait vers eux en pesant de tout son poids sur une canne. Il tendit la main à Mark avec un sourire piteux. Cecily prit le premier prétexte pour les laisser seuls.

— Excusez-moi, mais j'aperçois Jessup qui me cherche.

— Comment as-tu fait pour tomber ? demanda Mark à Edward.

— C'est ma faute, je ne faisais pas attention. Je voulais seulement voir ce qui arrivait aux enfants et je n'ai même pas pensé que les marches pouvaient être verglacées.

Mark avait tout de suite remarqué l'œil au beurre noir d'Edward, ses joues éraflées et l'énorme bleu sur son menton.

— Cela a dû être une sacrée chute !

— Oui, et j'ai eu beaucoup de chance.

Edward lui raconta comment le médecin s'était trouvé à son chevet en quelques minutes et l'avait aussitôt examiné.

— Mais il a insisté pour que j'aille au Guy's Hospital dès mon retour à Londres, pour consulter Michael Robertson qui s'est occupé de moi il y a quelques années. Cela t'ennuierait-il si nous allions nous asseoir ? Ma jambe me fait souffrir.

Quand ils furent confortablement installés dans les fauteuils devant le feu, ils reprirent leur conversation.

— Mark, dis-moi, quand reprends-tu ton service à Scotland Yard ? D'après Will Hasling, on t'a donné une belle promotion.

— C'est vrai, et cela sera bientôt officiel. Je vais être nommé directeur de la Police métropolitaine à Scotland Yard.

— Toutes mes félicitations ! Je suis vraiment content pour toi. C'est une promotion très honorable.

— Je sais, répondit Mark en riant, mais je voulais reprendre du service, de toute façon. Pour te dire la vérité, le Yard m'a beaucoup manqué. Mon poste au ministère de la Guerre était intéressant et c'était mon devoir, mais je me suis souvent trouvé noyé dans les dossiers.

Edward lui jeta un regard malicieux.

— Si je comprends bien, dit-il, tu faisais de la paperasse quand tout le monde te croyait aux prises avec d'affreux espions !

— Je l'étais, répondit Mark en souriant, mais pas face à face. Autrement dit, je travaillais pour les Services secrets, mais pas sur le terrain.

— Tu as certainement trouvé ton travail pendant la guerre ennuyeux, mais c'était quand même moins dangereux, non ?

— Bien sûr ! Je t'avoue que j'ai cependant eu l'impression de faire ma part.

Ils s'interrompirent car Elizabeth venait d'entrer, très belle dans un ensemble de laine beige qu'illuminait un collier à plusieurs rangs de perles. Elle tendit la main à Mark qui s'était aussitôt levé.

— Excusez-moi, dit-elle, je suis navrée de ne pas avoir été là pour vous accueillir. Ma mère venait juste de m'appeler.

Mark fit un petit signe montrant qu'il comprenait très bien puis, du regard, désigna les enfants, qui entouraient toujours Fenella.

— Ils sont très beaux, Elizabeth, et ils vous font honneur.

Cecily revenait à présent, suivie de Jessup et de trois des femmes de chambre qui poussaient des tables roulantes et allèrent les placer à côté du piano.

— Jessup ne va pas tarder à nous annoncer que le thé est servi, dit Edward.

Fenella, qui s'était enfin libérée de ses jeunes admirateurs, se hâta d'aller s'asseoir avec les autres adultes.

— Ned ! C'est affreux de te voir avec le visage dans cet état. Ta mère m'a tout raconté.

— N'en parlons plus ! Je me suis conduit de façon stupide, Fenella. Et tout cela pour rien, en définitive ! J'avais entendu Mary crier et le chien aboyer, mais il n'y avait aucun problème.

Fenella lui sourit. Ils se connaissaient depuis de longues années et elle l'avait toujours soutenu et défendu. Elle aimait Edward comme un frère.

— Le petit Edward m'a tout expliqué au sujet de ce chien, répondit-elle.

— *Macbeth* ! s'exclama-t-il en riant. Quel nom pour un chien !

— D'après son jeune propriétaire, quand il a dit qu'il voulait un nom écossais parce que c'était un Scottish terrier, c'est Nanny qui a proposé Macbeth.

— C'est exact.

Cecily les rejoignit pour leur signaler que Jessup était prêt à servir le thé.

— Venez donc vous asseoir à côté de moi, Fenella. Venez aussi, Elizabeth, Nanny va s'occuper des enfants. Ils prendront le thé à la petite table près de la fenêtre.

Fenella se leva en prenant une profonde respiration et, les regardant tous, se lança sans prévenir dans une grande déclaration.

— J'ai, ou plutôt, nous avons quelque chose à vous annoncer, Mark et moi. Nous venons de nous fiancer.

Mark s'était levé pour se placer à côté d'elle et lui prendre la main.

— C'est une des raisons pour lesquelles nous voulions vous voir aujourd'hui, conclut-elle avec un sourire radieux.

Edward, Elizabeth et Cecily leur offrirent leurs vœux les plus chaleureux puis Elizabeth s'exclama :

— Quelle chance, vous ne finirez donc pas en vieille fille qui fait tapisserie comme tout le monde le pensait !

Ce fut comme une douche glacée. Ils en restèrent bouche bée.

Edward jeta un regard furieux à sa femme tandis qu'une consternation mêlée d'embarras se lisait sur le visage de Cecily.

Fenella Fayne avait toujours su qu'Elizabeth la détestait, principalement à cause de son amitié avec Edward. Mais Fenella, une aristocrate à l'éducation raffinée, avait trop de classe pour s'abaisser à ce niveau. De plus, elle était naturellement calme et ne perdait jamais son sang-froid. Elle fit un grand sourire à la ronde et répondit d'une voix claire et paisible :

— Entre mon veuvage, la création du refuge de Haddon House et la guerre, je crains d'avoir été un peu débordée, ces derniers temps.

Faisant comme s'il n'avait pas entendu la remarque insultante d'Elizabeth, Mark prit Fenella par la taille et la regarda avec tendresse.

— Cela fait des années que je la harcelais pour qu'elle accepte de m'épouser. Et elle a enfin dit oui, pour mon plus grand bonheur.

Cecily embrassa affectueusement Fenella puis, se tournant vers Elizabeth, prit celle-ci par le bras et l'obligea à se lever.

— Venez, nous devrions aider les enfants à s'installer pour que nos invités puissent prendre leur thé tranquillement.

— Mais Nanny…

— Venez, Elizabeth, répéta Cecily d'un ton sans réplique.

Elle obligea sa belle-fille à la suivre vers le coin où se trouvaient les enfants et, au passage, lança à Edward un regard chargé de sous-entendus.

Fenella s'assit sur le canapé et se tourna vers Edward.

— Je voulais te demander une faveur, mon cher Ned. Je serais très heureuse si tu autorisais tes filles à être mes demoiselles d'honneur. Je t'en prie, ne me refuse pas ce plaisir !

— Mais bien sûr ! s'exclama-t-il, les yeux brillants de joie.

Elle lui sourit et ils échangèrent un regard où tout était dit : le désarroi d'Edward face à la grossièreté d'Elizabeth et l'indifférence de Fenella à ce genre de remarque. Ils avaient toujours su ce qu'ils pensaient sans avoir besoin de se le dire.

Fenella avait une autre demande à formuler et, cette fois, elle baissa la voix.

— J'aimerais que Grace Rose fasse partie des demoiselles d'honneur, Ned, si tu le veux bien. Je l'aime beaucoup, comme tu le sais.

— C'est une excellente idée et je n'y vois aucune objection. Quant à Vicky, je suis certain qu'elle en sera ravie.

— Je ne lui en ai pas encore parlé, Ned. En fait, nous n'avons encore dit à personne que nous allons nous marier. Vous êtes les premiers à le savoir.

Mark vint s'asseoir à son tour à côté d'Edward.

— J'ai dû faire le siège de son père pendant plusieurs jours avant Noël. Je me suis senti très soulagé quand le comte nous a donné sa bénédiction.

Jessup apparut, suivi d'une femme de chambre avec une table roulante. Il questionna du regard Edward, qui lui fit signe qu'il pouvait faire servir. La femme de chambre disposa sa table roulante à côté du feu et Jessup s'occupa de remplir les tasses tandis que la femme de chambre leur donnait des assiettes et des serviettes à thé. Elle présenta ensuite un plateau de petits sandwiches garnis de saumon fumé, d'œufs en mayonnaise, de concombre, de tomates ou encore de jambon et de fromage.

Comme le téléphone sonnait, Jessup alla répondre puis revint dans la bibliothèque d'un pas précipité. Il murmura quelques mots à l'oreille d'Edward, qui lui tendit la main en lui demandant de l'aider à se relever.

— Excusez-moi, dit Edward à Fenella et Mark. C'est un appel urgent. Je dois répondre mais je ne serai pas long.

Edward sortit de la bibliothèque, toujours boitant malgré le secours de sa canne. Il y avait un téléphone sur une petite table dans le grand hall.

Il écouta attentivement, et quelque peu stupéfait, l'avalanche de reproches qui s'abattait sur lui depuis l'Ecosse. Son interlocuteur s'interrompit enfin pour reprendre son souffle.

— Ian, je comprends très bien, répondit Edward de son ton le plus conciliant, et je suis tout à fait d'accord avec vous. Ecoutez, j'ai des invités en ce moment mais je pense que nous pouvons éclaircir tout cela dès demain. J'en suis certain.

Ian MacDonald accepta enfin de remettre leur conversation au lendemain puis raccrocha brusquement sans même dire au revoir.

Edward resta là quelques instants, contemplant le téléphone, comme foudroyé sur place. Il était livide de colère et s'astreignit à respirer plusieurs fois à fond avant de rejoindre ses amis. Mais cela lui prit un long moment.

21

Londres, 1919

— Désolé de vous avoir fait venir un samedi, Amos, dit Edward, mais j'ai besoin de vous.

— Il n'y a aucun problème, monsieur Deravenel. A dire vrai, je suis ravi d'être ici. Je n'ai rien de mieux à faire. Et maintenant, en quoi puis-je vous être utile, monsieur ?

— Je veux que vous forciez un des bureaux. Bien sûr, il ne faut pas que cela se voie et je ne vois que vous capable de faire cela.

— Je vous demande pardon, monsieur, mais je suppose que vous parlez du bureau de M. George ?

Edward éclata d'un rire un peu gêné. Amos n'était vraiment pas dupe de la partie qui se jouait autour de lui !

— En effet, Amos ! Si nous nous mettions au travail ?

Edward sortit de son bureau à grandes enjambées, suivi d'Amos.

— Je dois seulement passer par mon propre bureau, monsieur, pour prendre ma trousse. Accordez-moi un instant.

Pendant qu'Amos allait chercher ses outils, Edward longea le corridor en direction du bureau de son frère. George se tenait à l'écart sans donner de nouvelles depuis son expédition en Ecosse mais Edward savait où il se trouvait, réfugié comme d'habitude dans les jupes des femmes de la famille, en l'espèce sa femme Isabel et sa belle-mère, Nan Watkins. Cela n'arrangerait pas ses affaires. Pauvre fou qu'il était ! Edward s'était entretenu à plusieurs reprises avec Ian MacDonald, qui lui avait fait un compte rendu circonstancié de la débâcle d'Edimbourg. Il fallait en tirer les conséquences, se disait Edward, et, sans attendre, priver George de tout pouvoir. Il fallait absolument le rendre inoffensif et, pour cela, le rétrograder dans l'entreprise. Edward retint une exclamation de colère. S'il avait pu mettre la main sur son frère en cet instant, il l'aurait étranglé avec plaisir.

Edward s'appuya au montant de la porte pour attendre Amos, qui apparut bientôt au bout du couloir, se dépêchant autant que possible.

— Inutile de courir, Amos, dit Edward. Nous avons tout notre temps. Personne ne viendra ici un samedi, et un samedi de fête qui plus est.

On était le 4 janvier et l'on célébrait encore partout la nouvelle année 1919, l'année qui commençait en paix, l'année où tout redevenait possible. Du moins si l'on en croyait les politiques.

Amos déroula sa trousse, s'agenouilla devant la porte et inséra un de ses outils dans la serrure. Il chercha pendant quelques instants à l'accrocher et l'on entendit enfin un petit clic. Amos leva la tête, sourit à Edward et se releva pour ouvrir la porte.

— Après vous, monsieur Deravenel !

Edward fit un pas à l'intérieur de la pièce et s'arrêta aussitôt.

— Mais ça pue, ici ! Il doit fumer toute la journée.

— Il a toujours une cigarette à la bouche, en ce moment, monsieur. De toute ma vie, je n'ai jamais vu quelqu'un fumer autant que lui. Si vous voulez mon avis, il est dépendant.

— Que voulez-vous dire ?

— Il a ce que Mark Ledbetter avait l'habitude d'appeler une personnalité portée à la dépendance, monsieur Deravenel. Je veux parler de l'époque où il était un simple flic et pas le chef de la police !

— Je l'ai vu pendant les fêtes. Il est fiancé à lady Fenella.

Amos eut soudain l'air très heureux.

— C'est vrai ? Quelle excellente nouvelle, monsieur ! Lady Fenella est une femme aimable et attentive aux autres. Une grande philanthrope, aussi ! Je ne lui aurais pas souhaité un meilleur mari que notre nouveau directeur de la police, un homme bien, un homme remarquable, monsieur.

— Je suis tout à fait d'accord, Amos.

Edward, qui avait refermé la porte derrière lui, tenta d'ouvrir le tiroir principal du bureau de George, mais en vain. Le grand tiroir était fermé à clef, comme tous les autres.

— Amos, mon ami, vous allez avoir du travail ! Je dois vérifier le contenu de chacun de ces tiroirs, aussi, je compte sur vous et vos petits talents.

— Aucun problème, il y en a pour moins d'une minute.

Tout en parlant, Amos s'était attelé à la tâche et avait commencé à crocheter les serrures du bureau. Quelques instants plus tard, il se releva.

— Je vous en prie, monsieur, c'est ouvert.

Le tiroir du haut était plein de factures impayées. Horrifié par les sommes que son frère devait à ses tailleurs et à divers fournisseurs, Edward remit soigneusement les factures à leur place et fouilla chacun des autres tiroirs, l'un après l'autre. Une nouvelle surprise l'attendait dans l'un des tiroirs du bas.

— Amos, venez voir ! Il a un pistolet.

Haïssant les armes comme il les haïssait, Edward se sentait incapable de toucher au pistolet de son frère ou de l'examiner. Amos hocha la tête d'un air consterné.

— Dieu sait pourquoi il en a besoin, monsieur Edward ! Quoi qu'il en soit, je peux vous dire que c'est un Smith and Wesson.

Amos repoussa le tiroir du bout du pied.

Dans les autres tiroirs, Edward ne trouva rien d'autre qu'un carnet d'adresses rempli de noms de femmes avec leur numéro de téléphone, ainsi que les numéros de nombreux boîtes de nuit londoniennes. Il alla ensuite fouiller les placards, mais sans rien trouver d'intéressant.

— Bien ! dit-il enfin. Il n'y a rien. Il vaudrait mieux refermer les tiroirs, maintenant.

— Tout de suite, monsieur ! Excusez-moi, mais cherchiez-vous quelque chose de particulier ?

— Non, enfin… Oui. Je cherchais quelque chose, n'importe quoi de nature à… l'incriminer d'une façon ou d'une autre.

Amos jeta un regard lourd de sous-entendus à Edward et referma les tiroirs. Quelques minutes plus tard, ils quittèrent le bureau de George dans un silence pensif.

Edward s'arrêta soudain et, perplexe, regarda Amos droit dans les yeux.

— Il y a un détail sur lequel je n'arrive pas à mettre le doigt. Pour vous dire la vérité, Amos, je pensais découvrir quelque chose d'important, mais je suis incapable de savoir de quoi il s'agit.

— Si vous arrivez à vous en souvenir, monsieur, faites-le-moi savoir. Je peux ouvrir cette porte en un clin d'œil, comme vous l'avez vu.

Edward, de retour à son bureau, relisait le rapport qu'Oliveri et Will Hasling lui avaient remis la veille. Ils occupaient tous deux des postes de pouvoir à la direction de la compagnie et étaient aussi les plus proches d'Edward. Ils avaient terminé leur enquête sur les affaires réalisées par la Deravenel dans le monde en 1918.

Oliveri et Hasling avaient été ravis de lui annoncer que l'année 1918 avait été exceptionnelle malgré la guerre. Ou, peut-être, à cause de la guerre, pensa Edward en se renversant dans son fauteuil.

Deravenel, la plus importante société commerciale au monde, se portait très bien. Les bénéfices avaient incroyablement augmenté et Edward se disait qu'ils ne pourraient pas faire mieux. Un sourire joua sur ses lèvres. Bien sûr que si ! Ils pouvaient faire encore mieux et le feraient ! A présent que la paix était revenue, on pouvait s'attendre à une explosion du chiffre d'affaires.

Edward reprit le rapport et se concentra sur deux départements particuliers, celui des mines et carrières et celui des vignobles. Le dernier avait connu des difficultés, non à cause de la guerre mais à cause du mauvais temps, ce qui ne l'empêchait pas de rester aussi profitable qu'il l'était depuis des siècles.

Quant au secteur minier, il était florissant dans le monde entier. Tout allait bien et, qui plus est, un jour pas très lointain, ils auraient aussi du pétrole en Perse. Edward n'avait aucun doute à ce sujet. C'était son rêve, et il le réaliserait. Il étudia le rapport encore quelques minutes puis le remit enfin dans un tiroir de son bureau, qu'il ferma à clef, lui aussi.

La société réalisait de très beaux bénéfices. En quatorze ans, il avait réussi à la redresser au-delà de toute espérance. Personne ne pouvait rien lui reprocher et il se sentait assez fier de sa réussite. C'était surtout vrai quand il pensait au gâchis qu'il avait découvert après s'être débarrassé de ceux qu'il appelait la « clique des Grant ». Ses affaires privées étaient également en ordre. Les fidéicommis destinés aux femmes de sa vie étaient faits ; il avait rendez-vous la semaine suivante avec ses avocats pour rédiger un nouveau testament ; enfin, les affaires de sa mère, dont il s'occupait depuis des années, étaient en ordre.

La nouvelle année commençait bien, si l'on exceptait le problème de George, qui représentait un plus grand risque que jamais. Edward fit un effort pour ne plus y penser. La question serait réglée la semaine suivante. De George, il passa à Richard et se félicita encore une fois d'avoir acheté à Nan Watkins la maison où Richard et sa femme vivaient à présent. Richard et Anne étaient en sécurité et détenaient leurs titres de propriété.

Edward se pencha pour ouvrir la serrure du dernier tiroir de son bureau et en sortit la photo de Lily. Il se leva et alla la regarder à la lumière du jour, devant la fenêtre. Elle était si belle, si aimante, sincère et chaleureuse. Lily, une femme de cœur, avait été sa première maîtresse, la femme qu'il avait vraiment aimée et qui avait tant représenté pour lui. Il avait eu le cœur brisé par sa mort et en avait longtemps souffert. Non, pas sa « mort ». Son assassinat, c'était le mot correct. Lily avait été assassinée et, avec elle, l'enfant qu'elle portait, leur enfant.

Lily l'avait aimé tout autant qu'il l'aimait et, jusque dans la mort, elle l'avait protégé en faisant de lui un homme riche. Elle lui avait légué tous ses biens, l'argent, les maisons, ainsi que la plus grande partie de ses bijoux et de ses meubles anciens. C'était la fortune de Lily qu'il avait fait fructifier au fil des ans et avait utilisée pour créer les fidéicommis destinés à Grace Rose et à ses filles. C'était également grâce à cet argent qu'il avait acheté la maison de Chelsea pour Richard et Anne. Il savait que Lily aurait été heureuse de savoir qu'il avait fait si bon usage de son legs. Peut-être le savait-elle, pensa-t-il en contemplant sa photographie. Lui, en tout cas, savait à quel point elle lui manquait. Il aimait beaucoup Jane Shaw mais elle ne pouvait remplacer Lily. Personne ne pouvait la remplacer, et Elizabeth moins que quiconque.

Elizabeth... Dans quelle colère l'avait-elle mis le lendemain de Noël ! Comment avait-elle pu parler aussi mal à Fenella ? Il en avait été révolté. « La bouche toujours ouverte et toujours prête à sortir une bourde », comme disait Will. C'était une femme malade de jalousie. Le soir de Boxing Day, ils avaient eu une terrible dispute. Il lui avait reproché d'être jalouse de sa relation amicale avec Fenella, qui était pour lui comme une sœur. Il avait ajouté que leur amitié était toute platonique et qu'ils se connaissaient depuis toujours. Elizabeth avait refusé de le croire et l'avait accusé d'avoir une liaison avec Fenella.

Un coup fut frappé à sa porte et Amos entrouvrit le battant.

— Puis-je vous dire un mot, monsieur Edward ?

Edward rangea la photo de Lily dans son tiroir et le referma à clef.

— Bien sûr, entrez, Amos ! Qu'y a-t-il ? Vous semblez inquiet.

— En effet, monsieur. C'est à cause de ce fichu pistolet ! Je n'aime pas l'idée de voir traîner une arme dans ces bureaux. C'est dangereux.

— Vous avez raison mais je n'y peux pas grand-chose.

— Je pourrais la prendre, monsieur.

— Oui, mais je pense qu'il vaut mieux la laisser où elle est. George saurait qu'on entre chez lui en son absence et je préfère qu'il l'ignore. Cela doit rester notre secret, Amos.

— Je comprends, monsieur. Je laisserai donc ce pistolet où il se trouve.

— Je vous remercie, Amos. Maintenant, je ne vais pas tarder à rejoindre M. Hasling au Savoy. Nous avons prévu de déjeuner ensemble et je ne pense pas revenir cet après-midi. Nous nous revoyons donc demain, quand je viendrai vous chercher, Grace Rose et vous, chez Vicky.

— Grace Rose est très impatiente de voir la tombe de sa mère, monsieur.

— Cela lui permettra de clore ce chapitre de sa vie, je suppose. Je suis très heureux de l'aide que vous lui avez apportée, Amos.

22

A l'instant même où son ami franchit le seuil du Grill Room de l'hôtel Savoy, Will Hasling comprit qu'Edward Deravenel avait des problèmes. Il semblait avoir un poids sur les épaules.

Aucune querelle, aucun désaccord n'était jamais venu entacher leur amitié, vieille de vingt ans. Il connaissait Edward comme lui-même, peut-être mieux encore. Il soupçonna aussitôt George d'être la cause de cette humeur sombre de son ami.

— Suis-je en retard ? demanda Edward en s'asseyant.

— Non, pas du tout. C'est moi qui suis arrivé en avance. J'ai été très étonné de voir que le Grill était presque plein un samedi.

Edward jeta un regard circulaire alentour.

— En effet, mais je pense que ce sont des clients de l'hôtel. Je ne vois personne de connaissance.

— Tu as raison. Ned, j'avais envie de champagne. Cela te tenterait-il ?

— Pourquoi pas ?

Tandis qu'ils attendaient la carte des vins, Will jeta un regard interrogateur à son ami.

— Qu'y a-t-il, Ned ? Encore un problème avec George ?

— Bien sûr ! Comme tu le sais, il n'est pas venu travailler de la semaine. A la place, il m'a fait dire par Isabel qu'il avait une bronchite et ne pouvait même pas me parler au téléphone !

— Tu m'en as parlé, oui, et son culot m'a sidéré. Mais ce n'est pas son absence qui te tracasse autant, si ?

— Non, je suis très ennuyé par ce qui s'est passé en Ecosse. Je ne t'ai pas encore raconté le gâchis impensable qu'il a fait là-bas parce que je voulais d'abord m'expliquer avec lui. Mais, puisqu'il se conduit n'importe comment et préfère se terrer à Thorpe Manor avec Nan, j'ai estimé que je devais te mettre au courant dès aujourd'hui.

Le maître d'hôtel venait de donner la carte des vins à Will qui la parcourut rapidement et commanda une bouteille de champagne rosé. Dès qu'il eut tourné les talons, les deux hommes reprirent leur conversation.

— Je devine qu'il a fait rater l'affaire, n'est-ce pas ? dit Will.

— Plus ou moins, mais j'ai réussi à convaincre Ian MacDonald du sérieux de mes intentions. Je crains pourtant que cela ne t'oblige à aller en Ecosse cette semaine pour ramener le calme. Tu es doué pour la diplomatie, tu sais ! Richard devra t'accompagner car MacDonald exige la présence d'un Deravenel aux négociations finales et, de toute évidence, George ne serait pas le bienvenu.

— J'irai, bien sûr, mais dis-moi ce qui s'est passé. Je croyais que l'affaire s'annonçait bien.

— C'est exact, nous étions d'accord sur tout. La première réunion, le vendredi précédant Noël, s'est bien passée et, pendant le week-end, Ian MacDonald a fait visiter à George quelques-unes de ses distilleries de la région d'Edimbourg. Les ennuis ont commencé lundi, le 23 décembre. Apparemment, George a commencé à vouloir discuter les termes de l'accord en agressant MacDonald. Il s'est même montré très violent d'après notre Ecossais, qui, en homme avisé, a préféré laissé tomber le sujet à ce moment-là. Il ne voulait pas se disputer avec George alors que c'était Noël. Il lui semblait plus raisonnable de reprendre les discussions d'affaires après les fêtes. Si tu t'en souviens, George avait été invité à séjourner chez MacDonald avec sa fille et la famille de celle-ci dans leur demeure des Lammermuir Hills. Il semble que George se soit très mal conduit le jour de Noël. Il s'est saoulé et s'est montré d'une arrogance insupportable, comme lui seul en est capable. Le lendemain, il est parti comme un furieux après avoir réclamé une voiture et un chauffeur pour les ramener à leur hôtel d'Edimbourg, lui et sa famille ! C'est alors que j'ai reçu à Ravenscar un appel de MacDonald qui était très fâché.

— Et là-dessus, George décampe, revient en Angleterre comme s'il y avait le feu, mais pas à Londres où il n'oserait pas te faire face. Il a préféré se réfugier chez sa belle-mère. Quel idiot ! Comment peut-il croire que son petit jeu nous trompe ? Il est tellement transparent que c'en est pathétique.

Edward eut un faible sourire.

— Il doit être dans ses petits souliers en ce moment, à mon avis. Il sait qu'il a commis un affreux gâchis.

— Mais MacDonald est toujours prêt à négocier, si je comprends bien ?

— C'est exact, et pour te dire la vérité, je ne comprends pas pourquoi George a discuté le prix. Ce que demande MacDonald est très raisonnable. Je ne comprendrai jamais pourquoi George l'a attaqué sur ce point comme il l'a fait. Le prix était correct, Will !

Edward s'interrompit, le menton appuyé sur ses mains croisées, et resta ainsi quelques instants, perdu dans ses pensées.

— MacDonald m'a tout répété, mot pour mot, reprit-il enfin. Je n'ai aucune raison de mettre sa parole en doute. Nous nous connaissons depuis plusieurs années et je sais qu'il est franc du collier. Quant à George, il aurait dû me parler avant d'intervenir dans notre arrangement, surtout s'il avait le moindre doute. Mais avec son arrogance habituelle, sa prétention et son mépris des autres, il a voulu jouer les grands patrons. Il ne va pas l'emporter au paradis, crois-moi !

— Tout est toujours une question de pouvoir et de rivalité, avec George, dit Will. Il veut être le chef. Il a une très haute opinion de lui-même et de ses capacités et il fonce sans réfléchir.

Comme on venait de leur servir le champagne, il choqua sa flûte contre celle d'Edward.

— J'aimerais, reprit-il, que tu m'expliques une chose, Ned. Il y a quelques semaines, tu as dit que, pour toi, ce rachat n'avait pas d'importance réelle. Je ne comprends pas pourquoi tu y tiens tellement, aujourd'hui ?

— Mais je n'y tiens pas particulièrement. Quoique… Non, ce n'est pas ce que je veux dire. Je pense que ce serait une bonne opération à long terme, que cela renforcerait nos activités dans le domaine des vins et spiritueux. Pour moi, ce rachat est lié à deux éléments : le prix demandé par MacDonald et la capacité de production des distilleries. Cela dit, George m'a mis dans une situation impossible.

Will approuva de la tête, sans mot dire.

— Je suis très gêné, si tu veux savoir la vérité, poursuivit Edward d'une voix sourde. La conduite de George est inconcevable. Se montrer agressif avec un homme plus âgé, se comporter en voyou sans éducation, exiger des services de son hôte… Cela me fait bouillir ! George est un Deravenel ! Et nous sommes des gentlemen. En tout cas, nous devrions l'être.

— Je comprends, mais George ne comprend pas, lui. Il ne s'intéresse qu'à lui-même. Si tu me permets de le dire, il a été beaucoup trop gâté par ta sœur Margaret et par ta mère.

— Je sais trop bien comment Margaret l'a infantilisé. Et c'est vrai, ma mère a tendance à toujours vouloir l'aider. C'est également vrai que George se fait de graves illusions sur son propre compte.

— Je ressens la même chose que toi à l'idée que le nom et la réputation des Deravenel ont été salis et je comprends pourquoi tu veux… disons : faire la paix avec MacDonald, le caresser un peu dans le sens du poil.

— Exactement.

— Et tu penses que je peux le faire ? Avec l'aide de Richard, bien sûr.

— Non, sans son aide. Il assistera au rendez-vous parce que Ian MacDonald veut qu'un Deravenel soit présent, c'est tout.

— Bien. J'irai donc là-bas et je ferai de mon mieux pour t'obtenir les distilleries MacDonald. Par ailleurs, je me réjouis d'avoir la compagnie de Richard. Nous nous sommes toujours bien entendus, depuis qu'il était encore un enfant, ton « Petit Ecureuil » comme tu l'appelais.

Edward sourit à ce souvenir.

— Oui, Richard est la loyauté même. De plus, il est prudent et se soucie des autres.

Changeant d'expression, il soupira et regarda Will d'un air très ennuyé.

— George a un pistolet dans son bureau.

Will sursauta.

— Seigneur ! Et pour quoi faire ?

— Je l'ignore, même si je suis convaincu qu'il n'a pas l'intention de faire un carnage dans les bureaux. Peut-être le garde-t-il dans son bureau pour ne pas l'avoir chez lui ?

— Mais pourquoi a-t-il besoin d'une arme ?

Edward haussa les épaules, son expression trahissant sa perplexité.

— Comment sais-tu qu'il a une arme dans son bureau, d'ailleurs ? demanda busquement Will.

— Ce matin, j'ai demandé à Amos d'ouvrir ses tiroirs.

— Que cherchais-tu ?

— Sincèrement, je ne sais pas mais il y a un vague souvenir qui me gêne… En relation avec des histoires de complots… D'attaques hostiles sur des sociétés… Mais je n'arrive pas à mettre le doigt dessus.

Tandis qu'il écoutait son ami, Will s'était figé. Quand Edward eut terminé ses explications, Will le regarda longuement.

— Je pense, dit-il d'une voix étouffée, je pense que je peux t'aider. Il y a longtemps de cela, Johnny Watkins m'a parlé de Louis Charpentier, John Summers et Margot Grant… Il a dit quelque chose au sujet, je le cite, « des complots où se nouent de curieuses alliances ». Je ne sais plus comment nous en sommes arrivés à parler de Henry Turner, le neveu de Henry Grant. Johnny disait qu'il y aurait toujours quelqu'un prêt à réclamer sa part de la Deravenel. Tu étais avec nous ce jour-là. Peut-être est-ce de cela que tu te souviens, même très vaguement.

— Tu dois avoir raison, Will. Je n'ignore pas que George veut prendre ma place, diriger la compagnie, avoir Ravenscar, avoir tout ce que j'ai, l'argent, le pouvoir, les privilèges… Pour y arriver, il signerait un pacte avec le diable ! Henry Turner… Ma mère a mentionné son nom à Noël et je suppose qu'il m'est resté présent à l'esprit. George a la trahison dans le sang. Tu le sais aussi bien que moi ; on ne peut pas lui faire confiance.

— Tu dois faire quelque chose, dit Will à mi-voix. Et sans attendre !

— Mais quoi ? C'est toute la question.

— Fais-le voyager, comme Oliveri l'a suggéré.

— Pour rien au monde ! Je dois pouvoir le surveiller de près, voir ce qu'il fait, entendre ce qu'il dit. Je ne vois pas d'autre possibilité.

— Donc la question de George est réglée. Si nous commandions, maintenant ? proposa Will en souriant pour la première fois depuis le début de leur conversation.

Ce sourire dissimulait pourtant ses véritables pensées. Garder George à proximité pour mieux le surveiller nc signifierait pas qu'Edward était à l'abri des manigances de son frère. George Deravenel était un comploteur-né, un fauteur de troubles, avide et ambitieux. Tant qu'il ferait partie de la compagnie Deravenel, Edward ne serait pas en sécurité. Will résolut de surveiller les arrières, comme faisait Amos. Il y avait des ennuis dans l'air. Il le sentait, c'était presque palpable.

23

Grace Rose se tenait debout devant la tombe, les yeux rivés sur la stèle de marbre blanc. Les mots « repose en paix et avec mon amour » étaient gravés en lettres d'or. En dessous, on pouvait lire le nom de « Tabitha "Lucy" Lawford ». Et encore, juste sous le nom : « La bien-aimée de Sebastian Lawford. Décédée en 1904 ».

Il n'y avait aucun doute pour Grace Rose qu'il s'agissait de la sépulture de sa mère. Le nom de Sebastian Lawford n'évoquait aucun souvenir pour elle, pas plus que celui de Cedric Crawford. Mais Tabitha était un prénom tellement rare ! Cela ne pouvait qu'être la tombe de sa mère.

De plus, Amos s'était rendu à l'hôpital. Il avait vu les registres ainsi que le certificat de décès. Il avait lu la mention de l'enterrement de Tabitha Lawford au cimetière de Brady Street de Whitechapel. C'était le quartier de l'hôpital mais aussi celui où elles avaient vécu. Les souvenirs qui restaient à Grace Rose de cette époque étaient très vagues. Elle était très petite, à l'époque, et se rappelait à peine Tabitha. Elle était aussi consciente du fait que, si elle n'avait pas eu la photographie de sa mère, elle aurait oublié son visage.

Ce fut là que, Amos Finnister et Edward Deravenel à ses côtés, Grace Rose réalisa qu'elle n'éprouvait aucune émotion à l'égard de la personne enterrée sous cette dalle. Elle ne ressentait rien parce qu'elle ne se souvenait de rien. Elle se sentait seulement très triste pour Tabitha, une jeune femme qui s'était laissé mener par son cœur et non par sa raison, un choix qui l'avait entraînée dans une descente aux enfers.

Sa mère, pensait Grace Rose, était Vicky Forth. C'était elle qui l'avait élevée et, depuis quatorze ans, prenait soin d'elle. C'était Vicky Forth qui l'aimait et avait fait d'elle la jeune femme qu'elle était devenue, instruite, cultivée, sûre d'elle. C'était grâce à elle que Grace Rose avait conscience de sa propre valeur et de sa place dans le monde, la place d'une jeune femme de bonne éducation.

S'arrachant à ses pensées, Grace Rose se tourna vers Edward Deravenel, son vrai père. Elle ne lui reprochait pas le triste sort de sa mère. Ce n'était encore qu'un adolescent quand ils s'étaient rencontrés, alors que Tabitha avait une vingtaine d'années.

Depuis qu'elle avait découvert leur véritable lien, il lui avait montré beaucoup d'amour, la traitant avec douceur et tendresse. Il lui avait prouvé qu'il se souciait profondément d'elle et de son bien-être. De plus, il l'avait reconnue devant tout le monde, sans faire de secret sur leur relation de père et fille, même dans sa propre famille. Elle était fière de faire partie de sa vie, d'être liée par lui aux Deravenel, d'appartenir à sa descendance, même si elle considérait Stephen Forth comme son père. Après tout, le mari de Vicky avait participé à son éducation, et s'était montré un vrai père pour elle, dans le meilleur sens du mot.

Et il y avait Amos Finnister, à côté d'elle devant cette tombe. Il s'était conduit comme le meilleur des anges gardiens le jour où il l'avait trouvée dans la charrette où elle se cachait, pauvre gamine des rues déguisée en garçon.

Grace Rose sourit en elle-même à l'idée de l'étonnement provoqué par la découverte de son corps de petite fille sous ses haillons de garçon. Amos aurait pu la laisser se débrouiller toute seule et poursuivre son chemin après avoir partagé ses petits pâtés à la viande avec elle. Au lieu de l'abandonner à son sort, il s'était comporté en être humain, responsable et généreux, et l'avait emmenée au seul endroit où elle se trouverait en sécurité, Haddon House. Et là, elle était tombée tout droit dans les mains affectueuses de Vicky et Fenella Fayne.

Amos lui avait toujours témoigné beaucoup d'affection. Il n'oubliait jamais son anniversaire, ni Noël, et à chaque occasion lui apportait des cadeaux. A force de patience et d'astuce, il avait fini par rassembler les pièces du puzzle qu'était la vie de Tabitha et avait retrouvé sa piste. C'était grâce à lui qu'elle se trouvait aujourd'hui sur la tombe de sa mère.

Edward rompit soudain le silence.

— Tout va bien, Grace Rose ?

— Oui, oncle Ned, très bien. Mais… En réalité, je ne me souviens pas du tout d'elle.

— Cela s'est passé il y a très longtemps, et tu étais une petite fille d'à peine cinq ans quand Amos t'a trouvée.

— Je peux voir son visage en pensée mais je sais que c'est à cause de sa photo.

— Je le comprends très bien, répondit Edward. Elle était très belle, tu sais, bien plus belle que sur la photo.

C'était aussi quelqu'un d'adorable, une jeune femme aimante, très douce…

Envahi par l'émotion, il se tut et Amos prit le relais.

— A présent, tu sais où elle repose, Grace Rose. Cela doit te donner l'impression d'avoir mis un point final à une énigme qui durait depuis longtemps, n'est-ce pas ?

— Oui, Amos, c'est exactement cela. Je me tourmentais à l'idée de ne pas connaître son sort. Parfois, j'ai même imaginé qu'elle était toujours en vie et qu'un jour elle viendrait me chercher. Comment ai-je pu croire cela ?

— C'était normal, répondit Amos, et tout à fait logique. Tu ignorais où elle était allée…

Il eut un geste un peu découragé et haussa les épaules.

— Comment n'aurais-tu pas pensé qu'elle reviendrait ?

Grace Rose se contenta d'acquiescer à mi-voix et se pencha pour arranger les fleurs qu'elle avait déposées sur la tombe.

— Mère a eu raison d'insister pour que j'emporte un vase, n'est-ce pas, Amos ?

— C'est vrai.

Elle posa sa main gantée sur le bras d'Amos.

— Merci, Amos, merci pour tout, pour toute votre gentillesse envers moi depuis le début.

Amos se contenta de lui sourire, ses yeux sombres pleins d'affection.

— Oncle Ned, reprit Grace Rose, merci de ne jamais m'avoir reniée.

Edward sentit sa gorge se serrer et prit sa fille par les épaules, profondément ému par ses paroles.

— Tu fais partie de moi, Grace Rose, et je ne le renierai jamais…

Quelques minutes plus tard, ils quittèrent le cimetière pour regagner la Rolls-Royce d'Edward, garée non loin. Les voyant s'approcher, Broadbent, le chauffeur d'Edward, sortit de la voiture pour ouvrir la porte arrière.

— Nous retournons chez Mme Forth, Broadbent, s'il vous plaît, dit Edward.

Il aida Grace Rose à monter, laissa passer Amos et prit rapidement place auprès d'eux.

C'était une journée glaciale et grise de janvier, avec une pluie fine qui vous transperçait jusqu'aux os. Certainement pas le temps idéal pour se rendre dans un cimetière, songea Edward avant de se reprendre. Existait-il jamais un temps idéal pour cela ? Le temps importait peu, en réalité. Il s'agissait toujours de moments tristes. Edward savait pourtant que son humeur mélancolique n'avait pas seulement à voir avec le destin de Tabitha. Il repensait à toutes ces morts qui l'avaient tant fait souffrir, celle de son père et de son frère Edmund ; celle de son oncle Rick et de son cousin Thomas, et encore de ces deux autres cousins avec lesquels il avait grandi, Neville et Johnny Watkins. D'autres lui manquaient aussi, comme Rob Aspen et Christopher Green, qui avaient tellement compté pour lui, tous deux directeurs à la Deravenel et qui avaient été tués sur le front.

La voix de Grace Rose l'arracha à ses pensées.

— Oncle Ned, je reviendrai de temps en temps pour fleurir la tombe.

— Oui, ce sera bien. Fais-le aussi souvent que tu en auras envie ! Mais n'oublie pas une chose : ma mère me répète souvent que la vie est pour les vivants, Grace Rose. Il est important de penser parfois aux gens que nous avons aimés et qui nous ont quittés mais nous devons aussi vivre pour le présent et l'avenir, sans nous attarder sur le passé.

— Je comprends, murmura-t-elle.

Elle soupira puis reprit sur un ton plus gai :

— Je suis très heureuse à l'idée d'être demoiselle d'honneur au mariage de lady Fenella. Je me réjouis tout autant que vous ayez donné la permission à Bess et ses sœurs d'accepter aussi. D'après mère, nous aurons des robes de taffetas bleu clair et des couronnes de bleuets dans les cheveux.

Edward eut un sourire en imaginant le spectacle.

— J'ai hâte de voir mes beautés rousses descendre l'allée derrière Fenella. Je serai très fier de vous quatre et je suis certain que vous serez très belles.

Grace Rose se mit à rire et s'adressa à Amos :

— Mère m'a dit que vous veniez aussi au mariage, Amos. Cela va être une belle fête, n'est-ce pas ?

— Certainement !

Il voyait avec plaisir le sourire de Grace Rose effacer l'expression affligée qu'elle avait eue au cimetière. Cette question qui la hantait depuis des années était enfin résolue. Heureusement, elle ne craignait plus que Tabitha James surgisse soudain pour l'arracher au foyer des Forth. Amos savait que cette inquiétude avait fait partie du problème. Il n'y avait pas que l'angoisse d'ignorer le sort de celle que, à la mode du Yorkshire, elle appelait « mam » quand on l'avait trouvée.

Un silence confortable s'installa entre eux, jusqu'au moment où Edward se tourna vers Amos.

— Le dossier dont nous avons parlé hier doit être réglé aujourd'hui, tout compte fait. Cela vous ennuierait-il de passer au bureau tout à l'heure, quand nous aurons pris le thé avec Mme Forth ? J'aimerais bien que vous preniez l'objet qui est rangé dans le tiroir du bas ainsi que tous les papiers du tiroir principal. J'ai décidé de m'en occuper demain matin très tôt, vers sept heures. Pourrions-nous nous retrouver dans mon bureau ?

— Aucun problème, monsieur, et j'y passerai ce soir comme vous le désirez.

Amos était très soulagé de pouvoir prendre le pistolet de George. L'idée qu'une arme traîne dans les locaux de la Deravenel l'avait beaucoup alarmé. On ne savait jamais ce qui pouvait arriver avec un homme aussi imprévisible que George.

Plus rien ne fut dit après cela, hormis quelques remarques sans importance. La Rolls-Royce se frayait son chemin dans les rues de l'East End en direction de Piccadilly puis de Kensington, où habitaient les Forth.

Quand Grace Rose aperçut Vicky qui les attendait dans son grand salon de réception, elle courut se jeter dans ses bras. Vicky l'embrassa avec toute sa tendresse, sachant que sa fille adoptive avait été très angoissée à l'idée de se rendre au cimetière. Grace Rose resta serrée contre elle quelques instants puis, s'écartant, regarda cette femme qu'elle aimait tant.

— Tout va bien, mère, vraiment ! Je suis contente d'y être allée car je sais maintenant où est mam. Cela ne m'inquiétera plus jamais.

— J'en suis très heureuse. Tu n'as aucune raison de t'inquiéter, tu dois aller de l'avant, penser à Oxford et à ton avenir.

— Vous avez raison ! J'ai dit à oncle Ned que j'irais parfois mettre des fleurs…

— Je ne peux que t'approuver et je viendrai avec toi, ainsi que ton père. N'est-ce pas, Stephen ?

Stephen Forth les rejoignit en leur souriant.

— Bien sûr ! Et, si tu l'avais voulu, ma chérie, nous t'aurions accompagnée aujourd'hui aussi, mais tu n'avais pas l'air d'en avoir envie.

Grace Rose lui rendit son sourire et l'embrassa affectueusement.

— J'ai pensé que je devais me conduire en adulte, c'est tout, dit-elle avant de se mettre à rire avec une joie contagieuse.

Stephen rit avec elle, puis s'empressa d'aller saluer Edward et Amos qui entraient ensemble dans le salon. Comme il le faisait toujours, partout où il allait, Edward alla se placer dos au feu.

— Il fait affreusement froid et humide, dit-il. On se sent mieux chez toi, Vicky. Je t'avoue que je ne refuserais pas une tasse de thé.

— Alors, tu vas l'avoir tout de suite.

Elle s'éclipsa un moment puis revint lui annoncer avec un sourire complice qu'il aurait son thé. Elle se tourna ensuite vers Amos.

— Je suis sûre que cela vous ferait aussi plaisir, Amos ?

— Vous avez raison, madame Vicky. Il n'y a rien de pire qu'un crachin anglais ! Cela vous trempe l'esprit autant que le manteau.

— C'est très vrai, répondit Vicky en riant tandis qu'elle s'installait sur le canapé.

Stephen rejoignit Edward devant le feu et se chauffa en silence pendant quelques instants.

— J'ai vu Churchill l'autre jour, au club, dit-il enfin. Il m'a paru en forme et j'ai l'impression qu'il a meilleur moral.

— C'est une bonne nouvelle. Mais que va faire notre Winston ? T'en a-t-il parlé ?

— Il sera toujours député, j'en suis certain. Tu sais qu'il y a des élections cette année et je suis convaincu que Winston regagnera son siège de Dundee une fois de plus.

— Je ne peux qu'être d'accord avec toi, répondit Edward. Quel dommage qu'on lui ait fait porter toute la responsabilité du désastre de Gallipoli ! J'estime que ce n'était pas entièrement sa faute.

— C'est vrai, Ned. Mais n'oublions pas qu'il était Premier Lord de l'Amirauté à l'époque. C'est lui qui a imaginé l'attaque des Dardanelles par la mer.

Stephen s'interrompit, pensif.

— Mais aussi, reprit-il, que peut-on attendre d'autre ? Tu ne sais que trop bien comment sont les hommes politiques et Churchill a de solides ennemis. Comme nous tous, d'ailleurs, mon vieux, n'est-ce pas ?

— Malheureusement vrai, Stephen, mais j'ai toujours parié sur Churchill. Je le respecte et je l'admire beaucoup, comme la plupart des gens de ma connaissance. Nous n'avons pas fini d'entendre parler de lui, crois-moi ! Tu verras qu'un jour il se révélera vital pour notre pays.

Ils continuaient leur conversation devant le feu quand Fuller et la femme de chambre entrèrent dans le salon, poussant des tables roulantes chargées de nourriture. Ils s'activèrent aussitôt à servir le thé et offrir de petits sandwiches ainsi que des scones chauds avec de la confiture de fraises et de la crème épaisse du Devon.

Les Forth et Edward, qui étaient amis depuis des années, bavardèrent de choses et d'autres tandis qu'Amos et Grace Rose, assis côte à côte sur un autre canapé, buvaient leur thé à petites gorgées en parlant du départ de la jeune fille pour Oxford dans un avenir de plus en plus proche.

24

— Tu sembles t'être remis très rapidement de ta bronchite. C'est tout à fait remarquable, remarqua Edward d'une voix glaciale.

Il fixait George, assis dans le fauteuil des visiteurs, de l'autre côté de son bureau.

— J'avais cru comprendre, reprit Edward, qu'une bronchite dure un mois. Au moins un mois…

— C'était un rhume, marmonna George.

Il gardait les yeux baissés, incapable d'affronter le regard direct et inquisiteur de son frère.

— Quelle chance pour toi !

Edward se renversa dans son fauteuil sans cesser de dévisager son frère.

— Parle-moi donc de tes aventures en Ecosse, dit-il.

— Il n'y a pas grand-chose à raconter.

— Permets-moi de ne pas être d'accord. Je crois, au contraire, qu'il y a beaucoup à dire. Tu m'as téléphoné le vendredi de Noël, le 20 décembre pour être précis, pour me dire que l'accord était en bonne voie et que tu ne voyais aucun problème.

— Non, je n'en voyais pas.

— Les problèmes sont arrivés tout seuls, alors ? L'un après l'autre, c'est bien ça ?

Le ton d'Edward s'était chargé de sarcasme. Comme George ne répondait pas et continuait d'éviter son regard, Edward insista.

— Et les distilleries ? Si j'ai bien compris ce que m'a dit MacDonald, tu les as visitées le lendemain de ton appel. N'as-tu pas trouvé cela intéressant ?

L'intention méprisante de son frère échappa à George.

— Non, pas intéressant du tout et, de toute façon, ce n'était pas le prix correct. Pas du tout !

— Vraiment ? Cette fois, c'est intéressant ! Autre chose : comment s'est passé ton Noël chez MacDonald ? Vous êtes-vous bien amusés, Isabel, les enfants et toi ?

— Oui, c'était bien, mais un peu ennuyeux, en fait.

— Je vois. Est-ce pour cela que tu es parti plus tôt que prévu ? Le lendemain même de Noël ?

— Non, non ! Nous sommes partis parce que Nan allait mal. Isabel voulait rentrer dans le Yorkshire pour s'occuper de sa mère.

— Mais Nan a une armée de domestiques à sa disposition et le cousin de son mari est médecin non loin de chez elle, à Ripon ! Il y avait sûrement assez de monde pour veiller sur elle.

George détourna le visage.

— *Hubris* ! s'écria Edward.

Sa main s'abattit sur son bureau, si fort que les encriers de cristal cliquetèrent sur leur petit plateau d'argent. George tressaillit, soudain conscient de la terrible colère de son frère. La peur s'empara de lui, avec la violence d'un coup de poing dans l'estomac. Il déglutit et voulut parler mais découvrit qu'il n'avait plus de voix.

— Regarde-moi quand je te parle ! cria Edward en sautant sur ses pieds.

Il avait une expression glaciale et se sentait de plus en plus furieux.

— Il est évident que tu n'as jamais eu de bronchite, George, mais tu es quand même malade ! Tu souffres d'*hubris*. En fait, tu es même très atteint.

Sidéré, toujours sans voix, George regardait son frère, bouche bée. Il se demandait ce qui se passait et se sentait de plus en plus mal à l'aise.

Edward eut un sourire sardonique et se pencha par-dessus son bureau.

— De toute évidence tu ignores ce qu'on appelle *hubris* ! Cela vient du grec et désigne un orgueil démesuré, une arrogance sans limite ! Cela veut dire aussi que l'on est assez prétentieux pour voler devant la face des dieux et les provoquer par sa démesure.

— Je ne comprends…

— Tais-toi ! Et écoute, pour une fois dans ta vie ! Je t'ai envoyé en Ecosse négocier avec Ian MacDonald. Au lieu de cela, tu as tout gâché, et grâce à toi nous avons un nouvel ennemi. Comme si nous n'en avions pas déjà assez ! Tu t'es saoulé, tu t'es conduit comme un crétin, un rustre, et tu as insulté un homme assez âgé pour être ton père ! Et, pour couronner le tout, tu as osé réclamer une voiture afin de repartir pour Edimbourg, où tu as traîné pendant plusieurs jours !

— Non ! Je suis tout de suite retourné dans le Yorkshire, rétorqua George.

— Tu es un menteur et un idiot. Nan m'a dit quand tu es arrivé à Thorpe Manor. Je dois ajouter qu'elle a été assez étonnée d'apprendre qu'elle avait été malade.

Elle m'a affirmé qu'elle était, au contraire, en parfaite santé !

George passa la main dans ses cheveux blonds.

— Elle s'était rétablie, dit-il sans conviction. Je pense qu'elle a souffert d'une petite intoxication alimentaire.

— Continue à te payer ma tête, petit frère, elle vaut cher ! A quoi penses-tu ? Me prendrais-tu pour un abruti ? J'ai tout vérifié, alors inutile de nier quoi que ce soit !

— Tu m'as espionné ! s'emporta George.

Une fois de plus, il perdait son sang-froid, prêt à tenir tête à son aîné, l'homme dont il était le plus jaloux.

— Baisse le ton ! jeta Edward.

Se rasseyant dans son fauteuil, il ouvrit son tiroir et en sortit une liasse de papiers.

— J'ai payé tes dettes de jeu, dit-il avec froideur. Tu me dois quarante mille livres et je les veux immédiatement.

Foudroyé par la surprise, George se redressa sur sa chaise et dévisagea son frère. Il rougit violemment et la peur le submergea. Il était défait et crut qu'il allait vomir.

Ignorant le silence de son frère, sachant très bien qu'il était sous le choc, Edward agita les reconnaissances de dette.

— Voici les billets que tu as signés. Je te les rendrai quand tu m'auras fait un chèque et que j'aurai pu l'encaisser. Je crois nécessaire de t'informer également que j'ai averti les trois clubs concernés que je ne payerai plus jamais une seule livre pour toi. Je leur ai écrit en expliquant que je n'étais pas responsable de tes dettes. J'ai cru comprendre qu'ils t'avaient automatiquement rayé de la liste des membres pour cause de dettes impayées. Tu as été mis au ban. Et maintenant, petit frère, qu'as-tu à me dire pour ta défense ?

— J'aimerais savoir pourquoi tu te mêles de mes affaires !

Il tentait de reprendre la main encore une fois, tout à coup très fanfaron.

— Je ne me suis pas mêlé de tes affaires, j'ai protégé notre nom comme je l'ai pu. Il circulait beaucoup de ragots à ton sujet et au sujet de tes dettes, de ta fréquentation des prostituées, de ton alcoolisme et de ton goût pour la drogue. Je devais faire quelque chose. Cela n'empêche pas qu'à mon avis c'est toi qui devrais faire quelque chose pour tout cela.

Edward plongea de nouveau la main dans son tiroir et en sortit une liasse de factures.

— Je pense que tu ferais mieux de payer ce que tu dois à tes fournisseurs et à ton tailleur. Je ne tolérerai plus le moindre ragot à propos de toi.

George se leva d'un bond et laissa éclater sa rage.

— Comment t'es-tu procuré mes factures ? Comment as-tu ouvert mes tiroirs ? Ils sont fermés à clef !

— Je les ai ouverts. Et puisque nous en parlons, peux-tu m'expliquer ce que fait ceci en ta possession ?

Edward balançait au bout d'un doigt le pistolet de George.

Soudain livide, George se laissa retomber dans son fauteuil. Il resta quelques instants incapable de réagir, dans un état de totale confusion. Il ne comprenait plus ce qui lui arrivait. Enfin, il redressa la tête, regarda son frère et crut que son cœur s'arrêtait. Il était perdu.

— C'est… c'est pour me protéger, bafouilla-t-il.

Il sentit monter des larmes. Il était à la merci de son frère. Il savait qu'il n'avait plus aucun moyen d'échapper à ses responsabilités et, pourtant, il croyait encore trouver une issue.

Edward prit une grande enveloppe sur son bureau et y laissa tomber le pistolet.

— Cette chose va aller dans un coffre dont elle ne sortira plus jamais. Et maintenant, je te saurai gré de payer tes factures tout de suite. De plus, je veux voir dès demain, sur ce bureau, le chèque des quarante mille livres que tu me dois.

George inclina la tête, livide. Il tremblait intérieurement et ressassait sa haine pour Edward. Comme il le détestait ! Il devait absolument trouver le moyen de le détruire, de l'écraser. Ainsi, il prendrait le contrôle de la Deravenel, comme il se devait. Il était certain de pouvoir diriger la compagnie bien mieux que ce frère odieux.

Edward le regardait toujours, sourcils froncés, mais à présent perplexe.

— Tu ne me sembles pas avoir grand-chose à dire pour ta défense. N'as-tu pas honte ? Ne regrettes-tu pas, au moins, le gâchis que tu as fait en Ecosse ? Mais réveille-toi, bon sang ! Tu as presque vingt-six ans, tu es marié et père de famille, et tu es un Deravenel ! Tu devrais te montrer un peu plus responsable, et, je regrette d'avoir à le dire, un peu plus fier de ce que tu es.

— Comment oses-tu me faire la leçon ! Pour qui te prends-tu ? Pour Dieu Tout-Puissant ?

— Non, certainement pas, mais je sais qui je suis. Mon nom est Edward Deravenel et je suis le chef de la maison Deravenel, le président de la compagnie Deravenel, et ton frère aîné ! Je suis aussi l'homme pour qui tu travailles. En d'autres termes, je suis ton patron. Et laisse-moi te dire ceci : si tu n'étais pas mon frère, je t'aurais renvoyé sur-le-champ !

— Tu ne peux pas me renvoyer, je fais partie des directeurs et je suis un Deravenel.

— Détrompe-toi ! J'ai le droit de te renvoyer. En tant que directeur général, j'ai presque tous les droits. Je ne vais pourtant pas te licencier, pour l'unique raison que tu es mon frère, marié et père de famille. Je vais donc être très gentil. J'oublierai ta conduite envers MacDonald et, avec un peu de chance, j'arrangerai la situation avec lui. Par contre, je n'oublierai pas l'argent que tu me dois. Je veux mon chèque demain.

— Où veux-tu que je trouve quarante mille livres ?

Ses yeux bleu-vert s'étaient de nouveau remplis de larmes.

— Tu seras obligé de les demander à ta femme. Isabel est une des héritières Watkins et sa mère possède une immense fortune. Je suis certain qu'elles vont te faire un prêt, non ? Qu'en penses-tu ? Les dames vont-elles voler à ton secours ?

— Je ne sais pas, répondit George d'un ton geignard.

Il se leva en tremblant et voulut sortir.

— Ne sois pas si pressé, petit frère ! intervint Edward. Il vaut mieux que tu emportes tes factures. Peut-être que ta belle-mère les réglera pour toi. En tout cas, il faut que ce soit fait très rapidement.

George revint vers le bureau d'Edward, rafla les factures d'un geste hargneux et jeta un regard noir à son frère avant de sortir en claquant la porte.

Edward se leva et alla frapper à la porte de communication avec le bureau de Will Hasling.

— Bonjour, Ned ! dit Will. J'ai entendu des éclats de voix. Aurais-tu frotté les oreilles de George ?

— Précisément ! Comment peut-il être aussi borné ? Je lui ai parlé du dossier écossais mais j'ai l'impression qu'il n'a rien compris. A un moment, il s'est montré un peu inquiet et puis, subitement, il a commencé à déverser son venin. Il a osé se mettre en colère contre moi !

Will éclata de rire.

— Tu n'as pas besoin de me le dire, je l'ai entendu ! J'ai toujours pensé qu'il lui manquait une case, tu le sais.

Edward se détendit et se mit à rire à son tour tout en s'installant dans le fauteuil des visiteurs, de l'autre côté du bureau de Will.

— Une seule ? dit-il. Will, je voudrais te poser une question. A ton avis, le conseil d'administration me permettrait-il de changer un article des statuts de la société ?

— Je l'ignore. Cela dépend de l'article en question.

— Les femmes peuvent travailler ici comme secrétaires, réceptionnistes ou standardistes. Mais seule une femme née Deravenel peut occuper un poste de direction et faire partie des directeurs de la compagnie. Et malgré cela, elle ne peut pas devenir membre du conseil d'administration. Seuls les hommes le peuvent. Même une Deravenel ne peut pas prendre la tête de…

Will l'interrompit, soudain soucieux :

— C'est cette règle-là que tu veux changer ? Et pourquoi ?

— Parce que je sais, tout comme toi, que les femmes sont aussi compétentes et responsables que les hommes, et tout aussi intelligentes. Nous avons tous les mêmes capacités intellectuelles et, en toute franchise, certaines femmes sont plus intelligentes que les hommes. En fait, je connais plusieurs femmes remarquables. Pour être plus précis, j'ai quatre filles, si je compte Grace Rose. Je veux avoir la certitude que n'importe laquelle d'entre elles peut entrer au conseil d'administration et devenir directrice générale ou présidente du conseil si cela se révèle nécessaire. J'ai deux fils mais si je ne les avais pas eus et que je mourais ? Qu'en penses-tu ? Qui hériterait ?

— George, bien sûr !

— Exactement ! Il vaudrait mieux, pourtant, que ce soit Richard. Mais oublions cela pour l'instant, et revenons à ma question. J'ai étudié les statuts de la compagnie et j'ai abouti à la conclusion suivante : si douze des dix-sept membres du conseil d'administration votent pour une modification, elle est acceptée.

— En es-tu certain, Ned ? Absolument certain ?

— Oui, et mère est une experte en la matière. Elle a étudié nos statuts pendant des années à cause des problèmes de mon père à la Deravenel. Or, elle est d'accord avec moi. Les membres du conseil le seront-ils aussi ?

— Je suis certain qu'ils le seront. Sans qu'il me soit besoin d'y réfléchir, je peux déjà faire la liste de quatre noms en ta faveur : Oliveri, Anthony Wyland, Frank Lane et Matthew Reynolds. Leurs voix te sont acquises sans l'ombre d'un doute. Ajoute la mienne, on est à cinq et, comme tu votes aussi, on arrive déjà à six. On peut y ajouter six autres voix dont je suis certain. Ils feront ce que tu voudras. Peut-être que tout le monde te suivra, d'ailleurs. Après tout, tu es la poule aux œufs d'or pour la compagnie.

— Merci de cette appréciation !

Etirant ses longues jambes, Edward posa le menton sur ses mains en coupole et réfléchit quelques instants avant de regarder Will d'un air songeur.

— Qu'y a-t-il ? s'enquit Will. Tu as l'air de quelqu'un qui va me demander quelque chose de très important.

— Pas tout à fait, mais c'est important quand même. Que savons-nous au sujet de cet Henry Turner qui vit en France ?

— Presque rien. Il doit faire partie des prétendants au trône Deravenel, je crois, du moins du côté Lancashire de la famille. Comme tu le sais, son demi-oncle était Henry Grant. Sauf erreur de ma part, sa mère, Margaret Beauchard, avait épousé Edmund Turner, le demi-frère de Henry.

— C'est exact, mais c'est tout ce que nous avons sur lui ?

— Je le crains, répondit Will.

— J'aimerais envoyer Amos en France mener sa petite enquête mais personne ne peut encore voyager…

— Je vais faire quelques recherches de mon côté et, dès que ce sera possible, nous enverrons Amos visiter le gai Paris.

Une fois de plus, Edward éclata de rire.

— J'ignore comment tu fais, dit-il, mais tu réussis toujours à me remonter le moral. Je vais te laisser à présent. Je dois voir Oliveri. Si nous déjeunions ensemble, tous les trois ?

— D'accord, je m'occupe de réserver une table au Rules. Veux-tu que je propose à Richard de se joindre à nous ? Nous pourrions revoir nos projets de voyage et discuter du rachat de MacDonald.

— Bonne idée.

25

Alfredo Oliveri arriva le premier au Rules et, une fois installé à leur table habituelle, il se concentra sur le cas de George Deravenel.

Tout le monde savait que George posait un problème mais qu'il se révèle dangereux changeait la donne. Alfredo avait été aussi alarmé qu'Amos et Edward par la présence du pistolet dans le bureau de George. Il s'agissait d'un accessoire peu courant dans la vie de bureau et, à ses yeux, cela puait la violence.

Se relaxant contre le dossier de la banquette, Alfredo Oliveri se demanda comment résoudre la question. A un moment, il avait cru utile de l'envoyer à l'étranger pour l'éloigner d'Edward mais, à présent, on avait la preuve qu'il ruinerait les intérêts de la Deravenel partout où il irait. Il serait trop risqué de ne pas pouvoir le surveiller de près.

Alfredo Oliveri, qui avait un peu plus de cinquante ans, travaillait depuis trente-quatre ans pour la compagnie Deravenel, où il était entré comme apprenti. Quand Edward avait conquis la direction, quatorze ans plus tôt, Alfredo Oliveri avait déjà vingt ans de maison et faisait partie de la vieille garde. C'était encore plus vrai à présent. Il était un de ces anciens qui avaient intégré le présent dans toute sa modernité.

Il avait commencé tout au bas de l'échelle au département minier de la société et, à présent, le dirigeait. La supervision des mines Deravenel dans le monde entier faisait partie de ses attributs : les mines de diamant en Inde, les mines d'or et de diamant en Afrique du Sud, et toutes celles d'Asie ou d'Amérique du Sud qui produisaient émeraudes, saphirs ou rubis… Depuis peu, il y avait aussi des mines d'opale en Australie, une nouvelle acquisition extrêmement rentable.

Edward et Alfredo s'étaient rencontrés pour la première fois à Carrare quand Edward et Neville Watkins étaient allés enquêter sur l'assassinat de leurs pères et frères. Will Hasling les accompagnait. A l'époque, Alfredo avait seulement la responsabilité de leurs carrières de marbre en Italie. Il avait vite fait comprendre aux trois hommes qu'il se sentait beaucoup plus d'affinités avec les Deravenel du Yorkshire qu'avec les Deravenel Grant du Lancashire. Le père d'Edward l'avait aidé à gravir les échelons, année après année, en s'assurant qu'il obtenait les promotions qu'il méritait.

Alfredo les avait aidés autant que possible pendant leur séjour à Carrare. Ensuite, il était très vite venu à Londres, officiellement pour faire le point avec le directeur du département, Aubrey Masters. En réalité, il voulait voir ses visiteurs de Carrare et était rapidement devenu leur espion à l'intérieur même de la compagnie.

En dehors d'être considéré comme l'un des meilleurs experts en matière de mines et de productions minières, Oliveri était un travailleur infatigable, ainsi qu'un homme aux manières agréables, doué pour obtenir le meilleur de chacun.

La plupart des gens le croyaient plus anglais qu'italien. Il est certain que son allure en faisait un Anglais. Son visage pâle était parsemé de taches de son et, dans sa jeunesse, il avait des cheveux d'un roux éclatant qui lui avaient valu les surnoms de « Poil de carotte » ou « rouquin ». Au fil du temps, ses cheveux avaient pris une teinte poivre et sel avec des reflets auburn. C'était un bel homme, toujours habillé avec recherche, même s'il n'atteignait pas l'élégance d'Edward ou de Will.

Alfredo Oliveri avait épousé une Anglaise avec laquelle il était très heureux et avait eu deux fils, de dix-neuf et vingt-deux ans. Il aimait sa famille par-dessus tout. Quant à sa maîtresse, elle exigeait beaucoup de lui et s'appelait la compagnie Deravenel. Le département minier et ses réussites dans le monde entier l'absorbaient totalement.

Edward disait souvent qu'Alfredo avait donné sa vie et presque toute son affection à la compagnie. C'était vrai, du moins jusqu'à un certain point, et Alfredo savait qu'Edward en avait fait autant. Sans cela, jamais il n'aurait pu faire de la Deravenel la puissance économique et financière qu'elle était devenue sous sa direction. Cette façon commune de tout donner à l'entreprise avait créé un lien indestructible entre eux.

— Je donnerais cher pour savoir à quoi vous pensez, Oliveri, dit Edward.

Il se tenait devant l'un de ses directeurs préférés, un homme qu'il considérait à présent comme un ami et pas seulement comme un collaborateur de longue date, loyal et dévoué. Oliveri lui rendit son regard et répondit à mi-voix :

— Je réfléchissais au problème posé par George.

Edward s'assit à côté de lui sur la banquette.

— Cela ne m'étonne pas. Je retiens mon souffle en attendant de voir s'il m'apporte mon chèque demain.

— Il le fera. Il est sans doute allé demander de l'aide à Nan Watkins.

Ses yeux se tournèrent vers Richard qui venait d'entrer, agité et inquiet. Il n'avait même pas pris le temps d'enlever son manteau. Edward, qui avait tourné la tête en voyant l'expression d'Alfredo, se leva vivement pour aller à la rencontre de son frère. Il le connaissait trop bien pour ne pas comprendre tout de suite que quelque chose de grave était arrivé. Richard était blanc comme de la craie, avec un regard paniqué.

— Dick ! Qu'y a-t-il ?

— Je viens de croiser George dans le hall de nos bureaux. Il m'a agressé, il n'y a pas d'autre mot pour cela. Il s'est mis à hurler qu'un jour il te tuerait. Je te répète exactement ses paroles : « Dis-lui que je trouverai cet argent, quoi que je doive faire pour l'avoir ! » Et il est sorti comme un fou. Je suis resté là, à le regarder traverser la rue sans regarder. Il a failli se faire renverser. Je n'arrive pas à croire qu'il ait pu se conduire ainsi.

Edward, l'air triste mais guère étonné, eut un geste découragé.

— Je le comprends de moins en moins. Il y a quelque chose qui ne va pas chez lui. Si Nan ne l'aide pas, il obtiendra de mère l'argent qu'il me doit. Il va lui raconter une histoire à crever le cœur pour le lui emprunter et cela marchera. Mère le protège depuis toujours. Richard, il faut te calmer, maintenant, et reprendre ton souffle. Commence par aller déposer ton manteau au vestiaire.

— Tout va bien, Ned, donne-moi juste une minute. Je n'enlève pas mon manteau parce que je ne peux pas déjeuner avec vous. Comme je l'ai expliqué à Will ce matin, j'ai mal à une dent et mon dentiste me reçoit en urgence. Désolé de vous faire faux bond.

— Ce n'est pas grave ! dit Edward en se rasseyant. Il vaut mieux faire soigner ta dent.

Richard sourit faiblement à Oliveri.

— Désolé d'être arrivé dans cet état. Je ne voulais pas vous inquiéter.

— Aucun problème ! répondit Oliveri. Ah, je vois Hasling.

Richard prit le temps d'échanger quelques mots avec Will puis les quitta rapidement.

— Bien, dit Will à voix basse tout en prenant place. Je suppose que vous êtes déjà au courant du scandale de tout à l'heure ?

Edward poussa un profond soupir.

— Richard est passé pour nous avertir. Il m'arrive de penser que George a un problème mental, de temps en temps.

Will fit signe au serveur.

— La plupart du temps, tu veux dire ! répliqua-t-il. Je vous propose un verre de bordeaux, mes amis. Il fait froid et, en ce qui me concerne, j'ai besoin de me réchauffer.

Quand ils furent tous trois servis, Will reprit la parole d'un ton grave :

— Tu es pris dans un dangereux trio, Edward, très dangereux même. Je ne parle pas de ta vie privée mais de tes frères et toi.

Interloqué par cette analyse inattendue, Edward se contenta de fixer Will et laissa passer un silence avant de lui demander de poursuivre. Will dessina un triangle dans l'air.

— Toi, Ned, tu es au sommet du triangle. Tes deux frères sont aux deux angles du bas. Voyons d'abord le cas de George. C'est un homme envieux, imprévisible, ambitieux et traître par nature. Tu le sais, nous le savons aussi. Il t'envie, il veut être toi, et il n'hésitera pas à te frapper dans le dos pour arriver à ses fins. Nous savons avec quelle facilité Neville Watkins l'a convaincu de se joindre au complot contre toi. Laissons ta situation de côté pour l'instant, et voyons celle de Richard. George et lui étaient très proches quand ils étaient petits mais tu as toujours préféré Richard, et George t'en veut comme il en veut à Richard et le jalouse. Son hostilité n'a fait que croître quand Richard a épousé Anne. Il veut réellement mettre la main sur la part d'Anne dans la succession de Neville. C'était la seule raison de son opposition au mariage de Richard avec Anne. Mais nous le savons tous, n'est-ce pas ? Venons-en à Richard, à présent. Il t'est totalement dévoué et te témoigne une loyauté absolue. De plus, c'est un travailleur, intelligent et même brillant dans certains domaines, toutes qualités qui rendent George encore plus jaloux.

— En d'autres termes, tu me dis que je ne peux pas gagner, que George me hait pour différentes raisons, et surtout parce que je suis ce que je suis ?

— Exactement !

Plongés dans leurs réflexions, ils burent tous trois lentement une gorgée de bordeaux. Il revint à Oliveri de relancer la discussion.

— Cela fait des années qu'il essaie de vous pousser à bout et, plus d'une fois, il a passé les bornes. Récemment, j'ai évoqué la possibilité de l'envoyer à l'étranger. J'avais tort, c'était une mauvaise idée. Nous devons pouvoir le garder à l'œil.

— Je suis tout à fait d'accord, s'exclama Will. Les voyages sont finis pour lui.

— Vous avez tous les deux raison, dit Edward. Après son comportement scandaleux en Ecosse, je ne vois pas comment je pourrais encore lui faire confiance. Heureusement que MacDonald veut vraiment signer avec nous. Sans cela, nous serions hors jeu. Will, dis-moi ce que je dois faire.

Will secoua la tête d'un air sceptique.

— Je ne vois pas ce que tu peux faire, Ned. Je te recommande seulement de bien surveiller tes arrières. Je le ferai aussi, comme Amos et Alfredo.

Edward eut un petit sourire qui arracha une exclamation fâchée à Will.

— Il n'y a pas de quoi plaisanter, Ned ! Je suis très sérieux. George est un comploteur-né ; il a la traîtrise dans le sang. Je ne lui ai jamais fait confiance. N'oublie jamais que de nombreux assassinats passent pour des accidents ! Je te parle sérieusement, Ned. Et maintenant, si nous commandions ?

Mais Edward paraissait troublé.

— Penses-tu réellement que George commettrait un meurtre ? C'est impossible, Will ! Je suis son frère, après tout !

— C'est vrai, répondit Will d'un ton neutre. Je pense que je vais prendre une sole grillée. Et vous ?

— La même chose, répondit Edward.

Oliveri les suivit dans leur choix puis, s'adossant à la banquette, son verre à la main, se demanda comment supprimer George sans se faire prendre.

Julian Stark, le propriétaire du cercle de jeu du même nom, fut très étonné quand sa secrétaire lui annonça que George Deravenel voulait le voir.

— Il dit qu'il en a seulement pour une minute, monsieur Stark.

— Faites-le entrer, Gladys.

Que pouvait lui vouloir George Deravenel ? Il n'eut pas longtemps à attendre.

— Que puis-je pour vous, monsieur Deravenel ? demanda-t-il.

— Rien du tout, monsieur Stark. C'est plutôt moi qui pourrais vous faire une faveur.

— Vraiment ?

— J'irai droit au but. J'ai un bon tuyau, un tuyau commercial. En réalité, ce n'est pas pour vous mais pour votre frère, Alexander. Je sais que c'est un financier respecté à la City et qu'il a quelques gros clients. Je voudrais lui communiquer certaines informations au sujet d'une affaire qui n'est pas encore sur le marché, si je puis dire. Mais elle le sera, et très vite.

Stark ne comprenait rien mais, intrigué, fit signe à George de continuer.

— De quoi s'agit-il, monsieur Deravenel ?

— De la société des distilleries MacDonald… Elle est à prendre.

George sortit de sa poche une enveloppe qu'il tendit à Julian Stark.

— Tout est là-dedans, avec tous les détails.

Stark posa l'enveloppe sur son bureau.

— Pourquoi me parlez-vous de cela ? Vous oubliez que je vous ai interdit l'entrée du cercle.

— Oh, vous savez, des histoires de solidarité entre anciens de la même école, ce genre de choses… Par ailleurs, vous avez toujours été correct avec moi quand j'étais membre du cercle et vous avez attendu très longtemps avant de parler de mes reconnaissances de dette.

Julian Stark, en bon connaisseur des hommes, avait déjà compris où George voulait en venir mais préféra le laisser aller jusqu'au bout.

— Et que voulez-vous en échange de cette information supposée importante ?

— Rien, rien du tout, répondit George. J'ai eu ces informations par hasard et j'ai pensé à vous. Vous en ferez ce que vous voudrez.

George se leva pour prendre congé et, la main sur la poignée de la porte, se retourna juste avant de sortir.

— Merci de m'avoir reçu à l'improviste, dit-il.

Sur ces mots, il sortit.

Julian Stark regarda la porte se refermer et secoua la tête, consterné. Quel sale type, ce traître de George Deravenel ! Stark était convaincu qu'il s'agissait d'une affaire sur laquelle travaillait Edward Deravenel et que son cadet essayait de faire rater pour un motif inconnu. Avec un soupir, il ouvrit l'enveloppe, lut les deux feuilles qu'elle contenait et décrocha son téléphone.

— C'est toi, Howard ?

— Oui, Julian, répondit son vieil ami. Que puis-je pour toi ?

Stark lui relata la visite de George.

— Fais ce que tu veux de l'information, conclut-il, mais personnellement, en toute conscience, je pense que tu devrais avertir Will. Edward Deravenel devrait savoir que son frère le trahit. En ce qui me concerne, George est un voyou.

— Considère que c'est fait, dit Howard Hasling.

Et il raccrocha.

26

Jane Shaw regardait son jardin par les portes-fenêtres de son salon bleu et jaune. En cet après-midi ensoleillé de mars, les couleurs des fleurs resplendissaient, celles des crocus violets, jaunes et blancs, ou des jonquilles aux délicates nuances pâles.

Elle pivota sur ses talons pour s'occuper du feu, auquel elle ajouta quelques bûches. L'hiver avait disparu d'un seul coup mais il faisait encore assez froid en dépit du soleil, sans doute à cause du vent.

Un regard à la petite pendule posée sur la cheminée lui apprit qu'il était déjà quatre heures moins le quart. Elle se mit à la recherche de Mme Longden, la gouvernante, qu'elle trouva à l'office, en train de vérifier des listes.

— Je n'avais pas réalisé qu'il était si tard, madame Longden. Mme Forth et M. Deravenel ne vont pas tarder. Tout est prêt ?

— Bien sûr, madame ! Désirez-vous que Wells serve le thé immédiatement ou préférez-vous attendre un peu ?

— Nous pouvons attendre quelques minutes, le temps que tout le monde s'installe…

Jane s'interrompit comme la sonnette de la porte d'entrée se faisait entendre.

— Je crois qu'on arrive tôt, madame ! s'exclama la gouvernante en se précipitant. Je vais ouvrir.

Jane la suivit plus tranquillement. Ce devait être Vicky plutôt qu'Edward. Il lui avait téléphoné pour l'avertir qu'il risquait d'être en retard et qu'elles ne devaient donc pas l'attendre pour prendre leur thé.

C'était en effet Vicky, aussi belle et élégante qu'à son habitude, avec un manteau violet foncé bordé d'astrakan et un chapeau cloche assorti, dont le ruban de satin s'ornait d'un petit bouquet de violettes artificielles.

— Le temps est terriblement traître, ma chérie, dit Vicky quand elles se furent embrassées. Très froid, avec un vent mordant.

— Je me suis rendu compte qu'il soufflait fort en voyant bouger les arbres du jardin. Mais, au moins, la neige a fondu.

La gouvernante débarrassa Vicky de son manteau et les deux amies se rendirent dans le salon bleu.

— Je suis venue plus tôt, confia Vicky à mi-voix, pour que nous puissions parler de notre grande fête.

Jane parut soudain ennuyée.

— Je pense, dit-elle en guidant son amie vers la cheminée, que cela pourrait poser un problème, en réalité. Assieds-toi près du feu, ma chérie, tu pourras te réchauffer.

— Je sais ce que tu vas dire, Jane : ce sera un problème parce qu'Elizabeth l'apprendra, d'une façon ou d'une autre.

— Je n'ai aucun doute à ce sujet, compte tenu de la façon dont tout se sait dans cette ville, répondit Jane en prenant place en face de Vicky. Elizabeth fera toute une histoire. Je crois que tu es allée voir Fenella, aujourd'hui ? Comment va-t-elle ?

— Elle a été très mal mais elle se remet peu à peu. Je suis passée chez elle ce matin. Elle t'embrasse. Elle est très contente d'avoir pu quitter l'hôpital et d'être rentrée chez elle. C'est beaucoup plus confortable, évidemment ! Une double pneumonie n'a rien d'une plaisanterie mais Fenella va guérir. Les meilleurs médecins se sont occupés d'elle. Par chance, elle bénéficie d'une solide constitution.

— Je sais… je suppose, reprit Jane en soupirant, qu'elle est au courant des horreurs qu'Elizabeth a racontées sur elle avant qu'elle tombe malade et soit hospitalisée ?

— Oui, mais tu connais Fenella. Elle est au-dessus de ces sottises et continue comme si de rien n'était à faire son travail. Elle a toujours vécu sans s'inquiéter de l'opinion du monde. Je veux parler des gens qui lui sont étrangers, et elle a raison.

— C'est une attitude intelligente.

Jane s'installa plus confortablement dans ses coussins avant de revenir au sujet qui la préoccupait.

— Bien, que faisons-nous pour l'anniversaire de Ned ?

— J'aimerais donner une réception en son honneur, répondit Vicky. Il va avoir trente-quatre ans, c'est un âge merveilleux pour un homme. Pour tout le monde, en réalité ! Tu sais qu'il adore que ses amis le gâtent. Quel jour de la semaine tombe le 28 avril, Jane ? Je crains d'avoir oublié.

— C'est un lundi et j'ai toujours pensé qu'il lui serait difficile de se libérer pour cette date à cause de sa famille et de ses enfants qui l'adorent. Si nous voulons vraiment fêter son anniversaire, il faudra choisir un autre soir, avant ou après le 28.

— Edward n'attachera aucune importance à la date, dit Vicky. Donc, pour l'instant, on peut laisser ce point de côté. Il faut d'abord décider du genre de réception que nous voulons organiser, de l'endroit et des invités.

Jane fit un effort pour se débarrasser de la vague mélancolie qui la hantait depuis le début de la journée.

— Occupons-nous d'abord des invités, proposa-t-elle. Nous viendrons tous, nous sa « bande » comme il nous appelle. Mais qui d'autre ?

Vicky esquissa une petite moue.

— Tu le sais certainement mieux que quiconque, ma chérie.

— Il y a quelques personnes auxquelles il tient et que nous voyons parfois mais, franchement, je ne crois pas qu'il apprécierait une grande fête avec beaucoup de monde comme nous y avions pensé. Il n'aimerait pas non plus que cela se passe dans un lieu public comme les salons de réception du Ritz ou du Savoy… Je crois savoir. Ned aime être avec sa bande, avec nous. Toi et Stephen, Will et Kathleen, Amos et Grace Rose. Ce qu'il aimerait le plus, ce serait un dîner intime chez toi ou ici. Qu'en penses-tu ?

— Tu as raison. C'est également la solution la moins risquée… pour « lui » donner des occasions de médire. Elle a fait assez de dégâts.

— Mais tu viens de dire que Fenella n'y prêtait pas attention ! s'exclama Jane.

— C'est exact mais je pense que les ragots d'Elizabeth, aussi stupides soient-ils, salissent le nom d'Edward une fois de plus. Pourquoi ne peut-elle se taire ? C'est son mari et…

Vicky s'interrompit abruptement, très gênée.

— Excuse-moi, Jane, je suis vraiment navrée. Je ne voulais pas…

— Je sais, répondit Jane en riant. Mais c'est la vérité : Edward est son mari.

La réaction de son amie éveilla la curiosité de Vicky.

— Jane, tu ne te sens jamais jalouse ? Tu ne sembles jamais l'être. Tu te conduis toujours de façon irréprochable.

— Il y a des moments où cela me blesse un peu, bien sûr, mais je connais les sentiments d'Edward à mon égard. Je sais aussi que je lui apporte le bien-être, la tendresse, l'amour et le soutien qui lui manquent chez lui. Quant à moi, je préfère que la situation ne change pas.

Vicky ouvrit de grands yeux interrogateurs et ne put s'empêcher de demander pourquoi.

— Si je le voulais, je pourrais sans doute me l'attacher pour toujours et l'amener à quitter Elizabeth ou même à divorcer. Mais il tient à sa famille. Il aime ses enfants et supporterait mal d'en être séparé sans se sentir coupable. Cela me rendrait malheureuse car il voudrait sans cesse aller les voir, ce qui entraînerait des scènes avec des larmes, des reproches et des disputes. La situation serait bien trop complexe à gérer pour moi. Je me contente d'être sa maîtresse car il vient me voir de son plein gré. Il a besoin de moi, il me désire et il sait très bien qu'il peut me garder tout en gardant ses enfants. Dans un sens, il gagne sur tous les tableaux mais cela ne me dérange pas. Et, pour t'éviter de le demander, oui, je sais qu'il couche toujours avec elle puisqu'ils continuent à avoir des enfants. Il appartient à cette catégorie d'hommes, tu le sais bien ! Quelle que soit sa femme légitime, il en aurait toujours d'autres à côté… Mais je sais qu'il me reste fidèle.

Vicky lui sourit affectueusement.

— Tu me rappelles beaucoup Lily Overton. Tu lui ressembles de bien des façons. Mais je crois qu'il vaut mieux changer de sujet, je vois arriver ton majordome avec le thé.

Vicky savourait son thé en silence, confortablement adossée aux coussins du canapé. Elle écoutait Jane et Edward parler de choses et d'autres, un tableau, la journée qu'ils avaient passée et ce qu'ils avaient fait, ainsi que leurs projets pour le reste de la semaine.

Elle eut un sourire amusé. Ils avaient beaucoup plus l'air d'un vieux couple marié que d'un amant avec sa maîtresse. Leur conversation lui rappelait tout à fait les échanges à bâtons rompus qu'elle avait tous les soirs avec Stephen quand il rentrait de la banque.

Elle se dit soudain que c'était exactement ce qu'ils étaient, si l'on oubliait l'absence du certificat de mariage. Edward trouvait la paix, la satisfaction et la détente chez Jane, où il passait des moments de tranquillité domestique, ce que ne lui procurait certainement pas son domicile conjugal de Berkeley Square.

Vicky frissonna en pensant à Elizabeth, une femme méprisable et sotte qui ne s'intéressait qu'à sa beauté, ses vêtements, ses bijoux, et aux sommes importantes requises pour acheter ses ruineux chiffons. Ce n'était même pas une bonne mère. Elle avait négligé Bess et ses sœurs dès leur naissance. De toute évidence, elle ne se souciait que des garçons, et en particulier du petit Edward car c'était l'héritier de la compagnie Deravenel et de tout ce qui appartenait à son époux.

Vicky préférait ne pas penser à ce qui arriverait quand elle répéterait à Edward les médisances d'Elizabeth au sujet de Fenella. Elle s'était mise d'accord avec Jane avant l'arrivée d'Edward : ce serait elle qui lui en parlerait puisque c'était elle qui avait entendu ces ragots.

Le regard de Vicky s'attarda sur Edward. Il avait des chaussures parfaitement cirées qui brillaient comme des miroirs. Il les faisait faire sur mesure et devait avoir une forme à son nom chez Lobb's, le bottier. Elle passa ensuite à son costume bleu marine. Coupe impeccable, typique de Savile Row, et du dernier cri. Chemise d'un blanc éclatant en pur coton égyptien. Très probablement de chez Turnbull and Aser. En touche finale, une cravate de soie bleu vif nouée selon la dernière mode et assortie à la couleur de ses yeux.

Edward représentait un parfait exemple d'élégance masculine, pensa-t-elle. Elle avait été très impressionnée, de nombreuses années auparavant, quand son frère Will lui avait présenté Edward. Ce n'étaient pas tant son allure et sa beauté qui l'avaient fascinée mais son charme, son amabilité bon enfant et, plus que tout, sa totale confiance en lui-même, une assurance innée. Il n'avait pas eu besoin de construire son assurance comme tant de gens ; il était né avec et certaines personnes prenaient cela pour de l'arrogance. Or Edward était tout sauf arrogant.

Au fil des ans, Will lui avait souvent répété qu'Edward avait, dès le début, dirigé la compagnie Deravenel d'une main ferme et sûre, alors même qu'il n'avait que dix-neuf ans et manquait totalement d'expérience. Il avait fait la conquête des directeurs favorables aux Deravenel du Yorkshire et s'était intelligemment assuré leur aide pour s'initier aux affaires.

Ils avaient suivi l'exemple d'Oliveri et lui avaient appris tout ce qu'ils savaient, chacun dans son domaine. A vingt et un ans, il savait tout ce qu'il y avait à savoir sur la compagnie fondée par son ancêtre, Guy de Ravenel, des siècles auparavant.

Will avait expliqué à Vicky qu'Edward n'avait rien oublié de cette époque. « Il a une mémoire photographique, lui avait-il dit, et une puissance de travail incroyable. Il m'a, à son tour, appris tout ce que je sais et c'est grâce à lui que j'ai réussi. »

En ce qui concernait sa vie privée, dans le passé, Edward avait été considéré comme un play-boy et un séducteur mais ce n'était plus vrai. Il était avec Jane Shaw depuis plus de dix ans et ne l'avait, à sa connaissance, jamais trompée. C'était sa fidélité à sa maîtresse qui faisait jaser, et non d'éventuelles aventures avec d'autres femmes, qui n'existaient pas. La seule autre femme dans la vie d'Edward était son épouse. Vicky s'arrêta à cette idée. Apparemment, Edward trouvait toujours Elizabeth attirante puisqu'il continuait à lui faire des enfants. Mais c'était cela le problème : il n'y avait rien d'autre entre eux.

La voix d'Edward la fit sursauter.

— Tu es bien silencieuse, Vicky... J'espère que tu n'es pas en train de t'inquiéter pour le centre destiné aux blessés de guerre, maintenant que vous avez décidé de vous lancer, Fenella et toi. Je t'ai préparé un chèque de dix mille livres. Je te le donnerai avant de partir.

Vicky en resta sans voix puis poussa une exclamation de joie.

— Merci, Ned ! C'est très généreux. Fenella a mis le même montant et moi aussi. Stephen et Will ont promis de donner autant que toi et la tante Philomena de Fenella a fait un chèque de vingt mille livres. Nous démarrons donc avec soixante-dix mille livres.

— J'en suis très heureux. Comme je te l'ai promis, je vais t'amener d'autres donateurs et je te ferai un autre chèque plus tard.

— Merci beaucoup, Ned, en mon nom et au nom de Fenella.

— Comment va-t-elle ? Je l'ai vue la semaine dernière et, à cause de sa pneumonie, elle n'était pas sûre de pouvoir se marier en juin. Elle pensait repousser la cérémonie au mois de juillet.

Vicky avait des informations plus récentes.

— Elle a décidé que ce sera quand même en juin, mais plutôt vers la fin du mois qu'au début.

— Je préfère cela car j'avais prévu de voyager en juillet, sous réserve que l'on puisse de nouveau se rendre sur le continent à ce moment-là.

Jane fit signe à Vicky en désignant Edward des yeux.

— Chéri, dit-elle, Vicky veut te parler d'un sujet délicat. Si tu as fini ton thé, je vais d'abord sonner Wells pour qu'il débarrasse.

Quelques instants plus tard, le majordome remportait tout, laissant un salon impeccable. Edward se tourna vers Vicky, sourcils froncés. Jane alla s'asseoir à côté de lui.

— Vicky hésitait à t'en parler mais je l'ai persuadée de le faire, dit-elle.

— De quoi s'agit-il ? demanda Edward.

Son instinct lui soufflait que cela le concernait. Il faisait confiance à Vicky qui lui avait plus d'une fois prouvé son intelligence et son amitié. Ce qu'elle avait à lui dire ne pouvait être qu'important.

— Elizabeth est impliquée, commença Vicky. Je ne voulais pas t'en parler, Ned, parce que j'ai horreur de m'interposer entre deux personnes, surtout si c'est un couple.

— J'ai besoin de savoir ce qui se passe, Vicky, et je sais que tu n'as pas l'habitude de te mêler de la vie des autres.

— Merci, Ned. Apparemment, Elizabeth a dit quelque chose au sujet de Fenella à l'une de ses sœurs, qui l'a répété à Maude Tillotson qui l'a dit à une amie, laquelle l'a dit à une amie et l'histoire s'est répandue à toute vitesse. Tu connais Londres ! Certaines de ces femmes n'ont rien de mieux à faire que de médire des autres.

Edward sentit son estomac se nouer.

— Si je comprends bien, ce ragot sur Fenella me concerne aussi ?

— Oui. Elizabeth a raconté à sa sœur que toute l'histoire de la découverte de Grace Rose par Amos Finnister était un tissu de mensonges. Elle a dit qu'en réalité Grace Rose est la fille que tu as eue avec Fenella et que l'enfant a passé ses premières années sur les terres du père de Fenella dans le Yorkshire. Elle a ajouté que Fenella avait été ta maîtresse pendant des années, qu'elle l'est toujours et se marie avec Mark Ledbetter uniquement pour lui faire croire, à elle, Elizabeth, que c'est fini avec toi. En d'autres termes, Fenella serait ta maîtresse en même temps que Jane.

Edward en resta bouche bée. Il fixait Vicky du regard, incapable de réagir. Puis la colère l'envahit.

— Quelle absurdité ! s'écria-t-il. A quoi pense-t-elle ? Comment peut-elle inventer une histoire pareille ? Et qui pourrait y croire ? C'est absurde…

Il était fou de rage et, s'il réussissait à se contrôler au prix d'un gros effort, il n'en tremblait pas moins intérieurement.

— En effet, mon cher Ned, je serais très étonnée si quelqu'un y accordait le moindre crédit. Il n'en reste pas moins que cette histoire est très déplaisante et fait flotter un nouveau parfum de scandale autour du nom des Deravenel. Je ne parle même pas de Fenella, une femme irréprochable et si généreuse qu'on la présente parfois comme une sainte…

Edward, incapable de se contenir plus longtemps, laissa exploser sa fureur.

— Elizabeth doit être folle !

Jane posa une main sur le bras d'Edward dans un geste apaisant.

— Je suis certaine que personne n'y croit. J'ai pourtant encouragé Vicky à t'en parler parce que tu dois être au courant pour pouvoir réagir. Et surtout, tu dois parler à Elizabeth.

— Certainement ! Vicky, penses-tu que Fenella est au courant ?

— Oui, mais depuis peu. Elle est au-dessus de ça, et Mark aussi. A mon sens, ils ont raison d'ignorer complètement cette histoire.

Edward approuva de la tête puis se leva et prit une enveloppe dans sa poche.

— Vicky, voici ma participation au centre pour les soldats.

Il se tourna ensuite vers Jane.

— Je suis désolé, ma chérie, je ne peux pas rester. Je dois rentrer à Berkeley Square et régler cette histoire tout de suite.

27

Anne Watkins Deravenel sourit à sa sœur Isabel.

— Je suis heureuse que tu sois venue pour le thé ! Nous ne nous voyons presque plus. Tu as bien fait de passer.

Isabel soupira.

— Le mariage et les enfants prennent beaucoup de temps, ne trouves-tu pas ?

Elle haussa les épaules et fit une petite grimace.

— Et, comme tu le sais, ajouta-t-elle, George me demande beaucoup d'attention.

— Comment va-t-il ? demanda Anne.

Une question de pure politesse. Elle n'appréciait guère son beau-frère. En fait, elle le détestait.

— Débordé de travail, en ce moment ! Il fait beaucoup de choses en plus pour Ned et cela l'oblige à rester très tard au bureau presque tous les soirs.

C'est faux, pensa Anne. Elle savait qu'Edward était encore furieux contre George de sa conduite en Ecosse. Richard et Will avaient réussi à recoller les morceaux et l'affaire était signée depuis peu. Donc George mentait. Il voyait d'autres femmes mais elle ne pouvait pas le dire à sa sœur. Elle se contenta donc de sourire et changea de sujet.

— Maman veut que nous nous retrouvions tous à Thorpe Manor pour Pâques, Isabel. Nous avons déjà dit oui. Viendras-tu aussi ?

— Je ne sais pas. George ne m'a pas encore donné de réponse. Il espère que nous pourrons nous rendre sur le continent à ce moment-là. Il voudrait m'emmener passer Pâques à Paris. Cela me plairait beaucoup. Ce serait comme une seconde lune de miel puisque nous irions seuls.

— Tu as raison, ce serait très agréable.

Anne se demandait comment sa sœur pouvait supporter George. Il était très beau, certes, mais plutôt tyrannique, menteur et trompeur. Sans doute Isabel le voyait-elle avec d'autres yeux. Elles avaient toutes les deux choisi leur mari quand elles étaient petites. Elle-même n'avait jamais eu d'yeux que pour Richard, et Isabel pour George. En grandissant, Isabel était devenue esclave de la beauté de George mais aussi de son pouvoir de séduction.

Isabel, qui observait Anne, éprouva un brusque élan de jalousie et de colère. Sa sœur était d'une santé éblouissante et portait une tenue très élégante et très chère avec des perles. Des perles ! De plus, elle vivait dans la maison dont Isabel rêvait, tout comme son mari. « En réalité, elle est à nous, lui avait-il dit quelques jours auparavant. Tu ferais mieux de régler cela avec elle. Elle doit déménager. » Et c'était pour cela qu'elle avait voulu voir sa sœur sans avoir encore trouvé le courage d'aborder le sujet. Il serait pourtant bientôt l'heure de rentrer chez elle. Elle devait donc accomplir sa tâche. Sinon, George la punirait.

Isabel prit une profonde inspiration et se lança.

— J'aimerais faire le tour de la maison, Anne, si cela ne t'ennuie pas. Après tout, j'ai grandi ici.

Sans attendre de réponse, elle se leva et se dirigea vers la porte.

— Bien sûr, répondit Anne en se levant à son tour. Viens, commençons par la bibliothèque ! Tu sais que c'était la pièce préférée de papa. Il disait toujours que c'était son havre de paix. T'en souviens-tu ?

— Non, répondit Isabel.

Une nouvelle vague de jalousie l'envahit et elle lança un regard dur à sa sœur. Anne avait toujours été la préférée de leur père, Neville Watkins, et de leur mère. Elle, Isabel, n'avait aucune importance à leurs yeux.

Avec son teint de pêche et de rose, sa chevelure châtain clair mêlée de mèches blond doré, sa silhouette gracile et ses longues jambes, Anne donnait une impression de délicatesse et de raffinement extrêmes. Isabel, plus âgée de deux ans, lui ressemblait beaucoup mais avait toujours l'air mécontente, soucieuse ou triste. De plus, elle n'avait jamais été aussi attirante que sa sœur, et elle le savait.

Tout en accompagnant Isabel dans la maison, Anne se disait que sa sœur paraissait mal à l'aise depuis son arrivée. Elle se demandait si son beau-frère ne la maltraitait pas. Edward prétendait qu'Isabel avait l'air bizarre et gênée parce qu'elle était très malheureuse avec George. Son frère, disait-il, devait mener à sa femme une vie d'enfer, ce dont Anne était convaincue. A un moment, elle avait habité chez eux et George s'était montré mesquin, méchant et systématiquement désagréable. Mais envers elle, pas avec sa femme ! Elle avait toutefois souvent entendu des éclats de voix en provenance de leur chambre et, parfois, Isabel semblait avoir pleuré.

— A quoi penses-tu ? Tu as l'air soucieuse, dit Isabel.

Elle venait d'entrer dans la bibliothèque et alluma aussitôt une lampe.

— Je vais très bien, répondit Anne.

Suivant l'exemple de sa sœur, elle entreprit d'allumer toutes les lampes de la pièce. Mais elle pensait encore à George et à la façon honteuse dont il trompait Isabel.

De son côté, Isabel tentait de rassembler tout son courage pour accomplir sa mission. Elle tourna quelques instants en rond, examinant les objets qui avaient appartenu à son père. Tout était là, chaque chose à la même place que de son vivant. Se décidant enfin, elle se planta au milieu de la pièce.

— Tu n'as vraiment aucun droit de vivre ici, Anne ! Je suis l'aînée dans la succession de père et, à ce titre, cette maison me revient, comme tu le sais. Mère a fait une grosse erreur quand elle vous l'a donnée, à Richard et toi. Elle n'avait pas le droit de le faire. Tu l'ignorais ?

— Elle en avait le droit, répondit Anne d'un ton froid.

Heureusement qu'Edward les avait prévenus, Richard et elle !

— Non ! Père lui a seulement donné le droit de vivre ici. La maison ne lui appartient pas.

Anne rejoignit sa sœur au milieu de la pièce et la regarda droit dans les yeux.

— Tu te trompes, Isabel. Père l'avait achetée pour mère et il la lui a donnée légalement. Il avait fait mettre les titres de propriété au nom de notre mère. Elle avait donc le droit, en tant que légitime propriétaire, d'en faire ce qu'elle voulait, quand elle voulait.

— Ne dis pas de sottises ! Tu sais que c'est faux. Cette maison m'appartient puisque je suis ton aînée.

— Nous sommes cohéritières de notre père, mais le testament n'entrera en vigueur qu'après le décès de notre mère. N'oublie surtout pas cela, Isabel : après son décès. Pas avant !

— Inutile de me crier dessus ! geignit Isabel. La maison fait partie des choses dont j'étais venue te parler aujourd'hui. Nous voudrions emménager dans quelques mois. Donc, tu dois dire à Richard de chercher une autre demeure. Celle-ci est à moi… à nous !

— Je pense que tu ferais mieux de venir t'asseoir, dit Anne d'une voix un peu radoucie mais toujours aussi ferme.

Prenant place sur le canapé, elle indiqua à sa sœur un grand fauteuil à oreilles.

— Assieds-toi, Isabel, j'ai quelque chose d'important à t'expliquer.

— Ah oui ? dit Isabel en s'asseyant. Et qu'y a-t-il de si important ?

— La vérité, la désagréable vérité, devrais-je peut-être dire. Vois-tu, Isabel, tout ce que je t'ai dit au sujet des droits de mère sur cette maison est vrai. Père la lui a offerte en totale propriété. Elle ne lui a jamais appartenu car, le jour même où il l'a achetée, il l'a fait mettre au nom de mère. De plus, elle l'a vendue avant qu'elle nous soit donnée, à Richard et à moi.

— Vendue ! cria Isabel. Elle n'avait pas le droit ! Je ne te crois pas. Elle n'avait pas le droit !

— Mais si ! Je n'arrête pas de te répéter qu'elle avait le droit d'en faire ce qu'elle voulait. Si elle en avait eu envie, elle avait le droit de la démolir pierre par pierre.

Isabel fixait sa sœur, bouche bée, incapable de réagir.

— Mère a vendu la maison à Edward, reprit Anne, notre beau-frère. Il a payé une somme importante que mère a encaissée car c'était à elle. Edward a aussitôt fait rédiger de nouveaux titres de propriété au nom de Richard. C'est pourquoi cette maison nous appartient. George n'a donc aucun moyen de nous en déloger, pas plus que toi.

Isabel était livide de rage. Elle se leva vivement et s'approcha d'Anne qui s'était aussi levée.

— C'est ce que nous allons voir, jeta-t-elle d'un ton menaçant.

Sans laisser à sa sœur le temps de répondre, elle sortit de la bibliothèque comme une furie. Anne courut derrière elle et la rattrapa dans le grand hall d'entrée.

— Je te le répète, Isabel, vous n'y pouvez rien. La maison nous appartient de façon tout à fait légale.

La mine hautaine, Isabel alla prendre son manteau dans le vestiaire.

— Tu entendras parler de George, lança-t-elle. Ou plutôt, ton mari va entendre parler de lui !

— Je lui en ferai part, répondit Anne d'un ton froid.

Soulagée par le départ de sa sœur, Anne n'avait plus qu'une pensée : heureusement qu'Edward avait tout prévu !

Edward sortit de chez Jane d'un pas pressé et demanda à Broadbent, qui l'attendait au volant de la Rolls-Royce, de le ramener chez lui. Enfoncé dans son siège, Edward tenta de se calmer. Cette fois, Elizabeth était allée trop loin. Il fallait l'arrêter. Répandre des bruits malveillants à son sujet était une chose, salir le nom de Fenella en était une autre, totalement inacceptable. Même si personne ne pouvait croire à ce tissu de mensonges, Elizabeth avait besoin d'entendre ses quatre vérités et d'être mise hors d'état de nuire.

A Mallet, son majordome de Berkeley Square qui le débarrassait de son manteau, Edward demanda où se trouvait sa femme.

— Je pense que madame est dans le salon du haut, monsieur.

Edward grimpa l'escalier quatre à quatre, traversa le palier en courant, et ouvrit la porte du salon avec une telle violence qu'elle heurta bruyamment le mur tapissé de brocart.

Elizabeth, qui lisait une revue de mode française assise au coin du feu, sursauta, se dressa sur son siège en se tournant vers la porte et retomba aussitôt, terrifiée par l'expression d'Edward. Il referma la porte d'un coup de pied et s'avança vers elle.

— Tu es folle ? cria-t-il. Il faut être malade pour raconter des horreurs sur mon compte et sur Fenella Fayne ! Une femme qui ne t'a jamais causé le moindre tort, pas plus qu'à quiconque ! Une femme qui s'est toujours conduite avec correction et gentillesse à ton égard, qui t'a toujours montré le plus grand respect ! Et toi, tu salis son nom, tu le traînes dans le caniveau ! Et mon nom ? Celui des Deravenel qui est aussi le tien ? N'as-tu donc aucune fierté ? Aucun sens de l'honneur ? Inventer des mensonges aussi vils est méprisable au plus haut point et je ne le supporterai pas ! Tu m'entends ? Je ne le supporterai pas !

— Je ne sais pas ce…

— Silence ! Et n'essaye pas de t'en sortir par de nouveaux mensonges comme toujours quand tu as causé un scandale ! Tu sais très bien de quoi je parle.

— Edward, je…

— Je t'ai dit de te taire ! Comment peux-tu être aussi bête ?

Il était devenu écarlate sous l'effet d'une colère qu'il ne contrôlait plus. Debout à quelques mètres d'elle, il jeta un regard circulaire. Le salon était décoré de tableaux post-impressionnistes sans prix, d'antiquités rares, de riches brocarts. Tout n'était que soie et velours de la plus belle qualité ; tout respirait l'opulence la plus folle. Il en était seul responsable car Elizabeth n'avait aucun goût. Elle logeait, grâce à son mari, dans une maison réputée pour son élégance, son raffinement et sa beauté.

— Tu vis dans le luxe le plus absolu ! Tu t'habilles chez les plus grands couturiers, tu es couverte de bijoux, je te donne tout ce que tu veux sans jamais rien te refuser ! Et tu salis ma réputation par d'ignobles ragots ! Toi, ma femme ! C'est incroyable.

Il criait, butant presque sur les mots tant sa rage allait croissant. Elizabeth s'était recroquevillée dans son fauteuil, n'osant plus dire un mot. Elle savait qu'elle n'avait aucune excuse. Edward s'approcha d'elle, la dominant de toute sa taille. Son visage n'exprimait que le dégoût le plus total.

Elizabeth déglutit en essayant de garder son sang-froid. Elle ne craignait pas son mari physiquement. Il ne frapperait jamais une femme. Il était trop bien élevé pour cela, trop gentleman. Mais il savait blesser avec des mots et avait toujours réussi à le faire avec elle. Plus sa colère montait, plus il se montrait habile à trouver la parole capable de lui briser le cœur, comme en cet instant. Comment pouvait-elle se conduire aussi sottement ? Pourquoi répandait-elle des horreurs sur les gens ?

Comme s'il avait lu dans son esprit, Edward se pencha, son visage tout près du sien.

— Pourquoi ? dit-il d'un ton glacial. Pourquoi as-tu inventé cette histoire sur Fenella ? Pourquoi as-tu raconté qu'elle était la mère de Grace Rose ? Pourquoi, Elizabeth ? Pourquoi ?

— Je ne sais pas, bafouilla-t-elle d'une voix tremblante.

— Pour me blesser ?

Elle fit non de la tête.

— Mais si, bien sûr ! Tu es malade de jalousie envers toutes les femmes que je connais. Tu as besoin de te venger dès qu'une d'elles me sourit ou que j'ai une amitié platonique avec elle comme c'est le cas avec Fenella. Je la connais depuis toujours et il ne s'est jamais rien passé entre nous. Et Vicky ? C'est la suivante ? Que vas-tu inventer contre elle ? Quels mensonges ?

Elizabeth eut un geste d'impuissance. Son frère la traitait toujours d'idiote et il avait raison. Pourquoi se conduisait-elle aussi mal ? Edward était-il dans le vrai ? Etait-ce à cause de sa jalousie ? Elle leva les yeux, croisa le regard furieux de son mari et se mit à pleurer.

— Arrête ça tout de suite ! lui cria-t-il en pleine figure. Arrête, tu m'entends ! Ce sont des larmes de crocodile. Tu as horriblement sali notre nom. Plus grave encore, tu as sali la réputation de Fenella, une femme qui a failli mourir d'une pneumonie ! Et tout ça parce que tu ne peux pas me dominer, me faire ramper ! Tu me dégoûtes !

— Je regrette…

— Non, ce n'est pas vrai. Tu es comme George, toujours en train de provoquer des catastrophes sans te soucier de ce que tu vas détruire, y compris ce qui t'appartient.

Elizabeth perdit tout ce qui lui restait de dignité.

— Ne me compare pas à George ! supplia-t-elle d'une voix hachée.

Ignorant ses derniers mots, il se pencha de nouveau vers elle pour lui parler les yeux dans les yeux.

— Ecoutez-moi avec attention, madame, car je ne répéterai pas ce que je vais vous dire. Si vous osez encore dire un seul mot contre moi ou mes amis à qui que ce soit, y compris dans votre famille ou la mienne, je vous quitterai ! Plus exactement, c'est vous qui partirez. Je vous chasserai de cette maison et je vous enverrai dans une campagne loin d'ici, où je vous achèterai un petit cottage. Vous aurez une pension raisonnable et vous n'en sortirez pas. Vous aurez interdiction de vous montrer à Londres. Vous serez tout simplement bannie. Vous aurez accès à nos enfants sous certaines conditions, non que vous vous souciez beaucoup d'eux, sauf peut-être du petit Edward. Et encore ! C'est parce qu'il héritera et que votre avenir dépendra de lui si vous me survivez ! Vous avez compris ? Je vous chasserai si vous recommencez !

Elle ne put que hocher la tête, tant elle tremblait, sachant qu'il le ferait. Edward pouvait se montrer intraitable et ne faisait jamais de menaces en l'air. Il agissait toujours comme il l'avait annoncé.

Edward pivota sur ses talons, lui tourna le dos et se dirigea vers la porte.

— Où vas-tu ? dit-elle d'une voix étranglée.

— Je sors, répondit-il en claquant la porte derrière lui.

Il dévala l'escalier et demanda à Mallet de lui préparer une petite valise avec du linge de rechange et son matériel de rasage.

— Je passerai la nuit à mon club, dit-il.

— Bien, monsieur, je m'en occupe tout de suite.

— Prenez votre temps, Mallet, j'ai un rendez-vous ce soir. Broadbent reviendra prendre mes affaires.

Le majordome le regarda descendre le perron et s'engouffrer dans la Rolls-Royce. Edward Deravenel était un homme de cœur, un vrai philanthrope, toujours prêt à aider les malheureux. Quelle pitié qu'il ait épousé une mégère qui savait seulement le dégoûter d'elle ! Mallet détestait la femme de son employeur et la considérait comme une idiote. Il referma la porte et alla s'occuper de la valise d'Edward.

28

— Je veux divorcer, dit tranquillement Edward sans détourner les yeux du visage de sa mère.

Cecily Deravenel resta silencieuse, observant son fils.

— Tu en es donc là ? dit-elle enfin. Cela a fini par arriver.

— Oui, je le crains. Elizabeth est… elle est impossible à vivre. A mon avis, elle est également dangereuse avec sa façon de répandre des calomnies sur nous.

Cecily haussa les sourcils, ses yeux gris-bleu comme ceux de Richard soudain chargés d'inquiétude.

— Il a dû se passer quelque chose qui t'a contrarié. Je vois que tu n'es pas en état de réfléchir clairement. Qu'est-il arrivé ? Tu ferais mieux de m'en parler, mon chéri.

Edward respira à fond pour se calmer et expliqua à sa mère la campagne de ragots montée par Elizabeth contre lui et Fenella. Cecily n'en croyait pas ses oreilles.

— Fenella et toi ! dit-elle enfin. Je ne comprends pas qu'Elizabeth s'en prenne à une femme aussi respectée.

— Peut-être pour cette raison, justement, parce que Fenella est aimée de tous, même des gens qui ne la connaissent presque pas.

Edward se pencha vers sa mère pour lui parler ensuite des ragots au sujet de Grace Rose. Cecily en fut horrifiée.

— Quelle honte ! Elizabeth a décidé de te causer des ennuis. C'est tellement ridicule et méchant ! Ce qu'elle a fait est diabolique.

— Et très destructeur.

— Quand l'as-tu appris ?

Edward expliqua à sa mère qu'il était allé prendre le thé chez Vicky pour lui remettre un chèque au profit du centre pour les soldats blessés.

— Je suppose que tu es rentré tout de suite pour mettre les choses au point avec Elizabeth ?

— Oui, mère ! Je l'ai menacée de l'envoyer vivre modestement à la campagne, et seule, si jamais elle disait encore un seul mot contre moi ou mes amis.

— C'était bien vu de ta part. Elle ne supporterait pas de vivre de peu, où que ce soit, mais surtout en étant coupée de Londres et de sa vie sociale. C'est tout son univers.

— Je sais mais je me demande quand même si cela l'arrêtera. C'est pour cette raison que j'ai pensé à me séparer d'elle légalement. Je suis venu pour vous en parler, mère.

— Tu veux réellement divorcer ? Songe aux conséquences, et n'oublie pas que nous sommes catholiques.

Edward eut un petit rire sans joie.

— La religion compte-t-elle encore beaucoup, mère ? Nous avions un roi catholique, il y a quelques siècles. Il a rompu avec le pape et Rome pour pouvoir divorcer…

— Oui, et il est devenu protestant.

— Exactement !

Cecily changea de position dans son fauteuil, cherchant ses mots avec soin.

— Edward, je voudrais te poser une question délicate. As-tu l'intention d'épouser Mme Shaw ?

— Je ne sais pas mais je crains de ne pas avoir mon mot à dire sur ce point. Je suis certain que Jane ne veut pas se marier et me dirait non même si j'étais libre.

— Mais pourquoi ?

— Si nous nous mariions, elle penserait qu'elle laisse la place libre à une autre liaison et elle ne le tolérerait pas. Du moins est-ce ce que je crois.

Cecily lui sourit puis soupira, devenue très silencieuse. Quand elle reprit la parole, ce fut d'un ton soucieux et pensif.

— Je me demande ce qui a poussé Elizabeth à fabriquer une fable aussi ridicule. Elle voulait te faire souffrir ? Ou bien était-ce par jalousie envers Jane Shaw ?

— Les deux, je pense, mais il ne s'agissait pas seulement de me faire du mal ou de se venger de Jane. Elle est jalouse de toutes les femmes, peu importe leur âge, qui s'approchent de moi ou que j'apprécie.

Edward alla se planter devant le feu, suivant son habitude.

— A Noël, elle était même jalouse de sa propre fille, une enfant de neuf ans ! Elle m'a reproché d'avoir offert à Bess une petite broche d'enfant, toute petite et qui ne m'a presque rien coûté. C'est de l'argent avec quelques minuscules éclats de diamant. Or Elizabeth en a été furieuse. Vous imaginez cela : le père de Bess qui ose lui faire un cadeau ! C'était honteux.

— J'ai trouvé cela assez étrange, je le reconnais.

— Et puis, il y a Grace Rose, reprit Edward. Par moments, Elizabeth est très jalouse d'elle et de mon affection pour elle. Et de la vôtre, même si j'ai la conviction qu'Elizabeth n'a jamais rien osé vous dire à ce propos. Au cours des dernières semaines, elle s'est également montrée très sarcastique à l'idée que nos filles soient les demoiselles d'honneur de Fenella.

— Il est clair, dit Cecily, qu'elle est d'une nature extrêmement possessive et envieuse. Je t'avoue que cela ne m'avait pas tout à fait échappé… Ned, c'est assez… malsain. Je veux dire que ce genre de comportement est irrationnel et dénote, du moins à mes yeux, un esprit malade. Je me demande ce que le Dr Freud dirait de ta femme ?

— Est-ce vraiment ce que vous pensez, mère ? Elizabeth a besoin d'un psychiatre ?

— C'est possible, mais ne nous égarons pas. Je te demande de m'écouter avec attention. Avant tout, si tu lances une procédure de divorce, tu vas t'exposer ainsi que toute ta famille à des désagréments et des bavardages sans fin. Cela mettra Elizabeth dans une telle colère qu'elle fera n'importe quoi pour t'abattre. Elle engagera les meilleurs avocats, des gens qui n'auront aucun scrupule à te crucifier. Ils te feront suivre par des enquêteurs privés et ils fouilleront ta vie jusque dans les recoins les plus personnels. Mme Shaw ne pourra plus faire un pas sans être harcelée. Vicky et Grace Rose deviendront aussi leurs cibles. Il y aura un scandale monumental, et nous ne pouvons pas nous le permettre.

— Vous avez raison, mère. Nous n'avons pas besoin de cela, notre nom est suffisamment entaché par George et ses monstrueuses dettes de jeu. Je vous remercie encore de l'avoir aidé et tout particulièrement de l'avoir obligé à me rembourser.

Cecily ne fit aucun commentaire et se contenta d'un long regard. Edward se tut également. Il n'avait pas eu l'intention de parler de George ; cela lui avait échappé.

— J'estime, reprit Cecily d'une voix douce, que le divorce est une mauvaise solution, mon chéri, compte tenu des circonstances. Qu'en penses-tu ?

— Mais que puis-je faire ? demanda-t-il d'un ton las. Comment pourrais-je vivre avec elle après sa conduite diabolique, pour reprendre votre expression ?

— Je pense que tu lui as fait la peur de sa vie en menaçant de l'envoyer à la campagne. Etais-tu sérieux en disant cela ?

— On ne peut plus sérieux ! C'est la seule possibilité de l'éloigner si je ne divorce pas.

— Je suis d'accord. Voici donc le conseil que je peux te donner. Ne pense plus au divorce ni même à une séparation de corps. Continue de vivre comme d'habitude mais pars plus souvent, pour être seul, et j'insiste sur le mot « seul ». Fais quelques déplacements avec Will ou Richard et conduis-toi comme avant, en mari digne de ce nom mais qui a sa propre vie privée comme la plupart des hommes de notre milieu. Surtout, sois discret, en particulier avec Mme Shaw. Et n'oublie jamais que tu peux exiler Elizabeth à la campagne si tu le décides. Je t'assure qu'elle se souviendra de ta menace, à chaque instant.

— J'en suis également convaincu et je suivrai votre avis, mère.

— Il y a autre chose, reprit Cecily. Ne lui pardonne pas trop vite, Ned. Garde tes distances du mieux que tu pourras. Tu as tous les atouts en main. C'est ton argent et ton pouvoir qui lui assurent sa position sociale. Elle préférerait mourir plutôt que de perdre tout cela.

— Vous avez encore raison, répondit Edward. Mais pensez-vous que mes filles peuvent être les demoiselles d'honneur de Fenella ? Que dois-je faire ?

— As-tu besoin de le demander ? Bien sûr qu'elles peuvent, et elles doivent l'être ! Fenella, son père, le comte de Tanfield, et toute sa famille sont mes amis depuis toujours. Je n'accepterai pas un mot de ta femme à ce sujet. Tu as donné ton accord à Fenella et les Deravenel ne reviennent jamais sur leur parole.

Cecily regarda son fils aîné avec un petit sourire entendu et des yeux qui brillaient d'amusement.

— A présent, dis-moi où tu allais quand tu as décidé de venir me demander mon avis.

— Je me rendais à mon club.

— N'y va pas ce soir, mon chéri. Le club d'un homme ne lui apporte qu'un réconfort très limité quand il a des problèmes conjugaux. Va plutôt chez ton amie. La tendresse d'une femme sera bien plus efficace pour ton bien-être et ton moral.

Pendant un long moment après le départ d'Edward, Cecily Deravenel resta assise au coin du feu dans son petit salon. Elle savait depuis toujours qu'Elizabeth Wyland n'était pas la femme qu'il fallait à son fils. Malheureusement, il était trop tard pour guider son choix.

Edward avait épousé Elizabeth en secret. Ce regrettable mariage, conclu sur un coup de tête, avait provoqué la brouille entre Edward et Neville ainsi qu'une fracture dans l'unité familiale. Les dissensions ne s'étaient jamais totalement apaisées, du moins jusqu'à la mort de Neville et John Watkins dans cet horrible accident de voiture à Ravenscar. Alors seulement les femmes de la famille s'étaient rapprochées pour se soutenir dans le malheur.

Tout le monde savait que son fils était malheureux en mariage à cause du caractère d'Elizabeth. Cecily connaissait les défauts de sa belle-fille, cette femme au cœur sec. Or, malgré cela, elle réussissait encore à séduire Edward. Elle le tenait par les sens, Cecily ne se faisait aucune illusion à ce sujet.

Du couple de son fils, les réflexions de Cecily se portèrent sur ses petits-enfants, ces enfants si beaux et attachants. Elle pensa plus longuement à Bess, sa préférée, une fillette remarquable pour ses neuf ans, aussi belle à l'intérieur qu'à l'extérieur. Cecily en attendait beaucoup. Elle la croyait capable de grandes choses. Bess avait l'esprit pratique, beaucoup de bon sens, et se débrouillait toujours dans toutes les situations. Elle ressemblait en cela beaucoup plus à son père qu'à sa mère.

Que son fils ait pu penser à divorcer l'avait stupéfiée. C'était la première fois qu'il en parlait et cette seule idée la terrifiait. La solution qu'elle lui avait suggérée lui semblait de loin préférable aux ennuis qu'entraînerait un divorce. Elizabeth le refuserait et déclencherait des drames pour l'éviter. De plus, Edward ne serait jamais débarrassé d'elle, même s'il obtenait la séparation. Il fallait aussi penser aux enfants. Ils avaient d'autant plus besoin de leur père que leur mère les abandonnait aux soins de Nanny ou de leur nouvelle institutrice, Mlle Elliot.

Soudain, Cecily se demanda si les autres mères auraient envoyé leur fils voir sa maîtresse comme elle venait de le faire. Oui, se dit-elle, beaucoup auraient eu la même attitude dans de semblables circonstances, sachant que cette femme aimait leur fils et n'en exigeait rien.

Des années auparavant, elle avait rassemblé toutes les informations possibles sur Jane Shaw et avait été soulagée par ce qu'elle avait appris. Son fils était en sécurité avec elle. Cecily espérait qu'Edward avait suivi son conseil et était allé chez elle plutôt qu'à son club. Là-bas, il aurait passé la soirée à boire avec d'autres hommes et aurait terminé encore plus morose. Il ne devait pas alimenter sa tristesse ni son mécontentement mais se faire consoler par une femme qui l'aimait et calmerait le jeu.

29

— Je suis désolé de vous déranger, Jane, dit Richard. Je cherche Ned. Serait-il avec vous ?

Jane se raidit, tous ses sens en alerte.

— Non, il n'est pas là. En principe, il n'a pas prévu de venir, ce soir, mais il passera peut-être à l'improviste.

— Je comprends. J'ai interrogé Mallet mais vous savez comment sont les majordomes. Ils ont la discrétion dans le sang ! J'ai aussi posé la question à mère. Elle ma dit que Ned est allé la voir un peu plus tôt mais qu'il était reparti. Auriez-vous l'amabilité de lui demander de me rappeler si vous le voyiez ? Je dois lui parler, c'est important.

— Je n'y manquerai pas.

Quand elle raccrocha, elle traversa la bibliothèque pour reprendre le livre qu'elle lisait mais ne put se concentrer. Elle pensait à Edward. Il était en colère quand il était reparti de chez elle, cet après-midi. La scène avec Elizabeth avait dû être terrible. Jane était certaine qu'il avait réglé la situation de façon appropriée, avec toute la dureté dont il pouvait être capable quand c'était nécessaire. Il n'avait pas d'autre choix que d'empêcher sa femme de nuire encore plus.

Elizabeth était une fauteuse de troubles, et Jane l'avait toujours su mais ce n'était pas à elle de dire à Edward comment se conduire avec sa femme. Ce n'était pas son rôle. S'il était allé voir sa mère, peut-être avait-elle pu l'aider, le conseiller. Cecily Deravenel était une femme avisée, avec une grande connaissance du monde, une remarquable culture et beaucoup de finesse psychologique.

Jane se détendit et se laissa aller contre les coussins de son fauteuil. Sans cesser de penser à Edward, elle jeta un regard autour d'elle. La bibliothèque était la pièce préférée d'Edward avec le salon bleu et jaune. Il aimait les bibliothèques et, bien mieux, aimait les dessiner et les faire réaliser. Celle de sa maison était lambrissée mais le bois avait été peint d'un vert passé très particulier qu'Edward appelait « vert français ». C'était un vert pomme très clair mélangé à du gris qui lui donnait une nuance éteinte. Ce vert atténué évoquait toujours pour elle une prairie couverte de brume.

Les murs étaient couverts de rayonnages pleins de livres, la plupart de rares éditions originales qu'il avait trouvées pour elle. Nombre de ces livres étaient reliés en maroquin rouge. Le tissu rouge foncé des chaises et des fauteuils faisait écho aux reliures tandis que les fenêtres étaient habillées de velours « vert français ». C'était une pièce confortable où un homme se sentait à l'aise, mais sans qu'elle soit trop masculine.

Un peu plus tôt dans la soirée, Jane avait demandé à Wells d'allumer le feu et elle s'en félicitait. Le temps s'était rafraîchi après cette belle journée, ensoleillée pour le mois de mars. Dehors, le vent soufflait en rafales.

Jane reprit son livre et tenta de se concentrer sur l'histoire. Elle avait réussi à s'y intéresser à nouveau quand un bruit la fit sursauter, celui de la porte d'entrée qui se refermait. Elle se leva d'un bond et posa son livre sur une petite table basse avant d'aller voir ce qui se passait dans l'entrée. Elle fut soulagée et heureuse de voir que c'était Edward, occupé à ôter son manteau.

Il jeta son manteau sur une banquette et serra Jane très fort dans ses bras.

— Désolé de ne pas t'avoir prévenue, ma chérie. Je n'ai même pas osé sonner, de peur de déranger tout le monde.

— Ne dis pas de sottises, tu aurais dû sonner !

Jane le prit par le bras et l'entraîna dans la bibliothèque.

— Tu es très pâle, mon chéri, et tu as l'air fatigué. J'espère que cela n'a pas été trop difficile ?

— Non, elle ne recommencera pas. Je n'ai pas envie d'en parler. J'aimerais plutôt oublier cette scène.

Il frissonna et alla se mettre dos au feu, selon son habitude.

— Je prendrais volontiers un whisky mais ne sonne pas Wells, je vais me servir moi-même.

— Je vais m'occuper de toi, Ned. Avant que j'oublie, je dois te dire que Richard a appelé, un peu plus tôt. Il a dit qu'il devait absolument te parler. Il t'avait déjà cherché chez toi et chez ta mère.

Edward décrocha le téléphone posé sur le petit bureau géorgien et appela la maison de son frère. Richard répondit immédiatement.

— Tu me cherchais, vieux ? dit Edward d'un ton chaleureux.

— Merci de me rappeler. Je suppose que tu es chez Mme Shaw ?

— Oui, je viens d'arriver et Jane m'a dit que tu devais me parler.

— George a encore fait des siennes aujourd'hui. Isabel s'est invitée pour le thé et a déclaré à Anne que la maison lui appartenait parce qu'elle est l'aînée et que nous devions déménager. Que dis-tu de cela ?

Edward éclata de rire.

— Eh bien, dit-il quand son rire fut un peu calmé, qu'a répondu Anne à sa sœur ?

Richard lui rapporta la façon dont Anne avait expliqué à Isabel qu'Edward avait fait le nécessaire.

— Bravo, Anne ! s'exclama Edward. Je suppose qu'Isabel est repartie en faisant de grandes menaces et qu'elle est rentrée pour informer George ?

Richard confirma l'intuition de son frère avec un petit rire.

— Je n'en sais pas plus, reprit-il, et je n'ai pas envie d'en savoir plus. Tout ce que je voulais dire, c'est un grand merci pour ta clairvoyance et pour avoir fait ce que tu as fait. Mais cela prouve que George cherche toujours la bagarre…

— J'espère que non, Dick, je l'espère vraiment. J'ai enfin réussi à calmer le jeu dans la société, et vous avez réglé le problème MacDonald, toi et Will. J'aimerais avoir un peu de tranquillité.

— Tu l'as bien mérité et nous allons tous nous arranger pour que tu puisses l'avoir ! Quant à George, grâce à toi, il ne peut rien faire pour nous enlever cette maison.

— C'est exact et, maintenant, si tu veux bien, je vais te laisser. Je viens d'arriver et j'ai à peine dit bonjour à Jane.

— Bien sûr, Ned ! Bonsoir, on se voit demain au bureau.

Jane avait apporté un verre de whisky pour Edward et une coupe de champagne pour elle. Ils allèrent s'asseoir devant le feu et Edward entreprit de raconter à Jane la nouvelle incartade de George.

Jane l'écouta avec attention et, quand il eut fini, lui apporta un autre verre. Elle l'écouta encore lui parler de son travail puis de tout et de rien. Pas une seule fois il ne mentionna Elizabeth et elle non plus. Elle se rendait compte qu'il était très fatigué, à bout de forces. Sa voix trahissait sa lassitude et il était resté très pâle alors qu'en général, avec le feu et le whisky, il reprenait des couleurs. Jane s'inquiétait pour lui. Cet homme si robuste et si résistant lui apparaissait pour la première fois profondément abattu.

Plus tard dans la soirée, il lui avait dit qu'il passerait la nuit avec elle et ils étaient montés ensemble. Alors que, étendus dans le noir, le feu dessinant des ombres mouvantes sur les murs, ils savouraient la paix de ces instants, Edward s'était assoupi.

Il se réveilla en sursaut.

— Excuse-moi, chérie, je crois que je me suis endormi, dit-il avec un petit rire forcé.

— Je pense que tu dois dormir, répondit-elle très doucement. Tu as eu une journée épuisante. Dormons maintenant.

— Je suis désolé, Jane, je crois que je serais incapable de te faire l'amour. Je n'en peux plus.

Il la serra dans ses bras très tendrement et l'embrassa dans le cou.

— Je t'aime, ma chérie.

— Je t'aime, Edward. Maintenant, nous devons dormir.

A son grand soulagement, il s'endormit presque instantanément. Mais elle, elle resta un long moment les yeux grands ouverts dans le noir, s'inquiétant pour lui. Il avait eu son compte de mauvais coups, depuis quelque temps, en particulier avec George, qui aurait mérité le fouet pour sa conduite odieuse. Elle n'avait jamais eu confiance en lui mais elle n'était pas non plus à l'aise avec Richard. Il avait quelque chose de méfiant, était renfermé et d'une prudence presque maladive. Ceux en qui elle avait confiance étaient les amis d'Edward, pas les membres de sa famille, à l'exception de sa mère qui l'adorait.

Jane finit par s'endormir mais d'un sommeil peuplé de cauchemars où s'affrontaient les Deravenel, des cauchemars de mort et de destruction.

Anthony Wyland était un homme exceptionnel. Homme d'honneur, loyal, totalement dévoué à Edward, il aurait donné sa vie pour lui si c'était nécessaire. Quand la banque de commerce Wyland s'était trouvée en situation difficile, quelques années plus tôt, Edward était venu au secours d'Anthony, lui offrant son aide sous toutes les formes possibles. Mais Anthony avait été honnête et lui avait dit de ne pas gaspiller son argent. Ensuite, il lui avait demandé de lui donner du travail, ce qu'Edward avait fait. Ni lui ni Anthony ne l'avaient jamais regretté.

Les compétences d'Anthony en matière de finance s'étaient révélées un précieux atout. De plus, c'était un homme très cultivé qui partageait la plupart des centres d'intérêt d'Edward, en particulier la littérature et la peinture. Au fil du temps, ils étaient devenus amis intimes, en plus d'être beaux-frères.

En ce pluvieux mardi de mars, Anthony était allé prendre le thé avec sa sœur. Elle l'avait accueilli avec une certaine réserve, se doutant de la raison de sa visite. Ils s'étaient installés dans la bibliothèque et, hormis quelques mots d'accueil, elle lui avait seulement demandé des nouvelles de leur mère.

A un moment, la gêne s'était installée quand le nom de leur sœur Iris était venu dans la conversation. Par chance, c'était le moment que Mallet avait choisi pour servir le thé. Anthony soupçonnait Elizabeth d'avoir raconté ses mensonges à Iris, qui était la pipelette de la famille. On ne pouvait rien lui confier. Anthony la trouvait stupide.

Quand Mallet eut fini de les servir, Anthony décida d'aborder le sujet qui lui tenait à cœur.

— J'espère que tu ne feras plus aucune confidence à Iris dorénavant, Lizzie. Tu sais qu'elle est très indiscrète.

— Ce n'est pas vrai ! répliqua Elizabeth. Elle est adorable. Et ne m'appelle pas Lizzie, tu sais que je déteste ça !

Le ton d'Elizabeth le hérissa. Il était venu avec les meilleures intentions du monde et elle se montrait agressive sans la moindre raison. Il n'avait pas eu beaucoup de temps pour la voir depuis plusieurs mois et plaignait Edward d'avoir à la supporter tous les jours.

— Ne le prends pas sur ce ton avec moi, Elizabeth. Je suis un de tes rares amis, et je parle de tes vrais amis.

— Permets-moi d'en douter puisque tu travailles pour lui. A propos, où est-il ? Il n'est pas rentré depuis plusieurs jours.

— J'ignore où il est mais s'il n'est pas rentré, il y a des chances pour qu'il se trouve à son club.

Elizabeth lui lança un regard perçant par-dessus sa tasse de thé et Anthony lui rendit son regard. Qu'elle est belle ! pensait-il. A presque trente-neuf ans, elle en paraissait dix de moins. Elle avait d'extraordinaires cheveux d'or blond qu'elle relevait en couronne, un teint laiteux sans défaut ni ride, et des yeux bleus très clairs.

Elizabeth avait toujours une silhouette magnifique. Elle n'était pas très grande mais n'avait pas pris un gramme depuis ses vingt ans. De même, elle avait gardé une poitrine de jeune fille et des jambes superbes. Rien d'étonnant si Edward succombait régulièrement à ses charmes. Il existait peu de femmes aussi belles qu'elle dans le monde. Mais quel dommage que son caractère ne soit pas au diapason, pensa Anthony.

— Arrête de me regarder comme ça ! jeta-t-elle.

— Je t'admire, c'est tout.

Il décida de se jeter à l'eau et se pencha vers elle.

— Ecoute, ma chérie, dit-il d'un ton conciliant. Ned est un bon mari, il t'offre tout ce que tu peux désirer… Alors, laisse-le un peu tranquille !

— Je ne lui ai rien fait ! Pourquoi me dis-tu cela ?

— Tu sais bien que tu as inventé des histoires sur lui et Fenella.

— Leur histoire à eux est un mensonge depuis le début, l'histoire de la carriole où Finnister aurait trouvé cette fille. Sans parler de toutes ces inepties au sujet d'une prétendue Tabitha James ! Elle n'a jamais existé. C'était Fenella. Cela faisait des années qu'ils couchaient ensemble. Elle est tombée enceinte et cela pourrait bien recommencer puisque ça n'a jamais cessé entre eux. C'est une traînée, comme toutes les autres femmes qu'il a dans sa vie !

Anthony eut un mouvement de recul et se renfonça dans son fauteuil. Elizabeth était folle ! Sa sœur était-elle une malade mentale ? Il ne voulait même pas y penser mais elle croyait visiblement ce qu'elle disait. Il tenta de lui expliquer la vérité.

— Elizabeth, j'ai vu les preuves, les preuves trouvées par Vicky. Je les ai vues. Je pense que tu devrais laisser tomber. Vous avez causé des dégâts énormes, Iris et toi, un scandale aux conséquences très dommageables pour beaucoup de gens.

Elle le fixait d'un regard vide, comme si elle ne comprenait pas et, soudain, Anthony fut incapable de contenir sa colère plus longtemps.

— J'ai honte de vous deux ! s'écria-t-il. Vous vous êtes conduites de la façon la plus méprisable. Comment peux-tu calomnier ton propre mari !

— C'est mon mari qui est méprisable. Où est-il ? J'aimerais bien le savoir.

Anthony reposa sa tasse et se leva.

— Si j'étais toi, j'éviterais de parler de mon mari comme tu viens de le faire. Tu pourrais te retrouver sans mari. Et je vais te donner un bon conseil, mon chou. La prochaine fois qu'il sera question d'Edward ou de sa famille, garde ta bouche fermée ! Sinon, tu risquerais fort de ne plus pouvoir les regarder que de très loin. Au revoir, Elizabeth. Si tu te soucies le moins du monde de tes intérêts, suis mes conseils !

— Comment oses-tu me parler sur ce ton !

Mais elle s'adressait au vide. Son frère avait déjà claqué la porte derrière lui.

Quand il rentrait tard, Edward avait l'habitude de se détendre un moment dans sa bibliothèque avec un verre de cognac. Ce soir, Mallet n'était pas là pour le servir. C'était son jour de congé, qu'il mettait toujours à profit pour aller voir sa sœur.

Edward poussa la porte de la bibliothèque et s'arrêta net. Sa femme était là, dans un fauteuil, l'air angoissée et malade avec un visage livide et de grands cernes noirs.

— Qu'attendez-vous là ? dit-il d'un ton froid. Moi, bien sûr, mais pourquoi ici et pas en haut ?

— Je veux te parler, répondit-elle humblement.

— Nous n'avons pas grand-chose à nous dire, en ce moment, me semble-t-il. Je pense même que vous n'avez que trop parlé. N'êtes-vous pas d'accord avec moi ?

— Je le regrette tellement, Edward. Je suis désolée. S'il te plaît, dis-moi que tu me pardonnes. Je t'en prie !

— Je crains qu'il me faille un certain temps. Je veux dire, pour vous pardonner. L'affront était trop cuisant !

— Je suis sincèrement désolée, répéta Elizabeth d'une voix tremblante.

— Ne commencez pas à pleurer, cela n'arrangerait pas vos affaires !

Il prit le temps de se servir un cognac puis alla s'installer dos au feu, dans la posture qui lui était familière.

— Vous avez sali notre nom et blessé une femme de cœur qui ne vous a jamais causé le moindre tort. Fenella a toujours été votre amie. Je ne comprends pas votre comportement.

Elizabeth l'écoutait en se tordant les mains et lui répondit d'une voix brisée :

— Moi-même, je ne comprends pas. Je ne vois pas d'autre explication que ma terrible jalousie. Je suis jalouse de toi et de toutes les autres femmes. A présent, je peux bien te l'avouer ! C'est plus fort que moi.

— Fenella est une amie de la famille presque depuis l'enfance et il n'y a jamais eu de liaison romantique entre nous. Il n'y a pas d'autre femme dont vous puissiez être jalouse, Elizabeth.

Elle voulut dire quelque chose mais se ravisa, consciente qu'il valait mieux ne pas attiser sa colère. Elle l'avait attendu pour présenter ses excuses, pas pour l'accuser de la tromper.

— Et, reprit-il à voix lente, ne me parlez pas de ma maîtresse ! Elle existe, c'est vrai, mais les hommes comme moi ont des maîtresses. Heureusement, vous êtes une femme chanceuse. Ma maîtresse n'est la source d'aucun ennui, ni pour moi, ni pour vous, ni pour notre famille. Le statu quo lui convient, et à moi aussi. Vous feriez mieux de l'accepter.

— Je le sais et je l'accepte.

Elizabeth se leva et le prit par le bras.

— Je t'en prie, Ned, oublions ce qui s'est passé.

Il la fixa un long moment puis ôta sa main de son bras.

— Je ferai de mon mieux, Elizabeth, dit-il d'une voix très douce. Je le ferai pour le bien de nos enfants. Maintenant, vous devriez aller vous coucher, il est très tard.

— Tu ne viens pas ?

— Non, il me reste du travail à terminer.

30

Londres, 1920

Le mercredi 31 mars, c'était son anniversaire. Grace Rose n'arrivait pas à y croire mais c'était vrai, elle fêtait ses vingt ans ! D'un seul coup, elle se sentait extraordinairement adulte. Très adulte, en fait !

La veille, après le dîner, son père adoptif l'avait qualifiée de charmante jeune lady et elle lui avait souri de plaisir avant de l'embrasser très fort. Elle lui avait dit à quel point elle était heureuse de les avoir pour parents, Vicky et lui. Elle s'estimait la plus chanceuse des filles. Vicky et Stephen venaient de lui dire qu'ils étaient très fiers d'elle, de ce qu'elle était devenue et de ce qu'elle avait déjà réussi. Elle en avait éprouvé un immense élan d'amour et de gratitude. Stephen avait ajouté qu'elle avait un bel avenir devant elle et elle le croyait. Il disait toujours la vérité.

Son rêve d'aller à Oxford était devenu une réalité, grâce à sa mère. Elle venait d'y passer un an et avait assisté à des cours magistraux passionnants. Elle avait savouré chaque instant de son séjour dans cette ancienne cité à la magnifique architecture, toute de flèches étincelantes et d'élégants bâtiments disposés autour de vastes pelouses. Vivre dans cette atmosphère de savoir et d'étude avait été une expérience extraordinaire. Elle n'oublierait jamais ces moments.

Grace Rose étudiait l'anglais et l'histoire de France, ses matières favorites. Elle espérait devenir historienne, donner des cours et écrire des livres. Elle adorait écrire et se demandait si ce n'était pas sa véritable voie.

Quand elle n'était pas en cours, elle travaillait dans la spacieuse et confortable chambre mise à sa disposition par Millicent Hanson. La maison, ancienne, se trouvait dans une allée paisible. Millicent Hanson l'avait accueillie à bras ouverts. Grace Rose s'était tout de suite sentie à l'aise au milieu des objets anciens et des livres qui remplissaient la maison. L'amie de sa mère lui donnait la sensation rassurante d'être choyée mais sans qu'il soit question de possessivité ni d'indiscrétion. Elle la laissait vaquer à ses occupations sans s'en mêler. De temps en temps, elles prenaient un repas ensemble. Cette organisation leur convenait à toutes deux. Millicent était écrivain et passait son temps à travailler dans son bureau à l'étage. Elle n'avait de cesse de répéter à Grace Rose de faire comme chez elle. La demeure était un havre de paix.

La voix de Vicky, qui l'appelait du bas de l'escalier, l'arracha à ses souvenirs.

— Broadbent est arrivé. Descends vite, ma chérie !

— J'arrive tout de suite, mère !

Elle prit son manteau bleu, son sac du soir, ses gants et se regarda une dernière fois dans son miroir. Elle adorait sa robe, à la dernière mode, spécialement créée pour elle par Mme Henriette, en soie bleu delphinium, avec une jupe étroite qui respectait la nouvelle longueur à mi-mollet. Elle sourit en admirant ses perles, le collier offert pour ses vingt ans par ses parents, le bracelet assorti offert par Amos, et les perles d'oreilles choisies par Fenella et Mark. Elle vérifia l'heure à sa nouvelle montre Cartier, le cadeau de son oncle Ned. Sept heures ! Elle descendit l'escalier en courant, très excitée par la perspective du dîner que donnait son oncle Ned au Ritz pour son anniversaire. Ils seraient huit : ses parents et elle, Fenella et Mark, Amos, oncle Ned et Jane Shaw. Avec eux, la soirée allait être merveilleuse !

Après avoir laissé leurs manteaux au vestiaire, Vicky prit Grace Rose par le bras.

— Nous devons retrouver Ned dans la suite de Maisie et de son mari, chérie. Ils sont venus d'Irlande et ils nous ont invités à prendre une coupe de champagne pour ton anniversaire.

— Comme c'est gentil ! s'exclama Grace Rose.

Puis elle regarda par-dessus son épaule et demanda ce que faisait son père à la réception.

— Je pense qu'il demande qu'on nous annonce.

Ils prirent l'ascenseur jusqu'au cinquième étage et Stephen les guida ensuite dans le corridor où il frappa à la porte à double battant d'une suite. On ouvrit immédiatement. C'était Edward Deravenel, qui souriait d'un air heureux. Il prit Grace Rose par la main et, sans lui laisser le temps de respirer, l'amena au centre de la pièce où les invités crièrent tous en chœur : « Joyeux anniversaire, Grace Rose ! Joyeux anniversaire ! »

Pour Grace Rose, la surprise était totale et la laissa sans voix, si émue qu'elle crut ne pouvoir s'empêcher de pleurer. Regardant autour d'elle, elle vit qu'ils étaient tous là, les hommes portant des complets noirs d'une élégance parfaite, les femmes des robes ravissantes…

Fenella était avec Mark et Jane Shaw. Grace Rose les trouva toutes les deux superbes avec leurs robes de haute couture et leurs bijoux.

De l'autre côté de la pièce, où se trouvait la cheminée, était assise tante Cecily, impressionnante avec sa robe de soie rose foncé et ses innombrables longs rangs de perles. Bess s'appuyait au fauteuil de sa grand-mère, irrésistible dans sa robe rouge vif. C'était une couleur peu courante pour une rousse mais, sur elle, l'effet était spectaculaire.

Non loin de Bess se tenait son très cher Amos Finnister, et de l'autre côté, souriant aux anges, Charlie Morran accompagné de son amie, Rowena Crawford. A côté de Rowena, il y avait enfin Maisie, la sœur de Charlie, et son mari Liam. Maisie, devenue lady Dunleith par son mariage, était vêtue de bleu marine et couverte de saphirs. Le mot « glamour » aurait pu être inventé pour elle.

Grace Rose comprit qu'Edward avait tout organisé et se tourna vers lui, les yeux brillants de larmes. Elle tenta de lui sourire mais sa bouche tremblait. Soudain, alors qu'il la regardait avec un immense sourire, elle réussit à sourire puis ils éclatèrent de rire et se jetèrent dans les bras l'un de l'autre.

— Ah ! Je te reconnais mieux là ! s'exclama Edward.

Il la conduisit ensuite, avec Vicky et Stephen, au centre du salon pour qu'elle puisse saluer tout le monde. Grace Rose fut aussitôt entourée. Bess, qui avait à présent onze ans et paraissait très adulte, fut la première à se précipiter vers elle. Grace Rose embrassa sa demi-sœur.

— J'ai un beau cadeau pour toi, Grace Rose, et papa m'a laissée le choisir moi-même. Je te le donnerai tout à l'heure.

Grace Rose la remercia affectueusement puis se tourna vers Amos qui l'embrassa sur la joue en la serrant très fort dans ses bras.

— Bon anniversaire, Grace Rose, murmura-t-il, les yeux emplis de tendresse et de fierté.

Grace Rose leva le bras pour lui montrer qu'elle portait son bracelet de perles et le remercia.

Ce fut ensuite le tour de Fenella qui vint l'embrasser en lui souhaitant, comme Mark, beaucoup d'anniversaires, et Grace Rose la remercia pour les boucles d'oreilles. Quand Jane s'approcha, Grace Rose la remercia, à son tour, pour le coffret à correspondance en cuir qu'elle lui avait offert.

— Il est très beau, Jane, merci.

Jane lui sourit avec amitié. Elles étaient devenues très proches au cours des deux années précédentes.

Grace Rose entendit son nom et pivota pour se trouver face à Charlie, qui voulait lui présenter Rowena. Enfin, Grace Rose put aller saluer Cecily Deravenel. Tante Cecily, ainsi qu'elle l'appelait, lui sourit affectueusement.

— Sais-tu que tu es très belle, Grace Rose ? Et tu ressembles tellement à ton p…

Elle s'interrompit brusquement mais Grace Rose savait ce qu'elle avait failli dire tout haut : qu'elle ressemblait à son père. Elle se pencha pour embrasser Cecily Deravenel qui en profita pour lui glisser à l'oreille :

— Tu es une vraie Deravenel, ma petite-fille, au moins par ta beauté. Bon anniversaire !

— Merci, tante Cecily !

Grace Rose se sentait la gorge serrée par une soudaine émotion. C'était la première fois que Cecily Deravenel l'appelait sa « petite-fille ».

— Merci pour la garniture de coiffeuse, reprit-elle. Les brosses en argent et le miroir à mes initiales sont ravissants. Je ne pourrai jamais m'en séparer !

— Je te les offre avec toute mon affection, répondit Cecily.

Elle souriait mais son regard s'était voilé. Bess ressemblait beaucoup à Edward mais celle-ci, la première-née, était son portrait vivant.

Grace Rose s'excusa et se dirigea vers Maisie, qu'elle avait déjà rencontrée deux fois, quand Maisie était venue voir Charlie. Toutefois, elle ne connaissait pas Liam, que Maisie s'empressa de lui présenter.

— Quelle merveilleuse coïncidence, Grace Rose, poursuivit-elle, que nous ayons décidé de passer Pâques à Londres ! Nous avons été ravis quand Charlie nous a transmis l'invitation de ton oncle.

— J'en suis très heureuse, Maisie, et Charlie semble en pleine forme.

— Oui, je suis contente de voir qu'il a enfin rencontré une jeune femme charmante. A vrai dire, il en a rencontré un certain nombre mais je crois qu'il tient réellement à celle-ci.

On entendit soudain quelques petites détonations dans la pièce adjacente et deux serveurs apparurent, portant des plateaux chargés de flûtes de champagne et de verres de vin blanc. Quand les invités furent tous servis, Charlie rejoignit Grace Rose.

— J'ai quelque chose pour toi, lui dit-il à l'oreille. Je te le donnerai tout à l'heure.

Il ajouta, non sans rougir un peu, que Rowena l'avait aidé à le choisir.

— Merci, Charlie, elle a l'air très sympathique et je la trouve très jolie.

— Je suis heureux de savoir que j'ai ton approbation, répondit-il avec un sourire taquin.

Grace Rose éclata de rire. Ils étaient devenus bons amis au cours des deux dernières années et pratiquaient le même genre d'humour. Avec sa franchise habituelle, Grace Rose aborda ensuite un sujet qui lui tenait à cœur.

— Ton aspect s'améliore de jour en jour, Charlie. Tes greffes de peau sont incroyables, on ne voit presque rien. Les chirurgiens ont fait des miracles pour te rendre un visage.

— Heureusement que tout le monde m'a vu quand j'avais mes affreuses cicatrices, n'est-ce pas ? Sinon, personne n'y croirait !

Consternée par sa maladresse, Grace Rose rougit violemment.

— Excuse-moi, Charlie, je ne voulais pas te choquer. Mais je pense ce que j'ai dit. C'est formidable de te voir ainsi. Je suis certaine que tu remonteras bientôt sur scène.

— Je l'espère.

— Moi aussi, et j'ai hâte de te voir jouer. Je suis sûre que Rowena attend cela avec impatience, elle aussi. Vas-tu l'épouser ?

Charlie haussa les épaules, amusé.

— Je n'en suis pas certain, dit-il en baissant la voix. Je ne le lui ai pas encore demandé mais, le jour où je le ferai, tu seras la première avertie.

Ils bavardèrent encore un peu puis Grace Rose s'excusa et le quitta pour parler à Jane Shaw, avec qui elle se lança aussitôt dans une longue conversation.

Edward, tout à ses devoirs d'hôte, veillait à ce que les verres soient toujours remplis et passait d'un invité à l'autre dans le spacieux salon de la double suite qu'il avait louée. A un moment, sa mère accrocha son regard.

— Tout va bien, mère ? demanda-t-il en se penchant sur elle. Voulez-vous quelque chose ? Du caviar ? Du champagne ?

— Je n'ai besoin de rien, répondit Cecily à voix basse. Je me demandais seulement pourquoi Will et Kathleen ne sont pas là. Ne doivent-ils pas venir ?

— Will était en déplacement d'affaires, pour la Deravenel bien sûr, et ils arriveront un peu plus tard. Je sais qu'ils ne manqueraient pour rien au monde la fête de Grace Rose.

Cecily posa une main légère sur le bras de son fils.

— Je me suis souvenue d'une information qui pourrait être importante, cet après-midi, et j'ai pensé que je devais t'en parler. J'ignore comment j'avais pu l'oublier.

— De quoi s'agit-il ?

— Je me suis souvenue d'une chose que m'avait dite Neville, peu après ton mariage. Il regrettait que tu te sois marié en secret, à cause des négociations avec Louis Charpentier. Il voulait vraiment te faire épouser Blanche, la fille de Charpentier. Il s'en est plaint à moi en disant que tu l'avais laissé tomber…

— Je sais tout cela. Où voulez-vous en venir ?

— J'y arrive. Il m'a dit que Henry Turner était apparenté à Louis Charpentier par sa mère, Margaret Beauchard, ce que j'ignorais. Il a ajouté que si tu t'étais marié avec Blanche, cette union aurait permis de réconcilier les deux branches de la famille, les Deravenel Grant du Lancashire et nous.

Edward éclata de rire.

— Il n'était pas sérieux, mère ! Ce n'est pas possible. Je suis convaincu que Margaret Beauchard et son fils sont mes ennemis jurés, nos ennemis devrais-je dire, et l'étaient déjà à l'époque. N'oublions pas que Henry Turner est l'héritier de Henry Grant. Certains ont des doutes à ce propos mais il n'y a pas d'autre héritier possible, comme vous le savez. D'ailleurs, Turner a hérité les parts de Grant dans la Deravenel, mais il n'en a pas assez pour avoir le moindre poids. Je dois ajouter que nous avons régulièrement versé les dividendes de ces actions depuis que je dirige la compagnie. J'ai fait vérifier très récemment les parts et les titres qu'ils détiennent dans la Deravenel. Tout est en ordre. Je précise que c'est Margaret Beauchard qui perçoit les dividendes qu'elle garde en fidéicommis pour son fils.

Cecily écoutait son fils, quelque peu troublée.

— J'ignorais ces détails. Tu ne m'en avais jamais parlé.

— Il n'y avait aucune raison pour cela. Je n'ai pas pensé que c'était important. Les Grant ont des parts dans la Deravenel depuis des siècles. Toutefois, je peux vous rassurer : nous détenons la majorité et c'est ce qui compte. Sans oublier que c'est moi qui dirige la compagnie !

— D'une main de fer, dit-elle en souriant.

— Mais dans un gant de velours, rétorqua-t-il.

Il lui souriait aussi, de son sourire en coin de gamin, ce même sourire auquel les femmes résistaient rarement.

Il se redressa car Will Hasling et sa femme Kathleen faisaient leur entrée. Kathleen était la sœur des défunts Neville et Johnny Watkins et donc la nièce de Cecily Deravenel. C'était une sorte de version plus jeune de sa tante, avec la beauté et les cheveux noirs des Watkins. Elle avait le même visage que Cecily, fin et bien structuré. Leur lien de parenté sautait aux yeux.

Edward se porta à la rencontre du couple, les salua puis les accompagna jusqu'au milieu du salon. Il les laissa faire le tour de leurs amis, les pourvut d'une flûte de Krug, puis emmena Kathleen s'asseoir auprès de Cecily.

Il put ainsi entraîner Will dans un coin plus tranquille près d'une fenêtre.

— C'est bien ce que tu pensais, Edward, commença Will d'un ton discret. Notre vieil adversaire, Louis Charpentier, aurait beaucoup aimé que sa nièce épouse un Deravenel. Cela nous rappelle quelque chose, n'est-ce pas ? Pendant quelque temps, il a essayé d'obtenir l'appui de Meg mais ta sœur a eu le bon sens de décourager cette union, finalement. Elle semble avoir réalisé que cela mettrait ce vieux renard de Louis en position de te faire du tort ou même de s'emparer de la Deravenel. En définitive, tu as eu plus d'importance pour elle que George. Je pense donc que tu as réussi à étouffer un complot dans l'œuf en parlant à Meg. La loyauté de ta sœur envers toi est sans faille mais il faut dire aussi que tu es intervenu très intelligemment !

Edward soupira tristement.

— George est vraiment bête de toujours courir après le pouvoir en croyant qu'il peut me battre. Et moins de six mois se sont écoulés depuis le décès d'Isabel. Comment peut-il être déjà en train de chercher une autre femme ?

— Et pas n'importe quelle femme ! Ce qu'il cherche, c'est une femme très riche. Sous cet aspect, l'héritière de la fortune Charpentier était parfaite, car c'est ce qu'elle est. Quand Blanche est morte en couches, et l'enfant avec elle, Louis n'a pu faire autrement que de nommer héritier l'enfant unique de son frère unique. C'est ainsi que Louise est devenue une femme très désirable.

— Je ne risque pas de l'oublier, crois-moi ! Et pour l'autre dossier ? As-tu trouvé quelque chose au sujet de Henry Turner ?

— Je suis content de pouvoir te répondre par l'affirmative. Jean-Paul m'a été d'une grande aide. Je suis soulagé de savoir qu'il est à la tête du bureau Deravenel de Paris. C'est un excellent dirigeant. Il avait mis sur l'affaire la meilleure agence de détectives privés. Ecoute bien. Henry Turner retourne travailler pour Louis Charpentier. On lui a offert une situation plus élevée dans la société, même si l'annonce officielle n'a pas encore été faite. Il semblerait que ce soit un homme d'affaires très doué, prudent, méfiant, économe et même un peu parcimonieux, dirons-nous ! D'après les détectives, c'est quelqu'un d'assez ennuyeux, en fait. Ils n'ont trouvé aucun scandale ni ragot à son propos. J'ai l'impression que Louis est en train de le former pour les plus hautes responsabilités.

— Un mariage avec Louise ?

— Apparemment non. Louis Charpentier n'approuve pas du tout les mariages entre personnes apparentées.

— Je vois… Donc nous savons à quoi nous en tenir, maintenant. Nous aurons intérêt à garder Henry Turner à l'œil, qu'en penses-tu ?

— Tout à fait d'accord ! Il pourrait se révéler très dangereux à long terme.

Au bout d'une demi-heure, tout le monde avait bu beaucoup de champagne et de vin blanc, et dégusté le meilleur des caviars Beluga. Edward demanda à ses invités de passer dans le deuxième salon, transformé en salle à manger pour l'occasion.

Deux serveurs ouvrirent en grand la porte à double battant. La table, couverte d'une nappe blanche immaculée, avait été dressée pour seize couverts. Le centre était décoré d'arrangements de roses blanches dans des coupes en argent, en alternance avec de hauts chandeliers également en argent. La flamme des bougies se reflétait en dansant sur l'argenterie et les cristaux, faisant scintiller la table de mille petits feux. La pièce était décorée de fleurs et de bougies qui créaient une atmosphère de fête.

Edward fit le tour de la table d'un regard discret, observant ses invités. Il constata avec plaisir que chacun d'entre eux paraissait heureux d'être là, ce soir entre tous. Il n'y avait que des amis qui aimaient Grace Rose, l'admiraient, et se réjouissaient de célébrer ses vingt ans avec elle.

Peu avant que l'on serve l'entrée, Edward fit sonner son verre avec sa fourchette.

— Je propose de porter un toast à Grace Rose pour son anniversaire.

Il leva sa flûte en cristal, aussitôt imité par toute la tablée, qui répéta en chœur : « Bon anniversaire, Grace Rose ! »

— Je sais, reprit Edward sans s'adresser à personne en particulier, que certains d'entre vous aimeraient faire un petit discours et ce serait formidable. Mais je pense que nous avons tous faim, à présent. Je vous propose donc de dîner. Nous pourrons ensuite porter autant de toasts que nous en aurons envie. Et Grace Rose pourra enfin ouvrir ses cadeaux !

Pendant qu'il parlait, les serveurs en gants blancs avaient commencé à servir les poissons fumés d'Ecosse, saumon et truite, proposant du pain complet et du beurre, du citron et une sauce crémeuse au raifort.

Edward se pencha vers sa mère, assise à sa droite.

— Ensuite, vous aurez le choix entre du canard rôti avec une sauce aux cerises ou du gigot d'agneau des

Yorkshire Dales. Avec tous les légumes et accompagnements possibles, bien sûr !

Cecily indiqua sa préférence pour le gigot, même si elle appréciait aussi le canard, puis jeta à son fils un regard en coin.

— Will rentre de Paris, n'est-ce pas ?

— Oui, et il n'y a aucun souci à avoir. Meg a fait son devoir envers les Deravenel. Elle n'encourage plus Charpentier dans ses projets. La demande en mariage, car on en était là, a été étouffée dans l'œuf, d'après les paroles de Will lui-même.

— Quel soulagement !

Edward éprouvait la même chose. Il avait besoin de tout sauf de voir son frère George, à peine veuf, se remarier avec l'héritière d'un ennemi. Louis, le vieux renard comme disait Will, avait toujours des visées sur la compagnie Deravenel. George avait sans doute calculé qu'il pourrait ainsi mettre la main sur tout. George, pensa Edward, était devenu une menace et se conduisait encore plus mal depuis le décès prématuré d'Isabel, morte en couches. Après avoir respecté une très brève période de deuil, il avait repris toutes ses mauvaises habitudes, plus avide que jamais, frustré et méchant. Mais Edward s'était préparé à de nouveaux ennuis et s'était armé contre eux.

Avec effort, il écarta ces pénibles pensées. Cette soirée était un moment de joie, en particulier pour Grace Rose. Il souhaitait qu'elle en profite autant que possible, et lui aussi.

DEUXIÈME PARTIE

Edward

La vérité et l'amour

Le vrai est le vrai, l'amour est l'amour
Que nous soit donnée la grâce de les goûter ;
Mais si la vérité offense ma mie,
Je ne veux pas la connaître.

Alfred Edgar COPPARD

Préserve, au cœur d'un sanctuaire sauvage, une inaccessible vallée de la rêverie.

Ellen GLASGOW
Une certaine mesure

Qui connaît les autres est avisé ;
Qui se connaît lui-même est éclairé.

Lao TSEU
Traduction François Houang
et Pierre Leyris

31

Constantinople, 1921

Du pétrole ! Noir, puant, gras, sulfureux. L'or noir ! Son vieux rêve de découvrir du pétrole était devenu réalité. Enfin !

Edward Deravenel était assis sur la terrasse d'un yali, un ancien palais d'été construit sur les rives du Bosphore, qui offrait une vue spectaculaire. La lumière était belle par ce matin ensoleillé de juillet. Edward savourait un thé à la menthe bouillant avec un biscuit aux amandes. Et il pensait à son pétrole.

Le pétrole de la Deravco… C'était enfin vrai. Il possédait un champ de pétrole dans le sud de la Perse, grâce à la clairvoyance, la ténacité et les compétences de Jarvis Merson. Il avait toujours cru en Jarvis et en son partenaire, Herb Lipson. Grâce à *son* argent, aussi ! Il avait tout financé du premier au dernier sou.

Les deux hommes avaient fait ce qu'ils avaient promis de faire. Ils avaient découvert un vaste gisement dans une vallée de la Perse, où ils avaient acheté au shah une concession pétrolière. Les prélèvements géologiques, leur instinct et leur flair leur avaient donné la certitude d'y trouver ce qu'ils cherchaient. Ils avaient décidé de forer dans la vallée à l'été 1918 après avoir persuadé Edward de les soutenir financièrement, en fait de devenir leur associé à part entière. Edward avait choisi de parier sur eux et avait sauté dans l'aventure à pieds joints, sans oublier de sortir un chéquier bien approvisionné. Ensuite, il avait croisé les doigts en priant pour la réussite de l'entreprise.

Leur association datait de mai 1918. Merson et Lipson étaient arrivés à Londres sans prévenir, en route pour la Perse où ils voulaient voir ce qui se passait sur le terrain. Edward était allé déjeuner avec eux au Rules et c'était au cours de ce déjeuner qu'ils l'avaient convaincu de devenir leur partenaire. Leur enthousiasme, leur assurance, leur certitude de réussir et leur réputation flatteuse l'avaient séduit. Surtout, ils avaient gagné sa confiance.

Alfredo Oliveri et Will Hasling assistaient à ce déjeuner et avaient cherché à tempérer leur enthousiasme. Alfredo avait fait remarquer que l'achat de la concession et les forages exploratoires n'étaient que les premiers pas d'une aventure coûteuse.

« Supposons que vous trouviez du pétrole, avait-il dit. Il vous faudra d'énormes financements pour continuer, de l'argent pour pomper, pour construire des pipe-lines, raffiner le brut et l'acheminer vers les points de livraison. »

Il avait lancé un regard perçant à Edward avant de conclure :

« Combien ? Un million de livres ? Peut-être deux millions ? Etes-vous prêt à risquer autant ? »

Edward s'en souvenait bien : le cœur lui avait manqué mais il avait réussi à n'en rien laisser paraître. Il avait souri, s'était laissé guider par son instinct et s'était décidé d'un seul coup. Merson lui avait toujours inspiré la plus grande confiance et Lipson lui plaisait tout autant.

« Vous avez raison, Oliveri, avait-il répondu, mais je pense que je vais suivre ces deux hardis explorateurs ! Cependant, je n'investirai pas l'argent de la Deravenel. Vous avez absolument raison de souligner les dangers. Le pétrole est un métier à risque. Mais j'ai confiance en nos deux amis et je marche avec eux. Avec mon propre argent. S'ils ne trouvent pas de pétrole, la perte sera la mienne. S'ils réussissent, la Deravenel pourra éventuellement me rembourser et la Deravco appartiendra à la compagnie. Qu'en pensez-vous ? »

Oliveri n'avait pas eu d'autre choix que d'acquiescer et Will avait ri.

« Avec ton talent pour faire de l'or, l'entreprise ne peut que réussir, avait-il dit. Et maintenant, je lève mon verre au pétrole ! » Ils avaient bu ensemble au succès de l'aventure perse.

Dès leur arrivée sur le terrain, Merson et Lipson avaient acheté la concession qui les intéressait et avaient formé deux équipes. Elles comprenaient des prospecteurs américains, des travailleurs du pétrole venus d'Angleterre et d'autres de Bakou, en Azerbaïdjan, le plus grand port de Russie et aussi le centre du commerce pétrolier russe. En 1918, la Révolution russe commençait à s'apaiser dans une certaine mesure mais de nombreux travailleurs du pétrole avaient néanmoins fui Bakou. Ils avaient pris la direction de la Perse, où les compagnies étrangères, américaines et britanniques pour la plupart, embauchaient et foraient. C'était là qu'il fallait aller si on voulait du travail.

Merson et Lipson avaient également réussi à convaincre des hommes des tribus locales de rejoindre leurs équipes. Tous avaient trouvé irrésistible l'appel de l'or noir.

Chaque semaine, ils envoyaient à Edward un rapport dans lequel ils notaient scrupuleusement le moindre détail.

Ils avaient connu de nombreuses déceptions au cours de ces deux années, et des moments terribles quand ils ne trouvaient rien après des mois de labeur exténuant. Il y avait eu aussi de nombreux accidents, trop souvent mortels, qui les laissaient amers. Pourtant, malgré tous les contretemps et les échecs, même aux pires moments, les deux Américains n'avaient jamais perdu espoir.

Impressionné par leur détermination sans faille, leur engagement total dans l'entreprise, et leur certitude de trouver du pétrole dans le sous-sol de leur concession, Edward avait continué de les financer. Il payait les salaires, la nourriture, le matériel nécessaire et tout ce qu'il fallait pour poursuivre les forages exploratoires.

Au bout de deux ans et demi de lutte acharnée et de travaux ingrats, Merson et Lipson savaient qu'ils devaient trouver du pétrole ou tout arrêter. Ils avaient déjà dépensé des fortunes et comprenaient qu'Edward ne pourrait pas les financer indéfiniment. Ils détestaient renoncer et s'avouer vaincus mais acceptaient l'idée de devoir fermer le chantier de la Vallée des Cailloux, ainsi qu'ils avaient fini par l'appeler, si le troisième puits ne donnait rien. Les deux premiers s'étaient révélés secs. Jusqu'à cet instant, la foreuse n'avait rencontré que de la roche.

Tout dépendait de ce troisième puits. Le forage avait déjà atteint sept cents mètres de profondeur, mais sans succès. Ils avaient néanmoins décidé de faire une ultime tentative. « On fait une dernière folie, avait dit Merson avec un sourire en coin. On descend à mille mètres et on verra. » Dans leur rapport, ils avaient expliqué à Edward que c'était le dernier forage.

La chance avait tourné quand ils avaient atteint les neuf cents mètres. Un incroyable grondement s'était produit, comme un début de tremblement de terre, suivi d'une série de bruits d'explosion. Et ils avaient vu enfin le résultat de leurs efforts : le pétrole avait jailli avec une puissance qu'ils n'avaient jamais vue. L'or noir ! Giclant à près de trente mètres, il coulait sans se tarir.

Ils avaient gagné ! Ils mettaient enfin le pied dans l'industrie pétrolière. Couverts de boue et de pétrole, les deux Américains et leurs équipes avaient éclaté de rire, avaient crié et s'étaient mis à tourner sur place comme des derviches. Le lendemain, ils avaient envoyé l'un des techniciens anglais à Abadan pour télégraphier la bonne nouvelle à Edward.

En recevant le télégramme, Edward avait d'abord eu du mal à y croire. Après ces années de difficultés et de déceptions, Merson et Lipson avaient enfin abouti… Une atmosphère de fête avait régné dans les bureaux toute la semaine. Edward avait répondu aussitôt par un télégramme de félicitations en promettant d'aller les voir en juillet.

C'est ainsi que, trois semaines plus tôt, Edward avait pu quitter Londres pour se rendre à Marseille et, de là, prendre un bateau pour Abadan. Alfredo Oliveri et Will Hasling l'avaient accompagné. A Abadan, ils avaient été accueillis par Merson qui les avait ensuite escortés jusqu'à la concession.

Ils avaient été éblouis par le spectacle des derricks s'élevant dans le ciel bleu clair. Mes derricks, avait pensé Edward. Les derricks de la Deravco. Son rêve de posséder une compagnie pétrolière était devenu une réalité.

Merson et Lipson avaient fait faire le tour du propriétaire à leurs trois visiteurs. Ils avaient fait la connaissance de tous les travailleurs de la concession. Chaque nuit, et jusqu'au point du jour, ils avaient écouté des histoires étonnantes, la plupart difficiles à croire. Leur visite avait été abondamment et quotidiennement fêtée dans tout le camp. On avait consommé beaucoup de bière, de whisky et de vodka.

Ils étaient restés quatre jours dans ce qu'on appelait toujours la Vallée des Cailloux, mais à présent avec un clin d'œil entendu. Ensuite, ils avaient rejoint la Turquie et Constantinople par voie terrestre. Ils voulaient rencontrer Ismet Bozbeyli, un Turc d'un contact très agréable qui avait fait ses études à Oxford et dirigeait le bureau de la Deravenel en Turquie. Ismet avait, en réalité, pris la succession de ses père et grand-père, qui avaient représenté la Deravenel avant lui.

Il allait de soi qu'ils séjourneraient dans le beau yali ancien appartenant à Ismet Bozbeyli. Si la demeure était en elle-même magnifique, elle se trouvait aussi au milieu de jardins splendides sur la rive du Bosphore.

Après quelques jours de repos, Alfredo et Will étaient partis inspecter les carrières de marbre de la Deravenel avec Ahmet Hanum, qui travaillait également pour la compagnie. Certaines se trouvaient dans des îles de la mer de Marmara mais Alfredo voulait en acheter d'autres.

Edward avait préféré rester à Constantinople car il avait pris froid en Perse et craignait que cela dégénère en bronchite. Cela avait toujours été son point faible.

Comme il contemplait le paysage autour de lui, il se réjouit d'être resté. La maison était luxueuse, les domestiques très policés, aimables et toujours prêts à répondre à ses moindres désirs. Quant à la table, tout ce qu'on y servait était délicieux. Il s'était rapidement remis dans cet environnement luxueux, au milieu des massifs de fleurs, des pelouses qui descendaient en pente douce vers la rive, et des arbres ombreux. Dans ce petit paradis, il avait senti son esprit s'apaiser. Enfin seul, il avait pu se détendre et il avait savouré la solitude dont il jouissait dans la journée, quand Ismet travaillait à son bureau, dans le centre de la ville.

Les Deravenel faisaient des affaires en Turquie depuis plusieurs siècles. Ils importaient en particulier des tapis de Hereke et Cannakale, des kilims de Denizil, des tapis et des kilims de Konya ; des étoffes et des soieries ; des épices ; des loukoums ; et de l'essence de rose de Bulgarie utilisée en parfumerie et comme produit de soin corporel.

En échange, la Deravenel exportait de nombreuses marchandises à destination de la Turquie, des lainages de luxe tissés dans ses manufactures de Bradford, du prêt-à-porter fabriqué dans ses usines de Leeds et du vin de ses vignobles français. Les échanges avaient toujours été profitables aux deux parties. La Deravenel avait la pleine confiance des importateurs et revendeurs turcs.

Edward se leva et prit l'allée qui serpentait entre les pelouses, descendant vers la longue terrasse fleurie au-dessus du Bosphore. Pour accéder à la terrasse, il fallait ouvrir un portillon dans un muret. Un autre muret courait tout au long de l'eau et Edward alla s'y asseoir. Le paysage l'émerveillait, ce large détroit qui assurait le lien entre l'Occident et l'Orient.

L'eau s'écoulait depuis le détroit des Dardanelles dans le détroit du Bosphore et dans le bras de mer de la Corne d'Or qui formait un port naturel au cœur de Constantinople. Au-delà du Bosphore, s'étendait la mer Noire et, encore plus loin, la Russie.

De l'autre côté du Bosphore, on voyait la côte de l'Asie Mineure. Edward s'étonnait encore de la façon dont la ville faisait le grand écart entre l'Europe et l'Asie.

Sous la terrasse, se trouvait le hangar pour les caïques qui remontaient ou descendaient le Bosphore, ou faisaient la traversée vers l'Asie Mineure. Une longue jetée permettait aux bateaux d'amener ou de remmener les invités de la maison.

Depuis qu'il était arrivé à Constantinople, Edward avait savouré chaque instant de son séjour. Parmi tous les lieux qu'il avait déjà visités, il n'en connaissait pas de semblable. L'antique cité était à la fois exotique et mystérieuse. Elle le fascinait. Depuis deux jours, profitant de la fraîcheur du petit matin, Ismet lui avait montré quelques hauts lieux de la ville, la Mosquée bleue, Sainte-Sophie et le palais de Topkapi transformé en musée. Il avait été ébahi par le nombre de mosquées, de minarets, d'églises et de palais. Ismet lui avait aussi fait découvrir le marché aux épices où il s'était senti agréablement enveloppé des parfums de mille épices, évoquant l'Afrique et l'Asie – cumin, curry, piment, safran, paprika, coriandre, curcuma, carvi et cannelle.

Ismet avait prévu de lui faire faire, plus tard dans la semaine, le tour du Grand Bazar, une excursion qu'Edward attendait avec impatience. On y trouvait de tout, des bijoux jusqu'aux tapis. Edward voulait y acheter des cadeaux pour ses filles et ses fils, ainsi que pour Elizabeth, pour sa mère, pour Jane, Vicky et Fenella. Il ne devait surtout pas les oublier.

Pour retourner aux appartements qu'Ismet avait mis à sa disposition, Edward prit le chemin le plus long, qui faisait le tour du domaine en traversant de nombreux jardins ornés de fleurs aux couleurs éclatantes et de bassins dont l'eau jaillissait haut vers le ciel. D'après Ismet, les jardins n'étaient jamais aussi beaux qu'au printemps avec la floraison des tulipes, la fleur préférée des Turcs depuis plusieurs siècles. On la cultivait dans le pays longtemps avant son introduction en Hollande, ce qu'Edward ignorait. Les Hollandais avaient découvert la tulipe à Constantinople et l'avaient rapportée chez eux.

Il faisait très chaud et le soleil brillait de tous ses feux mais l'air du matin était rafraîchi par la légère brise du Bosphore. Ismet avait invité Edward à revenir au printemps quand le climat était le plus agréable. Edward décida d'accepter l'invitation.

Oui, il reviendrait à Constantinople, peut-être avec sa famille. Le voyage leur plairait beaucoup, en particulier à Grace Rose, qui se passionnait toujours pour l'histoire. Il y avait ici de quoi l'intéresser ! Edward s'était détendu au cours des quelques semaines qui venaient de s'écouler. Il éprouvait un profond bien-être et se sentait rajeuni. Il paraissait plusieurs années de moins, avec son visage bronzé et ses cheveux dorés par le soleil. Sa démarche s'était faite plus dynamique et énergique que jamais.

La Turquie était un pays intéressant et le deviendrait bientôt encore plus. Edward pensait qu'un nouveau pays plus moderne était en train de naître, comme le lui avait affirmé Ahmet Hanum.

Toujours d'après Ahmet, Ataturk allait propulser son pays dans la modernité et abolirait le sultanat dès l'année suivante pour introduire des réformes politiques et sociales. Ahmet était convaincu qu'il serait élu président de la future République turque, et Ismet tendait à lui donner raison.

La seule chose permanente est le changement, pensa Edward. C'était une phrase que sa mère lui avait souvent répétée et lui disait encore parfois. Tandis qu'il montait les marches de marbre blanc qui menaient dans la grande entrée agréablement fraîche du yali, Edward se dit que le changement était dans l'air depuis la fin de la guerre.

Une impression de calme et de sérénité régnait dans la chambre, silencieuse à l'exception du léger bourdonnement du ventilateur de plafond qui créait une fraîcheur bienvenue.

Edward s'était assoupi sur son lit, appréciant de plus en plus de faire la sieste après avoir déjeuné avec Ismet dans le jardin. Depuis le début de son séjour chez son associé turc, il en avait pris l'habitude et considérait à présent la sieste comme une coutume très civilisée.

Les persiennes de bois peintes en blanc, fermées pour abriter la pièce de la chaleur et du soleil, ne laissaient filtrer que de fins rais de lumière entre leurs lattes. Edward contemplait dans un demi-sommeil les poussières qui dansaient dans la lumière dorée.

Avec un soupir, il s'arracha à sa rêverie. Complètement réveillé, il s'attarda un moment à observer les pales du ventilateur. Puis, se tournant sur le côté, il ferma les yeux et essaya de retrouver le fil de son dernier rêve… Il était question d'une femme blonde qui lui caressait le visage et l'embrassait.

Elizabeth ? Jane ? Ou la Russe qu'il avait rencontrée avec Ismet et Ahmet à l'hôtel Pera Palace ? Ce n'était pas clair. Peut-être son esprit avait-il créé une image à partir de ces trois femmes.

Le visage d'Elizabeth s'imposa, celui de sa femme, cette beauté reconnue de tous. Heureusement, son épouvantable caractère s'était amélioré depuis un an. Edward espérait de toutes ses forces que rien ne viendrait troubler cette nouvelle tranquillité. Elizabeth s'était de nouveau trouvée enceinte et s'était montrée parfaitement calme et complaisante pendant toute sa grossesse. Ils avaient été très heureux quand elle avait donné naissance à un troisième fils. Ils l'avaient appelé George mais, depuis quelque temps, Edward commençait à se demander pourquoi.

Bien sûr, il était de tradition chez les Deravenel d'utiliser les mêmes prénoms pour les garçons comme pour les filles, génération après génération. La plupart des familles de leur rang suivaient la même coutume, typique de l'aristocratie britannique.

Mais George, qui avait donné son nom au bébé, représentait de plus en plus une menace. Où qu'il aille, il provoquait des catastrophes. Edward soupira et préféra tourner ses pensées vers les siens. Comme ils le faisaient depuis plusieurs années, il irait passer le mois d'août dans le Kent avec toute sa famille. Les enfants adoraient la région de marais où se trouvait la maison et, comme lui, ils attendaient ce séjour avec impatience. Ce mois à Aldington était une grande fête pour lui car cela lui permettait de passer beaucoup de temps avec ses enfants.

Ils étaient sept à présent : Bess, Mary, Cecily, le petit Edward, Richard, Anne et George. Et, bien sûr, Grace Rose avait promis de venir tous les jours quand elle serait avec Vicky et Stephen à Stonehurst Farm.

L'image de Grace Rose s'anima soudain dans son esprit, celle de cette jeune femme de vingt et un ans qui rendait ses parents très fiers d'elle. A l'occasion de sa majorité, au mois de mars, Vicky et Stephen avaient donné un dîner dansant au Ritz. Elizabeth avait été invitée, puisqu'il s'agissait d'un événement familial important, et Jane s'était discrètement éclipsée à Paris pour une semaine. Elle ne s'immisçait jamais dans ses affaires de famille.

Ah, Jane ! Son adorable Jane, si loyale, toujours présente, une amie et une compagne idéale. Il se demandait parfois comment il se serait débrouillé sans elle. Elle occupait une place très importante dans sa vie. Pourtant, il ne pouvait toujours pas résister à l'attrait qu'Elizabeth exerçait sur lui, du moins physiquement. C'était aussi fort qu'au premier jour. A quarante et un ans, elle en paraissait une petite trentaine. Elle n'avait pas la moindre ride, pas le moindre embonpoint disgracieux. Elle faisait particulièrement attention à son régime.

Lui-même, à trente-six ans, donnait l'impression d'être beaucoup plus jeune. Elizabeth supportait mal d'avoir cinq ans de plus que son mari mais, pour lui, cela n'avait aucune importance. A ses yeux, l'âge était une question de nombre sans aucune signification.

Ses pensées dérivèrent ensuite vers Natasha, la princesse russe qui travaillait comme hôtesse-danseuse au restaurant et au bar du Pera Palace. Elle était blonde, belle et aristocratique, mais quel destin tragique !

Natasha avait fui Saint-Pétersbourg en 1917, au début de la Révolution, quand les bolcheviks avaient tué son frère, le prince Igor. La princesse était cousine du tsar, comme sa belle-sœur la princesse Nathalie et sa nièce Irina. Natasha n'avait pas encore réussi à retrouver leur trace mais espérait être un jour réunie à sa famille. Elle avait expliqué à Edward qu'elle cherchait à économiser suffisamment pour aller à Paris, où existait une communauté de Russes blancs comme à Constantinople, mais plus importante. Le réseau russe pourrait peut-être l'aider. Cela valait la peine d'essayer, en tous les cas.

Ismet l'avait présentée à Edward, Alfredo et Will à leur arrivée dans la ville. Il les avait emmenés dîner au

Pera Palace. Ensuite, ils étaient passés au bar où jouait un orchestre tandis que des hôtesses dansaient avec les clients.

Will et Edward avaient dansé avec la princesse et elle s'était assise à leur table pour siroter un thé à la menthe. Au cours de la soirée, elle leur avait parlé des membres de sa famille dont elle ignorait le sort, de ceux qui étaient encore en vie et de son désir de les retrouver. C'étaient des réfugiés, comme elle, et elle s'était convaincue qu'ils étaient toujours vivants et se trouvaient quelque part dans le monde. Les retrouver était son unique pensée, avait-elle expliqué dans un anglais irréprochable.

Pour Edward, c'était une femme ravissante mais nimbée d'une aura de tragédie et de chagrin. Ce genre de femmes tendait à l'effrayer et à le faire fuir à toutes jambes. Depuis l'enfance, il était hanté par l'idée de la catastrophe et aurait fait n'importe quoi pour l'éviter. C'était vital.

Un soir où ils étaient retournés au Pera Palace, juste avant le départ de Will et Alfredo pour les carrières de marbre, Will avait taquiné Edward au sujet de Natasha. Sa plaisanterie était tombée à plat. Edward avait expliqué qu'elle ne l'intéressait pas sur le plan physique et que c'était réciproque. Il l'avait compris d'instinct. Will avait laissé tomber le sujet, sachant que son ami disait la vérité.

Cependant, la situation de Natasha n'avait cessé de le tourmenter. Y pensant toujours, il se leva et alla prendre son chéquier dans le tiroir du bureau, puis rédigea un chèque au nom de la princesse Natasha et le glissa dans une enveloppe où il écrivit son nom. Il la lui donnerait le soir même. Ismet lui avait dit qu'ils dîneraient au Pera Palace.

Edward referma le tiroir du bureau et alla ouvrir les persiennes d'une des fenêtres. Dans le lointain, s'éleva la voix du muezzin appelant les fidèles à la prière, une voix isolée et nostalgique qui flottait dans l'air chaud. Il se sentait dans un monde très différent et très éloigné de l'Angleterre.

Le soleil descendait, la nuit ne tarderait pas.

Quand Edward et Ismet entrèrent dans le bar du Pera Palace, Edward repéra tout de suite la princesse. Debout près du bar, elle dégustait son habituel thé à la menthe et parlait au directeur, Abaz Gurcan.

Elle les aperçut et les salua de la tête sans interrompre sa conversation. Toute son attitude disait qu'elle ne voulait pas les déranger ni s'imposer.

— J'aimerais demander à la princesse de nous rejoindre, glissa Edward à Ismet.

— C'est une bonne idée, vous savez qu'elle apprécie notre compagnie. Une femme aussi intelligente, éduquée et instruite… réduite à ça ! Cela me fait mal, Edward, de voir une aristocrate comme elle obligée de travailler ici.

— Je comprends ce que vous voulez dire. Cependant, elle a trouvé un moyen de gagner sa vie.

Tout en parlant, Edward avait fait signe à un serveur pour commander une bouteille de Krug rosé.

— Je dirais plutôt qu'elle survit comme elle peut, dit Ismet, son regard noir chargé de compassion.

Ismet, qui approchait de la soixantaine, avait un beau visage aimable où se lisait un grand sens de l'humour. Célibataire et sans attaches, il aimait beaucoup les femmes. Edward savait qu'il avait une liaison stable mais ne se montrait jamais en public avec elle. Ismet aimait venir au Pera Palace pour danser avec des Occidentales, le plus souvent des émigrées russes.

— Je vais lui demander de se joindre à nous, dit Edward en se levant. Cela ne vous ennuie pas ?

— Elle en sera heureuse car, à partir du moment où elle sera assise avec nous, elle commencera à gagner de l'argent. C'est pourquoi je lui demande toujours de me tenir compagnie.

Edward traversa le bar. Il ne passait pas inaperçu, élégante silhouette en costume blanc, chemise blanche et cravate bleue. Il s'arrêta devant la princesse et la salua, ainsi que le directeur, d'une courtoise inclinaison de la tête.

— Bonsoir, princesse. Bonsoir, monsieur Gurcan. Princesse, aimeriez-vous vous joindre à nous ? J'ai demandé du champagne rosé mais je peux commander du thé à la menthe pour vous, si vous préférez.

Un sourire illumina le visage triste de la jeune femme mais il disparut vite.

— Je vous remercie, monsieur Deravenel, répondit-elle dans son anglais distingué. Rien ne me ferait plus plaisir que de partager une coupe de champagne avec vous.

Elle s'excusa auprès du directeur puis se tourna vers Edward.

— Nous rejoignons monsieur Bozbeyli ?

— Ne voudriez-vous pas m'accorder une danse, d'abord ?

La prenant par le coude, il l'entraîna sur la petite piste de danse de l'autre côté du bar. Ils évoluaient en rythme, en parfait accord, sans parler.

— J'ai un cadeau pour vous, dit enfin Edward. Et j'insiste sur le mot cadeau. Je ne vous demande absolument rien en échange.

Elle s'écarta légèrement de lui et le fixa de ses grands yeux gris, interloquée.

— Je crains de ne pas bien vous suivre, répondit-elle. Que voulez-vous dire ?

— Je vous ai fait un chèque. Je veux que vous alliez à Paris, ou dans n'importe quelle ville où vous aurez besoin d'aller, pour retrouver votre famille. L'idée que vous n'ayez plus personne m'est intolérable. Pour moi, rien n'est plus important que la famille.

— Un chèque ? répéta-t-elle. Mais je ne peux absolument pas accepter votre argent, monsieur Deravenel ! Il m'est impossible d'accepter quoi que ce soit de votre part. Je ne vous connais pas.

— Je le sais. Je comprends bien que je suis une simple rencontre de passage. Je suis aussi conscient de votre rang et de vos liens avec la famille du tsar. Mais je vais vous donner ce chèque et vous allez l'accepter, pour me faire plaisir. Comme je viens de vous le dire, c'est un cadeau. Je ne veux rien de vous, rien du tout…

Il se remit à danser et l'entraîna tout autour de la piste.

— Non, ce n'est pas vrai, reprit-il. Il y a une chose que j'aimerais, et c'est vous voir sourire. Je vous demande aussi de m'écrire quand vous aurez retrouvé votre belle-sœur et votre nièce. Ce jour-là, je viendrai faire leur connaissance, où que vous soyez.

— Je ne sais pas quoi dire…

Elle s'interrompit, soudain frappée d'étonnement et d'hésitation, incrédule devant la générosité de cet homme.

— Venez, asseyons-nous seuls un instant, dit Edward.

Il lui prit le coude et se dirigea vivement vers une petite table libre, dans un coin discret. Dès qu'ils furent installés, il sortit de la poche intérieure de sa veste l'enveloppe qu'il avait préparée et la lui tendit en silence.

Elle contempla longuement l'enveloppe qu'elle avait prise puis l'ouvrit non sans réticence et en sortit le chèque. Elle eut une petite exclamation étouffée.

— Je ne peux pas accepter, monsieur Deravenel ! C'est beaucoup trop. Beaucoup trop !

Elle remit le chèque dans l'enveloppe et voulut la lui rendre. Edward refusa de la prendre et, du regard, désigna le petit sac qu'elle avait posé sur la table.

— Rangez-le dans votre sac ! Encaissez-le dès demain et organisez-vous pour mener vos projets à bien !

— Mais je ne peux pas le prendre, monsieur Deravenel ! Cinq mille livres ! C'est une somme trop importante.

— Je vous propose de considérer la question d'une autre façon. Je n'ai pas encore réellement fêté la découverte de pétrole dans ma concession. Aujourd'hui, je choisis de la célébrer ainsi, en vous aidant à retrouver votre famille. Faites-moi ce plaisir, je vous en prie ! Acceptez de fêter cet événement avec moi, pour moi. Et maintenant, je vous propose de rejoindre Ismet et de boire le champagne à notre santé !

Natasha rangea le chèque, mais toujours avec une certaine réticence.

— Merci, dit-elle doucement quand ils se levèrent. Je vous remercie infiniment, monsieur Deravenel.

Il fut très ému de voir ses beaux yeux gris briller de larmes contenues.

— Merci est un mot trop faible, reprit-elle en le prenant par le bras. Je n'oublierai jamais ce geste extraordinaire, votre incroyable bonté à mon égard. Jusqu'à mon dernier jour, je me souviendrai de votre générosité.

Tout au long de la soirée, Edward se réjouit de voir le bonheur de la jeune femme. Il n'avait pas l'habitude de la voir sourire ou rire. Il n'avait non plus jamais entendu cet entrain et cette soudaine énergie dans sa voix sensuelle. Elle avait pris un éclat étonnant et très gratifiant pour lui. Il savait qu'il lui avait redonné espoir, que son geste spontané allait peut-être transformer la vie de Natasha.

Tandis qu'elle dansait avec Ismet, Edward admirait sa beauté stupéfiante, ses cheveux blonds et ses traits délicats. Elle portait une robe de mousseline gorge-de-pigeon très fluide qui virevoltait gracieusement à chacun de ses mouvements et mettait en valeur sa haute silhouette souple et mince. Natasha avait quelque chose de spécial. Quand on la regardait, les mots élégance, culture, classe venaient à l'esprit, mais il y avait autre chose, une chose dont l'évidence frappa subitement Edward. Natasha se comportait avec une infinie dignité, une dignité de souveraine. Et c'était très compréhensible. Elle était cousine de l'ancienne famille impériale de Russie. Le tsar Nicolas II, qui avait été assassiné avec sa famille à Ekaterinenbourg, était son cousin !

Et cette femme d'exception à tous égards passait la soirée avec Ismet et lui à Constantinople. Une princesse déchue, victime d'un cataclysme qui avait abouti à un complet bouleversement de son pays et de sa vie. Elle avait perdu sa famille, sa maison, sa patrie. Son mode de vie avait été balayé d'un coup. Or, malgré cette ambiance de catastrophe qui l'aurait normalement fait fuir, Edward l'avait aidée, et il s'en félicitait.

Si seulement tout pouvait être toujours aussi simple ! pensa-t-il.

32

Kent

— J'ignore si tu l'as remarqué, dit Elizabeth, mais George a recommencé à boire.

Depuis le seuil de la bibliothèque de leur maison d'Aldington, Elizabeth regardait Edward d'un air soucieux. Edward, qui lisait dans un fauteuil devant les portes-fenêtres, posa son livre et ôta ses lunettes.

— Oui, dit-il, je m'en suis rendu compte à mon retour de Constantinople mais, comme tu le sais, George a toujours eu tendance aux excès. Cela ne l'empêche pas d'avoir un sens prononcé de son intérêt.

— C'est ce qu'il me semble, répondit-elle en allant s'asseoir en face de son mari. Mais que veux-tu dire exactement ?

— George dépasse toujours les limites puis il s'arrête d'un seul coup et se reprend. On pourrait dire qu'il fait marche arrière et commence soudain à se conduire en gentil garçon. C'est comme s'il avait un démon sur l'épaule, qui lui raconte des choses.

— Je crains que ce soit l'inverse, en ce moment. C'est George qui raconte des choses.

Son attention éveillée, Edward se redressa dans son fauteuil.

— Explique-toi, veux-tu ?

— Il raconte des histoires. Je le sais par mon amie Olivia Davenport. Elle s'est récemment trouvée à un dîner au cours duquel George a dit que tu es un enfant illégitime et que l'héritier légal des Deravenel n'est donc pas toi mais lui. Ce genre d'absurdités…

Edward en resta bouche bée puis explosa, encore une fois furieux contre son frère.

— Comment ose-t-il ! Ce sont les Grant qui avaient lancé ces rumeurs ignobles. Mon père était encore en vie et ils cherchaient à créer des scandales pour le diminuer et le déstabiliser.

Edward était dans une épouvantable colère et arpentait furieusement la bibliothèque.

— George est un crétin ! C'est honteux de salir la réputation d'une femme comme Cecily Deravenel, notre mère ! Sa propre mère ! A quoi pense-t-il ? Si je le tenais, je lui donnerais une correction dont il se souviendrait longtemps !

Il était hors de lui. Comment George pouvait-il parler de leur mère comme d'une femme infidèle qui aurait porté les enfants d'un autre homme que son mari ?

Voyant qu'Edward ne se maîtrisait plus, Elizabeth se leva et le prit par le bras.

— Viens te rasseoir, Ned ! Je suis tout à fait d'accord avec toi. Ce qu'il a fait est révoltant et tu dois l'empêcher de continuer.

— Evidemment !

Edward la laissa le guider jusqu'au canapé où ils s'assirent côte à côte.

— Il essaye encore de t'atteindre. Il continue à te trahir ! Mais je ne comprends pas qu'il ait pu tomber aussi bas, cette fois.

Edward fit un effort pour se calmer. Il ne voulait pas gâcher la journée ni le calme qui régnait dans la maison. Elizabeth se montrait douce, attentive et aimante. Il n'y avait pas eu le moindre mot désagréable entre eux depuis longtemps. Il était soulagé de vivre en paix chez lui et appréciait ces vacances d'été au bord de la mer avec ses enfants et sa mère.

— Ma mère ne doit rien savoir, dit-il d'un ton pressant. Elle en serait très malheureuse.

— Bien sûr ! C'est tellement choquant ! Elle qui a toujours protégé George, qui le défend toujours contre tout et tout le monde. Il la trahit comme il te trahit.

— C'est ce que je trouve le plus insupportable dans cette histoire.

Elizabeth ouvrit la bouche pour parler puis la referma brusquement. Edward lui lança un long regard intrigué.

— Tu allais dire quelque chose ? demanda-t-il enfin.

— Eh bien… En fait, d'autres choses ont été dites la semaine dernière, au cours du même dîner. D'après Olivia, ton frère a fait quelques remarques à son mari. Tu le connais. C'est Roland Davenport, le célèbre avocat.

— Oui, il est brillant. Que lui a donc raconté mon cher frère ?

— Il a dit que tes enfants étaient des bâtards, comme toi, et que je n'étais pas ta femme légalement. Comme Roland a été très choqué et en avait assez des médisances de George, il s'est contenté d'en rire. Il a répondu à ton frère qu'il avait trop bu. Il aurait ajouté, de façon assez sèche d'après ce que j'ai compris, que George devrait mieux se surveiller et ne pas dire n'importe quoi à ton sujet, de crainte de s'attirer de gros ennuis.

Elizabeth hésita puis les mots se bousculèrent dans sa bouche.

— George a aussi parlé d'une histoire à Greenwich ou Norwich, peut-être les deux. Je ne suis pas très sûre. Il a également parlé d'un homme mais Olivia n'a pas réussi à se souvenir du nom. Son mari et elle ont pensé que George avait beaucoup trop bu et se conduisait horriblement mal. Pour eux, c'était des sottises d'ivrogne.

Edward resta muet, incapable de bouger ou de parler. Il avait l'impression que son cœur venait de s'arrêter. Pendant un instant, il perdit pied puis il se reprit. Réfléchis ! se dit-il. Réfléchis ! Que savait George exactement ? Et comment pouvait-il savoir ? Qui aurait pu lui parler ? Il y avait si longtemps…

— Ned ? s'exclama Elizabeth. Qu'est-ce qui ne va pas ?

Il était devenu livide.

Edward rassembla toutes ses forces pour se reprendre. Il devait se conduire normalement. C'est alors que toute une vie de discipline prit son sens. D'un seul coup, il redevint maître de lui-même et réussit à sourire.

— Je ne sais pas ce qui m'est arrivé, chérie, dit-il avec un petit rire forcé. J'ai eu une sorte d'étourdissement, mais ce n'est rien de grave.

Il se força à se détendre et à sourire de façon plus naturelle.

— Ce doit être un effet de ma colère contre George.

— Bien sûr ! dit-elle en se levant. Je vais demander à Cook de nous faire du thé. Veux-tu manger quelque chose ? Peut-être que tu as faim ?

— Non, je te remercie, mais une tasse de thé me fera du bien.

Tandis qu'Elizabeth se hâtait vers les cuisines, Edward s'abandonna dans les coussins et ferma les yeux. Il n'avait aucune idée de ce qu'il allait faire mais une chose était sûre : George était allé trop loin, cette fois, et il fallait l'arrêter de toute urgence. Il était devenu beaucoup trop dangereux et devait être éloigné.

Le lendemain matin, Edward décida de se rendre à Londres comme il le faisait souvent s'il résidait dans le Kent plutôt qu'à Ravenscar. Elizabeth sortit avec lui et l'accompagna jusqu'à la voiture.

— Je dois assister à la réunion avec Oliveri au sujet des carrières de marbre, dit-il. Je sais que tu le comprends. Avec un peu de chance, je rentrerai dans deux ou trois jours, au plus tard vendredi.

— Essaye d'être là pour le week-end. Tu vas manquer aux enfants.

Elle avait à peine prononcé ces mots que Bess apparut dans l'allée, courant de toutes ses forces. Derrière elle, venaient Mary et le petit Edward.

— Papa, pourquoi partez-vous ? s'écria-t-elle en s'accrochant au bras de son père. Vous aviez promis de passer la semaine avec nous.

Edward sourit à sa fille et caressa la tête de son fils.

— Malheureusement, le travail m'appelle, leur dit-il. Mais réfléchissez à un détail, mes chéris. Je pourrai aller chez Harrods et je suis certain d'y trouver les petites choses que vous m'avez demandées. Il y aura un cadeau pour chacun. Qu'en dites-vous ?

Ils se serrèrent tous les trois contre lui pour le câliner. Puis il les écarta, embrassa sa femme sur le front et monta dans la Rolls. Elizabeth se pencha vers lui juste avant qu'il referme sa portière.

— Occupe-toi de George pendant que tu seras en ville, Ned ! Tu me le promets ?

— Je te le promets.

A peine arrivé à son bureau, Edward demanda à Will Hasling et Alfredo Oliveri de le rejoindre.

— Je dois m'occuper du cas de George, annonça-t-il. Il a encore répandu des rumeurs ignobles et sali la réputation de ma mère en racontant que je suis illégitime, que je ne suis pas le véritable héritier de mon père et que, par conséquent, je ne devrais pas diriger la Deravenel. Cela ne peut pas continuer.

Ni Will ni Alfredo ne semblèrent étonnés.

— J'en ai entendu parler, dit Will, et je suis d'accord : il faut l'arrêter. Il n'est pas conscient de la portée de ses actes. J'espère seulement que cela n'a pas atteint les oreilles de ta mère.

— Je ne pense pas. Cela a été dit chez les Davenport, que nous ne fréquentons pas.

— J'ai toujours pensé que George devenait dangereux quand il avait trop bu, murmura Alfredo. Je pense aussi que cela n'a fait qu'empirer depuis le décès d'Isabel. Il a trop de temps libre, c'est son problème.

Edward ouvrit de grands yeux.

— Mais il vient travailler tous les jours, non ? Parce que…

— Je t'aurais prévenu, s'il ne venait pas, dit Will. Je ne le perds jamais de vue. Il vient mais il ne fait pas grand-chose. C'est un fichu paresseux, d'après moi. Il gaspille son temps, son argent et il lasse tout le monde.

— Comment pouvons-nous l'empêcher de salir ma mère ?

— Flanque-lui une peur de tous les diables, si tu veux mon avis ! s'exclama Will.

Alfredo se tourna vers Will.

— Il ne s'effraye pas facilement et tout glisse sur lui. On a l'impression qu'il ne comprend pas, qu'il n'a pas conscience de mal faire. Il y a de l'indifférence dans sa façon de se conduire.

Edward se redressa sur son siège et jeta un regard perçant à Alfredo.

— C'est curieux que vous disiez cela ! Il y a eu des moments où j'ai pensé que George n'avait pas toute sa tête.

— J'ai toujours dit qu'il était stupide, s'impatienta Will.

— Mais cela veut seulement dire qu'il n'est pas très intelligent, remarqua Edward. Pour moi, cela va plus loin. Je commence à me demander s'il ne souffre pas d'un déséquilibre mental.

— Dans ce cas, vous pourriez l'éloigner, le mettre dans une clinique spécialisée, dit Alfredo. Quelques semaines en camisole de force lui feraient beaucoup de bien !

La suggestion et la mine sinistre d'Alfredo déclenchèrent le rire d'Edward.

— Vous avez raison mais je suis sérieux quand je parle de son état mental. Ses faits et gestes lui importent peu, il se conduit comme un voyou et se saoule à en tomber par terre, d'après ce que j'ai entendu dire.

— C'est en effet curieux, répondit Will. On a le sentiment qu'il ne se rend pas compte des dégâts qu'il fait. On dirait qu'il ne voit pas les gens qui l'entourent. Il s'agite dans tous les sens comme un aveugle qui casse tout autour de lui.

— Tu as compris ce que je veux dire. Mais comment allons-nous l'empêcher de parler ?

— Je ne crois pas que ce soit possible, répondit Alfredo. Comment pourrions-nous le museler ? Il n'y a qu'une solution et vous le savez. Il faut l'éloigner, que ce soit en l'enfermant dans un asile ou en l'envoyant à l'étranger. Il ne peut pas rester à Londres, où la situation ne ferait qu'empirer car il est dévoré de jalousie envers vous.

Edward acquiesça mais ne fit aucun commentaire.

— Alfredo a raison, insista Will. Pense à tous les mauvais tours qu'il t'a joués ! Il a comploté avec Neville, il s'est marié sans te prévenir et s'est montré aussi déloyal que possible à chaque occasion. Il est réellement dangereux.

— Je préfère avoir affaire à un adversaire intelligent qu'à un ennemi détraqué, dit Alfredo. Cela n'apporte que des ennuis. George est synonyme d'ennuis, l'a toujours été et le sera toujours. C'est dans sa nature.

Will se tourna vers Edward.

— Si nous décidons de l'envoyer à l'étranger, si nous l'exilons, en quelque sorte, où pourrions-nous l'expédier ? De plus, comment être sûrs qu'il accepterait de partir ?

— Il partira sans discuter quand j'en aurai fini avec lui ! s'exclama Edward. Mais où l'envoyer ? Nous devrions y réfléchir ensemble.

— Il doit quitter le pays, déclara Alfredo d'un ton très ferme.

— Vous avez une idée ? demanda Edward.

— Pour qu'il parte sans faire d'histoires, il faut lui donner l'impression qu'il s'agit d'une promotion. Vous pourriez lui dire, par exemple, que vous avez besoin de lui pour diriger les plantations de canne à sucre à Cuba, qu'il est le seul capable de les remettre sur pied. Il faut lui donner un sac de bonbons et une tonne de compliments ! Sans cela, il va faire une scène et refusera de partir.

— Vous l'imaginez vraiment à Cuba ? demanda Edward, perplexe.

— Non, répondit Alfredo avec un sourire ironique. Je voudrais le savoir plus près de façon à pouvoir le surveiller. Ne pourrait-il pas aller à Paris ?

Voyant l'expression d'Edward, il chassa son idée d'un geste de la main.

— Donc Paris n'est pas l'endroit idéal, conclut-il.

— En fait, répondit Edward, aucun endroit n'est idéal car George n'est bon à rien. Nous devons quand même trouver une bonne raison pour lui proposer ce départ, où que ce soit. Je ne vois pas d'autre façon de nous débarrasser de lui.

Alfredo Oliveri eut un sourire en coin.

— Il y a toujours le meurtre ! dit-il.

— Quoi ! Mais je ne peux pas tuer mon frère !

— Et si quelqu'un d'autre le faisait pour vous ?

Will intervint, les yeux rivés sur Oliveri.

— Auriez-vous une bonne idée ?

— Je n'y ai pas beaucoup réfléchi, répondit Alfredo.

En réalité, il y avait beaucoup pensé.

33

Kent

Edward n'arrivait pas à trouver le sommeil. Après avoir passé des heures à se tourner et se retourner dans son lit, il préféra se lever et descendit au rez-de-chaussée.

La maison était silencieuse. Tout le monde dormait. Edward alluma une petite lampe dans la bibliothèque. La pendule de voyage sur la cheminée indiquait deux heures et demie.

Ouvrant une des portes-fenêtres, il sortit sur la terrasse. Le ciel de velours noir était parsemé d'étoiles qui brillaient comme des diamants. La lune à son premier quartier semblait avoir été accrochée à la place idéale pour elle, comme dans un décor de cinéma.

L'air était très doux et même chaud. Une légère bouffée d'air marin parvint à Edward. Le sel remontait à la surface des marais. Il suffisait de descendre le long sentier qui traversait le jardin pour parvenir à l'endroit où les enfants aimaient jouer. De là, on voyait le phare de Dungeness, dont le pinceau lumineux dessinait de grands rais argentés sur les flots. Edward adorait aller se promener dans les marais mais, en cet instant, n'en avait guère envie.

Il se sentait troublé. La vie lui paraissait lourde et il ne cessait de repenser à Natasha et à son destin. Elle n'avait eu personne sur qui s'appuyer. Il était heureux d'avoir pu lui redonner de l'espoir. Un soir, à Constantinople, elle lui avait parlé de la façon dont sa vie avait basculé du jour au lendemain. « Mon monde a disparu. Plus rien ne sera jamais pareil », avait-elle conclu.

Et rien ne serait plus jamais pareil pour lui non plus, pensa-t-il. Assis dans un fauteuil de jardin, il pensait au passé en contemplant le ciel de la nuit. Au passé, et à Elinor Barton, la merveilleuse Elinor qui l'avait ensorcelé et qui avait été sa maîtresse. Mais comment avait-il pu être assez stupide pour s'engager à son égard ? Sa vie pouvait en être détruite, comme celle de Natasha l'avait été.

Il n'y avait pas d'autre mot, c'était une catastrophe, une véritable épée de Damoclès suspendue au-dessus de sa tête. Tout était en danger, son couple, ses enfants, ses affaires, tout ce qu'il aimait. Et c'était sa faute. Personne d'autre n'était à blâmer. Si, il y avait George et ses ragots. Mais cela aussi était sa faute ; il avait été beaucoup trop indulgent et prompt à pardonner l'impardonnable.

Quand George s'était enfui avec Isabel, alors qu'ils étaient tous les deux beaucoup trop jeunes pour se marier, sa mère l'avait supplié de lui pardonner. C'était elle encore qui l'avait prié de lui donner un poste à la Deravenel quand le complot monté par Neville avait échoué. Et il avait fait la folie de céder à sa mère.

Edward se reprocha d'avoir commis beaucoup d'erreurs à l'égard de George. Comme avec Elinor… Il n'aurait pas dû s'enticher de sa sereine beauté, de son visage de madone, se laisser prendre dans sa toile de séductrice. Et il allait maintenant le payer en perdant sa famille et sa carrière. Il allait tout perdre à cause de sa propre faiblesse.

La première chose à faire était de régler le problème de George. Très vite et avec efficacité. Seulement, George ne se trouvait pas en Angleterre mais en France où il passait une semaine chez Margaret, leur sœur. Richard le lui avait dit la veille. Il avait téléphoné à Margaret pour savoir s'il pouvait venir pour quelques jours en septembre avec Anne, et Margaret avait évoqué la présence de George au château.

« Le pauvre chéri a besoin de repos », avait-elle dit.

Edward avait rapporté à Richard la façon dont George salissait la réputation de leur mère et il en avait été scandalisé. Richard estimait aussi que George devait être éloigné mais, pour lui, le mieux était l'Amérique. Toutefois, pour Edward comme pour Will et Alfredo, ce serait trop loin pour surveiller George comme il convenait. Amos Finnister pensait de même.

Edward avait dîné avec Amos pour en parler le soir même à son club, le White's. L'endroit était très tranquille en été. Nombre de ses membres étaient en vacances avec leur famille.

Amos avait eu la meilleure idée jusqu'à présent. George, avait-il dit, aimerait peut-être s'occuper de leurs vignobles en France. C'était un connaisseur. Il était fier de son savoir sur les vins rouges ou blancs et les grands millésimes. Edward avait aussitôt fait remarquer que son frère serait ivre la moitié du temps.

« Peut-être, avait prudemment répondu Amos. Mais peut-être pas. C'est le poste idéal pour lui, à mon avis. Vous n'aurez même pas à le convaincre d'accepter. Il partira de lui-même et, je pense, plus vite qu'on ne l'imagine. »

Amos s'était adossé à son fauteuil, soutenant sans broncher le regard d'Edward. Edward avait été le premier à ciller et à détourner les yeux. C'était comme s'il avait lu les pensées d'Amos. Ils se comprenaient très bien.

Elizabeth savait qu'il y avait un gros problème car Edward se comportait de façon très étrange. Elle passait des heures à s'inquiéter pour lui, pour sa santé, sa tranquillité, se torturant pour comprendre ce qui le troublait tant.

Il s'était rendu à Londres le mardi sous prétexte de s'occuper des carrières de marbre turques. Elle le croyait partiellement parce que son mari n'était pas un menteur. Il le lui avait prouvé depuis longtemps. Toutefois, il lui arrivait de s'organiser en fonction de sa vie privée. Or, cette fois, elle était certaine qu'il n'allait pas voir Jane Shaw ou une autre femme. Elizabeth avait la conviction qu'il allait à Londres à cause de George. Son beau-frère ne changerait jamais, toujours prêt à nuire à Edward s'il le pouvait…

Elizabeth descendit. Elle prit un chapeau de soleil en paille dans le vestiaire de l'entrée puis sortit. Elle emprunta d'un pas vif l'allée du jardin en évitant de se faire voir des enfants. Elle avait besoin d'être seule, de réfléchir.

Le temps de ce mois d'août était magnifique, avec un ciel d'un bleu idéal, ponctué de légers nuages blancs, presque immobiles. On respirait dans l'air tous les parfums de l'été. Il n'y avait pas la moindre brise, ce matin, et l'odeur de la mer était pourtant très présente. Elizabeth admirait son jardin tout en marchant, satisfaite de ce qu'elle voyait : des fleurs partout, dans une palette de teintes vives, des roses et des rouge vif, des jaunes et des orangés, et toutes les nuances de bleu et de violet qui se mêlaient gaiement. Elle aimait séjourner dans le Kent. Il y faisait plus chaud qu'à Ravenscar, où l'on avait froid même en été.

Elle aimait la proximité des Romney Marsh, les marais typiques de la région. Ce paysage de basses terres la fascinait, sans qu'elle puisse vraiment savoir pourquoi. Son coin favori était un petit belvédère qu'Edward avait fait construire quelques années plus tôt. Elle y entra et s'installa dans l'un des fauteuils en rotin d'où l'on voyait le phare de Dungeness. Le soir, il leur arrivait de s'y asseoir avec un verre de champagne ou de limonade, selon leur humeur, pour regarder le grand pinceau lumineux du phare caresser les eaux sombres de la Manche. Mais cette fois, elle ne voyait rien, trop occupée à penser à son mari.

Leur couple allait mieux que cela n'avait été le cas pendant longtemps. Elle se surveillait sans cesse, s'efforçant de ne pas faire ou dire ce qui aurait pu contrarier son mari. De son côté, Edward semblait en paix avec lui-même, plus calme, plus serein. Leur relation n'avait jamais été aussi détendue.

Et maintenant… George avait déclenché un nouvel orage. Edward en était beaucoup plus ému qu'elle ne l'aurait cru. Il était agité, morose, soucieux. Par moments, il semblait rongé par l'angoisse. Et il refusait de lui parler de ce qui le perturbait autant. En général, il se confiait à elle, disait ce qu'il avait à dire. Il testait ses idées sur elle, voyait comment elle réagissait puis passait à autre chose. Elizabeth n'arrivait pas à imaginer ce qui pouvait le rendre soudain aussi secret.

Il dormait mal. Dans leurs différentes maisons, ils avaient des chambres séparées mais communicantes, et Edward dormait souvent avec elle. Il avait besoin de la sentir près de lui et de savoir qu'il pouvait entrer chez elle chaque fois qu'il le désirait, que ce soit pour lui parler ou, surtout, faire l'amour. Elizabeth n'aurait donc pas pu ignorer qu'il se levait à l'aube et sortait s'asseoir sur la terrasse ou marcher. Cela l'inquiétait, d'autant plus que le manque de sommeil commençait à se voir. Edward avait de grands cernes noirs et les traits tirés. Toujours soucieux, il semblait absent. Alors qu'il était revenu de Turquie dans une santé éclatante, plein d'énergie et d'enthousiasme, il paraissait à présent écrasé par un fardeau trop lourd.

Il était rentré de Londres la veille dans l'après-midi, tenant sa promesse d'être là pour le vendredi. Il avait été affectueux avec les enfants, leur avait rapporté de petits cadeaux de chez Harrods et s'était montré détendu pendant tout le dîner. Elizabeth connaissait toutefois ses talents de comédien et son habileté à s'en servir quand il voulait dissimuler ses véritables sentiments. Or il avait merveilleusement joué son rôle au cours du dîner car sa mère était là.

En cet instant, il dormait encore et se lèverait à temps pour déjeuner avec elle et les enfants comme d'habitude. Elizabeth se promit de ne lui faire aucune remarque. Elle attendrait la soirée. Comme Cecily Deravenel allait dîner avec Vicky, Stephen et Grace Rose à Stonehurst Farm, Edward et elle auraient la possibilité de se retrouver tranquillement en tête à tête. Là, elle saurait bien lui arracher la raison de son comportement.

Un Anglais est lié par sa parole. Sa poignée de main vaut signature au bas d'un contrat. Un Anglais ne ment pas, ne triche pas et ne joue pas double jeu. Tel était le code d'honneur des gentlemen. C'était aussi celui qui régnait à la City, dans le monde de la finance et des affaires. Tout le monde respectait ce code qui faisait partie d'eux, inscrit dans les gènes des Anglais. Du moins Edward Deravenel le croyait-il.

Il était fier de sa réputation dans ce monde des affaires. En dix-sept années à la tête des entreprises Deravenel, il n'avait jamais commis de faute. Il était respecté de tous, ses collaborateurs comme les autres hommes d'affaires de la City, et il s'en réjouissait. Son travail était toute sa vie.

Etre banni de ce monde, perdre le respect et l'amitié de ses pairs le détruirait. Or ce cauchemar pourrait soudain se réaliser. Il risquait de tout perdre, son héritage et sa famille. Tout cela à cause de la conduite imbécile de George, à cause de son désir de le détruire, lui, son frère aîné.

La veille, Edward était rentré à Waverley Court avec Will Hasling, qui possédait une maison de campagne à côté de la sienne. A un moment, alors qu'ils parlaient de George, Will avait explosé. Il avait depuis longtemps perdu toute patience envers George, lui aussi.

Tout en se remémorant leur discussion, Edward alla se scrvir du vin blanc sur la desserte de la salle à manger. Son verre à la main, il sortit et se dirigca vers le belvédère. La soirée était délicieuse, avec un ciel teinté de rose et de rouge par le soleil couchant. Rouge le soir, espoir ; rouge le matin, chagrin ! murmura Edward. Un autre vieux dicton qu'aimait sa mère… Il fit un effort pour ne plus penser à elle et à la façon dont elle avait toujours défendu George. Ce soir, il avait d'autres préoccupations.

Il était à bout de forces, rongé d'angoisse. Pour la première fois de sa vie, il aurait voulu fuir la réalité. Pourtant, il devait y faire face.

Il posa son verre sur la petite table du belvédère, prit dans sa poche un paquet de Swan Vesta et frotta une allumette pour allumer la lampe tempête. Dans la lumière apaisante de la flamme, il se détendit un peu et laissa ses pensées vagabonder. Il finit par s'assoupir, reculant le moment d'affronter le drame à venir.

— Ned ! Ned, c'est moi…

La voix lui parvenait de loin mais finit par l'arracher au sommeil. Elizabeth était là, sur le seuil du belvédère, et le regardait d'un air inquiet. Il se redressa, clignant des yeux dans le jour déclinant, et la vit. Elle était d'une beauté surhumaine, comme une déesse descendue sur terre, éthérée dans sa robe de mousseline blanche qui flottait doucement autour d'elle.

— Je crois que je me suis endormi, balbutia-t-il. Excuse-moi… Il est temps de rentrer pour le dîner ? Il n'y a que nous deux, c'est bien cela ?

— Oui, mais le dîner n'est pas encore prêt, répondit Elizabeth en franchissant le seuil.

Comme elle s'approchait de lui, il prit conscience de son extrême pâleur. Ses yeux bleus exprimaient une profonde angoisse. Il comprit qu'elle allait le questionner, lui demander ce qui n'allait pas. Cependant, il devait garder son calme.

Elizabeth prit place de l'autre côté de la table basse et lui caressa le bras.

— Ned, je vois bien que quelque chose te rend malheureux. Ne nie pas ! Tu es perturbé, tu ne dors pas, tu tournes en rond… Je t'en prie, dis-moi ce qui se passe.

C'est à cause de George et de ses calomnies sur ta mère ?

Edward resta silencieux et elle patienta quelques instants avant d'insister.

— Ecoute-moi ! Il a toujours été jaloux de toi et a toujours cherché à te nuire. C'est un intrigant et un traître. Pour moi, il est mauvais, Ned. C'est quelqu'un de méchant.

Edward prit son courage à deux mains, se contrôlant pour rester calme et se comporter de façon neutre.

— Elizabeth, il y a une chose que je dois te dire, que tu as le droit de savoir.

Elle sentit soudain la peur l'envahir et répondit d'une voix tremblante :

— Edward, ce doit être grave. Tu as l'air tellement sérieux ! Il y a un autre problème ?

— C'est une catastrophe. Je suis au bord du gouffre, dit-il.

Il avait réussi à parler d'un ton presque normal mais il se désespérait, les nerfs tendus à craquer.

— Je ne comprends rien à ce que tu dis, Ned ! Je t'en prie, explique-moi ce qui se passe.

Edward s'appliqua à respirer à fond et se déplaça de façon à être assis en face d'elle.

— Tu te souviens, dit-il, de la façon dont je concevais la vie quand nous nous sommes rencontrés ? Quand je t'ai dit que je ne voulais pas me marier ? Que j'étais trop jeune pour me lier ?

— Oui, et c'est cela qui m'a rendu notre différence d'âge insupportable. Je pensais que tu ne voulais pas m'épouser parce que j'avais cinq ans de plus que toi.

— Cela n'avait rien à voir. Les différences d'âge ne veulent rien dire, pour moi.

L'expression d'Elizabeth disait clairement qu'elle ne comprenait rien aux propos de son mari.

— Je crains de ne pas te suivre. Où veux-tu en venir ?

— Je ne pouvais pas t'épouser.

Elle fronça les sourcils d'un air perplexe.

— Je ne comprends toujours pas.

— Je ne pouvais pas t'épouser parce que je n'étais pas libre. J'étais déjà marié.

Elizabeth ne réagit pas tout de suite. Elle le regardait, les yeux écarquillés, comme assommée.

— Mais non, c'est impossible ! dit-elle enfin avec des larmes dans la voix. Non ! Dis-moi que ce n'est pas vrai, Ned, s'il te plaît !

— C'est pourtant la vérité.

Elle le fixait d'un air égaré et sa voix était rauque quand elle répondit.

— Tu veux dire que tu t'es rendu coupable de bigamie ?

— Oui, cela datait de si longtemps que je l'avais oublié. Je n'y avais pas pensé depuis des années…

Il se tut, incapable de poursuivre.

— Où vit-elle ? demanda Elizabeth d'une voix à peine audible.

— Elle est morte.

— Depuis quand ?

— Un an après notre mariage. Nous nous étions séparés à l'amiable depuis un certain temps. Elle avait été malade et avait décidé d'aller vivre à… à Norwich… seule.

— Qui était-ce ?

— Elinor Burton.

Elizabeth eut un geste d'ignorance. Elle ne connaissait pas cette femme et se trouvait incapable de poursuivre la conversation. Elle avait trop mal. Edward avait raison, c'était une catastrophe.

— Elle était veuve, reprit-il avec effort. La veuve de sir Ellis Nutting, la fille de lord Kincannon.

Elizabeth ravala ses larmes.

— Qui est au courant ? demanda-t-elle.

— Je pensais que personne ne le savait, jusqu'à l'autre jour, quand tu m'as parlé du dîner où était George.

— Qui vous a mariés ? réussit-elle à dire.

— Un prêtre de Greenwich, mais il ne dira jamais rien.

— Alors, comment George le sait-il ?

Elle butait sur les mots et ne pouvait plus retenir ses larmes.

— Je ne pense pas qu'il sache quelque chose, du moins pas les faits précis. Il a peut-être entendu des rumeurs.

— Il sait forcément quelque chose, jeta-t-elle d'une voix qui s'était soudain durcie.

— Peut-être, répondit-il à mi-voix. Je me rappelle qu'à la mort d'Elinor je me suis inquiété à l'idée qu'elle s'était peut-être confessée pour se mettre en paix avec le ciel.

— George le sait, et c'est tout ce qui m'importe !

Elizabeth le fixa d'un regard froid puis essuya ses larmes du bout des doigts. Edward ne savait plus quoi dire et se tut. Il la regardait, livide, désespéré.

Soudain, elle se leva d'un bond furieux.

— Comment as-tu pu faire ça ? Comment as-tu osé m'épouser alors que tu étais déjà marié ? Notre mariage n'existe pas devant la loi et tu le sais depuis toujours ! Nos enfants sont illégitimes. Tous les sept !

Tes héritiers ne sont pas tes héritiers. C'est George qui est ton héritier !

Elle avait hurlé ces derniers mots et s'élança, lui tournant le dos. Elle se ravisa toutefois au dernier instant, s'arrêta sur le seuil et pivota pour lui faire face. Edward se leva et voulut s'approcher d'elle.

— Elizabeth, écoute-moi, je t'en prie…

Sa voix se brisa quand il vit l'expression horrifiée d'Elizabeth.

Elle tendit les bras devant elle, les paumes tournées vers lui pour mieux le repousser. Edward s'arrêta net, le cœur brisé de la voir ainsi.

— Mon Dieu ! cria-t-elle. Qu'allons-nous faire ? C'est une catastrophe. Notre vie est détruite. Tu es fini comme homme d'affaires. Ma vie est détruite et celle de nos enfants, ces pauvres innocents, l'est également. Et tout cela à cause de toi, Edward Deravenel ! Tu m'as menti !

— Je n'ai pas menti. Je n'ai rien dit…

— Tu as menti par omission.

Son visage, aussi livide que celui d'Edward, était déformé par le chagrin et la colère.

— Je ne m'étonne plus que ton frère t'insulte en se frottant les mains ! Il te tient…

Elle parlait d'une voix rauque, chargée de la haine la plus violente envers lui.

— Je crois que j'ai une solution, la seule solution…

Il s'interrompit. Elle avait dévalé les marches du belvédère et le fuyait. Il s'élança à sa poursuite mais trébucha sur une pierre de la grande rocaille qui faisait saillie. Il se releva comme il put et reprit sa course à travers le jardin. Il avait perdu Elizabeth de vue. Il entra dans la maison sans ralentir, fonça dans l'escalier, la chercha partout en criant son nom, mais en vain.

Ignorant Faxton, le majordome, qui le regardait passer bouche bée, Edward ressortit et prit la direction de la partie des marais d'où l'on voyait le phare de Dungeness. Il continua de l'appeler mais elle ne répondit pas. Elizabeth resta introuvable.

Edward la chercha dans presque toute la zone des marais. Par chance, il n'était que huit heures et la nuit n'était pas encore tombée mais il ne restait plus beaucoup de temps et il commençait à avoir peur.

Il pensa soudain à la partie du domaine qui avait été dégagée quelques années plus tôt et servait de terrain de jeux pour les enfants. Il lui fallut quelques minutes pour y arriver mais il la repéra aussitôt, recroquevillée sur un banc de bois. Edward ressentit un intense soulagement et courut encore plus vite.

Elle ne leva même pas les yeux quand il s'arrêta devant elle. Des sanglots la secouaient avec une violence effrayante. Edward savait qu'elle avait le cœur brisé mais il pouvait l'aider. Il le devait pour leur bien à tous, en particulier celui de leurs enfants. Il voulut lui poser la main sur l'épaule mais elle le rejeta.

— Laisse-moi ! dit-elle d'une voix hachée. Je t'interdis de me toucher. Tu ne me toucheras plus jamais. Va-t'en et laisse-moi tranquille !

Il s'écarta d'un pas.

— Je suis désolé de te causer tant de peine, Elizabeth. Je me suis conduit comme un idiot. Mais elle n'était plus qu'un souvenir pour moi quand je t'ai rencontrée et je t'aimais tant !

— Tu veux dire que tu aurais fait n'importe quoi pour me mettre dans ton lit !

— C'est vrai, je te désirais comme un fou. Je n'avais jamais voulu posséder une femme aussi fort que toi. Crois-moi, c'est la vérité. Je devais t'avoir… C'était plus fort que moi, Elizabeth ! Et toi tu jouais les veuves vertueuses. Tu voulais le mariage, alors je t'ai épousée.

— Et tu m'as fait sept enfants, tous bâtards !

— Non ! Ne parle pas comme ça ! Je peux tout arranger.

Quelque chose se brisa en elle. Elle se dressa et planta son regard dans le sien. Il n'exprimait que la haine la plus profonde. Soudain, elle se précipita sur lui et le frappa à coups de poing en pleine poitrine, de toutes ses forces.

— Tu as détruit ma vie et celle de nos enfants ! hurla-t-elle. Tu me dégoûtes et je ne te pardonnerai jamais ce que tu nous as fait. Jamais !

Il réussit à lui saisir les mains et à l'immobiliser.

— J'ai mal agi et je le regrette, mais je connais un moyen de tout arranger. Ecoute-moi !

— T'écouter ?

Mais les forces d'Elizabeth l'abandonnaient et, tout au fond d'elle, une voix lui conseillait d'écouter Edward. De plus, avait-elle le choix ? Elle recommença à pleurer. Edward la prit aussitôt dans ses bras et la serra de toutes ses forces contre lui. Elle sanglotait sans pouvoir s'arrêter et il essayait de la consoler, lui caressait la tête et lui donnait de petits baisers sur le visage. Elle finit par se calmer et le laissa la ramener jusqu'au banc.

Il s'assit à côté d'elle et lui passa le bras autour des épaules.

— Je sais que je t'ai fait mal, dit-il, et j'en suis très triste. Mais si tu veux bien m'écouter, je vais t'expliquer comment je peux tout arranger.

Elizabeth se contenta de hocher la tête, craignant ce qu'elle pourrait dire.

— Je vais t'épouser de nouveau, et tout de suite. Nous allons légitimer notre mariage, c'est indispensable.

— Et comment ? Cela se saura.

— Non.

— Mais nous devons aller à l'église ou dans un bureau d'enregistrement. Comment passerions-nous inaperçus ? Tu es trop connu pour cela.

— Tu as raison mais je t'ai déjà épousée une fois en secret et je peux recommencer.

— Où ?

— Dans la chapelle de Ravenscar.

— Quand ?

— Aussi vite que possible. Nous y allons demain matin en train et nous nous marions immédiatement. C'est le moment idéal. Ma mère et les enfants sont ici. Dès que nous serons à Ravenscar, j'irai voir le père O'Connor au village. Il nous mariera, je n'ai aucun doute là-dessus.

— Mais cela lui paraîtra curieux et il parlera. Tu sais comment sont les curés de village, de vraies commères.

— Non, pas le père Michael O'Connor ! Il a toujours été très dévoué aux Deravenel. On s'occupe très bien de lui, à Ravenscar. Il est le chapelain de la famille depuis plus de trente ans, en fait depuis qu'il est venu d'Irlande remplacer son oncle auprès de nous. Tu peux me croire, il est extrêmement fiable et muet comme une tombe.

— Mais ne va-t-il pas trouver bizarre de nous marier alors que nous le sommes déjà, en principe ?

— Je lui dirai que nous désirons renouveler nos vœux, que c'est sentimental, que nous voulons un autre enfant et que nous passons notre deuxième lune de miel à Ravenscar.

Elizabeth s'écarta de lui et lui éclata de rire en pleine figure. Il préféra ignorer son nouvel accès de colère.

— C'est la seule solution, poursuivit-il. J'y ai réfléchi pendant des jours entiers mais je n'ai rien trouvé d'autre. Nous nous marierons dans la chapelle familiale et il n'y aura que nous trois à le savoir. Une fois que ce sera fait, George pourra dire tout ce qu'il voudra, tu seras ma femme devant la loi.

Elizabeth ne fit pas un geste, ne dit pas un mot.

Ils restèrent assis côte à côte un long moment. Quand la nuit tomba, Edward prit Elizabeth par la main et l'aida à se lever. Ils remontèrent vers la maison.

Elizabeth ne lui avait pas donné de réponse, mais Edward était certain qu'elle accepterait sa proposition. Elle n'avait pas le choix.

34

Ravenscar

La soirée était fraîche bien qu'on fût au mois d'août, ce qui était normal pour le nord de l'Angleterre. La pleine lune brillait haut dans le ciel de Ravenscar. La vieille demeure de pierre avait pris un reflet argenté, comme les arbres et le chemin qui menait à la chapelle. Construite à la même époque que les bâtiments principaux, elle s'élevait au coin d'un bosquet, un peu à l'écart de la maison.

Edward s'empara de la main d'Elizabeth et la fit entrer dans la chapelle. C'était là qu'il avait été baptisé, ainsi que ses frères et sœurs ; là qu'avaient été célébrés les services à la mémoire de son père et de son frère Edmund, il y avait déjà dix-sept ans de cela. Edmund avait beaucoup aimé cette chapelle avec ses murs en pierre claire du Yorkshire, ses vitraux, ses bancs de chêne sculpté et son bel autel.

Le père Michael O'Connor, le chapelain des Deravenel, les attendait et s'avança à leur rencontre dans l'allée centrale dès qu'il les vit. C'était un homme chaleureux et il les accueillit avec un sourire amical.

— C'est un très joli geste que vous accomplissez ce soir, madame Deravenel, un geste très émouvant.

Elizabeth lui rendit son sourire et répondit d'une voix sourde :

— J'ai pensé que ce serait bien de renouveler nos vœux, mon père. Merci beaucoup d'être venu jusqu'ici à cette heure.

— Ce n'est pas du tout un problème ! Je suis heureux d'être là pour cette cérémonie.

Il les accompagna ensuite jusqu'au pied de l'autel. De nombreux cierges avaient été allumés et c'est à leur lueur que le prêtre leur fit répéter les vœux de mariage après lui et les prononça mari et femme. « Pour la deuxième fois », ajouta-t-il à la fin, avec son accent irlandais. Après une ultime bénédiction, il les raccompagna jusqu'au seuil de la chapelle et les regarda s'éloigner.

Edward guida Elizabeth à travers les jardins en terrasses jusqu'aux ruines de l'ancienne place forte de Ravenscar et, pendant quelques minutes, ils contemplèrent en silence les eaux de la mer du Nord qui s'étendait à leurs pieds, illuminées par le clair de lune. Il régnait une impression de paix à laquelle ils furent tous les deux sensibles. Ils restèrent ainsi un long moment, chacun plongé dans ses pensées mais tous deux soulagés que tout se soit passé aussi vite et aussi facilement.

— A présent, murmura enfin Edward, notre mariage est légal. Tu es mon unique épouse et je suis ton mari pour l'éternité. Et nos enfants sont nos enfants.

Elizabeth resta silencieuse, luttant pour étouffer la colère et le ressentiment qu'elle éprouvait.

Elle ne put retenir un soupir et s'avoua enfin qu'il avait gagné. Edward avait gagné parce qu'elle n'avait pas d'autre possibilité que de l'épouser. Ce faisant, elle avait sauvé sa famille et avait sauvé Edward de la catastrophe qu'il avait toujours redoutée.

Pour être honnête, elle devait reconnaître qu'elle était heureuse de savoir que rien ne pouvait plus défaire leur union. Elle aimait son mari. Il y avait peu d'hommes comme lui. En dehors de sa beauté et de son corps musclé dont il était si fier, ainsi que de son impressionnante virilité, c'était aussi un homme très gentil, d'une générosité folle. Enfin, c'était un père extraordinaire. Malheureusement, il y avait Jane Shaw quelque part à l'arrière-plan. D'un autre côté, cette femme ne causait aucun problème.

Elizabeth inspira profondément et se détendit jusqu'à s'appuyer sur l'épaule d'Edward. Conscient de son changement d'attitude, Edward la prit par le menton et l'embrassa sur la joue.

Elle savait qu'il n'irait pas plus loin, pas après la façon dont elle l'avait rejeté en ce funeste samedi soir. Elizabeth mit donc ses bras autour de son mari et leva le visage vers lui.

Il comprit aussitôt qu'elle venait de mettre leurs problèmes de côté et se baissa pour lui baiser les lèvres. Elle lui répondit avec son ardeur habituelle, se pressa contre lui, chaleur contre chaleur. Ils s'embrassèrent longuement, enlacés, sentant monter leur désir.

A un moment, Edward se redressa pour la regarder.

— Tout ira bien, murmura-t-il avec tendresse.

— Tu me le promets ?

— Oui, je te le promets.

Ce fut au tour d'Elizabeth de reculer légèrement et, tandis qu'elle le regardait, ses yeux brillèrent de désir. Il était si beau ! Ce soir, il avait les yeux d'un bleu très profond, presque bleu marine, et tout aussi pleins de désir.

— Viens, chuchota-t-il. Rentrons ! Allons nous coucher.

Tandis qu'ils reprenaient le chemin de la maison, Elizabeth passa son bras sous celui d'Edward.

— Ned, il reste la question de George. Que vas-tu faire à son sujet ? Il représente toujours un danger pour nous tous.

— Je sais et je vais régler la situation. Ne t'inquiète pas. Je vais m'en occuper.

— Même si nous sommes maintenant mariés selon la loi, tu dois l'empêcher de répandre des rumeurs dangereuses sur toi et nos enfants, ou sur nous.

— Je vais le faire.

— Quand ?

— Je m'occuperai de George dès notre retour à Londres. Et maintenant, au lit ! C'est votre nuit de noces, madame Deravenel, ainsi que le début d'une nouvelle vie commune.

Le silence régnait dans la maison.

La cuisinière s'était retirée depuis un bon moment et, quand ils étaient partis pour se rendre à la chapelle, Edward avait dit à Jessup qu'ils allaient marcher pendant une demi-heure.

Comme ils traversaient le hall d'entrée, le majordome sortit de l'office.

— Avez-vous besoin de moi, madame Deravenel ? Et vous, monsieur ?

— Non, répondit Edward. Nous n'avons besoin de rien. Merci, Jessup. Vous pouvez fermer. Bonsoir.

Quand ils furent dans la chambre d'Elizabeth, Edward caressa doucement la joue de sa femme.

— Merci, Elizabeth, merci de m'avoir aidé à mettre les choses en ordre.

Il fit une pause puis lui sourit.

— M'autorises-tu à partager ton lit, ce soir ?

— Oui, dit-elle d'une voix sourde. Tu sais que tu as gagné.

— Et moi j'ai su que tu avais décidé de laisser nos problèmes de côté quand, tout à l'heure, tu t'es appuyée contre moi. Mais je ne suis pas homme à profiter de la situation et tu le sais mieux que quiconque. Que tu m'embrasses et me prennes dans tes bras ne signifie pas forcément que tu voudras bien faire l'amour avec moi. Ou que tu acceptes de me laisser dormir avec toi ce soir. Et c'est tout ce que je te demande, en fait.

— Tu peux dormir avec moi, dit-elle d'un ton plus léger.

Avec une soudaine décontraction, elle commença à se dévêtir, ôtant sa robe de mousseline bleu clair puis ses chaussures. Ensuite, elle enleva lentement tous ses sous-vêtements et prit le déshabillé de satin banc qui attendait, posé sur une chaise.

Il la regardait avec avidité, sentant grandir son désir pour elle, aussi fort qu'au premier jour. Enfin, il passa dans sa propre chambre où il se débarrassa en un tournemain de ses vêtements pour revenir vêtu de sa robe de chambre en soie bleu marine.

Elizabeth se tenait à la fenêtre. Dehors, la mer était d'encre et dans le ciel sombre ne brillaient que de rares étoiles. Edward s'approcha de sa femme et lui passa les bras autour de la taille en déposant de petits baisers sur sa nuque. Elle se tourna vers lui sans défaire son étreinte.

— J'ai capitulé parce que je n'avais pas le choix, Ned.

Sans répondre, il l'entraîna vers le lit où ils s'allongèrent côte à côte. Beaucoup de choses furent dites dans le regard qu'ils échangèrent.

— Je pense pourtant, dit enfin Edward, que nous devrions consommer notre union, ne crois-tu pas ? Ainsi, nous serions vraiment mari et femme.

Il eut un de ses irrésistibles sourires. Elizabeth lui rendit son sourire et, sans le quitter des yeux, dénoua la ceinture de son peignoir avant d'écarter les pans de son déshabillé. Lentement, commença le rituel de leurs caresses. De baiser en baiser, ses caresses se faisant de plus en plus précises, Edward amena sa femme au bord du plaisir. Comme elle le caressait à son tour, il se redressa sur un coude pour la regarder.

— Mais, dit-il, tu as aussi capitulé pour ceci… Parce que tu as envie de moi autant que j'ai envie de toi, parce que nous aimons faire l'amour ensemble et que cela dure depuis quatorze ans. Je sais que je ne peux pas me passer de toi à cause de cet incroyable plaisir physique que tu me donnes. Et tu dois reconnaître que c'est la même chose pour toi.

— Oui, dit-elle d'une voix entrecoupée de soupirs. C'est vrai.

Sans rien ajouter, Edward reprit ses caresses en admirant son corps superbe. Elle, de son côté, ne pensait plus qu'à une chose, l'extraordinaire virilité de son mari. A force de désir et de baisers, tout fut de nouveau comme avant. Quand il la posséda, il ne fit que gémir son nom et murmurer qu'elle était sa femme.

Elizabeth répondait à ses élans avec la même fougue, se cambrait et gémissait de bien-être. Enfin, le plaisir les envahit tous deux, dans une parfaite harmonie. Ensuite, ils restèrent un long moment immobiles, sans se déprendre.

Edward sut en cet instant qu'il ne la quitterait jamais et se demanda comment il avait pu penser au divorce. La seule idée en était ridicule. Elle exerçait sur lui un attrait sexuel irrésistible et, à sa façon très personnelle, elle le rendait heureux.

— Est-ce que je te rends heureux, Ned ? demanda-t-elle à cet instant, comme si elle avait lu dans ses pensées.

Pour toute réponse, il l'embrassa de nouveau puis la regarda dans les yeux.

— Quand nous sommes ensemble de cette façon, dit-il, je me sens au paradis. Et je crois que c'est pareil pour toi…

— Oui, mon chéri, c'est le paradis.

Il la serra contre lui et ils s'endormirent ainsi, dans les bras l'un de l'autre.

35

Londres

— Je commence à croire que le hasard nous rend service, dit Will Hasling en entrant dans le bureau d'Edward.

Leurs bureaux au siège de la Deravenel étaient l'un à côté de l'autre, ce qui leur permettait de communiquer très facilement.

— De quelle façon ? demanda Edward, son intérêt aussitôt éveillé.

— Je viens de recevoir un long courrier de Vincent Martell. Il voudrait prendre sa retraite. Il propose de continuer à travailler pour nous en tant que consultant mais il ne veut plus diriger les vignobles de Mâcon.

— Je suis très étonné. J'ai toujours pensé qu'il mourrait dans ses vignes. Après tout, il a travaillé pour nous pendant la plus grande partie de sa vie.

— N'oublions pas qu'il a plus de soixante ans, Ned. Je pense qu'il est fatigué.

Edward resta pensif pendant un moment puis accepta la situation.

— Nous recommande-t-il quelqu'un pour prendre sa suite ?

— Oui, il a avancé le nom de Marcel Arnaud, qui travaille avec lui depuis une dizaine d'années. A mon avis, nous devrions suivre son conseil et le garder comme consultant. Toutefois, il y a là une opportunité dont nous devrions profiter sans attendre.

— George ? Tu veux que j'envoie George à Mâcon pour l'éloigner de moi. Là-bas, tout le monde se moque de ce qu'il pourra raconter sur nous. En plus, ils n'y comprendront rien.

— Exactement !

— Et tu crois qu'il accepterait d'y aller ?

Edward réfléchit, son expression trahissant son scepticisme. Puis il se mit à rire sous cape.

— Comment pourrait-il refuser ? Il parle assez bien français et il n'aura pas grand-chose à faire puisqu'il ne connaît rien à la viticulture ni à la vinification. Ce sera une sinécure et, comme Vincent prend sa retraite, il n'y aura aucun risque de conflits. En fait, je pense qu'il s'entendra même bien avec Marcel. De plus, notre sœur Meg n'habite pas très loin, du côté de Dijon, et elle a toujours aimé George.

— C'est la conclusion à laquelle j'étais arrivé. J'ai aussi pensé que ce serait une bonne idée si je l'accompagnais là-bas, pour lui montrer la Bourgogne et le château. La dernière fois que j'y suis allé, tout était dans un état impeccable. George y vivrait très confortablement. Je ne vois aucune raison pour lui de ne pas saisir cette chance.

— Il pourrait refuser pour le seul plaisir de nous contrarier.

— C'est à considérer, dit Will. Néanmoins, es-tu d'accord ? Penses-tu aussi que nous aurions tort de ne pas saisir l'occasion ?

— Je suis tout à fait d'accord ! Est-il là aujourd'hui ?

— Il me semble.

— Dans ce cas, je vais l'inviter à déjeuner au Savoy. J'aimerais que tu te joignes à nous en tant que directeur de tous nos domaines viticoles. Tu connais mieux la question que quiconque.

— Ravi de te rendre ce service ! A quelle heure ?

— Une heure ? Cela te convient ?

— C'est très bien pour moi, Ned. Veux-tu que je demande à Oliveri de venir aussi ?

— Oui, c'est une bonne idée.

Will fit un signe de tête et reprit le chemin de son bureau.

Alfredo Oliveri observa George qui traversait le Grill Room du Savoy pour les rejoindre. Une fois de plus, il fut frappé par l'apparence de George. Bien qu'il ne fût pas aussi grand ni aussi élégant qu'Edward, il avait néanmoins très belle allure avec ses cheveux blonds et ses yeux d'un bleu-vert très étonnant, presque turquoise.

— Bonjour, George, dit Edward d'un ton accueillant. Merci d'être venu.

— Merci de m'avoir invité, répondit froidement George.

Il s'assit en face de son frère.

— Qu'est-ce qui te ferait plaisir ? demanda Edward. Du champagne ?

— Ce sera parfait, merci.

George se tourna ensuite vers Oliveri et Will, qu'il salua tous deux de la tête.

— Alors, dit-il. Quelle est la raison de ce grand rassemblement ?

Il repoussa une mèche de cheveux qui lui tombait sur le front et fixa Edward d'un regard dur.

— Tu as parlé d'une bonne nouvelle en laissant entendre que cela me concernait. De quoi s'agit-il donc ?

Edward s'appliqua à garder son calme. George était d'aussi mauvaise humeur que d'habitude mais, en plus, Edward sentait dans son attitude la même hostilité qu'il lui montrait depuis quelque temps. C'était là, sous les apparences, et c'était dirigé contre lui. George n'apprendrait donc jamais ?

— C'est une bonne nouvelle, du moins je le pense, répondit-il d'un ton tranquille. Vincent Martell veut prendre sa retraite et Will en a été informé aujourd'hui. Marcel Arnaud va diriger le domaine de Mâcon mais j'ai pensé que c'était une bonne occasion pour toi d'aller en France et d'apprendre tout ce que tu pourras sur la vigne et le vin. Vincent restera dans la maison comme consultant et tu bénéficierais certainement de sa présence. Il connaît mieux le vin que quiconque. Je regrette qu'il veuille se retirer mais je comprends ses raisons. Il est fatigué.

Alors même que l'idée d'aller vivre en France et d'habiter le château du domaine lui plaisait, George n'avait pas l'intention de faciliter les choses à son frère.

— Qu'est-ce qui te fait croire que je veux aller en Bourgogne ? dit-il d'une voix boudeuse. Vivre là-bas ? Certainement pas !

— Je t'en prie, ne refuse pas sur un coup de tête, répondit Edward d'un ton conciliant.

— Je ne refuse pas. Je veux seulement savoir ce que cela m'apporterait ?

De façon typique, George avait réussi à se montrer à la fois désagréable et intéressé par le profit qu'il y aurait à tirer de la situation. Edward contempla longuement son frère.

— Tu as beaucoup à gagner, George. Une très belle demeure, un nouveau départ dans nos entreprises, et le voisinage d'une femme qui t'aime sans réserve, notre sœur Margaret. Franchement, je pensais que tu allais sauter sur l'occasion.

George s'offrit le temps de la réflexion et fit attendre sa réponse.

— Cela pourrait me convenir, dit-il enfin. Le monde du vin m'intéresse et je m'y connais pas mal. En fait, j'aimerais bien en savoir plus. Par ailleurs, je suppose que cela représenterait une augmentation de salaire, avec quelques bonus intéressants par-ci par-là.

— Bien sûr !

Edward ne demandait qu'à rassurer son frère sur ce point. L'argent ne comptait pas, à partir du moment où cela permettait de régler la question.

George choisit de ne rien répondre et se contenta de lever son verre.

— A ta santé, mon frère ! Puisses-tu prospérer, et la Deravenel en même temps !

— A toi ! répondit Edward en levant son verre à son tour. Je sais que tu réussiras, George, et je m'y emploierai !

Ils trinquèrent tous les quatre et ce fut Will qui posa la question décisive.

— Alors, George, quelle est ta réponse ?

— Je vais y réfléchir, répondit-il avec un sourire indéchiffrable.

— C'est vrai que tu expédies George en Bourgogne pour diriger nos vignobles ? demanda Richard.

C'était le lendemain matin de ce déjeuner mémorable et Richard était dans le bureau d'Edward.

— Je ne l'expédie pas. Je lui ai demandé si cela lui plairait et il ne m'a pas encore donné sa réponse. Il y réfléchit.

— Je pense qu'il ne doit pas y aller.

— Pourquoi ?

— Ce serait dangereux pour lui, répondit Richard. Il va se tuer en buvant. J'en suis certain.

— Mais non. Il n'est pas bête à ce point. Et comme je te l'ai dit, Dick, il a le choix.

Richard dévisagea Edward d'un air stupéfait.

— Je n'y crois pas ! Cela te ressemble si peu d'être aussi… aussi obtus ! Tu ne peux pas ne pas voir le danger que cela représente pour lui ?

— Tu as peut-être raison mais je ne peux pas me permettre de m'y arrêter. Je dois l'éloigner. Il raconte des horreurs sur notre mère et dit partout que je suis un bâtard. Tu le sais, Richard. Tu as certainement entendu ces ragots. Il dit aussi que mes enfants sont également des bâtards. Je lui ai souvent trouvé des excuses, je lui ai pardonné beaucoup de choses et beaucoup d'insultes. Malheureusement, George ne veut pas s'améliorer et j'ai perdu toute patience à son égard.

— Je sais, et je compatis. George s'est montré déloyal envers toi. Il n'empêche que lui proposer un vignoble entier comme terrain de jeux revient à lui mettre une arme dans les mains. Il ne pourra pas résister.

— Oui, le risque existe, reconnut Edward. Toutefois, je ne le crois quand même pas assez fou pour abuser. D'ailleurs, il va peut-être refuser. Je lui ai proposé cette place, je ne l'oblige pas à partir.

Richard se leva et se dirigea vers la porte.

— Je comprends, dit-il d'une voix sourde. Tiens-moi au courant de la décision de George, s'il te plaît. Je pars pour le Yorkshire cet après-midi. Francis Lowell a besoin de moi aux manufactures de Bradford. Nous avons un problème.

— Je suppose que ce n'est pas trop grave ?

— Non, nous allons régler cela ensemble, Lowell et moi.

— Tu as très bien réussi avec nos sociétés du nord du pays, Richard, et je me sens très fier de toi. Je tiens à ce que tu le saches.

— Merci, Ned ! Mais la vérité m'oblige à dire que j'ai des hommes de valeur comme Lowell dans mon équipe. J'ai de la chance.

Après le départ de Richard, Edward fit pivoter son fauteuil pour contempler une grande carte du monde fixée au mur derrière le bureau. C'était la carte dont son père se servait déjà avant lui.

Son regard se porta sur la France et, plus particulièrement, la Bourgogne. Les domaines Deravenel produisaient de grands vins du Mâconnais, dont un superbe pouilly-fuissé, un de leurs meilleurs vins blancs, et un beaujolais de qualité qui avait beaucoup de succès. Ces vignobles avaient toujours été rentables, comme ceux de Provence.

Il se demanda s'ils n'avaient pas commis une erreur en choisissant d'envoyer George là-bas, mais rejeta aussitôt cette idée. La Provence aurait été le pire, un endroit vraiment dangereux avec la proximité de Marseille et de la Côte d'Azur. La Bourgogne serait parfaite.

Le château de Margaret et de Charles, son mari, se trouvait dans les environs de Dijon, pas très loin des domaines Deravenel. La famille de Charles produisait du nuits-saint-georges et d'autres grands crus depuis des siècles. George pourrait séjourner chez eux aussi souvent qu'il le voudrait. Margaret accueillerait toujours son frère préféré à bras ouverts.

Broadbent l'attendait avec la Rolls pour le ramener chez lui, à Berkeley Square. Edward s'installa sur le siège arrière. Il pensait encore à ses frères et à tout ce qui les différenciait.

Il n'avait pas plus tôt ouvert la porte que Mallet apparut.

— Bonsoir, monsieur. Mme Deravenel vous attend dans la bibliothèque. Je veux dire votre mère, monsieur.

Bien que surpris, Edward n'en montra rien.

— Merci, Mallet. Dites à Cook que je dînerai à l'heure habituelle. Si ma mère partage mon repas, je vous préviendrai.

— Bien, monsieur.

Edward traversa le grand hall dallé de marbre et se rendit dans sa bibliothèque.

— Bonsoir, mère ! Quelle bonne surprise ! J'ignorais que vous veniez en ville. Voulez-vous dîner avec moi ?

— Non, je ne peux pas mais je te remercie.

Selon son habitude, il alla se poster dos à la cheminée, bien qu'il n'y eût pas de feu en cette soirée d'août.

— Désirez-vous me parler de quelque chose en particulier ?

— Oui, Edward, je veux te parler de ton frère, de George. Je ne veux pas que tu l'envoies en Bourgogne. C'est son arrêt de mort !

— Je pense que vous sous-estimez George. Je crois, au contraire, qu'il va réduire sa consommation et qu'il saura faire preuve de raison. Il sait que la boisson lui serait fatale et il fera attention. Vous pouvez en être certaine.

Cecily Deravenel jeta un regard noir à son fils et hocha la tête avec incrédulité.

— George est alcoolique, voyons ! Il ne peut pas s'empêcher de boire et il souffre toujours de la disparition d'Isabel.

— Mère, c'est à lui de choisir d'aller en France ou pas. A ma connaissance, il n'a pas encore pris de décision. Cette conversation est donc un peu prématurée, ne pensez-vous pas ?

— Certainement pas ! Il partira parce qu'il ne pourra pas résister. Je te demande d'annuler l'offre que tu lui as faite. Envoie-le en exil si c'est nécessaire mais pas dans les vignobles ! Je t'en prie, Edward !

— Mère, comme je vous l'ai dit, c'est à lui de choisir.

— Je vois qu'il est impossible de discuter avec toi. Comment peux-tu te montrer aussi obstiné ! Tout ce que je peux dire c'est que tu le condamnes à mort.

Elle se leva et se dirigea lentement vers la porte. Arrivée sur le seuil de la bibliothèque, elle se retourna vers Edward et lui lança un long regard. Un terrible chagrin assombrissait ses yeux.

— Je ne t'ai jamais rien demandé, Ned, pas une seule fois depuis que tu as pris la tête de la Deravenel, il y a dix-sept ans de cela. Je t'ai toujours soutenu, j'ai toujours été derrière toi, quoi que tu fasses. Aujourd'hui, je te supplie de retirer ta proposition. Moi, ta mère, je te supplie, Ned !

— Mère, je vous répète qu'il n'est pas obligé d'accepter. Nous lui trouverons un autre pays. Nous avons des bureaux dans le monde entier.

— Tu ne comprends pas. Il n'ira pas ailleurs, plus maintenant. Il est enthousiasmé par cette promotion, comme tu l'as appelée. Je te garantis qu'il va accepter. Il se sent soudain très fier et plein d'espoir parce que tu l'as… tu l'as choisi pour aller à Mâcon.

— Je vous en prie, mère, ne me regardez pas avec ces yeux méprisants ! Je parlerai à George demain. Il peut vraiment aller où il veut, je vous l'ai dit, à partir du moment où il quitte l'Angleterre.

— Son cas est donc aussi grave ?

— Oui, il a trop souvent trahi et joué contre moi. On ne peut pas lui faire confiance.

— Je sais qu'il est coupable de divers crimes envers toi, si l'on peut appeler cela des crimes. Néanmoins, c'est ton frère. Tu ne peux donc pas faire l'effort de lui pardonner ?

— Non, ce n'est pas possible. Attendez !

Edward s'élança à la poursuite de sa mère mais elle était déjà dans le hall.

— Je vous en prie, dit-il, restez dîner avec moi…

— Non, merci. Je m'en vais.

Elle ouvrit la porte et franchit le seuil.

— Ne te donne pas la peine de me raccompagner chez moi, c'est au coin de la rue, comme tu le sais.

Edward se retrouva face à la porte que sa mère avait refermée en silence derrière elle. Avec un soupir de lassitude, il regagna la bibliothèque, s'assit à son bureau, y posa les coudes et laissa tomber sa tête dans ses mains avec un gémissement. Si George allait en Bourgogne et recommençait à boire, sa mère le lui reprocherait. Elle n'avait laissé aucun doute sur le fait qu'elle le tiendrait pour responsable des choix de George. Qu'il en soit ainsi, pensa-t-il tristement.

36

Mâcon

Dans la petite salle à manger rouge du château de Poret, Will Hasling et Alfredo Oliveri étaient en train de prendre leur petit déjeuner. Ils buvaient de grandes tasses de café au lait avec des croissants frais qu'ils avaient généreusement tartinés de beurre de ferme et de confiture de framboises. On était à la fin du mois d'août et le soleil brillait. Will et Alfredo étaient arrivés la veille par le train de Paris.

— Vous pensez donc que George va venir ? demanda Alfredo avec un regard sceptique.

Will s'accorda quelques instants de réflexion avant de répondre.

— Je sais que vous en doutez mais je pense qu'il viendra, et en fanfare, qui plus est. Pourquoi ne le ferait-il pas ? Il n'a rien à perdre et il a le choix de refuser ou d'accepter. Je suis convaincu que cet endroit lui apparaîtra comme son petit royaume personnel et qu'il se croira capable de le gouverner.

— Dieu nous en garde ! s'exclama Alfredo. Il ne manquerait plus que cela, que George veuille diriger le domaine ! Si cela arrivait, c'est alors que les vrais ennuis commenceraient.

— Aucun risque ! Comme je l'ai toujours dit, George est un paresseux. Il veut avoir une vie confortable et beaucoup d'argent sans avoir rien à faire. Vous savez qu'il n'aime pas travailler.

Will se versa un autre café, y ajouta du lait chaud mousseux et du sucre.

— Je n'ai jamais bu de meilleur café, dit-il. C'est une des raisons pour lesquelles j'aime venir ici. Le café, la table et le château. Je ne suis pas sûr de ce qui vient en premier !

Will avait terminé sa phrase en riant et Alfredo fit chorus.

— J'ai toujours aimé ce château, moi aussi. Je pense que c'est une belle réussite de Vincent Martell que de l'avoir aussi bien entretenu depuis le décès de Mme de Poret.

Il poursuivit avec un regard à la fois étonné et interrogateur :

— Je n'ai jamais compris pourquoi Vincent Martell ne s'y est pas installé après sa mort. Je sais que vous le lui avez proposé mais vous ne m'avez jamais dit les motifs de son refus.

— Pour lui, c'était la demeure des Poret, et cela l'a toujours été, aussi loin qu'il s'en souvienne. Même s'il n'y avait plus aucun membre de la famille pour l'habiter, il n'a pas changé d'avis. Vincent est né au village et son père s'occupait déjà des vignes du château avant lui. Il me semble qu'il aurait l'impression de mal agir, de ne pas rester à sa place. De plus, il venait tout juste de perdre sa femme. Je suis certain qu'il ne voulait pas quitter la maison où il avait vécu avec elle. Il y avait trop de souvenirs.

Alfredo étudia quelques instants l'expression de Will, un homme respectable et soucieux des autres.

— Je comprends, dit-il. Je suis heureux que vous l'ayez autorisé à y rester quand il aura pris sa retraite. Après tout, il va quand même travailler pour nous en qualité de consultant.

— Il a vécu dans cette maison plus de trente ans. Le connaissant comme je le connais, je savais qu'il s'inquiétait de savoir où il irait vivre.

— Et Marcel Arnaud ? Qu'en avez-vous pensé ?

— C'est un homme peu bavard, et même peu communicatif, mais je me fie au jugement de Vincent. S'il est tranquillisé à l'idée d'être remplacé par Arnaud, il n'y a pas de problème pour moi. C'est lui l'expert, ici. Depuis que nous avons acquis le domaine en 1906, Vincent a toujours été franc avec moi, parfois même d'une honnêteté brutale.

— C'est un taciturne, je suis d'accord, et vous deviez prendre l'avis de Vincent, bien sûr. A propos, quand George sera là et qu'on lui aura fait faire le tour du propriétaire, avez-vous prévu d'aller voir nos autres domaines du Mâconnais ?

— En effet, mais certainement pas avec George. Je veux aller en Côte-d'Or, inspecter nos propriétés de Beaune. Vous savez l'importance de nos montrachets blancs. Cela avait été une bonne décision de la part d'Edward, quand il a décidé de les acheter, en 1910. Ils nous rapportent beaucoup d'argent.

— Si cela ne vous ennuie pas, j'aimerais vous accompagner. Ensuite, je continuerai vers l'Italie. Je veux aller voir ce qui se passe dans nos carrières de marbre de Carrare.

Il y eut un silence pendant lequel bien des souvenirs furent évoqués. Quand Will reprit la parole, ce fut d'une voix émue :

— Je n'y suis jamais retourné depuis que nous vous y avions retrouvé après la mort de Richard Deravenel. Il y a déjà dix-sept ans ! C'était notre première rencontre, vous vous en souvenez ?

— Pour moi aussi, c'est un voyage difficile.

Il repoussa sa chaise et se leva.

— Si nous allions à la recherche de Vincent ? dit-il d'un ton plus léger. Que diriez-vous d'une promenade dans les vignes ?

— Bonne idée ! A part ça, je serais heureux que vous m'accompagniez à Beaune.

Ils trouvèrent Vincent Martell dans l'une des vastes caves du domaine. Dès qu'il les vit, il se précipita pour les accueillir. C'était un homme vigoureux, avec de larges épaules et un visage buriné par le grand air et le soleil. Le contraste avec ses cheveux d'un blanc de neige était frappant. Ses yeux marron brillaient d'énergie.

— Bonjour ! dit-il en tendant la main à Will puis Alfredo. J'espère que vous avez bien dormi et que Solange vous a servi un petit déjeuner correct.

S'il avait dit « bonjour » en français, il s'était ensuite exprimé dans un anglais où pointait un léger accent.

— Merci, répondit Will, le petit déjeuner était parfait. La vue de cette cave me plaît beaucoup, Vincent ! Je suis heureux d'y voir autant de fûts.

— Moi aussi ! répondit Vincent avec un grand sourire. Nous avons eu une bonne année.

Il leur fit prendre la longue allée centrale entre les rangées de fûts qui s'empilaient jusqu'au plafond.

Alfredo fermait la marche. C'était la première fois qu'il venait dans cette cave. Elle était immense. Il s'arrêta un instant devant une pyramide de fûts, se demandant comment ils restaient en place, les uns sur les autres. Il y en avait huit au sol, puis une deuxième rangée de sept, puis six, et ainsi de suite jusqu'à l'unique fût qui formait le sommet de cette pyramide. Chaque rangée était tenue en place par une cale en bois glissée sous le premier fût.

Il admira une dernière fois ce travail impressionnant et reprit la visite. Comme ils s'enfonçaient dans les profondeurs de la cave, il remarqua que certaines des piles de tonneaux étaient encore plus hautes que les autres. Il se demanda si ce système de stockage n'était pas dangereux. Qu'arriverait-il si l'un des fûts tombait ? Toute la pile s'écroulerait, sans doute ?

Will et Vincent étaient à présent hors de vue et Alfredo pressa le pas pour les rejoindre. Il frissonna. La température était très fraîche dans la cave. Il aperçut les deux autres hommes. Ils avaient tourné dans une autre allée et parlaient avec animation.

Quand Alfredo les rattrapa, il posa la question qui le démangeait.

— Cela ne doit pas être facile d'empiler les tonneaux, surtout sur le flanc ! dit-il. N'y a-t-il pas de risque qu'ils se mettent à rouler ?

Cela fit rire Vincent.

— Non, aucun risque. Et ce n'est pas si difficile quand on sait comment s'y prendre. Les fûts de bourgogne sont faciles à manier. Ils sont plus légers que ceux du Bordelais, qui sont pourtant les plus courants.

Il se lança dans une longue explication sur la façon dont on empilait les fûts, puis sur leur fabrication et celle des bouchons, la mise en bouteille et l'étiquetage. Comme Will savait tout cela, l'ayant déjà appris de Vincent, il s'éloigna, soudain sensible au froid. Les caves étaient immenses. Le sol était en dalles de pierre, les murs étaient en pierre et les hauts plafonds en pierre et en bois. Will voulait soudain retrouver le plus vite possible la chaleur du soleil.

Will Hasling avait plusieurs fois visité le château et ses vignes, ainsi que les autres domaines de la compagnie Deravenel. Edward lui avait confié la direction de tout le département des vins quand il était entré à la Deravenel et il en était fier.

Comme il était consciencieux et passionné par son travail, Will avait mis un point d'honneur à tout apprendre sur la viticulture, la vinification, la mise en bouteille et la conservation du vin. Il avait voulu comprendre comment tout cela fonctionnait, du début jusqu'à la fin. C'était Vincent – qui d'autre ? – qui lui avait appris ce qu'il savait. Au fil des ans, ils étaient devenus amis. Will se rendait en France six fois par an pour inspecter les vignobles de la Deravenel et il avait fini par aimer ce pays.

Tandis qu'il remontait l'allée vers la sortie, il songea qu'il devait avoir une conversation privée avec Vincent. Il fallait lui expliquer que George ne devait à aucun prix se mêler de la gestion du domaine. Il devait dire à Vincent, et à Marcel Arnaud, que George n'était qu'une figure symbolique, qu'on devait le respecter mais qu'il n'avait aucune responsabilité et pas plus de pouvoir.

Une heure plus tard, ils se retrouvèrent tous les trois dans le salon du château et trinquèrent avec le pouilly-fuissé qui avait fait la réputation du domaine. Le déjeuner serait bientôt servi.

Le salon avait un certain style que Will trouvait plein de charme. Les murs étaient tendus d'un tissu à motif floral aux teintes fanées, un mélange de vieil ivoire, de rouge et de rose, avec une pointe de bleu. La même étoffe avait été utilisée pour les rideaux ainsi que pour une partie des canapés et des fauteuils. Ces teintes formaient un écrin de choix pour les beaux meubles anciens patinés par le temps et dont le bois luisait, ciré avec soin. L'ensemble donnait une impression d'accueil amical. L'antique cheminée de marbre blanc, le haut plafond, les grandes fenêtres ouvrant sur les jardins, tout concourait à la grâce de la pièce.

Will se prit à souhaiter que George ne trouverait pas insupportable cette ambiance d'un autre temps. Tout au fond de lui, il l'enviait de pouvoir habiter dans cette belle demeure du dix-septième siècle. Toutefois, il fallait à tout prix lui faire quitter l'Angleterre pour assurer la sécurité d'Edward et ce domaine était le meilleur endroit pour cela. « George ne s'en rend peut-être pas compte, pensa Will, mais il a de la chance. » A cet instant, la porte du salon s'ouvrit à grand fracas.

George Deravenel venait de faire son entrée, élégant, soigné, et toujours aussi beau.

Will se leva d'un bond pour aller à sa rencontre.

— George, enfin ! Nous nous demandions justement où tu étais.

George prit aussitôt son air boudeur.

— Le voyage a été insupportable, commença-t-il. J'ai cru…

— Viens, dit Will d'un ton sans appel, je veux te présenter Vincent Martell. Il a passé sa vie sur le domaine et pourra t'apprendre tout ce que tu veux savoir sur le travail de la vigne, si tu décides de rester.

George expédia la question d'un geste rapide.

— Je prendrais volontiers un verre de la même potion que vous. J'en ai rudement besoin après cet horrible voyage.

— C'est de l'excellent pouilly-fuissé du domaine, monsieur Deravenel, dit Vincent.

Il s'était également levé pour saluer le nouvel arrivant. George était un très bel homme, pensa-t-il, et qui ressemblait beaucoup à son frère Edward. A n'en pas douter, certaines des dames de la région verraient en lui une belle prise, à tous points de vue.

Après le départ de Will et Oliveri, George décida de partir également en voyage. Il avertit Vincent qu'il devait faire un déplacement d'affaires de deux jours sur la Riviera et prit le train pour Monte-Carlo.

Dès qu'il eut la clef de sa suite à l'Hôtel de Paris, près du casino, George sentit son moral remonter en flèche. Monte-Carlo était l'endroit de la Côte d'Azur qu'il préférait. Il connaissait les autres villes et leurs casinos, Cannes, Nice et Beaulieu-sur-Mer, mais il revenait toujours à Monte-Carlo.

Le soir de son arrivée, il s'habilla soigneusement. Il choisit son smoking de Savile Row, une chemise blanche impeccable et un nœud papillon noir, et descendit. Dans le hall de l'hôtel, il se dirigea directement vers le bureau du caissier, non sans jeter un regard circulaire alentour. George Deravenel était bien connu dans cet hôtel, comme toute la famille

Deravenel. Il eut la chance d'avoir déjà eu affaire au caissier de service. Il le salua cordialement en français, encaissa un chèque de deux mille livres, quitta l'hôtel et traversa la place en direction du célèbre casino.

George savoura l'instant où il entrait dans le grand salon. Pour lui, c'était toujours un moment magique. Il s'immobilisa, enregistrant le décor, les immenses lustres de cristal, l'épaisse moquette rouge, le riche lambris mural d'une élégante teinte ivoire rehaussée à la feuille d'or, et les merveilleuses tables de jeu. Ici, il pouvait jouer à la roulette, au chemin de fer et au baccara. Il savait qu'il allait s'amuser.

Il avait toujours aimé l'odeur particulière du casino, ce mélange de parfums de femmes, de cigare et de cigarette, avec la note plus épicée des after-shaves. Les hommes portaient tous des smokings à la coupe parfaite. L'ambiance sonore exerçait le même irrésistible attrait sur lui, le sifflement de la bille de la roulette et son cliquetis quand elle s'arrêtait enfin dans l'une des petites cases, le bruit sec des jetons s'entrechoquant sur les tables, le chuintement des cartes dans le sabot. Ici, il se sentait dans son élément.

Tête haute, George traversa paisiblement le grand salon en direction de la caisse. Ajoutant les deux mille livres qu'il avait encaissées à l'hôtel à l'argent qu'il avait apporté de Londres, il demanda pour quatre mille livres de jetons.

Comme il se détournait de la caisse, un serveur avec un plateau de coupes de champagne s'arrêta près de lui. George le remercia de la tête, se servit et reprit son indolente déambulation. Trop beau et trop élégant pour passer inaperçu, il fit se retourner plus d'une jolie femme. Il s'en aperçut mais feignit de n'avoir rien remarqué. Il souriait néanmoins en lui-même. Quand il se serait bien amusé aux tables de jeu et aurait assez bu de ce délicieux champagne, il essaierait de repérer deux femmes seules et en inviterait une, ou peut-être les deux, à le rejoindre dans sa chambre.

Après avoir rapidement bu trois coupes de champagne, George se sentit très bien, sûr de lui, excité mais parfaitement capable de se contrôler. Il s'approcha d'une des tables de roulette et arriva au moment où le croupier disait : « Rien ne va plus… Les jeux sont faits. » Trop tard pour jouer !

Quand le croupier relança la bille, George entra dans la partie et plaça quelques jetons sur les numéros neuf, onze et treize. A son grand plaisir, il gagna. Ensuite, il gagna encore, et encore, jusqu'à tripler sa mise.

Sa chance à la roulette dura pendant plusieurs heures. Il finit pourtant par bouger et passa à la table de baccara. A partir de là, il commença peu à peu à perdre. Il changea pour essayer le chemin de fer et perdit encore. Mais il n'était pas question de renoncer. Il insista, risqua son dernier millier de livres et, à son très grand chagrin, perdit tout. Quatre mille livres envolées !

« Ce n'est pas grave, se dit-il en retournant à la caisse. Je vais me refaire, la chance va tourner. » Il sortit de nouveau son passeport et signa une reconnaissance de dette pour cinq mille livres. On connaissait bien le nom des Deravenel, au casino, et George était un hôte auquel on ne pouvait rien refuser.

Finalement, ce fut un soir de malchance pour lui. A deux heures du matin, nettement moins pimpant qu'à son arrivée, il reprit le chemin de l'Hôtel de Paris. Et il était seul… Il traversa la place dans un état d'incrédulité choquée. Il avait perdu tout l'argent qu'il avait emporté et, en plus, il avait cinq mille livres de dettes. Il devait de l'argent au casino. Qui plus est, il rentrait sans femme et n'avait même pas dîné. Malgré tout, cela n'avait aucune importance au regard du fait qu'il avait de nouveau des dettes de jeu. Edward serait furieux contre lui et ne l'aiderait certainement pas. Richard non plus. Il n'était même pas certain de pouvoir encore une fois se tourner vers sa mère. Son cœur se serra.

Soudain, une idée lui traversa l'esprit. Sa sœur habitait à Dijon. Il téléphonerait à Margaret dès le lendemain et elle accourrait pour le tirer d'affaire. Il l'espérait en tout cas de toutes ses forces mais sans en avoir la certitude absolue. En franchissant le seuil de l'hôtel, il se sentit brutalement profondément déprimé. Tout au fond de lui, il avait la sensation d'être maudit et condamné d'avance. Mais n'était-ce pas vrai depuis le début ?

37

Kent

— Vous nous avez préparé un feu de joie énorme, Amos, dit Grace Rose.

En compagnie de Bess, elle faisait le tour d'un impressionnant tas de bûches, de branches et de brindilles qui s'élevait au milieu de la cour pavée à l'arrière de Waverley Court.

— Il va y avoir des flammes immenses, ajouta-t-elle.

— Je crains de ne pouvoir accepter vos compliments, ma chère Bess, répondit Amos en riant. C'est Joby le jardinier et son aide qui s'en sont occupés avec l'homme à tout faire. Je me suis contenté de les regarder travailler.

Bess rajusta son écharpe de laine autour de son cou.

— C'est le plus beau feu de joie que nous aurons jamais eu pour le 5 novembre, dit-elle. D'après Nanny, tout le monde peut venir, sauf le petit George parce qu'il n'a qu'un an. Amos, j'espère que vous n'avez pas oublié les feux d'artifice ?

— Bien sûr que non, Bess ! J'ai pris des soleils tournants, des bouquets d'étoiles et beaucoup de cierges magiques. Je sais que ce sont vos préférés.

— Merci, Amos ! Nous, nous avons aidé Cook. On a fait des pains d'épice en forme de bonshommes, et Cook a cuit des pommes de terre. Elle a dit qu'on pourrait les faire réchauffer en les mettant dans les cendres au bord du feu. Il y aura aussi des châtaignes grillées.

Une voix d'homme s'éleva.

— Mais c'est un vrai festin qui nous attend !

En entendant la voix de son père, Bess se retourna et traversa la cour en courant pour se jeter dans ses bras. Il l'embrassa étroitement puis, la prenant par les épaules, revint avec elle vers le tas de bois.

— Bonjour, monsieur Deravenel, dit Amos en tendant la main.

— Bonjour, Amos, mon vieil ami. Je suis content de vous voir ici. Quand êtes-vous arrivé ?

— Il y a environ une heure, monsieur. Je suis venu avec Broadbent.

— J'espère qu'on s'est occupé de vous et qu'on vous a proposé une collation ?

— Cook y a veillé, monsieur. Elle a été très obligeante et m'a préparé un sandwich à la tête de veau en gelée accompagné d'une tasse de thé.

Edward approuva de la tête et sourit affectueusement à Grace Rose. Elle s'approcha aussitôt pour l'embrasser.

— J'espère que tes parents pourront nous rejoindre, dit-il. Ils me l'ont promis.

— Oui, oncle Ned, ils ne manqueraient cela pour rien au monde.

En ce samedi finissant, on s'apprêtait à fêter le 5 novembre, la nuit de Guy Fawkes. Dans toute l'Angleterre, on l'appelait surtout Bonfire Night, la nuit du feu de joie. On allumerait des feux de joie et on brûlerait des effigies de Guy Fawkes. Après avoir tiré des feux d'artifice, on mangerait des pommes de terre rôties, des châtaignes grillées et des pains d'épice. La fête trouvait son origine en 1605, dans la Conspiration des Poudres de Guy Fawkes et de ses partisans qui voulaient faire sauter le Parlement.

— Je ne comprends pas comme Guy Fawkes a pu croire au succès de son complot, dit Edward. Si je me souviens bien de mes cours d'histoire, il n'avait pas assez de poudre, c'est ça ?

— En effet, répondit Amos. Il l'avait cachée dans les caves du Parlement et, si mes souvenirs sont exacts, une partie a pris l'humidité. C'est du moins ce qui me reste de mes propres cours d'histoire !

Bess décida d'apporter sa contribution.

— Il voulait aussi assassiner le roi Jacques Ier dans l'espoir d'inciter les catholiques à se révolter. Ils s'agitaient à cause de nouvelles lois très dures contre leur religion.

— Bravo, Bess ! s'exclama Edward avec fierté.

— J'aime beaucoup l'histoire, père, répondit-elle. Je suis l'exemple de Grace Rose, vous voyez.

Tous rirent de sa remarque, son père, Amos et Grace Rose elle-même.

— Je dois vous laisser quelques moments, reprit Edward. J'ai différentes choses à discuter avec Amos dans mon bureau. D'après la couleur du ciel, il fera noir dans une demi-heure environ. Nous reviendrons à ce moment-là et on pourra allumer le feu.

Edward guida Amos à travers les pièces situées sur l'arrière de la maison. La bibliothèque donnait sur la façade. Quand ils y arrivèrent, il referma soigneusement la porte derrière lui et prit sa place habituelle, dos au feu.

— Venez vous asseoir ici, devant la cheminée, dit-il à Amos. Vous savez que je préfère rester debout et pouvoir me promener.

— Oui, je le sais bien, monsieur Edward.

Edward remit quelques bûches dans le feu et baissa la voix pour aborder le sujet qui le préoccupait.

— Quand êtes-vous rentré de Mâcon, Amos ?

— Ce matin, monsieur. J'ai voyagé toute la nuit jusqu'à Paris et j'ai pris le premier train pour le bateau. Je ne vous ai pas appelé parce que je savais que je vous verrais ce soir.

— Vous avez bien fait, il n'y a aucun problème. Comment avez-vous trouvé la situation au château de Poret ?

— Tout semble se passer pour le mieux, monsieur. M. George s'est montré tout à fait aimable. Quand nous sommes arrivés avec les enfants et la nounou, il a paru très heureux de les voir. Plus tard dans la journée, votre sœur est venue de Dijon, et elle a été également très contente de les voir, en particulier la petite Margaret. Solange avait préparé un thé tout à fait correct et nous avons tous passé un moment très agréable.

— Je suis content que Meg passe quelques jours au château, dit Edward à voix basse.

Puis il demanda d'un ton plus incisif :

— Est-ce qu'il continue à boire ?

— Je le crains, monsieur Edward. Il a repris ses mauvaises habitudes mais il ne semble pas exagérer, cette fois.

— Je suppose qu'il aura eu tendance à faire attention devant vous et Oliveri. Que dit Vincent Martell au sujet du domaine ? Rien de spécial ?

— Il n'a pas dit grand-chose et tout semble se passer en douceur. M. George n'a pas causé le moindre ennui.

— Pour l'instant ! Mais on ne sait jamais avec George. Il peut déraper à n'importe quel moment. Et Marcel Arnaud ? S'entend-il bien avec mon frère ?

— Je n'en suis pas certain, monsieur. M. Arnaud donne l'impression d'un homme discret et même introverti. Oliveri m'a demandé de vous dire la chose suivante. Il a la conviction que votre frère n'aime pas Marcel Arnaud. Nous ne sommes restés que trois jours, bien sûr, mais cela nous a suffi pour remarquer beaucoup de choses. D'après Solange, M. George s'est mis à jouer les don Juan dans la région. Il y a plusieurs femmes qui lui tournent autour. Il s'est aussi rendu plusieurs fois à Nice, ce qui préoccupe Oliveri à cause des casinos. Il estime que je devais vous prévenir. Il redoute que M. George n'ait recommencé à jouer.

— Et son travail ? Vincent avait-il quoi que ce soit à en dire ? Savez-vous s'il s'intéresse au travail de la vigne ?

— Pendant les premières semaines, il s'est montré très actif mais, d'après Vincent Martell, son intérêt a beaucoup faibli ces derniers temps.

— Donc, il ne fait pas grand-chose… Comme d'habitude ! Mais à quoi pouvions-nous nous attendre, aussi ? C'est un paresseux, il l'a toujours été.

Edward s'approcha des fenêtres, contemplant le paysage.

— Donc, reprit-il, pour résumer, nous dirons qu'il joue les séducteurs, qu'il a recommencé à boire et qu'il a selon toute vraisemblance recommencé à jouer également ! A Nice, mais aussi à Cannes et Monte-Carlo, cela me semble évident.

Edward se tut, réfléchissant, les yeux mi-clos.

— A-t-il aussi recommencé à répandre ces rumeurs infâmes sur moi et ma famille ?

Amos fixa Edward en silence. Il aurait préféré ne rien dire à ce sujet, du moins pas avant le lendemain matin. Ce soir, c'était une fête pour les enfants et il n'avait pas envie de gâcher l'humeur d'Edward. Toutefois, sa profonde loyauté et son attachement pour Edward lui interdisaient de lui mentir.

— Il a recommencé cela aussi, monsieur, dit-il à mi-voix.

— A qui a-t-il parlé ?

— A Vincent Martell, c'est évident, mais à personne d'autre, d'après moi. Cela ne signifierait rien pour Solange et je doute que M. Arnaud comprendrait ou s'y intéresserait. C'est un solitaire, cet homme, et certainement pas du genre à fraterniser avec qui que ce soit. Il reste très discret, apparemment. Je me suis rendu compte que Vincent était très ennuyé, très choqué par le fait que votre propre frère puisse aussi mal parler de vous. Il nous en a touché un mot parce qu'il estimait que nous devions le savoir. M. Martell est très loyal envers vous, monsieur.

— Oui, je le sais.

— A notre avis, celui d'Oliveri et le mien, M. George s'est beaucoup desservi auprès de Vincent Martell en agissant ainsi. Avant son départ pour la Turquie, Oliveri a insisté pour que je vous informe des procédés de M. George. Il estime que votre frère porte atteinte à votre réputation et cela l'ennuie beaucoup.

— Je fais confiance à Oliveri en ce qui concerne Vincent. Nous avons toujours eu d'excellentes relations. Vincent était très heureux quand j'ai acheté le domaine après le veuvage de Mme de Poret. Il ne pouvait pas y arriver tout seul. Il m'a été très reconnaissant de sauver le domaine.

Edward haussa les épaules d'un air un peu découragé puis fit l'effort de sourire.

— Nous en reparlerons demain, Amos. Dans l'immédiat, occupons-nous de choses plus gaies et allons retrouver les enfants !

Comme on frappait à la porte, Edward dit d'entrer.

— Excusez-moi de vous déranger, monsieur, dit le majordome. M. et Mme Forth viennent d'arriver avec lady Fenella et M. Ledbetter, et Mme Deravenel est descendue.

— Merci, Faxton, nous n'en avons plus pour longtemps. Nous les rejoignons très vite dehors.

Edward pressa le bras d'Elizabeth dans un geste affectueux puis alla saluer ses invités avant de remarquer la présence du jardinier, de son assistant et de l'homme à tout faire. Ils tenaient tous de grandes boîtes d'allumettes et attendaient qu'Edward donne l'ordre d'allumer le feu. Le reste du groupe se composait d'une partie des domestiques, de Cook et de Faxton qui venait de les rejoindre en hâte.

Le regard d'Edward s'arrêta ensuite sur les enfants, qui se tenaient sur un rang à côté de lui. Il se sentait extrêmement fier d'eux : Bess, ravissante et très grande pour ses douze ans ; le petit Edward, beau garçonnct de huit ans, et son petit frère Richard, qui venait d'avoir cinq ans. Ensuite se trouvait Mary qui avait onze ans et serrait la main de Cecily. Aussi blonde que ses frères, Cecily restait assez timide malgré ses neuf ans. Nanny portait la petite Anne dans ses bras, malgré ses trois ans. Enfin, juste à côté, se tenait sa chère Grace Rose. A vingt et un ans, sa fille était devenue une beauté et tout le monde l'aimait. Même Elizabeth la traitait avec gentillesse depuis quelque temps et semblait la trouver très attachante.

C'était sa famille. Sa grande famille, qu'il aimait pardessus tout et dont il n'aurait su se passer. Par bonheur, ils étaient tous en sécurité. Elizabeth et lui s'en étaient assurés par leur remariage secret au mois d'août. Il lui en serait éternellement reconnaissant.

La pensée de George vint le troubler et il fit effort pour la repousser, se félicitant toutefois d'avoir su désamorcer la bombe qu'il représentait. George pouvait toujours faire courir des ragots sur son compte, cela n'avait plus d'importance. Il pouvait à juste titre affirmer qu'il était bel et bien marié avec Elizabeth car, à présent, c'était vrai.

Il s'aperçut soudain que Bess se tenait devant lui et lui parlait.

— Père, il est temps de donner l'ordre d'allumer le feu !

— Oh ! Bien sûr, Bess, tout de suite.

Il fit un pas en avant et fit signe au jardinier et à ses aides.

— Allez-y ! cria-t-il.

En quelques instants, les brindilles et les plus fines des branches avaient pris feu. Les flammes s'élevèrent très vite, de plus en plus haut, et le mannequin à l'effigie de Guy Fawkes placé au centre du bûcher s'enflamma. Bess rassembla ses frères et sœurs et, se tenant tous par la main, ils se mirent à danser autour du feu en chantant la chanson traditionnelle.

Souviens-toi, souviens-toi du 5 novembre,
La poudre, la trahison et le complot,
Dis-moi pourquoi la Conspiration des Poudres
Devrait-elle être oubliée.
Guy Fawkes, Guy, c'était ce qu'il voulait,
Faire sauter le roi et le Parlement.
Soixante barils de poudre dans les caves
Pour renverser la vieille Angleterre.

Quand les enfants se turent, les adultes applaudirent et les félicitèrent. Cook et plusieurs jeunes femmes de chambre passèrent des plats de bonshommes en pain d'épice et de pain d'épice en tranches ainsi que d'autres gâteaux, tandis que Faxton apportait un plateau chargé de grands verres de citronnade. L'homme à tout faire, armé de longues pincettes, courait autour du feu pour sortir de la cendre les pommes de terre qui y avaient été mises à réchauffer. Quand tout le monde fut nourri et désaltéré, Amos distribua les cierges magiques que les hommes présents se chargèrent d'allumer pour les plus petits. Les enfants coururent ensuite dans la cour, agitant les cierges magiques dans tous les sens et riant de plaisir.

Les adultes se tenaient près du feu et bavardaient en dégustant un whisky pour les hommes ou un sherry pour les dames.

Ce fut enfin le moment de tirer le feu d'artifice, une tâche dont s'acquittèrent les hommes. Le spectacle fut magnifique avec des soleils, des feux de Bengale, des girandoles et des cascades. Les femmes observaient les enfants et échangeaient des regards attendris. C'était un plaisir de voir la joie qu'exprimaient leurs petits visages.

38

Londres

Will attendait Edward dans la bibliothèque de Berkeley Square, admirant le Renoir accroché au-dessus de la cheminée. On comprenait que le portrait des deux jeunes filles rousses occupe la place d'honneur. C'était un tableau magnifique et l'on ne pouvait s'empêcher, comme Edward, de penser à Bess et Grace Rose en le regardant.

Ils étaient convenus de se retrouver chez Edward quand Will avait demandé à lui parler en privé. Elizabeth était à Waverley Court dans le Kent avec les enfants, ce qui laissait la maison de Londres vide, très calme et silencieuse.

On frappa à la porte et Mallet entra pour proposer une tasse de thé à Will, qui refusa, plongé dans la contemplation du Renoir, quand la porte s'ouvrit à nouveau. Edward entra à grandes enjambées, s'excusant d'avoir fait attendre son ami.

— De quoi s'agit-il, Will ? Tu as l'air sérieux, tu m'inquiéterais presque.

Will ne répondit pas tout de suite et alla s'asseoir devant la cheminée tandis qu'Edward prenait place en face de lui.

— Y a-t-il un problème ?

— Vincent Martell m'a appelé juste avant que je parte déjeuner, Ned. Il avait essayé de te joindre ici à plusieurs reprises mais la ligne était occupée. C'est pour cela qu'il m'a téléphoné.

— Y a-t-il un problème avec le domaine ? Non ! C'est encore George, je parie. Qu'a-t-il encore fait ?

— Ned, George est mort.

Edward eut un mouvement de recul et secoua la tête d'un air horrifié.

— Mort ?

— J'en suis désolé. Vincent l'a trouvé ce matin. Il a remarqué que la porte d'une des caves battait dans le vent et il est allé voir ce qui se passait.

Livide, Edward reprit la parole d'une voix rauque d'émotion.

— Comment est-il mort ? Etait-il malade ? Que s'est-il passé ?

— Il semblerait qu'un accident se soit produit la nuit dernière. J'ai cru comprendre que George avait pris l'habitude d'aller se servir dans la plus grande des caves s'il manquait de vin au château. Il y a une table de dégustation et des casiers à bouteilles au fond de la cave. Vincent se demande si George n'était pas saoul quand il y est allé. Il l'a trouvé ce matin, par terre, le visage contre le sol, dans une mare de vin rouge. Il pense que George a pu trébucher contre une pile de fûts avec assez de force pour les déséquilibrer et les faire tomber sur lui. D'après Vincent, George a reçu un des fûts sur la tête et a été tué sur le coup. Il a plusieurs blessures à la tête. La pile entière s'est écroulée.

Certains des fûts sont en miettes et d'autres ont roulé partout.

— C'est horrible, gémit Edward, le visage dans les mains. Je ne peux pas y croire.

— Je sais, c'est tellement soudain… Mais peut-être pas si surprenant si l'on y pense, comme si George avait été marqué par le destin. Il se débrouillait toujours pour se mettre dans des situations impossibles…

Will se tut, incapable de poursuivre, et ils restèrent silencieux pendant un long moment, tous deux perdus dans leurs pensées.

— Je suppose, dit enfin Edward, que Vincent a appelé un médecin ?

— Bien sûr, mais, apparemment, George était mort depuis plusieurs heures. La rigidité cadavérique était déjà apparue quand il a été trouvé. La police a été prévenue et est venue au château, même si, comme me l'a dit Vincent, les faits parlaient d'eux-mêmes.

— C'est à moi qu'on va le reprocher. Ma mère dira que je suis responsable de la mort de George. Pour Richard aussi, ce sera ma faute. Ils m'ont tous les deux demandé de ne pas l'envoyer là-bas. Ils pensaient qu'il y mourrait. Will, ma mère m'a supplié, supplié…

— Non, dit Will d'un ton ferme. Personne ne peut te le reprocher. De plus, je n'ai jamais très bien compris pourquoi ta mère prenait toujours la défense de George. On ne devrait jamais dire du mal des défunts mais ton frère s'est toujours montré aussi peu fraternel que possible envers toi.

— Je sais…

Edward se leva et se dirigea vers la petite table, à côté d'une des fenêtres, où se trouvait le plateau des boissons.

— Veux-tu aussi un cognac ?

— Oui, merci.

Edward les servit tous les deux et apporta son verre à Will.

— Il faut que je téléphone pour prévenir tout le monde, dit-il d'une voix étranglée. Ma mère est à Ravenscar… Ah ! J'avais oublié que Richard est avec elle. Je devrai aussi appeler Meg.

— Fais-le demain, suggéra Will.

— Non, je dois le faire maintenant, au moins pour ma mère.

Edward alla s'asseoir à son bureau et fit le numéro de Ravenscar. Ce fut le majordome qui décrocha. Quelques instants plus tard, Cecily Deravenel était en ligne.

— Maman, c'est affreux. Il y a eu un accident, là-bas, en France.

— Quel genre d'accident ? demanda Cecily d'une voix qui tremblait un peu.

Elle écouta Edward lui expliquer ce qui s'était passé mais l'interrompit sans le laisser terminer.

— Il est mort. George est mort, n'est-ce pas ?

— Oui.

— Je savais qu'il mourrait là-bas, dit-elle.

Et elle raccrocha sans attendre sa réponse.

Le brouillard… D'abord dehors, et maintenant dans la chambre. Le brouillard l'enveloppait de partout, le brouillard le piégeait… Il s'assit en sursaut dans son lit et fit un effort pour voir, clignant des yeux dans le brouillard. Comment était-il entré dans sa chambre ? La fenêtre était fermée. Il rejeta la couverture, posa les pieds par terre et avança lentement dans l'obscurité. Il se heurta violemment à une commode, se faisant mal à un orteil. Mais qui avait mis cette commode à cet endroit ?

Il passa dans la salle de bains et tâtonna à la recherche de l'interrupteur. Soudain, il comprit qu'il n'était pas à Ravenscar mais dans sa maison de Berkeley Square, à Londres. La lumière crue lui blessait les yeux.

Edward se regarda dans le miroir. Il voyait flou. Au bord du vertige, légèrement nauséeux, il s'appuya au lavabo. Il remplit un verre d'eau qu'il but rapidement puis s'aspergea le visage d'eau froide, trempa une petite serviette dans l'eau et la pressa sur ses yeux. Là ! C'était un peu mieux. L'horrible brouillard s'était dissipé. Il voyait de nouveau.

Sa migraine le faisait souffrir plus que jamais et, en plus, il avait une gueule de bois. Il retourna se coucher dans l'espoir que sa migraine se calmerait. Et il essaya de réfléchir.

Peu à peu, tout lui revint. Ils étaient restés assis pendant des heures, Will et lui, à boire du cognac et parler. De George. De sa mort. Du rapatriement de son corps. De son enterrement dans le Yorkshire à Ravenscar. Ils avaient aussi parlé des autres. Sa mère. Richard. Neville Watkins et leur ami Johnny Watkins. A eux deux, ils avaient fait revivre le passé. Ensuite, ils avaient parlé des enfants de George, qui devaient revenir en Angleterre aussi vite que possible. Peut-être que Margaret pourrait les accompagner.

Broadbent avait finalement reconduit Will chez lui, derrière Marble Arch, non loin de chez Jane. Jane ! Il fallait lui téléphoner tout de suite. Mais non, c'était impossible, on était au milieu de la nuit.

George… Son frère. George était mort. Edward le revoyait, si beau, mais si incompréhensible pour lui à certains moments. George était tellement peu sûr de lui, il avait besoin d'être rassuré. Il avait toujours cherché la protection de leur mère, dans l'enfance comme à l'âge adulte.

Dans leur jeunesse, Edward l'aimait mais son affection avait lentement été détruite. Elle s'était changée en inquiétude, en méfiance puis en rejet. George l'avait trahi sans se cacher, comme s'il se moquait de savoir qu'Edward était au courant.

Un brusque soupçon interrompit le flux des pensées d'Edward. Il s'assit d'un seul coup dans son lit, les yeux grands ouverts dans le noir. Il se posa de nouveau la question qu'il avait posée à Will, la veille, pendant qu'il s'abrutissait au cognac.

La mort de George était-elle due à un accident ? Ou bien l'avait-on tué ?

Will avait répondu qu'il l'ignorait, tout comme lui. Et il avait beau y réfléchir, le doute subsistait.

Edward ne put se rendormir et l'aube le trouva toujours en train de se débattre avec cette question lancinante : son frère avait-il été assassiné ?

Il finissait de s'habiller quand on frappa à la porte. Il savait que c'était Mallet car, à part lui, il n'y avait dans la maison que la cuisinière et deux femmes de chambre.

— Entrez !

— Bonjour, monsieur. M. Hasling est là. Je l'ai fait entrer dans la salle à manger du matin.

Edward enfila rapidement son veston et répondit tout en le boutonnant :

— Je descends tout de suite. Pourriez-vous m'apporter un café ?

— Bien sûr, monsieur, répondit le majordome avant de refermer.

Edward prit encore le temps de vérifier son apparence devant son miroir. Rien ne trahissait ses abus de cognac. Il paraissait exactement le même homme qu'hier. Et pourtant… Intérieurement, il se sentait changé. Il éprouvait un grand vide, très douloureux, et quelque chose d'autre encore, plus difficile à cerner… La solitude ! Il prit brutalement conscience de la terrible solitude qui était devenue son lot. Il était seul, et pour toujours. Sa mère et Richard ne lui parleraient plus jamais comme avant. Pour tous les deux, il serait responsable de la mort de George.

« Je suis seul, pensa-t-il. Et je l'ai toujours été. »

Will, assis à la table ronde dans la salle à manger du matin, buvait un café. Le *Times* était posé à côté de lui mais il ne l'avait pas ouvert.

Edward le salua en entrant dans la pièce et se força à sourire.

— Bonjour, Ned, répondit Will. Tu as oublié, n'est-ce pas ? Nous avons prévu de déjeuner ensemble aujourd'hui afin de préparer mon départ pour la France demain matin avec Oliveri. J'ai réservé au restaurant du Ritz, cela te convient ?

En effet, Edward avait oublié qu'ils devaient se voir pour préparer le rapatriement du corps de George.

— Il n'y a pas de problème, dit-il en se versant un café. Je n'avais pas d'autre projet pour le déjeuner.

La grande cafetière en argent était presque vide quand ils quittèrent la maison, ayant discuté de la plupart des problèmes à régler à la suite du décès de George.

Il faisait beau pour un mois de novembre, avec un ciel bleu et une brise douce. En silence, ils traversèrent la place et remontèrent Berkeley Street en direction de Piccadilly.

— Cette nuit, je me suis souvenu des cales, dit soudain Edward. Je me suis réveillé au milieu de la nuit et je n'ai pas pu me rendormir. Je n'arrêtais pas de penser à George et de me demander s'il n'avait pas été assassiné. Et je me suis souvenu des cales.

— Je vois où tu veux en venir. Si quelqu'un avait ôté les cales qui tiennent les fûts en place, ils ne pouvaient que s'écrouler.

Edward se contenta de hocher la tête.

— Mais qui aurait pu faire ça ? reprit Will. Et comment être certain que George se rendrait cette nuit-là dans cette cave en particulier ?

— Tout le monde connaissait ses habitudes et beaucoup de gens auraient pu enlever les cales. Si quelqu'un l'a fait, il lui a suffi d'attendre que quelque chose se produise. C'était inévitable car George était obligé de passer par cette allée pour aller chercher une bouteille au fond de la cave.

Ce fut au tour de Will de rester silencieux.

— Peut-être, dit lentement Edward, peut-être que quelqu'un a cru me rendre un service…

— Je suis certain que c'était un accident, répondit Will.

Il avait parlé avec autant de conviction que possible mais, en réalité, il partageait les doutes d'Edward. Toutefois, si George avait été assassiné, le coupable resterait très difficile à identifier. Trouver des preuves serait encore plus compliqué. Parmi les suspects possibles, il comptait Vincent Martell, Amos Finnister et même Alfredo Oliveri. Ils étaient tous les trois totalement dévoués à Edward et capables de commettre un tel geste. Mais l'avaient-ils fait ?

39

Paris

Paris était sa ville préférée, quelle que soit la période de l'année, mais Jane Shaw l'aimait encore plus au mois de mai. Elle était en train de traverser le jardin des Tuileries et se sentait très heureuse de se trouver là.

Il faisait un temps magnifique. L'air embaumait. Le soleil, haut dans le ciel bleu, parsemait les arbres de petites touches brillantes. En plus de Paris et de la douceur de l'air, Jane avait d'autres raisons de se sentir l'esprit libre et léger. Edward passait cinq jours avec elle et elle avait rendez-vous avec Grace Rose au Louvre.

Grace Rose suivait des cours à la Sorbonne depuis deux ans. Jane avait hâte de la revoir. Elles étaient devenues très proches au fil des années, partageant le même intérêt pour l'histoire de France et nombre d'aspects de la culture française. En fait, elles se présentaient toujours comme deux grandes francophiles. Pendant qu'elles seraient au Louvre, Edward assisterait à une réunion au bureau parisien de la Deravenel. Ensuite, ils se retrouveraient tous les trois pour déjeuner au

Grand Véfour, un restaurant que Jane et Edward aimaient beaucoup.

Tout en admirant les jardins dessinés à l'origine par Le Nôtre, Jane pensait à Edward. Le mois précédent, il avait fêté ses quarante ans. Il paraissait pourtant toujours aussi jeune. Jane espérait que l'âge ne se voyait pas plus sur elle que sur lui. Elle avait à présent cinquante ans et cela faisait dix-huit ans que durait sa liaison avec Edward, depuis 1907. Elle estimait avoir beaucoup de chance d'être toujours avec lui.

Jane était toujours aussi belle et élégante et portait ce matin-là une tenue à la pointe de la mode de cette année 1925. Son ensemble venait de chez Chanel, la maison de couture la plus cotée depuis la fin de la guerre. En tweed léger bleu marine, il se composait d'une jupe à plis devant et derrière et d'une veste bord à bord sans boutons, coupée avec la simplicité d'un cardigan.

Depuis quelque temps, Jane ne portait plus que les créations de Mlle Chanel. Elle les trouvait d'une élégance parfaite en dépit de leur coupe droite, mais aussi confortables et pratiques. C'était encore Coco Chanel qui avait créé les premiers pantalons pour femmes et, la veille, Jane en avait acheté deux, un en flanelle grise et l'autre en jersey grège. Les deux se portaient avec des chemises de soie blanche taillées comme des chemises d'homme. Edward, qui l'avait accompagnée rue Cambon, avait tellement aimé la voir avec le pantalon gris et la chemise blanche qu'il l'avait persuadée d'acheter l'autre.

Au grand plaisir de Jane, il s'était montré très gai, la veille, plus détendu qu'il l'avait été depuis longtemps, plus précisément depuis la mort de George, quatre ans plus tôt. Après cet accident, Edward était devenu sujet à de brusques accès de morosité. Jane n'avait pas trouvé de meilleur mot pour décrire son état. Il n'était pas déprimé, pas du tout, seulement triste et préoccupé, comme s'il pensait au passé, perdu dans ses réflexions sur le pitoyable destin de son frère. George était mort de ses blessures à la tête mais, un jour, Jane avait entendu Edward marmonner que son frère s'était noyé dans le bourgogne. Quand elle lui avait demandé ce qu'il voulait dire, il s'était contenté de hocher la tête en silence, l'air troublé.

Une chose réjouissait Jane, en revanche, c'était la façon dont la glace avait commencé à fondre dans la famille Deravenel. A la suite de la mort de George, Cecily Deravenel s'était montrée froide et distante avec Edward mais, depuis quelque temps, elle s'était radoucie. Quant à Richard, il était revenu vers Edward avant sa mère et il était de nouveau en bons termes avec lui. Il préférait toutefois rester dans le Yorkshire le plus possible, ce que permettaient ses responsabilités. Richard dirigeait toutes les sociétés implantées dans le nord du pays, les manufactures, les usines, et les mines de charbon. Edward lui faisait confiance.

Jane avait été horrifiée quand la mère d'Edward, son frère et sa sœur l'avaient rendu responsable de la mort de George. Il était pourtant clair que George avait fait son propre malheur. Il avait joué avec le feu pendant des années et n'avait jamais rien respecté. George ne s'était jamais préoccupé que de lui.

Qu'il ait été tué ou pas était une autre question. Personne ne pourrait jamais rien prouver et on n'avait pas de coupable. Mais Jane avait son idée. Les cales qui avaient tellement troublé Edward avaient bel et bien été partiellement déplacées. Les gendarmes de Mâcon l'avaient dit à Edward. Ils avaient découvert des cales prêtes à lâcher sous plusieurs des empilements de fûts. Or personne ne pouvait expliquer comment cela s'était produit.

Jane s'aperçut soudain qu'elle était arrivée au Louvre, pour elle un des plus beaux bâtiments de Paris et un musée unique au monde. Grace Rose l'attendait à l'intérieur. Elle pressa le pas, impatiente de retrouver la fille d'Edward qu'elle avait appris à aimer comme sa propre fille.

Dès qu'elle vit Jane franchir les portes du musée, Grace Rose se précipita à sa rencontre et lui sauta au cou. Jane s'écarta ensuite, la tenant à bout de bras pour mieux la voir.

— Grace Rose, tu es superbe ! Je trouve que tu as l'air chic d'une vraie Française. Ton ensemble est remarquable.

Grace Rose éclata de rire, ravie d'être louée pour sa tenue assez peu orthodoxe.

— Ce n'est pas vraiment un ensemble, seulement des pièces dépareillées que j'ai achetées à droite et à gauche dans de vieilles petites boutiques qui ne payent pas de mine, ou bien aux Puces, ou encore que j'ai dénichées en faisant les soldes. Mon ensemble, comme tu dis, ne m'a presque rien coûté ! Je me suis beaucoup amusée à trouver tout cela.

Elle portait une veste de soie rouge courte sur une jupe étroite en lainage beige qui lui arrivait à la cheville. Elle avait piqué une énorme rose bleue au revers de sa veste, et avait incliné sur le côté de sa tête un béret jaune avec des plumes rouges et bleues. Avec ses cheveux auburn, elle était ravissante.

Jane passa son bras sous celui de Grace Rose.

— Allons nous régaler les yeux, dit-elle. Que sais-tu au sujet du Louvre ?

— Peu de choses, en réalité. Je ne suis venue qu'une fois et je ne pouvais pas rester longtemps, mais ce que j'ai vu m'a beaucoup impressionnée.

Jane se mit à lui parler des maîtres dont les œuvres étaient exposées, Léonard de Vinci, Titien, Véronèse, Goya et Delacroix, l'un de ses préférés. Comme elles parcouraient les salles, elle continua à expliquer à Grace Rose ce qu'il y avait d'admirable dans tel ou tel tableau.

— Quelles merveilles ! dit Grace Rose. Merci d'avoir insisté pour que je t'accompagne. Maintenant, je viendrai plus souvent. Je vais profiter de mon séjour pour cela mais je le ferai aussi chaque fois que je reviendrai à Paris.

— C'est ce que je fais, répondit Jane. Je suis certaine que tu ne pourras pas t'en empêcher, toi aussi.

Edward les attendait au Grand Véfour et se leva pour les accueillir, un grand sourire aux lèvres. Dès qu'elles furent installées et que le champagne rosé fut servi, il leva son verre.

— A vous deux, mes beautés ! dit-il.

Elles lui répondirent en chœur et choquèrent leur verre contre le sien.

— Tu portes un ensemble assez intéressant, Grace Rose, dit-il ensuite. Je ne vois pas d'autre mot pour le décrire !

Grace Rose lui fournit les mêmes explications qu'à Jane et, quand elle eut fini, Jane déclara qu'elle la trouvait « très chic ».

— Je suis d'accord, renchérit Edward qui poursuivit à l'intention de sa fille : Je crois que le Grand Véfour est le plus beau restaurant de Paris. J'espère que cela te plaira autant que cela nous plaît, à Jane et à moi.

— J'en suis certaine. Je ne peux qu'aimer un lieu qui date d'avant la Révolution française. Il me semble aussi avoir lu que Napoléon y venait avec Joséphine, n'est-ce pas, Jane ?

— C'est exact. Ils sont venus ici, comme beaucoup d'autres gens célèbres. Si ma mémoire est bonne, l'endroit s'appelait le Café de Chartres quand il a ouvert, en 1784. J'aime beaucoup le décor, en particulier les vieux miroirs aux murs et au plafond.

— Moi aussi, répondit Grace Rose. En fait, je raffole du Palais-Royal et je viens souvent me promener sous les arcades.

Edward lui adressa un clin d'œil amusé.

— Il y a beaucoup de boutiques passionnantes sous les arcades… Dis-moi plutôt quand termines-tu tes cours ?

— Le mois prochain, oncle Ned. Ensuite, je rentre à Londres et j'espère trouver une place de professeur.

— Je croyais que tu voulais écrire des livres ? Tu sais que tu n'es pas obligée de travailler, Grace Rose, si tu n'en as pas envie. Tu devrais peut-être plutôt te concentrer sur l'écriture.

— Oh ! Je sais que je n'ai pas besoin de travailler. Merci encore pour mon fidéicommis et pour tout ce que vous avez fait pour moi, oncle Ned. Vous savez que je vous en suis très reconnaissante.

Il se contenta de sourire puis demanda à Jane comment s'était passée sa matinée. Enfin, il fit signe à un garçon et demanda les menus. Ils commandèrent puis reprirent leur conversation sur leurs projets pour les jours suivants. Mais ce fut seulement à la fin de l'entrée que Grace Rose souleva un sujet qui la préoccupait.

— Oncle Ned, dit-elle d'une voix hésitante, il faut que je vous parle d'Amos.

— Qu'y a-t-il ?

— Je m'inquiète pour lui. Depuis quelque temps, je ne le reconnais plus. On dirait que quelque chose le ronge. Vous ne l'avez pas remarqué ?

Edward s'écarta de la table et fixa Grace Rose.

— Si, dit-il. Je me suis demandé, moi aussi, ce qui n'allait pas. Penses-tu qu'il soit malade ?

— Non, il me paraît en très bonne santé, très alerte, même.

— Il ne faut pas oublier qu'il a largement dépassé les soixante ans mais je suis d'accord avec toi. Amos est en forme ! En fait, je lui ai demandé plusieurs fois s'il ne voulait pas prendre sa retraite mais il a toujours refusé. Veux-tu que je lui en reparle ?

— Si vous voulez, répondit vivement Grace Rose, mais ne lui donnez surtout pas l'impression que vous le poussez vers la sortie. Vous et la Deravenel, vous êtes toute sa vie. S'il devait vous quitter, il en mourrait.

Edward lui sourit avec tendresse.

— Je le sais, ma chérie, répondit-il. Ne t'inquiète pas, je ferai attention.

— Merci, oncle Ned ! Ma mère sera heureuse de savoir que je vous ai parlé d'Amos. Elle trouve aussi qu'il semble accablé par quelque chose.

Edward et Jane séjournaient au Plaza Athénée sur l'avenue Montaigne. A peine arrivés dans leur suite, Edward ôta son veston et desserra sa cravate puis alla s'asseoir à côté de la fenêtre. Jane le regarda faire, sourcils froncés.

— Tout va bien, chéri ?

— Oui, bien sûr ! Pourquoi ?

— Tu m'as paru assez silencieux pendant le repas. Je me suis dit que tu te fais peut-être du souci au sujet d'Amos.

— Non, pas du tout. Je pensais à autre chose. En ce qui concerne Amos, je crois savoir ce qui le perturbe et je lui en parlerai dès notre retour à Londres.

Jane prit place dans le fauteuil qui faisait face à celui d'Edward.

— Dans ce cas, puis-je te demander ce qui te préoccupe tant ?

— Je pensais à la réunion de ce matin, c'est tout.

— Cela s'est bien passé ?

— Je suppose, oui… En fait, j'ai rencontré un homme plutôt intéressant, Henry Turner.

Jane en resta bouche bée.

— L'héritier de Henry Grant ?

— C'est exact.

— Mais pourquoi ? C'est ton ennemi !

— Je ne dirais pas cela. C'est un jeune homme très courtois et extrêmement intelligent. Je dirais même qu'il est un peu trop sérieux !

— Mais pourquoi l'as-tu rencontré ?

— Il m'a écrit voilà plusieurs semaines pour me demander un rendez-vous. C'était une des raisons de ce voyage.

Tout en parlant, Edward s'était levé pour se servir une fine Napoléon et en proposa une à Jane. Elle commença par refuser puis accepta. Edward reprit ses explications en revenant s'asseoir.

— Il veut travailler pour la Deravenel à Paris. Jusqu'à présent, il travaillait avec Louis Charpentier mais j'ai cru comprendre qu'ils ont eu plusieurs désaccords et disputes. Henry ressent également ce que j'ai éprouvé quand j'étais plus jeune. Il ne veut pas que l'on choisisse sa femme pour lui. Or Charpentier cherchait à le marier avec sa nièce Louise.

— Ne m'as-tu pas dit qu'elle est son héritière ?

— C'est exact, ma chérie, mais Henry n'a pas envie de l'épouser, héritière ou pas ! Il a donc démissionné et s'est dit que j'aurais peut-être pitié de lui et que je l'embaucherais.

— Pourquoi parles-tu d'avoir pitié de lui ? Il n'a pas d'argent ?

— Il est à l'abri du besoin mais j'ai été frappé de sa volonté de travailler. C'est un homme qui aime le travail. Comme ils détiennent un gros paquet d'actions de la Deravenel, Margaret Beauchard, sa mère, et lui, il a estimé normal de travailler pour la compagnie dans laquelle il a des intérêts. La compagnie familiale, en fait.

— T'est-il apparenté, Ned ? Je croyais que c'était un Grant.

— C'est vrai, mais n'oublie pas que le nom complet de Grant était Henry Deravenel Grant des Deravenel Grant du Lancashire. Tout comme moi, il descendait du fondateur de notre dynastie, Guy de Ravenel. Nous étions cousins.

— Où se situe précisément Henry Turner sur votre arbre généalogique ?

— Son père, feu Edmund Turner, était le demi-frère de Henry Grant. Ils avaient la même mère mais des pères différents. Edmund Turner n'était pas un Deravenel mais Margaret Beauchard Turner, la femme d'Edmund et la mère de Henry, peut faire remonter ses ascendants en droite ligne jusqu'à Guy de Ravenel. Elle appartient à l'autre branche de la famille. Les parts qu'elle possède sont celles de Grant car Henry Turner est le dernier héritier de Grant. Tous les autres sont morts.

— Lui as-tu donné du travail ?

— Oui, ici, au bureau de Paris. Il va commencer par des dossiers généraux. Je ne l'ai pas affecté à un département précis.

— Mais pourquoi ? N'est-ce pas dangereux ?

— Non, tu peux me croire, ma chérie. Henry Turner sait très bien qu'il n'a aucune chance de contester ma place à la tête de la Deravenel. C'est ma place et il le sait. Il n'a ni l'expérience, ni le nombre d'actions, ni l'influence nécessaire pour me déstabiliser. Il veut seulement travailler.

— Tu sais mieux que moi ce que tu fais, soupira Jane.

Toutefois, même si elle se fiait au flair et au sens des affaires d'Edward, elle n'aimait pas voir arriver Henry Turner dans son entourage.

TROISIÈME PARTIE

Bess

Loyaulté Me Lie

Le cœur humain recèle des trésors cachés,
Gardés en secret, scellés par le silence.

Charlotte BRONTË
Consolation du soir

Dormant, je rêvai que la vie était beauté.
M'éveillant, je vis que la vie était devoir.

Ellen STURGIS HOOPER
Beauty and Duty

Je m'attardai autour de ces tombes, sous ce ciel si doux ; je regardais les papillons de nuit qui voltigeaient au milieu de la bruyère et des campanules, j'écoutais la brise légère qui agitait l'herbe, et je me demandais comment quelqu'un pouvait imaginer que ceux qui dormaient dans cette terre tranquille eussent un sommeil troublé.

Emily BRONTË
Les Hauts de Hurlevent
Traduction Frédéric Delebecque

40

Kent

Will Hasling embrassa Bess avec affection. Elle était très pâle et semblait malade d'inquiétude.

— Qu'arrive-t-il à ton père ? demanda-t-il. Il n'avait qu'un simple rhume la semaine dernière.

— Son rhume s'est transformé en bronchite, une fois de plus. C'est une faiblesse de famille, je veux dire que nous sommes tous fragiles des bronches. Oncle Will, je vous ai appelé parce que papa ne va vraiment pas bien.

— Tu as très bien fait, ma chérie, et je suis très heureux d'avoir décidé de venir dans le Kent hier soir.

Ils se dirigèrent vers le grand escalier de Waverley Court.

— Vous savez certainement, reprit Bess, que ma mère est allée passer les fêtes de Pâques à Rome. Elle a emmené la petite Cecily et les deux garçons avec elle. Je n'avais pas envie de les accompagner et, à présent, je suis très contente d'être restée ici. Je peux m'occuper de papa.

— Tu as appelé le médecin ?

— Oui, il ne devrait pas tarder. Faxton et moi, nous avons fait tout ce qui était en notre pouvoir pour que père se sente mieux. Il a fait des inhalations avec le remède balsamique des moines et il a pris son sirop pour la toux. J'ai l'impression que cela le soulage un peu.

Comme ils arrivaient sur le palier, ils virent le majordome sortir de la chambre du malade.

— Comment se porte M. Deravenel, Faxton ? demanda Will.

— Il n'y a pas beaucoup de changement, monsieur.

— Faites monter le docteur dès qu'il sera là, s'il vous plaît.

Bess précéda son oncle dans la chambre d'Edward.

— Papa, c'est oncle Will !

Edward, qui était adossé à ses oreillers de lin blanc, eut un faible sourire pour son ami et leva péniblement la main.

— Je n'arrive pas à y croire, dit-il d'une voix sourde. J'ai dû annuler mon voyage à Rome alors que j'en avais tellement envie !

Will avait approché une chaise près du lit pour s'asseoir et scrutait le visage d'Edward.

— Je sais, dit-il, mais tu es mieux ici, à te soigner au lieu de te traîner dans les rues de Rome. Ta santé est importante. A propos, qui accompagne Elizabeth et les enfants ?

— Anthony est parti à ma place. Cela ne le dérange pas de voyager avec sa sœur. Il y a aussi la nouvelle institutrice des enfants, Mlle Coleman. Elle servira de femme de chambre à Elizabeth.

Il s'interrompit pour prendre un mouchoir dans la poche de son pyjama et tenta d'étouffer une nouvelle quinte de toux. Cela dura plusieurs minutes au bout desquelles il s'affaissa dans ses oreillers, exténué. Il finit par reprendre son souffle et Will lui proposa un verre d'eau.

— Plutôt un thé bien chaud avec du citron…

Edward tourna les yeux vers Bess.

— Peux-tu t'en occuper, ma chérie ? demanda-t-il d'une voix éteinte.

— Bien sûr, père ! Oncle Will, souhaitez-vous quelque chose ?

— Volontiers, Bess, la même chose si tu veux bien. Merci.

Elle sortit en hâte.

— Je te trouve très pâle, Ned, remarqua Will quand ils furent seuls. J'aimerais savoir comment te soulager. Je me sens tellement inutile !

— Le Dr Lessing est un type bien, répondit Edward. Il va très vite me remettre sur pied. Je t'avoue pourtant que je me sens épuisé. J'ai emmené les garçons pêcher à Ravenscar, le week-end dernier, et j'ai pris froid. Il faisait plus que frais en mer du Nord, avec beaucoup de vent et de pluie. On était trempés, tous les trois, mais les garçons s'amusaient tellement que cela en valait la peine.

Il s'interrompit pour reprendre péniblement son souffle.

— Je ne pourrai pas venir travailler tant que je serai dans cet état, Will, ajouta-t-il.

— Ned, ne t'inquiète pas pour la Deravenel ! Tout marche comme une horloge, grâce à l'organisation que tu as mise en place. Ton système est très efficace et nous avons le meilleur encadrement qui soit.

— Je sais…

Edward ferma les yeux quelques instants. Il se sentait à bout de forces mais mille pensées occupaient son esprit.

Immobile, Will l'observait. Jamais il n'avait vu Edward dans un tel état. Il lui avait dit qu'il le trouvait très pâle mais, en réalité, Edward était presque gris et paraissait avoir beaucoup de fièvre. Will prit la main de son ami.

Edward ouvrit aussitôt les paupières et le regarda droit dans les yeux.

— Will, tu as toujours été mon meilleur ami, mon ami et mon allié…

Sa voix s'éteignit.

Will fut glacé par ces quelques mots. Cela ressemblait beaucoup trop à un adieu.

— Je suis toujours ton ami, comme tu es le mien, dit-il avec fougue. Et nous avons encore de longues années d'amitié devant nous. Nous n'avons que quarante ans, Ned !

Il s'était forcé à sourire et Edward lui sourit à son tour.

— Tu as raison et, en ce qui me concerne, j'ai encore beaucoup de dégâts à faire.

La porte s'ouvrit comme il terminait sa phrase. Bess entra, suivie d'une des femmes de chambre chargée d'un plateau et du Dr Ernest Lessing. C'était le médecin local auquel les Deravenel avaient recours quand ils séjournaient dans leur maison du Kent.

Will se leva et salua chaleureusement le médecin, qu'il connaissait également.

— Comment allez-vous, docteur Lessing ?

— Très bien, monsieur Hasling, je vous remercie.

Il posa sa sacoche sur une chaise, en sortit son stéthoscope et se pencha sur Edward qu'il observa un long moment.

— Bonjour, monsieur Deravenel, dit-il enfin. Encore cette bronchite, n'est-ce pas ?

— Je le crains, docteur.

Le médecin l'ausculta puis lui demanda de se retourner. Comme Edward avait du mal à se redresser, Will aida le médecin à le soulever puis déboutonna sa veste de pyjama et la lui ôta.

Tandis que le médecin examinait les poumons d'Edward, Will rejoignit Bess qui s'était pelotonnée dans un fauteuil à l'autre bout de la chambre. Bess, qui regardait le médecin examiner son père, leva les yeux.

— Il va guérir, oncle Will, dit-elle. Père est très fort et il finit toujours par surmonter ses bronchites.

— Oui, je sais.

Will se servit une tasse de thé et la but en silence. Il était étonné de se sentir soudain très inquiet. Il n'en avait pas l'habitude et ne comprenait pas pourquoi il avait si peur pour Edward. Bess avait dit la vérité. Son père était de constitution robuste et tombait rarement malade. Will l'avait toujours connu plein d'énergie et de force. Or il éprouvait un pressentiment sinistre qu'il ne s'expliquait pas.

La voix du médecin l'arracha au cours de ses pensées.

— C'est ce que vous pensiez, monsieur Deravenel. Vous avez une mauvaise bronchite. C'est pour cela que vous avez du mal à respirer. Vous avez les bronches encombrées. Mais cela va s'arranger. Continuez les inhalations avec le remède balsamique des moines et prenez votre sirop antitussif. Je vous en ferai envoyer un autre flacon dans la journée. A présent, il vous faut beaucoup de repos et de boissons chaudes.

— Donc il n'y a pas de changement, docteur, dit Edward d'une voix très faible.

Il essaya de sourire pour dédramatiser la situation.

— C'est exact. Je reviendrai vous voir demain matin, monsieur Deravenel. Reposez-vous bien d'ici là !

Le médecin prit ensuite congé en demandant que personne ne se dérange. Il connaissait le chemin.

Bess apporta à son père la tasse de thé au citron qu'il avait demandée. Edward en prit quelques gorgées puis reposa la tasse sur sa table de nuit.

— Will, je me sens fatigué. Je crois que je vais dormir.

— Le Dr Lessing t'a recommandé le repos, Ned. Je rentre chez moi maintenant mais, si tu as besoin de moi, je peux être là en dix minutes.

— Ne t'en fais pas. Ça va aller.

— Oncle Will, je vous raccompagne, dit Bess.

Elle se tourna vers son père et ajouta à mi-voix qu'elle reviendrait plus tard s'occuper de lui.

— Reposez-vous, maintenant, ajouta-t-elle.

Edward lui sourit d'un air las et ferma les yeux.

Will s'arrêta au milieu de l'escalier et prit Bess par le bras.

— Bess, promets-moi de m'appeler si l'état de ton père s'aggrave, que ce soit le jour ou la nuit, ou si tu as besoin de moi pour quoi que ce soit. D'accord ?

— Oui, oncle Will, mais le docteur a raison. De toute façon, papa se remet toujours très vite s'il respecte son traitement.

Ils reprirent leur descente.

— Qui est là, en dehors de Faxton, Bess ? Cook, je suppose, et les femmes de chambre. Mais où sont tes sœurs, celles qui ne sont pas allées à Rome ?

— Elles sont dans la nursery avec Nanny, en ce moment. Anne pouvait partir avec mère et les autres parce qu'elle a huit ans, mais ni Katharine ni Bridget. Mère a dit qu'elles étaient trop petites. Mais Anne n'a pas voulu partir. Elle aime jouer à la maman avec les petites. Le petit George lui manque beaucoup, elle ne se remettra jamais de sa disparition ni de celle de Mary.

Will s'en souvenait bien. Le troisième fils d'Edward, le petit George, était mort quatre ans plus tôt, en 1922, à l'âge de deux ans. C'était le deuxième enfant qu'ils perdaient, après un bébé prénommé Margaret, décédé à quelques mois plusieurs années auparavant. Après ces morts prématurées, Edward et Elizabeth avaient eu la chance d'avoir encore deux enfants. Katharine, née en 1922, les avait aidés à surmonter leur chagrin d'avoir perdu le petit George. Puis, en 1923, était arrivée Bridget, qui avait à présent trois ans. Mary, leur deuxième fille, était décédée l'année précédente d'une fièvre rhumatismale, à quinze ans. Cela avait été un autre grand chagrin.

Will soupira à ces tristes souvenirs. Bess, aussitôt inquiète, s'enquit de ce qui le troublait.

— Je me disais que tes parents ont de la chance à bien des points de vue, répondit-il. Songe qu'ils ont eu dix enfants et n'en ont perdu que deux en bas âge ! Bien sûr, il y a eu Mary, aussi. Mais, pour moi, c'est une remarquable réussite.

— Oui, vous avez raison, dit Bess d'une voix où pointait la tristesse. Mary me manque beaucoup. Nous étions presque du même âge et nous nous sentions très proches l'une de l'autre.

— Je sais qu'elle te manque, Bess. Elle nous manque à tous. Je sais que cela ne te consolera pas, mais tu dois trouver un certain réconfort dans la présence de tes frères et sœurs.

— C'est vrai et ils sont aussi très beaux, comme Mary, et très gentils.

— Je pense que vous faites tous honneur à vos parents. J'espère que tu auras aussi une grande famille quand tu seras grande et que tu te marieras.

Bess parut horrifiée et s'exclama qu'elle ne voulait pas avoir dix enfants, puis sourit en voyant l'expression amusée de son oncle.

— De toute façon, je suis grande, oncle Will. Avez-vous oublié que j'ai dix-sept ans ?

— Et que tu es responsable ! Tu le répétais sans arrêt quand tu étais petite. Tu me disais toujours : « Je suis responsable » ! et tu sais quoi, Bess ? Moi, je te croyais.

Bess trouva Nanny à l'étage des enfants, qui comprenait un petit salon, des salles de bains, une nursery et les chambres des enfants, ainsi que celles de Nanny et de Madge, son aide.

Nanny se tenait dans le petit salon intime et confortable et prenait une tasse de thé tandis que les trois petites dernières buvaient un verre de lait. Sur la table était posée une assiette de fruits en tranches, l'antidote de Nanny aux sucreries et aux biscuits chocolatés que les enfants adoraient mais qu'elle désapprouvait. Elle disait toujours qu'ils contenaient trop de sucre.

— Ah ! Vous voici, Bess, dit-elle en reposant sa tasse. Comment va votre père ?

— Pas trop mal, Nanny. C'est une bronchite, comme nous le pensions. Le docteur vient de partir.

— J'ai vu sa voiture par la fenêtre. J'ai aussi vu que M. Hasling est venu.

— Oncle Will est rentré chez lui mais il viendra tout de suite si nous avons besoin de lui.

— Le Dr Lessing reviendra-t-il voir votre père demain, Bess ?

— Oui, Nanny. En attendant, nous devons soigner père de la même façon que pour ses autres bronchites.

La gouvernante hocha la tête d'un air entendu.

— Bien, nous ferons de notre mieux.

Elle murmura que cela semblait être un problème de famille. Elle pensait au petit Edward. Comme son père, il avait facilement des bronchites.

Anne leva des yeux implorants vers sa grande sœur.

— Je veux voir papa, dit-elle. Je peux ? S'il te plaît ! Je veux lui donner un baiser. Il m'a dit qu'il aime beaucoup mes bisous.

— Un peu plus tard, ma chérie, répondit Bess avec autorité. Père est en train de se reposer. Tu sais qu'il n'est pas très bien.

— Mais il m'a promis une pièce de trois pence pour le Vendredi saint et c'est aujourd'hui !

— S'il te l'a promis, il tiendra sa promesse, Anne, mais un peu plus tard.

Bess se tourna vers Katharine, qui avait quatre ans, et Bridget, qui en avait trois.

— Tout le monde aura une pièce de trois pence pour le Vendredi saint, dit-elle. De la part de papa, je vous le promets.

Les trois plus jeunes lui sourirent d'un air ravi, le spectacle de leurs frimousses la faisant sourire à son tour. Elles étaient blondes toutes les trois et déjà très jolies, comme leurs frères et leur autre sœur, celle qui portait le prénom de leur grand-mère, Cecily.

Katharine lui lança un regard enjoué de ses yeux d'un incroyable bleu turquoise.

— Nanny a dit qu'on aurait des brioches aux raisins chaudes pour le thé, annonça-t-elle.

— Je viendrai, promit Bess.

— Et papa ? demanda Katharine d'un ton pressant.

— On verra !

Tout en parlant, Bess avait croisé le regard de Nanny. Elle n'ajouta rien.

41

Londres

Bess était assise au chevet de son père dans leur maison de Berkeley Square. La veille, c'était le jour de Pâques, il avait insisté pour rentrer à Londres. Sa santé s'était améliorée depuis le Vendredi saint et il avait exprimé le souhait d'être en ville. Broadbent les avait donc ramenés à Londres en fin d'après-midi.

Si on l'observait attentivement, se dit Bess, il avait l'air un peu mieux, en effet. Son teint avait repris une couleur plus normale, son regard de sa vivacité et sa fièvre diminuait, ce dont elle se sentait très soulagée.

De son côté, Edward examinait pensivement sa fille.

— Merci de m'avoir lu le *Times*, Bess, dit-il enfin. A présent, il y a une chose que je veux t'expliquer.

Bess se redressa sur sa chaise, sa curiosité éveillée par la gravité avec laquelle son père avait parlé. Edward prit un papier dans le tiroir de sa table de chevet.

— Avant tout, je voudrais que tu lises ceci.

Bess obéit puis fixa son père de son regard clair.

— Ces chiffres, dit-elle, c'est la combinaison de votre coffre, n'est-ce pas ?

— Bravo ! Cela marche pour mes deux coffres, celui de mon dressing-room d'ici et celui de Ravenscar. J'ai trouvé plus simple d'avoir une seule combinaison. Maintenant, tu vas aller ouvrir celui d'ici et prendre les enveloppes kraft sur la tablette du haut.

Bess se hâta de faire ce qu'il lui demandait et passa dans son dressing, sans oublier le papier avec la combinaison du coffre. Elle revint très vite et donna à son père l'enveloppe qu'il lui avait demandée. Edward regarda pensivement la grosse enveloppe puis la posa sur son lit.

— Bess, ces papiers sont pour toi. Je te les confie. Ce sont les statuts de la compagnie Deravenel, avec les modifications que j'ai fait voter en 1919. Tu dois te souvenir de ma chute sur la terrasse de Ravenscar à Noël 1918 ?

— Bien sûr !

— J'ai eu beaucoup de chance ce jour-là, tu sais. J'aurais pu me blesser de façon très sérieuse ou même me tuer. Cette chute a eu le mérite de m'ouvrir les yeux sur la réalité. Je suis vulnérable, comme n'importe qui. Cela m'a aussi fait réfléchir aux statuts de la Deravenel et j'ai décidé de les changer. J'ai été très satisfait quand le conseil d'administration m'a approuvé. Le changement que j'ai apporté stipule qu'une femme née Deravenel peut hériter de la compagnie et en devenir directeur général. Tu comprends ?

— Oui, je comprends, mais l'héritier mâle ? Ne passe-t-il pas en premier ?

— Absolument ! Mais imagine que quelque chose nous arrive en même temps, à moi et à tes frères ? Ou à tes frères ? On ne sait jamais ce que la vie nous réserve. Comme je te l'ai dit, ma chute m'avait fait réfléchir et j'ai réalisé que, si tes frères disparaissaient, tu deviendrais l'héritière de la Deravenel. C'est la raison pour laquelle j'ai voulu changer les statuts de la compagnie. J'ai proposé cette modification au conseil d'administration annuel de janvier 1919 qui l'a immédiatement entérinée.

— Les autres membres du conseil ont accepté qu'une femme puisse diriger la compagnie ! Je n'arrive pas à y croire.

— Nous vivons dans un monde moderne. Nous sommes en 1926, Bess ! Donc, si je disparaissais et que tes frères mouraient aussi, ou étaient incapables d'assumer leurs responsabilités, tu deviendrais automatiquement mon héritière. En d'autres termes, si tu nous survivais, en tant qu'aînée tu hériterais de tout, y compris de la Deravenel, à l'exception des fidéicommis que j'ai mis en place pour tes sœurs et ta mère, bien sûr. J'ai également fait le nécessaire pour Grace Rose et pour toi, évidemment. Quoi qu'il arrive, cela te reviendra.

Stupéfaite, Bess ne savait que dire. Puis, peu à peu, les paroles de son père firent leur chemin dans son esprit et elle en comprit toutes les implications.

— Mais vous n'allez pas mourir, papa ! Et mes frères non plus ! Je vous en prie, ne parlez pas de mourir, vous allez me faire pleurer.

— Je sais, ma chérie, mais nous devons nous montrer réalistes et responsables. Les enjeux sont immenses et cela nous oblige à être sérieux. Je veux que la compagnie soit à l'abri de toute attaque. C'est mon devoir. J'en ai fait ce qu'elle est aujourd'hui et je dois la protéger pour les Deravenel à venir. C'est de cela que je suis en train de te parler.

Il lui donna l'enveloppe et poursuivit ses explications.

— En plus des statuts de la compagnie, tu trouveras un chèque de cinq mille livres à ton nom. Je veux que tu téléphones à tante Vicky dès son retour du Kent. Elle doit revenir dans la semaine. Elle t'emmènera à sa banque où tu ouvriras un compte. Tu loueras aussi un coffre. Pour le chèque…

— Père, c'est beaucoup trop, c'est une fortune !

— Ce chèque, reprit-il sans tenir compte de son intervention, ce chèque te permettra d'ouvrir un compte. Sers-toi de cet argent pour faire face aux urgences qui peuvent se présenter un jour ou l'autre. Surtout, précise bien à la banque que tu veux le placer sur un compte qui rapporte des intérêts, d'accord ?

Incapable de dire un mot, Bess signifia son accord d'un simple signe de la tête.

— Tu as certainement déjà compris que je te demande de louer un coffre pour y mettre l'enveloppe en sécurité ?

— Oui, père, bien sûr, dit-elle d'une voix étranglée.

— Il faut que tu les lises.

— Oui, je vais les lire.

— Un autre point : essaye de mémoriser la combinaison de mes coffres et, si tu y arrives, détruis ensuite la feuille sur laquelle elle est notée.

— Ce sera fait, père.

— Ne t'inquiète pas, ma chérie, rien ne m'arrivera avant de nombreuses années, pas plus qu'à tes frères. Tu sais que je ne peux pas m'empêcher de vouloir tout prévoir et tout organiser, c'est tout !

Bess ne put qu'acquiescer en retenant ses larmes. Elle ne supportait pas d'entendre son père parler de mort et d'accidents, surtout quand il s'agissait de sa propre mort. Elle réussit toutefois à se reprendre.

— Vous vous remettez rapidement, père, mais vous devez encore faire attention à vous. J'espère que vous n'avez pas l'intention d'aller à votre bureau, mardi !

— Non ! Même moi, je ne suis pas assez fou pour ça ! Je vais suivre l'ordonnance du Dr Lessing et rester au lit en prenant mes médicaments.

Edward se redressa contre ses oreillers. Il se sentait toujours mieux assis qu'allongé, quand il avait une bronchite. Il avait l'impression de moins tousser.

— Il vaut mieux que je range ces papiers dans votre coffre jusqu'à ce que je les emporte à la banque, dit Bess.

Joignant le geste à la parole, elle se leva et se dirigea vers le dressing.

— Bonne idée, approuva-t-il.

Quand elle regagna le chevet de son père, son visage s'éclaira soudain d'un grand sourire.

— Je vais descendre voir avec Cook ce qu'elle vous prépare pour le dîner. Avez-vous envie de quelque chose en particulier ?

— Je n'ai pas faim. Quelque chose de léger, s'il te plaît. Je me sens fatigué maintenant. Peux-tu me réveiller dans une heure, ma chérie ?

— Vous pouvez compter sur moi, père.

Elle le laissa dormir et descendit l'escalier quatre à quatre pour conférer avec Cook.

Edward l'avait regardée s'en aller. Quelle jeune fille remarquable ! pensa-t-il. Elle avait été une enfant ravissante mais une nouvelle sorte de beauté lui était venue. Elle donnait l'impression de rayonner. Bess dégageait une lumière qui avait souvent laissé son père sans voix. Elle tenait de lui son teint coloré, ses cheveux à l'éclatant blond vénitien et ses yeux bleus. Et elle avait hérité de sa mère ses traits délicats d'une beauté classique et sa silhouette élégante.

A peine Edward eut-il fermé les yeux que ses pensées l'assaillirent. Il ne dormait pas, l'esprit agité de mille souvenirs et inquiétudes. Il y eut d'abord George, aussi vivant dans sa mémoire que s'il avait été debout devant lui. Trop beau et trop jeune pour mourir… Puis ce fut Neville qui lui apparut, son cousin, son mentor aussi, qu'il avait toujours respecté… Lui aussi était mort trop tôt dans cet accident à Ravenscar. Il y avait déjà presque treize ans de cela… Son cher Johnny, le frère de Neville, avait été tué en même temps. Edward revit les images de leur enfance. Ils avaient grandi ensemble dans le Yorkshire. Ensemble, ils avaient galopé dans les marais. Ils aimaient y aller surtout aux mois d'août et de septembre, quand la bruyère fleurissait et que la mer devenait d'un bleu profond… Vague après vague, la mer déployait des teintes chatoyantes, ondulant dans la brise… Et les marais… Sans pitié… Sauvages, déserts, silencieux… Mais il ne s'y était jamais senti seul, dans ces marais qui se confondaient avec le ciel gris du Nord… Il se sentait chez lui, là-bas…

Soudain, ces images furent remplacées par le visage d'Amos Finnister. L'année précédente, à Paris, Grace Rose lui avait confié ses inquiétudes au sujet d'Amos. Il avait donc parlé à Amos dès son retour à Londres. Quand il lui avait demandé si quelque chose le troublait, Amos avait répondu sans hésiter, comme pour se débarrasser d'un poids trop lourd. Edward l'entendait encore se confier à lui d'une voix sourde, pleine de chagrin.

« C'est au sujet de M. George. Oliveri et moi, nous pensons que c'est notre faute s'il est mort, monsieur. C'est cette conversation avec Vincent Martell, autrefois… Nous avons toujours pensé, Oliveri et moi, que Vincent a dégagé les cales qui tenaient les fûts en place. Il a… il nous a laissé plus ou moins entendre qu'il l'avait fait. Nous nous sentons responsables de ce qui est arrivé.

Nous ne voulions pas faire de mal à qui que ce soit mais Vincent a peut-être cru que nous lui suggérions d'agir. »

Edward avait insisté en répétant que ce n'était pas sa faute ni celle d'Oliveri mais uniquement celle de George qui avait créé son propre malheur. Par la suite, Amos lui avait encore confié que Vincent avait fini par haïr George à cause des horreurs qu'il racontait sur lui, son propre frère. Bien sûr, on ne pouvait rien prouver et il ne le désirait pas. Par ailleurs, Vincent avait un cancer et ne survivrait pas très longtemps.

« Non, pensa Edward, c'est ma faute... S'il y a quelqu'un à blâmer, c'est moi. J'avais laissé pourrir la situation... J'aurais dû mettre George au pas bien des années plus tôt, l'obliger à prendre ses responsabilités et ne pas lui pardonner si facilement... Peut-être que si j'avais été plus ferme avec lui, il serait encore en vie... Maman me demandait toujours d'être gentil avec George, de l'aider, d'oublier ses trahisons. »

Edward savait que sa mère ne lui avait jamais pardonné la mort de George. Pour elle, il était l'assassin de son frère. « Tu as tué mon fils », lui avait-elle jeté un jour... A l'époque, il avait pensé qu'il était aussi son fils mais ne le lui avait pas dit... A certains moments, comme en cet instant, il le regrettait...

Au rez-de-chaussée, Bess s'était installée au bureau de son père dans la bibliothèque pour répondre à Will Hasling.

— Père va mieux, oncle Will, vous pouvez me croire. Je vous dis la vérité.

Will l'écoutait, attentif à la moindre nuance.

— Je voulais seulement m'assurer que tout allait bien, dit-il. Je voulais aussi t'informer de notre retour à

Londres ce soir. Si tu as besoin de me joindre, tu sais donc où me trouver.

— Merci de m'avoir prévenue, oncle Will.

— Bess ? Autre chose… As-tu dit à ta mère que ton père était malade ?

Bess serra instinctivement le combiné du téléphone dans sa main.

— Non. Père ne me l'a pas demandé. Pensez-vous que je devrais lui téléphoner ?

— Non, non, répondit-il précipitamment. Je suis certain que c'est inutile, si tu dis que ton père va un peu mieux, ce soir.

Tout en prononçant ces quelques mots, Will éprouva de nouveau le même étrange pressentiment. Il décida d'appeler Anthony Wyland qui séjournait à Rome avec sa sœur Elizabeth. C'était viscéral : quelque chose lui répétait qu'ils devaient être mis au courant.

— Oncle Will, vous êtes toujours là ?

— Oui, Bess, je suis là. Transmets mes amitiés à ton père et dis-lui que je passerai le voir demain.

Quand Bess eut raccroché, elle resta assise, fixant le téléphone d'un air soucieux. Son père allait-il plus mal qu'il n'en avait l'air ? Sinon, pourquoi son oncle Will avait-il parlé de prévenir sa mère ? En savait-il plus qu'il ne l'avait reconnu ? Son père avait-il un problème plus grave qu'elle le croyait ? Sans cela, pourquoi Will Hasling s'inquiétait-il autant ? Peut-être simplement parce qu'il était le meilleur ami de son père et qu'ils travaillaient ensemble.

Elle remonta en courant à l'étage. Elle frappa et entra. A sa grande surprise, son père était assis dans son lit. Un profond soulagement l'envahit.

— Je venais vous réveiller comme vous me l'avez demandé, père, mais vous ne m'avez pas attendue !

Un sourire flotta sur le visage las d'Edward.

— Sais-tu maintenant ce que Cook m'a préparé ?

— Du bouillon de volaille avec des vermicelles, de la sole grillée avec une sauce au persil et de la purée. Cela m'a semblé très bon.

— Crois-tu ? C'est vraiment un menu pour malade !

— Je dînerai avec vous ici, papa, si vous le voulez bien.

— Bien sûr, Bess !

Edward s'éveilla en sursaut au milieu de la nuit. Il avait l'impression d'avoir la poitrine écrasée dans un étau. La douleur était atroce. Il voulut se redresser, mais en vain. Il réussit après plusieurs tentatives à se tourner sur le côté et se sentit un peu soulagé. Mais le répit fut de courte durée. La douleur revint, aussi violente.

« J'étouffe, pensa-t-il, c'est à cause de la bronchite. »

Pourtant, tout au fond de lui, une petite voix lui soufflait que ce n'était pas la bronchite. Il y avait autre chose, quelque chose de bien pire. Edward se demanda s'il ne s'agissait pas d'une crise cardiaque mais il ne pouvait pas en être sûr.

Il s'obligea à rester tranquille et essaya de respirer régulièrement. La douleur finit par se calmer puis par cesser. Son côté droit lui faisait encore mal mais, comme il ne bougeait pas, cette douleur aussi finit par disparaître. Il s'assoupit enfin et s'endormit.

Il rêva qu'il était avec Lily Overton, sa chère Lily, la femme qu'il avait tant aimée quand il était encore un très jeune homme…

42

Bess attendait dans la bibliothèque le médecin de son père à Londres, le Dr Avery Ince. Il était monté voir son patient un long moment plus tôt et Bess sentait l'angoisse la gagner. Pourquoi cette visite durait-elle aussi longtemps ?

Des pas se firent enfin entendre sur les dalles de marbre de l'entrée. Bess se précipita.

— Docteur Ince ? Qu'en pensez-vous ?

— Allons nous asseoir un instant dans la bibliothèque.

Il la connaissait depuis l'enfance et, au cours des deux ou trois dernières années, elle avait gagné son respect. Son père, pensait-il, pouvait être fier de Bess.

— Papa va-t-il mieux ? demanda-t-elle en prenant une chaise.

— Non, il n'y a pas de changement et il m'a semblé assez fatigué ce matin.

— Hier après-midi, père a voulu voir quelques amis et ils sont venus prendre le thé, expliqua Bess. C'est peut-être cela qui l'a fatigué.

Elle préféra taire l'autre visite, celle d'Alfredo Oliveri et d'Amos Finnister. Ils étaient arrivés dans la soirée avec Will Hasling et ils étaient restés très tard.

— A partir de maintenant, les visites sont interdites, Bess. Je veux le repos complet pour votre père. Je compte aussi sur vous pour vous assurer qu'il prend les expectorants que je lui ai apportés. Les bronches sont très encombrées et il faut les dégager aussi rapidement que possible.

Le médecin se leva et prit sa sacoche. Bess le raccompagna dans le hall.

— Reviendrez-vous demain, docteur Ince ?

— Oui, je passerai en fin de matinée. A propos, Bess, savez-vous quand votre mère doit rentrer ?

— Demain, docteur. Mon oncle Will a téléphoné à oncle Anthony et ils ont tout organisé.

— Parfait ! dit-il d'un ton qui se voulait rassurant. Ne vous inquiétez pas, Bess, nous allons remettre votre père sur pied en un rien de temps. Veillez à ce qu'il boive beaucoup, voulez-vous ?

Elle referma derrière lui et courut rejoindre Will Hasling qui attendait dans le petit salon avec Grace Rose et Jane Shaw. Le mercredi était le jour de sortie du majordome, ce qui avait rendu possible la présence de Jane.

— Qu'a dit le docteur ? demanda Jane d'une voix qui trahissait son anxiété.

Elle trouvait Bess fatiguée et visiblement très inquiète.

Bess lui rapporta sa conversation avec le médecin.

— Sa fatigue, ajouta-t-elle, est sans doute due aux visites d'hier mais Vicky et Fenella lui ont remonté le moral.

— Je n'ai jamais vu ton père dans un tel état, dit Will. Il doit absolument se reposer. Tu dois l'obliger à rester au lit. Il m'a parlé de revenir au bureau la semaine prochaine ! Cela ne me semble pas du tout raisonnable.

— A moi non plus ! dit Jane en se levant. Bess, puis-je aller le voir ? Tu dois comprendre que cela me semble un peu étrange de me trouver ici…

— Je comprends ! Bien sûr, vous pouvez aller le voir. Venez, je vais vous montrer le chemin.

Quelques minutes plus tard, Bess revint dans la bibliothèque et alla s'asseoir à côté de sa demi-sœur.

— Père aimerait te voir dans un quart d'heure, Grace Rose. Il attendait ta visite.

— J'ai hâte de le voir, moi aussi, répondit Grace Rose qui ajouta timidement : Ne serait-il pas mieux à l'hôpital ?

Son regard interrogateur passa de Bess à Will.

— Nous avons tous les deux soulevé la question, répondit Will, et nous en avons discuté avec le Dr Ince. Ned refuse d'en entendre parler. Il veut être chez lui et le docteur semble penser qu'il vaut mieux satisfaire ses désirs que de l'envoyer dans une clinique privée, ce que j'avais suggéré.

— Je comprends, soupira Grace Rose. Le Dr Ince est un très bon médecin, c'est aussi le nôtre. Il doit savoir ce qu'il fait.

Elle estimait néanmoins que son père aurait dû être hospitalisé, quoi qu'il en dise. Il était têtu et avait l'habitude d'être obéi, mais elle trouvait son état préoccupant.

— Le docteur m'a demandé quand mère rentrait et je lui ai dit demain. C'est bien cela, oncle Will ?

— D'après ton oncle Anthony, ils doivent en effet arriver jeudi après-midi.

Bess lança à son oncle un regard lourd de sous-entendus.

— J'espère qu'elle ne va pas l'énerver et aggraver son état. Elle réussit toujours à le prendre dans le mauvais sens du poil !

Will ne répondit rien. La fille d'Edward avait dit la vérité.

Grace Rose s'abstint également de tout commentaire. Elle avait vu comment le mauvais caractère d'Elizabeth pouvait la rendre insupportable à son propre mari. Elle se contenta de se lever et dit à mi-voix qu'elle montait le voir.

Le silence et le calme revinrent enfin dans la maison.

La mère de Bess était arrivée dans l'après-midi, un jour plus tôt que prévu, et pendant quelque temps la maison avait été livrée au chaos. Elizabeth avait commencé par faire une entrée hautaine. On aurait dit la Reine des Glaces avec sa beauté froide et sa façon de se contrôler. Derrière elle venaient Cecily, le petit Edward, le petit Richard, Mlle Coleman la nouvelle institutrice, et Elsie, la femme de chambre. Fermant la marche, Anthony se débrouillait avec les bagages, aidé de l'homme à tout faire, de trois des femmes de chambre et du nouveau majordome adjoint.

Sa mère était montée directement sans même lui accorder un regard et avait fermé derrière elle la porte de la chambre d'Edward, d'un geste autoritaire. Bess avait été blessée de ne pas avoir droit à un seul mot de sa mère. Celle-ci l'avait tout simplement laissée s'occuper des enfants et de son oncle Anthony.

Elle avait fait servir le thé à son oncle et lui avait donné des détails sur la maladie de son père. Tout en veillant à ce que ses frères et sa sœur aient un verre de lait et des biscuits, elle avait remercié le ciel. Heureusement que sa mère n'était pas rentrée deux heures plus tôt…

Si cela avait été le cas, ils auraient tous été pris la main dans le sac, elle et son père, oncle Will et Grace Rose. Elizabeth les aurait trouvés en train de partager avec Jane Shaw un repas de saumon fumé. Cela aurait engendré un scandale pire que tous les autres, un scandale de nature à mettre un terme au mariage de ses parents. Mais Jane, toujours si attentionnée et correcte, s'était sentie mal à l'aise à l'idée de se trouver dans cette maison et elle avait abrégé le déjeuner.

Au bout d'une demi-heure, Elizabeth les avait rejoints au salon, très contrariée. Elle avait enfin dit bonjour à Bess en l'embrassant sur la joue mais elle n'avait pas parlé de la maladie de son mari. Il fallut qu'Anthony veuille l'interroger pour qu'elle lui jette un regard noir et marmonne :

« Nous en parlerons tout à l'heure, mais pas maintenant ! »

C'était le moment que Cecily, du haut de ses quatorze ans, avait choisi pour demander à voir son père. Edward et Richard avaient fait chorus, réclamant aussi l'autorisation de monter l'embrasser. Elizabeth avait ordonné à Bess de les y emmener tous les trois, et tout de suite.

Alors qu'elle repensait à cet après-midi épuisant, Bess prit conscience de l'énorme effort fourni par son père pour paraître en forme devant ses enfants.

En général, les garçons se montraient assez turbulents. Ils aimaient sauter dans les bras de leur père pour l'embrasser. Or ils s'étaient montrés très sages, très bien élevés, peut-être impressionnés de voir leur père cloué au lit et visiblement affaibli.

A un moment, Edward avait demandé où étaient ses autres enfants. Bess s'était dit que, puisque leur mère était rentrée, ses petites sœurs devraient peut-être revenir auprès de leur famille.

— Elles sont dans le Kent avec Nanny, lui avait-elle rappelé.

Il lui avait demandé de les faire revenir à Londres pour le lendemain matin. Et il l'avait regardée avec un de ses irrésistibles sourires, un sourire comme il n'y en avait pas d'autre au monde.

Bess s'éveilla en sursaut.

Elle se redressa, regarda autour d'elle et se rendit compte qu'elle s'était endormie dans le fauteuil de son père, la tête sur le bureau de la bibliothèque. La pendule posée sur la cheminée indiquait dix heures. Soudain, elle se sentit envahie de terreur. Elle quitta la bibliothèque en courant, grimpa l'escalier quatre à quatre et s'arrêta devant la porte de son père. Tout semblait tranquille. Elle écouta pendant un moment puis ouvrit doucement et entra. La lampe de chevet était allumée et, en entendant son pas pourtant léger, Edward tourna la tête vers elle. Comme ses yeux étaient bleus, ce soir ! pensa-t-elle. Elle ne les avait jamais vus d'un bleu aussi vif.

— Coucou, ma chérie !

— Papa, avez-vous besoin de quoi que ce soit ?

— Oui, fais venir Will, s'il te plaît.

— Maintenant, papa ?

— Oui.

Sans discuter, Bess alla décrocher le téléphone du dressing-room. Son oncle répondit lui-même.

— Oncle Will, dit-elle à voix basse, c'est Bess. Mon père veut vous voir. Oui, maintenant ! Vous pouvez venir ?

— Je viens aussi vite que possible. Y a-t-il un problème ?

— Je… je ne sais pas. Oncle Will, je vous attendrai derrière la porte pour ne pas… ne pas réveiller les autres.

— Je comprends.

Elle raccrocha et regagna le chevet de son père.

— Il arrive, papa.

— Bien. Va fermer la porte à clef, s'il te plaît.

Il désignait son dressing-room du regard.

— Vous voulez parler de la porte de la chambre communicante ?

— Oui.

Bess se hâta d'aller tourner la clef de la porte qui donnait dans la chambre de sa mère.

— C'est fait, dit-elle en revenant. Maintenant, je vais descendre, père. Je veux attendre oncle Will pour lui ouvrir sans qu'il ait à sonner. Cela réveillerait tout le monde.

— C'est parfait, ma chérie.

43

La porte avait déjà été fermée pour la nuit. Bess ôta les verrous, tourna la clef dans la serrure et attendit.

Un quart d'heure plus tard, elle entendit une voiture qui freinait devant la maison et s'arrêtait. Une des portières claqua et il y eut un chuchotement de voix étouffées, suivi d'un bruit de pas.

Bess entrebâilla le battant et se trouva face à face avec Will. Il se glissa à l'intérieur puis ferma et verrouilla la porte derrière lui.

— Tout le monde dort déjà, murmura Bess. Père ne voulait déranger personne. Cecily et les garçons étaient très fatigués après ce long voyage.

Will indiqua d'un signe de tête qu'il comprenait et s'enquit de l'état d'Edward.

— Il n'y a pas de changement mais il est très silencieux. Nous sommes restées à son chevet pendant un moment, mère et moi, après le dîner et il était… comment dire ? absent. Je pense qu'il est à bout de forces. Du moins l'était-il à ce moment-là. Quand je suis allée le voir tout à l'heure, il avait un peu récupéré et il m'a demandé de vous appeler.

— Je suppose que tout va bien entre tes parents ? Il n'y a pas eu d'incident déplaisant au retour de ta mère ?

— Pas que je sache, oncle Will. Mère est montée voir papa dès son arrivée. Elle ne m'a rien dit sur l'instant mais nous avons parlé plus tard. Elle m'a posé beaucoup de questions, elle voulait tout savoir. La maladie de père est un grand choc pour elle. Elle pleurait. Je l'ai obligée à se reposer avant le dîner et elle semblait un peu mieux quand elle nous a rejoints, vers sept heures.

Sans un mot, Will la prit par le bras et ils se hâtèrent de gagner la chambre d'Edward.

— Je suis là, Ned, dit-il en entrant.

Il se pencha sur son ami, cherchant des signes d'une aggravation de son état ou d'une émotion violente. A son vif soulagement, il n'y avait rien de tel. Il avait redouté qu'Elizabeth lui fasse une scène.

— Merci d'être venu, Will. Peux-tu m'aider à m'asseoir ?

Will l'aida à se redresser et l'installa contre ses oreillers puis alla s'asseoir sur une des chaises placées à son chevet.

Bess, qui attendait debout devant la porte, s'éclaircit la voix.

— Je vous laisse, maintenant, papa et…

— Non, non, Bess ! Ne pars pas, dit Edward.

Il lui désigna un canapé à l'autre bout de la chambre.

— Tu peux t'asseoir là, si tu veux, pendant que nous parlons, ton oncle et moi.

Bess traversa la chambre et, pendant plusieurs minutes, il n'y eut plus que le silence.

— Anthony m'a appris que tout le monde est rentré avec un jour d'avance, dit enfin Will.

Un faible sourire éclaira le visage d'Edward.

— Oui, et nous nous sommes presque fait prendre la main dans le sac comme dit ma Bess, n'est-ce pas ?

— Ce n'est que trop vrai, répondit Will en riant.

— Elizabeth est dans tous ses états, reprit Edward, et elle m'a fait une suggestion dont je voudrais te parler. Elle voudrait que je me mette en congé pour trois mois et que nous prenions le paquebot pour New York. Elle invoque le bon air de la mer. Pour me rendre l'idée plus séduisante, elle a fait valoir que nous avons des bureaux à New York et des champs de pétrole en Louisiane. Qu'en penses-tu ?

— Pour une fois, elle a raison, Ned. C'est une excellente idée et tu ne devrais pas hésiter.

— Accepterais-tu de diriger la Deravenel à ma place pendant mon absence ?

— Bien sûr que oui, tu n'as même pas besoin de le demander !

— A quelle date Richard doit-il revenir de Perse ?

— Pas avant la semaine prochaine. Avant de partir, il m'a dit qu'il suivrait ton conseil et qu'il s'arrêterait à Constantinople après avoir inspecté nos champs de pétrole. Comme tu le sais, Anne l'accompagne. Il voulait qu'elle prenne des vacances car elle ne va pas bien du tout.

— Elle a toujours été de santé fragile, comme sa défunte sœur Isabel. J'ai toujours trouvé bizarre que les filles d'un homme aussi fort que Neville soient d'aussi faible constitution.

— C'est vrai.

L'expression d'Edward s'anima soudain.

— J'ai hâte d'être à demain. Les filles rentrent du Kent avec Nanny. Mes petites beautés me manquent beaucoup.

Tout en parlant, il avait tourné les yeux vers Bess, pelotonnée sur le canapé devant le feu.

— Ma Bess a été formidable, dit-il à Will. Tous ces jours-ci, elle n'a pas arrêté de s'occuper de moi, de faire ce que je lui demandais. Je crois que je devrais suivre le conseil du Dr Ince et engager une infirmière. Le fardeau est trop lourd pour Bess...

Aussitôt sur le qui-vive, Will observa Edward d'un air inquisiteur.

— Tu as besoin d'une infirmière ?

— Non, pas au sens où tu l'entends. Je ne me sens pas plus mal. Mais je ne peux pas demander à ma fille de se charger de tout ce travail.

— Tu as raison. Veux-tu que j'appelle Ince demain matin pour lui demander de t'envoyer quelqu'un ?

— Je te remercie, oui. Il y a autre chose...

Edward s'interrompit, fixant Will d'un air tendu.

— De quoi veux-tu me parler ? demanda Will.

— En réalité, c'est une question. Je ne te l'ai jamais dit mais l'année dernière j'ai eu une conversation avec Amos Finnister au sujet de la mort de George. Il m'a confié qu'ils se sentaient coupables, Oliveri et lui.

Edward rapporta à Will les confidences d'Amos sur la possible implication de Vincent Martell dans la mort de George.

— Mais, s'exclama Will, il s'agirait d'un meurtre !

— Oui, et c'est ce que j'ai toujours craint. Je me suis demandé des milliers de fois si l'on n'avait pas assassiné mon frère. Ces dernières nuits, quand je ne pouvais pas dormir, cela n'a pas arrêté de me hanter. Will, qu'en penses-tu ? Mon frère a-t-il été assassiné ?

Will estimait que Finnister avait très vraisemblablement raison et que Martell avait agi à cause des horreurs que George racontait sur Edward. Toutefois, il n'en avait aucune preuve et, surtout, il ne voulait pas rendre Edward encore plus malade. Il fallait lui ôter de la tête cette idée de meurtre, quitte à mentir.

— Non, je ne le pense pas, dit-il avec fermeté. Pas du tout ! Pour commencer, quelle raison aurait eue Martell de tuer George ? Bien sûr, ton frère cherchait en permanence à te salir mais Martell est un homme réaliste, tu le sais. Il ne devait pas attacher grande importance aux ragots de George. Le connaissant, il a même dû les ignorer et s'occuper de ses affaires comme si de rien n'était.

— J'aimerais en être aussi certain que toi…

Will se pencha à l'oreille d'Edward.

— Tu peux le croire, murmura-t-il avec autorité. Ecoute bien ce que je vais te dire. Martell ne risquerait pas de gâcher des centaines de fûts d'un vin auquel il a donné tous ses soins. Comme je te l'ai dit, c'est un homme qui aime ces vignes et ce domaine où il a travaillé toute sa vie.

Edward eut de nouveau son sourire épuisé et il cligna des yeux pour marquer qu'il avait compris.

— Mais une haine profonde peut altérer le bon sens d'un homme, dit-il enfin.

— C'est exact, mais ne pense plus à Martell. Tu dois te sortir de l'esprit toutes ces histoires sur la mort de George. Pour ta santé, tu dois oublier les soupçons d'Amos.

— D'accord, tu as raison. Tu m'as toujours dit la vérité. Je ne sais pas comment j'aurais fait sans toi pendant toutes ces années, vraiment pas.

Pour la première fois depuis plusieurs nuits, Edward dormit d'un sommeil sans cauchemars. Les fantômes le laissèrent en paix.

Le lendemain matin, il semblait beaucoup mieux et même le Dr Ince remarqua l'amélioration.

— Une infirmière attend au rez-de-chaussée, dit-il après avoir ausculté son patient. Je l'ai engagée à la demande de M. Hasling. Puis-je la faire monter pour vous la présenter, monsieur Deravenel ?

— Oui, je vous remercie, docteur. Hasling a dû vous expliquer que je me reposais trop sur Bess. Je n'ai pas le droit de lui en demander autant.

— Il m'a expliqué la situation, en effet, et je pense qu'engager une garde-malade était le bon choix.

Le docteur s'absenta quelques minutes et revint avec une femme d'une trentaine d'années et d'allure sympathique, qu'il présenta comme Margaret Arkright.

— Madame Arkright, dit Edward, peut-être aimeriez-vous vous installer dans mon dressing-room. Il y a des fauteuils, un canapé et un bureau. Vous y serez bien et vous ne serez pas loin si j'ai besoin de vous.

— Merci, monsieur Deravenel.

L'infirmière suivit le médecin qui lui indiquait le chemin du dressing.

Cette nuit-là, Bess ne put dormir. A plusieurs reprises, elle se leva et descendit vérifier que son père allait bien. Chaque fois, il lui sembla dormir profondément. L'infirmière la regardait en mettant le doigt sur les lèvres et lui disait à voix basse que tout allait bien.

Vers trois heures du matin, Bess redescendit encore et, une fois de plus, l'infirmière la rassura et elle remonta dans sa chambre où elle réussit enfin à s'assoupir. A l'aube, alors que les premières lueurs du jour filtraient à travers les rideaux, elle s'éveilla de nouveau en sursaut. Son réveil indiquait cinq heures du matin. Elle se leva, passa sa robe de chambre et mit ses chaussons. La sensation de malaise et d'angoisse à laquelle elle s'était habituée depuis le début de la maladie de son père l'envahit à nouveau. Il avait besoin d'elle, elle le sentait.

Bess descendit l'escalier à toute vitesse et trouva l'infirmière qui sortait de la chambre de son malade.

— Y a-t-il un problème ? souffla Bess.

— Je venais justement vous chercher, répondit l'infirmière à voix basse. Votre père vous demande, mademoiselle Bess. Il demande aussi Lily. Il s'est réveillé voici un quart d'heure et je l'ai trouvé très fiévreux. Je crois qu'il a eu une crise cardiaque assez grave. Venez vite !

Bess fut terrifiée en voyant son père. Il avait des cernes foncés, encore plus noirs dans son visage livide. Elle ne l'avait jamais vu d'une pâleur aussi effrayante, les traits décharnés et la bouche pincée. Soudain, elle remarqua le tremblement qui agitait ses mains posées sur le drap. Un frisson glacé la parcourut.

Elle s'agenouilla à côté du lit et prit la main de son père.

— Papa, chuchota-t-elle, c'est moi, Bess. Je suis là.

Il ne répondit pas avant un long moment. Soudain, il ouvrit les yeux. Bess faillit éclater en sanglots en les voyant, creux, enfoncés dans les orbites, bordés de rouge. Sans un mot, il s'agrippa à sa main.

— Papa, répéta Bess. C'est moi, je vais m'occuper de vous. C'est moi, Bess !

— Je suis désolé, Bess, vraiment, vraiment désolé.

Quoi qu'il lui fût arrivé au cours des dernières heures, il restait quand même lucide et il la reconnaissait.

— Vous n'avez aucune raison d'être désolé, papa, chuchota-t-elle. On va vous remettre sur pied.

— Pardonne-moi… Je ne veux pas te quitter…

— Je vous en prie, père, ne dites pas cela. Vous n'avez rien à vous faire pardonner et vous ne pouvez pas nous quitter, nous vous aimons tellement !

Elle ne pouvait plus retenir ses larmes qui tombaient sur ses mains crispées.

— Papa, s'il vous plaît, essayez ! Battez-vous !

— Je suis si fatigué… Ma poitrine me fait mal…

— Papa, qu'allons-nous faire sans vous ?

Il sembla soudain s'animer et ouvrit les yeux en grand. Il plongea son regard dans le sien, ce regard si bleu, si lumineux.

— Tout ira bien, ma Bess chérie, dit-il d'une voix calme et claire. Veille sur tout le monde pour moi…

Il lui sourit, de son sourire unique au monde, le sourire dont Bess se souviendrait jusqu'à son dernier jour. Elle posa la tête sur la poitrine de son père et le serra dans ses bras, écrasée de chagrin.

Quelques minutes plus tard, un léger bruit lui fit relever la tête. Sa mère se tenait sur le seuil du dressing et la regardait d'un air hagard.

— Bess, dit-elle d'une voix tremblante, Bess…

— Il est mort, répondit Bess d'une voix entrecoupée de sanglots. Mon père est mort.

Elizabeth s'approcha en tremblant. L'épouvante se lisait sur son visage et elle pleurait.

C'était le vendredi 9 avril 1926. Edward Deravenel venait de mourir d'une crise cardiaque dix-neuf jours avant son quarante et unième anniversaire.

Deux de ses fils étaient déjà enterrés à Ravenscar, Edmund et George. En ce sinistre 13 avril 1926, c'était le tour d'Edward, l'aîné.

Cecily Deravenel regardait le cercueil que l'on descendait dans la tombe et, le visage ruisselant de larmes, sentait son cœur se briser une fois de plus.

Edward, son fils bien-aimé, l'avait quittée pour toujours. Il ne lui restait que Richard, le plus jeune de ses enfants. Il n'assistait pas à l'enterrement, retenu sur le continent par la maladie de sa femme. Il devait être effondré, lui qui aimait tant son aîné.

Si seulement elle avait parlé à Edward, si seulement elle lui avait expliqué qu'elle ne lui reprochait pas la mort de George ! Comme elle regrettait de ne pas l'avoir fait ! Personne n'était à blâmer, sauf George lui-même, peut-être. Pourquoi n'avait-elle rien dit à Edward ? A présent, il était trop tard. Son fils était mort sans connaître ses véritables sentiments.

Cecily releva la tête et son regard se posa sur Elizabeth, la veuve d'Edward. D'une pâleur mortelle, elle restait belle mais était marquée par le chagrin. Les lourds nuages gris s'ouvrirent soudain et un beau rayon de soleil illumina les cheveux clairs des enfants. Cecily, Anne, Katharine, Bridget, le petit Edward et le petit Richard se serraient les uns contre les autres, l'air perdus. A côté d'eux se tenaient Bess et Grace Rose, luttant contre leur chagrin, et veillant sur les plus petits comme deux mères poules.

Un sanglot étouffé détourna l'attention de Cecily. C'était Will Hasling, debout à côté d'elle, qui ne pouvait maîtriser sa peine. Elle lui prit le bras avec affection. Pour elle, il avait toujours été comme un fils et elle aurait voulu le consoler. Tout près, Amos Finnister et Alfredo Oliveri pleuraient. A voir ces hommes mûrs pleurer sans se cacher et sans la moindre gêne, Cecily comprit à quel point ils étaient attachés à son fils.

— Les cendres retournent aux cendres, la poussière à la poussière, dit le père O'Connor.

Et soudain, commença à retentir le bruit sourd des poignées de terre qui tombaient sur le cercueil. Cecily sentit son cœur se serrer à l'étouffer et elle vacilla. Aussitôt, elle sentit autour de ses épaules le bras de Will qui la retenait et la soutenait.

— Les enfants, tous ces petits, chuchota-t-elle d'une voix brisée. Ils seront perdus sans Ned.

Will se pencha vers elle.

— Je veillerai sur eux, dit-il.

Et Cecily se sentit un peu réconfortée, sachant qu'il tiendrait sa promesse.

44

— Je ne comprends pas ce qui se passe, Richard, dit Will Hasling d'une voix aussi calme que possible alors qu'il bouillait de colère.

A la mort de son frère, Richard avait pris la tête des entreprises Deravenel et il occupait à présent son fauteuil. Il ne cillait pas sous le regard dur de Will.

— Et moi je ne suis pas sûr de comprendre de quoi tu parles, répondit Richard.

Will se tenait debout dans l'encadrement de la porte qu'Edward avait fait percer vingt et un ans plus tôt pour qu'ils puissent passer facilement chacun dans le bureau de l'autre.

— Il m'est venu aux oreilles, dit-il en avançant vers le bureau qui avait été celui d'Edward, que tu avais renvoyé Anthony Wyland et qu'il a dû partir sur-le-champ. Pourquoi, Richard ?

— En tant que directeur général, je ne dois d'explication à personne, même pas à toi ! Mais tu connais l'adage ? A nouveaux dirigeants, nouvelles méthodes !

— Et c'est la méthode que tu appliques ? Tu te débarrasses d'un cadre de talent, un homme respecté, honnête et loyal, qui travaille pour la Deravenel depuis des années et a aidé à la développer. Je t'avoue que je suis étonné, c'est le moins que je puisse dire.

— Ne perds pas ton temps à t'étonner, rétorqua Richard d'un ton froid. Il vaut mieux que tu t'habitues aux changements parce qu'il va y en avoir beaucoup, et plus tôt que tu l'imagines.

— Ne commence pas à désorganiser la Deravenel ! Ton frère a mis en place un système où tout se passe sans heurts, un système efficace et qui a largement prouvé sa valeur. Laisse donc les choses en l'état, de peur d'avoir des regrets plus tard !

— C'est une menace ?

Will eut un léger mouvement de recul, effaré par le regard glacial de Richard.

— Ne dis pas de bêtises, Dick ! Bien sûr que je ne te menace pas ! Je te donne seulement un conseil.

— Je n'ai pas besoin de tes conseils. Je sais ce que je fais. Tu l'as peut-être oublié, mais je travaille dans cette compagnie depuis un certain nombre d'années !

— Non, je ne l'oublie pas, pas plus que le fait que tu as toujours dirigé le département des activités dans le nord du pays. Tu n'as pas l'expérience de la direction au niveau mondial et c'est très différent.

— Suggérerais-tu que je n'en suis pas capable ?

— Certainement pas ! Ned t'a toujours fait confiance. Il a toujours eu beaucoup d'estime pour tes capacités. C'est pour cela qu'il t'avait désigné pour diriger la Deravenel jusqu'à ce que son fils aîné soit en âge de le faire lui-même. Il l'a exprimé sous forme de codicille dans son testament et cela me suffit. C'est sa volonté. Ecoute, pour en revenir à Anthony, je ne comprends pas pourquoi tu laisses partir un homme aussi compétent.

— Pour l'excellente raison que c'est un Wyland et que je me suis toujours méfié d'eux. Je n'ai jamais compris moi-même pourquoi mon frère lui avait donné une place dans la maison.

Richard eut un petit rire sec.

— Non, je ne devrais pas dire cela. Je sais pourquoi ! Il y a été forcé à cause de sa garce de femme ! Elizabeth a obligé Ned à le faire. Il n'y a aucune autre explication possible.

— A ma connaissance, rien ne permet de l'affirmer. Je ne sais qu'une chose : Wyland a obtenu des résultats remarquables en tant que directeur de nos départements financier et bancaire. Tu ne voudrais pas revoir ta décision ?

— Non ! Pourquoi ? Simplement parce que tu veux que je le réintègre ? Je suis très étonné de ton attitude, Will. Je croyais que tu haïssais les Wyland autant que nous les haïssons tous depuis si longtemps ! A moins que tu ne prennes leur parti ?

— Je ne savais pas qu'il y avait un parti à prendre, répondit Will en se contrôlant au prix d'un grand effort. Quant à Anthony, c'est un homme très recommandable, parfaitement fiable et respectable. Tu devrais lui faire confiance comme Ned le faisait.

— Il a été bien bête ! Non, je ne changerai pas d'avis.

— Je ne vois pas qui tu pourrais trouver pour le remplacer.

— Mais c'est déjà fait !

Will réussit à dissimuler sa stupéfaction.

— Qui vas-tu nommer à sa place ?

— Alan Ramsey, et il est déjà nommé. En fait, il occupe en ce moment même l'ancien bureau de Wyland. J'agis vite une fois que ma décision est prise.

— Je vois… Ramsey est quelqu'un de bien.

— Tu n'as pas besoin de me le dire ! C'est un de mes meilleurs amis depuis l'enfance. Je lui confierais ma vie.

Will s'apprêta à regagner son bureau mais il avait à peine fait quelques pas quand Richard le rappela.

— Il y a autre chose, Will.

Will s'arrêta et se retourna vers Richard.

— J'aimerais savoir pourquoi tu as organisé les funérailles de Ned sans attendre mon retour de Constantinople. Mon frère est mort et a été enterré très vite après. J'estime qu'on aurait dû attendre que je sois revenu en Angleterre.

— Je n'ai rien eu à voir là-dedans, je peux te l'assurer.

Will revint sur ses pas et se planta devant le bureau, face à Richard.

— Je te suggère, reprit-il d'un ton calme, de parler de l'enterrement de Ned à ta mère. Elle te dirait sans doute qu'elle t'en a voulu de ne pas être rentré plus vite. Elle n'a pas compris que tu tardes autant ! C'est en tout cas ce qu'elle a dit à Kathleen. Ma femme m'a également confié que ta mère était très fâchée contre nous tous, y compris la femme de Ned, parce que personne ne s'est soucié de lui faire donner l'extrême-onction. Cecily a été très choquée que personne n'ait fait venir un prêtre au chevet de Ned.

— J'aimerais bien savoir, moi aussi, pourquoi cela n'a pas été fait !

— Parce que nous ignorions qu'il était en train de mourir, voilà pourquoi ! Peux-tu imaginer la colère d'Edward si l'un de nous avait osé prendre une pareille initiative ? Et cela d'autant plus que le Dr Ince n'était pas spécialement inquiet. Il pensait que ton frère était en train de guérir. Seul Ned savait à quoi s'en tenir sur son état et il a préféré nous le cacher.

— Au moins, je suis content de savoir qu'il est enterré dans le cimetière familial de Ravenscar.

— Où sinon là-bas ? Mais comme je te l'ai dit, c'est ta mère qui s'est chargée de tout. Si tu as des reproches à faire à quelqu'un à ce sujet, je pense que tu devrais aller la voir.

— Je te remercie du tuyau, répondit Richard d'un ton sarcastique.

Will préféra ne pas ajouter d'autres commentaires. Il jeta un coup d'œil à sa montre et s'exclama qu'il était en retard.

— Je dois m'en aller. Je serai heureux de rencontrer Alan Ramsey quand cela te conviendra.

— Je m'en occuperai.

Will le salua de la tête et regagna son propre bureau, non sans refermer derrière lui la porte de communication. Il tremblait de colère et poussa un grand soupir. Un sale gamin qui se croyait capable de jouer dans la cour des grands ! pensa-t-il. Richard était tel que Finnister l'avait jugé : prétentieux, bouffi d'autosatisfaction… Il était affamé de pouvoir et dévoré d'une ambition incroyable. Will frissonna d'appréhension en dépit de la chaleur de juin.

Il se reprit néanmoins et appela Oliveri sur sa ligne intérieure.

— Si vous avez déjà rendez-vous pour le déjeuner, vous devriez tout de suite annuler, dit-il à voix basse. Je dois vous voir, vous et Finnister. Je passe par son bureau et je sortirai avec lui. Attendez dix minutes pour partir ensuite.

— Qu'y a-t-il ? demanda Alfredo d'un ton inquiet.

— Je vous le dirai tout à l'heure.

— Voulez-vous que je réserve une table au Savoy ou bien préférez-vous le Rules ?

— Ni l'un ni l'autre, pas plus que le Ritz.

— Dans ce cas, que diriez-vous d'aller à votre club, le White's ?

— Bonne idée ! Je réserve pour une heure.

Will raccrocha et se renfonça dans son fauteuil. Comme Richard n'était pas membre du White's, on ne le laisserait pas entrer s'il n'était pas invité, ce qui avait peu de chances de se produire. Edward lui-même ne l'y avait jamais convié. Richard détestait le White's.

Un coup d'œil sur son bureau pour s'assurer qu'il ne lui restait rien d'urgent à faire, et Will alla frapper à la porte d'Amos Finnister.

— Amos, dit-il après avoir refermé la porte, je vous demande de venir tout de suite avec moi. Je vous emmène déjeuner au White's avec Oliveri. Si vous avez déjà un rendez-vous, annulez-le !

— Cela signifie qu'on a des ennuis, dit Amos en se levant. Non, je n'ai pas de rendez-vous.

— Alors, dépêchez-vous, nous partons.

Dehors, il faisait très chaud pour un mois de juin, et Will héla un taxi. A peine étaient-il installés sur la banquette arrière qu'il se tourna vers Amos.

— Pourquoi avez-vous immédiatement parlé d'ennuis, tout à l'heure ?

— Parce que je ne pouvais pas me tromper en vous voyant arriver dans mon bureau de cette façon ! Par ailleurs, j'ai appris qu'Anthony Wyland avait été viré. Et enfin, je connais très bien notre nouveau patron, je l'ai connu tout petit, et j'ai toujours su à qui j'avais à faire. Il n'a pas la carrure de son frère, et de loin ! Vous connaissez le dicton, il faut se méfier de l'eau qui dort. Les démons se cachent au fond.

Anthony Wyland était allé voir sa sœur Elizabeth chez elle, à Berkeley Square. Ils s'étaient installés dans les confortables fauteuils du grand salon.

— Ne te mets pas en colère, dit-il en posant sa main sur la sienne. Je peux me débrouiller tout seul, Lizzie.

— Ce qu'il a fait est tellement humiliant ! Ce qui m'étonne, c'est que tu ne sois pas plus fâché.

— J'étais furieux, bien sûr. Mais je ne pouvais rien y faire. Il m'a mis à la porte, poliment, froidement, et m'a dit de partir sur-le-champ. Je n'avais plus qu'à prendre mes affaires personnelles et je suis parti. Cela s'est passé hier, en fin d'après-midi.

— Que vas-tu faire ?

Elizabeth s'inquiétait visiblement pour son frère.

— Je vais trouver autre chose, c'est tout. A moins que je décide le contraire. Je ne suis pas obligé d'accepter n'importe quoi. J'ai gagné beaucoup d'argent…

— Je ne comprends pas ! Je croyais que tu faisais partie des directeurs de la Deravenel.

— C'est, ou plutôt, c'était vrai. Il m'a obligé à donner ma démission.

— Je suis vraiment désolée. Ned se retournerait dans sa tombe s'il le savait.

— Oui.

— Que vais-je faire pour le problème de cet été ?

— Sincèrement, je ne sais pas. Peut-être que Will pourrait te conseiller.

— Je ne peux pas le lui demander. Nous n'avons jamais été très amis.

— Pourquoi ne demanderais-tu pas à Bess de lui expliquer la situation ? Elle a toujours été très proche de Will et il l'aime comme si c'était sa nièce, autant que moi.

— Quelle bonne idée ! Je savais que tu trouverais une solution.

Elizabeth se détendit et son visage s'éclaira. Elle se laissa aller contre le dossier de sa chaise.

— Merci d'être venu déjeuner avec moi, Anthony. Je me sens seule.

— Mais il ne tient qu'à toi de ne pas l'être ! dit-il. Je vais avoir beaucoup de temps libre, à présent.

Il lui sourit, mais il était bien loin de se sentir aussi décontracté qu'il voulait le lui faire croire.

45

Le regard d'Alfredo Oliveri passa de Will à Amos.

— On est le 3 juin, dit-il. Il n'y a même pas deux mois qu'Edward est mort et Richard est déjà en train de jeter des gens à la porte. Son frère doit se retourner dans sa tombe. C'est honteux, si vous voulez mon avis !

— Des gens ? releva Will. Je ne parlais que d'Anthony Wyland. Quelqu'un d'autre a été renvoyé sans que j'en sois informé ?

— Je pensais que si quelqu'un le savait, ce devait être vous ! Il s'agit d'Edgar Philips. Je sais qu'il n'était dans la maison que depuis huit ans mais Edward avait toujours eu très haute opinion de lui. Il a très bien réussi au département des pétroles. C'est un excellent dirigeant.

— Personne ne me l'a dit, grogna Will entre ses dents. A vrai dire, je n'ai pas plus été informé pour Wyland. Je l'ai appris par le téléphone arabe, ce matin.

— Richard a fait démissionner Wyland hier après-midi et vous n'étiez pas là, Will, dit Oliveri. Je crois que vous étiez à St Alban, n'est-ce pas ? Edgar Philips a dû partir mardi en fin de journée, un jour avant Wyland. Qui sera le prochain, d'après vous ?

— Il y a des chances pour que ce soit moi, déclara Amos. Richard ne m'a jamais apprécié. A peine s'il me tolère. Je suis certain qu'il ne me voit plus la moindre utilité, maintenant que M. Edward est mort et enterré...

Will lui coupa la parole :

— S'il essaye ça, il aura affaire à moi, vous pouvez me croire ! Edward tenait beaucoup à vous et vous respectait profondément. De plus, il y a quatorze ans que vous faites partie de la Deravenel !

— C'est le genre de choses qui n'arrêtent pas Richard Deravenel, répondit Amos. Je le connais sur le bout des doigts. Aussi calme, intelligent et cultivé qu'il puisse être, il n'est vraiment pas que cela.

Will prit son verre de vin blanc.

— Je sais, soupira-t-il. Etes-vous certain de ne pas avoir envie d'un verre, vous aussi, Amos ?

Finnister refusa de la tête.

— L'eau gazeuse me convient très bien, monsieur Will.

Ils s'étaient retrouvés comme prévu dans la salle à manger du White's. La grande salle confortable était à moitié vide. La plupart des membres partaient dès le jeudi après-midi pour se rendre à leur maison de campagne. Il régnait une atmosphère paisible.

Le silence s'était installé à la table de Will Hasling et de ses invités, un silence de bonne compagnie. Ils étaient tous trois perdus dans leurs réflexions, à l'aise les uns avec les autres. Will pensait à Edward, qui lui manquait. Oliveri se demandait si ce serait bientôt son tour de devoir prendre la porte. Et Finnister songeait à Grace Rose. Il avait pris le thé avec elle la veille ; elle lui avait dit que Jane Shaw n'allait pas bien et qu'elle s'inquiétait à son sujet. Jane souffrait infiniment de la disparition d'Edward, pleurait sans cesse et avait sombré dans une profonde dépression.

On leur apporta les menus et ils firent leur choix.

— Il fait trop chaud aujourd'hui pour le potage, dit Will. Je prendrai plutôt des crevettes en terrine et une sole grillée.

Oliveri préférait les côtelettes d'agneau après les crevettes et Finnister suivit son exemple. Amos entreprit ensuite de rapporter les confidences de Grace Rose au sujet de Jane Shaw.

— Ma sœur m'a également fait part de la détresse de Mme Shaw, ajouta Will. Vicky n'avait pourtant pas l'air de la trouver si bas. Je ferais peut-être mieux d'aller voir Mme Shaw et l'inviter à passer les vacances avec nous. Ma femme et moi, nous allons sur la Côte d'Azur. Ma sœur et son mari nous rejoindront avec Grace Rose. Cela pourrait faire du bien à Mme Shaw.

— C'est une excellente idée, approuva Amos. J'espère qu'elle acceptera votre invitation.

Le serveur les interrompit pour prendre leur commande. Quand il eut tourné les talons, Will revint au sujet qui le préoccupait.

— Je dois avouer que j'ai été très choqué par l'attitude de Richard à mon égard ce matin. Il s'est montré froid, distant, abrupt et, à présent que j'y repense, j'irai jusqu'à dire hostile. Il va nous poser des problèmes.

Oliveri parut surpris par la déclaration de Will.

— J'ai l'impression que nous allons tous avoir des problèmes avec lui, dit-il lentement.

— Pourquoi ? demanda Will.

— Il veut la Deravenel pour lui, pour son propre fils et héritier, le petit Eddie comme sa grand-mère l'appelle. Vous verrez, il va se débrouiller pour tout accaparer en un rien de temps.

— Mais ce n'est pas possible, répondit Will. Dans son testament, Ned désigne Richard pour le remplacer à la tête de la compagnie jusqu'à ce que son héritier ait l'âge, à dix-huit ans ! Ensuite, Richard est chargé de le guider jusqu'à ses vingt et un ans. Ned a aussi institué Richard tuteur de ses deux fils.

— Mais pas des autres enfants ? dit Oliveri, perplexe.

— Non, uniquement ses héritiers mâles. En tant qu'exécuteur testamentaire, je suis certain de mes informations.

Finnister s'éclaircit la voix, très troublé.

— Grace Rose est bouleversée par ce codicille. Elle dit que Mme Edward est profondément blessée et que la situation la met hors d'elle. Elle dit qu'elle est la tutrice des enfants et n'a pas besoin de leur oncle pour les élever.

Will ne répondit rien, le regard perdu dans le vague. Il éprouvait un étrange malaise, comme le pressentiment d'un malheur imminent. Edward avait donné un énorme pouvoir à son frère. Will ne pouvait s'empêcher de se demander si Richard Deravenel laisserait ou non son ambition et son désir de puissance balayer son affection pour son défunt frère et son sens du devoir. Cette idée inattendue lui donna la nausée. Il ne supporterait pas que Richard mette les fils d'Edward à l'écart et détourne leur héritage à son profit et au profit de son propre héritier.

— Excusez-moi un instant, dit-il en se levant.

Il se hâta de gagner les toilettes des messieurs. Le préposé le salua d'un murmure auquel il répondit de la tête avant de s'appuyer sur le comptoir où trois lavabos s'alignaient. Dans le miroir, il se vit livide, le visage constellé de gouttes de transpiration. Il se sentait les mains moites et respira à fond pour faire passer sa nausée. Il se lava ensuite les mains et se passa de l'eau froide sur le visage.

Le préposé s'approcha et lui demanda discrètement s'il se sentait bien.

— Puis-je faire quelque chose pour vous, monsieur ?

— Merci beaucoup, Boroughs, mais c'est seulement la chaleur qui m'a incommodé.

— Je comprends, monsieur, répondit le préposé en regagnant sa place.

Will déposa quelques pièces dans la coupelle en argent et regagna le restaurant. Finnister et Oliveri s'étaient fait du souci pour lui et parurent soulagés quand il reprit sa place à leur table.

— Désolé, mes amis ! Je me suis senti un peu incommodé mais ce n'était rien.

— Nous avons réfléchi, Amos et moi, pendant que vous étiez parti, dit Oliveri. Nous pensons que nous devons veiller les uns sur les autres. Nous sommes convaincus que Richard est sur le sentier de la guerre et que nous pourrions bien être les trois prochains à devoir partir. Simplement parce que nous étions très proches de son frère.

— Je suis tout à fait d'accord avec vous. Le « Petit Ecureuil », comme Ned l'appelait, semble vouloir se transformer en requin.

46

Kent

— Je suis très soulagée que tu aies pu venir, dit Vicky.

Elle venait de faire entrer son frère dans le hall de sa propriété à la campagne, Stonehurst Farm.

— Bess est bouleversée, poursuivit-elle. Je dirais même très agitée. Elle a vraiment besoin de te parler.

— A-t-elle dit de quoi il s'agit ?

— Pas vraiment, mais Grace Rose m'a rapporté ses confidences, l'autre jour. Il semblerait qu'Elizabeth prenne très mal que Richard ait été nommé tuteur des garçons.

Vicky regarda Will d'un air tendu.

— Je redoute, ajouta-t-elle, que Richard soit en train de vouloir… disons, imposer sa volonté sur un point ou un autre.

— Je n'en serais pas étonné.

Il se sentait oppressé. De toute évidence, Richard avait décidé de se conduire en maître absolu.

— Vicky, où est Bess ?

— Dans le jardin avec Grace Rose. Je t'accompagne et je vais ensuite te chercher une citronnade. A moins que tu ne préfères une tasse de thé ?

— Une citronnade sera parfaite. Il fait très chaud.

Ce samedi de juin bénéficiait d'un temps superbe, avec un ciel bleu sans nuages. Autour des pelouses, une brise faisait bruire les feuilles des arbres. Les rosiers couverts de fleurs emplissaient l'air de leurs parfums.

Bess et Grace Rose étaient assises à une petite table sur la terrasse, abritées du soleil par un grand parasol à rayures blanches et vertes. Elles levèrent la main pour saluer Will.

— Bonjour, mes beautés ! dit-il avec un grand sourire.

Et, en effet, elles étaient toutes deux ravissantes dans leurs légères robes d'été.

— Bonjour, oncle Will, répondirent-elles en chœur.

— Voulez-vous une citronnade, les filles, ou autre chose ? demanda Vicky.

Avec un sourire de remerciement, toutes deux optèrent pour une citronnade. Tandis que Vicky s'éloignait, Will prit une chaise.

— Merci d'être venu, oncle Will, dit Bess. Il faut que je vous parle.

— Je serai heureux de t'écouter et de t'aider si je peux, ma chérie. Que se passe-t-il ?

Bess s'écarta de la table pour mieux voir cet homme qui faisait partie de sa vie depuis sa naissance, le meilleur et le plus ancien ami de son père. Réalisant soudain qu'elle le fixait de la façon la plus impolie, Bess s'éclaircit la voix.

— Il s'agit d'oncle Richard. Ma mère est dans un état affreux parce qu'il se mêle de l'éducation des garçons.

— De quelle façon ?

— Il veut absolument qu'ils aillent passer l'été à Ravenscar et y restent tout l'automne et tout l'hiver avec un précepteur. Ma mère est bouleversée ; elle estime que leur place est avec elle. Notre père vient de mourir et il nous manque. Ma mère pense que les garçons ont besoin d'elle pour s'en remettre, comme tous ses enfants. Elle a prévu de passer l'été avec nous ici puis de nous emmener dans le sud de la France à la fin du mois d'août ou au début de septembre. Mère ne comprend pas pourquoi Richard veut nous séparer des garçons alors que nous voulons rester tous ensemble avec notre chagrin.

Bess s'interrompit, tout son visage exprimant l'incompréhension.

— Pour moi aussi, c'est un mystère. Cela ne ressemble pas à oncle Richard de se montrer désagréable. Je tiens à ce que vous sachiez que, sur ce point, je soutiens totalement ma mère. Mes frères doivent rester avec nous.

— Tu as raison et Richard a tort. Bien sûr, ton père l'a désigné comme tuteur des garçons. Mais si je me souviens bien, ta mère aussi est leur tutrice. Je ne pense pas qu'il puisse imposer sa volonté à ta mère à partir du moment où elle n'est pas déclarée légalement incapable. Et je sais que ce n'est pas le cas.

— J'ai besoin de votre avis, oncle Will. Croyez-vous que je devrais parler à oncle Richard ? Ma mère pense que si c'est elle qui le fait, il ne l'écoutera pas.

— Elle a probablement raison. Veux-tu que j'en touche un mot à Richard ? Je le verrai la semaine prochaine au bureau.

— Vous feriez cela ? Je suis prête à expliquer la situation à oncle Richard mais il me semble que vous aurez plus de chances de succès que moi.

— Laisse-moi lui parler en premier, et, s'il refuse de changer d'opinion, tu pourras essayer toi-même. Je sais qu'il t'aime beaucoup. Tu es sa préférée.

— Oui, il a toujours été très gentil avec moi.

— Et maintenant, dis-moi comment vont les garçons. Je sais qu'ils souffrent d'avoir perdu leur père…

— Ils vont bien. Ils aiment être avec moi et mes sœurs, surtout quand nous séjournons ici, dans le Kent. En toute franchise, je crois qu'ils trouvent Ravenscar un peu intimidant.

— Je les comprends ! Mais ton père était très attaché à Ravenscar, tu sais. Il ne s'en lassait pas.

— Comme moi et comme ma petite sœur Cecily. Ma mère n'aime pas aller là-bas, pas plus que mes frères. Ils préfèrent vivre ici, à Waverley Court.

— Je ne saurais le leur reprocher. La maison est très agréable et les jardins magnifiques. Je ne parle même pas du temps qui est tellement plus doux ici !

Will sourit à Bess de façon aussi rassurante que possible.

— Ne t'inquiète pas, dit-il, on va trouver une solution.

Grace Rose décida d'intervenir dans la conversation.

— Bess, tu n'as pas dit pour quelle raison Richard veut envoyer les garçons dans le nord.

— D'après ma mère, il n'a pas été très explicite. Tout ce que nous savons, c'est que grand-mère s'installe à Ravenscar pour les six prochains mois. Une intuition me dit qu'oncle Richard et tante Anne ont l'intention d'en faire autant, au moins pendant les week-ends.

— Avec leur petit garçon ? demanda Grace Rose.

— Je suppose.

Bess lança un long regard pensif à son oncle.

— Peut-être désire-t-il que son fils ait la compagnie de ses cousins, dit-elle.

— J'ignore ce que tout cela signifie et je ne hasarderai pas d'explication sans avoir plus d'informations, dit Will. Ne t'inquiète pas, Bess, je saurai le fin mot de l'histoire, je te le promets.

Comme Vicky arrivait à cet instant avec la citronnade, il préféra changer de sujet. Il ne voulait pas que Bess se fasse du souci et s'interroge trop sur les projets et les motivations de Richard. Il suffisait que lui-même soit déjà assailli de mauvais pressentiments. Dans son esprit, toutes les sirènes d'alarme hurlaient en même temps.

A douze ans, le jeune Edward Deravenel, l'héritier, avait prouvé qu'il était entreprenant, plein de bon sens, très intelligent et très subtil pour son âge. Il avait d'excellentes manières et une personnalité attachante. Sur le plan physique, il était tout aussi remarquable. En un mot, il était d'une grande beauté. Blond avec des yeux bleus et déjà très grand, c'était bien le fils de son père. On ne pouvait avoir aucun doute sur sa filiation.

Malheureusement, il avait un problème dentaire qui le faisait souffrir en permanence et pour lequel il était suivi à Londres. Il avait une vilaine crise en ce beau jour de juin et s'était réfugié à la cuisine, dans le domaine de Cook dont il était le préféré. Cook, Aida Collet, lui avait confectionné un sachet en mousseline plein de clous de girofle.

— Cela devrait vous soulager, mon chou, dit-elle en caressant ses boucles blondes d'une main rougie par les travaux. Gardez votre doigt sur le sachet et appuyez où vous avez mal. C'est un remède de grand-mère, mais ça fait du bien.

— Merci, Cook, vous êtes très aimable.

Pressant les clous de girofle sur sa mâchoire douloureuse comme la cuisinière venait de le lui conseiller, il changea de place sur son tabouret.

— S'il vous plaît, vous voudriez bien me raconter de nouveau l'histoire de votre mari ? Celle où il trouve un moyen de ne pas s'enfoncer dans la boue des tranchées pendant la bataille de la Somme ?

Le visage de la cuisinière s'illumina. Elle aimait beaucoup cet enfant si beau et si poli.

— Voilà ce qui s'est passé… Il a imaginé une solution très astucieuse avec les boîtes de corned-beef. Mon Percy, il s'est mis à renforcer le fond de la tranchée avec les boîtes et…

La porte s'ouvrit sur Bess.

— J'ai de bonnes nouvelles ! Oncle Will va parler à oncle Richard et il va tout arranger.

Edward sortit le sachet de sa bouche et fit une moue dubitative.

— Je ne pense pas, Bess. Au contraire, j'ai l'affreuse sensation que, la semaine prochaine à la même heure, nous serons à Ravenscar.

Il refit sa moue découragée et poursuivit d'une voix sérieuse :

— Nous devrons être courageux mais tu me manqueras beaucoup, Bess. Vous me manquerez toutes.

Bess le serra contre elle. Elle l'aimait infiniment et ne supportait pas l'idée d'en être séparée. Leur mère non plus ne le supportait pas. Elle ferma les yeux et adressa au ciel une prière muette, suppliant Dieu de ne pas laisser partir ses petits frères pour Ravenscar.

47

Londres

Amos Finnister frappa à la porte du bureau d'Alfredo Oliveri et entra sans attendre la réponse. Oliveri, qui l'attendait, lui désigna simplement un siège.

— Asseyez-vous et dites-moi tout ce que vous savez, s'il vous plaît.

C'était le mardi 8 juin. La veille, les couloirs de la Deravenel avaient retenti de rumeurs diverses. On disait que deux des cadres les plus importants allaient être jetés à la porte sur ordre explicite de Richard Deravenel. Comme personne ne savait qui allait partir, tout le monde tremblait à l'idée de perdre son travail. Pour la première fois depuis trente ans, une ambiance de peur régnait au siège de la société.

Comme il l'avait dit à Oliveri quelques moments plus tôt au téléphone, Amos savait tout.

— Frank Lane, dit-il sur le ton de la confidence, a reçu sa lettre de renvoi vendredi en fin d'après-midi. Et cette semaine, c'est le tour de deux autres hommes bien de partir, John Lawrence et Peter Stokes.

— C'est impossible, pas Frank Lane ! Il travaille pour la Deravenel depuis une éternité, presque aussi longtemps que moi. Il a été un des soutiens les plus actifs de M. Edward quand il essayait de reprendre la compagnie aux Grant. Frank est d'une loyauté à toute épreuve.

Oliveri était outré et cela se voyait. Il se sentit soudain très triste. Tout avait changé à la Deravenel à partir du moment où Richard en avait pris la tête, et il trouvait cela très préoccupant.

— Je sais à quel point Frank était respecté, dit Amos. M. Edward avait l'habitude de l'appeler M. Fidèle. Apparemment, il a reçu le choc de plein fouet. Il est venu chercher ses affaires samedi matin et il est parti. Alfredo, nous ne le reverrons jamais. C'est vraiment regrettable, c'est quelqu'un de bien.

— Il y a quelque chose qui ne va pas du tout. Que se passe-t-il ici ? Le savez-vous ?

— Je ne peux que répéter ce que vous avez dit l'autre jour au White's. Notre nouveau patron fait de la place pour ses hommes. Ses amis d'enfance représentent beaucoup pour lui. Je pense que nous ne tarderons pas à voir Francis Lowell dans les couloirs, ainsi que Robert Clayton et Robin Sterling. Ils s'entendent comme larrons en foire et cela depuis toujours. Vous savez ce que je veux dire… Qui se ressemble…

— Comment connaissez-vous leurs noms ? Qui vous les a donnés ?

— Ne me demandez rien. Cela vous évitera de vous salir les mains. Moins vous en saurez, mieux cela vaudra pour vous. Je vous dirai seulement ceci : j'ai des moyens à moi de découvrir ce qui m'intéresse.

Alfredo hocha la tête.

— Puis-je entrer ?

Will Hasling venait d'ouvrir la porte et d'entrer sans attendre de réponse.

— J'ai appris que Frank Lane avait été renvoyé vendredi. Je n'étais pas là, j'étais dans le Kent. Quelles sont les nouvelles, depuis ?

Will s'assit dans le siège voisin de celui d'Amos et le dévisagea quelques instants avant de se tourner vers Alfredo.

— Amos vous racontera tout, dit vivement Alfredo. A propos, notre nouveau patron vous cherchait tout à l'heure.

— Vraiment ? Cela tombe bien, moi aussi j'ai besoin de le voir. Et maintenant, Amos, dites-moi vite les mauvaises nouvelles.

Le visage grave, Will écouta Amos répéter ce qu'il avait déjà appris à Alfredo.

— Il est en train de tout saccager, remarqua Will.

Ils parlèrent des licenciements opérés par Richard puis Will regagna son bureau, où il fit venir sa secrétaire. Il lui donna une pile de courriers à classer puis se dirigea vers la porte de communication entre son bureau et celui qu'avait occupé son ami. Ils avaient eu l'habitude d'entrer chez l'un ou chez l'autre sans cérémonie mais Richard avait vite fait comprendre à Will qu'il ne tolérerait pas ce genre de familiarité. La porte était donc restée fermée depuis la mort d'Edward.

Will se concentra, frappa au battant et attendit.

— Entrez, entendit-il enfin.

— Bonjour, Richard, dit-il avec un grand sourire. As-tu passé un bon week-end ?

— Oui. Je t'ai cherché lundi. Mais tu n'étais pas là hier après-midi.

Richard le regardait froidement. Pourquoi cette animosité ? se demanda Will. Il se contraignit à rester aimable.

— C'est exact, je suis parti avant le déjeuner. J'avais rendez-vous l'après-midi avec Rice et Hepple au sujet des vignobles de Montecristo en Italie. Comme nous en avons eu pour plus longtemps que prévu, je ne suis pas revenu au bureau. Il était trop tard pour que cela en vaille la peine.

— Ah oui ! C'est vrai, tu es en tractations avec eux. Comment cela s'est-il passé ?

— Cela avance très bien. Je t'informerai dès qu'il y aura du nouveau. En attendant, tu as dit que tu me cherchais hier. As-tu besoin de quelque chose ?

— Je voulais t'informer de l'arrivée, dans une semaine ou deux, de Francis Lowell. Il va travailler avec moi.

Will connaissait déjà la venue de Lowell grâce à Amos Finnister mais il feignit la surprise.

— Bonne nouvelle ! Il a fait un excellent travail dans nos manufactures du Yorkshire. Je serai ravi de le revoir et de mieux le connaître.

— C'est un homme de grande valeur, marmonna Richard.

Il baissa les yeux et se mit à fouiller dans les dossiers entassés sur son bureau. Quand il s'aperçut que Will était toujours là, debout devant lui, il lui lança un regard agressif.

— Je n'ai rien d'autre à te dire, Will.

— Je m'en rends compte, Richard, mais je voudrais te parler d'un autre sujet. Bess est très malheureuse à l'idée que tu veuilles envoyer ses frères dans le Yorkshire. Je ne peux pas m'empêcher de me demander pourquoi tu interviens dans l'éducation des enfants de Ned.

— Cela ne te concerne fichtrement pas ! aboya Richard.

— Bien sûr que si ! Cela me concerne quand Bess me demande de te parler. Elle était au bord des larmes.

— Et pourquoi t'en a-t-elle parlé, à toi, et pas à moi ? Je suis son oncle, oui ou non ?

Will s'obligea mentalement à rester calme, conscient que la discussion pouvait aisément dégénérer.

— Cela s'est fait par hasard, dit-il. Samedi dernier, elle a rendu visite à Grace Rose à Stonehurst et j'y étais allé moi-même pour régler avec Vicky une affaire de famille. Bess a mentionné ton projet dans le cours de la conversation.

— Elle ne manque pas de culot ! Elle aurait pu m'en parler elle-même ! Tu ne fais pas partie de la famille.

— Ce n'est pas tout à fait exact, Dick, et tu le sais bien. Ma femme est la nièce de ta mère et ta cousine germaine.

— Et alors ? J'ai dit que, toi, tu ne fais pas partie de la famille. Je ne parlais pas de Kathleen.

Will eut un mouvement de recul, outré par les propos de Richard. Dans un souci de conciliation, il retint la réponse cinglante qui lui était venue aux lèvres et se força à parler d'un ton uni.

— Tu oublies qu'Elizabeth est aussi leur tutrice, Dick.

— Non ! Ned voulait que ce soit moi qui m'occupe d'eux. J'ajouterai même : que je sois entièrement responsable d'eux.

— Je pense qu'il voulait que tu puisses t'occuper de ses fils si, et seulement si, leur mère en devenait incapable, était déclarée légalement inapte ou décédait. En toute honnêteté, je ne pense pas qu'il t'ait demandé de décider de leur vie.

— Tu dépasses les bornes ! Fais attention à ce que tu dis !

— Richard, pourquoi es-tu aussi agressif envers moi, le meilleur ami de ton frère ? Cette dispute n'a pas de sens. Il est question de deux petits garçons, les enfants de ton frère. Ils sont en deuil de leur père et ils ont besoin de leur mère. Ils ont un terrible chagrin ! Ils ont aussi besoin de leurs sœurs. Les enfants d'Edward ne doivent pas être séparés en ce moment. Je t'en prie, oublie cette histoire !

— Ils iront à Ravenscar et ils y passeront l'été avec leur grand-mère et mon fils. Anne et moi, nous les rejoindrons pour le week-end. Ravenscar est le fief des Deravenel depuis des siècles. Ils doivent apprendre ce qu'être un Deravenel signifie, apprendre l'histoire de notre famille et quelles responsabilités cela implique !

— Dick, ce sont des enfants ! Un peu de cœur, par pitié !

Ignorant cet appel, Richard explosa.

— Et cesse de m'appeler Dick, je ne le supporte pas !

Will s'obligea à se contrôler et répondit d'une voix maîtrisée :

— Je t'en prie, Richard, pour l'amour de Ned, laisse ses fils tranquilles, surtout cette année. Ils sont très tristes, ils ont besoin de leur mère.

— Inutile de pleurnicher ! Ils doivent apprendre à se conduire comme des hommes.

Choqué, Will lui lança un regard dur. Richard était en train de perdre son respect.

— C'est ton dernier mot ?

— Oui !

— Bien ! Je dirai à Bess que tu t'obstines à vouloir envoyer ses frères à Ravenscar. Maintenant, c'est à Elizabeth de décider en tant que mère et tutrice. Elle a…

Richard l'interrompit en hurlant :

— Tu n'as toujours pas compris ? C'est moi leur tuteur !

— Un de leurs tuteurs, Richard, pas le seul ! Tu oublies que je fais partie des exécuteurs testamentaires de Ned. Je sais donc très précisément comment est rédigée cette clause. Si Elizabeth le décide, elle peut en parler aux notaires de Ned.

Richard était rouge de colère.

— Tu me menaces encore ? cria-t-il.

— Je ne t'ai jamais menacé, répondit Will. Arrête de te conduire comme un idiot ! Je te connais depuis l'âge où tu portais des culottes courtes.

Richard perdit à cet instant tout contrôle de lui-même. Il se leva d'un bond et se rua sur Will. Le saisissant par le bras, il voulut le jeter hors de son bureau.

Stupéfait, Will se débattit par réflexe en essayant de s'arracher à l'étreinte de Richard, qui finit par le lâcher. Mais, aveuglé par la rage, Richard se jeta avec une violence accrue sur Will et le frappa des deux mains à la poitrine. Will, qui ne s'attendait pas à être bousculé aussi brutalement, perdit l'équilibre, tomba et se cogna la tête au coin de la porte ouverte.

Richard, haletant, baissa les yeux sur Will qui ne bougeait pas.

— Allons, debout ! Nous avons des affaires à régler.

Comme Will ne bougeait ni ne parlait, Richard finit par se pencher sur lui. Ce fut alors qu'il remarqua le filet de sang qui coulait de la tête de Will sur la moquette. Inquiet, il chercha son pouls et fut soulagé de le trouver, même s'il était très faible. Will Hasling était en vie mais il avait perdu connaissance. Richard le prit par les pieds et le traîna à l'écart de la porte. Ensuite, il actionna le bouton de l'interphone posé sur son bureau.

— Eileen ?

— Oui, monsieur, répondit la secrétaire.

— M. Hasling vient de s'évanouir. Il ne se sentait pas très bien quand il est venu me voir. Merci d'appeler une ambulance. Dites-leur qu'il est inconscient et qu'il faut l'hospitaliser.

Il y avait quatorze ans de cela, Amos Finnister avait été engagé par Edward Deravenel pour « surveiller ses arrières » comme il le lui avait lui-même expliqué. Edward l'avait nommé chef de la sécurité et il avait assumé les responsabilités du poste tout en veillant sur Edward en particulier.

Tout le monde l'appréciait, il était même assez populaire. Amos avait ainsi pu créer son propre réseau d'informateurs dans toute la compagnie. Il ne lui fallut donc que quelques minutes à peine pour apprendre discrètement que Will Hasling gisait, inconscient, dans le bureau de Richard. Son informateur ajouta que l'ambulance arrivait.

Amos se sentit non seulement très étonné mais aussi très dubitatif. Vingt minutes plus tôt, il avait vu Will Hasling en pleine santé et avait parlé avec lui dans le bureau d'Oliveri.

Que s'était-il donc passé pendant ce bref laps de temps ? Amos était décidé à le découvrir. Quittant son bureau, il s'arrêta à la porte d'Oliveri pour l'informer, d'un ton sarcastique, que Will avait été « victime d'un malaise », puis se dirigea vers ce qu'il appelait toujours le « bureau de M. Edward ».

La porte était grande ouverte. Richard tournait en rond. Eileen, sa secrétaire, paraissait bouleversée et deux ambulanciers étaient en train d'allonger Will sur une civière avec mille précautions.

Amos se fraya un chemin jusqu'à Richard.

— Qu'est-il arrivé à M. Hasling, monsieur Deravenel ?

Richard le toisa.

— Je ne sais pas, répondit-il avec agacement.

— Pourtant, j'ai entendu dire qu'il s'est évanoui dans votre bureau, rétorqua Amos.

— En effet ! Il est venu pour me parler d'un dossier et il a commencé à se plaindre de ne pas se sentir très bien. Ensuite, il s'est effondré d'un seul coup. C'était vraiment bizarre, Amos, très bizarre.

« Bizarre ? Le mot est faible », pensa Amos. Il s'abstint toutefois de faire part de ses réflexions à Richard.

— Je vois, dit-il. A présent, il est en de bonnes mains. J'accompagne les ambulanciers jusqu'à leur véhicule.

Richard parut sur le point de s'y opposer puis changea d'avis.

— Comme vous voulez, Finnister. Faites comme vous voulez !

— Désirez-vous que je prévienne Mme Hasling ou préférez-vous vous en charger, monsieur ?

— Ne vous inquiétez pas pour cela, je m'en occupe, répondit Richard avec irritation.

Et il s'empressa de refermer la porte derrière Amos et les ambulanciers.

Oliveri attendait Amos, comme convenu, dans le hall et ils accompagnèrent Will à l'hôpital. Pendant le trajet, Will reprit lentement conscience. Quand il vit Amos et Alfredo à ses côtés, il tenta de sourire. Amos se pencha sur lui, très ému.

— Comment vous sentez-vous, monsieur ?

— J'ai mal à la tête, murmura Will. Où allons-nous ?

— A l'hôpital, monsieur Hasling. Au Guy's, c'est le plus proche.

— Je vois... Ma femme, Amos, téléphonez-lui, s'il vous plaît.

— Oui, monsieur, mais maintenant vous ne devez pas parler. On va s'occuper de vous à l'hôpital et j'appellerai Mme Hasling dès notre arrivée.

Will ferma les yeux et perdit conscience.

Dans une salle d'attente du Guy's Hospital, Amos Finnister et Alfredo Oliveri patientaient et s'interrogeaient sur les raisons du soudain évanouissement de Will Hasling.

— Evanoui ? Et moi je suis Napoléon ! grogna Amos avec un regard entendu à l'adresse d'Alfredo. Il y avait du sang sur la moquette. Je vois mal comment on peut saigner en tombant sur une moquette de la qualité de celle que M. Edward avait fait installer ! Ou bien on l'a frappé avec un objet quelconque ou bien il est tombé sur quelque chose de dur comme un coin de meuble et on l'a déplacé.

Alfredo acquiesça, sachant qu'il était inutile de discuter. Ce n'était pas lui mais Amos qui avait été policier, et un bon policier, de surcroît.

— Que voulez-vous dire, Amos ? Que notre nouveau patron est responsable de l'état de notre ami ?

— C'est bien ce que je dis. J'espère seulement que M. Hasling n'a rien de grave.

Une heure plus tard, l'un des médecins qui s'occupaient de Will vint les trouver. Will souffrait d'une blessure à la tête et d'une importante commotion cérébrale.

— Pouvons-nous le voir ? demanda Oliveri.

— Pas tout de suite. Nous faisons encore quelques examens.

— Si je comprends bien, M. Hasling souffre d'une blessure à la tête, dit Finnister. Je veux dire… une blessure qui a saigné ?

— C'est exact, monsieur. Nous nous sommes posé des questions à ce sujet. Nous pensons qu'il s'est cogné à quelque chose de très dur en tombant. C'est la seule explication possible.

— Je comprends, docteur, dit encore Finnister.

Ne pouvant rien faire de plus, ils quittèrent l'hôpital, lui et Oliveri.

En définitive, Will Hasling se rétablit rapidement et, quelques jours après son admission aux urgences, on lui dit qu'il pouvait rentrer chez lui pour le week-end. Quand le samedi arriva, il se préparait à partir quand il se plaignit soudain de se sentir mal. Une heure plus tard, il mourait d'une hémorragie cérébrale massive.

Amos Finnister, accablé comme tout le monde par ce décès, ne réussit jamais à découvrir ce qui s'était exactement passé entre Will Hasling et Richard Deravenel. Mais, à ses yeux, il n'y avait aucun doute et il reprocha toujours à Richard la mort prématurée de son ami. Et il ne fut pas le seul. Pour tout le monde, Richard était responsable du décès de Will, et on ne le laissa jamais l'oublier.

48

Ravenscar

La canne à pêche sur l'épaule, les deux petits garçons se lancèrent dans la descente des marches taillées à flanc de falaise qui allaient des marais jusqu'à la grève de galets de Ravenscar. Edward et Richard se rendaient au rocher du Cormoran, leur coin préféré.

La première fois que leur père les avait emmenés à la pêche, il leur avait expliqué que c'était le meilleur endroit pour attraper du poisson. Pour le leur prouver, il avait pêché plusieurs cabillauds dans la journée. Depuis ce jour, ils revenaient chaque fois y tenter leur chance.

Le petit Edward portait le panier de pêche en osier, espérant qu'il serait plein au retour. Il avait promis à Cook de lui rapporter une bonne prise et, de son côté, elle leur avait promis du poisson frit pour le dîner. Il aimait bien Mme Latham, et savait que son père l'avait appréciée, lui aussi. Elle se faisait vieille, à présent, comme Cecily Deravenel ne cessait de le répéter, mais son père avait refusé de la mettre à la retraite. « Elle n'a que cinquante-neuf ans et elle est en pleine forme », avait-il dit encore peu de temps avant sa mort. Chaque fois que leur grand-mère parlait de remplacer la cuisinière, son père refusait d'écouter. Pour lui, Mme Latham terminerait sa vie à Ravenscar. Edward comprenait pourquoi son père avait tellement tenu à Cook. Maternelle et chaleureuse, accueillante avec tout le monde, elle préparait des friandises pour les enfants. Comme Mme Collet dans la maison du Kent, elle essayait de le soulager quand il avait mal aux dents, ce qui lui arrivait souvent depuis quelque temps.

Le petit Edward passa la sangle du panier à son épaule et, côte à côte avec son frère, avança en se tordant les pieds sur les galets. Tout en approchant du tas de rochers où se trouvait le rocher du Cormoran, il regardait autour de lui. La grève était déserte mais il y avait de nombreux bateaux de pêche en mer. A leur bord, il distinguait les pêcheurs en train de jeter leurs lignes.

Bien qu'on fût en plein mois d'août, il faisait assez frais, comme toujours à Ravenscar. Le vent de la mer du Nord soufflait en permanence. Nanny leur avait fait mettre de chauds tricots marins par-dessus leur chemise de flanelle, et leur avait fait rentrer leur pantalon dans leurs bottes de caoutchouc. A titre de précaution supplémentaire, au cas où il pleuvrait, elle les avait obligés à enfiler leurs vestes imperméables vert foncé.

— Ed, dit le petit Richard, on pourra chercher des fossiles, des algues et des coquillages, tout à l'heure ? J'ai promis aux deux bébés de leur rapporter des trésors.

Du haut de ses dix ans, il appelait les « bébés » ses deux plus jeunes sœurs.

— Bien sûr, Ritch, répondit Edward avec un sourire affectueux. Je vais même t'aider.

— J'aurais bien aimé que Nanny les laisse venir avec nous. Je ne comprends pas pourquoi elle pense que les filles ne doivent pas aller à la pêche ?

— A mon avis, elle trouve que cela manque de dignité, que c'est inconvenant pour une fille. Tu connais Nanny…

— Ce n'est pas convenable, dit Richard d'une voix aiguë.

C'était la phrase favorite de la gouvernante et Richard riait en l'imitant. Son frère lui lança un regard indulgent et le prit par les épaules.

— Elle pense aussi que c'est dangereux d'escalader les rochers comme nous le faisons. Elle a peur que Bridget et Katharine se fassent mal en nous suivant.

— Nous n'aurions jamais dû laisser Nanny venir avec nous, la semaine dernière. Elle n'aurait jamais su que nous escaladons les rochers.

— Tu as raison.

Ils poursuivirent leur chemin en silence, simplement heureux d'être ensemble. Les deux frères se ressemblaient beaucoup avec leurs boucles blondes et leurs yeux bleus mais, à bientôt treize ans, Edward était le plus grand. Ils avaient hérité la beauté classique de leur mère et ressemblaient aussi beaucoup à Bess.

Comme ils arrivaient près du rocher du Cormoran, Richard déclara qu'il avait faim.

— On pourrait manger avant de commencer la pêche…

— Pourquoi pas ?

Edward posa son panier, l'ouvrit et y prit les friands à la saucisse que Cook avait emballés dans du papier cuisson.

— Mince ! Ils sont encore chauds, dit Edward.

Ils s'assirent sur les galets, s'adossèrent aux rochers et dévorèrent leur en-cas avec entrain. Ils raffolaient des friands à la saucisse.

— On aurait pu emmener le petit Eddie avec nous, si sa mère ne l'avait pas conduit à Ripon pour voir sa grand-mère. Il m'a dit qu'il avait très envie de grimper sur le rocher du Cormoran.

— Il pourra venir avec nous la semaine prochaine, quand il rentrera de Thorpe Manor, répondit Edward. Je sais que cela lui ferait plaisir. Je le trouve sympathique. Qu'en penses-tu, Ritch ?

Richard acquiesça puis resta pensif quelques instants.

— Ed ? Pourquoi papa est-il mort ? Il n'était pas vieux ! J'ai entendu mère dire à oncle Anthony que père était trop jeune pour mourir. Alors, pourquoi est-il mort ?

Le petit Edward en avait la gorge serrée de tristesse. Pendant quelques moments, il fut incapable de parler.

— Il avait une bronchite, dit-il enfin. Et il a fait une crise cardiaque. On en a déjà parlé, Ritch.

Baissant les yeux sur son cadet, il le vit au bord des larmes et le serra contre lui.

— Ne pleure pas, Ritch, dit-il d'une voix tremblante. Bess nous a dit que nous devions être courageux et forts. N'oublie pas qu'elle arrive cet après-midi pour passer toute une semaine avec nous. On va bien s'amuser avec elle !

— Oui, je suis très content !

Le petit garçon s'essuya les yeux de ses poings fermés, visiblement réconforté à l'idée de voir sa sœur.

Ils terminèrent leurs friands et reprirent leur chemin vers la cabane de pêche que leur père avait fait construire. Il avait choisi une étendue herbeuse légèrement au-dessus du niveau de la mer et y avait fait couler une dalle de béton pour édifier la cabane. Les deux enfants remontèrent le sentier et Edward sortit la clef de sa poche. Plusieurs canots étaient rangés au sec dans la cabane. Edward entreprit de tirer à l'extérieur un des plus grands.

Ritchie écarquilla les yeux.

— On va pêcher en mer ?

— C'est là qu'on attrape du cabillaud. Père nous l'a dit.

— Il nous a aussi dit de ne pas sortir en mer sans lui.

— Je sais mais il fait beau et le temps est parfait pour le cabillaud. Je parie qu'il y en a des bancs entiers qui nous attendent.

— Moi pas, répondit le cadet d'un air sombre.

Il aida néanmoins son frère à tirer le canot jusqu'au bord de l'eau.

— Tu veux vraiment sortir ? insista-t-il.

— Eh bien, je vais réfléchir, répondit Edward. Je vais surveiller le ciel et m'assurer que le temps ne change pas. Il est toujours très incertain ici. Il faut être prudent.

— Bonne idée ! Et maintenant, si nous allions au Cormoran ?

— On fait la course ! cria son frère.

Ils s'élancèrent tous deux sur les galets, leur canne à la main, hurlant de grands « youpie » dans le vent.

Le rocher du Cormoran était assez grand pour que les deux enfants puissent s'y tenir debout ensemble. Bien campés sur leurs jambes, surplombant les flots, ils lancèrent leurs lignes, rayonnants d'optimisme.

L'homme ramait tranquillement vers le rivage, plongeant ses avirons dans les eaux gris acier, aidé par le vent qui le poussait. Il atteindrait la grève plus tôt que prévu. C'était plutôt un joli temps pour être en mer, se dit-il, et un bon jour pour la pêche. Le ciel était clair, sans aucun signe annonciateur de mauvais temps. En plus, le soleil brillait. « Je me demande, pensa-t-il, si j'attraperai quelque prise ? Peut-être au moins deux petits poissons. »

Sa chaloupe de pêche, la *Gay Marie*, était assez grande et solidement construite. Une demi-douzaine d'hommes pouvait y tenir. En réalité, il fallait être à deux pour manier les avirons mais il était bien bâti, avec de larges épaules et des bras très puissants. En dix minutes, il atteignit le rivage, rentra ses avirons et sauta dans l'eau, heureux d'avoir mis ses bottes en caoutchouc. Il commença par pousser le bateau sur le sable puis le tira plus haut, sur les galets, jusqu'à l'abri des rochers en surplomb.

S'asseyant près de son embarcation, il sortit ses cigarettes et ses allumettes et, une cigarette à la bouche, laissa le soleil matinal lui chauffer le visage.

Non loin de l'endroit où l'homme s'était installé, se dressait le rocher du Cormoran où les deux fils d'Edward étaient en train de pêcher. Le petit Ritchie sauta de joie quand il sortit de l'eau son premier cabillaud. Quelques minutes plus tard, ce fut au tour de son frère de faire une prise. Ils poussèrent des cris de victoire, très fiers de leur réussite.

Ils tentèrent encore leur chance pendant une heure puis Edward déclara qu'ils avaient dû attraper les seuls poissons à s'être hasardés jusque-là pour la journée. Il avait aussi remarqué que son frère commençait à se fatiguer. De peur qu'il tombe dans l'eau ou, pire encore, sur les rochers, il décida d'arrêter.

— C'est inutile, Ritch. Il vaut mieux partir maintenant. Tous les gens du village viennent pêcher ici. Les poissons doivent éviter le coin !

— Tu as raison mais je ne pense pas que nous devrions prendre le canot. Papa serait fâché.

Il contemplait d'un air dubitatif l'étendue grise et mouvante devant lui.

— Oui, je sais, répondit Edward. Donc on ne le fera pas. Viens, on redescend…

— Mais qu'avons-nous là ? dit une voix inconnue.

Un homme se tenait au pied du rocher et souriait aux deux beaux enfants blonds.

— Deux jeunes pêcheurs pleins d'enthousiasme, à ce que je vois, poursuivit-il.

— Bonjour, répondit Edward avec un sourire. Nous avons pris deux poissons, n'est-ce pas, Ritch ?

L'enfant fit « oui » avec la tête, son petit visage innocent rouge de plaisir.

— C'est vrai ! dit-il. Deux beaux cabillauds !

— C'est ce que j'espère faire aussi, dit l'homme. Attraper deux beaux petits poissons ! Pensez-vous que j'y arriverai ?

— Je ne sais pas, répondit Edward en sautant à bas du rocher.

Il tendit ensuite la main à son frère pour l'aider à redescendre.

— On verra bien, n'est-ce pas ? murmura l'homme avec un nouveau sourire.

49

Nanny sortit précipitamment de l'office et traversa en hâte le hall de Ravenscar.

— Comme je suis heureuse de vous voir, Bess ! s'exclama-t-elle.

Sa voix était tendue et son visage trahissait son inquiétude.

Bess venait d'arriver de Londres par le train qui s'arrêtait à York. Ses bagages étaient posés à côté d'elle. Elle vit aussitôt l'angoisse de Nanny et courut vers elle.

— Nanny, qu'y a-t-il ? Un problème ?

— Ce sont les garçons, répondit la gouvernante. Nous ne les trouvons nulle part, ils ont disparu.

— Disparu ? répéta Bess. Je ne comprends pas.

Jessup sortit à son tour de l'office et s'approcha.

— Ils sont partis pêcher ce matin, mademoiselle Bess. Ils voulaient aller au rocher du Cormoran. C'est un endroit qu'ils aiment bien. M. Deravenel les y emmenait toujours. Cook leur avait préparé un pique-nique. On ne les a pas vus depuis…

— Ils ne sont pas à la plage ?

— Non, répondit Nanny. Quand ils sont partis, il était environ onze heures et je leur ai dit de rentrer vers deux heures, au plus tard deux heures et demie. Vous savez que le petit Edward prend ses responsabilités très au sérieux, et Ritchie aussi. Ils reviennent toujours à l'heure. Ils ne sont jamais en retard. Il est déjà quatre heures et cela fait une demi-heure que je m'inquiète pour eux. J'ai demandé à l'aide-jardinier d'aller vite les chercher. Il est revenu dans tous ses états parce qu'il ne les a pas trouvés. En fait, il n'a trouvé aucune trace d'eux, ni leurs cannes à pêche ni leur panier. Rien ! La grève est déserte.

— C'est très bizarre, dit Bess. Ne pourraient-ils pas être dans une autre partie de la maison ?

— Non, ils ne sont nulle part. J'ai cherché partout ! Et surtout, comme vous les savez, ce sont des enfants très obéissants. Ils l'ont toujours été et ne m'ont jamais causé d'ennuis, ni à personne d'autre d'ailleurs.

Bess demanda à la gouvernante des enfants s'ils n'auraient pas pu aller se promener plus loin ou descendre au village, puis elle se tourna vers le majordome.

— Qu'en pensez-vous, Jessup ?

— Le village est trop loin, mademoiselle Bess, et je suis d'accord avec Nanny : cela ne leur ressemble pas du tout de lui désobéir. Si vous voulez, je vais demander à l'un des garçons d'écurie de seller un cheval et de filer au village, au cas où quelqu'un les aurait vus.

— Oui, Jessup, s'il vous plaît. Maintenant, je vais saluer ma grand-mère. J'irai voir les petites tout de suite après, Nanny.

Bess se hâta de gagner la bibliothèque, la pièce où la famille avait l'habitude de se retrouver, surtout l'après-midi. Cecily Deravenel s'était cassé la jambe deux semaines plus tôt et on avait dû la plâtrer. De son fauteuil roulant, placé devant une des hautes fenêtres, elle contemplait la mer. En entendant les pas de Bess, elle fit pivoter son fauteuil. Son visage aux traits tirés s'éclaira quand elle vit sa petite-fille.

— Bess, ma chérie ! Je suis si heureuse que tu sois venue !

Bess traversa la bibliothèque à pas pressés. Il y avait partout des souvenirs de son père et cela lui était insupportable. Pour elle, la bibliothèque de Ravenscar resterait à jamais celle de son père. Le beau portrait qui avait été fait juste avant ses quarante ans était accroché au-dessus de la cheminée. Tout parlait de lui, jusque dans les moindres détails.

S'obligeant à sourire malgré sa peine et son inquiétude, Bess embrassa sa grand-mère.

— Je suis heureuse d'être ici, grand-mère.

Elle prit un siège et poursuivit d'une voix contrôlée :

— Grand-mère, on dirait qu'il y a un problème.

— Quel genre de problème ?

— On ne trouve pas les garçons. Le petit Edward et Ritchie semblent avoir disparu.

Cecily se sentit aussitôt prise d'angoisse.

— Comment auraient-ils pu disparaître ? Je ne comprends pas. Ils m'ont dit qu'ils allaient pêcher et qu'ils se réjouissaient de prendre ensuite le thé avec moi, toi et les petites. Je leur ai demandé de ne pas se mettre en retard. Où peuvent-ils être ?

— Ni sur la grève ni dans la maison ! Nanny est dans tous ses états. Elle avait tout de suite envoyé l'aide-jardinier les chercher et il y est allé immédiatement. Il n'a rien trouvé, même pas leurs affaires.

Cecily s'affaissa sur elle-même et son regard s'assombrit.

— Si seulement Richard était là ! dit-elle. Il saurait quoi faire.

— Oncle Richard n'est pas là ?

— Il est allé passer le week-end chez sa mère à Thorpe Manor avec Anne et le petit Eddie mais il est reparti à Londres hier.

— Anne et son fils sont toujours là-bas ?

— Oui.

Il y eut un silence pendant lequel elles réfléchirent toutes les deux.

— Excusez-moi, grand-mère, dit enfin Bess, je vais téléphoner à la police.

— Tu devrais d'abord parler à Richard…

— Pour quoi faire ? Il est à Londres et moi je suis là ! Plus tôt nous agirons et mieux cela vaudra.

Bess sortit en courant et passa dans ce qui avait été le bureau de son père. Après quelques instants de réflexion, elle téléphona à lady Fenella, à Londres. Le majordome la lui passa rapidement.

— Tante Fenella, je vous appelle parce que nous avons un affreux problème. J'ai besoin de votre avis. Je viens d'arriver à Ravenscar et j'apprends que mes frères ont disparu.

Bess rapporta brièvement à Fenella le peu qu'elle savait avant de conclure :

— Je voulais appeler le poste de police local mais j'ai pensé qu'il valait mieux vous parler d'abord. Je serais très soulagée si vous acceptiez de demander à Mark ce qu'il en pense et ce que je dois faire.

— Penses-tu que ce pourrait être un enlèvement pour demander une rançon ? Tout le monde sait que les Deravenel sont une famille très riche.

— C'est une possibilité… En fait, je ne sais pas quoi penser.

— Richard est-il avec vous ?

— Non, il est à Londres. Je suis seule ici avec grand-mère, qui est clouée dans un fauteuil roulant avec une jambe cassée.

— Je suis désolée pour elle. Transmets-lui toutes mes amitiés, veux-tu ? Ta mère est à Monaco, je crois ?

— Oui, avec Cecily et Anne. Je ne veux pas l'inquiéter peut-être pour rien.

— Tu as raison. Laisse-moi le temps d'expliquer la situation à Mark et nous te rappelons très vite, lui ou moi.

Bess reposa le combiné. Elle savait que Mark la rappellerait lui-même dès qu'il serait au courant.

Elle ne s'était pas trompée. Son attente ne dura que dix minutes. Elle décrocha à la première sonnerie pour éviter que Jessup réponde.

— Bess, c'est Mark. Répète-moi tout ce que tu sais, veux-tu ?

Elle obéit et demanda pour finir si elle devait appeler la police.

— Non, je m'en occupe moi-même. Ce sera plus rapide. Ravenscar dépend du poste de Scarborough mais je vais aussi contacter le commissariat de York. Ils ont plus de monde.

— Merci, Mark.

— Bess, écoute-moi attentivement. Si on n'a pas retrouvé les garçons ce soir, je veux que tu me téléphones. A n'importe quelle heure, tu comprends ? Tu dois aussi m'appeler s'il y a une demande de rançon ou le moindre appel suspect, et je viendrai tout de suite, pas en tant que directeur de Scotland Yard mais en tant qu'ami de la famille. Je ne veux pas froisser les susceptibilités de la police locale. En attendant, essaye de ne pas trop t'inquiéter. Nous les retrouverons !

Bess resta assise au bureau de son père, réfléchissant. Puisque ses frères avaient disparu sans laisser de trace, il n'y avait que deux possibilités. Soit quelqu'un les avait enlevés, peut-être pour demander une rançon, soit ils avaient pris l'un des canots et ils avaient eu un accident en mer. Ils avaient pu perdre un aviron et partir à la dérive, ou bien ils avaient chaviré. Dans ce cas, ses frères s'étaient probablement noyés.

Une idée lui vint soudain qui la fit bondir sur ses pieds puis monter dans sa chambre en courant. Elle ôta son ensemble de voyage, passa une jupe en tweed, un chemisier et un cardigan chaud. Il ne lui restait plus qu'à mettre ses chaussures de marche. Une fois prête, elle se rendit à la nursery.

— Des nouvelles, Bess ? demanda Nanny.

— Pas pour le moment, mais j'ai eu Mark Ledbetter au téléphone. Il se met en rapport avec la police d'ici. Nanny, je descends à la grève pour voir par moi-même si je peux trouver une indication quelconque.

La gouvernante approuva Bess et désigna de la tête les deux petites dernières, Katharine et Bridget. Bess comprit tout de suite ce que signifiait le regard soucieux de Nanny et rejoignit ses sœurs, qui prenaient un verre de lait avec des tranches de fruits, assises à la table du salon de la nursery.

Katharine, qui avait quatre ans, leva le visage vers sa grande sœur pour qu'elle l'embrasse et profita de ce que Bess s'était penchée pour s'accrocher à son bras.

— Où sont les garçons ? chuchota-t-elle.

— Pas très loin, chérie, j'en suis certaine, répondit Bess en la serrant contre elle.

Elle alla ensuite embrasser la petite Bridget, trois ans, et lui murmura à l'oreille qu'elle reviendrait très vite.

— D'accord, dit l'enfant.

Bess redescendit au rez-de-chaussée aussi vite qu'elle était montée. Elle devait téléphoner à son oncle avant de sortir. Eileen, la secrétaire de Richard, lui répondit. Il était en rendez-vous à la City. Bess réfléchit quelques secondes, et décida qu'il valait mieux ne rien dire pour l'instant.

— Eileen, pouvez-vous lui demander de me rappeler à Ravenscar, je vous prie ? C'est urgent.

La grève était déserte, Bess s'en était rendu compte depuis l'escalier taillé à flanc de falaise. Dès qu'elle posa le pied sur les galets, elle courut jusqu'au tas de rochers qui l'empêchait de voir le rocher du Cormoran. Elle dut ralentir, essoufflée, avant d'arriver au Cormoran, que baignaient les eaux sombres de la mer du Nord, formant des tourbillons d'écume.

Tête baissée, Bess examina les galets tout autour d'elle, en quête du moindre indice. Mais que chercher ? Il n'y avait rien, absolument rien. Ce fut seulement quand elle se redressa qu'elle remarqua la porte de la cabane. Grande ouverte, elle battait dans le vent. Pourquoi était-elle ouverte ?

Bess remonta le sentier en toute hâte et entra dans la cabane. D'habitude, on y rangeait quatre canots de pêche, deux grands et deux petits. Mais il n'y en avait que trois. Il manquait un des grands. Ses frères avaient dû le prendre. Elle vérifia les noms de ceux qui restaient, le *Sea Dog*, le *Meg O' My Heart* et le *Macbeth*. C'était le *Lady Bess* qui manquait, celui auquel son père avait donné son nom. Si ses frères étaient allés en mer avec le *Lady Bess*, ils pouvaient avoir eu un accident, se noyer…

Le peu d'énergie qui lui restait l'abandonna. Elle s'adossa au chambranle, essayant de se calmer, puis elle ressortit, ferma la porte et donna un tour de clef. Mettant la clef dans la poche de sa veste, elle redescendit le sentier, désemparée.

Elle fouilla de nouveau la grève dans tous les sens mais ne vit rien, pas même une trace indiquant que le canot avait été tiré jusqu'à l'eau. Les galets ne gardaient pas de traces.

Affolée, Bess remonta vers Ravenscar, priant pour que ses frères soient allés quelque part sans rien dire et pour qu'ils reviennent bientôt.

— Je suis allée voir sur la grève, grand-mère, dit Bess. Je n'ai rien trouvé.

Très pâle, Cecily Deravenel avait les traits tirés et la peur se lisait dans ses yeux bleu-gris.

Le thé avait été servi comme d'habitude mais elle n'avait pas touché à sa tasse et son assiette était restée vide.

— Richard t'a rappelée, Bess. Je lui ai dit que les garçons avaient disparu. Si on ne les a pas retrouvés ce soir, il viendra immédiatement à Ravenscar.

Bess expliqua à sa grand-mère sa conversation avec Mark Ledbetter et les dispositions qu'il avait prises.

— Où peuvent-ils être ? dit Cecily Deravenel d'une voix tremblante. Où peuvent-ils bien être ?

A six heures du soir, on n'avait toujours aucune nouvelle des enfants et la police fouillait à son tour la grève et les alentours de Ravenscar. L'inspecteur Wallis, de la police de Scarborough, arriva un peu plus tard et parla à Bess puis à tous les occupants de la maison. Le commissaire venu de York en avait fait autant. Mais, comme Bess et sa grand-mère, ils restaient perplexes.

50

Amos Finnister, qui avait conduit toute la nuit entre Londres et Ravenscar, se sentit très soulagé d'être arrivé et alla garer sa voiture derrière la maison, dans la cour pavée. Il se dirigea vers la porte de service, suivant les instructions que Bess lui avait données la veille au soir.

Au moment où il levait la main pour saisir le heurtoir de cuivre, la porte s'ouvrit. Bess se tenait devant lui.

— Bonjour, Amos !

— Bonjour, Bess, répondit-il en entrant. Y a-t-il du neuf ?

— Malheureusement non… Venez prendre un petit déjeuner, Amos. Jessup nous attend et Cook tient tout au chaud.

— C'est très aimable, merci.

— Vous devez être fatigué et avoir faim après ce long voyage.

— Oui, un peu, reconnut-il.

Jessup les attendait à l'entrée du petit salon et s'avança pour les accueillir. Son visage s'éclaira quand il vit Amos.

— Bonjour, monsieur Finnister, dit-il avec chaleur. Mlle Bess vous attendait avec beaucoup d'impatience, comme nous tous. Vous devez être fatigué. La route est longue depuis Londres.

— Je suis content de vous voir, Jessup, et pour vous dire la vérité, ce n'est pas si pénible de conduire la nuit. Il n'y a personne sur les routes et on roule bien.

Le majordome conduisit Amos à la desserte, où, comme d'habitude, s'alignait tout un choix de plats chauds ou froids.

— Que puis-je vous servir, monsieur ? dit-il en soulevant les couvercles en argent. Nous avons des saucisses et du bacon, des rognons, des tomates ou encore des harengs fumés, si vous préférez. Il y a aussi des œufs brouillés mais Cook vous fera des œufs sur le plat, si vous en avez envie.

— Je vais prendre des saucisses et du bacon avec une tomate grillée. Ce sera parfait.

Amos alla s'asseoir en face de Bess tandis que Jessup lui apportait son assiette.

— Comme d'habitude, mademoiselle Bess ? demanda ensuite le majordome.

Il lui servit une assiette de tomates grillées. Il leur apporta ensuite des toasts chauds, du beurre et un assortiment de confitures, puis remplit leurs tasses de thé. Enfin, il les laissa seuls.

— Les deux inspecteurs locaux disent qu'ils n'ont jamais été confrontés à une situation aussi mystérieuse, dit Bess.

— C'est en effet très mystérieux et très inquiétant. Parlez-moi encore de la cabane de pêche, s'il vous plaît. Vous avez dit que la porte était grande ouverte.

— Oui, c'est ce qui a attiré mon attention.

Bess répéta la façon dont elle avait constaté la disparition d'un des canots.

— Le *Lady Bess*, m'avez-vous dit ?

— Oui, père l'avait baptisé ainsi en mon honneur.

— C'est une bonne chose d'avoir un nom…

Amos s'interrompit, furieux contre lui-même.

— Vous voulez dire que cela nous aiderait à identifier le bateau en cas de naufrage, n'est-ce pas ?

— Je le crains.

— Ne vous en faites pas, j'y ai pensé, moi aussi.

Ses yeux se remplirent soudain de larmes. Elle tenta de les refouler mais elle avait la gorge serrée à étouffer. Amos en fut bouleversé et se leva pour la consoler.

— Bess, mon petit…

— Non, Amos, ça va aller, je vais bien. Pleurer ne nous aidera pas.

Elle s'essuya les yeux avec son mouchoir et, quand elle le remit dans sa poche, elle sentit une clef sous ses doigts.

— Amos ! J'ai oublié un détail : la clef était dans la serrure et cela m'a permis de refermer la porte de la cabane. Regardez, je l'avais laissée dans ma poche depuis hier.

— J'ai apporté mon matériel pour relever les empreintes. Je verrai tout à l'heure si je trouve quelque chose sur cette clef. En attendant, redites-moi encore tout ce que vous savez, dans les moindres détails, comme vous l'avez fait au téléphone hier soir.

— Cook ! Il y a un type très bizarre dans la cour.

Cook se retourna vers Polly, la nouvelle aide-cuisinière.

— Qu'est-ce qu'il y a, m'fille ? Qu'est-ce que tu dis ?

— Le type, dehors ! V'nez voir !

Entre elles, elles utilisaient le parler local, déformant les mots et avalant les syllabes.

Mme Latham regarda par la fenêtre et comprit tout de suite ce que voulait dire Polly. Il y avait, en effet, un homme étrange dans la cour des écuries, et il se dirigeait vers la porte de service. Cook posa la cuillère en bois qu'elle tenait à la main, s'essuya les mains sur un torchon, redressa sa coiffe blanche et sortit en toute hâte pour aller ouvrir la porte.

Bien campée sur le seuil, Cook toisa l'homme qui s'approchait. Quand il arriva devant elle, elle sut aussitôt ce qu'il faisait. Il dégageait une odeur de poisson si puissante qu'elle eut un mouvement de recul. Cet homme était l'un des pêcheurs qui vivaient au village de Ravenscar ou à Scarborough.

Il porta poliment la main à sa casquette.

— Bonjour, madame ! Le patron est à la maison ?

— Je crains que non.

Cook poursuivit spontanément la discussion dans le parler local, comme avec Polly, et lui demanda ce qu'elle pouvait faire pour lui. L'homme, visiblement déçu par la réponse, pinça la bouche.

— C'était le patron que je voulais voir. J'ai des choses à lui dire.

— Je ne peux pas le sortir de mon chapeau, hein ? Le patron n'est pas là. Vous feriez mieux de tout me dire. J'ai du travail qui m'attend.

— C'est à cause des gamins, les petits Deravenel, ceux qui ont disparu.

— Si vous savez quelque chose, vous avez intérêt à me le dire… Allons, j'attends !

— Alors, voilà… Je les ai vus qui pêchaient au rocher du Cormoran. Après, j'ai vu une grande chaloupe de pêche qui échouait sur ce coin de galets. Encore après, j'ai vu un homme qui la tirait au sec.

— Et ensuite ?

— Rien. J'étais en train de pêcher. J'étais aux avirons, j'ai souqué pour essayer de trouver du poisson plus loin. Il n'y avait rien ce matin-là. Je cherchais le cabillaud.

— Restez là ! Ne partez surtout pas, je reviens tout de suite.

L'homme fit signe qu'il avait compris et Cook reprit le couloir en courant pour aller chercher Jessup. Il se trouvait à l'office et elle lui rapporta à mi-voix le récit du pêcheur.

— Il faut que je lui donne une pièce ou je ne sais quoi pour le mal qu'il a pris pour venir ici. J'espère que ses informations seront utiles…

— Peut-être. Cook, allez retrouver cet homme et continuez à lui parler ! Ne le laissez surtout pas partir ! J'avertis M. Finnister.

Cook retourna précipitamment à la porte de service, où le pêcheur patientait.

— Attendez un instant, s'il vous plaît, dit-elle. Notre majordome est allé chercher quelqu'un… Un responsable ! Vous êtes du coin ?

— Oh ! Ma bonne dame, j'ai toujours vécu par ici. Tom Roebottom, c'est mon nom.

— Appelez-moi Cook comme tout le monde !

Jessup les rejoignit avec Amos Finnister et Bess. Cook s'effaça prestement pour laisser le passage à Amos.

— Bonjour, dit Amos au pêcheur. Je m'appelle Amos Finnister. Si j'ai bien compris, vous avez des renseignements au sujet des enfants ? Pouvez-vous me répéter tout ce que vous savez ? C'est très important.

Tom Roebottom raconta de nouveau son histoire et Amos l'écouta avec toute son attention.

— Avez-vous vu cet homme parler avec les enfants ? demanda-t-il à la fin. L'avez-vous vu avec eux ?

— Non.

— Mais vous l'avez bien vu échouer son bateau et le tirer au sec ?

— Ouais ! Il l'a remonté sur les galets, je vous dis ! Il l'a laissé à côté des rochers.

Tom Roebottom s'interrompit un instant pour mieux se concentrer sur ses souvenirs.

— Après, il s'est assis, reprit-il.

— Vous n'avez rien vu d'autre ?

— Non ! Je suis allé vers le large, en eau plus profonde. Je cherchais le cabillaud.

— Pouvez-vous me décrire cet homme ? Etiez-vous assez près pour bien le voir ?

Le pêcheur fit un signe de dénégation.

— Non, trop loin. Tout ce que je peux vous dire, c'est qu'il était très grand et qu'il avait l'air d'un sacré costaud. C'était une grande chaloupe de pêche qu'il avait.

— Assez grande pour combien d'hommes ?

— Cinq, dit Tom Roebottom. Six, peut-être.

— Je comprends, répondit Amos. Maintenant, je vais vous poser une question extrêmement importante. Avez-vous vu cet homme repartir dans sa chaloupe ?

— Non, j'étais parti au large, trop loin pour voir.

— Dites-moi encore une chose… A propos, comment vous appelez-vous ?

— Tom Roebottom, monsieur.

Finnister lui tendit la main.

— Content de faire votre connaissance, Tom, et merci d'être venu jusqu'ici nous rapporter ce que vous savez.

Tom salua respectueusement de la tête tandis qu'ils se serraient la main. Amos l'étudia quelques instants puis posa une dernière question.

— Tom, je me demande ce qui vous a décidé à venir ? Vous avez dû penser que le fait d'avoir vu cet homme était important ?

— Oui, monsieur. C'est ma femme, Betty. Hier, elle a vu la police partout et elle m'a dit qu'on ne trouvait plus les gosses. Ça m'a fait réfléchir et j'ai tout raconté à Betty. Et alors ma femme, elle m'a dit de monter ici, tout raconter au patron.

Amos prit quelques pièces dans sa poche.

— Merci beaucoup, dit-il. Nous vous sommes très reconnaissants.

— Non, je ne veux rien, répondit Tom. J'ai fait mon devoir, c'est tout. M. Deravenel, je veux dire M. Edward, il a toujours été bon pour nous, au village. Il est mort trop jeune. Peut-être que ça ne veut rien dire, cet homme que j'ai vu. Mais il valait mieux prévenir M. Richard, comme m'a dit ma femme.

Bess fit un pas en avant.

— Tom, je suis la fille de M. Edward, dit-elle. Ce sont mes frères qui ont disparu. Je vous remercie d'être venu, au nom de toute ma famille.

Amos comprit très vite qu'ils ne trouveraient rien sur la grève, aucun indice, aucune trace des enfants ou de qui que ce soit. Avec les galets, c'était impossible, et les marées n'arrangeaient rien. Tous les jours, la mer lavait tout.

Bess le conduisit d'abord au rocher du Cormoran puis à la cabane de pêche. Elle avait donné la clef à Amos plus tôt et il avait essayé, mais en vain, d'y trouver des empreintes. La clef était passée dans trop de mains.

Debout à côté de lui sur le seuil, Bess lui désigna les trois embarcations qui restaient.

— Père n'entreposait que quatre canots, ici, dit-elle, mais avec plusieurs avirons supplémentaires.

Il fouilla la cabane mais ne trouva rien de nature à éclairer le mystère.

— Bess, dit-il, ce pêcheur, Tom… Il nous a dit avoir vu un homme remonter un bateau sur les galets. Je voudrais aller jeter un coup d'œil à l'endroit qu'il a indiqué.

Ils redescendirent sur la grève et Bess guida Amos jusqu'aux énormes blocs rocheux qui abritaient d'un côté le rocher du Cormoran.

Le temps était très agréable, sans la moindre brise. Mais ni Bess ni Amos ne le remarquèrent même si, à un moment, des piaillements firent lever la tête à Amos. Haut dans le ciel, de beaux oiseaux blancs planaient et virevoltaient dans un ballet d'une parfaite harmonie.

— Comment appelle-t-on ces oiseaux ? demanda-t-il à Bess.

— Des mouettes tridactyles. Il y en a des centaines, ici. Elles nichent dans la falaise.

Amos s'arrêta net et se baissa, le doigt pointé vers les galets.

— Regardez, Bess ! Je savais que Tom disait la vérité et avait vu l'homme remonter son bateau au sec.

Regardez comment ce galet est éraflé. On voit bien les marques laissées par le bateau.

— Vous avez raison. Tom Roebottom avait bien vu.

— Oui…

Amos se redressa avec un grand soupir découragé qui lui valut un regard interrogateur de Bess.

— Nous ne trouverons rien, dit Amos à mi-voix. Nous pouvons y passer des semaines, le résultat sera le même. Autant vous l'avouer, je pense que vos frères ont été enlevés. Mais par qui et pour quelle raison, je l'ignore.

— Je ne peux qu'être d'accord avec vous. Pensez-vous que l'homme repéré par Tom soit impliqué ?

— Je le pense. De plus, toujours d'après Tom, la chaloupe était assez grande pour cinq pêcheurs. Donc, pour un homme et deux enfants, il y avait toute la place voulue.

— Mais qui voudrait les enlever ?

— Je l'ignore. Je n'ai pas d'explication, malheureusement. Quand votre oncle doit-il arriver ?

— Il m'a précisé hier soir qu'il serait là à l'heure du déjeuner. Comme il adore prendre l'avion, il en a loué un pour lui et Mark. Il m'a dit qu'il se crée en ce moment de nombreuses compagnies de charter. Il en a trouvé une qui lui plaît parce que les propriétaires sont deux anciens pilotes de la Grande Guerre. L'avion peut se poser sur le nouveau terrain de Scarborough.

Ils reprirent en silence le chemin de la falaise. Une idée sembla soudain frapper Amos.

— N'aviez-vous pas un chien qui s'appelait Macbeth ? Comme un de vos canots ?

— Oui, c'était un West Highland terrier. Il est mort l'année dernière. Le petit Edward en a été très malheureux. Il a dit qu'il ne supporterait pas d'avoir un autre chien tout de suite. Père avait baptisé le canot *Macbeth* à cause de Mac, comme nous l'appelions.

Ils grimpèrent les marches à flanc de falaise l'un derrière l'autre. Arrivés en haut, Amos prit Bess par le bras.

— Quand allez-vous dire à votre mère que les garçons ont disparu ?

— Aujourd'hui, quand oncle Richard sera là et que nous aurons discuté de la situation.

Richard Deravenel et Mark Ledbetter arrivèrent à midi et demi, et rejoignirent Cecily Deravenel, Bess et Amos dans la bibliothèque.

— Je suppose, dit Richard en regardant sa mère, qu'il n'y a pas de nouveaux employés chez nous, mère. Vous n'avez embauché personne sans me le dire, n'est-ce pas ?

— Non, Richard. Oh, si, il y a Polly, la nouvelle aide de cuisine, mais sa mère a travaillé ici pendant des années. Elle est du village.

— Et sur le domaine ?

Cecily fit non de la tête et lui jeta un regard désapprobateur.

— De toute façon, Richard, je n'engagerais jamais des gens douteux ou qui ne m'inspirent pas confiance.

La pointe de sécheresse que Cecily avait mise dans sa voix n'échappa pas à son fils qui fit aussitôt amende honorable.

— Je devais vous poser la question, mère.

— Je sais.

Mark Ledbetter prit à son tour la parole.

— J'ai parlé aux policiers qui sont venus hier. Comme nous, ils n'y comprennent rien.

— J'ai quelques éléments à vous communiquer, annonça Amos.

Il rapporta en détail le témoignage de Tom Roebottom.

L'expression de Richard se crispa tandis qu'il écoutait Amos.

— Pensez-vous, demanda-t-il, que cet homme aurait pu enlever les enfants ?

— Je le crains, répondit Amos.

— Mais pourquoi ?

C'était Mark qui intervenait. Il connaissait Amos depuis très longtemps et lui faisait confiance, en tant qu'homme et en tant qu'enquêteur.

— Pourquoi ? Parce qu'il n'y a pas d'autre explication, répondit Amos. A moins qu'ils ne soient partis en mer avec l'un des canots. Il manque le *Lady Bess*.

— Donc, reprit Mark, vous voulez dire qu'ils pourraient avoir ramé vers le large, avoir été pris dans un coup de vent, avoir eu un accident et s'être noyés ? Sinon, il reste seulement l'hypothèse de l'enlèvement.

— Mais pourquoi voudrait-on enlever mes frères ? gémit Bess.

Elle tremblait d'angoisse, les yeux pleins de larmes. Richard la regarda avec compassion.

— Il y a des gens sans foi ni loi dans ce monde, ma chérie. Des gens qui… comment dire ? Qui font le trafic des êtres humains. Des gens capables de voler des enfants, pour demander une rançon ou pour les vendre à des couples sans enfants ou encore… pour les prostituer.

Cecily Deravenel poussa un cri d'horreur et porta la main à sa bouche, dévisageant son fils d'un air horrifié.

— Non, ne dis pas cela, Richard ! Ne dis pas cela !

— Il y a beaucoup de gens pervers dans le monde, madame Deravenel, dit Amos d'un ton sourd. Des gens sans cœur, avides, qui ne méritent pas le nom d'êtres humains.

Cecily hocha la tête puis se tourna vers Mark.

— Qu'en pensez-vous ?

— J'aurais penché pour un accident en mer, madame Deravenel, s'il n'y avait pas le témoignage du pêcheur. Cela dit... Je dois avouer que j'ai du mal à me prononcer. Vos petits-fils sont de très beaux enfants et...

Il s'interrompit en voyant Bess et sa grand-mère le regarder avec horreur.

— Non, non pas ça, pas ça... murmura Cecily.

Elle ferma les yeux, désespérée. Bess se leva et lui passa un bras autour des épaules, cherchant à la calmer.

— Mark, dit Richard, que pouvons-nous faire ? Et vous, Amos, avez-vous une idée ?

— Il n'y a rien à trouver sur la grève, à l'exception des marques laissées par la chaloupe. Rien d'autre. J'ai longuement interrogé Jessup, ce matin, et la plupart des gens qui travaillent sur le domaine, ainsi que les jardiniers et les garçons d'écurie. Personne n'a vu d'étrangers au pays traîner par ici, pas plus qu'au village. Je me heurte à un mur, comme la police, hier. Ils ont tout ratissé et ils n'ont rien trouvé, eux non plus.

Richard lança un regard perplexe à Mark.

— Si on avait enlevé les enfants pour demander une rançon, n'aurions-nous pas déjà été contactés par les ravisseurs ?

— Absolument ! Ces gens ne perdent pas de temps pour appeler la famille des victimes. Ils veulent que les choses aillent vite. Ils tiennent à se débarrasser des enfants et à mettre la main sur l'argent aussi rapidement que possible. En ce qui concerne la police, ils pensent qu'il s'agit, en effet, d'un enlèvement.

— Pourquoi ? dit Richard.

— Je le leur ai demandé hier soir et ils m'ont répondu que c'est une question d'instinct. Je vous avoue que je partage leur avis.

— Nous sommes dans une impasse, reprit Richard. N'y a-t-il donc rien à faire ?

Amos fixa Richard puis Mark.

— J'ai une idée, dit-il. Pourquoi ne faisons-nous pas appel à la population ? Pourquoi ne pas utiliser la presse ? Nous pourrions tenir une conférence de presse, expliquer ce qui s'est passé et demander aux journaux de publier la photo des enfants.

— Excellente idée ! s'exclama Mark. Et il faut offrir une récompense, Richard. Une somme importante pour le retour des enfants et une plus petite pour les informations qui pourraient nous mettre sur leur piste.

— Oui, bien sûr ! Je pense que c'est la seule chose que nous puissions faire. Les gens qui ont enlevé les garçons ne pourront pas les cacher indéfiniment. Quelqu'un quelque part finira bien par les repérer, ne croyez-vous pas ? J'en suis certain ! Nous les retrouverons de cette façon.

51

Londres

De sa chambre de Berkeley Square, Elizabeth Deravenel regardait la neige tomber par un glacial après-midi de décembre. Cela durait depuis des heures.

Le jardin public, au milieu de la place, disparaissait déjà sous une couche blanche et les flocons s'amoncelaient sur les branches des arbres… des arbres semblables à des fantômes…

Un fantôme… Comme elle à présent. Un fantôme au cœur brisé. Il y avait presque cinq mois que ses petits garçons avaient disparu, s'étaient évanouis sans laisser de trace.

On ne les avait pas retrouvés.

Elle appuya son front contre la vitre froide, le regard perdu, voyant à peine les flocons qui n'en finissaient pas de tomber, aveuglée par les larmes. Elle avait pleuré tous les jours depuis le mois d'août. A un moment, elle avait cru que ses larmes étaient taries mais elle s'était trompée. Elle pleurait toujours, tous les soirs, jusqu'à sombrer dans le sommeil.

Dans la journée, elle se faisait violence pour paraître forte et courageuse devant ses filles. Elles n'étaient plus qu'une famille de femmes, à présent.

Elle ferma les yeux et se concentra sur l'image de ses deux garçons. Où étaient-ils ? Elle n'osait même pas imaginer qu'ils étaient encore en vie et prisonniers de quelque enfer. Ils devaient se demander pourquoi elle n'était pas venue à leur secours. Mais n'était-ce pas encore pire de penser qu'ils étaient morts ?

Edward et Ritchie, ses fils… De si beaux enfants, si gentils, si attachants… Deux innocents qui n'avaient jamais fait le moindre mal à personne. Elle s'était effondrée quand Bess lui avait appris la nouvelle, en ce mercredi 18 août qu'elle n'oublierait jamais. Elle était rentrée à Londres aussi vite que possible et, deux jours plus tard, était arrivée à Ravenscar. Depuis ce jour, elle n'avait cessé de souffrir, de désespérer et de pleurer. C'était un chagrin insupportable qui la détruisait à petit feu.

Elizabeth s'essuya les yeux du bout des doigts en respirant à fond. Elle devait essayer de ne pas renoncer et de garder courage, mais c'était difficile.

L'année 1926 resterait à jamais gravée dans sa mémoire. En avril, Edward était mort. En juin, cela avait été le tour de Will Hasling. Ils ne s'aimaient pas beaucoup, Will et elle, mais elle savait qu'il ne l'aurait jamais abandonnée en cas de besoin, en mémoire d'Edward et par amitié pour Anthony. Le frère d'Elizabeth et Will avaient toujours été proches.

Anthony était mort en septembre, foudroyé par une crise cardiaque. Il n'y avait plus personne vers qui elle pouvait se tourner. Non, ce n'est pas vrai, pensa-t-elle. Si elle avait besoin d'eux, elle pouvait faire appel à Amos Finnister et Alfredo Oliveri. Ils lui restaient fidèles à cause de l'amitié qu'ils avaient eue pour Edward, à cause aussi des longues années pendant lesquelles ils avaient travaillé avec lui. Et il y avait Grace Rose, bien sûr. Elle s'était révélée très gentille et amicale. Quand elle avait appris la disparition des enfants, Grace Rose était venue la voir en disant qu'elle ferait n'importe quoi pour l'aider. Elizabeth avait compris que ce geste était dicté par l'amour de Grace Rose envers Edward et Bess, mais elle savait aussi que la jeune femme était sincère.

Un coup retentit à la porte de la chambre et, quand Elizabeth eut dit d'entrer, Mallet apparut dans l'encadrement.

— Excusez-moi, madame Deravenel. Mme Turner vient d'arriver. Je l'ai fait entrer dans le grand salon. Elle vous y attend.

— Merci, Mallet. Je descends dans un instant.

— Bien, madame.

Elizabeth vérifia l'heure à la pendule posée sur la cheminée. Il était quatre heures précises. « Au moins, Mme Turner est exacte », pensa-t-elle. Elle prit le temps de se repoudrer, se demandant pourquoi Margaret Beauchard Turner avait voulu la rencontrer.

Bien que Margaret fût une aristocrate de haut lignage avec une position sociale en vue, Elizabeth ne l'avait jamais vue. Elle fut donc étonnée de découvrir une femme de très petite taille. Mais Margaret Turner avait de l'allure et était très chic, vêtue à la dernière mode.

Elle portait un tailleur Chanel blanc et noir, et des bijoux typiquement Chanel, plusieurs longs rangs de perles, une croix de Malte au bout d'une chaîne en or et des perles d'oreilles.

Tout en allant à la rencontre de sa visiteuse, Elizabeth tenta d'évaluer son âge. Elle devait avoir un peu plus de la quarantaine, peut-être quarante-cinq ans mais guère plus.

— Bonjour, madame Turner, dit Elizabeth.

Margaret Turner, qui s'était levée à l'entrée d'Elizabeth, s'avança et prit la main que son hôtesse lui tendait.

— Je suis ravie de vous rencontrer, madame Deravenel, dit-elle de sa voix distinguée. Je vous remercie d'avoir accepté de me recevoir.

Elizabeth inclina brièvement la tête puis lui désigna le canapé.

— Asseyez-vous, je vous en prie.

Les deux femmes ne parlèrent pas tout de suite. Elles s'observaient, chacune prenant la mesure de l'autre. Elizabeth se demandait toujours ce que signifiait cette visite. Margaret quant à elle se demandait comment aborder l'objet de sa présence.

Margaret s'éclaircit la voix, sourit, et finit par se lancer :

— J'imagine que vous avez été étonnée de recevoir la lettre par laquelle je vous demandais un rendez-vous. J'y reviendrai rapidement. Je voudrais d'abord vous dire à quel point je me sens de tout cœur avec vous dans cette épreuve. Je suis une mère, moi aussi, et je me doute de ce que vous traversez. J'ai été séparée de mon unique enfant pendant des années, sans pouvoir rien y faire, et j'en ai beaucoup souffert. Cela doit être terrible pour vous.

— C'est vrai, madame Turner. J'ai parfois l'impression de ne plus avoir de larmes et puis je m'aperçois qu'il en reste encore. Toute ma famille souffre de leur absence, surtout mes filles. Je vous remercie de vos paroles, elles me touchent beaucoup.

— J'ai suivi l'affaire dans la presse avec la plus grande attention et les journaux anglais me semblent mériter des compliments pour la façon dont ils ont essayé de vous aider. Ils ont consacré les gros titres au drame et, tous les jours, il y a eu des articles avec des photos de vos fils. La campagne a duré plusieurs mois, n'est-ce pas ?

— Oui, et la presse a tout fait pour nous venir en aide, ainsi que la BBC. La radio en a beaucoup parlé.

Elizabeth eut un geste découragé.

— La récompense attend toujours, dit-elle d'une voix qui tremblait de chagrin.

Tandis qu'elle luttait contre les larmes, Mallet frappa à la porte et entra avec la table roulante du thé. Elizabeth fit effort pour reprendre son sang-froid.

— Merci, Mallet, dit Elizabeth. Mettez la table près de moi, je vous prie, je ferai le service moi-même.

Le majordome quitta le salon et, désireuse de se débarrasser rapidement du rituel du thé, Elizabeth se leva.

— Prenez-vous du lait, madame Turner ?

— Du citron, je vous prie.

Margaret étudiait Elizabeth à la dérobée. Quelle beauté ! Peut-être un peu trop maigre en ce moment et les traits tirés, mais c'était compréhensible chez une femme qui vivait un pareil enfer.

Elizabeth lui tendit sa tasse de thé et retourna à son fauteuil avec la sienne.

— Je ne vous ai rien proposé à manger, madame Turner. Désirez-vous quelque chose ?

— Non, merci beaucoup.

Un silence s'installa tandis qu'elles goûtaient leur thé. Elizabeth essayait de maîtriser ses émotions tandis que Margaret pensait encore à l'épreuve épouvantable que traversait son hôtesse.

Margaret Beauchard Turner était une femme avisée, compréhensive et expérimentée. Elle savait qu'il fallait laisser à Elizabeth un peu de temps pour se calmer. Les ragots qui couraient, en particulier sur Richard Deravenel, l'avaient-ils atteinte ? Margaret ignorait si l'on avait rapporté à Elizabeth que tout le monde détestait son beau-frère à la Deravenel, et que, de l'avis de bon nombre, il était impliqué dans la disparition de ses neveux.

Elizabeth posa enfin sa tasse.

— Comme je vous l'ai dit, madame Turner, dit-elle d'une voix éteinte, je suis touchée de la sympathie que vous me témoignez. Toutefois, vous m'indiquiez dans votre lettre vouloir aborder un sujet important avec moi.

— En effet. Puis-je d'abord vous poser une question, madame Deravenel ?

Elizabeth acquiesça.

— Cinq mois se sont écoulés depuis la disparition de vos enfants et l'on n'a toujours pas le moindre indice. Puis-je vous demander ce que vous en concluez, vous et votre famille ?

Stupéfaite, Elizabeth la dévisagea, bouche bée. Comment une femme aussi bien élevée pouvait-elle lui poser une question aussi personnelle ? Sans répondre, elle serra ses mains l'une contre l'autre pour les empêcher de trembler.

— Je comprends que ma question puisse vous paraître impertinente, reprit Margaret de sa voix douce et distinguée. Vous ne me connaissez pas. Je suis une étrangère qui s'est imposée chez vous, en un sens. Mais j'ai une raison de vous demander cela, aussi douloureux que cela soit pour vous. Permettez-moi de m'expliquer. Si l'on ne retrouve pas vos fils dans les prochains mois, on peut considérer qu'ils ne reviendront pas. Aussi horrible que cela soit, je pense sincèrement que c'est la vérité, madame Deravenel. Votre fille aînée devient ainsi l'héritière de votre mari. Est-ce exact ?

— Oui, répondit Elizabeth d'une voix à peine audible.

— On parle beaucoup dans Londres de votre calvaire mais aussi de votre famille. Je suis sûre que vous le savez.

— Des bruits sans fondement… murmura Elizabeth.

Elle se détendait, conquise par l'attitude franche et directe de Margaret.

— Votre aînée est donc l'héritière de votre mari et peut lui succéder à la tête de la Deravenel. Je le sais. Tout le monde sait, à la Deravenel, que votre mari a fait voter une modification des statuts de la compagnie en 1919. Mon fils Henry travaille au bureau Deravenel de Paris et en est devenu récemment le directeur. C'est lui qui m'a appris le changement apporté dans les statuts. A ce propos, c'est Edward Deravenel lui-même qui avait engagé mon fils.

— Bien entendu, je sais que mon mari avait fait évoluer les statuts de la Deravenel. En revanche, j'ignorais qu'il avait donné un poste à votre fils.

— Il est apprécié et estimé par le personnel de Paris. Henry est un homme d'affaires brillant et un jeune homme très agréable. Ce sera certainement un bon époux.

Interloquée, Elizabeth la dévisagea quelques instants sans rien dire puis, soudain, tout se mit en place. Elle comprit pourquoi Margaret Turner avait demandé à la rencontrer.

— Vous pensez à un mariage entre ma fille et votre fils ? C'est la raison de votre visite, n'est-ce pas ?

— Oui, mais permettez-moi de vous expliquer qui est Henry. Il n'est pas Deravenel par son père, feu Edmund Turner, mais il a du sang Deravenel dans les veines de mon côté. Vous savez certainement que je suis une Beauchard et que je descends en ligne directe de John Grant Deravenel, le quatrième fils de Guy de Ravenel, le fondateur de la dynastie Deravenel. Par ailleurs, mon fils est aussi l'héritier de Henry Grant et a hérité de toutes ses parts dans la compagnie.

— Donc votre fils aurait le droit de réclamer la direction pour lui ?

— Non, ce n'est pas exactement cela. Toutefois, il pourrait sans doute y parvenir s'il était marié à l'héritière d'Edward Deravenel.

Margaret se pencha vers Elizabeth, la fixant de son regard sombre.

— Madame Deravenel, pensez-y… Votre fille et mon fils pourraient fonder une nouvelle dynastie, celle des Turner. Leurs enfants auraient du sang des Deravenel et du sang des Turner. Cela ne vaut-il pas la peine d'y réfléchir ?

Elizabeth hocha pensivement la tête avec un début de sourire. Rien ne pourrait atténuer son chagrin mais elle entrevoyait une lueur d'espoir pour Bess.

Margaret sourit à son tour.

— Parlons franchement, voulez-vous ? suggéra-t-elle.

Leur conversation dura plusieurs heures au cours desquelles elles abordèrent de nombreux points et élaborèrent un projet de mariage.

52

Londres, 1927

Bess était assise au chevet de sa tante, Anne Deravenel, et lui tenait la main en essayant de la réconforter. Anne était tombée malade plusieurs semaines auparavant, quand son fils le petit Eddie avait succombé à une appendicite aiguë. Anne et Richard avaient cru en devenir fous de chagrin. Anne s'était effondrée et s'était réfugiée dans son lit. Richard avait réussi à tenir debout. Ses responsabilités à la tête de la Deravenel lui interdisaient de se laisser aller.

Anne redressa soudain la tête et regarda Bess dans les yeux.

— Je n'arrête pas de penser à ce 9 avril où Eddie est mort. Pourquoi le Seigneur nous l'a-t-il enlevé ? Et pourquoi le 9 avril, comme ton père, à un an d'écart ? Le même jour ! Le Seigneur a-t-il voulu punir Richard ?

Bess écarquilla les yeux, stupéfaite.

— Que voulez-vous dire, tante Anne ? Pourquoi le Seigneur punirait-il oncle Richard ?

Anne retomba sur ses oreillers, livide, épuisée. Elle regrettait déjà ces mots qui lui avaient échappé, consciente du choc qu'elle avait causé à sa nièce. Bess avait probablement mal interprété ses paroles.

— Que voulez-vous dire ? répéta Bess.

Anne eut un pauvre sourire.

— C'est Richard qui a voulu que les garçons viennent vivre à Ravenscar avec nous et Eddie. Ce week-end-là, quand nous sommes allés chez ma mère, nous les avons laissés seuls puis Richard est reparti à Londres. Il n'y avait plus que Nanny et les domestiques pour s'occuper de tes frères. Les gens disent des choses terribles sur Richard. On l'accuse de négligence et on le rend responsable de leur disparition. Mais ce n'est pas vrai ! Il les aimait. Qui aurait pu imaginer qu'ils ne seraient pas en sécurité à Ravenscar ?

Elle se mit à pleurer et Bess lui tendit un mouchoir propre.

— Je vous en prie, ma tante, dit-elle doucement, ne pleurez pas ! Ne vous mettez pas dans cet état. Vous devez essayer de guérir. Oncle Richard a besoin de vous. Il a autant de chagrin que vous. Je vais descendre et demander à la cuisinière de nous préparer le thé. Pensez-vous que vous arriverez à manger ?

Anne s'essuya les yeux.

— Non, je n'ai pas faim. Je ne pourrais rien avaler. Bess, tu as vu l'heure ? Il est déjà six heures. Richard ne va pas tarder à rentrer du bureau.

— Ne voulez-vous pas essayer de vous lever, ma tante, et de dîner avec oncle Richard ? Cela le réconforterait.

— Je ne pense pas pouvoir… Peut-être que cela ira mieux demain.

Bess la regarda d'un air soucieux. Sa tante dépérissait. Elle ne se nourrissait presque plus et, comme elle ne quittait plus son lit, elle tenait à peine sur ses jambes. « Ses muscles sont en train de s'atrophier », pensa Bess avant de chasser bien vite ces tristes pensées.

Soudain, la porte s'ouvrit et son oncle entra. Il avait l'air épuisé mais il lui sourit.

— Bess, comme je suis heureux de te voir ! Merci de venir tenir compagnie à Anne, c'est vraiment très gentil.

— J'ai passé l'après-midi ici, répondit Bess en lui rendant son sourire. J'ai essayé de convaincre tante Anne de se lever pour le dîner.

— Bonne idée !

Il se pencha sur sa femme, écarta une mèche de cheveux blonds de son visage, et l'embrassa sur la joue.

— Tu devrais descendre, ce soir, ma chérie. Tu n'as pas besoin de t'habiller. Je te porterai. Je serais tellement heureux de dîner avec toi, ce soir.

Tout l'amour du monde se lisait dans les yeux d'Anne quand elle lui répondit.

— Je vais d'abord dormir un peu et je te promets de descendre tout à l'heure. Bess ? Reste dîner avec nous, ma chérie. Tu voudras bien m'aider à m'habiller ?

— Bien sûr, tante Anne. Mais je vous laisse maintenant ensemble. Je serai en bas.

Bess gagna le jardin, traversa l'immense terrasse qui s'étendait à l'arrière de la maison et descendit jusqu'au mur qui surplombait la Tamise.

Elle s'accouda au rebord du mur. Pendant des années, Amos les avait distraites, Grace Rose et elle, en leur racontant les légendes attachées au fleuve. Elles avaient appris à aimer ces histoires autant que lui. Il y avait peu de bateaux en cette fin d'après-midi de mai et Bess ne put s'empêcher d'évoquer le *Lady Bess*.

Qu'était devenu le petit bateau de pêche ? Il était clair que ses frères l'avaient sorti de la cabane mais l'avaient-ils mis à l'eau ? Ou bien l'homme qu'avait vu Tom Roebottom l'avait-il pris en remorque quand il avait enlevé les enfants ?

Elle avait posé la question à Amos.

« Si je voulais enlever des enfants, avait-il répondu, je ferais disparaître leur bateau, bien sûr. L'absence du *Lady Bess* a suscité des doutes dans l'esprit des gens. Ils pensent que les enfants se sont noyés au large. »

Bess lui avait ensuite demandé son opinion personnelle. Pour lui, le rapt ne faisait aucun doute, avait-il dit, mais il n'avait aucune idée de ce qu'avait pu être le sort des deux enfants.

Bess pensait la même chose que lui. Le plus dur était de ne pas savoir ce qui était arrivé à ses frères. Cela faisait presque un an qu'ils avaient disparu. On était le dernier jour du mois de mai 1927 et elle avait fêté ses dix-huit ans au mois de mars. Grace Rose en avait déjà vingt-sept. Elles étaient amies et passaient beaucoup de temps ensemble. Grace Rose s'était montrée une vraie sœur pour elle et comme une autre fille pour Elizabeth, ce dont Bess lui était très reconnaissante.

— Ah ! C'est ici que tu te caches. Je t'ai cherchée partout, dit Richard.

Bess pivota en souriant.

— Je me cache à un endroit où tout le monde peut me voir, oncle Richard !

Il s'accouda à côté d'elle.

— Encore merci, ma chérie. Ta présence fait beaucoup de bien à Anne. Elle a l'air tellement affaiblie et déprimée… Mais le médecin ne trouve rien.

— Elle est malade de chagrin, remarqua Bess à mi-voix.

Richard ne répondit rien et resta silencieux un long moment.

— Crois-tu qu'elle est en train de mourir de chagrin ? demanda-t-il enfin d'une voix à peine audible.

— Peut-être… Je sais à quel point vous vous inquiétez pour elle, mon oncle, et je viendrai la voir aussi souvent que possible.

Elle lui avait pris la main dans un geste affectueux auquel Richard répondit en plaçant son autre main par-dessus celle de Bess.

— Je suis heureux que tu sois là, Bess, et je t'en remercie du fond du cœur. Ta présence fait du bien à Anne, et à moi aussi. Que deviendrais-je sans toi, ma chérie ?

Il porta les doigts de Bess à ses lèvres et y déposa un baiser.

— Nous tenons encore plus à toi.

Bess l'embrassa sur la joue.

— Je veux seulement vous aider tous les deux autant que je le peux, oncle Richard. Je vous aime beaucoup, tante Anne et vous. Sinon, à quoi bon avoir une famille ?

Il lui jeta un regard étrange.

— Il m'arrive de me le demander quand je pense à la nôtre…

Puis son regard se perdit dans le lointain, comme s'il voyait quelque chose qu'elle-même ne pouvait voir. En cet instant, les yeux de Richard avaient pris une nuance gris-bleu très particulière. Bess se dit encore une fois qu'ainsi, avec ses cheveux noirs et ses traits nettement dessinés, il ressemblait beaucoup à sa mère, Cecily Deravenel. Richard avait hérité le physique des Watkins.

Il n'était pas aussi grand ni aussi bien bâti qu'Edward Deravenel l'avait été mais c'était néanmoins un bel homme et, par moments, il lui rappelait son père.

Que le petit Eddie soit mort un an jour pour jour après son père représentait une coïncidence étrange. Bess repensa aux paroles d'Anne.

— Oncle Richard, dit-elle soudain, pourquoi les gens disent-ils du mal de vous ?

Il se détourna du spectacle du fleuve, avec l'expression d'un homme frappé de plein fouet. Bess le vit changer de visage. La bouche de Richard se pinça, ses yeux s'assombrirent, devenant presque noirs sous le coup de l'émotion.

— Je l'ignore, Bess, dit-il enfin d'une voix brisée. Je ne le comprends pas plus que toi. Je n'ai pas enlevé tes frères. Pourquoi l'aurais-je fait ? De toute façon, j'étais à Londres, comme tu le sais. Mais il y a certainement des gens qui me croient capable d'avoir commandité leur enlèvement ou même leur assassinat, sans doute. Mais, s'il y a eu crime, je ne suis pas responsable.

— Je vous crois, oncle Richard. Je sais que vous aimiez mes frères et je sais que vous avez toujours été d'une loyauté absolue envers mon père. Je ne peux pas imaginer un seul instant que vous leur ayez fait du mal. Ils lui ressemblaient tant…

Des larmes apparurent dans les yeux de Richard et il reprit la main de Bess.

— Regarde-moi, Bess ! Je t'en prie, regarde-moi ! Je te jure devant Dieu que je n'ai pas fait de mal à tes frères. Tu peux me croire.

Bess plongea son regard dans celui de son oncle et y lut qu'il disait la vérité.

— Je vous crois, oncle Richard. Je vous confierais ma vie et celle de mes sœurs.

— Merci, Bess, merci de ta confiance.

Ils s'accoudèrent de nouveau tous deux au parapet pour contempler le fleuve. Richard passa un bras autour des épaules de Bess et ils se turent, perdus dans leurs réflexions. Mais tous deux pensaient à l'avenir.

Amos Finnister se tenait dans la bibliothèque de la maison de Berkeley Square. Comme tout le monde, il ne pouvait y entrer sans admirer le Renoir accroché au-dessus de la cheminée. Il lui rappelait tellement Bess et Grace Rose ! Il était certain que cette ressemblance avait été la raison pour laquelle Edward avait acheté ce tableau.

— Bonjour, monsieur Finnister, dit Elizabeth.

— Bonsoir, madame Deravenel.

Elizabeth le rejoignit devant la cheminée et lui serra la main avant de lui désigner un fauteuil.

— Je vous remercie d'être venu, dit-elle. Je voudrais vous parler de la Deravenel.

— Je pensais bien que c'était pour cela que vous m'aviez demandé de venir. Mais je n'ai pas grand-chose à vous apprendre, madame Deravenel. Si cela avait été le cas, je vous aurais prévenue.

— Je le sais, monsieur Finnister. Vous avez été très bon avec nous au cours de cette année. Vous nous avez beaucoup aidés. Et je peux en dire autant de M. Oliveri. A propos, vient-il, ce soir ?

— Oui. Il a été retenu à son bureau mais il ne devrait pas tarder.

— J'en suis contente. Je me demandais comment cela se passe, au bureau de Paris.

— Très bien, d'après ce que j'ai entendu, mais Oliveri vous renseignera mieux que moi. Il est en relation permanente avec eux.

— Et ici, à Londres ? Y a-t-il eu de nouveaux licenciements ?

— Plusieurs, je le crains. M. Richard a également fait d'autres changements.

Elizabeth parut soudain inquiète et porta la main à son cou comme pour se protéger.

— Mais la compagnie n'a pas de problèmes, n'est-ce pas ? Mon beau-frère n'est pas en train de la détruire, j'espère ?

— Ce serait difficile à réussir, madame. M. Edward l'avait rendue très solide, si je puis dire.

La voix de Mallet s'éleva sur le seuil de la bibliothèque, annonçant l'arrivée d'Alfredo Oliveri.

— Merci, Mallet. Faites-le entrer, je vous prie.

Ils se serrèrent la main et Elizabeth proposa à ses visiteurs de prendre un verre qu'ils refusèrent tous deux.

— Monsieur Oliveri, je parlais de la Deravenel avec M. Finnister et il m'assurait que mon beau-frère pouvait faire ce qu'il voulait sans que la compagnie en souffre vraiment.

— C'est exact, madame Deravenel, et cela grâce à votre mari. M. Edward avait du génie et je regrette de devoir dire que son frère n'est pas du même calibre. Néanmoins, il n'est pas idiot. Il peut se débarrasser de quelques personnes mais je vous assure qu'il ne risque pas de couler le navire !

— J'ai aussi questionné M. Finnister sur le bureau de Paris. Tout se passe bien, là-bas, n'est-ce pas ?

— On ne peut mieux, répondit Oliveri. Henry Turner le dirige avec beaucoup de talent. Il se révèle un excellent atout pour la Deravenel. Nous étions un peu intrigués quand M. Edward l'a engagé, il y a plusieurs années à présent, mais il a eu raison. M. Turner apporte beaucoup à la Deravenel.

— On pouvait l'espérer, venant d'un porteur de parts ! Vous savez certainement tous deux qu'il est l'héritier de feu Henry Grant et qu'il a, à ce titre, hérité toutes les parts de Grant dans la compagnie.

— M. Edward me l'avait en effet signalé, répondit Oliveri. En fait, il paraissait avoir la plus grande confiance dans le flair commercial d'Henry Turner.

— Je voudrais vous poser une question à tous deux et je vous demande de vous sentir tout à fait libres de me répondre franchement. Quoi que vous disiez, cela restera strictement entre nous.

Ils acceptèrent tous deux d'un simple signe de tête.

— J'entends beaucoup de ragots au sujet de mon beau-frère depuis un certain temps. Il ne me semble pas être très populaire au sein de la compagnie. Est-ce la vérité ?

— Oui, c'est exact. J'irais même jusqu'à dire qu'il est détesté, profondément détesté, répondit Oliveri.

— A l'exception des amis avec lesquels il a grandi et qu'il a engagés après le décès de M. Edward, fit remarquer Amos. Ils se prosternent littéralement devant lui.

— Mais ils ne sont qu'une poignée ? s'enquit Elizabeth.

— C'est tout à fait exact, madame Deravenel, répondit Oliveri.

Elle posa enfin la question essentielle.

— Le croit-on responsable de la disparition de mes enfants ?

— Beaucoup de gens le pensent, répondit Finnister sans hésiter.

Il voulait qu'Elizabeth sache la vérité. Elle avait le droit de connaître la gravité de la situation.

— Je dirais, poursuivit-il, que, pour quatre-vingts pour cent des employés, votre beau-frère a joué un rôle dans leur enlèvement. Ne me demandez pas pourquoi, mais c'est ainsi.

— Ils doivent croire qu'il s'est débarrassé d'eux pour mettre la main sur la compagnie, pour lui et pour son fils, ajouta Oliveri.

Il avait décidé qu'Amos avait raison de dire toute la vérité.

— Mais Eddie est mort, murmura Elizabeth. Etrange, n'est-ce pas, que son fils soit décédé juste un an après mon mari…

Ni Finnister ni Oliveri ne firent de commentaire. Ils étaient tous les deux d'accord avec elle. La plupart des gens y voyaient une coïncidence troublante. Certains allaient jusqu'à le dire.

— Vous savez que l'héritière de la compagnie est ma fille, et non pas son oncle. Vous êtes certainement informés du changement que mon mari avait fait apporter dans les statuts.

— Oui, nous le savons, répondit Alfredo.

Elizabeth laissa passer un silence avant de reprendre son idée.

— Bess est encore un peu jeune pour assumer de telles responsabilités.

— Mais elle pourrait commencer à travailler et se former ! s'exclama Alfredo.

Le projet l'enthousiasmait. Il se sentait prêt à tout mettre en œuvre pour qu'il aboutisse.

— Elle pourrait en effet le faire dans deux ou trois ans. Pensez-vous qu'elle serait bien acceptée ?

— Oui, sans aucun problème ! affirma Alfredo.

Il avait toutefois quelques doutes sur la jalousie qu'en éprouveraient la plupart des hommes.

— Elle est très mûre et très adulte pour son âge, dit Amos. De plus, elle a l'intelligence de son père. Je la connais depuis toujours et je sais qu'elle possède toutes les qualités requises, y compris un grand sens des réalités.

— C'est vrai, répondit Elizabeth. Pour changer de sujet un instant, que diriez-vous si Henry Turner quittait le bureau de Paris pour travailler à Londres ? Cela serait-il vu d'un bon œil également ?

Tout en parlant, elle observait avec attention les réactions des deux hommes. Alfredo échangea un regard avec Amos et ils eurent le même geste approbateur.

— Je le pense, dit Amos. Les employés l'accueilleraient très bien car, après tout, c'est en partie un Deravenel, n'est-ce pas ? Du moins l'avons-nous entendu dire.

— Oui, répondit Elizabeth, c'est un Deravenel par sa mère et, comme je l'ai rappelé plus tôt, il fait partie des gros actionnaires de la compagnie.

La mine d'Amos s'était assombrie.

— M. Richard ne serait pas du tout heureux de le voir arriver sur son terrain.

— Il ne le laisserait même pas entrer, renchérit Alfredo.

— Je vous crois aisément, dit Elizabeth.

Amos commençait à comprendre. Il réfléchit à l'expression d'Elizabeth et au ton de sa voix quand elle avait parlé de sa fille, et la lumière se fit.

— Madame Deravenel, dit-il à mi-voix, penseriez-vous à… appelons cela une alliance ? Une alliance entre Bess et Henry Turner ?

Ils échangèrent un petit sourire de complicité et le silence tomba dans la pièce. Elizabeth se leva enfin et alla se placer dos à la cheminée, comme Edward en avait l'habitude. Son regard passait d'Amos à Alfredo, deux des collaborateurs les plus proches de son mari, deux hommes en qui il avait toute confiance et qui avaient réussi, par quelque miracle, à échapper à la purge opérée par Richard.

Elle se redressa de toute sa taille.

— Tout change ! dit-elle. La seule chose qui ne change pas, c'est que tout change en permanence, nous le savons tous. Personne n'est éternel, n'est-ce pas ?

53

Ravenscar

Les catastrophes... Edward les avait toujours redoutées, convaincu qu'elles le détruiraient. Il avait fait tout ce qui était en son pouvoir pour les prévenir. Même s'il était mort trop jeune, il s'était éteint paisiblement, dans son lit, au sommet de la réussite.

Mais lui, Richard, avait échoué. Les catastrophes s'étaient succédé et l'avaient englouti. Sa vie personnelle était détruite et sa vie professionnelle ne tenait plus qu'à un fil. La situation de la compagnie Deravenel était mauvaise et, en un sens, il ne pouvait s'en prendre qu'à lui-même. Il avait accordé sa confiance à tort, avait écouté les mauvais conseillers et commis beaucoup d'erreurs. Les Deravenel naissaient avec une cuillère en or dans la bouche mais ils étaient maudits.

Richard s'était réfugié dans la bibliothèque de Ravenscar et regardait sans la voir la vue magnifique qui s'étendait au-delà des hautes fenêtres, jusqu'à la mer du Nord. En ce mois d'août 1928, il venait d'avoir trente-trois ans et il était veuf. Anne était décédée de la tuberculose au mois de mars mais il pensait qu'elle était morte de chagrin. Elle n'avait jamais surmonté la perte de leur petit Eddie.

Richard soupira tristement. Il avait non seulement perdu son fils adoré mais aussi son héritier. A présent, de tous les Deravenel mâles, il ne restait que lui-même et le fils de George, qui vivait à Dijon avec Margaret. Cet enfant ne pouvait pas lui succéder, c'était évident.

Si quelque chose lui arrivait, il n'y aurait pas d'homme né Deravenel pour prendre la suite. Le seul adulte survivant qui puisse hériter de la compagnie était Bess. Cependant, même si son père avait rendu la situation légalement possible, comment Bess pourrait-elle assumer ces responsabilités ? Elle n'avait aucune expérience des affaires et, à dix-neuf ans, elle était encore beaucoup trop jeune. Les hommes accepteraient difficilement sa présence à la tête de la compagnie.

Bess… Il l'aimait parce que c'était la fille de son frère et parce qu'elle était une vraie Deravenel. Mais il n'y avait dans cette affection rien de ce désir que certaines personnes voulaient y voir. On racontait des histoires à leur sujet depuis quelque temps, des histoires ignobles et mensongères. Les ennemis de Richard salissaient son nom mais aussi celui de Bess. Ils affirmaient qu'ils étaient amants et qu'il avait empoisonné Anne pour épouser sa nièce et, à eux deux, diriger la compagnie. Des mensonges, encore des mensonges… Comment mettre un terme à ces rumeurs ? Comment pouvait-on laver ce genre de souillures ?

Se détournant de la fenêtre, Richard revint au centre de la pièce et s'arrêta devant le portrait d'Edward, ce frère aîné que les gens appelaient à présent le grand Edward Deravenel. Ils avaient raison. Son frère avait été un grand homme et il n'y en aurait plus d'autre comme lui.

C'était un portrait grandeur nature qui le représentait en pied, dans cette bibliothèque, occupant sa place favorite, dos à la cheminée. Il portait une culotte de cheval, de hautes bottes d'équitation cirées à la perfection, et une chemise bleue qui rappelait la couleur de ses yeux. Le col de la chemise était ouvert, laissant apercevoir le médaillon d'Edward et la rose blanche d'York qui l'ornait.

Richard porta la main à sa poitrine et chercha son propre médaillon sous sa chemise. Il le portait toujours avec la rose contre la peau, la face avec le soleil vers l'extérieur. Edward avait fait réaliser les médaillons quand il avait pris la direction de la compagnie en 1904. Il y avait fait graver la devise de sa famille : *Fidélité pour l'éternité*.

Edward avait trente-neuf ans au moment du portrait. Le peintre avait réussi une œuvre puissante qui dominait la pièce, restée telle qu'Edward l'avait décorée, jusque dans les moindres détails. Le tableau était si vivant que Richard eut un instant l'impression de voir son frère, devant lui, et qui lui souriait… Il fut saisi d'un irrépressible besoin de lui parler.

— Ned, je n'ai rien fait, dit Richard à voix basse. Je n'ai pas fait disparaître tes enfants. Je les aimais, Ned, tout autant que nous nous aimions. Je te jure devant Dieu que je n'ai pas fait de mal à tes fils… Ils faisaient partie de moi, aussi. C'étaient des Deravenel !

Richard se passa la main sur les yeux et fit un effort pour ne pas pleurer. Il refusait de s'effondrer, ce matin entre tous. Bess séjournait à Ravenscar avec Grace Rose et il ne voulait pas faire preuve de faiblesse devant elles. Il éprouva une sensation d'oppression, comme si on lui écrasait la poitrine. Cela lui arrivait souvent quand il pensait à ses neveux. Ils avaient disparu depuis deux ans, sans laisser la moindre trace. C'était un affreux mystère et on lui en faisait porter la responsabilité.

Un bruit de pas le fit sursauter. Il se reprit rapidement et se retourna pour voir entrer Bess et Grace Rose.

— J'admirais le portrait de votre père, dit-il d'une voix pleine de larmes, qui sonna curieusement même à ses oreilles.

Bess comprit tout de suite et, le connaissant aussi bien qu'elle le connaissait, se précipita pour lui prendre la main.

— Oncle Richard, vous vous sentez bien ?

— Oui, je vais bien. Pourquoi ?

— Votre voix n'était pas comme d'habitude. Je croyais que vous seriez déjà parti marcher sur la grève, ajouta-t-elle avec un sourire.

— Je crois que je me suis laissé distraire par le portrait de Ned, dit-il avant de faire signe à Grace Rose. Pourquoi restes-tu en arrière ? Tu ne dis pas bonjour à ton vieil oncle, aujourd'hui ?

Grace Rose rejoignit Bess et Richard. Comme sa demi-sœur, elle aimait beaucoup Richard et avait confiance en lui. Pas un seul instant elle ne l'avait cru capable d'avoir fait du mal aux enfants.

— Il était si beau, n'est-ce pas ? murmura Grace Rose en désignant le portrait de son père.

Richard lui lança un regard affectueux.

— Oui, c'est ce que je me disais il y a un instant.

— Père était le meilleur, dit Bess. Irréprochable ! Comme nous le sommes tous les trois.

Richard acquiesça et se dirigea vers la porte. Arrivé au milieu de la pièce, il se retourna soudain.

— Oh ! J'ai oublié de vous dire que votre grand-mère a téléphoné ce matin. Elle vous embrasse toutes les deux.

— Comment va-t-elle ? demanda Grace Rose.

— Très bien. Elle est heureuse de faire cette retraite dans le Hampshire.

— Je m'en réjouis, dit Grace Rose.

Elle était sincère. Cecily Deravenel l'avait traitée comme n'importe quel autre membre de la famille depuis leur première rencontre et Grace Rose l'aimait beaucoup.

— Quand revient-elle ? demanda Bess. A moins qu'elle ne reste là-bas ? Ma mère a dit qu'elle pensait se faire religieuse ?

Richard ne put s'empêcher de rire.

— Cela m'étonnerait ! Je suis certain qu'elle plaisantait. Et maintenant, je vais faire ma promenade. Je vous verrai à une heure pour le déjeuner.

Ses nièces le regardèrent s'en aller et Bess alla s'asseoir sur le canapé.

— C'est vraiment gentil de ta part, Grace Rose, d'être venue nous tenir compagnie cette semaine, à Richard et à moi.

— Tu dis des bêtises ! J'aime venir ici, Bess. Cela n'a rien d'un bagne !

Grace Rose agita le cahier qu'elle tenait à la main.

— J'ai réussi à bien avancer le travail sur mon livre. Tout est tellement paisible, ici. C'est plutôt moi qui devrais te remercier.

— Tu es toujours la bienvenue. Je voulais juste tenir compagnie à oncle Richard. Il est très seul, ces derniers temps, et très désemparé.

Grace Rose s'assit en face de Bess en faisant signe qu'elle avait remarqué le désarroi de Richard.

— D'après Amos, la situation de la compagnie Deravenel pourrait être meilleure.

— Que t'a-t-il dit ?

— Que la plupart des gens n'aiment pas Richard, ne le trouvent pas sympathique. Il n'est pas aussi doué que notre père l'était pour se faire apprécier de tout le monde.

— Malheureusement, il se débrouille mieux pour se faire des ennemis…

Richard avait presque atteint le rocher du Cormoran quand il aperçut les deux hommes qui venaient vers lui. Il les prit d'abord pour des pêcheurs locaux puis, comme ils s'approchaient, il reconnut l'un d'eux et le salua de la main. L'homme lui répondit de la même façon. Richard se demanda qui était l'autre homme. Il ne l'avait jamais vu.

— Vous partez pêcher ? dit-il en s'arrêtant pour leur parler.

— On y pense, répondit celui des deux qu'il connaissait.

Tout en parlant, il s'était approché de Richard à le toucher. Surpris, Richard s'apprêtait à reculer quand il ressentit une violente douleur au côté puis dans la poitrine. Il regarda d'un air incrédule le couteau que tenait l'homme, puis le sang qui tachait son cardigan.

— Jack, pourquoi m'avez-vous fait cela ? cria-t-il.

Puis il trébucha en reculant sous les coups que l'homme lui portait à nouveau. Ses jambes se dérobèrent sous lui et il s'effondra sur les galets avec un bruit sourd.

— Filons ! dit l'homme qu'il avait appelé Jack.

Au moment où il prenait son élan pour s'enfuir, il aperçut la casquette de Richard qui avait roulé un peu plus loin et tapa du pied dedans. La casquette s'envola, retomba et roula sous un buisson d'ajoncs.

L'assassin et son compagnon traversèrent la grève à toute allure, tirèrent leur bateau de sa cachette sous l'avancée rocheuse et firent force d'avirons en direction du large. On était le mercredi 22 août 1928 et Richard Deravenel était mort.

Jessup se tenait sur le seuil du bureau qui avait été celui d'Edward et où Bess était en train de trier des papiers.

— M. Deravenel est-il rentré, mademoiselle Bess ?

Bess leva les yeux, intriguée.

— Je ne sais pas, Jessup. Avez-vous regardé dans la bibliothèque ?

— Il n'y est pas, pas plus que Mlle Grace Rose. Je vais dire à Cook de garder le déjeuner au chaud pendant quelques minutes et je vais encore les chercher.

— Merci, Jessup.

Bess se leva et jeta un regard à la pendule. Il était déjà une heure et quart. Elle suivit le majordome dans le hall et aperçut Grace Rose qui descendait l'escalier.

— As-tu vu oncle Richard ? lui demanda-t-elle.

— Non et, en fait, je ne pense pas qu'il soit rentré de sa promenade. Je suis restée dans la bibliothèque après son départ pour revoir mes notes. Je me suis absentée seulement quelques minutes pour aller chercher un crayon dans ma chambre. S'il était rentré, je l'aurais vu.

Bess sentit une vague de panique l'envahir. Son oncle était toujours très ponctuel.

— Je vais le chercher, dit-elle.

— Je viens avec toi, dit Grace Rose.

Comme Jessup sortait de l'office, Bess lui expliqua qu'elles allaient à la rencontre de leur oncle pour lui rappeler l'heure.

— Il est toujours très à cheval sur les horaires, mademoiselle Bess, répondit-il. Cela ne ressemble pas à M. Richard d'être en retard.

Et elles se hâtèrent à travers les jardins, vers l'escalier de la falaise. Ce fut Grace Rose qui l'aperçut du haut des marches.

— Bess, regarde ! Il est là, sur la plage. Il a dû faire une chute. J'espère que ce n'est rien de plus grave, une crise cardiaque ou je ne sais quoi.

Bess poussa une exclamation d'horreur et, avec Grace Rose, dévala l'escalier puis se mit à courir. De petits galets roulaient sous leurs pieds avec un bruit sec.

Bess, qui était sportive et rapide, arriva la première auprès de son oncle. Il était allongé sur le dos et elle vit aussitôt le sang dont était imprégné son cardigan. Elle porta une main à sa bouche pour étouffer un cri de désespoir. Elle s'agenouilla, prit le poignet de son oncle et chercha son pouls, mais en vain. Elle comprit soudain ce que signifiait cette vague de panique qui l'avait envahie un peu plus tôt. Son oncle était mort et elle ne s'en étonnait presque pas. Tout au fond d'elle, elle avait toujours su que Richard mourrait avant l'heure.

Grace Rose s'agenouilla à côté d'elle.

— Regarde ses yeux, Bess ! Regarde ! Ils n'ont jamais été aussi bleus.

Dans le visage décoloré de Richard, ses yeux faisaient en effet un contraste frappant. Toutefois, ce qui étonna Bess le plus fut son expression d'incompréhension. Il était évident qu'il avait été attaqué par surprise.

Elle se mit enfin à pleurer tandis qu'elle lui fermait doucement les paupières. Elle l'embrassa ensuite sur la joue et Grace Rose en fit autant.

— Faites bon voyage, oncle Richard, chuchota Bess. Vous allez retrouver mon père ; il vous attend.

Elles reprirent ensemble le chemin de la falaise. A un moment, Bess leva les yeux. Le soleil brillait dans un grand ciel bleu et, pour une fois, il faisait chaud. Quelle belle journée ! pensa-t-elle. Et ses larmes se remirent à couler.

Jessup les attendait sur la terrasse, anxieux.

— Que s'est-il passé, mademoiselle Bess ?

Il semblait soudain très vieux.

— Mon oncle est mort, dit Bess. Il est couvert de sang.

Sa voix se brisa et il lui fallut quelques instants avant de poursuivre.

— S'il vous plaît, Jessup, demandez aux jardiniers d'aller chercher son corps. Ils auront besoin de draps pour l'envelopper. Pendant ce temps, je vais appeler la police.

Bess et Grace Rose se rendirent à l'office tandis que le majordome courait prévenir les jardiniers. Grace Rose prit sa demi-sœur par le bras.

— La police ne trouvera rien, dit-elle. L'homme qui a tué oncle Richard est arrivé par la mer et il est reparti de la même façon. De plus, nous sommes mercredi et tous les gens du village travaillent. La grève est restée déserte pendant toute la matinée. En fait, je n'y ai vu personne depuis mon arrivée, vendredi.

— Je sais, répondit Bess d'une voix étranglée.

Quand le poste de police de Scarborough lui répondit, elle demanda l'inspecteur Wallis et lui apprit la nouvelle. L'inspecteur resta quelques instants silencieux puis lui promit d'arriver le plus vite possible.

— Je suis vraiment désolé, mademoiselle Deravenel, dit-il. Je vous présente toutes mes condoléances.

Bess le remercia et raccrocha.

— Je ne pourrai plus jamais aller à la grève, Grace Rose, dit-elle d'une petite voix.

Bess était à présent seule à Ravenscar. Tout le monde était venu pour les funérailles de Richard. On l'avait enterré dans le cimetière familial.

Bess avait choisi de rester. Elle avait besoin de solitude pour réfléchir à sa vie, à son avenir et à la discussion qu'elle avait eue avec sa mère.

Quelques semaines s'étaient écoulées depuis la mort de Richard. On était à présent à la mi-septembre. Tant de choses s'étaient produites au cours des dernières années ! Il y avait d'abord eu la mort de son oncle George dans des circonstances étranges. Ensuite, son père était décédé de façon inattendue. Puis ses frères avaient disparu. Enfin, son oncle Richard avait été tué à coups de couteau par un inconnu. Comme Grace Rose l'avait prévu, la police n'avait rien trouvé. Encore un crime non élucidé, lui avait dit l'inspecteur Wallis. Il pensait que Richard avait été tué par un rival en affaires ou un ami d'Edward mécontent.

Sa famille était décimée, tous les hommes morts. Il ne restait que des femmes. Richard disait que les Deravenel étaient maudits. Peut-être avait-il raison.

Bess soupira et alla regarder la mer par la fenêtre. Sa vie avait basculé. Il n'y avait pas si longtemps de cela, elle était heureuse et insouciante. A présent, elle se sentait cernée par la mort, plongée dans le malheur.

Et sa mère ! Elizabeth était venue à l'enterrement avec ses quatre autres filles et leur grand-mère. Cecily Deravenel était apparue épuisée, usée, et Bess se faisait du souci pour elle. Elle était retournée à Londres sous prétexte qu'elle avait rendez-vous chez son médecin et ne pouvait changer la date. Mais Bess pensait qu'en réalité sa grand-mère ne supportait plus Ravenscar.

Bess, quant à elle, aimait cette maison, peut-être parce que son père avait tant aimé y vivre. Mais elle n'était pas redescendue sur la grève. Elle se contentait du jardin et des ruines de la place forte.

Prise d'une impulsion, elle se leva d'un bond et se rendit en courant aux ruines. Une fois là, elle s'appuya au mur, le regard perdu sur le paysage, pensant à son père. Qu'aurait-il souhaité ? Deux possibilités s'offraient à elle. Elle pouvait continuer à vivre comme en ce moment et rester célibataire. Sinon, elle pouvait se marier et fonder une famille.

Sa mère lui avait longuement parlé avant de rentrer à Londres, revenant sur le projet d'union avec Henry Turner. Depuis deux ans, elle faisait tout pour la pousser dans les bras de Turner. Dès le début, Bess avait répondu à sa mère qu'elle ne voulait pas se marier.

Quelques semaines auparavant, sa mère avait insisté sur la chance que cela leur offrait d'assurer la pérennité et la réussite de la compagnie Deravenel. Richard était mort et elle devenait l'héritière. Il était clair qu'elle ne pouvait pas diriger l'affaire, devenir ce qu'avaient été son père et son oncle. Elle était trop jeune et, surtout, en tant que femme, serait prise pour une intruse, et aurait des difficultés à se faire accepter. En revanche, sa mère croyait que Henry Turner était capable de diriger la société avec Bess à ses côtés pour lui donner de la crédibilité et assurer la présence des Deravenel. Bess n'avait toujours pas rencontré Turner et elle ignorait s'il lui plairait. Après tout, si elle acceptait, il s'agirait d'un mariage arrangé. Mais avait-elle un autre choix ?

Un coup d'œil à sa montre lui apprit que sa mère et Henry Turner arriveraient bientôt. En effet, quelques minutes plus tard, elle entendit Elizabeth qui l'appelait.

— Oui, je suis là !

— Je peux venir ? Henry est avec moi.

Bess en resta sans voix. Elle se cramponna à l'une des pierres du vieux mur.

Sa mère apparut soudain, vêtue d'un ensemble de voyage clair. A côté d'elle se tenait un grand jeune homme à la silhouette svelte, avec des cheveux châtain clair, des yeux noisette et un visage agréable. Il portait un costume gris foncé et une cravate de soie grise.

Elizabeth le poussa vers Bess.

— Bess, je te présente Henry Turner. Henry, voici ma fille, Bess.

Ils se serrèrent la main et Henry sourit à Bess. Il avait un regard doux et compréhensif.

— Je suis très heureux de faire enfin votre connaissance, dit-il.

— Enchantée, bafouilla-t-elle en retour.

Elle retira prestement sa main tout en reculant d'un pas.

— Je vous abandonne un instant, déclara Elizabeth. Je vais passer une tenue plus adaptée. Je vous retrouve pour le thé.

Laissés en tête à tête, les deux jeunes gens se regardèrent longuement sans avoir le courage de parler. Henry fut le premier à se décider.

— Je sais que vous n'avez pas envie de m'épouser et je comprends vos raisons. Toutefois, d'après ce qu'on me dit, je ne suis pas un trop mauvais garçon. Je dois ajouter que je serais très heureux si vous m'acceptiez. Je vous promets de vous chérir et je sens que j'arriverai probablement à vous aimer.

Soudain, et sans pouvoir s'en empêcher, Bess éclata de rire. Henry la dévisageait, stupéfait. Il ne comprenait plus rien ! Bess réussit enfin à se calmer.

— Je vous suis très reconnaissante de ce que vous venez de dire, Henry Turner. Sincèrement !

— Qu'ai-je dit ?

— Que vous arriverez probablement à m'aimer ! Merci de votre franchise ! C'est exactement ce que j'éprouve moi-même. Je me sens dans une situation inconfortable, bizarre. Je ne suis pas certaine que nous pourrons nous aimer…

Il eut un geste d'assentiment.

— Je veux vous épouser, comme je l'ai déjà dit. Du moins le savez-vous grâce à nos comploteuses de mères ! Bess, je demande seulement de pouvoir vous rendre heureuse et je pense le pouvoir. Je ferais n'importe quoi pour vous.

Elle resta silencieuse. En fait, elle devait s'avouer qu'il lui plaisait. Sans être particulièrement beau, il ne manquait pas de charme et semblait doté d'un caractère agréable. De plus, il était d'une franchise étonnante, à la limite de la brutalité, mais cela lui convenait. Elle attachait beaucoup d'importance à la sincérité.

Bess prit une grande respiration et posa sa main sur le bras de Henry.

— A présent que nous avons fait connaissance, j'aimerais rester seule un moment. Cela ne vous ennuie pas ?

— Bien sûr que non ! Je comprends très bien. Je vais vous attendre dans la maison.

Il la quitta sans rien ajouter.

Bess appuya la tête contre le vieux mur, le regard perdu sur l'immensité de la mer. Qui l'aiderait, en cas de problème, si elle l'épousait ? Il n'y avait personne vers qui elle aurait pu se tourner. Même pas sa propre mère. Elle était seule, totalement seule.

« Je me débrouillerai, finit-elle par se dire. J'y arriverai. Nous aurons des enfants, et au moins un garçon. Je dois avoir un fils ! Je dois donner un héritier mâle à la Deravenel. Et j'aiderai Henry Turner. J'encouragerai ses ambitions et je le guiderai. »

Elle sourit en revoyant l'image de son père, si beau. « Mon fils, se dit-elle, sera comme le grand Edward Deravenel, et il y aura toujours un héritier avec du sang Deravenel pour occuper son fauteuil à la tête des entreprises de la famille. Et moi, je participerai au destin de la Deravenel à travers mon mari et mon fils. »

Bess quitta la vieille place forte et remonta vers la maison. Elle avait pris sa décision. Henry Turner l'attendait dans la bibliothèque, debout devant le portrait de son père.

— C'était le meilleur des hommes que j'aie jamais rencontrés, dit Henry. Le plus intelligent, le plus élégant et le plus aimable.

— Je sais, répondit-elle. Et nous aurons un fils qui lui ressemblera en tout. Vous verrez !

QUATRIÈME PARTIE

Les Turner

Les femmes de Harry

D'une sagesse extrême, disert et persuasif ;
Acerbe et hautain envers ceux qui ne l'aimaient point,
Mais pour qui le recherchait, chaleureux comme l'été.

SHAKESPEARE
Henry VIII
Traduction Pierre Leyris

Je fais souvent ce rêve étrange et pénétrant
d'une femme inconnue, et que j'aime et qui m'aime.

Paul VERLAINE
« Mon rêve familier »
Poèmes saturniens

Je refuse d'être raisonnable. En effet, la raison des autres n'est pas toujours celle que je trouve la meilleure.

Elizabeth GASKELL

Comme on dit, un malheur en appelle un autre.

CERVANTÈS

54

Ravenscar, 1970

Dans la bibliothèque de Ravenscar, un homme se tenait face au portrait du grand Edward Deravenel, et l'admirait.

Le grand Edward Deravenel, son grand-père !

Sa mère, la fille aînée d'Edward, lui avait toujours dit qu'il ressemblait de plus en plus à son grand-père en grandissant, et elle avait eu raison.

Ce portrait avait été achevé peu avant le quarantième anniversaire d'Edward. Dans quelques jours, il aurait quarante ans, lui aussi, et il aurait pu passer pour son grand-père : un mètre quatre-vingt-dix, des épaules en proportion, des cheveux d'or blond et des yeux bleus. Si le grand Edward Deravenel avait pu sortir de son portrait et se tenir à côté de lui, ils auraient eu l'air de jumeaux.

Harry Turner s'arracha enfin à sa contemplation et passa sur la terrasse puis traversa les jardins en direction des ruines. Sa mère, Bess, l'emmenait sans arrêt jusqu'à la vieille place forte quand il était petit. Elle lui racontait comment son propre père en avait fait son coin préféré à Ravenscar, et elle-même après lui. A présent, c'était le sien, bien sûr !

Bess lui avait longuement raconté toute l'histoire des Deravenel et principalement tout ce qui concernait le grand Edward. Elle lui avait expliqué qu'elle l'adorait, exactement comme Harry avait lui-même adoré sa mère. Il avait aimé son père, aussi, mais le taciturne Henry Turner n'était pas aussi affectueux, démonstratif et accueillant que sa mère. En fait, il était plutôt ennuyeux et terne. Bess Deravenel, elle, était une femme hors du commun. C'était d'elle qu'il tenait son teint pâle, mais aussi son caractère indomptable, sa volonté, son ambition et sa personnalité positive. Pour Bess, le verre n'était jamais à moitié vide mais toujours à moitié plein et c'était ainsi qu'il envisageait la vie, lui aussi.

Il trouvait toutefois étrange de voir sa vie, par de nombreux aspects, ressembler à celle d'Edward Deravenel. Lui aussi avait épousé une femme de cinq ans son aînée. Lui aussi redoutait d'être détruit par une catastrophe. Ce grand-père qu'il n'avait jamais connu avait réussi à éviter que tout ne s'écroule.

Lui-même ne menait pas si bien sa barque. En ce 23 juin 1970, il avait l'impression qu'une série de drames allaient l'engloutir ou, en tout cas, qu'il nageait jusqu'au cou dans un océan de difficultés. Sa vie professionnelle était autant touchée que sa vie privée. Toutefois, pour ce qui concernait la compagnie Deravenel, il pouvait se débrouiller. En revanche, pour sa vie privée, il n'en était pas aussi sûr.

Il devait absolument divorcer, avoir une autre femme, avoir un héritier. Malheureusement, sa femme s'entêtait à ne pas changer d'avis. Aucun argument ne pouvait la convaincre de mettre un terme à son calvaire. Elle ne savait dire qu'une chose : pas de divorce !

Mais Harry avait seulement une fille et il savait parfaitement qu'on ne laisserait jamais une femme devenir le grand patron de la compagnie Deravenel. Catherine et lui étaient mariés depuis plus de vingt ans et Mary restait leur unique enfant. En dehors d'elle, il n'y avait eu qu'une longue suite de bébés mort-nés et de fausses couches.

Le temps jouait contre lui. Dans quatre jours, il aurait quarante ans et Catherine en avait déjà quarante-cinq. Comment auraient-ils pu avoir un autre enfant ? Elle était trop vieille. Et il ne la désirait plus. C'était Anne qu'il désirait, qu'il voulait posséder pour toujours. Il aurait fait n'importe quoi pour l'avoir. Elle espérait qu'il l'épouserait et refusait d'être sa maîtresse en titre. Depuis six ans, elle le frustrait et refusait d'emménager avec lui… Par moments, il se sentait poussé à bout.

Il savait très bien qu'il était pris au piège entre ces deux femmes obstinées et inflexibles. Elles le vidaient de toute son énergie.

Harry s'appuya le front contre la pierre du parapet et ferma les yeux. Que faire ? Mais les mots revenaient en boucle dans son esprit, sans qu'il puisse entrevoir de solution : divorcer, se remarier, avoir un héritier, trouver un nouveau gros marché pour la Deravenel… Et tout cela avant qu'il ne soit trop tard.

— Harry ? Tu es là ?

C'était Charles Brandt qui l'appelait ainsi de toute la puissance de ses poumons. Harry s'arracha à ses sombres pensées et se redressa pour voir Charles dévaler les dernières marches qui menaient aux ruines. Charles était son meilleur ami depuis l'enfance et, tandis qu'il le regardait approcher, Harry songea soudain que Charles était « son » Will Hasling.

Harry savait tout sur l'ami et plus proche collaborateur de son grand-père, un homme que sa mère avait aimé et tenu en très haute estime. Elle lui avait toujours dit que Will était mort dans des circonstances mystérieuses.

Il y avait de nombreuses morts suspectes dans l'histoire de sa famille, les oncles de sa mère, George et Richard, et les nombreuses personnes décédées de façon étrange avant la naissance de sa mère. Sa famille semblait vouée aux morts mystérieuses. Etaient-ce des meurtres ? Surtout, y avait-il des meurtriers parmi les Deravenel ?

Les pas de Charles Brandt résonnèrent sur les dalles de la place forte, une ancienne tour ronde à présent dépourvue de toit, ouverte à tous les vents et aux tempêtes de la mer du Nord. Le soleil brillait en ce mardi matin de la fin juin. Charles en sentait la chaleur sur son visage. Il avait hâte d'être dans sa maison du sud de la France mais ce ne serait pas avant la semaine suivante. Il avait vraiment besoin de partir en vacances, de prendre de la distance avec tout.

En voyant l'expression de Harry, Charles se sentit curieusement exaspéré.

— Allons, mon vieux, ressaisis-toi ! Tu as l'air d'un misérable. Qu'y a-t-il encore ?

Charles sourit avec lassitude.

— Comme si je ne le savais pas ! reprit-il. Tu penses aux deux femmes de ta vie qui te tiennent en leur pouvoir…

Harry eut un petit rire creux.

— Tu as raison mais il s'agit de ma vie dans son ensemble. Je ne peux pas continuer de cette façon. J'ai beaucoup réfléchi depuis que nous sommes ici. Dans quatre jours, j'aurai quarante ans. Charles ! Tu te rends compte ? Quarante ans ! Et ma vie personnelle est un désastre. Ces deux femmes me mettent à bout de patience.

— Je veux bien te croire. Ce sont toutes les deux d'horribles casse-pieds ! Cela fait une éternité que Catherine joue les saintes épouses pieuses et dévouées. Et maintenant, elle se prend pour une martyre. Elle est bien la seule à y croire, d'ailleurs. Quant à Anne Bowles, ce n'est qu'une allumeuse et tu le sais. N'importe qui déprimerait, à ta place ! A mon avis, tu devrais les laisser tomber toutes les deux et passer à autre chose, tout de suite. Tu connais le proverbe : une de perdue, dix de retrouvées !

Harry s'adossa au parapet, les yeux fixés sur son ami. Ils se connaissaient depuis l'enfance. Le grand-père de Charles avait trouvé la mort dans un accident minier en Inde alors qu'il travaillait pour la Deravenel. Comme Charles avait déjà perdu ses parents, la disparition de son grand-père l'avait laissé seul dans la vie. Henry Turner, se sentant responsable de l'orphelin, l'avait fait entrer dans sa famille. Charles et Harry avaient donc grandi ensemble.

Charles Brandt avait six ans de plus que Harry et il était aussi bien fait que lui. De plus, il était devenu son beau-frère en épousant Mary, la sœur préférée de Harry. Charles était le seul à pouvoir parler franchement à Harry, à pouvoir lui dire ses quatre vérités sans qu'il s'en offense.

— Ce n'est pas aussi simple que tu le crois, dit-il.

Puis, ayant fouillé ses poches sans succès, Harry demanda à Charles s'il n'avait pas une cigarette. Charles sortit son paquet de sa poche, le tendit à Harry puis alluma une cigarette pour lui-même.

Un moment s'écoula dans le silence tandis qu'ils fumaient, accoudés l'un à côté de l'autre face à la mer du Nord, perdus dans leurs pensées.

Charles était consterné de voir son ami englué dans une situation ridicule. C'était l'un des plus puissants hommes d'affaires britanniques, et il restait coincé dans un triangle amoureux infernal, à cause des manœuvres et des caprices de deux femmes mais aussi de sa propre faiblesse.

Les pensées de Harry suivaient le même chemin. Se maudissant lui-même, il se demandait comment Anne pouvait le tenir aussi fortement en son pouvoir. Mais il connaissait la vérité : Anne exerçait sur lui une attraction sexuelle comme il n'en avait ressenti avec aucune autre femme.

Charles rompit le silence d'une voix chargée d'ironie pensive.

— Cela montre, en tout cas, comment deux femmes vraiment intelligentes peuvent tenir un homme à leur merci… Un homme qui se conduit en naïf, d'après moi.

Harry se tourna vivement vers lui, ses yeux bleus pleins d'un brutal accès de colère. Il était orgueilleux, souvent arrogant et impérieux. Il ne supportait pas qu'on le traite d'idiot, même pas un ami aussi proche que Charles.

— Ne me traite pas de naïf ! Tu sais que cela me hérisse !

— Excuse-moi, mon vieux, dit Charles en soutenant le regard furieux de Harry. Tu es l'homme le plus intelligent, le plus habile et le plus brillant que j'aie jamais connu. Malheureusement, tu perds la raison avec ces deux femmes. Pourquoi ne les envoies-tu pas toutes les deux au diable ? Je te trouverai une autre femme, une femme belle, soumise, en adoration devant toi, qui satisfera tous tes désirs et ne te fera pas passer pour un jobard.

— Ce n'est pas vrai, protesta Harry. Je ne suis pas un jobard !

— Je sais, et je sais aussi ce que tu vas me dire, donc épargne-le-moi ! Ce qui se passe entre vous deux est complètement fou ! A notre époque ! Nous sommes en 1970, Harry, pas au Moyen Age ! Anne devrait vivre avec toi. Je ne comprends pas quel est son problème.

Harry approuva, l'air chagrin.

— Elle refuse de franchir le pas et d'emménager avec moi.

— Dommage !

Charles passa son bras sous celui de son ami.

— Il est temps d'y aller. Bradley s'est occupé de nos bagages et les a déjà fait porter dans la voiture. On reparlera de tout ça en rentrant à Londres. D'accord ?

— Tu as raison.

Revenus à la maison, ils passèrent par la bibliothèque. Charles s'arrêta devant le portrait d'Edward Deravenel et retint Harry par le bras.

— Regarde ! Regarde ton grand-père ! Il n'aurait jamais accepté une pareille situation. Et lui, il vivait dans les années 1920. Les mœurs n'étaient pas ce qu'elles sont aujourd'hui. Edward Deravenel dictait sa propre loi et tu devrais en faire autant. Tu dois régler cette situation une bonne fois pour toutes, si tu ne veux pas te retrouver très vite dans une camisole de force.

Harry ne répondit rien. Il contempla longuement le portrait de son grand-père puis se laissa entraîner par Charles vers la sortie. Bradley, le majordome, attendait en haut des marches du perron et il se retourna au bruit de leurs pas sur le marbre de l'entrée.

— Vos bagages sont dans le coffre de la voiture, monsieur Turner, dit-il.

— Merci, Bradley. Je ne viendrai pas le week-end prochain mais je vous reverrai dans quinze jours.

— Très bien, monsieur.

Le majordome alla les attendre devant la Rolls-Royce noire de Harry et leur ouvrit les portières.

— Je conduis, dit Charles en prenant place d'autorité derrière le volant.

Harry acquiesça distraitement, soulagé de ne pas avoir à conduire. Il se sentait soudain très las, certainement à cause de ses soucis. La Rolls commença à descendre la longue allée de Ravenscar dans un ronronnement luxueux.

— Détends-toi, dit Charles d'un ton apaisant. Je vais te dire ce que tu dois faire pour te tirer d'affaire avec ces deux… disons, ces deux dames faute d'un meilleur mot !

Il eut un petit rire amusé.

— J'ai pourtant des idées sur un certain nombre de qualificatifs qui leur conviendraient mieux !

Pour la première fois depuis des jours, Harry éclata d'un vrai rire.

55

Londres

— Je comprends mal pourquoi tu veux rester ici, Catherine.

Mary Turner Brandt observait sa belle-sœur d'un air intrigué.

— Je suis certaine que Harry est prêt à t'acheter une maison beaucoup plus luxueuse.

— Je le sais très bien, Mary ! Il me le propose sans cesse. Je peux avoir un château, si je veux. Mais j'aime ma petite maison. C'est intime. Et surtout, elle m'appartient.

Mary eut un sourire. Le fait que Catherine ait acheté elle-même cette maison ne lui était pas inconnu.

— C'est important pour toi, bien sûr, dit-elle.

Elle avait toujours eu beaucoup d'affection pour sa belle-sœur mais elle comprenait aussi très bien son frère. Par ailleurs, qu'une femme s'accroche à un homme qui ne voulait plus d'elle restait pour elle un mystère. C'était cela qui l'intriguait tellement chez Catherine. Toutefois, la sachant très seule, elle venait régulièrement prendre le thé avec elle.

Elle décida de tenter sa chance.

— Catherine, pourquoi refuses-tu de divorcer ? Vous êtes séparés depuis plus de sept ans, à présent, et tu sais qu'il ne reviendra pas. Je suis désolée de ma brutalité mais c'est la vérité.

— Je le pense, oui, mais je suis catholique, comme toi. Si quelqu'un peut donc me comprendre, c'est bien toi.

— Oui mais, en même temps, quelque chose m'échappe.

Mary s'interrompit, sourcils froncés, ses yeux bleus trahissant sa perplexité.

— Sincèrement, reprit-elle, je ne vois pas pourquoi tu tiens à rester mariée avec un homme qui ne veut plus de toi. Personnellement, je crois que ma fierté me dicterait de le quitter. Pas toi ?

Elle avait mis autant de douceur dans sa question qu'elle le pouvait mais Catherine répondit d'un ton froid :

— Ma foi passe avant ma fierté !

« Comme elle est contente d'elle ! pensa Mary. L'image même de la parfaite piété... » Charles avait raison. La veille, à son retour du Yorkshire, il lui avait rapporté les propos de Harry sur Catherine et sa façon de jouer les martyres.

Avec un soupir, elle fixa Catherine, assise en face d'elle, de l'autre côté de la table basse.

— Harry a besoin d'un héritier, dit-elle à mi-voix. Il en a absolument besoin, tu le sais. Il pense à l'avenir de la Deravenel et je pense que même toi tu n'as pas besoin qu'on te le rappelle.

— En effet ! Mais Harry a déjà un héritier, notre fille, à qui nous avons donné ton prénom. Mary peut travailler à la Deravenel s'il le veut. Elle en aura bientôt l'âge puisqu'elle va fêter ses dix-huit ans. Et ne me dis pas qu'une femme ne peut pas diriger la compagnie ! C'est ton propre grand-père qui l'a rendu possible.

— Tu as tout à fait raison.

Mary se sentait en pleine déconfiture. Elle avait l'impression de se heurter à un mur. Elle se renfonça dans les coussins du canapé, étudiant la façon dont Catherine s'était installée. La maison faisait partie d'un ancien ensemble d'écuries converties en habitations très recherchées. Le salon était plein de charme, décoré avec un goût très sûr et beaucoup plus grand qu'on ne l'aurait cru de l'extérieur. Mary comprenait pourquoi Catherine aimait cette maison. Elle était parfaite pour deux personnes.

— A propos, dit-elle, comment va ma nièce ? Je ne l'ai pas vue depuis une éternité.

— Elle va très bien mais son père lui manque.

Catherine se pencha soudain vers Mary, tendue.

— Penses-tu que Harry viendra prendre le thé avec nous, ce week-end ? En général, il vient nous voir quand c'est son anniversaire. Sais-tu s'il y a une fête pour l'occasion ? Il va avoir quarante ans, c'est une date importante.

Prise au dépourvu, Mary changea de position et tapota un coussin. Elle réfléchissait à toute vitesse.

— Je ne suis au courant d'aucune fête d'anniversaire… Quant à savoir s'il viendra te voir, je l'ignore. Harry n'est pas du genre à confier ses projets à sa petite sœur !

Elle eut un petit rire forcé.

— Mon frère est comme notre père et notre grand-père, Edward Deravenel. Il fait passer les affaires en premier !

— Tu es de son côté, n'est-ce pas ? dit Catherine d'un ton coupant.

Mary en resta bouche bée, encore une fois prise au dépourvu. Cependant, cette fois, elle pouvait dire la vérité.

— Jusqu'à un certain point, oui, je suis de son côté. Je pense sincèrement que tu devrais lui rendre sa liberté pour qu'il puisse se remarier et essayer d'avoir un héritier.

— Et tu approuves sa relation avec cette chienne d'Anne Bowles ?

— Que je l'approuve ou pas n'est pas la question. Je crois seulement que mon frère a le droit d'être libre après toutes ces années de séparation.

— Mais moi, je ne peux pas agir en reniant ma religion !

Catherine eut un mouvement de tête très théâtral.

— Jamais ! ajouta-t-elle d'un ton grandiloquent. Je n'accepterai jamais de divorcer.

En quittant la maison de Catherine, Mary traversa Eaton Square, frustrée et découragée. On n'arrivait jamais à rien avec Catherine. Elle était incroyablement têtue, butée et démodée.

Mary comprenait très bien son frère. L'attitude de Catherine avait de quoi rendre furieux n'importe quel homme. Rien d'étonnant si Harry était à bout. Il voulait tellement un héritier ! Les derniers mots de leur père sur son lit de mort lui avaient fait une profonde impression. Leur père avait insisté sur l'absolue nécessité d'engendrer un héritier mâle. Mary pensait parfois que son frère en avait été traumatisé.

Quand il était rentré de son week-end à Ravenscar, Charles l'avait invité à rester dîner chez eux. Apparemment, la circulation avait été un vrai cauchemar, les voitures coincées pare-chocs contre pare-chocs. Mary avait tout de suite senti que son frère était au bout du rouleau et elle avait eu mal pour lui. Harry était un homme si généreux, attentionné et aimant. On pouvait lui demander n'importe quoi, il se mettait toujours en quatre pour faire plaisir.

Après le dîner, il était rentré à la maison de Berkeley Square, celle où ils avaient passé une partie de leur enfance, et où il vivait à présent seul. Charles avait alors expliqué à sa femme l'état d'esprit de son frère et elle en avait été très inquiète.

C'était pour cette raison qu'elle était allée voir Catherine. Elle espérait réussir à la faire changer d'avis ou, au moins, accepter d'en parler. Mais elle s'était heurtée à un mur.

Toutefois, elle avait tendance à être d'accord avec le jugement de Catherine sur Anne Bowles. Cette femme avait mis le grappin sur Harry. Malheureusement, le savoir ne résolvait rien. Harry voulait Anne. Comme disait Charles, cette femme l'avait hypnotisé. Une chose était certaine pour quelqu'un qui connaissait Harry aussi bien que Mary le connaissait : il ne lâcherait pas prise si facilement.

Dans la voiture, Charles lui avait conseillé de laisser tomber les deux femmes et de passer à autre chose. Mais Harry l'avait-il seulement entendu ? Et suivrait-il son conseil ? Elle l'ignorait.

Mary aimait beaucoup son frère et le plaignait d'être coincé dans un mariage qui ne marchait plus, où il était malheureux avec une partenaire insupportable. Mary savait trop bien de quoi elle parlait.

Son premier mariage avait été un cauchemar. Antoine Delacroix était trop âgé pour elle et avait un caractère épouvantable. Il était assez vite tombé malade. Elle avait rencontré l'amour de sa vie quand Charles Brandt était venu travailler au bureau de la Deravenel à Paris. Le plus curieux était qu'elle le connaissait depuis l'enfance. Le jour où, fêtant son arrivée à Paris, il l'avait emmenée déjeuner au Ritz, elle s'était aperçue qu'elle tremblait de désir.

De façon on ne peut plus opportune, Antoine Delacroix était brusquement décédé et Mary s'était retrouvée libre, merveilleusement libre d'aimer et d'épouser Charles Brandt, l'homme qu'elle connaissait depuis toujours sans le connaître. Elle s'était donnée à lui avant la disparition de son mari, tellement elle l'aimait. Mary estimait qu'elle avait eu beaucoup de chance. Charles et elle avaient eu deux filles et elle n'avait pas rencontré de couple plus heureux que le leur.

En quittant Catherine, Mary pensait s'arrêter chez Harvey Nichols et acheter des vêtements d'été pour son voyage en France. Elle changea toutefois d'avis et fit signe à un taxi auquel elle donna son adresse à Chelsea. Au diable les courses ! Elle voulait être chez elle quand Charles rentrerait. Il n'aimait pas arriver dans une maison vide.

— Je veux divorcer, et je le veux tout de suite !

Harry Turner fixait Thomas Wolsen, son avocat. Ses yeux bleus avaient pris une nuance glaciale et il pinçait la bouche d'un air exaspéré.

Thomas Wolsen était l'avocat conseil de Harry depuis vingt-trois ans et suivait ses dossiers dans plusieurs domaines, certains n'ayant rien à voir avec des questions juridiques. Au fil des ans, il avait fini par considérer Harry un peu comme un fils. Il joignit le bout des doigts et regarda son client avec compréhension.

— Harry, dit-il amicalement, je ferais n'importe quoi pour toi et je pense que tu le sais. Je donnerais ma vie pour toi, s'il le fallait. Malheureusement, je ne peux pas changer les lois de notre pays en ta faveur, pas plus que celles de l'Eglise catholique.

Harry se renfonça dans son fauteuil, rouge de colère mais sans un mot.

Thomas fit de même, mais conserva la même attitude de sympathie soucieuse.

La scène se passait au cabinet de Thomas dans Upper Grosvenor Street. Pendant la demi-heure précédente, ils avaient discuté de diverses questions juridiques dans un climat chaleureux et confiant, comme d'habitude entre eux. Mais quand Harry avait abordé la question de son divorce, l'atmosphère s'était refroidie. Thomas savait que Harry se heurtait à un mur sans vouloir l'admettre.

Harry reprit soudain la parole d'une voix tendue et plus aiguë.

— Il y a certainement quelque chose à faire ! Ne pouvons-nous payer quelqu'un ? Il y a bien quelqu'un quelque part qui serait prêt à accepter une enveloppe !

— Non, Harry, personne !

— Pourquoi ne puis-je pas demander le divorce contre Catherine ? Nous sommes séparés depuis des années.

— Tu ne peux pas parce que c'est toi qui es parti, pas l'inverse. En revanche, elle pourrait demander le divorce contre toi pour abandon du domicile conjugal. Le problème vient de ce qu'elle ne veut pas le faire. Nous sommes dans une impasse.

— Je pourrais peut-être la convaincre ?

— Harry, sois raisonnable ! L'Eglise catholique interdit le divorce. Si elle le fait quand même, elle sera excommuniée. Je peux t'affirmer qu'elle ne se mettra certainement pas en situation de l'être. Je la connais assez pour savoir qu'elle ne fera pas de compromis avec sa foi et sa religion.

— Elle peut me demander tout ce qu'elle veut. De l'argent, autant qu'elle veut. Elle peut avoir Waverley Court. Pas la maison de Berkeley Square mais celle du Kent, oui. Divorcer ! Je dois divorcer, à n'importe quel prix ! Aide-moi à obtenir mon divorce, Thomas !

— Un divorce à n'importe quel prix, répéta Thomas d'un air consterné. Comment peux-tu dire cela ? Il y a des avocats qui seraient ravis de t'entendre, en particulier les siens ! Mais tu me permettras d'être un peu plus discret ? Je ne peux pas répéter ta proposition, surtout si je dois discuter avec les avocats de Catherine.

— Fais ce que tu peux, mais trouve-moi une solution !

Harry avait presque crié. Il se leva brusquement et gagna la porte d'un pas furieux. Il se retourna avant de sortir.

— Le temps me rattrape, Thomas, tu comprends ? Je dois absolument divorcer. Il le faut, pour ma propre santé mentale. Je veux divorcer maintenant, Thomas ! Tu comprends ? Maintenant !

Il avait crié son « maintenant » et sortit en claquant la porte sans attendre de réponse ni même dire au revoir.

Thomas Wolsen avait l'air de plus en plus consterné. Il se carra dans son fauteuil. Que pouvait-il faire ? Il devrait accomplir un miracle et, avec Catherine en face de lui, c'était impossible.

Il pressa finalement le bouton de l'interphone et demanda à John Upstone, l'un des associés les moins importants du cabinet, de venir le voir. Ce dernier ne tarda pas à frapper à la porte de Thomas.

— Vous avez besoin de moi, monsieur ?

Thomas hocha la tête avec une expression qui était un véritable appel au secours.

— J'ai aperçu Harry Turner qui sortait d'ici, reprit John. Je suppose que c'est de lui qu'il est question, n'est-ce pas ?

— Oui, soupira Thomas. Il veut absolument divorcer. Il a, disons, insisté sur le fait qu'il veut divorcer maintenant.

— Il n'a aucun motif pour faire une demande. Aucun tribunal n'accepterait de prononcer un divorce, dit John d'un ton calme.

— Nous devons quand même trouver un moyen d'y arriver. Je pense que nous sommes sur le fil du rasoir, John, sincèrement. Si nous ne sortons pas un miracle de notre chapeau, nous pourrions bien le perdre comme client.

John Upstone ouvrit de grands yeux.

— Après toutes ces années ? Sans tenir compte de vos relations d'amitié ?

— Je viens de découvrir que les relations d'amitié ne comptent pas beaucoup pour notre cher Harry. Il n'y a que lui qui compte pour lui.

— Bien, je vais me débrouiller pour trouver quelque chose, d'une façon ou d'une autre.

— Je suis heureux de l'entendre…

Thomas se pencha vers John.

— Essayez toutes les pistes, mais dénichez le moyen de lui obtenir un divorce ! A l'exception du meurtre, bien sûr !

56

Par un beau mercredi soir de juin, sir Tommy Morle, journaliste, écrivain, philosophe et avocat, prenait l'apéritif avec Harry Turner au Rule's.

Depuis une demi-heure, Tommy écoutait attentivement Harry lui exposer ses problèmes conjugaux.

— Harry, dit enfin Tommy, écoute-moi, s'il te plaît. Ecoute-moi bien ! Tu rêves, tu te racontes des histoires. Tu n'obtiendras pas l'annulation de ton mariage. C'est absolument impossible.

— Wolsen m'a dit la même chose mais il y a des gens qui y sont arrivés après avoir été mariés pendant très longtemps…

— Je vais t'expliquer la situation. En droit canon, les seuls motifs d'annulation d'un mariage sont l'empêchement de sa réalisation, ce qui inclut la non-consommation et la bigamie. A côté de ces deux grandes catégories, l'annulation peut être prononcée en cas de mariage forcé et en cas de troubles psychiques ou émotionnels. Or vous étiez tous les deux parfaitement lucides et consentants. Personne ne vous a obligés à vous marier. Et le mariage a été consommé, votre fille est là pour en témoigner.

— Je sais ! En fait, je connais mon dossier par cœur. Je l'ai étudié dans tous les sens et je sais que je suis coincé.

— En effet…

— Tommy, il me faut absolument un héritier mâle, tu le sais mieux que quiconque. Tu as bien connu mon père et tu sais comment il était. Cela mis à part, j'aime Anne et elle m'aime. Je veux vivre avec elle et je veux avoir un héritier avec elle.

Tommy réfléchit quelques instants puis hocha la tête, découragé.

— Harry, tu m'as demandé mon avis plus d'une fois mais malheureusement je n'ai toujours pas de solution car il n'en existe pas plus aujourd'hui qu'hier. Tu as épousé une catholique pratiquante et très dévote.

— Oui et j'ai autant de possibilités de divorcer que de trouver une boule de neige en enfer ! Je devrais simplement vivre avec Anne et, si elle tombe enceinte, eh bien elle sera enceinte et mon héritier sera illégitime !

Harry leva les mains dans un geste de lassitude. Il était surpris de ses propres paroles et cela le fit rire.

— Et voilà, j'ai fini par le dire ! C'est la seule solution. Nous vivrons ensemble.

— Non, ce n'est pas la seule solution. Tu pourrais renoncer à Anne et accepter le fait que tu as déjà un héritier, rétorqua Tommy avec gentillesse.

— Tu parles de Mary ?

— Bien sûr ! Elle est ton héritière légitime.

— Mais c'est une fille ! Je veux…

— Je te conseille de ne pas parler de cette façon devant les femmes émancipées d'aujourd'hui ! Elles t'arracheraient les yeux. On est en 1970, Harry, pas en 1900. Les temps ont changé. Il y a de plus en plus de femmes qui arrivent aux postes de direction dans les entreprises. C'est la même chose en politique. Je peux te garantir que je suis de près la carrière de notre jeune ministre, Margaret Thatcher.

— D'après les gens bien informés, elle ira loin. Je suis d'accord avec toi, il faut la garder à l'œil.

— Je te parie même qu'elle ira au sommet ! A mon avis, elle pourrait bien devenir Premier ministre, et dans un avenir pas si lointain.

— Une femme Premier ministre ? répéta Harry en riant. Je suis très sceptique.

— Qui sait ? Tout peut arriver !

— Sauf de pouvoir divorcer d'une catholique…

— Hélas !

Tommy but une gorgée de whisky.

— Le monde bouge très vite depuis quelque temps. On ne sait pas ce qui pourrait arriver. Catherine finira peut-être par accepter. Qui aurait cru qu'un homme marcherait sur la Lune ? Cela montre que tout peut arriver.

— Ma fille ne s'est jamais intéressée aux affaires. Je t'accorde qu'Edward Deravenel a rendu possible l'arrivée d'une femme à la tête de la compagnie mais je ne pense pas que Mary en voudrait. Elle est beaucoup plus attirée par la peinture et la musique.

— La plupart des jeunes filles s'intéressent à l'art mais elle pourrait aussi avoir le sens des affaires. Lui as-tu déjà proposé de travailler pour la Deravenel ?

— Non et, de toute façon, j'estime qu'une femme doit vraiment vouloir être dans les affaires pour avoir une chance de succès. Qu'en penses-tu ? De plus, il y aurait des résistances.

Tommy acquiesça.

— Et une femme doit montrer encore plus d'ambition pour réussir.

Harry n'avait pas vraiment envie de parler de sa fille et de son entrée éventuelle dans la compagnie. Il préféra changer de sujet.

— Anne a de l'ambition.

« Comme si je ne le savais pas ! » pensa Tommy. Il s'abstint toutefois de faire la moindre remarque. Il se contenta de savourer son whisky, pensif. Anne Bowles était la femme la plus ambitieuse, dure, manipulatrice, volontaire et habile qu'il ait jamais connue. Il ne l'aimait pas et, en son for intérieur, désapprouvait la liaison de Harry. Il préférait de très loin la douce et paisible Catherine. Mais Harry était son ami. Il lui restait loyal en espérant réussir à l'influencer dans le bon sens.

Harry lui donna une légère tape sur le bras.

— Tommy, reviens ! Tu ne m'écoutes plus. Comme je te disais, Anne a le sens des affaires. Son magasin d'antiquités de Paris marche très bien, comme celui de Londres. Elle a l'œil pour les belles pièces et un goût très sûr. Evidemment, c'est moi qui le dis, mais c'est une femme de talent.

Les deux serveurs qui leur apportaient leur entrée évitèrent à Tommy de trouver une réponse acceptable. La truite fumée en provenance directe d'Ecosse était servie avec une sauce crémeuse au raifort et de fines tranches de pain complet beurré.

— Voilà qui me paraît appétissant, dit-il.

Il espérait qu'Anne Bowles n'occuperait pas toute la conversation. Il ne connaissait pas de sujet plus ennuyeux et, malheureusement, quand Harry était lancé, il ne s'arrêtait plus.

Le fait d'avoir dit les choses à voix haute devant Tommy rendit Harry Turner plus confiant dans son projet de vivre avec Anne. En fait, il n'avait jamais douté de son désir. Le problème venait d'Anne. Elle semblait trouver difficile de franchir le pas mais Harry se sentait capable de la faire changer d'avis.

C'était Charles Brandt qui l'avait aidé à voir clair en lui parlant pendant le trajet de retour à Londres. Charles lui avait donné des idées pour convaincre Anne de vivre avec lui et la rassurer sur le fait qu'il ne l'abandonnerait jamais, quoi qu'il arrive.

Dimanche, quand il rejoindrait Anne à Paris pour fêter ses quarante ans, il lui offrirait tout. Comment pourrait-elle résister à ce qu'il pouvait lui donner ? Des avantages matériels sans fin, et lui-même par-dessus le marché ! Allons, c'était fait. Pour Harry, c'était comme si Anne avait déjà dit oui.

De plus, il pouvait lui dire en toute vérité qu'il avait fait une dernière tentative, qu'il avait de nouveau parlé à Thomas Wolsen de son problème de divorce, qu'ils avaient dîné ensemble pour refaire le tour de la question. Samedi, avant de partir à Paris, il ravalerait son orgueil et irait prendre le thé chez Catherine. Mais, sous le prétexte officiel de son anniversaire, il y aurait un autre objectif. Une fois de plus, une dernière fois, il demanderait à sa femme de lui rendre sa liberté. Si elle refusait, il n'hésiterait plus et s'installerait avec Anne. Mais, au moins, en voyant Catherine il pourrait dire sans mentir à Anne qu'il avait tout essayé.

Harry se leva et alla en soupirant se servir un cognac à la petite table où était posé le plateau des boissons. Pensif, il alla se rasseoir, son verre à la main.

Ses yeux se posèrent sur le Renoir accroché au-dessus de la cheminée, le célèbre portrait des sœurs rousses. Il se trouvait dans la maison de Berkeley Square depuis qu'Edward Deravenel l'avait acheté en raison de la ressemblance des modèles avec ses filles, Bess et Grace Rose.

La pensée de Grace Rose fit sourire Harry. C'était sa tante préférée. Elle avait à présent plus de soixante-dix ans et restait aussi active qu'une femme de quarante ans. Elle écrivait de remarquables livres d'histoire qui étaient tous devenus des succès. Son mari, Charles Morran, était également en pleine forme et, à quatre-vingts ans, était une légende vivante. Il avait été un fabuleux comédien, une vedette de la scène à Londres comme à Broadway.

Sa mère lui avait tout raconté sur Charlie, comme tout le monde l'appelait. Elle lui avait parlé de son visage horriblement brûlé pendant la Première Guerre mondiale et du travail accompli par les chirurgiens spécialistes de la reconstruction faciale. Il savait aussi comment Grace Rose s'était liée d'amitié avec lui après le décès brutal de Rowena, sa première femme, des suites d'un cancer. Charlie et Grace Rose avaient fini par se marier, pour la plus grande joie du célèbre Amos Finnister. Amos était mort peu après leur mariage.

« Tu comprends, Harry, avait dit Bess, il peut enfin s'en aller. Il sait que sa Grace Rose chérie sera toujours en sécurité avec Charlie. »

Bess Deravenel Turner, cette mère extraordinaire qui avait été la sienne, était la plus étonnante diseuse d'histoires. Elle avait nourri son esprit et son imagination de récits sur les Deravenel. C'était sa façon à elle de lui apprendre l'histoire de sa famille. Elle n'avait jamais cessé de lui rappeler qu'il appartenait pour moitié aux Deravenel et pour moitié aux Turner, et qu'il devait toujours y avoir un descendant des Deravenel dans la compagnie qui portait leur nom.

Les parents de Harry avaient fondé une nouvelle lignée, celle des Turner, mais les Deravenel n'avaient jamais cessé d'exister dans l'esprit de Bess. Elle les avait élevés presque seule, sa petite sœur Mary et lui. Si quelqu'un avait eu de l'influence sur lui, cela avait été sa mère.

Harry avait aimé son père mais ils n'avaient pas été aussi proches. Pendant toute l'enfance et l'adolescence de ses enfants, Henry Turner avait bataillé dur pour maintenir la compagnie à flot. Il avait réussi à lui faire traverser sans dégâts les grandes crises du crash de Wall Street, de la récession aux Etats-Unis et en Grande-Bretagne, et des difficiles années 1930, sans même parler de la Seconde Guerre mondiale. Assumer ses responsabilités en avait fait un père souvent absent, toujours absorbé par des dossiers urgents, et qui avait laissé l'éducation de ses quatre enfants à la charge de sa femme.

Le mariage de ses parents avait été arrangé par ses deux grands-mères, Elizabeth Deravenel et Margaret Beauchard Turner, mais cela avait été un mariage heureux.

Il n'y avait jamais eu même la moindre tentation d'infidélité entre ses parents et quand son frère aîné, Arthur, était mort brutalement, leur chagrin les avait rendus encore plus proches et solidaires. Ses sœurs, Margaret et Mary, et lui avaient entouré leurs parents aussi étroitement que possible à la suite de ce deuil. C'était ainsi qu'il était devenu l'héritier en titre.

Quand Bess était morte en couches à trente-sept ans, son père avait été inconsolable, comme ils l'avaient tous été. Que Bess disparaisse aussi jeune avait été la pire tragédie de leur famille. Elle lui manquait toujours, elle et son beau visage, son rire merveilleux et son attitude si positive. C'était Grace Rose qui avait réussi à le consoler un peu. Comme Bess, elle avait adoré son père. Sa demi-sœur disparue, elle était devenue la gardienne de la flamme.

Quels drames avait traversés sa famille ! Jane Shaw, la maîtresse de son grand-père, était morte de chagrin peu après lui, laissant tous ses biens à Bess et à Grace Rose. Il y avait eu aussi le choc causé à sa mère par le meurtre non élucidé de son oncle Richard, mais aussi la disparition encore plus mystérieuse de ses frères. On n'avait jamais trouvé le moindre indice susceptible d'éclairer leur sort.

La vie solitaire d'Elizabeth Deravenel après la mort d'Edward avait beaucoup impressionné Bess. Lui-même n'avait jamais aimé sa grand-mère Deravenel, pas plus que sa grand-mère Turner. Margaret avait cherché à le manipuler mais il avait échappé à ses griffes. C'était elle qui l'avait dégoûté des femmes fortes et volontaires.

En revanche, il avait beaucoup aimé ses tantes, les défuntes sœurs de sa mère, Cecily, Anne, Katharine et Bridget. Sa mère s'était occupée d'elles aussi bien que possible. Harry estimait que son père n'avait pas toujours été très aimable avec les femmes de la famille Deravenel et il lui en avait toujours voulu parce que cela blessait sa mère.

L'image des frères de sa mère s'imposa ensuite à lui. Soudain, il se souvint d'un détail et, posant son cognac sur la table basse, il monta dans sa chambre.

Il avait un coffre-fort dans son dressing-room. Il y prit un écrin de cuir noir dont il sortit le médaillon en or qui avait appartenu à son grand-père. Bess l'avait soigneusement gardé pour son frère, le petit Edward, à qui le médaillon revenait de droit après le décès du grand Edward Deravenel. Mais le petit Edward, disparu à l'âge de douze ans, ne l'avait jamais porté. A présent, le médaillon lui appartenait. Sa mère le lui avait transmis en lui disant son histoire.

Harry le retourna dans sa main… Il y avait un soleil rayonnant d'un côté et, de l'autre, une rose blanche d'York en émail. Le long de la tranche était écrite la devise des Deravenel : *Fidélité pour l'éternité*.

Il garda longtemps le bijou dans sa main. Il pensait à sa mère, à la puissance de la compagnie Deravenel et à l'influence qu'avait eue Edward Deravenel. Et Harry se fit une promesse. Dès qu'il aurait réglé la situation avec Anne, il trouverait un moyen de rendre la Deravenel encore plus puissante. Il deviendrait un héritier digne de ce nom, à l'image de son grand-père.

57

Harry était à peine arrivé en vue de la maison de Catherine qu'il regretta d'être venu. Bien que de bonnes dimensions, cette maison le rendait claustrophobe et lui donnait envie de fuir à toutes jambes.

Malheureusement, c'était impossible. Force lui était de se contrôler et de rester au moins deux heures. Cette seule idée le rendait malade. De plus, il n'avait rien à lui dire.

Cela faisait presque huit mois qu'il n'avait pas vu Catherine et il eut du mal à croire qu'elle avait pu autant changer. A quarante-cinq ans, elle avait soudain l'air d'en avoir soixante. Le lumineux blond vénitien de ses cheveux avait tourné au blond fade mêlé de gris. Ses yeux bleus autrefois si vivants avaient perdu tout éclat. Elle était aussi beaucoup trop mince, à la limite de la maigreur maladive.

Comme elle le faisait entrer au salon, il la regarda avec incrédulité. Il ne reconnaissait pas la ravissante jeune femme qu'il avait épousée vingt ans plus tôt. D'origine espagnole, elle avait néanmoins hérité le teint pâle d'une trisaïeule maternelle, une aristocrate anglaise. Mais la fraîcheur de son teint avait également disparu. Catherine était devenue terriblement terne.

— Pourquoi me fixes-tu de cette façon, Harry ? J'ai quelque chose sur la figure ?

Elle prit un fauteuil en face de celui qu'elle venait de lui indiquer. Sa remarque fit sursauter Harry qui se sentit obligé d'improviser une réponse crédible.

— Non, pas du tout ! Je me disais seulement que tu parais amaigrie. Je me demandais si tu suivais de nouveau un régime. Ce n'est pas recommandé, tu sais.

— Non, Harry, je ne fais aucun régime.

Elle avait envie d'ajouter que la vérité était plus simple, qu'il lui manquait et qu'elle en souffrait, mais elle se l'interdit. Elle refusait de s'abaisser devant lui.

Comme s'il pouvait lire dans son esprit, il fut pris d'un grand élan de tendresse envers elle et lui sourit affectueusement.

— Si tu as besoin de quoi que ce soit, tu dois me le dire et je t'aiderai. Je ne veux pas que tu te sentes abandonnée.

Abasourdie, elle ne put retenir une exclamation de stupeur.

— Mais si, Harry ! Je me sens abandonnée. Nous ne te voyons jamais, Mary et moi. En fait, nous nous sentons toutes les deux abandonnées.

Comprenant qu'il avait commis un regrettable impair, il eut la bonne grâce de paraître désolé.

— Excuse-moi, Catherine, mais je suis débordé de travail. Tu sais que je dois gérer des projets très lourds…

Il se sentait sincèrement coupable et soupira d'un air chagriné.

— Oui, je sais, répondit-elle.

Elle tourna la tête en entendant la gouvernante qui entrait, chargée d'un grand plateau.

— Vous pouvez le mettre sur la table basse, madame Aldford. Je vous remercie.

Dès que la gouvernante fut sortie, Catherine releva les yeux vers Harry.

— Oui, je sais que les affaires ont toujours occupé la première place dans tes amours, Harry. Tu n'as jamais laissé personne ni rien se mettre dans le chemin. Et puisque tu me le demandes, je pense que ce serait bien si Mary avait un endroit où passer les mois d'été. Peut-être qu'un cottage au bord de la mer…

Elle le fixait, le regard soudain très dur.

— Tu peux avoir Waverley Court, si tu veux. Je fais mettre les titres de propriété à ton nom tout de suite.

Le visage de Catherine s'éclaira momentanément puis elle reprit son air triste.

— A quel prix ?

— Le divorce, Catherine. Tu connaissais certainement la réponse.

— En effet ! Et tu connais la mienne : c'est impossible. Quoi qu'il en soit, j'ai les bijoux que tu m'as donnés au moment de notre mariage, des bijoux de ta famille et d'autres de ta mère. J'ai l'intention de les vendre aux enchères. A moins que je trouve un acheteur privé. Cela me permettra d'acheter une maison de vacances pour ta fille, pour notre fille.

Harry se sentit soudain le cœur serré d'avoir quitté Catherine. Il avait été fou d'elle et elle l'avait aimé passionnément en retour. Catherine avait été la femme de son frère aîné, Arthur, mais leur mariage n'avait duré que quelques mois, à cause du décès prématuré d'Arthur. Henry Turner avait fini par suggérer à Harry d'épouser la veuve de son frère et Harry avait accepté sans hésitation. Il était amoureux de Catherine depuis le jour de son mariage avec Arthur, où il était lui-même garçon d'honneur. Il l'avait donc épousée et ils avaient été très heureux. Ils avaient vécu tant de choses ensemble, ils s'étaient aimés comme si le monde leur appartenait. Après avoir perdu avant terme le fils que Harry espérait tant, Catherine avait enfin donné naissance à Mary. Harry se souvenait encore de leur joie.

Après Mary, ils n'avaient pas eu d'autre enfant. D'une certaine façon, Catherine en avait été brisée et Harry le savait car il en avait aussi été affecté. C'était malheureusement cette incapacité à lui donner un fils qui avait fini par détourner Harry de sa femme.

D'une façon très calculée, il avait commencé à chercher ailleurs, et, un jour, son regard s'était arrêté sur une sombre beauté, une femme qui avait quatorze ans de moins que lui. Son sourire enjôleur et ses courbes ensorcelantes l'avaient fait succomber. A partir de l'instant où il avait goûté à ses charmes, plus personne d'autre n'avait existé pour lui. Il n'y avait plus eu qu'elle, Anne…

Harry se cala dans les coussins du canapé, regardant Catherine servir le thé, toujours aussi douce et gracieuse. C'était aussi une femme cultivée et raffinée dont il avait beaucoup appris. Ils s'étaient toujours sentis à l'aise ensemble et ne s'étaient jamais disputés sérieusement. Ils partageaient des intérêts variés et en avaient tiré de nombreux moments de plaisir. Mais le temps dont Harry disposait pour sa vie personnelle s'était peu à peu réduit, en même temps que s'érodait son amour pour Catherine.

Tout au fond de lui, il avait su que l'inévitable se produirait. Il se sentait si fortement amoureux de la belle Anne aux yeux de biche qu'il ne pouvait la laisser lui échapper. Elle possédait un attrait sexuel irrésistible. En fait, elle rayonnait d'une sensualité envoûtante et fascinait Harry. Le jour où il avait connu l'étreinte possessive d'Anne, sa capacité d'initiative dans les jeux de l'amour et son désir pour lui, Catherine avait perdu toutes ses chances. Elle ne pouvait rien faire pour lutter contre un tel pouvoir. Anne était aussi une compagne extraordinaire hors du lit.

Tandis que Harry pensait à Anne, Catherine pensait à lui, son mari adoré. Il avait pris du poids et, même s'il pouvait se le permettre grâce à sa haute taille, elle lui trouvait meilleure allure avec quelques kilos de moins. Cela ne l'empêchait pas de rester l'homme le plus séduisant qu'elle eût connu, avec sa chevelure d'or blond, ses yeux bleus et son impressionnante stature. Toujours aussi charismatique, il donnait une impression de grande puissance.

Catherine observait son mari à la dérobée. Elle trouvait étrange de penser que, avant, ils avaient la même couleur de cheveux. Comment Mary pouvait-elle posséder des cheveux noirs et des yeux bruns ? Sans doute était-ce une résurgence de ses origines espagnoles à elle, Catherine.

Harry Turner était l'un des plus puissants hommes d'affaires au monde, mais elle n'avait pas lu grand-chose à son sujet dans la presse, depuis quelque temps.

Elle lui tendit sa tasse de thé par-dessus la table basse.

— Comment vont les affaires, Harry ? Pas de grands contrats en perspective ?

— Non, il ne se passe rien de spectaculaire. Mais tu me connais, Catherine, je vais me débrouiller pour que cela arrive. Et très vite ! J'ai l'œil sur deux ou trois sociétés, en ce moment.

— Tu attends de pouvoir les reprendre ?

Tout en guettant sa réponse, elle lui désigna l'assiette à gâteaux.

— Sers-toi, ce sont tes préférés, dit-elle.

— Des macarons, oui ! C'est toi qui les as faits ?

— Oui, pour ton anniversaire.

Il y eut un petit silence pendant qu'ils buvaient leur thé, pensifs.

— Tu es un bon repreneur d'entreprises, Harry, dit-elle enfin. Tu ne les rachètes pas pour les dépouiller, Dieu merci ! Tu réussis toujours à les redresser.

Il la dévisagea, intéressé. Il avait oublié à quel point elle aimait parler d'affaires avec lui et la compréhension qu'elle en avait. Cela le fit penser à sa fille et à sa conversation avec Tommy.

— Dis-moi, je n'ai pas vu Mary ? Je croyais qu'elle serait avec nous.

— Elle va bientôt descendre. Elle voulait nous laisser seuls un moment, pour que nous puissions parler.

— Ah ! Je vois.

Harry prit le temps de déguster deux des macarons de Catherine avant de revenir à leur fille.

— Je me demandais… A ton avis, que veut faire Mary ? Elle a déjà une idée de carrière ?

— Comme tu le sais, elle se passionne pour la peinture mais elle n'a pas encore pris de décision. Peut-être devrais-tu lui parler.

— Tu as raison, je le ferai à mon retour de Paris.

— Quand pars-tu ?

— Demain.

— Je suppose que tu vas fêter ton anniversaire, dit-elle d'un ton glacial.

Dans un réflexe défensif, il fit non de la tête. Pourquoi agiter un chiffon rouge devant un taureau ? pensa-t-il.

— Non, pas du tout, répondit-il avec un sourire. J'y vais pour le travail, j'ai des rendez-vous urgents.

Catherine fit semblant d'y croire puis se tourna vivement vers la porte. Un sourire illumina son visage.

Harry suivit la direction de son regard. Mary venait d'entrer, mince et grande, très belle. Elle était chargée de cadeaux aux emballages somptueux et souriait, les yeux brillants de joie. Son père lui rendit son sourire et se rendit compte qu'il était très heureux de la voir.

— Bonjour, papa ! Je suis contente que tu sois venu. Bon anniversaire pour demain !

— Viens vite m'embrasser, ma chérie !

Il s'était levé et lui tendait les bras. Mary posa ses paquets sur un fauteuil et courut se jeter dans les bras de son père. Elle l'étreignit longuement.

En définitive, Harry passa plusieurs heures chez Catherine, heureux d'être avec Mary et, par moments aussi, avec sa femme. Elle avait toujours su le distraire et, cet après-midi encore, le fit rire à plusieurs reprises. Il se surprit à penser que, si elle avait pu lui donner un fils, il ne l'aurait jamais quittée. Ils seraient restés une famille heureuse et unie. Leur vie aurait été très différente. Ils auraient évité le drame.

58

Paris

Anne Bowles descendait l'avenue Montaigne d'un pas vif, guettant le passage des taxis. Elle ne s'en rendait pas compte, trop occupée à penser à ses affaires, mais elle ne passait pas inaperçue. On se retournait discrètement sur elle, élégante silhouette vêtue d'un jean cigarette noir et d'une chemise de coton blanc qu'elle portait avec des sandales noires à hauts talons et de grosses perles d'oreilles. Elle avait un sac matelassé Chanel en cuir blanc et une grande sacoche en toile noire passée à l'épaule.

Malgré la simplicité de sa tenue, indépendamment de son allure naturelle et de sa beauté inhabituelle, elle possédait un style très personnel et une élégance très française. Anne avait des cheveux noirs qui lui arrivaient à la taille et de grands yeux noirs dans un visage finement ciselé. Les femmes lui enviaient son élégance et essayaient de l'imiter. Les hommes la trouvaient très attirante et ne pensaient qu'à la mettre dans leur lit.

Elle réussit enfin à arrêter un taxi et lui indiqua sa destination dans un français impeccable. Quoi qu'elle pût être par ailleurs, Anne Bowles était une authentique francophile. Elle séjournait régulièrement à Paris depuis son enfance. Ses parents les y avaient emmenées pour la première fois, elle et sa sœur aînée, alors qu'elle n'était encore qu'un bébé. Au fil des ans, elle était devenue bilingue. Le français était sa langue préférée et Paris l'endroit où il fallait vivre.

Son père était diplomate et, quand il avait été rappelé en Angleterre pour prendre un nouveau poste, toute la famille était retournée à Londres. Anne s'y était tout de suite sentie déplacée et mal à l'aise. Quelques années plus tard, elle était de retour à Paris pour suivre des études d'histoire de l'art à la Sorbonne. Après l'obtention de ses diplômes, elle avait ouvert un magasin d'antiquités Rive gauche puis, au bout de deux ans, un deuxième à Londres. Depuis, elle faisait de constants allers et retours entre les deux villes. Elle avait engagé deux personnes pour la seconder et leur faisait confiance. Au cours des mois précédents, elle avait légèrement changé d'orientation pour devenir décoratrice d'intérieur car elle recevait de nombreuses demandes en ce sens.

Ce jour-là, elle se rendait dans le septième arrondissement, son quartier préféré. Elle espérait pouvoir un jour y emménager. Dans l'immédiat, elle habitait un immeuble relativement moderne de l'avenue Montaigne, une adresse choisie parce que Harry avait l'habitude de descendre au Plaza Athénée.

Anne se concentra sur sa nouvelle cliente, une charmante Américaine, Jill Handelsman. Elle venait d'acheter un très bel appartement rue de Babylone. Jill avait engagé Anne pour le réaménager et le décorer. Anne se passionnait pour ce chantier. Sa cliente avait bon goût et aimait les antiquités françaises. Elles avaient sympathisé tout en travaillant ensemble. Le mari de Jill travaillait dans la mode à New York, ce qui l'amenait à passer beaucoup de temps en France. Le couple avait donc décidé d'acquérir un pied-à-terre à Paris.

Pour l'après-midi à venir, Anne avait prévu de montrer des échantillons de tissu à Jill et de lui expliquer en détail son plan d'étage. Anne considérait comme fondamental de bien choisir la place des meubles. Jill lui en avait acheté plusieurs et Anne voulait qu'ils soient mis en valeur.

Le taxi se frayait péniblement un chemin dans les embarras de Paris et Anne finit inévitablement par penser à Harry. Il arriverait le lendemain pour fêter son anniversaire avec elle. Elle décida d'avoir une conversation sérieuse avec lui avant son retour à Londres, le lundi.

Elle avait besoin de lui parler de leur relation. Ils en étaient au point mort. Cela s'était fait peu à peu et, dans un sens, c'était inévitable car cela ne pouvait les mener nulle part.

Harry était marié et, bien que séparé de sa femme, dans l'impossibilité de retrouver sa liberté. Elle était sa petite amie parce qu'elle refusait d'emménager avec lui, de devenir sa maîtresse en titre. Anne s'était toujours sentie mal à l'aise à l'idée de vivre avec Harry sans qu'ils soient mariés. Elle savait que sa famille, et en particulier le diplomate vieux jeu qu'était son père, n'approuverait pas qu'elle s'affiche ainsi. Elle aurait bientôt vingt-six ans et ne supportait plus la situation. Elle voulait vivre avec un homme qu'elle aimerait et avec qui elle pourrait avoir des enfants.

La veille, elle avait dîné chez son frère Greg, et il l'avait tout de suite attaquée sur sa liaison avec Harry.

Pour lui, cela devait se concrétiser ou se terminer. Greg l'avait sermonnée ensuite sur leur différence d'âge, soulignant que Harry était de quatorze ans son aîné. Et pour la énième fois, Greg avait répété que Harry était lié à sa femme par des liens indissolubles. Il traitait toujours Catherine de fanatique. Anne savait que ce n'était pas vrai. Catherine était seulement une catholique très croyante qui ne divorcerait jamais pour ne pas renier sa religion.

Anne soupira. Maintenant que Greg vivait à Paris, elle pouvait s'attendre à se faire régulièrement rappeler à l'ordre.

Le taxi s'arrêta enfin devant un bel immeuble du dix-neuvième siècle. Anne paya le chauffeur puis poussa la petite porte qui flanquait l'énorme porte cochère et donnait sur la cour pavée. Elle s'arrêta un instant devant la loge du concierge et le salua d'un grand sourire puis se hâta d'aller ouvrir l'appartement de Jill.

Arrivée la première, elle traversa rapidement l'entrée et passa dans le grand salon qui s'ouvrait sur un ravissant jardin. Bien que de taille moyenne, il possédait une haie, plusieurs arbres, une pelouse et une fontaine installée dans un angle. Il y avait même une petite terrasse devant les portes-fenêtres. Anne avait prévu d'y installer une table et des chaises pour qu'on puisse y prendre un verre ou même un repas à la belle saison.

Elle se rendit ensuite dans la salle à manger, où elle vida sa besace. Elle étala sur la table les échantillons d'étoffe qu'elle avait apportés et tourna la tête en entendant une clef tourner dans la serrure. Jill apparut et salua Anne d'un grand sourire. Anne lui rendit son sourire et l'embrassa.

— Nous allons voir ce que donnent les teintes que nous avons retenues pour le salon. Je reste sur mon idée de jouer avec différentes nuances de blanc cassé et de rose. Ce serait parfait.

— Je suis d'accord, dit Jill en examinant les échantillons.

— Il y aura plusieurs essences de bois dans le salon, reprit Anne. Une partie du parquet sera également visible. C'est cela qui m'a donné envie d'utiliser des tissus de texture différente et dans diverses nuances de crème. Je trouve aussi qu'une touche de vert clair ajoutera une note de fraîcheur, parfaite pour une pièce qui donne sur un jardin.

— Je pense que vous avez raison, approuva Jill en prenant une chaise.

Anne s'assit à côté d'elle, et elles commencèrent à trier les échantillons. Quand elles eurent fait leur choix, Anne montra à Jill le plan d'étage qu'elle avait imaginé et lui expliqua où devraient être placés les meubles.

— J'aimerais que nous allions dans toutes les pièces, maintenant, dit-elle en se levant. Je vous expliquerai comment j'envisage de redistribuer l'espace. Votre mari et vous, vous devez vous sentir à l'aise ici. Mon travail consiste à vous montrer toutes les possibilités.

— Je suis heureuse de vous avoir rencontrée, dit Jill.

Elle avait éprouvé une sympathie immédiate pour la jeune Anglaise quand elle était entrée dans son magasin d'antiquités. Quand elle avait appris qu'Anne était également décoratrice, elle l'avait tout de suite engagée. Cette jeune femme pleine de talent avait quelque chose de spécial, beaucoup de personnalité, de chic et de flair pour les antiquités et les objets de décoration. Jill était enthousiasmée par sa nouvelle amie et pensait lui demander de refaire son appartement de New York. Elle avait aussi décelé une certaine solitude chez Anne et s'interrogeait sur sa vie privée. Elle n'aurait toutefois jamais osé lui poser la moindre question à ce sujet.

Elles finirent par arriver dans la chambre.

— Je pense que le lit serait bien de ce côté, Jill. Qu'en dites-vous ?

Arrachée à ses réflexions, Jill acquiesça.

— Je pense en effet que c'est la seule possibilité. Les autres murs ne sont pas utilisables. Je suis ravie qu'il y ait une cheminée. Ce sera très confortable en hiver.

La question de la place du lit étant réglée, Anne traversa la chambre et montra le mur opposé.

— L'armoire en bois fruitier que vous avez tellement aimée au magasin serait parfaite ici. A propos, j'ai trouvé deux tables de nuit et deux pieds de lampe en cristal. Nous avons presque fini, vous savez !

Elle avait conclu sa phrase avec un petit rire heureux.

— J'espère que cela ne signifie pas que je ne vous reverrai pas, répondit Jill.

— Je passe presque toujours au moins plusieurs jours par semaine à Paris. Nous pouvons déjeuner ou passer la soirée ensemble quand vous voulez. J'aimerais vous présenter mon frère cadet. Il vit aussi à Paris maintenant. Il travaille pour une banque anglaise qui a des bureaux ici.

— J'en serais ravie ! C'est formidable d'avoir votre frère près de vous maintenant.

— Oui, malheureusement il a tendance à vouloir diriger ma vie…

Anne se tut et haussa les épaules. Elle ne voulait pas parler de ses soucis à cette sympathique Américaine.

Personne ne pouvait comprendre à quel point il était compliqué d'aimer Harry Turner.

59

Anne regardait par la fenêtre du salon qui donnait sur l'avenue Montaigne si elle ne voyait pas Harry. Il était censé venir la chercher à sept heures mais il ne s'était pas encore montré.

Vérifiant l'heure à sa montre, Anne sourit. Il n'était que sept heures moins cinq. Harry serait à l'heure, en homme galant qu'il était, et même d'une galanterie démodée par moments.

Le matin même, très tôt avant de quitter Londres, il l'avait appelée en disant qu'il viendrait la chercher pour l'emmener dîner dans le jardin du Plaza Athénée. Il lui aurait été facile de traverser l'avenue pour le rejoindre au restaurant mais il ne voulait pas en entendre parler.

Sept heures sonnaient quand elle entendit le bruit de sa clef dans la serrure de la porte d'entrée. Elle pivota sur ses talons et arriva dans son entrée pour le voir refermer derrière lui.

Comme toujours quand elle le revoyait après un certain temps, elle sentit son cœur faire un bond tandis qu'un frisson d'anticipation la parcourait, quelque chose qu'aucun autre homme ne lui avait jamais fait éprouver. Il était beau dans son costume en soie bleu nuit de Savile Row, un chef-d'œuvre de coupe. Sa chemise blanche mettait en valeur son hâle et sa cravate en soie bleu clair rappelait la couleur de ses yeux.

Harry sourit en allant à sa rencontre puis son visage prit une expression sérieuse et il l'entoura de ses bras sans un mot. Ils s'étreignirent longuement et Anne comprit qu'elle ne pourrait jamais le quitter, du moins de son plein gré. Tandis qu'il l'embrassait sur le front, elle sentit tous les soucis, toutes les inquiétudes qui l'oppressaient depuis des semaines soudain se dissiper comme par magie. Un poids venait de lui être ôté des épaules et elle se détendit de tout son corps dans les bras de Harry.

Harry se mit à chuchoter à son oreille :

— Tu m'as manqué, Anne, si tu savais comme tu m'as manqué ! Je ne peux pas vivre sans toi. Tu le sais ?

— Toi aussi, tu m'as manqué, Harry. J'étais affreusement tendue mais, maintenant que tu es là, tout va bien.

Harry lui saisit le menton, la regarda quelques instants comme s'il voulait la dévorer des yeux puis se pencha et l'embrassa avec fougue. Elle lui rendit son baiser avec la même passion puis, enfin, il s'écarta un peu d'elle, prêt à éclater de rire.

— Si nous ne partons pas tout de suite, dit-il, j'ai bien peur que nous ne sortions pas du tout…

Anne se mit à rire et se dirigea vers la commode placée dans un angle de l'entrée. Elle y prit son sac du soir en soie noire assorti à ses hauts talons en soie noire qui contrastaient avec sa robe de soie blanche. Elle avait complété sa tenue d'une large ceinture de cuir noir griffée d'un grand nom et qui mettait en valeur la minceur de sa taille.

— Je suis prête !

Et elle passa son bras sous celui de Harry. Au moment de quitter son appartement, elle retint Harry un instant et lui murmura à l'oreille :

— Bon anniversaire, mon chéri !

Tout le monde les regarda passer quand ils traversèrent la vaste entrée du Plaza en direction du restaurant de la cour-jardin, entourée des façades intérieures de l'hôtel. Anne et Harry formaient un couple exceptionnel, tous les deux beaux, élégants et visiblement très amoureux.

Le maître d'hôtel se précipita pour les accueillir.

— Bonsoir, monsieur Turner ! Votre table habituelle est prête.

Harry le remercia de la tête et ils le suivirent jusqu'à sa table préférée, à l'abri de l'un des murs couverts de lierre.

— Merci beaucoup, dit Harry en français.

Il parut satisfait de voir une bouteille de Dom Perignon qui attendait dans un seau en argent rempli de glace.

— Je pense que nous en prendrons une goutte maintenant, dit-il.

— Bien, monsieur, répondit le maître d'hôtel, qui fit signe à l'un des serveurs.

Les bulles s'élevèrent gaiement dans les flûtes.

— J'ai un petit cadeau pour toi, chéri, dit Anne. Il est dans mon sac mais, si tu préfères, je te le donnerai plus tard.

Il secoua la tête avant de lui adresser un sourire malicieux.

— J'ai envie de l'avoir tout de suite, si cela ne t'ennuie pas ! Tu me connais, je suis comme un gamin dès qu'il est question de cadeaux.

Anne ouvrit son sac et en sortit une petite boîte rouge de chez Cartier.

— J'ai pensé que tu ne voudrais pas le déballer en public, dit-elle en le lui donnant. Donc je te l'offre sans papier cadeau ni ruban !

Avec un sourire, Harry ouvrit la boîte et ses yeux s'écarquillèrent en découvrant une paire de boutons de manchette en or présentée sur du velours noir. L'un des boutons était orné d'une rose blanche en émail et entourée de petits diamants, l'autre d'une rose rouge travaillée de la même façon.

— Anne ! C'est magnifique, absolument superbe ! Merci, ma chérie !

Il prit une de ses mains qu'elle avait posées sur la table et la porta à ses lèvres.

— Moi aussi, j'ai quelque chose pour toi, un petit cadeau… Mais j'aimerais mieux te le donner tout à l'heure.

— Qu'est-ce que c'est ? demanda Anne, les yeux brillants de curiosité.

— Si je te le dis, ce ne sera plus une surprise !

— C'est vrai, reconnut-elle. Je suis très heureuse que les boutons de manchette te plaisent. J'ai pensé qu'ils prendraient une signification toute particulière pour toi. La rose blanche des York et la rose rouge des Lancaster, comme les Deravenel et les Turner enfin unis pour former une seule lignée grâce à tes parents.

— Oui, et je les aime beaucoup. Anne, j'ai quantité de choses à te dire mais je te propose de commencer par nous détendre, profiter de l'instant et prendre le temps de regarder la carte.

Anne fronça les sourcils.

— Tu sembles très sérieux. Tout va bien à la Deravenel ?

— Oui, cela ne pourrait aller mieux. En fait, samedi soir, Charles m'a fait le plus beau cadeau d'anniversaire possible, en dehors du tien, mon cœur. Il a trouvé deux sociétés que nous pourrions sans doute racheter. Les deux compléteraient très bien celles que nous détenons déjà. Je m'en occuperai dès lundi.

— Les deux ou seulement une ?

— Je pense que je vais étudier les deux dossiers puisque nous pouvons nous permettre de les acquérir toutes les deux. Nous disposons d'importantes liquidités, comme toujours. Pour l'une il s'agit d'une chaîne de magasins d'alimentation qui iraient très bien avec notre département des vins et spiritueux et celui de l'alimentation. Quant à l'autre, cela me permettrait de réaliser un de mes vieux rêves…

— Le pétrole ! s'exclama-t-elle. Charles t'a trouvé une compagnie pétrolière ?

— Exactement ! Il a du flair pour ce genre de chose. Le seul problème, c'est que j'ai deux concurrents de haut vol.

— Laisse-moi deviner, dit Anne en le fixant avec intérêt. Jimmy Hanson et Gordie White ? J'ai raison, n'est-ce pas ?

— Presque ! Il y a ce bon vieux James Hanson, oui. Je mets dans le même sac son associé, mon vieux copain Gordon White. Pour moi, ils forment une seule entité puisqu'ils sont associés. L'autre financier qui s'intéresse à ces deux sociétés est Jimmy Goldsmith.

— Il est redoutable ! On le dit même imbattable.

— Ils sont tous les trois brillants et imbattables mais je dois essayer, Anne. Tu sais que je suis décidé à faire passer la Deravenel à un niveau supérieur. Mon père a réussi à la maintenir en bonne santé mais il n'a pris aucun risque. Il a été trop prudent, à mon avis, et trop parcimonieux. J'en ai parlé avec John Dudley récemment et il était d'accord avec moi. Son père, Edmund, a longtemps travaillé pour mon père. Il y a toujours eu des Dudley à la Deravenel. En fait, son père avait autant de difficultés à lâcher les cordons de la bourse que le mien. Ils ne voulaient pas prendre de risques.

— Tu en as envie, Harry, et tu ne dois pas hésiter. Greg dit toujours que l'argent doit faire de l'argent et qu'on ne doit pas le laisser ramasser la poussière à ne rien faire.

Harry éclata de rire.

— C'est une jolie façon d'exprimer la chose ! Comment va ton frère ?

— Très bien ! Il t'envoie ses amitiés. La vie à Paris lui plaît beaucoup et cela marche bien, à la banque.

— Content de le savoir ! Et maintenant, si nous nous intéressions à la carte ?

— D'accord ! Je te propose de commencer par du caviar, puisque c'est ton anniversaire.

— Tu as toujours de bonnes idées, ma chérie !

Quand ils en furent au café, Harry prit quelque chose dans sa poche.

— Et maintenant, ma chérie, c'est ton tour. Donne-moi ta main, tu veux bien ?

Elle le regarda d'un air étonné mais lui tendit cependant sa main droite.

— Non, ma chérie. L'autre main, s'il te plaît.

Ses grands yeux noirs reflétant sa curiosité, elle obtempéra sans rien dire puis étouffa une exclamation de surprise. Il venait de lui glisser un magnifique diamant de vingt carats à l'annulaire.

— Harry ! Je n'y crois pas ! C'est superbe.

Anne admira quelques instants le merveilleux diamant taillé en poire puis regarda Harry droit dans les yeux.

— Cela signifie-t-il que tu me demandes en mariage ? dit-elle d'une voix émue.

— Tu sais que je le ferais tout de suite si je le pouvais, Anne. Mais c'est impossible.

La joie qui illuminait le visage d'Anne disparut, remplacée par la tristesse.

— Donc il n'y a rien de changé… Mais si tu ne peux pas m'épouser, comment pourrais-je porter cette bague ? Je veux dire… à l'annulaire ?

— Ecoute, je ne peux pas continuer comme ça. Je veux vivre avec toi. Peut-être que si tu acceptais, Catherine en serait assez gênée pour m'accorder le divorce. En toute sincérité, j'en doute. Mais peu importe, je voudrais que notre relation soit plus stable. Nous sommes si heureux, ensemble.

— Cela causerait un scandale dans ma famille, mon père en aurait une crise cardiaque ! L'idée de m'installer avec toi m'angoisse un peu.

— Je le sais et je veux t'expliquer à quoi j'ai pensé, ma chérie. D'abord, je ne te demande pas d'emménager avec moi à Berkeley Square. Je sais que tu refuserais et que cette idée te fait horreur. A la place, je t'achèterai un appartement plus grand ou une maison. J'ai déjà fait quelques recherches. Il y a quelques jolies propriétés à vendre près de chez moi dans Mayfair. Quand tu auras ta propre résidence, je viendrai y vivre avec toi, du moins la plupart du temps. Nous trouverons le rythme qui nous conviendra. On verra bien, le moment venu. J'assurerai aussi ton avenir au cas où quelque chose m'arriverait. Je créerai un fonds pour toi et je te donnerai tout ce qui te paraîtra nécessaire à ta sécurité matérielle.

— Je… je ne sais pas, Harry, dit-elle d'une voix éteinte.

Même si on était en 1970 et que la vie était plus simple depuis la libération de la fin des années 1960, Anne savait qu'il fallait prendre en compte les codes de conduite, sans même parler des lois. Quelle que soit la façon dont Harry et elle s'organiseraient, son père serait très choqué et furieux contre elle. Elle devait aussi tenir compte de sa dignité personnelle. Comment pourrait-elle supporter de vivre avec un homme marié à une autre femme ? Ils ne seraient jamais totalement ensemble.

— Anne ? Tu ne voudrais pas passer le reste de ta vie avec moi ?

— Si, mon chéri, c'est ce que je désire le plus au monde. Tout à l'heure, quand tu es arrivé alors que nous ne nous étions pas vus depuis deux semaines, j'ai compris que je ne pourrais jamais te quitter. Mais je veux une vraie vie, Harry, avec des enfants. Et toi tu veux ou, plus exactement, tu as besoin d'un héritier. Or je sais que je me sentirais mal à l'aise si j'avais un enfant hors mariage. De toute façon, un enfant illégitime ne serait pas ton héritier légal.

— Je peux le légitimer en l'adoptant, lui donner mon nom et rédiger un testament faisant de lui mon héritier. Je sais que tu me donnerais un fils, Anne, et je veux un fils maintenant, pendant que je suis encore jeune. Je veux le voir grandir. Je t'en prie, Anne, dis oui !

— Mais ma famille…

Il l'interrompit.

— Je n'ai pas très envie d'entendre parler de ta famille. Il s'agit de ta vie, et non de la leur. De ma vie, également ! Cela mérite considération.

— Tu as raison. Je devrais seulement penser à toi et à moi. Mais il me semble que ce serait plus facile si nous vivions à Paris. Ce ne serait pas comme si je leur jetais à la figure…

Elle se tut, prenant soudain la mesure de ce qu'elle disait. Elle avait commencé à négocier une solution. Harry l'avait bien compris ainsi et poussa une exclamation de joie.

— Paris ? Quelle bonne idée ! Je vais nous dénicher un endroit parfait dans le septième arrondissement. Mais nous aurons aussi une maison à Londres. Dis oui, Anne, s'il te plaît, dis-moi oui !

Anne murmura un « oui » timide, sans conviction. Harry sentit tout de suite ses réticences et lui prit la main.

— Fais-moi confiance, ma chérie, tout ira bien ! Nous aurons deux maisons confortables et je te protégerai sur tous les plans, légalement et financièrement, pour que tu n'aies jamais le moindre souci. Et maintenant, rentrons chez toi ! J'ai envie de te serrer dans mes bras.

La porte était à peine refermée sur eux que Harry l'embrassa avec passion. Ils traversèrent tout l'appartement jusqu'à la chambre sans cesser de s'embrasser.

Là seulement, Harry desserra légèrement son étreinte pour regarder Anne.

— Je veux vivre avec toi, dit-il. Tu es la femme de ma vie.

— Harry ! soupira-t-elle. Mon chéri…

— Je t'aime, chuchota-t-il à son oreille.

— Je t'aime, répondit-elle.

Leurs vêtements tombèrent au sol, un à un, tandis qu'ils se caressaient et s'embrassaient. Ils se retrouvèrent bientôt sur le lit, allongés dans les bras l'un de l'autre, murmurant des mots d'amour et de tendresse. Penché sur Anne, Harry déposait de petits baisers sur son front, ses paupières, son cou, ses seins, et s'amusait à lui raconter ce qu'il allait lui faire et ce qu'elle lui ferait à son tour. Ses caresses se firent de plus en plus précises et bientôt elle gémit, brûlant de désir pour lui.

Comme toujours, Anne se sentait impressionnée par Harry, par son incroyable beauté. Il exerçait sur elle une attirance sexuelle absolument unique. De plus, c'était un amant infatigable et expérimenté. Anne tremblait sous ses caresses. Le désir lui ôtait toutes ses forces.

Mais ce désir si puissant était réciproque. Un irrépressible besoin de s'unir les poussait l'un vers l'autre. Ils voulaient ne faire plus qu'un.

Les baisers de Harry se firent presque violents et, sans plus attendre, il glissa ses mains sous les reins d'Anne pour la soulever. Longuement, il lui donna du plaisir, attentif à la satisfaire, et la mena à l'extase. Puis il l'aida délicatement à s'allonger.

— Anne, gémit-il, je veux un enfant avec toi, je le veux tellement !

Elle lui caressa doucement la joue. Sa voix devint presque inaudible.

— Harry, faisons-le maintenant, faisons un bébé, mon chéri ! Je t'aime, je t'aime tant…

Comment aurait-il résisté à ce regard éperdu, à ces soupirs de désir, à toute cette douceur qu'elle dégageait ? Il lisait dans les yeux d'Anne et sur tout son visage qu'elle l'aimait plus que tout. Une vague de bonheur le submergea.

Anne répondit à ses élans avec la même passion et ils trouvèrent aussitôt leur rythme. Jamais Harry n'avait éprouvé autant de désir et d'amour pour une femme. Mais aussi, il n'en avait jamais connu d'aussi excitante, exigeante et sensuelle. Comme si cela venait de très loin, Harry entendit Anne crier son nom tandis que le plaisir s'emparait d'elle. A son tour, il oublia tout et cria son nom à elle. Beaucoup plus tard, tandis qu'ils reprenaient leur souffle, il chuchota dans son cou des paroles pleines d'espoir et de joie.

— Nous venons de faire un fils, mon amour, j'en suis certain. Mon héritier est là, je le sens. C'est viscéral.

60

New York, 1971

Dans la salle du conseil d'administration de la TexMax Oil sur la Cinquième Avenue, Charles Brandt était en pourparlers avec les trois principaux administrateurs de la compagnie, dont le directeur général, Peter Proctor. La TexMax était une compagnie texane de taille moyenne mais très prospère que la Deravco s'apprêtait à racheter.

Charles répondait surtout à des questions sur la Deravco, qui avait été fondée par Edward Deravenel dans les années 1920. Il était en train de décrire le fonctionnement de l'équipe dirigeante quand la conversation dévia soudain sur Harry Turner.

— Charles, dit Peter Proctor, vous avez suivi le dossier depuis le début et vous avez fait un excellent travail. Nous sommes très satisfaits du déroulement des négociations et sommes rassurés sur l'avenir de la compagnie.

Il s'interrompit un instant pour adresser à Charles un regard élogieux.

— Mais, reprit-il, nous nous sentons tous les trois très curieux au sujet du nouveau propriétaire, Harry Turner.

Charles se tourna successivement vers Peter Proctor, qu'il avait appris à apprécier et respecter, puis Max Nolan, le président du conseil d'administration, et Tony Nolan, le fils de Max. Comme son père, Tony faisait partie des actionnaires majoritaires de la compagnie.

Charles se pencha vers ses interlocuteurs, affichant son sourire le plus amical. Quand il voulait charmer un auditoire, il devenait irrésistible.

— Vous le rencontrerez bientôt, dit-il. Il a été retardé parce que sa femme attend un enfant et qu'il est au téléphone avec elle.

— J'espère que tout va bien, répondit Max Nolan. Je suis père et grand-père moi-même, et je sais ce que c'est, vous pouvez me croire ! Ma fille, Kathy Sue, vient d'avoir un autre bébé et on a eu peur, par moments. Heureusement, tout s'est bien fini. Mme Turner aurait-elle un problème ?

Charles se sentit obligé de donner des explications.

— Non, pas du tout. Mais c'est le premier enfant d'Anne et, hier, elle a fait une chute. Par bonheur, tout va bien.

— Tant mieux, dit Max. Mais parlez-nous un peu de Harry Turner. Il s'est taillé une certaine réputation à Wall Street depuis quelque temps. Comment est-il, dans la réalité ?

Charles eut un petit rire.

— Oui, il a fait parler de lui, ces derniers temps, mais ce n'est pas du tout la brute et le démolisseur d'entreprises qu'une certaine presse aime à dépeindre. En fait, vous découvrirez un homme calme, maître de lui, courtois et plein de bon sens. Je suis certain que vous vous entendrez avec lui.

— Il a réussi de très beaux coups, l'année dernière, en rachetant cette chaîne de supermarchés en Grande-Bretagne et ces sociétés de spiritueux néerlandaises. Et maintenant, c'est notre tour ! Comment fait-il ? Quel est le secret ?

— Je dirais simplement qu'il a le génie de la finance, répondit Charles. Il a hérité de la Deravenel au décès de son père, Henry Turner, qui l'avait maintenue en bonne santé pendant des années. La compagnie générait toujours de très beaux profits mais il n'y avait plus d'innovation comme à l'époque du grand-père de Harry. Quand Harry a pris la tête de la compagnie, il a d'abord suivi le même chemin que son père puis, peu à peu, il a commencé à faire des acquisitions. Il a racheté plusieurs petites sociétés qui complétaient bien les activités de la Deravenel. Puis, l'été dernier, au moins de juin pour être précis, il a décidé de passer à l'étape suivante et de jouer dans la cour des grands.

— Comme Goldsmith et Hanson ? dit Tony Nolan.

— Exactement !

— Ces deux gentlemen ont l'audace des grands hommes d'affaires, ajouta Tony.

Charles inclina la tête avec un petit sourire en coin.

— En effet ! Mais Jimmy Goldsmith est à moitié français, vous savez.

— Ah, dit Tony, je l'ignorais. Mais parlez-nous encore un peu de Harry Turner avant qu'il n'arrive.

— Je dirais que, s'il a un secret, c'est son flair pour les bonnes affaires et sa capacité à lire un bilan en voyant tout de suite ce que d'autres ne verront pas. Supposons qu'il s'intéresse à une compagnie et qu'elle lui semble sous-cotée. Il va chercher à savoir ce qu'elle vaut réellement et réfléchir à un plan. Il va par exemple acheter autant d'actions que possible, puis faire une offre d'achat et négocier avec le conseil d'administration. Dès que la compagnie lui appartient, il la confie aux mains de dirigeants expérimentés de la Deravenel et il la développe. Comme je vous l'ai déjà dit, c'est un homme très concret et jamais il n'achètera une entreprise pour la dépouiller et la fermer. Bien au contraire.

La porte de la salle s'ouvrit à cet instant et Harry Turner entra à grandes enjambées. Il referma derrière lui et se dirigea vers la grande table d'acajou.

— Bonjour, messieurs ! Je vous prie de m'excuser pour mon retard. Ma femme a fait une chute et je m'inquiétais parce qu'elle attend notre enfant.

Max Nolan se leva et, tandis que Harry lui serrait la main avant de passer aux deux autres actionnaires présents, lui dit que Charles les avait informés.

Harry alla s'asseoir à côté de Charles, qui semblait inquiet.

— Tout va bien, Charles, dit-il. Anne et le bébé n'ont rien.

Charles le remercia de la tête. Il pouvait enfin se détendre après cette matinée agitée. Harry se tourna vers les trois administrateurs de la TexMax et s'adressa à eux de son ton calme.

— Je vous présente également mes excuses pour ne pas avoir assisté aux négociations des sept derniers mois. Je sais que Charles a fait un excellent travail à ma place. Je sais également que toutes vos attentes sont satisfaites. Je tenais à préciser que mon absence ne signifiait pas un manque d'intérêt de ma part. Mais je n'ai pas pu faire autrement, j'étais très occupé avec une série d'acquisitions longues et compliquées en Europe et plus particulièrement aux Pays-Bas.

— Nous comprenons très bien, répondit Max Nolan avant de se tourner vers Proctor. Je crois que vous aviez quelques questions à poser, Peter ? Pourquoi ne pas régler les détails qui restent en suspens avant d'aller déjeuner ?

— Je suis d'accord, approuva Harry. Je préfère aussi que nous en terminions le plus tôt possible.

Peter Proctor ouvrit un dossier posé devant lui.

— Il reste quelques points que j'aimerais clarifier, dit-il.

La discussion commença.

Le soir même, Harry et Charles étaient installés à une table d'angle au Bemelmans Bar du Carlyle Hotel, où ils descendaient quand ils séjournaient à New York. Charles posa son verre de cognac.

— Tu dois te sentir satisfait maintenant que tu possèdes la TexMax Oil… Tu as réussi un coup de maître alors que c'était un gros morceau.

— Oui, je me sens bien. C'est un atout énorme pour la Deravco. Cela rend notre compagnie pétrolière beaucoup plus solide.

Il but une longue gorgée d'eau pétillante puis soupira.

— Je te dois des excuses, Charles. J'étais de mauvaise humeur et je t'ai pris de haut, ce matin, alors que tu essayais de te préparer pour le rendez-vous avec la TexMax. Mais Anne m'avait exaspéré.

— Harry, je te fréquente depuis l'âge de sept ans et personne ne peut se vanter de te connaître aussi bien que moi. Je t'assure que je ne me suis pas senti offensé. Je regrette seulement que tu aies dû gérer l'hystérie d'Anne au moment où nous partions.

— Cela n'a pas été facile.

Il avait l'air perplexe.

— Je ne comprends pas pourquoi elle est sans arrêt en train de courir dans tous les sens et de s'activer toute la journée alors qu'elle est à un mois d'accoucher ! Elle prend des risques terribles ; elle m'épouvante par moments. Tomber dans la rue comme elle l'a fait ! Elle aurait pu perdre notre bébé.

— Et se blesser, souligna Charles. Mais c'est tout Anne, une vraie casse-cou ! A propos…

Charles se tut brusquement et s'absorba dans la dégustation de son cognac.

— A propos, quoi ? demanda Harry. Qu'allais-tu dire ?

— J'allais te demander ce que tu as fait des bijoux de Catherine. Tu ne me l'as jamais dit.

— J'ai donné certaines pièces à ma sœur, ta femme, comme tu le sais. J'ai donné aussi certains bijoux qui font partie de l'héritage familial à Mary et j'ai mis le reste dans le coffre de Berkeley Square.

— Et tu n'as rien donné à Anne ? Après l'histoire qu'elle a faite quand tu as racheté les bijoux à Catherine ?

— Je lui ai donné un bracelet en diamants et le collier assorti. En fait, je me sentais un peu mal à l'aise. Après tout, je venais à peine de les lui racheter en février quand Catherine est morte d'une crise cardiaque. Cela a été un choc, je ne m'y attendais pas.

Je ne m'attendais pas non plus à me sentir aussi coupable, ajouta-t-il en son for intérieur.

— Sa mort a été très soudaine, dit Charles. Je suis content que tu aies accepté que Mary vienne vivre avec nous. Il me semble que cela l'a aidée à surmonter son deuil.

— C'est vrai et cela m'a aidé, moi aussi. Elle refusait d'habiter la maison de Berkeley Square.

Harry se tut, le regard vague. Il pensait à Catherine, à cette crise cardiaque qui l'avait emportée si brutalement alors qu'elle avait toujours été en très bonne santé.

Il avait épousé Anne à Caxton Hall dès le mois de mars. Elle avait été soulagée à l'idée que son bébé ne naîtrait pas illégitime. Harry en était également heureux mais cela ne lui avait jamais causé beaucoup de soucis. Il savait qu'il pouvait l'adopter et en faire son héritier en toute légalité.

Ils passèrent encore une demi-heure à parler des affaires en cours puis terminèrent leur verre et regagnèrent leurs suites, qui étaient voisines.

— Maintenant que tout est réglé avec la TexMax, je suppose que nous rentrerons à Londres comme prévu, à la fin de la semaine ? demanda Charles.

— Je pense que oui, répondit Harry. Et encore merci pour tout, en particulier pour avoir mené ce rachat à bien.

Harry eut du mal à s'endormir. Sa chambre était climatisée mais il se sentait incommodé par la chaleur de cette nuit d'été et ne cessait de se tourner sur son lit. Il ne supportait pas la chaleur humide de l'été à New York.

Il finit par se lever, se servit un verre d'eau et alluma la télévision dans le salon. On passait un vieux film des années 1930, une histoire de gangsters avec James Cagney. Il le regarda pendant un moment puis éteignit. Il pensait à Anne.

Il l'aimait, elle était sa femme, et elle portait leur enfant. Son fils, son héritier ! Mais Anne se révélait une femme difficile, extrêmement indépendante et d'une opiniâtreté peu courante. Il la jugeait très imprudente de continuer à s'occuper de ses deux magasins et de ses clients.

Du moins avait-elle arrêté depuis peu d'aller à Paris toutes les semaines. Il lui avait suggéré de vendre son magasin de la Rive gauche mais elle avait fait la sourde oreille. Il soupira et se leva. Après la naissance du bébé, il insisterait pour qu'elle se débarrasse de son entreprise pour se consacrer à son devoir de mère. Harry avait décidé d'appeler son fils Edward, en hommage au grand Edward Deravenel. Souriant, il se recoucha pour rêver au fils qu'il désirait depuis si longtemps et si fort. Il avait hâte de le tenir dans ses bras.

61

Londres

Harry Turner quitta son bureau de la Deravenel tout de suite après le déjeuner. On était le 7 septembre et sa femme venait d'entrer en travail au Westminster Hospital. Son chauffeur l'y amena en un temps record. Quand il arriva à l'étage de la maternité, Harry se sentit un peu mieux.

Anne était toujours en travail mais, au moins, il était à quelques mètres d'elle si elle avait besoin de lui. Il se mit à faire les cent pas dans le couloir. Cela dura plusieurs heures pendant lesquelles il sentit monter l'angoisse et ses nerfs se tendre à craquer.

Charles avait proposé de l'accompagner mais il avait refusé. Il regretta soudain de ne pas avoir accepté. La seule personne dont il avait besoin dans cette attente était Charles, l'homme capable de garder son sang-froid dans toutes les circonstances.

Il était sur le point d'appeler son beau-frère quand le médecin sortit de la chambre, un grand sourire aux lèvres.

Harry se précipita vers lui, heureux de voir qu'il avait l'air satisfait.

— Comment va-t-elle ? Comment va Anne, docteur Hargrove ?

Mais il avait déjà compris qu'Anne allait bien.

— Votre femme s'en est très bien sortie, monsieur Turner ! J'ai le plaisir de vous annoncer que vous êtes le père d'une superbe petite fille. Elle est parfaite.

Harry eut une exclamation de gratitude et remercia le médecin. Il ne voulait pas montrer sa déception. Anne ne lui avait pas donné de fils, en fin de compte. Une fille, pensa-t-il avec une pointe de consternation, encore une fille ! Mais il s'efforça de faire bonne figure, conscient du regard du médecin.

— Quand pourrai-je la voir ? demanda-t-il.

— Dans très peu de temps, monsieur Turner. L'infirmière viendra vous chercher. Encore toutes mes félicitations !

Un dernier sourire et le médecin s'en alla.

Harry se laissa tomber sur une chaise et ferma les yeux. Il avait tellement espéré un fils ! Il n'avait toutefois pas d'autre possibilité que de faire contre mauvaise fortune bon cœur. Par ailleurs, il ne devait à aucun prix laisser voir sa déception à Anne.

Il ouvrit les yeux, prit une grande inspiration, et se dit qu'il avait de la chance. Il avait un bébé en bonne santé, un enfant qui souderait encore plus leur couple. Anne était jeune et forte, elle aurait d'autres enfants et, la prochaine fois, ce serait un garçon. Il fallait que ce soit un garçon ! La troisième fois est toujours la bonne, se répéta-t-il.

A l'instant où il posa le regard sur sa fille, Harry Turner en tomba éperdument amoureux. Elle était ravissante, jolie de partout. Elle avait même une petite touffe de cheveux blond vénitien sur le dessus de la tête.

Anne le regardait avec inquiétude par-dessus la tête du bébé. Harry se dépêcha de l'embrasser pour la rassurer et se pencha sur la petite créature emmaillotée d'un châle en dentelle de laine et qu'elle tenait dans les bras. Ce fut ainsi qu'il découvrit le visage de sa fille.

— Elle a les mêmes cheveux que toi, murmura Anne en lui souriant.

L'anxiété n'avait toutefois pas disparu de ses yeux.

— C'est la première chose que j'ai vue, répondit Harry.

Il effleura du bout des doigts la main minuscule et les ongles à peine visibles.

— Elle est parfaite, soupira-t-il. Le Dr Hargrove me l'avait dit. C'est un vrai petit miracle.

— Harry, murmura Anne, je sais que tu voulais un garçon. Désolée…

Elle serra le bébé un peu plus fort contre elle comme pour le protéger.

— Ne dis pas cela, ma chérie, surtout pas ! Nous avons un enfant. Notre enfant ! Nous l'avons faite ensemble et je l'aime. Ne crois pas que je ne l'aime pas !

— Nous avions prévu d'appeler ton fils Edward, reprit Anne d'un ton hésitant. Je me demandais…

Il l'interrompit vivement.

— Nous l'appellerons Elizabeth, comme ma mère. Elle deviendra aussi intelligente et aussi belle que la célèbre Bess Deravenel Turner. Tu verras !

Avec un profond sentiment de soulagement, Anne se mit à rire. Elle voyait sur le visage de Harry sa joie d'avoir un enfant et elle se détendit tandis qu'il s'asseyait à son chevet.

— Quand pourras-tu ramener notre petit trésor à la maison ? demanda-t-il.

— Dans quelques jours, d'après le médecin. C'était une naissance relativement facile et je vais bien. Je suis solide, tu sais !

Ils parlèrent encore quelques minutes puis Harry se leva, embrassa Anne et caressa le front du bébé du bout d'un doigt.

— Je reviendrai te voir ce soir, chérie. Maintenant, je retourne au siège pour distribuer des cigares et dire à tout le monde que je suis très fier d'avoir une superbe petite fille !

Seul Charles Brandt savait ce que l'air réjoui de Harry cachait de déception. Il fit le tour de tous les cadres de l'entreprise, offrant des cigares, disant mille merveilles de sa fille aux cheveux blond vénitien et recevant les félicitations de tout le monde. Il joua à la perfection le personnage jovial d'un heureux père.

Charles se dit que plus d'un comédien aurait pu envier à Harry la qualité de sa prestation. Pourquoi laisser les gens voir ce que l'on ressent vraiment ? Telle était toujours la réaction de Harry, presque sa devise, et Charles était d'accord avec lui. Il se le répétait tout en accompagnant Harry dans sa tournée des bureaux pour l'aider à montrer un front uni. Ne jamais montrer qu'on a mal…

Charles, qui avait deux filles, savait la joie qu'elles lui donnaient et il le répéta souvent à Harry à partir de ce jour-là. Quant à Harry, comme s'écoulaient les semaines et les mois, il aimait de plus en plus sa petite fille aux cheveux roux et aux grands yeux sombres. Il en était fou, autant que de sa mère, et il ne désirait rien tant qu'un autre bébé aussi beau qu'Elizabeth, mais qui soit un garçon.

— Je semble incapable de mener une grossesse à terme, dit Anne d'une voix triste.

Le beau visage de Mary Turner Brandt s'assombrit. Elle fronça les sourcils d'un air soucieux.

— Je suis désolée pour vous, Anne, vraiment navrée. Vous auriez dû m'en parler plus tôt, c'est très lourd à porter.

On était en juillet 1973 et, au mois de septembre, la petite Elizabeth aurait deux ans. Depuis sa naissance, malgré tous ses espoirs, Anne n'avait pas réussi à donner à Harry l'héritier qu'il désirait si fortement. Elle en souffrait beaucoup.

Mary et Anne se trouvaient dans la salle à manger chez les Brandt, à Chelsea. Elles partageaient un repas d'asperges en vinaigrette et de saumon fumé d'Ecosse servi avec de fines tranches de pain beurré.

La confidence d'Anne rendait soudain le comportement de son frère compréhensible, songea Mary. Depuis quelque temps, Harry était de mauvaise humeur, évitait les invitations et ne s'occupait plus que de la Deravenel. Alors qu'il était d'un naturel sociable et agréable, Harry était devenu difficile et rabat-joie. Jusqu'à cet instant, elle avait imaginé que ce changement d'humeur était lié à la situation en Grande-Bretagne. Quelques mois plus tôt, il avait prédit la pire récession depuis la dernière guerre. Pour lui, le pays allait connaître une crise très grave et le gouvernement dirigé par Edward Heath ne l'enthousiasmait guère. Mary comprenait à présent la vraie raison de son changement de caractère.

Sortant de ses réflexions, elle se pencha vers sa belle-sœur.

— Vous en avez certainement parlé à votre gynécologue ? Qu'en pense-t-il ?

— Il ne sait pas quoi en penser parce que je suis en très bonne santé. Tout est normal, mais je continue à faire des fausses couches.

— Combien en avez-vous fait ?

— Trois au cours des deux années écoulées et, bien sûr, c'est trois de trop pour Harry. Je l'ai beaucoup déçu.

Mary préféra ne pas faire de commentaire sur ce point, connaissant l'obsession de son frère sur la nécessité d'avoir un héritier.

— Ecoutez, dit-elle enfin, je ne veux pas vous donner l'impression que je vous fais la leçon. Ce n'est pas du tout le cas. Je me demande toutefois si vous ne faites pas trop de choses, Anne. Vos deux magasins d'antiquités, vos chantiers de décoration, vos allers et retours entre Londres et Paris… Ne pensez-vous pas qu'il serait raisonnable de ralentir un peu ? Cela vous donnerait le temps de vous concentrer sur vos efforts pour avoir un bébé.

— Mary, répondit Anne, je fais attention à moi et je vais très bien. Je me trouve, si je puis dire, transportée partout et dans le plus grand confort. J'ai des voitures et des chauffeurs, des employés qui m'aident dans mes affaires, et du personnel de maison très compétent.

— Avez-vous vraiment besoin de la partie parisienne de votre travail ? Et cet immense appartement du faubourg Saint-Germain ! A lui tout seul, c'est déjà un très lourd fardeau…

— Mais non, pas du tout ! J'ai trois assistantes dans ma société d'architecte d'intérieur et quatre personnes qui travaillent au magasin de la Rive gauche. Quant à l'appartement, j'ai un homme à tout faire, une gouvernante et deux employées de maison. J'ai toute l'aide qu'il me faut.

— C'est quand même vous qui devez tout organiser, quelle que soit l'aide que vous avez. Une affaire, non, deux affaires à gérer et faire marcher, plus un immense appartement et la maison de Berkeley Square.

Mary hocha la tête d'un air songeur.

— Il me semble que Harry va moins souvent à Paris, depuis quelque temps, ajouta-t-elle.

— C'est vrai, Mary, mais je ne peux pas renoncer à Paris. J'aime trop cette ville. C'est là que j'ai grandi et, sur bien des points, je suis plus française qu'anglaise. Il est hors de question que je ferme l'une ou l'autre de mes activités à Paris. J'aime travailler là-bas et aussi à Londres. Sinon, que ferais-je ? Je m'ennuierais.

— Je comprends. Mais en supposant que vous renonciez à vos activités parisiennes, il vous resterait ici un magasin et une société de décoration. Cela ne vous suffirait pas ?

— Je refuse de renoncer à Paris et surtout à l'appartement ! C'est l'endroit où je préfère vivre !

— Je m'en rends bien compte.

Le repas se termina en silence.

Quand elles eurent fini, Mary proposa du café à Anne.

— Non, je vous remercie, mais, si vous voulez bien, je reprendrais volontiers un peu de vin blanc.

— Bien sûr, et je vais même vous accompagner !

Mary prit la bouteille de pouilly-fuissé et remplit leurs verres. Elle laissa passer quelques instants puis posa la question qui lui brûlait les lèvres.

— Anne, dit-elle, j'espère que vous ne trouverez pas ma question trop indiscrète. Je ne veux pas me mêler de ce qui ne me regarde pas, mais comment sont vos relations avec Harry ?

— Oh, ça va très bien ! Pour être directe, nous dormons toujours ensemble et il reste un amant très enthousiaste, si j'ose dire.

Anne eut un petit sourire pincé et termina d'un ton amer :

— Il lui faut absolument un héritier, vous le savez. Cela le rend très assidu dans l'accomplissement du devoir conjugal.

Mary en eut le cœur serré mais ne dit rien. Elle pensait à Jane Selmere, la nouvelle assistante de Harry. C'était une secrétaire de direction extrêmement compétente mais, depuis quelque temps, on ne parlait plus que d'assistantes personnelles. D'après Charles, elle essayait de le séduire et s'y prenait avec beaucoup d'intelligence. Il lui avait toutefois confié n'avoir aucune preuve d'une liaison entre eux. Du moins pas encore. Charles avait seulement grogné quelque chose au sujet de regards échangés, des regards furtifs qu'il trouvait très révélateurs. Il sentait venir les ennuis.

— Vous ne dites plus rien, Mary ? Il y a un problème ? Etes-vous fâchée contre moi ?

— Certainement pas !

Au contraire même, depuis quelque temps, elle éprouvait de la compassion pour Anne. Elle resta songeuse encore quelques instants puis reposa son verre.

— Venez avec moi, Anne ! J'ai de grands projets et j'espère que vous serez d'accord.

Anne se leva et suivit sa belle-sœur en direction de l'entrée.

— De quoi s'agit-il ?

— Regardez autour de vous, regardez cette entrée ! Maintenant, je vous emmène dans la bibliothèque, c'est la pièce préférée de Charles. Je l'aime également beaucoup. Venez, venez !

Anne, qui ne comprenait toujours pas où sa belle-sœur voulait en venir, la suivit dans la bibliothèque et s'arrêta, incrédule. La pièce était laide. Mais comme elle ne voulait pas se montrer désagréable elle murmura quelques mots appréciatifs.

— Oui, dit Mary. C'est une belle pièce et elle l'a toujours été. La maison est dans la famille depuis plus de soixante-dix ans. Je ne crois pas qu'on y ait changé grand-chose pendant toutes ces années, en dehors de quelques meubles. Elle a aussi été repeinte de temps en temps.

— Que voulez-vous ?

— Je veux vous engager pour refaire la décoration de cette maison. C'est notre foyer et nous l'aimons beaucoup, Charles et moi. Mais il est vraiment nécessaire de s'en occuper et je pense que cela vous plairait. Qu'en pensez-vous ? Ce serait un beau projet, non ?

— Certainement, dit Anne avec une petite moue.

Et, soudain, elle éclata de rire.

— Vous essayez de me faire rester à Londres, n'est-ce pas ? Je suis sûre que vous voulez m'empêcher de continuer à courir le monde !

— Oui, j'avoue ! reconnut Mary.

Puis elle se mit à rire à son tour.

— Mais, ajouta-t-elle, je pense réellement que cette maison a besoin d'un coup de neuf. Vous ne pouvez qu'être d'accord avec moi.

— Oui, tout à fait d'accord !

Anne commença à faire lentement le tour de la bibliothèque, enregistrant tout de son œil d'aigle. Quand elle eut vu tout ce qu'elle voulait voir, elle alla s'asseoir sur le canapé installé devant l'imposante cheminée.

— Venez vous asseoir, Mary, dit-elle, et racontez-moi l'histoire de cette maison. J'aimerais en savoir plus. Je veux la comprendre.

Mary prit un des grands fauteuils en face d'Anne.

— Autrefois, dit-elle, la maison a appartenu à Neville Watkins. Je suis certaine que vous avez déjà entendu son nom. Il fait partie de la saga familiale.

— En effet et, si ma mémoire est bonne, c'était le neveu de l'arrière-grand-mère de Harry, Cecily Watkins Deravenel.

Anne lança un regard interrogatif à Mary.

— C'est exact, répondit celle-ci. Le père de Neville était le frère de Cecily. C'est lui qui a acheté cette maison et l'a aussitôt donnée à sa femme, Nan Watkins. Ils y ont vécu de nombreuses années. Leurs deux filles y ont grandi.

— Et les filles ont épousé deux des frères Deravenel, George et Richard, dit Anne. C'est bien cela ?

— Vous pouvez vous vanter de connaître l'histoire de notre famille, remarqua Mary.

— Harry a toujours été fasciné par son grand-père, Edward Deravenel. Je crois que sa mère lui a raconté beaucoup d'histoires extraordinaires au sujet de son propre père et il adore les raconter à son tour.

— Je le sais, répondit Mary en riant. Nous adorons cela tous les deux ! Edward était aussi mon grand-père et sa fille était ma mère autant que celle de Harry. Bref, pour revenir à la maison, après le mariage d'Anne Watkins avec Richard Deravenel, Edward a acheté la maison à Nan pour la donner à Richard. Anne et Richard y ont passé toute leur vie de couple. Comme vous le savez, Anne est décédée avant Richard qui a été lui-même assassiné à Ravenscar. Richard avait légué la maison à Bess, sa nièce préférée. Notre mère a autorisé Grace Rose et ses autres sœurs à y vivre jusqu'à ce qu'elles soient mariées. Ensuite, Grace Rose a continué à occuper la maison avec son mari Charlie Morran. Et enfin, avec l'âge, ils l'ont trouvée trop grande pour eux et c'est à ce moment-là que nous avons pris le relais.

— Je trouve formidable qu'elle soit restée dans la famille. Et je pense que la tâche consistant à refaire la décoration doit aussi rester dans la famille ! Merci de me l'avoir proposé, Mary. J'accepte, et avec la plus grande joie, je le confesse.

62

Paris

Assis dans son lit, Harry Turner lisait les pages financières du *New York Herald Tribune* en mangeant un œuf à la coque. Au son des chaussures claquant sur le parquet du couloir, il leva les yeux. Anne entra dans leur chambre.

Il eut un choc. Elle était plus belle qu'il ne l'avait vue depuis très longtemps. Vêtue d'un tailleur-pantalon gris clair à fines rayures et d'une chemise en soie blanche, elle rayonnait. Elle avait quelque chose de spécial, ce matin. C'était l'image même d'une femme pleinement épanouie. Pourquoi, pensa-t-il avec amertume, pourquoi une jeune femme en aussi bonne santé était-elle incapable de porter ses enfants à terme ? Il ne supportait plus ces fausses couches et ces enfants mort-nés.

Elle l'arracha à ses sombres pensées d'une voix pleine de gaieté.

— Bonjour, mon chéri ! Je voulais juste te dire que je pars maintenant.

— Où vas-tu à une heure pareille ? jeta-t-il d'un ton sec. Il est à peine sept heures !

— Dans la vallée de la Loire.

— Pourquoi ?

Il avait pris un ton geignard et la fixait d'un œil soupçonneux. Depuis quelque temps, il la soupçonnait en permanence, de tout et de rien.

— Harry, je te l'ai dit et répété je ne sais combien de fois, depuis une semaine. Il y a une vente extraordinaire dans l'un des grands châteaux de la vallée de la Loire et j'y vais ce matin. Il y a du mobilier, des tapisseries, des tableaux et des objets d'art fabuleux !

— Comment le sais-tu ?

— Mark et Philippe sont allés à l'exposition la semaine dernière et ils sont revenus absolument emballés ! Tu sais que c'est important pour mon travail. Je veux aussi trouver les tapisseries et les accessoires qui mettront la touche finale à la maison de Mary. C'est presque fini, il ne manque plus que deux ou trois détails.

— Mais pourquoi ma sœur voudrait-elle des tapisseries françaises dans une maison de style Regency ?

Anne sourit, ignorant son agressivité.

— Parce que, répondit-elle, Charles et Mary ont beaucoup de goût et ils ont tous les deux été d'accord avec moi : l'entrée de leur maison a besoin d'être réchauffée !

— J'espère que ce n'est pas toi qui prends le volant. Tu conduis très mal, remarqua-t-il, et encore plus en France ! Tu roules toujours du mauvais côté de la route.

— Harry, voyons ! s'exclama-t-elle en riant. De toute façon, Mark et Philippe m'accompagnent, ainsi que Greg. La vente l'intéresse. Il y en aura bien un des trois pour conduire.

— Greg ? Ton frère Greg ?

— Bien sûr ! Qu'est-ce qui t'étonne ?

— J'ignorais qu'il s'intéressait aux antiquités, c'est tout.

— A la peinture, en fait. En plus, il voulait prendre quelques jours de congé. Il a beaucoup travaillé sur ton projet d'acquisition de banque.

— C'est exact. Quand prévois-tu de rentrer, Anne ?

— La vente commence demain matin, mardi, et dure cinq jours. Nous resterons là-bas jusqu'à samedi et nous reprendrons la route dimanche.

— Tu ne seras donc pas ici jeudi soir ?

— Non, dit-elle. Mais pourquoi ? Aurais-je oublié quelque chose ? Un dîner ?

Au moment où elle prononçait ces mots, elle se rappela soudain que Harry donnait un dîner au Grand Véfour.

— Oh ! s'exclama-t-elle d'un ton navré. Harry, ton dîner…

Elle ne termina pas sa phrase. Harry semblait froissé, vexé comme lui seul pouvait l'être. Son irritabilité était son pire défaut.

— Oui, mon dîner, comme tu dis ! Pour fêter mon rachat d'une banque française ! Il semblerait que Greg l'ait également oublié.

— Ne peut-on le déplacer au dimanche soir, chéri ? Je demanderai aux garçons de partir tôt et je serai de retour à temps.

— Ne t'inquiète pas pour cela, je le reporterai à la semaine prochaine. Charles et Mary ne s'en formaliseront pas puisqu'ils sont à Paris encore pour un certain temps. Nous avons du travail à faire sur le dossier de la banque, Charles et moi.

Elle s'approcha du lit d'un pas léger et l'embrassa sur la joue. L'instant d'après, elle était partie.

Harry fixa l'espace où elle s'était tenue, soudain de très mauvaise humeur. Depuis quelque temps, Anne avait cet effet sur lui. Elle devenait de plus en plus insupportable.

— Va-t'en ! grogna-t-il. Je ne veux plus jamais te revoir.

Harry décida de remonter les Champs-Elysées à pied. Il se sentait encore fâché contre Anne et perturbé par son départ inattendu. Il avait été pris au dépourvu car elle ne lui en avait rien dit auparavant. Il avait une excellente mémoire et, comme ce dîner de victoire était très important pour Charles et pour lui, il en aurait changé la date sans hésiter pour tenir compte du déplacement de sa femme. Ce matin, elle lui avait menti.

Il n'était plus sûr d'elle et ne lui faisait plus confiance. Rien ne prouvait un quelconque écart de conduite de sa part mais elle était devenue frivole et instable. Elle passait plus de temps à Paris qu'à Londres et ne choisissait plus ses amis avec la même circonspection. Elle était souvent avec Greg et, d'une certaine façon, Harry en était satisfait mais, par ailleurs, Greg avait des relations pas toujours très recommandables. Il était parfois inconscient. Harry s'inquiétait de l'influence qu'il pouvait avoir sur Anne.

Il se demanda si, en passant beaucoup de temps à Paris à cause de ses affaires comme il l'avait fait depuis quelques semaines, il n'avait pas rogné les ailes d'Anne et restreint ses mouvements.

Dix ans ! Ils étaient ensemble depuis dix ans. Il avait trente-quatre ans quand il l'avait vue pour la première fois, et elle allait en avoir dix-neuf. « J'en aurai quarante-quatre en juillet, songea-t-il, et elle presque vingt-neuf. » Dix ans… Une décennie ensemble.

Le temps avait passé très vite… Et elle lui avait causé tant de soucis ! Il avait harcelé Catherine pour obtenir le divorce et lui avait sans doute brisé le cœur. La malheureuse en était tombée malade. Ensuite, sur la demande pressante d'Anne, il avait retiré sa clientèle à Thomas Wolsen. Comme il avait été bête de l'écouter ! Wolsen était mort peu de temps après. Avait-il eu, lui aussi, le cœur brisé ? Ils avaient été si proches pendant vingt ans !

Il n'avait jamais connu d'homme à l'esprit plus brillant et subtil que Wolsen. Il n'avait jamais eu non plus de meilleur conseiller. Et ce pauvre Tommy Morle… Il lui avait cherché noise et s'était violemment disputé avec lui sans aucune raison. Tout cela à cause d'Anne Bowles. Leurs querelles avaient été assez brutales pour rendre Tommy malade, de corps comme d'esprit. Il était mort, lui aussi, quelques mois après une altercation encore plus dure.

Et celle qui avait été sa femme pendant vingt ans ? Catherine… La mère de sa fille, Mary. Sa mort lui avait rendu sa liberté, pour qu'Anne puisse enfin lui mettre le grappin dessus, en faire son mari. Il n'avait désiré qu'elle, pendant des années, mais tout avait mal tourné.

Comment cela avait-il pu leur arriver ? Etait-ce sa faute ou celle d'Anne ? Ou bien fallait-il les en blâmer tous les deux ? Il n'aurait su répondre, cela lui faisait seulement très mal, tout à coup.

Qu'allait-il faire ? Ils étaient devenus des étrangers l'un pour l'autre. Ils vivaient une sorte de paix armée et il ne voulait pas continuer de cette façon. La vie de couple était censée rendre un homme heureux et c'était cela qu'il voulait, être heureux avec la femme qui lui convenait. Une femme capable de lui donner un fils. Or Anne Bowles en était incapable.

Il n'avait toujours pas de fils alors qu'il devait en avoir un.

Bien sûr, il avait deux filles et il les aimait. Son expression s'adoucit à la pensée d'Elizabeth. Au mois de septembre, elle aurait déjà trois ans. Quant à Mary, elle avait vingt-deux ans et suivait des études d'histoire de l'art à Florence.

Harry avait la fibre paternelle et aimait profondément ses filles. Il avait prévu de les emmener en vacances en été et il sut en un éclair ce qu'il allait faire. Il louerait un yacht pour tout le mois de juillet ou d'août et ils navigueraient le long des côtes françaises ou italiennes. Les filles adoreraient cela, tout comme sa sœur et Charles. Il établirait une liste d'invités dès qu'il serait à son bureau.

Son moral remonta de plusieurs crans et sa démarche se fit plus légère. Il faisait beau, avec un ciel bleu et de beaux gros nuages tout blancs. Le soleil brillait sans qu'il fasse trop chaud. C'était la journée de mai idéale. Un sourire aux lèvres, Harry se dirigea à grandes enjambées vers l'immeuble de la Deravenel, au coin d'une rue qui donnait dans l'avenue George-V. Tout en haut des Champs-Elysées, le drapeau tricolore flottait gaiement sur l'Arc de triomphe.

Harry avait hâte d'arriver à son bureau, à présent. Il venait d'avoir une autre idée réjouissante. Il demanderait à Jane Selmere de les accompagner en croisière, cet été. C'était une assistante extraordinaire, d'une efficacité remarquable et très impliquée dans la vie de l'entreprise. Mais c'était aussi une délicieuse jeune femme. Harry commençait à la trouver indispensable… En tout cas, elle était devenue très importante pour lui.

Harry ne changea pas la date de son dîner en dépit de l'absence d'Anne et de Greg. Le jeudi, il emmena ses invités au Grand Véfour, sous les arcades du Palais-Royal.

Ils n'étaient que quatre et, contrairement à son attente, Harry s'en réjouit. Outre sa sœur Mary et Charles, son beau-frère et meilleur ami, il y avait aussi Jane Selmere. Harry leur adressa un grand sourire à tous les trois puis son regard s'attarda sur Jane. Elle avait accepté son invitation avec empressement. Harry la trouvait particulièrement séduisante ce soir-là, mais d'une façon douce et très agréable. Elle portait une simple robe de soie bleu vif avec un rang de perles qu'il lui avait offert pour le dernier Noël. Il n'avait pas réalisé jusqu'à cet instant que ces perles possédaient réellement un très bel orient. En tout cas, Jane les portait très bien et son délicat teint de rose, typiquement anglais, les mettait en valeur. Oui, c'était ainsi qu'il la voyait, comme une rose anglaise.

Ils se sentaient bien, tous les quatre, dans ce décor intime et raffiné des dix-huitième et dix-neuvième siècles. C'était magique.

Quand on leur eut servi le champagne rosé choisi par Harry, celui-ci leva sa flûte.

— A notre nouvelle acquisition, la banque Larouche ! A sa prospérité, et à la prospérité de chacun de nous !

Charles eut un sourire complice à l'adresse de Harry.

— A ton coup de génie, Harry ! Tu as été brillant.

— Je n'aurais rien pu faire sans toi, rétorqua Harry.

Ils choquèrent leurs flûtes, qui émirent un bruit de cristal. Mary se tourna vers Jane d'un air amical.

— Le Grand Véfour est une de nos traditions familiales. Nous y sommes venus la première fois, Harry et moi, avec notre mère, Bess Deravenel Turner. Elle-même y avait été amenée par son père.

— Le grand Edward Deravenel, dit Jane d'un air entendu. Et c'est ainsi, Harry, qu'on vous appellera maintenant : le grand Harry Deravenel !

Elle lui sourit par-dessus sa flûte, les yeux pleins de promesses. Toute son attitude encourageait le flirt.

Harry lui renvoya son sourire. Il sentait le désir monter en lui et se réjouit de sa présence. Il savait qu'elle l'accueillerait dans son lit sans hésitation, et il avait bien l'intention de le lui demander. Jane avait une petite trentaine et elle était mûre pour rencontrer un homme comme lui. Elle avait sûrement de l'expérience. Qu'elle n'ait jamais été mariée lui causait un étrange plaisir. Jane se tourna légèrement pour parler à Charles et, dans le mouvement, Harry entrevit la courbe de ses seins blancs dans le décolleté de sa robe. Il mourait d'envie de les caresser et son cœur se mit à battre plus vite. Cette femme sereine à la voix douce l'excitait. Il n'y a de pire eau que l'eau qui dort, songea-t-il, se demandant comment elle serait au lit. Il l'imaginait sensuelle et accueillante.

De nombreux miroirs anciens étaient accrochés aux murs et au plafond. Quand Harry leva les yeux, en quête d'un serveur, il y découvrit le reflet de Jane qui lui souriait de dizaines d'endroits différents. Il se pencha vers elle pour lui parler à voix basse.

— Je vous vois partout, mon chou, à cause des miroirs ! Je ne saurais vous dire le plaisir que cela me procure, Jane.

— Et moi je désire vous donner du plaisir, chuchota-t-elle.

Tout en parlant, elle lui jeta un regard très direct, la bouche entrouverte. Puis elle but une gorgée de champagne et posa brièvement sa langue sur le bord de sa flûte. Harry sut alors qu'il ne s'était pas trompé. Ce soir, elle lui appartiendrait. Si cela se passait entre eux comme il l'imaginait, peut-être serait-ce pour toujours. Un fils ! Jane lui donnerait certainement un fils.

Harry fit signe à un serveur pour qu'on leur apporte les cartes puis parla à Jane de la longue histoire du restaurant qui avait eu tant de clients célèbres. Elle l'écoutait avec attention et, à un moment, ôta sa chaussure. Sans le quitter des yeux, elle posa le pied sur le bord de la chaise de Harry, entre ses jambes.

Surpris, il se reprit très vite et inclina légèrement la tête. Lui souriant, Jane le caressa du bout du pied. Jane est une polissonne, se dit-il, et il s'en réjouit.

Mary reprit ses commentaires à l'intention de Jane.

— Vous verrez, dit-elle, la table est excellente, ici. Il y a un chef très célèbre, Raymond Oliver. Je vais choisir la sole, elle est tout simplement divine. Un de nos autres plats préférés, à Harry et moi, est le pigeon farci au foie gras. C'est une des spécialités du restaurant, il n'y a rien de semblable au monde.

— C'est ce que je vais prendre, dit Harry sans quitter Jane de son regard bleu. J'adore leur pigeon farci.

— Alors, je vais aussi l'essayer, dit Jane de sa voix douce.

Elle enleva enfin son pied et remit sa chaussure discrètement, consciente de le tenter au-delà du supportable. Tout à l'heure, se dit-elle avec excitation, je lui donnerai tout le plaisir qu'il peut souhaiter.

Charles, pendant ce temps, avait commandé le canard et, en attendant, ils entamèrent une joyeuse conversation à bâtons rompus. A un moment, Charles toucha légèrement le genou de Mary, lui faisant comprendre qu'il avait eu raison au sujet de Jane. Elle courait après Harry et il était certain qu'elle y arriverait.

63

Charles tendit une liasse de documents à son beau-frère.

— Tiens, Harry, ce sont les contrats définitifs. Tu n'as plus qu'à les signer et la banque t'appartiendra.

Cela se passait le mardi 20 mai 1974, vers le milieu de la matinée.

— J'en suis vraiment très heureux, Charles, dit Harry.

Il commença à parapher et signer, page après page, souriant de plaisir. Il leva les yeux vers Jean-Pierre Larouche, assis de l'autre côté de la grande table de réunion.

— C'est la première fois que la Deravenel possède une banque, lui dit-il. C'est un grand moment pour moi.

— Je suis ravi de vous l'avoir vendue, répondit le banquier. Cela faisait déjà quelques années que je voulais prendre ma retraite. Ma femme, Claude, est également enchantée et vous adresse tous ses remerciements.

Les hommes réunis dans la salle de conférences de la Deravenel à Paris eurent un petit rire entendu puis Charles reprit la parole.

— Nous avons réservé un salon privé au Fouquet's pour célébrer ce grand moment autour d'un déjeuner, messieurs. Dès que les dernières formalités seront terminées, nous n'aurons qu'à traverser la rue…

Il s'interrompit en voyant Jane passer la tête par la porte entrouverte et lui faire signe en silence. Charles se leva en s'excusant et se dirigea vers Jane. Comme il s'approchait d'elle, il remarqua qu'elle était blanche comme un linge. Elle lui chuchota quelques mots à l'oreille et il vacilla mais se reprit très vite.

— Harry, dit-il, puis-je te voir un instant dans ton bureau ? Il semblerait qu'il y ait un problème. C'est personnel.

Très étonné, Harry fronça les sourcils, fâché de cette interruption malvenue. Puis il vit l'expression grave de Charles et de Jane et se leva. Il tapota les contrats.

— Tout est en ordre, messieurs. Je vous prie de m'excuser pour quelques instants. Il semble y avoir une question privée à régler avant que nous allions déjeuner.

Jean-Pierre Larouche répondit pour lui-même et pour ses associés :

— Nous ne sommes pas pressés, prenez votre temps, monsieur Turner.

Dès que Harry eut rejoint Charles et Jane dans le corridor, il les interrogea d'une voix pressante.

— Qu'y a-t-il ? Quel est le problème ?

Charles le prit par le bras avec autorité.

— Pas ici, Harry. Allons dans ton bureau.

Comme Jane, indécise, restait en arrière, Charles lui fit signe de les suivre. Choquée par les nouvelles qu'elle venait d'apprendre, elle obéit sans discuter. Quand ils se retrouvèrent tous les trois dans le bureau de Harry, celui-ci les dévisagea.

— Allez-vous me dire ce qui se passe, à la fin ? Vous avez tous les deux l'air de porteurs de mauvaises nouvelles.

— J'en ai bien peur, Harry, répondit Charles d'une voix qui tremblait un peu. Tu ferais mieux de venir t'asseoir.

Joignant le geste à la parole, il poussa doucement Harry vers le canapé. Harry s'assit comme son ami le lui demandait, de plus en plus perplexe. Il se tourna vers Jane, qui était d'une pâleur effrayante et incapable de parler.

— Charles ! dit-il enfin. Que se passe-t-il ?

Charles prit place dans un fauteuil face à Harry et fit signe à Jane d'aller s'asseoir à côté de ce dernier.

— Il y a eu un accident, Harry, dit Charles d'une voix étranglée. Anne et Greg et les deux autres personnes qui voyageaient avec eux… Ils ont eu un accident de voiture, tôt ce matin. Ils venaient de prendre la route pour rentrer à Paris.

— Non ! cria Harry. Je lui avais dit de ne pas conduire elle-même. Je suis sûr qu'elle était au volant.

Il était devenu rouge d'émotion.

— Je ne crois pas, répondit Charles.

— Ils sont à l'hôpital ? Où ? As-tu le nom de l'hôpital ? Où est-ce arrivé ?

— Nous le saurons bientôt…

Charles déglutit péniblement et poursuivit d'une voix à peine audible.

— Harry, il semblerait que ce soit un accident terrible… Anne… Anne est morte. Je suis désolé, Harry. C'est affreux. Ils sont tous morts… Tous les quatre…

Harry était devenu gris et tremblait de tous ses membres.

— Non ! gémit-il. Non ! Ce n'est pas vrai, je ne le crois pas ! Charles, dis-moi ce qui s'est passé…

Il avait l'impression que tout son sang se retirait. Il ne pouvait plus bouger, ni parler, comme assommé. C'était trop brutal. Anne était morte ? Et Greg ? Mark et Philippe…Tous morts ? C'était impossible. Il n'arrivait pas à y croire. Ils étaient là quelques jours plus tôt et maintenant… En quelques instants ? Non, c'était impensable.

Jane lui prit la main dans un geste consolateur mais elle se sentait aussi très mal. Harry était assis, fixant Charles d'un air perdu, en état de choc.

— Ce n'est pas possible, dit-il soudain d'une voix rauque.

Il se prit le visage entre les mains.

— Charles, souffla-t-il, dis-moi tout ce que tu sais. Par pitié…

Il était en train de s'effondrer.

— Je ne sais pas grand-chose, Harry, mais il y a des policiers qui veulent te voir. Jane les a fait entrer dans mon bureau.

Il lui lança un long regard et poursuivit à mi-voix :

— Que vous ont-ils dit, Jane ?

Jane crut qu'elle n'arriverait jamais à parler mais fit un effort pour se maîtriser.

— Ils ont dit, chuchota-t-elle d'une voix tremblante, que la voiture a été heurtée de plein fouet par un camion qui venait en face… C'était sur la nationale. Ils disent…

Elle ne put terminer sa phrase tout de suite.

— Ils disent, reprit-elle en tremblant de tous ses membres, que l'impact a été très… très violent. Ils ont tous été… tués sur le coup. Ils veulent vous parler dès que possible, Harry.

Harry s'appliqua à respirer en essayant de se contrôler.

— Faites-les entrer…

Jane se leva et sortit tandis que Charles la remplaçait à côté de Harry qu'il prit par les épaules.

— Je suis là, Harry. Dis-moi ce que je peux faire pour toi, je t'aiderai.

— C'est le choc, Charles. C'est horrible…

Sa voix tremblait tellement qu'il dut encore une fois s'arrêter. Il se sentait complètement perdu. Puis il eut un gémissement.

— Charles, chuchota-t-il d'une voix hachée. Comment vais-je annoncer cela à Elizabeth ?

— Tu y arriveras, je sais que tu trouveras la force et les mots nécessaires. Et nous sommes là pour t'aider, Mary et moi.

— Je sais.

Harry leva des yeux noyés de larmes.

— J'étais en colère contre elle, dit-il. J'étais déçu, également, mais je ne lui ai jamais voulu le moindre mal, Charles. Tu le sais, n'est-ce pas ?

— Oui, Harry, je sais.

Jane introduisit deux policiers dans le bureau et leur indiqua des sièges. Ils s'adressèrent à Harry d'un ton calme, professionnel. L'accident s'était produit près de Brissac et les quatre occupants de la voiture avaient été tués sur le coup, de même que le conducteur du camion.

Harry les écouta sans un mot. De temps en temps, il hochait la tête, comme dans un effort de compréhension, mais il était assommé. Charles finit par intervenir et demanda aux policiers de poursuivre dans son propre bureau. Là, ils lui donnèrent tous les détails voulus. Les corps se trouvaient à la morgue d'un hôpital près de Brissac et pouvaient être rapatriés sur Paris dans les vingt-quatre heures à venir.

Charles demanda à sa secrétaire d'organiser avec les deux policiers le transport des corps puis décrocha son téléphone. A présent, il devait prévenir sa femme.

— Merci de m'avoir accompagné, Jane, dit Harry.

On était au milieu de l'après-midi et ils marchaient dans les jardins des Tuileries. Harry avait appris la veille le décès de sa femme.

— J'avais besoin de sortir de l'appartement, expliqua-t-il. Je ne supportais plus d'être enfermé avec tous ces souvenirs. Je me sens tout engourdi.

— Vous êtes encore sous le choc, dit Jane en lui prenant le bras dans une tentative de réconfort. L'air et la marche vous feront du bien.

— Anne aimait tellement Paris ! Elle aimait la ville, les gens, tout ! Je me disais souvent qu'elle était plus française qu'anglaise.

— C'est ce que vous m'avez confié.

Ils marchèrent un moment en silence. Ils se sentaient bien, ensemble, et n'avaient pas besoin de mots pour se comprendre. Harry s'arrêta soudain et se planta devant Jane.

— Je tiens à dire quelque chose, j'ai besoin de le dire. Je ne la détestais pas. Nous avions des difficultés, mais vous le saviez, n'est-ce pas ?

— Oui, répondit Jane d'un ton paisible.

— Vous le saviez depuis longtemps ?

— Oui, Harry.

— Mais je ne lui voulais aucun mal.

— Je sais, dit-elle en lui pressant le bras.

— Puisque c'était son destin, je suis soulagé qu'elle soit morte sur le coup. Pour autant que je sache, elle n'a pas souffert. Pensez-vous qu'elle s'est rendu compte… ?

— Non, et la police vous a bien dit qu'elle n'avait pas souffert à cause de la violence de l'impact. Elle est morte sur le coup, Harry, sans souffrir. Le médecin légiste vous donnera l'heure de son décès. Je suis certaine que les policiers qui sont venus hier vous ont dit la vérité.

— Mais son cou, Jane… Les policiers nous ont dit qu'elle avait le cou…

Il dut prendre son courage à deux mains pour continuer et un long frisson le parcourut.

— Ils ont dit qu'elle était à moitié décapitée, termina-t-il dans un souffle.

— Ne pensez pas à cela, Harry ! Souvenez-vous seulement d'une chose : Anne n'a pas souffert. Vous ne devez pas vous arrêter sur des images horribles.

— Je sais. Mais il y a Elizabeth, elle n'a pas encore trois ans ! Comment dites-vous à une petite fille que sa mère a été tuée ?

— Vous le lui direz tout doucement, Harry.

Jane hésita un instant avant de poursuivre.

— Je peux vous aider, dit-elle d'une voix hésitante.

— Vous m'aiderez, Jane ?

Il la regardait dans les yeux, soudain conscient d'avoir infiniment besoin de son aide.

— Je ferai n'importe quoi pour vous, Harry. J'ai toujours beaucoup aimé Elizabeth, c'est une enfant adorable. Elle vous ressemble tellement !

— Vous trouvez ?

— Oui.

Il ne dit rien, se contentant de l'étudier. Elle lui rendit son regard sans se troubler, sachant ce qu'elle éprouvait pour lui. En cet instant où il souffrait, elle désirait par-dessus tout pouvoir l'aider à traverser une horrible épreuve.

— Jane, j'avais pensé à louer un yacht pour cet été. J'ai dû vous en parler la semaine dernière.

— En effet, et j'ai trouvé que c'était une bonne idée.

— Si je le fais, viendriez-vous avec nous ? Il y aura mes filles, Mary et Elizabeth, ma sœur Mary avec Charles et leurs deux filles. Ne craignez-vous pas que cela soit très ennuyeux pour vous ?

— Au contraire ! Je m'en réjouis d'avance. J'ai toujours rêvé de faire partie d'une grande famille et, je vous l'avoue, j'aurais beaucoup aimé avoir des enfants. Cela me manque. Mais je ne pense pas que cela m'arrive jamais, ce n'est sans doute pas mon destin.

— Vous ne devriez pas dire ce genre de chose, Jane. On ne sait jamais ce qui peut nous arriver.

Sans répondre, elle le regarda bien en face. Son visage respirait la droiture et la franchise. Elle ne trichait pas, n'usait d'aucun subterfuge, et cela plaisait à Harry. Il devinait que c'était une femme fidèle à sa parole. Ils reprirent leur marche et il sentit son fardeau s'alléger. Jane possédait une grande paix intérieure qui rendait sa présence consolatrice.

— Je crois que des occupations positives comme de louer un bateau peuvent m'aider, reprit Harry alors qu'ils arrivaient devant le Louvre. Qu'en pensez-vous ?

— Une croisière avec vous et votre famille, cela me semble en effet très positif ! J'attendrai le départ avec impatience, Harry. Merci de votre invitation. Je voudrais déjà y être !

Harry sentit son moral remonter légèrement et un petit sourire lui retroussa la bouche.

— Je ne sais pas comment vous vous êtes débrouillée pour entrer dans ma vie, Jane Selmere, mais je suis très heureux que vous l'ayez fait.

— Moi aussi, Harry !

Jane passa de nouveau son bras sous le sien mais, cette fois, de façon plus possessive. Il n'y avait rien de mieux qu'une femme aimante pour guérir l'âme troublée d'un homme. Elle avait la ferme intention de s'en occuper, du moins s'il voulait bien la laisser faire. Elle ferait le nécessaire pour qu'il soit heureux comme il ne l'avait jamais été.

Epilogue

Debout au milieu de la bibliothèque de Ravenscar, Harry Turner contemplait le portrait de son grand-père, le grand Edward Deravenel. Un grand sourire aux lèvres, il tenait un bébé dans ses bras, un bébé de sexe masculin. Son fils, son héritier, né trois jours plus tôt, le 12 octobre 1975.

Jane lui avait donné un beau petit garçon en pleine santé. Il serait bientôt baptisé, ici, à Ravenscar, dans la chapelle familiale.

— Grand-père ! cria Harry en présentant le bébé au portrait. Cet enfant est mon fils, mon héritier et le vôtre ! Je lui donne votre nom. Voici un autre Edward qui marquera son époque comme vous l'avez fait, je vous en donne ma parole ! Mon fils sera le deuxième grand Edward de notre famille.

Riant de bonheur, Harry tendit son fils vers le portrait de son aïeul.

— Regardez ! En lui coulent le sang des Deravenel et celui des Turner. Un jour, il gouvernera votre empire et le rendra encore plus puissant.

Harry replia les bras, ramenant son fils contre lui, en sécurité. Sa respiration fit trembler la touffe de cheveux d'or roux qui couronnait la petite tête quand il se pencha pour embrasser les yeux si bleus de l'enfant. « Il me ressemble, se dit Harry, et il ressemble à mon grand-père. Jane l'a porté pour moi, elle m'a donné ce que je désirais déjà il y a toutes ces années, quand j'ai épousé Catherine. »

« J'ai quarante-cinq ans, se dit-il encore, mais je ne suis pas trop vieux pour avoir d'autres enfants, et j'en aurai. Jane me donnera encore des fils, et des filles aussi. L'année dernière, à Paris, elle m'a dit qu'elle rêvait d'une famille nombreuse. »

Il sentit soudain quelqu'un tirer sur son pantalon et baissa les yeux.

Elizabeth le regardait de ses grands yeux sombres et brillants.

— Je peux voir mon petit frère, papa ?

Harry se pencha pour lui montrer le bébé, à peine visible dans la couverture de fine laine dont il était emmailloté.

— Il est là, regarde ! Le petit Edward, ton frère… Mon fils, mon héritier…

Il ne se lassait pas de répéter ces mots : « Mon fils, mon héritier ». Se redressant, face au portrait, il décida de faire peindre, lui aussi, son portrait. Son fils pourrait ainsi, à son tour, tenir un jour son propre fils devant un portrait en lui disant : « Je te présente ton grand-père, le grand Harry Turner. » Harry se pencha pour embrasser son fils sur le front. Il se sentait submergé d'amour pour cet enfant, ce fils qu'il avait tellement attendu.

— Papa, je peux tenir mon petit frère ?

— Bien sûr que non, Elizabeth ! Tu n'as que quatre ans et tu risques de le laisser tomber. Tu imagines ?

— Papa ! répéta l'enfant d'un ton suppliant. S'il te plaît ?

— J'ai dit non ! Maintenant, sois gentille, laisse-moi ! Je suis occupé avec mon fils et héritier.

Blessée et vexée, Elizabeth fit demi-tour sans rien ajouter et courut retrouver Nanny qui se tenait sur le seuil de la pièce. Quand celle-ci vit les larmes qui coulaient sur les joues de l'enfant, elle la prit par la main et l'emmena, furieuse contre Harry Turner, un homme capable de traiter sa propre fille de cette façon !

— Ne pleure pas, mon chou, dit Nanny. Tout va bien.

— Non, gémit Elizabeth entre deux sanglots. Je ne suis pas un garçon ! Je veux être un garçon pour être le fils et l'héritier et papa m'aimerait.

— Il t'aime, voyons, dit Nanny d'un ton rassurant. Tout le monde t'aime, ma chérie.

Elizabeth se sentit tout de suite mieux et s'essuya les yeux de ses poings fermés.

— Vraiment ? dit-elle. Ça fait combien de gens, tout le monde ?

— Toute l'Angleterre, improvisa Nanny. Toute l'Angleterre t'aime.

La petite fille aux cheveux d'or roux et aux grands yeux noirs avait retrouvé son sourire.

— Et moi aussi, je les aimerai, dit-elle avec gravité.

Remerciements

Au fil des ans, j'ai accumulé une importante documentation historique sur les Plantagenêt et les Tudor mais, quand j'ai commencé cette saga, je me suis rendu compte que je n'en savais pas assez sur la période édouardienne. Or c'était en grande partie la période à laquelle je voulais situer l'action de ces romans, de 1904 à nos jours.

Comme je devais trouver tous les détails concernant les manières, les mœurs, la politique, la vie sociale, le monde des affaires, la mode et bien d'autres domaines encore de cette époque ainsi que de la Première Guerre mondiale, il me fallait de l'aide. Toute ma gratitude va à Lonnie Ostrow et Damian Newman de Bradford Enterprises. Ils m'ont infiniment facilité la vie. Il me suffisait de décrocher mon téléphone et de demander si le Savoy Hotel existait déjà en 1904, j'obtenais immédiatement la réponse, y compris à des questions beaucoup plus compliquées. Ils ont déniché toutes les informations dont j'avais besoin, parfois des détails bizarres et peu connus, et m'ont également trouvé des calendriers allant de 1904 à nos jours. Ces deux magiciens de l'ordinateur ont dû me supporter au moins vingt fois par jour au cours des deux dernières années. Ma gratitude à leur égard est sans limites.

J'ai aussi une dette envers le roman de Harry Bingham, *The Sons of Adam* (HarperCollins, Londres). En dehors d'être une histoire qui se dévore, j'y ai plus appris sur la prospection pétrolière dans les années 1920 que dans tous les ouvrages spécialisés que j'ai consultés. Ce fut une très agréable façon d'apprendre. Merci à cet auteur plein de talent pour avoir écrit ce livre qui m'a été si utile.

Je ne peux pas passer sous silence mes deux éditrices qui m'ont soutenue sans faiblir, toujours prêtes à m'écouter et me conseiller. Mon éditrice à Londres, Patricia Parkin de HarperCollins, a édité vingt-deux de mes romans, et celui-ci est le vingt-troisième. J'apprécie particulièrement son bon sens, son attention et son travail au service de mes livres. Il n'y a jamais eu le moindre désaccord ni la moindre tension entre nous, ce qui doit représenter un record !

Mon éditrice de New York, Jennifer Enderlin de St Martin's Press, est taillée dans la même étoffe, aussi dévouée, talentueuse et enthousiaste, et je l'en remercie. Avoir deux grandes éditrices et un soutien aussi solide de chaque côté de l'Atlantique est une rare bénédiction. Qu'elles soient assurées de ma profonde reconnaissance.

J'attache beaucoup d'importance au fait d'apporter un tapuscrit impeccable à mes éditrices et cela ne serait pas possible sans l'aide de Liz Ferris, de Liz Ferris Word Processing. Cela fait des années qu'elle tape mes manuscrits et je suis heureuse de pouvoir la remercier ici de son fantastique travail. Ses tapuscrits sont parfaits, réalisés très rapidement et sans la moindre plainte quand je la mets sous pression.

Je tiens aussi à assurer de ma gratitude tout le personnel de HarperCollins à Londres et de St Martin's Press à New York, tous ces gens qui participent à la mise en forme et à la fabrication de mes livres. Tous ces gens que l'on ne voit pas, éditeurs, préparateurs de copie et maquettistes sont précieux pour un auteur et je les remercie du soin qu'ils prennent de mes romans.

J'ai la chance d'avoir un cercle d'amies extraordinaires qui ne me laissent jamais tomber, me remontent le moral, me demandent si j'ai besoin d'aide et, de façon générale, font tout ce qu'elles peuvent pour me gâter et me protéger pendant que j'écris. Je leur dis merci avec toute mon affection… Elles se reconnaîtront.

Enfin, je n'aurais pas pu écrire un seul de mes livres sans l'amour constant et l'attention de mon mari, Robert Bradford. Il n'y a pas de mari plus patient, on a jeté le moule après lui.

Table

Du même auteur
aux Presses de la Cité :

LES FEMMES DE SA VIE
L'AMOUR EST AILLEURS
LE SECRET DE KATIE BYRNE
TROIS SEMAINES À PARIS
L'ESPACE D'UNE VIE
LE SECRET D'EMMA HARTE
LES HÉRITIÈRES D'EMMA HARTE
LA SUCCESSION D'EMMA HARTE
LA DYNASTIE RAVENSCAR
LE DÉFI D'ELISABETH

Composition réalisée par FACOMPO (Lisieux)

Achevé d'imprimer en mai 2010 en Allemagne sur Presse Offset par
GGP Media GmbH
Pößneck
Dépôt légal 1re publication : juin 2010
LIBRAIRIE GÉNÉRALE FRANÇAISE
31, rue de Fleurus – 75278 Paris Cedex 06

31/2910/3